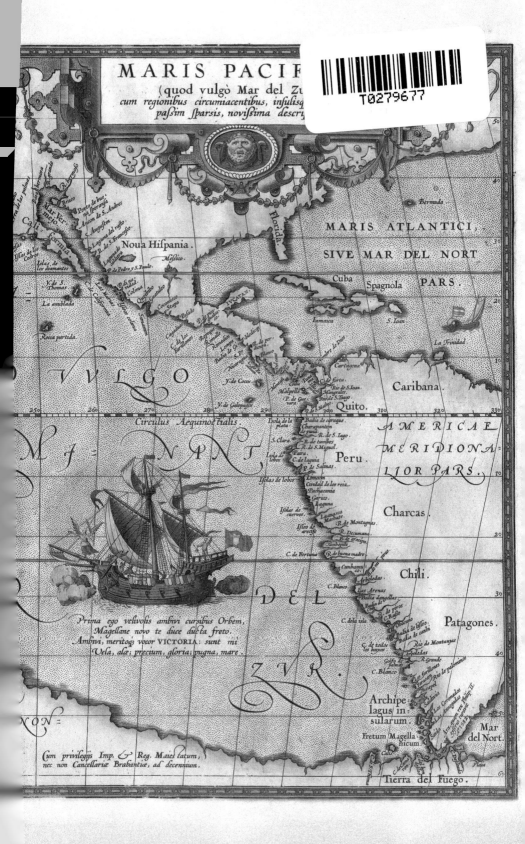

La Reina de los Mares del Sur

La Reina de los Mares del Sur

Javier Torras de Ugarte

Papel certificado por el Forest Stewardship Council®

Primera edición: octubre de 2022

© 2022, Javier Torras de Ugarte
Autor representado por Editabundo Agencia Literaria, S. L.
© 2022, Penguin Random House Grupo Editorial, S. A. U.
Travessera de Gràcia, 47-49. 08021 Barcelona

Penguin Random House Grupo Editorial apoya la protección del *copyright*.
El *copyright* estimula la creatividad, defiende la diversidad en el ámbito de las ideas y el conocimiento,
promueve la libre expresión y favorece una cultura viva. Gracias por comprar una edición autorizada
de este libro y por respetar las leyes del *copyright* al no reproducir, escanear ni distribuir ninguna
parte de esta obra por ningún medio sin permiso. Al hacerlo está respaldando a los autores
y permitiendo que PRHGE continúe publicando libros para todos los lectores.
Diríjase a CEDRO (Centro Español de Derechos Reprográficos, http://www.cedro.org)
si necesita fotocopiar o escanear algún fragmento de esta obra.

Printed in Spain – Impreso en España

ISBN: 978-84-666-7282-5
Depósito legal: B-13.812-2022

Compuesto en Llibresimes

Impreso en Rotoprint By Domingo, S. L.
Castellar del Vallès (Barcelona)

BS 7 2 8 2 5

Para Lizzie. Zyanya

PRÓLOGO

La isla de Santa Cristina

1

De cómo la expedición de Álvaro de Mendaña abandonó Santa Cristina y lo que pasó hasta volver a encontrar tierra

Isla de Santa Cristina (islas Marquesas), 3 de agosto de 1595

Las cuatro naves que formaban la expedición del adelantado don Álvaro de Mendaña descansaban fondeadas en el puerto de la Madre de Dios, al oeste de la isla que se había dado en llamar de Santa Cristina. Una suave brisa de poniente acariciaba el rostro de los marineros, que se afanaban en reparar la nao almiranta, la Santa Isabel, así como el bauprés de la capitana, la San Jerónimo.

Los muchachos entonaban la saloma al ritmo de sus trabajos; parecían más bien un coro catedralicio que hombres curtidos en los trabajos marineros, tan poco agradecidos y tan esforzados que en poco o nada se podían comparar con ningún otro.

Un joven que no habría cumplido los doce años dio la vuelta al reloj de arena que estaba junto al palo mayor y cantó la hora a voz en grito.

—Señor Marín —llamó el capitán Pedro Fernández de Quirós a su contramaestre—, anuncie a los hombres la hora de descanso. Nuestro general ha dispuesto oír misa en tierra; los que no estén demasiado cansados y no tengan que hacer guardia pueden subir al batel para dar gracias al Señor.

—A la orden, capitán —contestó el contramaestre antes de comenzar a dar órdenes que se repitieron de voz en voz a lo largo de los cuatro barcos.

Álvaro de Mendaña, al que muchos llamaban el adelantado, salió del alcázar en compañía de su esposa, Isabel Barreto, que vestía una basquiña azul oscuro y brillante como el sol rielando sobre el mar y una saya del mismo tono con mangas de casaca. Su tocado de pedrería —bisutería barata—, que destacaba aún más si cabía su belleza, y la sonrisa firme y descarada que solía lucir fueron mucho más efectivas que las voces que se daban los diferentes mandos para que los hombres dejaran de trabajar.

Los marineros se detuvieron ante aquella visión. Sus rostros, ennegrecidos por la brea y castigados por el salitre y el viento, mudaron en admiradas faces que parecían contemplar una imagen mística. No era habitual llevar mujeres a bordo y resultaba excepcional, además, que fuesen tan hermosas. Sin embargo, se contaban con los dedos de una mano los marineros que veían algún otro atributo positivo en Isabel Barreto, además de su belleza.

La saloma fue deteniéndose poco a poco hasta que el silencio reinó en la San Jerónimo.

—General en cubierta —anunció el contramaestre, ya demasiado tarde.

Su voz se fue repitiendo, por si alguien no se hubiera cerciorado, aunque todos los hombres de mar, y los escasos soldados que permanecían a bordo, se hallaban frente al alcázar estrujando, nerviosos, sus gorros con las manos.

—Descansad, muchachos —invitó el adelantado, tratando de sonar cercano y amistoso—. Habéis trabajado duro una jornada más, tenéis todo mi agradecimiento. Pronto las naves estarán reparadas y podremos partir rumbo a nuestro destino. ¿En qué estado se encuentra el bauprés, capitán?

Pedro Fernández de Quirós contemplaba la escena desde el castillo de popa, junto al timón, como un cóndor que controlase desde el cielo el trasiego de la cubierta. Hacía días que albergaba serias dudas sobre aquel viaje. No tenía muy claro que el adelantado fuera capaz de guiarlos hasta las islas Salomón, ni que la nave almiranta pudiera aguantar muchas más leguas de navegación pese a las reparaciones que se estaban llevando a cabo. Tampoco estaba seguro de que los víveres con los que contaban, sobre todo el agua, fuesen suficientes.

Manoteó en el aire para espantar algún mosquito, o quizá quisiera alejar las dudas que lo atormentaban.

—Listo para navegar, general —concedió lacónico.

Álvaro de Mendaña sonrió y alargó un brazo para que su esposa lo tomase. En ese momento salieron del alcázar los hermanos de Isabel, que también se habían embarcado en aquella aventura de resultado tan incierto como el destino de un recién nacido. Lorenzo, el mayor, nombrado capitán por su cuñado. Diego y Luis, oficiales de menor rango que su hermano y a sus órdenes. Y, por último, la joven Mariana, casada semanas atrás en Cherrepe con el almirante don Lope de Vega, capitán de la Santa Isabel.

—Es hora de honrar a Dios en estas tierras desconocidas. Los indios deben saber que ellos también son hijos suyos. Desembarquemos —indicó el adelantado de esa forma tan suya de disfrazar las órdenes como si fueran favores.

Damián de Valencia, veterano marinero que había recorrido el Mediterráneo, dispuso el batel para que pudiera subir el séquito del general y la actividad se reanudó. No fueron muchos los marineros que se sumaron al desembarco; la mayoría estaban cansados tras largas semanas de esforzados trabajos y de lo que tenían ganas era de hacerse un hueco en cubierta, junto a la proa, y disfrutar de una partida de naipes o de una siesta.

Isabel se disponía a subir al batel cuando un ruido poderoso y grave les llegó desde la isla.

—Ya están otra vez con esos cánticos funestos —se quejó Isabel mientras se levantaba un poco la falda para subir a bordo del batel.

Tras varios encontronazos con los soldados, algunos indígenas habían huido días atrás a lo alto de los tres cerros que rodeaban su poblado, desde donde lanzaban galgas y, de vez en cuando, canturreaban al unísono aquel pesado rumor que se extendía por las quebradas a través de los valles y moría en la playa que daba al puerto, como si lanzasen un hechizo al viento y este se propagase como la peste por toda la isla. Tras un buen rato, siempre se respondían a gritos.

El batel alcanzó la playa sin mayores contratiempos y el adelantado, junto con el capitán de la San Jerónimo, Isabel y sus hermanos, llegaron a tierra arrastrando los pies por la arena fina y dorada de aquel lugar paradisiaco.

El maestro de campo, Pedro Merino de Manrique, veterano de

Italia y Flandes, experimentado en la guerra y ducho en el arte de matar, aunque era como un adolescente a la hora de acatar órdenes y servir, había establecido un campamento aledaño al poblado de indígenas más cercano a la playa. Escoltados por algunos soldados, el adelantado y su séquito alcanzaron el campamento en tan solo unos minutos. Allí, los oficiales militares y los sacerdotes los esperaban con ceremoniosa paciencia.

Tras los saludos habituales y las miradas lascivas que los soldados tenían por costumbre lanzar de soslayo a doña Isabel las raras veces que se dejaba ver, el vicario Juan de la Espinosa comenzó la oración. Algunos indios se acercaron y, de rodillas, como veían hacer a los conquistadores, repitieron los salmos que lanzaban estos, murmurando palabras a veces ininteligibles.

El calor era asfixiante, más aún para una dama como la esposa de don Álvaro, emperifollada con vestimentas cortesanas propias de su dignidad. Sin embargo, no mostró signo alguno de cansancio o hartazgo. Terminada la oración, el adelantado se retiró junto a su cuñado, el capitán Lorenzo Barreto, y el maestro de campo para recibir el informe diario.

Al capitán Quirós solía acompañarle un hombre del rey Felipe II, embarcado por orden directa del monarca, con quien había hecho muy buenas migas. Ambos se dirigieron al poblado, e Isabel, curiosa por naturaleza, se unió a ellos olvidando por completo el recato que se le suponía a una mujer de su rango.

—Mis señores, ¿seríais tan amables de mostrarme cómo viven los habitantes de esta isla? —pidió.

Diego Sánchez Coello, el hombre del rey, asintió con simpatía e imitó una reverencia. Sin embargo, al capitán Quirós no parecía hacerle demasiada gracia aquella proposición, aunque sabía que no podía negarse.

—Quizá veáis cosas que no sean de vuestro agrado, mi señora.

—Llevo meses conviviendo con hombres de mar, he visto más cosas desagradables de las que, por fortuna, soy capaz de recordar. —Hizo una pausa y le dedicó una sonrisa al capitán en un intento de restarle importancia a sus palabras—. ¡Incluso me he visto obligada a hacer muchas de ellas! —celebró con entusiasmo.

Pedro Fernández de Quirós repitió la reverencia de su compañero y le indicó el camino con un gesto de la mano.

La isla de Santa Cristina no era demasiado grande, pero estaba bastante poblada. Los indígenas habían construido aldeas cerca de los manantiales que descendían de los tres cerros escarpados que elevaban el terreno. Los levantaban en zonas llanas, rodeados de unos árboles muy altos y espesos que proporcionaban sombra y protección a partes iguales.

Cuando llegaron al poblado, bullía de actividad. Atrás quedaba el campamento español, con la cruz que habían erigido para la oración. Las casas eran grandes; a Isabel le recordaron a los barracones en los que hacinaban a los indios americanos en el Perú, con tejados a dos aguas construidos a base de amontonar las enormes hojas de los árboles que las rodeaban. Algunas tenían puertas bajas; otras estaban directamente abiertas al poblado. Todas se levantaban sobre un basamento de madera que las elevaba un poco del suelo.

Al pasar junto a una de ellas, mientras Diego Sánchez Coello explicaba que la disposición del poblado era muy similar a la de los campamentos del ejército de la antigua Roma, con un plano en dos ejes, uno norte-sur y el otro este-oeste, Isabel creyó ver en el interior un soldado rodeado de mujeres. Ya había oído que las damas de aquella isla, de piel clara y cabellos largos y oscuros, eran más bellas aún que las limeñas y habían recibido a los aventureros con amabilidad y más cariño del que era socialmente aceptado en Castilla. Pero no se imaginaba aquello.

—¿Qué es eso de allí?

Diego Sánchez Coello señalaba un espacio retirado del poblado, una empalizada que custodiaba una casa, algo poco común en aquel lugar, donde las viviendas eran comunitarias y la intimidad brillaba por su ausencia.

Los tres se miraron con la curiosidad dibujada en el rostro y una sonrisa fisgona en los labios.

—Descubrámoslo —comentó Isabel decidida.

El capitán abrió sin dificultad la puerta que había en la empalizada. La casa que se ocultaba tras el vallado de madera no era muy diferente a las demás. En el jardín, dos cerdos, tan similares a los europeos que por un instante los tres tuvieron la sensación de que estaban de vuelta en casa, se alimentaban de unas verduras maduras desconocidas para ellos.

No obstante, era obvio que no estaban en una casa más de las que allí había.

—Observad, mi señora —indicó Diego, señalando unos troncos de madera con formas que recordaban a cuerpos humanos.

—¿Sabéis qué es? —preguntó la mujer.

Diego Sánchez Coello era pintor. Nadie sabía muy bien qué hacía en aquella expedición. Se había presentado en el puerto de El Callao un día antes de levar anclas con una carta de Felipe II ordenando la admisión de su hombre de confianza en la aventura que el adelantado se proponía iniciar.

No dio más explicaciones; era un hombre inteligente, de buen porte y modales cortesanos. Su oratoria era magnífica, y sus conocimientos, extensos. Además, había restaurado la efigie de la Virgen de la Soledad que llevaban a bordo en tan solo unas horas.

Se ganó la amistad del capitán y del general con una verborragia elocuente y una mirada en apariencia sincera, pero Isabel desconfiaba de él, y aquella mueca que tanto repetía, como si intentara sonreír sin conseguirlo, le parecía cualquier cosa menos sincera.

El pintor acarició una a una las esculturas con el arrebato de quien acaba de hacer un descubrimiento largos años esperado.

—Están talladas con azuela de forma hosca, y aun así resultan magníficas —admiró—. Son representaciones espirituales, quizá de los caciques anteriores o de sus dioses —explicó, sin dejar de tocarlas con las manos.

—Deberíamos destruirlas. Cualquier representación de un dios pagano es herejía —concluyó Pedro Quirós.

—¿Destruirlas? No, amigo mío. Estos hombres nada conocen de los designios de Dios. ¿Cómo culparlos de herejía? En cualquier caso, el mero hecho de su existencia revela que son personas espirituales y tienen fe. El vicario estará feliz con la noticia, cualquier hombre con creencia espiritual puede ser convertido a la verdadera fe, solo es cuestión de mostrarles el camino e invitarlos a que lo recorran.

El capitán lo miró circunspecto, llevándose un dedo al mentón. No parecía muy convencido de la certeza de aquellas palabras, pero Isabel sabía bien que Pedro Quirós nunca expresaba sus dudas abiertamente. Él siempre creía tener la razón, y buscaba formas subrepticias de hacérselo saber a todo el mundo.

—Estoy de acuerdo, don Diego. Es admirable que en esta isla perdida de la mano de Dios encontremos signos tan avanzados de civilización. No solo el vicario estará feliz con una noticia de tamaño hallazgo; mi marido se mostrará entusiasmado.

El capitán iba a oponerse a aquella afirmación cuando dos soldados abrieron la puerta de la empalizada. Iban conversando de forma distendida, pero al ver a la mujer del adelantado y a los otros dos hombres se descubrieron de inmediato y saludaron con ceremonia.

—¿Qué hacéis aquí? —preguntó Quirós con displicencia. Era obvio que la presencia de los soldados no le agradaba, ni en el barco, ni en tierra, ni en ningún otro lugar.

—El maestro Manrique nos ordenó llevarnos todos los marranos que encontrásemos. Esta mañana vimos estos dos, son los últimos que quedan en el poblado.

Uno de ellos se acercó a los cerdos, que intentaron huir inútilmente. Poco después se vieron atrapados contra la empalizada.

Dos hombres salieron entonces de la casa y comenzaron a dar gritos tratando de espantar a los soldados. Estos, sin mayores miramientos, levantaron los arcabuces que portaban al hombro y apuntaron a los indios.

—Esperad un momento. —Diego Sánchez Coello bajó uno de los arcabuces con la mano. Su mirada se había tornado firme y taciturna—. No podéis coger estos cerdos. Id a buscar otros si os place.

Hubo un momento de duda. A Quirós le sorprendió la determinación de su amigo, e Isabel observaba la agitación violenta de los nativos con una mezcla de temor y curiosidad.

—Cumplimos órdenes del maestro de campo, él es coronel en tierra, vos no tenéis mando alguno sobre nosotros.

El soldado que aún mantenía el arcabuz en ristre dejó de apuntar a los indígenas, que se habían quedado paralizados, conscientes de los estragos que provocaban esas armas desconocidas para ellos hasta hacía pocos días. Se dirigió a uno de los cerdos y lo atrapó con grandes esfuerzos.

—¡Soldado, dejad ese animal de inmediato! —Ahora era Isabel Barreto quien hablaba. Todas las miradas se dirigieron hacia ella: las de los soldados, con odio; las de los otros dos hombres, con taimado asombro.

—Señora, con todos mis respetos... —empezó el otro soldado.

—Solo con dirigiros a mí ya me estáis faltando al respeto —lo cortó ella—. Puede que Pedro Merino de Manrique sea el maestro de campo, pero solo hay un general en esta expedición, solo un hombre representa al rey en estas lejanas tierras, y no es otro que mi marido, el general Álvaro de Mendaña. En su ausencia, yo soy quien dicta las órdenes, tanto en la mar como en tierra. Dejad esos cerdos o seréis acusados de traición por desobedecer una orden directa del rey.

Los soldados suspiraron cansados, hartos. Despreciaban las órdenes del general, se limitaban a cumplir con lo que les ordenaba el maestro de campo. Despreciaban aún más al capitán Quirós, a quien tenían por un hombre tibio, santurrón y poco acertado en los trabajos marítimos. Cierto era que ninguno de los dos había sido capaz de llevarlos hasta las codiciadas islas Salomón, ricas en oro y perlas. Pero, por encima de todo, lo que más les pesaba y más odiaban era tener que acatar órdenes de una mujer.

Se miraron el uno al otro y asintieron.

—Esto no quedará así. Lo pondremos en conocimiento de nuestro coronel de inmediato —comentó uno de ellos mientras abandonaban la empalizada.

—Id corriendo a contarle vuestras miserias a ese anciano desagradecido. Si tiene algún problema, que me lo diga a mí a la cara, que no ande con chismes de vieja a mi marido, que bastante tiene con ocuparse de una banda de vagos y tarugos como vosotros.

Los soldados eran Toribio de Bedeterra y Tomás de Ampuero, dos aventureros aviesos, amigos de la violencia y la traición.

—Vaya... Eso ha sido...

—Decid una sola palabra más, don Diego. Decidla si tenéis valor.

Isabel estaba furiosa, completamente fuera de sí. No soportaba a Pedro Merino de Manrique ni a sus secuaces, bestias inhumanas que solo entendían el lenguaje del arcabuz, de la violación y de la destrucción. Estaba harta de sus tejemanejes, conspiraciones y pequeñas traiciones. Era muy consciente de la posición del coronel, incluso de la importancia de su apellido y de las diversas condecoraciones recibidas durante sus servicios en Flandes e Italia, pero poco le importaba; no le permitiría ni un desmán más.

El pintor al servicio del rey contemplaba admirado a la esposa del general. No podía evitar sonreír, o reproducir aquella mueca que a Isabel le causaba tanto rechazo. Él también había recorrido mucho mundo, aunque su labor era más secreta de lo que cualquiera pudiera imaginar. Había conocido a hombres y mujeres de toda índole, pero nunca, jamás, en ninguna situación, había visto a una mujer con aquel temperamento.

—Maravilloso, mi señora. Esa era la palabra que buscaba.

Tras el momento de tensión, los tres se echaron a reír. Los dos indígenas, que no comprendían una sola palabra en castellano pero habían interpretado lo que acababa de suceder, también rieron.

—Será mejor que regresemos; esto promete aumentar la acidez de estómago de vuestro esposo —sentenció el capitán.

—Tenéis razón —aceptó ella—. Sea por mis caprichos o por los del maese de campo, el buen talante del adelantado se pone a prueba día sí y día también.

Apenas habían pasado unos segundos de la refriega, pero cuando salieron de la empalizada todo el poblado se había enterado ya de lo sucedido. Muchas mujeres se acercaron a Isabel Barreto dedicándole bellas e incomprensibles palabras. Le pusieron flores en el pelo, horadando el tocado de pedrería que portaba, tan firme como una pared de hormigón.

Una joven que no tendría más de trece años fue la encargada de entregarle un pequeño ramo de flores y hierbas de aromas exóticos. La niña tenía un cabello largo y rizado, brillante como un campo de trigo, lo que le pareció de todo punto impensable a Isabel en un lugar como en el que se encontraba. Sacó de un hueco de la basquiña unas pequeñas tijeras y acarició la cabeza de la muchacha intentando cortar algunos mechones. La niña se asustó y salió a la carrera, lo que causó un gran revuelo entre los habitantes del poblado.

—No os molestéis, mi señora. Algunas civilizaciones creen que el cabello es un signo de distinción. Debe estar más asustada que ofendida —explicó Diego Sánchez Coello.

—Así será, don Diego. Así será. —Pero lamentó profundamente haberse comportado de aquel modo y asustar a la niña.

—Isabel. ¡Isabel! —El adelantado la llamaba desde el otro lado de la aldea.

Por supuesto, tanto él como el maestro de campo ya habían sido informados por los soldados que, orgullosos, cerraban la comitiva que abandonaba en ese momento la jungla.

—Dime, querido.

Isabel, entre otras muchas cosas que la distinguían del resto de las damas de la alta sociedad, tenía por costumbre tratar a su esposo con la misma cercanía en público que en la intimidad de su dormitorio, algo que solía descolocar a don Álvaro, para regocijo de su mujer y sus doncellas.

—Me han informado de que habéis impedido a estos soldados, con muy malos modos, cumplir con las órdenes del coronel.

Pedro Merino de Manrique la miraba extasiado, con la mano apoyada en la empuñadura de su espada como si de esa forma pudiera descansar. Lo hacía a menudo, pero ella lo interpretaba como una desvergonzada lascivia que no se privaba de explicitar en ningún contexto. Esta vez pudo distinguir algún matiz más. ¿Triunfo, quizá?

—Entiendo por tu riña que aún no eres consciente de que el coronel ordenó a sus hombres obviar la autoridad de su majestad el rey Felipe, ¿no es así?

El rostro del coronel demudó.

—¡¿Cómo?! —exclamó Álvaro de Mendaña enfurecido. Solía hacerlo cuando tenía que tratar con su mujer delante de otras personas.

—Creo, mi señora, que habéis tergiversado mis órdenes —terció el maestro de campo.

—Además de acuñaros en vuestra frente el título de general de la expedición, ¿os atrevéis a llamarme ignorante?

—No es eso lo que...

—Explicaos, Isabel —solicitó el general, interrumpiendo al coronel.

Álvaro se había cruzado de brazos, algo que hacía, en contra de cualquier costumbre extendida, cuando se mostraba dispuesto a atender a razones.

—Estos dos cenutrios —dijo, señalándolos con un golpe de mentón— entraron en el templo de esta buena gente con intención de arramplar con su ofrenda a Dios, algo que tú, adelantado de las islas Salomón y gobernador de cualquier tierra que descubra esta expedición, prohibiste en nombre del rey desde el mismo momento en que partimos de El Callao. Solo hice valer tu palabra y la de Su Majestad, mientras los soldados se querían apropiar del poder de decidir, siempre para consumo propio, del coronel.

—Mi señora, disculpad la confusión, pero...

—¡Silencio! —bramó el adelantado, interrumpiendo de nuevo al maestro de campo—. Vos estabais allí, decidme qué pasó —les ordenó al capitán y al pintor.

—Es cierto que los soldados entraron en la empalizada que los indios conservan como templo y querían robar los cerdos, como ha informado la señora —explicó el capitán.

—¿Robar? ¿Acaso es robar tomar lo que es nuestro? —estalló el coronel ante la mirada furibunda del adelantado.

—Pedro Merino de Manrique, empiezo a estar ya más que harto de vuestras malaventuras. Habéis matado a cerca de doscientos indios desde que llegamos aquí hace unas semanas. ¿Por qué? ¿Por unos malditos puercos? El rey nos envió a estas tierras para pacificarlas y colonizarlas, para convertir a las almas autóctonas a la verdadera fe con cruces y rezos, no a golpe de arcabuzazo. —Más que hablar, Mendaña gritaba.

—¿Y debemos permitir que adoren a trozos de madera? ¿Debemos considerar apropiado que adoren a ídolos y les entreguen cerdos mientras los soldados se mueren de hambre?

—Debo recordaros, señor de Manrique, que la Virgen de la Soledad ante la que oramos a diario está tallada sobre un trozo de madera. No importa la materia, pues a quien honramos con nuestras oraciones es al único Dios verdadero. Estas gentes tienen la capacidad de la fe, mal haríamos en asesinar sus almas en vez de convertirlas —contrapuso el pintor.

El coronel se acercó hasta Diego Sánchez Coello. A sus sesenta y dos años era tan alto como él. Tenía una espalda tan ancha como la distancia entre las puntas de los cuernos de un toro bravo. Peinaba canas, pero era aún hábil y rápido. Le mantuvo la mirada mientras acariciaba la empuñadura de su espada.

—Hereje... —masculló antes de escupir junto al pintor y marcharse seguido por sus soldados.

—Querida —le dijo el adelantado, tomándola de las manos cuando los militares ya no podían oírlo—, me pones siempre entre la lanza y la pared. Llegará un día en el que defenderte me salga caro. Muy caro.

—¿Debemos entonces dejar a esa bestia campar a sus anchas y manchar tu nombre? ¿Qué pueden estos pobres hombres con sus piedras y sus flechas de punta roma contra los arcabuces del rey? Doscientas almas se ha llevado por delante ese Pedro Merino de Manrique. Su espada está manchada de sangre inocente...

Esta vez fue ella quien se marchó camino del campamento, dejándolo con la palabra en la boca.

Álvaro de Mendaña suspiró hastiado.

—Don Diego, ¿seríais tan amable de acompañar a mi mujer a bordo? Tengo algunos asuntos que tratar con el capitán y no querríamos ninguno que doña Isabel sufriera un percance... o que lo sufriera algún otro que pueda encontrarse con ella por el camino. —Sonrió, quitándole hierro al asunto.

El adelantado era tan consciente del carácter de su esposa, y de que aquellas discusiones le restaban respeto frente a los hombres de armas, como de que ella siempre tenía razón. En cualquier caso, esa expedición, el sueño de su vida, no habría sido posible sin ella, sin la dote con que su padre la entregó ni sin su amistad con la esposa del virrey del Perú, Teresa de Castro, quien había convencido a su marido de poner todas las facilidades posibles.

—Será un placer, mi general.

Diego Sánchez Coello alcanzó a Isabel con rápidas zancadas. Caminó a su lado mientras atravesaban el campamento, donde algunos soldados preparaban fuegos para organizar el turno de comida. Les dedicaron miradas de desaprobación, pero nadie osó decir ni una palabra.

El pintor iba conociendo a la adelantada, como muchos la llamaban a sus espaldas. Aunque ella no salía demasiado de su dormitorio en el alcázar, cada noche compartía mesa en la cena con el capitán, el coronel, el general y sus cuñados. Isabel era una mujer alegre, ciertamente desinhibida y que solía decir lo que pensaba, a veces incluso antes siquiera de pensarlo. Cantaba, bromeaba y hasta bailaba si la ocasión lo requería. Era cercana con las personas a su servicio, aunque sabía muy bien definir su posición, sobre todo ante quienes, como el coronel Pedro Merino de Manrique, se empeñaban en empequeñecerla solo por el hecho de ser mujer.

Cuando se enfadaba, era preferible permitir que lo asimilase antes que intentar hacerla entrar en razón.

—Creéis que le hago flaco favor a mi marido al oponerme a sus opiniones de forma tan deliberada, ¿no es cierto? —El hombre no abrió la boca—. Vamos, don Diego, me estáis mirando de esa forma tan vuestra de decirlo todo sin decir nada. Hablad ahora, mientras los gusanos aún no poseen nuestras lenguas.

—Mi señora, creo que tenéis mucha razón. Ese macandón de Pedro Merino consume mi energía con su sola presencia.

—No es eso lo que os he preguntado. Vos sois un hombre de la corte, estáis acostumbrado a tratar con personas que se disputan el favor del rey en cada palabra que dicen o callan. ¡Por el amor de Dios, nadie mejor que vos para decirme si tengo que estar en mi sitio o si mi sitio es estar donde estoy!

—Nadie está acostumbrado a recibir órdenes de una mujer, si os referís a eso. Menos aún los hombres de guerra o los de mar.

—Entonces ¿debo permitir que el coronel comande la expedición, aunque eso suponga entregar al rey islas llenas de cadáveres y enviar miles de almas al purgatorio?

—No, creo que no me habéis entendido. Solo digo que mientras vos expreséis vuestras opiniones de forma tan audaz, aun teniendo la razón, pocos hombres pensarán siquiera un instante en lo que oyen, y sí en que lo que oyen lo dice una mujer. Mal haríais en permitir que el coronel imponga su criterio, si es que podéis evitarlo. Pero cierto es que tampoco le hacéis ningún bien a vuestro esposo poniendo en evidencia las discrepancias que mantiene con el de Manrique.

Al llegar al batel, los dos marineros que lo custodiaban ayudaron a la señora a embarcar.

—¿Tenéis algún consejo que darme?

—Tengo la impresión de que no sois mujer inclinada a seguir consejos.

Isabel no miraba al pintor; sus ojos lo traspasaban y se clavaban en algún punto de la isla.

—Vuestra impresión es buena. Sois hábil en las discusiones cortesanas y no os atrevéis a decirle a una dama de una posición más elevada lo que debe hacer. Pero permitidme un juego: suponed que no me aconsejáis a mí, sino que me expresáis lo que consideraríais oportuno en una situación similar, con otros hombres y otras mujeres en liza.

Diego la observó abrumado. Aquella mujer era incansable, siempre se salía con la suya. Se tomó unos instantes antes de hablar.

—En ese supuesto, y siempre inclinándome hacia el hecho irrefutable de que la razón sin duda asistiría a esa mujer...

—No me aduléis, don Diego. Este tocado ya mantiene bastante firme mi espalda como para cargar encima con lisonjas palaciegas —lo interrumpió.

—No me cabe duda de que aconsejaría a esa mujer no cejar en su empeño, pero también la persuadiría para buscar otras artes más propias del ente femenino.

—¿Artes propias del ente femenino? No os tenía por uno de esos hombres que piensa que las mujeres son serpientes desalmadas.

Al pintor le divirtió la ocurrencia.

—No, mi señora, no tengo esas ideas estrafalarias, tan de moda, por otra parte. Me refiero a que tanto la mar como la conquista son terrenos de hombres... De hombres, si me lo permitís, que no tienen en consideración a la mujer más que para parir hijos y cuidarlos. Y, en ocasiones, ni eso. No expreso mi opinión cuando hablo de esas artes tan femeninas, sino la de los hombres que habéis dejado en el campamento y los que nos esperan en la nao. Si tuvieran que decidir entre tirarse por la borda o gozar de un festín en la cámara del capitán y vos les ordenaseis lo segundo, se tirarían al agua sin pensarlo. Sencillamente, no os escuchan. No quiero decir que no os obedezcan, solo que no os escuchan.

—Entiendo.

—Sé que lo hacéis. Os tengo por un ente femenino inteligente —bromeó.

Isabel rio con elegancia y mirada sibilina mientras el batel se arrimaba a la San Jerónimo. Los marineros los ayudaron a pisar cubierta. La mayoría de ellos descansaba en torno al trinquete, tendiendo sus jubones y camisas en las jarcias y cruzando naipes con sus compañeros.

Todo parecía tranquilo lejos de la isla. El sol brillaba en lo más alto, titilando sobre las aguas turquesas del mar del Sur, que con su suave oleaje mecía a las naves surtas en el puerto de la Madre de Dios. Las voces de los hombres de mar resonaban suaves en la proa para no molestar a los que aprovechaban aquellas horas de asueto para dormir. El viento arrastraba consigo el rumor del poblado y del campamento, y las palabras, ininteligibles en la distancia, se tornaban en una melodía familiar y cotidiana.

Isabel apoyó sus manos sobre una de las regalas de estribor y contempló la isla de Santa Cristina en todo su esplendor: las copas de los árboles zarandeadas por la brisa marina, los cerros empinados de los que descendían las quebradas hacia los valles salvajes. Le pareció una visión maravillosa, pero no era aquel el paraíso que habían ido a buscar.

—Mi señora, si me excusáis, creo que debería ir a descansar.

—¿Una mala noche?

—Así es. El zarandeo de alta mar puede llegar a ser como el de la cuna de un recién nacido, pero la agitación del fondeo me revuelve el estómago.

—Tenéis mi permiso, don Diego. Esperaré aquí a mi esposo y a mis hermanos. Fue un olvido imperdonable dejar a Mariana en tierra.

—Estará bien, mi señora. Todos son conscientes del temperamento de su marido.

—Es precisamente el temperamento del almirante lo que me hace temer por ella.

El pintor percibió el nerviosismo de la adelantada.

—Si lo deseáis, puedo tomar el batel e ir en su busca.

—¿Me haríais esa merced?

—¡Contramaestre, servid el batel! —gritó Diego. Luego se dirigió a Isabel—: Un campamento militar no es lugar para una joven.

—Tenéis mi agradecimiento. El rey sabe rodearse de hombres buenos.

—Al rey poco o nada le interesan los hombres buenos, mi señora. Prefiere a los competentes.

Con destreza, el pintor saltó al batel y un marinero lo condujo de nuevo a la playa.

Aquella noche, además de a su esposa, el general invitó a cenar en su cámara a don Lorenzo Barreto, al capitán Quirós, a don Diego Sánchez Coello y a los dos frailes que navegaban en la San Jerónimo. Por suerte para todos, el coronel de Manrique había aceptado quedarse en tierra con sus hombres para defender las vituallas que habían ido acumulando en el campamento. Mariana de Castro y los dos hermanos menores de Isabel cenaron en otra cámara, junto al contramaestre y los oficiales que aún permanecían a bordo.

El cocinero sirvió cerdo especiado y un puré del color de la calabaza espesado con varias verduras propias de la isla. Todos gozaron del festín y conversaron sobre el pasado, rememorando viejas historias del general en su anterior expedición hacia las islas Salomón y algunas aventuras que el capitán había vivido en sus años de navegación. El vino corrió de vaso en vaso, un caldo que el adelantado guardaba en su pañol privado para ocasiones especiales.

—No os he invitado solo para disfrutar de este vino castellano, mis señores —explicó Álvaro de Mendaña después de dar buena cuenta del bizcocho que se había servido como postre—. Hemos recorrido mil leguas hasta dar con estas islas que hemos llamado Marquesas en honor al promotor verdadero de esta expedición y a su esposa. Pero aún nos quedan otras cuatrocientas cincuenta hasta alcanzar nuestro destino. En unos días tomaremos de nuevo la derrota del oeste. Las islas Salomón nos esperan.

Levantó su vaso y todos brindaron.

—¿Es eso lo que tenías que debatir con el capitán? —inquirió Isabel sin mirarlo mientras removía su vino.

—El señor Quirós se muestra favorable a la partida. Tenemos que hacer aguada y embarcar los cerdos, cocos y plátanos que los nativos nos han entregado, Dios se lo pague con su iluminación.

Diego observó que Quirós se retrepaba en su silla, incómodo. Sabía mejor que cualquiera de los presentes que aquella no era su opinión. Las naves necesitaban aún mayores reparaciones y la aguada sería insuficiente con tan pocos días de previsión, aun cuando los indígenas colaborasen.

En cualquier caso, nadie dijo nada. Santa Cristina, como el resto de las islas Marquesas, era bella desde el mar, pero estaba llena de peligros y, en apariencia, carecía de riquezas. A todos les complacía seguir su camino.

—¿Habéis considerado la posibilidad de establecer aquí una colonia? —preguntó Lorenzo Barreto—. Al fin y al cabo, el rey os permitió fundar tres ciudades. Abandonar estas islas ahora que las hemos descubierto no servirá de mucho.

—Lo he considerado, Lorenzo, pero no es tarea sencilla. Los colonos y los inversores no comprenden el valor intrínseco de esta aventura, la orden de Su Majestad de descubrir nuevas tierras, pacificarlas y convertir a sus pobladores al cristianismo. Ellos no escucharon nada más allá de la palabra «oro» cuando les propuse regresar a las Salomón.

—Poco importa lo que ellos deseen o lo que creyesen escuchar; sois la voluntad del rey, deben obedecer.

El adelantado dio un puñetazo sobre la mesa.

—Lorenzo... —comenzó Isabel, pero su esposo la interrumpió.

—Puedo ordenarles que se queden, pero ¿qué pensarán los que embarquen? Su desconfianza no es poca, no quiero acrecentarla haciéndoles ver que pueden quedar abandonados en cualquier isla.

—Lorenzo, Álvaro tiene que pensar en muchas otras cosas más allá de en imponer su voluntad —explicó Isabel, acariciando la mano con la que su marido había golpeado la mesa—. Embarcamos en el Perú cerca de cuatrocientas personas; cualquiera de ellas podría hacer fracasar esta expedición si utiliza malas artes. —Miró entonces al resto de los presentes—. A ninguno de nosotros se nos escapa que, desde hace semanas, e incluso antes de partir, hay una guerra a bordo entre los soldados y los marineros. Los colonos no entienden nada de las dificultades de la navegación, pero se sienten seguros al olor de la pólvora y celebran la muerte de cada indígena porque piensan que es un enemigo menos. No podemos obligar a nadie a permanecer en esta isla si no es lo que desea. No podemos exigir voluntades sin dar ejemplos. ¿Te quedarías tú a gobernar una colonia de unos treinta hombres en Santa Cristina?

Lorenzo fulminó a su hermana con la mirada. Lo estaba poniendo en evidencia para defender a su marido, algo que iba por completo en contra de la idiosincrasia familiar.

No, Lorenzo Barreto no se quedaría en Santa Cristina ni loco. Aquella isla no podía tener mayor valor que el estratégico por hallarse en medio del Pacífico, pero el rey no la poblaría como había hecho con otras regiones, como las Filipinas. Finalmente, se limitó a agachar la cabeza ante la pregunta de su hermana.

—¿Vos qué pensáis, don Diego? —le preguntó el adelantado.

—No me corresponde a mí participar de este tipo de decisiones, mi señor.

—Vamos, no me toméis el pelo. El rey, solo él sabe por qué, se empeñó en que formaseis parte de todo esto. Vos lo conocéis mejor que ninguno de nosotros, debéis saber cuál es su verdadera intención en la colonización de las Salomón.

—Mi labor en esta expedición se limita a la mera observación.

—¡Ja! A otro puerto con esa nave —espetó Lorenzo.

Diego cruzó una mirada con Quirós y después jugueteó con sus manos.

—Bien es sabido que desde hace décadas Castilla pretende establecer colonias en el mar del Sur para combatir la piratería inglesa y establecer rutas comerciales con las Indias Orientales. Mis conocimientos de navegación son baldíos en comparación con los vuestros, mi señor, o con los del capitán, pero pienso que el valor estratégico de las islas Marquesas no compensaría la desconfianza que ocasionaría entre soldados y colonos dejar un destacamento aquí, aun bajo la promesa de regresar con más hombres y recursos. La codicia humana está muy por encima de los designios de Dios. —Dedicó una mirada complaciente y exculpatoria al vicario y al capellán, que permanecían en silencio—. Si esos hombres han embarcado a sus familias para encontrar el mítico puerto de Ofir y gozar de sus riquezas, poco les parecerá salvar las almas de un millar de indios, a los que desprecian sobremanera, y fundar una colonia en mitad del océano a mil leguas de tierra firme.

Se hizo el silencio en la cámara, mecida por el mar al son del viento.

—¿Qué opina Dios de todo esto? —preguntó Lorenzo Barreto a los frailes.

Juan de la Espinosa, el anciano vicario, carraspeó antes de hablar.

—Suele decirse que los caminos del Señor son inescrutables. Los indios de esta isla parecen adorar a sus antepasados y a algunos seres marinos. Querría Dios salvar sus almas, pero querría aún más mantener a buen recaudo a las que ya pertenecen a su redil.

—Si Dios, el rey y el general están de acuerdo, no hay mucho más que discutir —concluyó Isabel, levantándose de su silla para dar por finalizada la velada.

—Me gustaría, con el permiso del adelantado, conocer la opinión del capitán —interrumpió Lorenzo. Esta vez fue Isabel quien lo hizo arder con la mirada.

—El capitán Quirós se ha mostrado de acuerdo conmigo cuando hemos conversado en tierra. Mañana comenzaremos a recoger agua y víveres y partiremos cuanto antes.

No hubo más que hablar, la decisión estaba tomada. Todos se acostaron aquella noche pensando que abandonar un descubrimiento como el del archipiélago de las Marquesas era un error, pero les permitiría concluir su aventura con éxito. No habían partido del Perú con la única intención de fundar algunas colonias en mitad del mar del Sur, sino que cada uno tenía sus propios objetivos.

Pedro Fernández de Quirós consideraba inoportuna y precipitada la huida, pero no dejaba de soñar con ser el primer navegante en descubrir la *Terra Australis Incognita*. Álvaro de Mendaña ansiaba volver a ver San Cristóbal, Guadalcanal o Santa Isabel, aquellas islas en cuyos ríos el oro descendía en tropel, y hallar el mítico puerto de Ofir, desde donde se suponía que el rey Salomón embarcaba toneladas del metal precioso. Isabel deseaba la gloria de su marido, además de vivir las mil aventuras marítimas que había anhelado desde su infancia. Lorenzo Barreto quería gobernar una gran isla, tener bajo su mando a cientos de soldados y formar parte de la historia. Los sacerdotes bastante tenían con seguir respirando en algún lugar seguro y agradecer la dádiva de la vida al Señor convirtiendo a su fe al mayor número posible de indígenas. Pero nadie sabía cuál era el verdadero objetivo de Diego Sánchez Coello, enviado por el rey Felipe II. En lo que todos coincidían era en que, buscase lo que buscase, no lo encontraría en Santa Cristina.

Al día siguiente, los soldados y los colonos que se habían desplazado a tierra firme comenzaron a embarcar cargados con los víveres que habían esquilmado a los pobladores de las Marquesas.

También regresó a la San Jerónimo el coronel Pedro Merino de Manrique, para disgusto de casi todos.

Mediada la mañana, dos canoas con once indios se acercaron a las naves. Los navegantes portaban cocos y plátanos, exhibiéndolos como si quisieran lanzarlos a las naves de los españoles. Gritaban en su lengua y reían a carcajadas.

Álvaro de Mendaña los observaba desde la toldilla con gesto de preocupación.

—Seguid con vuestros trabajos, muchachos —ordenó—. Ya se cansarán y se marcharán.

Pero los indígenas parecían a cada instante más agitados, quizá nerviosos por no recibir la atención de los lejanos visitantes.

El maestro de campo abandonó sus dependencias avisado por las cercanas voces en aquel idioma que no comprendía, pero que ya le era familiar.

—Estas bestias buscan algo, general. ¡Soldados, cargad los arcabuces!

—No son del poblado del cacique que conocemos, tal vez solo quieren complacernos con su ofrenda por algún problema interno entre los indios —replicó Diego Sánchez Coello, quien también observaba el ajetreo desde la cubierta superior.

—Ignoradlos —decidió el adelantado—. Se marcharán cuando se cansen.

—Mi general, estos hombres han venido para comprobar cuáles

y cuántas son nuestras fuerzas. Si no les damos muestras de nuestro poder, tal vez esta tarde regresen más canoas.

—¿Qué pueden hacer unos cuantos indios con piedras y flechas de punta redonda contra cuatro navíos bien armados? —preguntó el capitán.

Pedro Merino suspiró y miró a Quirós, con quien mantenía una afrenta sin disimulos desde el inicio del viaje.

De pronto, se escuchó un estruendo desde la nave almiranta. Alguien había lanzado un verso sobre las embarcaciones, lo que había destruido una de ellas y herido de muerte a tres indígenas.

—¿Qué ha sido eso? —se horrorizó Álvaro de Mendaña—. Capitán, enviad señas de alto el fuego a la almiranta.

La orden corrió hasta el contramaestre y de este hasta el grumete que descansaba en la cofa, pero no fue lo bastante rápido. Otro verso, lanzado esta vez desde la fragata, hizo agua junto a la otra canoa, que ya emprendía la huida hacia la playa.

—¡Muchachos, preparad el batel! —gritó el coronel.

—¿Qué pretendéis? ¿Acaso no habéis entendido que no iban a atacarnos? ¿No es suficiente la sangre que mancha vuestro espíritu que aún queréis más? —espetó el capitán.

—Cuando necesite la opinión de una rata de cocina os la pediré, señor Quirós. En lo que a la guerra se refiere, yo soy quien da las órdenes.

—General, haced algo, os lo suplico. —Pedro Fernández de Quirós se encontraba totalmente confundido ante lo que veía.

El maestro de campo se embarcó junto a seis soldados en el batel en busca de los indígenas, ante el silencio de Álvaro de Mendaña, que observaba todo lo que acontecía desde la toldilla, apresando la regala con las manos con la fuerza de un jaguar.

Los marineros detuvieron sus trabajos para contemplar la persecución. Solo tres indios llegaron con vida a la playa y pudieron salir a la carrera en dirección a los cerros en los que se escondían cuando temían el sonido de los arcabuces.

—¿Y si el coronel tenía razón? ¿Y si planeaban atacarnos y habían enviado esta avanzadilla para calibrar nuestras fuerzas? —preguntó el general a quien quisiera escucharlo, sin apartar la mirada de la playa. Estaba consternado por lo sucedido, pero no había hecho nada por evitarlo.

—¿Atacarnos? No puedo creer lo que oigo, mi señor. Portamos

cañones, arcabuces, lanzas y espadas; muchos de los soldados son veteranos de largas y pesadas guerras en Europa. ¿Podemos temer que unos hombres incivilizados con cantos y flechas de caña ataquen a cuatro naves de la armada española?

El coronel subía de nuevo a cubierta. Traía consigo la canoa y tres cadáveres; el resto de las víctimas se hundía en las aguas del improvisado puerto.

—Id corriendo a vuestro diario y anotad lo sucedido si es lo que os place, capitán —le imprecó—. Pero se ha hecho lo que debía hacerse.

Quirós, con un rictus de espanto labrado en su rostro, regresó a sus dependencias. No quería participar de aquella matanza, ni siquiera como testigo inocente.

—¿Era necesario traerlos a cubierta? —preguntó Diego Sánchez Coello.

Isabel salió del alcázar en ese momento seguida de su hermana Mariana. Sus oraciones se habían visto interrumpidas por los disparos y los gritos. Al ver los tres cadáveres en el combés, abrazó a su hermana para impedir que contemplara las consecuencias de lo sucedido.

—Pedro Merino de Manrique, sois un bárbaro.

El coronel sonrió complacido por aquellas palabras. No había nada que le alegrase más que ver a la adelantada perder los nervios.

—Solo he cumplido las órdenes de vuestro marido.

—¿Es así, Álvaro?

El general descendía de lo alto del castillo de popa. Guardaba silencio, pues si bien no era cierto que él hubiera ordenado nada, sí lo había permitido.

—No os pedí que trajerais los cuerpos a bordo.

—Tres han escapado, mi señor. He pensado que sería buena idea ahorcar estos cadáveres en el poblado, no querría que los indios hubieran trabajado en balde al venir aquí a medir nuestras fuerzas. Que vean de lo que somos capaces.

Álvaro de Mendaña alcanzó a su esposa y a su cuñada y las abrazó. No quería que ninguna de las dos presenciase lo que estaba pasando.

—Llevaos al alférez Juan de Buitrago y haced lo que os plazca, pero no quiero esos cuerpos ni un segundo más en la nave.

El coronel hizo lo prometido y los tres indios muertos fueron ahorcados en el poblado ante las miradas de odio del resto de los indígenas. Quizá no pertenecieran a aquella aldea, pero el mensaje era más que obvio, y se extendía a todos los nativos de la isla. No entendían las palabras castellanas, pero sí sus acciones.

A partir de entonces, los acontecimientos se sucedieron como si un movimiento sísmico hubiera agitado los cimientos de un edificio en construcción, desencadenando nefandos actos de miseria humana. Por la tarde, una nueva canoa se acercó a la San Jerónimo. La dirigía un solo hombre, un indio que había cogido especial cariño al capellán y deseaba visitarlo. El adelantado, que se encontraba en cubierta, lo reconoció de inmediato y pidió a los marineros que lo subieran a bordo. El hombre se mostró agradecido, y aún más cuando los marineros le dieron vino y carne en salazón. Aceptó el regalo de buena gana y se mostró afligido al no tener él nada con que corresponder.

Todo lo que había en la nave le sorprendía. Contó los cables, las jarcias y las velas, y puso nombre a algunos de los animales que estaban embarcando. El capitán lo observaba todo junto al timonel, en la toldilla, aún afectado por lo sucedido aquella mañana. Algunos soldados descansaban por allí. Uno de ellos, que respondía al nombre de Toribio de Bedeterra, tomó el arcabuz de un compañero y lo cargó. Reptó por el suelo hasta la escala y apuntó al indio.

—¿Qué creéis que estáis haciendo? —lo sorprendió Diego Sánchez Coello al pasar por su lado, cuando se proponía visitar a su amigo Quirós.

—Matar al indio, como matamos a los de esta mañana.

—Matáis porque matar es lo que veis —dijo, quitándole el arcabuz de las manos—. ¡Qué facilidad mostráis ante el negocio de la muerte! ¿Qué puede haberos hecho ese hombre que merezca vuestra crueldad? Y no os atreváis a esgrimir como excusa el comportamiento del coronel. Mata quien quiere matar; si no veis qué delito tan grave cometéis al asesinar impunemente, tiempo vendrá en que lo comprendáis, cuando os pudráis en una cárcel junto a las ratas.

Por la noche, los nativos se hicieron cargo de los cuerpos ahorcados y los retiraron. Durante al menos dos horas se escuchó aquel rumor que procedía de los cerros. Nadie pudo dormir durante ese tiempo. Los que estaban ya embarcados miraban desde la cubierta, aguardando que sucediese algo. Los que aún permanecían en el campamento se apostaban armados a la espera de reyerta.

Llegó de madrugada. Cayeron algunas piedras y bastantes flechas. Un soldado fue herido en una pierna, y, a cambio, más de cuarenta indígenas no vieron la luz del sol al amanecer.

Por la mañana, el adelantado dio orden de acelerar el avituallamiento. Debían recoger lo imprescindible ya que, según sus cálculos, las islas Salomón no distaban mucho de Santa Cristina y allí no faltarían agua ni alimentos.

El día 5 de agosto de 1595 se erigieron tres cruces; una en la playa, otra en el lugar que había ocupado el campamento y la última en el poblado de los indígenas, en el mismo sitio donde se habían mostrado los cadáveres ahorcados. Después, el adelantado grabó en el tronco de un árbol la fecha de su marcha y las naves salieron a alta mar. Nadie miró atrás. Y nadie los echaría de menos en aquella isla. Los españoles nada habían llevado a Santa Cristina, excepto miedo, muerte y horror, y nada dejaban, salvo aquello mismo.

El capitán Quirós tuvo que hacer uso de toda su experiencia para salir del puerto de la Madre de Dios, pues la ausencia de viento dificultaba las maniobras, pero quiso el destino que ni la San Jerónimo ni ninguna de sus compañeras encallase en aquel lugar perdido de los mares del Sur. Tal vez porque les reservaba aún arduas tareas que llevar a cabo.

Ya en el océano, la nave capitana se mantuvo en un silencio cegado de nobleza, como un campo de batalla después de la guerra. Nadie se sentía cómodo con lo sucedido en Santa Cristina, más allá del orgulloso coronel y sus secuaces más próximos, como el alférez Juan de Buitrago y los soldados Toribio de Bedeterra y Tomás de Ampuero, tristes protagonistas de la expedición, que contaban por docenas los nativos que habían perecido bajo la pólvora de sus arcabuces y el filo de sus cuchillos. No disimulaban al trasegar monedas entre ellos según quién encabezase su particular competición por ver quién causaba más muertes.

Álvaro de Mendaña se recluyó en sus dependencias, igual que el pintor Diego Sánchez Coello, los hermanos de la adelantada y esta misma, que no sabía cómo dar consuelo a su núbil hermana, sumida en la tristeza por no poder embarcarse en la nave que capitaneaba su marido, el almirante Lope de Vega.

La joven Mariana lloraba hasta agotar las lágrimas y desecar el océano, deseosa de vivir sus propias aventuras, y ni Isabel ni sus damas, Elvira Delcano, Belita de Jerez y Pancha, eran capaces de hacerla entrar en razón. Durante horas, sus lamentos mecían el ir y venir de las olas mientras los marineros observaban el horizonte con sus ajados rostros curtidos por el sol y el agua salada.

Los hombres de mar preferían los barcos a la tierra firme, más aún cuando esta se hallaba llena de peligros, como la isla que acababan de abandonar. Sin embargo, los nubarrones que se dibujaban en el cielo, más allá de la proa, no anunciaban nada bueno.

El desasosiego se instaló en las cuatro naos que formaban la expedición, y las dudas comenzaron a extender rumores malsanos que emponzoñaban el ánimo de los aventureros y lo llenaban todo de incertidumbre. Si hasta la llegada a las islas Marquesas había reinado el buen humor y colonos, soldados y marineros se jugaban a los naipes o a los dados las perlas que ansiaban encontrar en las Salomón y los palmos de tierra que el adelantado les concedería, ahora todos se miraban desconfiados, temiendo no dar con la tierra prometida y perecer víctimas del hambre, la sed, la enfermedad o alguna tempestad.

Al cuarto día, don Álvaro de Mendaña salió al alba de su habitación y ascendió al castillo de popa ante el anuncio del contramaestre y los oficiales. Pedro Quirós dominaba el timón con maestría y fruncía el ceño ante las adversidades que preveía cercanas.

—¿Mantenemos el rumbo, capitán? —preguntó el adelantado a modo de saludo.

Había elegido las mejores ropas que guardaba en su baúl para algún momento importante. Sin duda, ese lo era.

—Navegamos sobre los diez grados al sur del ecuador, con viento del nordeste, rumbo hacia donde el mapa que trazamos indicaba la posición de las islas que buscamos. Hemos recorrido mil cien leguas desde nuestra partida del Perú.

Al escuchar esas noticias, el adelantado dio una palmada en la espalda al capitán, feliz y orgulloso.

—Dentro de pocos días, el grumete anunciará desde la cofa el avistamiento de tierra, y los afilados acantilados de San Cristóbal se dibujarán en el horizonte como el paraíso perdido. ¡Alegrad esas caras, muchachos! —Ahora se dirigía a los marineros, que hasta ese momento habían mantenido una mirada torva y macilenta.

El rumor se extendió tan rápido como cien litros de agua lanzados a un ánfora. De pronto, los trabajos del mar recuperaron su armonía y el sobrecargo comenzó a cantar viejos versos ya olvidados en tierra. Un paje sacó una chirimía de su pertrecho y siguió el ritmo; poco a poco, el resto de los hombres se sumó al sobrecargo, lanzando sus voces alegres al aire, espoleando con su ímpetu las velas que estiraban los cordajes y haciendo de la espuma que el mar salpicaba a cubierta, y los marineros fregaban sin cesar, jabón de sus heridas que limpiara un pasado reciente.

—¡Mirad al oeste, mis marineros! —gritó entonces el capitán Quirós, llevado por el entusiasmo generalizado—. Grandes aventuras esperan al hombre que sabe distinguir entre los tesoros y la bisutería. El futuro será nuestro si lo perseguimos con ahínco.

Diego Sánchez Coello salió de su cámara en ese momento, divertido por los nuevos ánimos de los marineros, y, poco después, Isabel Barreto, ataviada con un amplio vestido de delicado lino, tomó cubierta por sorpresa como los buenos soldados. Al verla, con el pelo suelto y la mirada traslúcida, algunos marineros se fueron callando poco a poco; tan solo Jaume Bonet, un mozo que se debatía entre las jarcias llevado por el son de la música, continuaba cantando con su voz de barítono lo que en su garganta era una melodía cristalina y deliciosa.

A Isabel la siguieron sus doncellas, Elvira y Belita, pero también su dama de compañía india, a la que todos conocían como Pancha. No faltaba en cubierta el liberto del general, que ya lo había acompañado en su primer viaje veintisiete años atrás y que respondía al nombre de Myn. El liberto tomó a Pancha en brazos y la llevó hasta el combés, donde ambos comenzaron a bailar. Isabel sonrió ante semejante espectáculo. Nadie habría esperado, unos días atrás, que la expedición recuperase la alegría de aquella forma.

Al ver la sonrisa de la adelantada, los marineros volvieron a acompañar al mozo y de nuevo el paje sopló su chirimía, las doncellas se unieron al baile y muchos otros hombres de mar acompañaron su arrebato, siempre dentro de la corrección que exigía la presencia de la mujer del general.

Los trabajos se llevaron a cabo sin el esfuerzo habitual, ya que lo marineros se contagiaron de la euforia de aquel instante mágico, una algazara improvisada, un carnaval de rostros demudados que habían recuperado sonrisas en desuso y ánimos naufragados. Isabel instó a su esposo a doblar la ración de comida y vino para la cena, y el crepúsculo descubrió a unos y a otros tarareando otras canciones igual de alborozadas. Se prendieron fanales en la cubierta y la guardia nocturna se mantuvo despierta, gozosa por haber terminado bien la jornada y esperanzada de descubrir nuevas tierras en los días venideros. No sabían aún cuán equivocados estaban.

Hasta once días después, quince en total desde la partida del puerto de la Madre de Dios, no vislumbraron terreno alguno. Al amanecer del decimoquinto día, un grumete gritó «¡Tierra!» desde la cofa del palo mayor, enardeciendo a los marineros que aún trataban de despertar.

El capitán, el general y los oficiales salieron en ropa de cama de sus cámaras al escuchar tan ansiada palabra. Al instante, el adelantado supo que no era el destino que buscaban. A estribor quedaban cuatro islas pequeñas que formaban las esquinas de un rombo. Estaban cubiertas de palmas y arboleda, anunciando una profusa vida en su interior y quizá nuevos peligros a los que enfrentarse.

De la más meridional de ellas surgía una restinga coronada por una cabeza a modo de islote, y ya desde la lejanía se adivinaban arrecifes y algunas rocas en los aledaños.

El general dio orden de aproximarse con cuidado. Aunque según los cálculos de Pedro Fernández de Quirós se hallaban a unas cincuenta leguas de las Salomón, las vituallas se habían visto mermadas durante aquellos quince días y las naos necesitaban leña y agua.

—Mi señor, si me lo permitís... —interrumpió el vicario cuando ya descendía el batel en el que los hombres buscarían un buen lugar para fondear.

—Decidme, padre.

—Tengo un presentimiento extraño con esta isla, creo que deberíamos continuar nuestro camino.

La restinga era mucho más ancha de lo que se había pensado en la distancia, y los arrecifes florecían por encima del agua, imposibilitando a cualquier embarcación hacer tierra allí. Las otras tres islas eran de similares características.

—No sabía que los hombres de Dios creyesen en supersticiones —espetó el coronel—. Nada hay en estas islas, ni en ninguna otra, que pueda acobardar a quien porta el pendón del rey.

Sin embargo, el adelantado, poco dado a supercherías, se mostró de acuerdo con el sacerdote.

—En cualquier caso, no son estas las islas que hemos venido a conquistar. Si no encuentran paso, seguiremos nuestro camino —ordenó Álvaro de Mendaña antes de regresar a su cámara.

Pedro Quirós anotó en su cuaderno de bitácora la posición de aquellas islas, llamadas de San Bernardo por ser el día de su santo cuando fueron descubiertas. Los marineros regresaron con el batel sin haber hallado forma alguna de llegar a tierra y las naves reemprendieron su derrota hacia el oeste.

—¿Qué sucede, Álvaro? —le preguntó Isabel aquella misma noche, al verlo preocupado escrutando con el ceño fruncido una carta de navegación, como si tratase de desentrañar oscuros misterios ocultos en un galimatías de líneas y puntos.

Estaban los dos solos en la cámara del adelantado, que daba a la sala de cartografía donde el capitán tenía sus dependencias.

—Es extraño, Isabel. —Él permanecía sentado, con la mano en el mentón pasando los dedos por sus labios resecos por el viento y la falta de agua; ella acarició su cabello revuelto y empujó la cabeza de su esposo contra su vientre, con cariño y ternura—. Hemos seguido el mismo rumbo que hace veintisiete años, no deberíamos haber encontrado las islas Marquesas, y mucho menos estas de San Bernardo. Algo va mal, querida.

—Seguro que lo solucionarás. —Lo besó en la frente—. Siempre lo haces.

Pese a que nunca había existido pasión entre ellos dos, Isabel amaba a su esposo. No, quizá, como se aman los ardientes enamorados, pero sí con un respeto y una admiración rara vez vistos. Era algo recíproco. Su matrimonio había sido concertado por ellos mismos, con ayuda del padre de Isabel. Tenían un interés mutuo, y acordaron que jamás caerían en los arteros juegos de los celos ni del ardor. Tenían un objetivo y lo cumplirían; sin embargo, el cariño silente que se erigía entre ellos dos los había conducido a un tipo de relación simbiótica en la que ambos se retroalimentaban. Cuando Isabel acariciaba los cabellos de su marido y lo animaba con una sonrisa y un beso en la frente, él solía verse embargado por el entusiasmo aún juvenil de su esposa. Pero aquella vez no fue así. Su ceño continuó fruncido, y su mirada, preocupada.

—Empiezo a albergar dudas.

Isabel se acuclilló junto a Álvaro, aún sentado frente a la carta de navegación.

—¿Dudas sobre qué?

—Ya sabes que Pedro Sarmiento de Gamboa trazó los mapas al terminar la anterior expedición. Ya durante el viaje, el piloto mayor Hernán Gallego y yo tuvimos serios problemas con él, y lo que vino después es por todos conocido...

—¿Crees que pudo manipular las cartas? —lo interrumpió ella.

El adelantado la miró por primera vez, apartando los ojos de la mesa.

—Es lo que temo. Tal vez pudo equivocarse, la navegación no es una ciencia exacta, pero ese hombre no era ningún estúpido. Quizá un sádico, tal vez un diablo venido del infierno, pero no le creo capaz de cometer un error así.

—¿Estás seguro de que hemos mantenido el rumbo?

—¡Yo mismo lo he comprobado! —estalló. Al instante se dio cuenta de que iba a pagar con su esposa preocupaciones que poco tenían que ver con ella—. Lo siento, Isabel, no quería...

Ella volvió a sonreír.

—No te preocupes, te entiendo.

—Pedro Fernández de Quirós es un hombre ducho en la navegación, pero es que, además, yo mismo he comprobado con el cuadrante nuestra posición. Estamos en el lugar adecuado según las cartas de Sarmiento, y estas malditas islas —añadió, señalando la posición recién dibujada de las de San Bernardo, que ya habían dejado atrás— no deberían estar aquí.

—¿Lo has hablado con el capitán?

—Todavía no, pero lo haré lo antes posible. De hecho, estaba esperándolo.

—¿Quieres que me quede?

Ahora fue él quien le acarició sus cabellos oscuros y ondulados y le dedicó una amplia sonrisa, aunque cansada y derrotada.

—No, querida. Ya sabes cómo es ese hombre, no le gusta la presencia de mujeres en el barco, y menos aún que opinen sobre los asuntos de mar.

Isabel se levantó de un respingo y se llevó un dedo a los labios, divertida como una adolescente.

—Me mantendré callada, no notaréis que estoy aquí...

Su marido se echó a reír un segundo antes que ella.

—No te mantendrías ajena a una discusión ni aunque te cosiéramos tus preciosos labios. Eres así, y así hay que quererte.

Isabel volvió a besarlo en la frente y a revolver sus cabellos.

—Pero luego me cuentas lo que habéis hablado, ¿de acuerdo?

—De acuerdo.

Aquella reunión resultó tan útil como una vela en un huracán. En realidad, poco había que discutir; tenían unas cartas de navegación dibujadas por el difunto Pedro Sarmiento de Gamboa donde no figuraban esas islas que ellos mismos habían comprobado que sí estaban. La derrota era la adecuada y estaban a cincuenta leguas, o menos, de su destino, pero ambos estaban seguros de que no hallarían las Salomón.

Y así fue. Durante la siguiente semana, el recuerdo de aquella jornada en la que todos se pusieron a cantar y a bailar se convirtió en poco menos que la evocación de un pasado arcano. Las esperanzas de los marineros se iban agotando, y comenzaban a desconfiar del general y, lo que era aún peor, del capitán.

Dos días después de agotada esa semana tras avistar las islas de San Bernardo, recorridas mil quinientas treinta leguas, lo que sumaba ochenta más de donde se suponía que estaban las Salomón, un marinero observó una montaña recortarse en el horizonte. Era una isla pequeña y elevada, con espesa vegetación y ningún signo aparente de vida humana.

El adelantado ordenó a la fragata y a la galeota que bojearan la isla, pero no hallaron más que arrecifes y peñascos, lo que hacía imposible el desembarco.

El almirante Lope de Vega, en la reunión matinal que solían tener los capitanes de cada nave en la San Jerónimo con el general, había informado de la escasez de leña y agua que sufría el galeón Santa Isabel. No poder avituallarse en la que se llamó isla Solitaria fue un nuevo tropiezo en aquella accidentada expedición.

No les quedaba más remedio que continuar hacia el oeste. Álvaro de Mendaña y Pedro Quirós discutieron bravamente sobre sus posibilidades. ¿Quizá habían dejado atrás las islas Salomón? ¿Más al norte? ¿Más al sur? ¿Era una posibilidad real regresar sobre sus pasos?

Las raciones diarias de bizcocho y agua menguaron considerablemente. Nadie que no ostentase el título de oficial probaba la carne desde hacía días y los gusanos emergían del pan y reducían el queso. La cecina comenzaba a convertirse en un lujo que los marineros y los soldados se jugaban de mala gana a los naipes. Aumentaban los enfrentamientos y ya había corrillos en los que se ponía en duda la capacidad del capitán para dirigir aquella aventura y la existencia misma de las islas.

—Se las habrá tragado el mar —comentaban unos.

—Nunca existieron, es producto de la ensoñación del general —respondían otros.

—Quedaron atrás.

—Estaban más al sur...

Ocho días después de dejar atrás la isla Solitaria, el almirante Lope de Vega pidió una reunión personal con el adelantado. Mariana, la hermana de Isabel y esposa del almirante, lo recibió con abrazos desesperados y le susurró al oído que la llevara con él a su barco.

—Será mejor que hablemos en privado —le sugirió Lope de Vega al general.

En la sala de cartografía se reunieron los dos en compañía de Isabel, Lorenzo y el capitán.

—Necesitamos leña.

—Todos estamos escasos de leña, agua y alimentos, almirante.

—Pero, por lo que he visto, vos no habéis comenzado a quemar la obra muerta de vuestra nave.

Todos se miraron sorprendidos.

—¿Habéis agotado vuestros recursos?

Lope de Vega era un hombre adusto y de escasas palabras. Contaba más de treinta inviernos, todos ellos bien vividos al arrullo de sus más fieles hombres. Veterano marinero, pese a su juventud, sabía más de la vida por lo disfrutado que por lo sufrido, y nunca le había faltado de nada, ni en la mar ni en la tierra. Con fama de mujeriego empedernido, Isabel no había permitido a su hermana viajar en su galeón por miedo a lo que le pudiera suceder. Ya le habían llegado rumores a Pancha, que con todos hablaba y de todos sabía, sobre el comportamiento del almirante en su nave, sobre los festines diarios con los que agasajaba a sus hombres y sobre las afinidades que había alcanzado con la mujer de un sargento.

—También necesitamos agua.

—¿Agua? —preguntó sorprendido Quirós. Obviamente, el agua escaseaba, pero no debería hacerlo tanto como para solicitarla a la nave capitana.

Si las miradas pudieran atravesar el corazón de una persona como un estoque, la que le dedicó el almirante a Pedro Fernández de Quirós lo habría ensartado como una estacha.

—Tan solo nos quedan nueve tinajas.

—Me sorprende sobremanera, almirante. Embarcasteis más de ciento cincuenta hace menos de un mes.

—No conocéis el estado de la Santa Isabel, general. Se menea como un pececillo fuera del agua. Los cordajes están podridos, y los aparejos, agujereados. Sospecho que el casco se está abriendo a la altura de las cuadernas, pues la bomba no da abasto para sacar agua del lastre. Varias tinajas se han roto y han derramado el agua sobre las salazones y los bizcochos...

—Almirante Lope de Vega, ¿por qué me habéis ocultado vuestra precaria situación durante tantos días?

—Poco importa eso, general. Os estoy informando ahora y la situación es la que es. Necesito agua y leña para continuar la expedición.

—¿Revisasteis el lastre en Cherrepe? —preguntó el capitán Quirós—. Puede que la nave no tenga el suficiente lastre y por eso navegue celosa y no acuse la vela.

—¿Qué más da eso? Estamos en alta mar, lejos de cualquier tierra conocida. Las islas Salomón no aparecen por ningún lado y lo más probable es que hayan quedado atrás. Si el lastre es inferior al necesario, nada puedo hacer aquí y ahora, pero la sed de mi gente sí tiene solución. Sé que en vuestros pañoles hay más de cuatrocientas botijas. Solo os estoy pidiendo veinte y un carro de leña.

¿Cómo puede saber las reservas que aún tenemos a bordo?, se preguntó el adelantado.

Para Isabel, aquella pregunta tenía una respuesta obvia: Mariana. De algún modo le estaba enviando mensajes a su marido, y ella creía saber cómo. En cualquier caso, el almirante estaba ofendiendo a su esposo y al capitán al poner en duda sus conocimientos náuticos, y ninguno de ellos parecía atender lo suficiente a su orgullo como para poner freno a semejante tropelía.

—Vos sois el responsable de vuestra nave y de los recursos que en ella portáis. Venís aquí exigiendo agua y leña porque os habéis pasado todo el viaje consumiéndola sin reparo —opuso Isabel—. ¿Qué le diremos a nuestra tripulación cuando vean sacar sus botijas de la bodega? Ellos reciben media ración de agua diaria, pero me consta que vos la dobláis e incluso la triplicáis, y pretendéis continuar con vuestro regocijo y el de vuestros hombres a nuestra costa. Pronto avistaremos las islas que hemos venido a buscar y podréis hacer aguada si os place, pero no procuréis que otros paguemos vuestra falta de inteligencia.

Se hizo un silencio espeso en el que se adivinaban los pensamientos. Lope de Vega ni siquiera la miró. Al cabo de unos segundos esbozó una sonrisa cínica.

—¿Es la opinión del adelantado la misma que la de su mujer? —Recalcó la última palabra, haciendo ver a los tres hombres presentes que se estaban dejando guiar por una mujer en asuntos que no la incumbían.

—Lo es —contestó don Álvaro con decisión.

—Estoy resuelto a morir con mis hombres si es necesario, pues a eso hemos venido tanto ellos como yo, pero sed conscientes, mi general, que escribís la condena con nuestra propia sangre.

En ese momento la puerta de la cámara se abrió y Mariana entró con los ojos enrojecidos por el llanto. Se abrazó al almirante sollozando.

—¡Llévame, Lope! ¡Llévame contigo! ¡Si has de morir, no lo harás solo!

El almirante la agarró con violencia de los brazos y la separó.

—No es preciso que todas las almas de esta expedición alcancen el infierno al mismo tiempo. Quédate con tu hermana y goza de sus malditas tinajas mientras puedas.

Dicho esto, salió de la habitación dando largas zancadas. Mariana trató de acompañarlo, pero Lorenzo, tras un gesto de Isabel, la rodeó con los brazos para impedírselo.

Álvaro de Mendaña y Pedro Quirós habían seguido con su mirada los pasos del almirante y ahora observaban al otro lado de la puerta abierta, donde el coronel les devolvía la mirada con media sonrisa pintada en el rostro.

—Espero que hayas calibrado bien tu decisión, Isabel —le dijo Mendaña cuando todos se hubieron marchado, con Mariana pataleando, llorando y gritando en brazos de su hermano Lorenzo.

—Yo espero que nunca más dejes que pisen tu nombre, Álvaro. Hace días que a bordo se habla de motín, y solo tus oficiales lo paran. Si das muestra de una autoridad quebrada, seremos tú y yo los que nos quedaremos sin más agua que la del océano, porque es allí adonde nos lanzarán.

Permanecieron en un silencio tenso.

—Si se les agota el agua, yo seré el responsable.

—Si se les agota el agua será por la irresponsabilidad del almirante. De todos modos, las Salomón están cerca, ¿verdad? —El adelantado no supo qué responder. Se limitó a bajar la mirada y seguir en silencio. Isabel comprendió que las dudas de las jornadas pasadas se habían tornado en certezas—. Dale las tinajas dentro de dos días, pero que todos vean que es tu magnanimidad la que obra, no la exigencia miserable de ese pusilánime.

Isabel se marchó dando un portazo al atravesar el umbral.

Aquella tarde, el horizonte se llenó de nubes algodonadas que, al juntarse unas con otras, simulaban formas de animales. Los marineros lo entendieron como un mal presagio y el tiempo no tardó en darles la razón.

La mañana siguiente los saludó con una neblina aguda e insana como una enfermedad contagiosa que se alargó hasta la jornada posterior. El capitán, temeroso de que en el interior de la neblina se ocultase la tierra que buscaban, dio orden de navegar a popa y sin boneta, con solo el trinquete bajo.

El adelantado, por su parte, pidió a Quirós que sus hombres hicieran señas a las naves pequeñas para que fueran por delante, ambas a la vista. Así lo hicieron hasta que la noche se les vino encima. Al oeste los esperaba un nublado tan oscuro como el cielo del averno, y nadie quería abrir la comitiva.

Utilizaron los faroles para hacer señas a las tres naves, pero, antes de que ninguna pudiera responder, el viento se agitó y un tupido aguacero lo llenó todo. La tempestad había surgido de aquella cortina de niebla y zarandeaba la San Jerónimo como si de un barco de papel se tratase.

La noche se hizo larga. Vientos huracanados hacían crujir los mástiles y el timón se había convertido en una herramienta inservible. Quirós mantuvo la calma durante toda la tempestad y, cuando ya abría la mañana, la niebla se deshizo mostrando una isla a menos de una legua.

—¡Tierra! —gritó el capitán.

—¡Tierra! —corrió la voz.

Todos salieron a cubierta con esperanzas renacidas, toda vez que la calma había regresado a la mar.

Tras el regocijo habitual al avistar tierra, acrecentado por las penalidades pasadas la última noche, los marineros subieron a las cofas para hacer señas a las otras naves con luces y banderas. La fragata y la galeota respondieron con entusiasmo, pero nada se supo de la nave almiranta, capitaneada por don Lope de Vega.

Era 7 de septiembre de 1595. El adelantado creía, erróneamente, haber alcanzado las islas Salomón, tan ansiadas desde que se viera obligado a huir de ellas veintisiete años antes, los mismos que tenía en aquel momento su esposa, a quien, en cubierta, abrazada a su hermana, le brillaban los ojos de felicidad.

Era 7 de septiembre de 1595. Nunca más tendrían noticias del galeón Santa Isabel.

Algunos años antes...

PRIMERA PARTE

Isabel Barreto
y la organización de la expedición

2

De lo que pasó durante el décimo cumpleaños de Isabel Barreto

Pontevedra, 19 de noviembre de 1577

Aquel día, como tantos otros, caía una lluvia fina sobre Pontevedra. Los feligreses salían de la recientemente erigida basílica de Santa María la Mayor. Los nobles se refugiaban en sus carros mientras que los marineros y las gentes del pueblo se tapaban con sayales o estirando sus jubones.

No hacía frío. El invierno parecía retrasarse ese año, pues por lo común en aquellas fechas llegaban las primeras ventiscas heladas que ni siquiera se suavizaban con la brisa proveniente del puerto. Aun así, Isabel Barreto se había abrigado más de lo habitual. Era el día de su décimo cumpleaños, el primero en el que ya se sentía más mujer que niña. Isabel leía con fluidez en latín y en portugués, además de en castellano y gallego, idioma este último en el que solía charlar con los miembros del servicio. De los diez hermanos, era la más avanzada en lógica y matemáticas, y sus maestros alababan su mente privilegiada, capaz de resolver los problemas más dificultosos, aunque también lamentaban su tendencia a dispersarse, a dejar volar la imaginación y a tratar las sagradas escrituras como un libro de aventuras y ensoñaciones.

Su madre, doña Mariana de Castro, trataba de reconducirla; la reñía a menudo y le exigía mayor templanza a la hora de tratar con personas ajenas a la familia. Tanto ella como su esposo, Nuño Rodríguez Barreto, ambos de origen portugués, sabían que Isabel era una niña especial, tocada por la luz de la gloria de Dios, iluminada por esos caminos que se decían inescrutables, pero que ella parecía discernir con la claridad de un erudito.

El resto de la familia no era menos consciente de sus capacidades y, como si de una hermandad secreta se tratase, se habían propuesto entre todos proteger y hacer madurar al diamante en bruto que crecía en su casa día tras día como si fuese año tras año.

Los Barreto salieron de la basílica con prisas por llegar a casa. Nuño y Mariana habían ordenado al servicio organizar una fiesta muy especial para el décimo aniversario de su hija y no querían llegar empapados y embarrados y verse obligados a retrasar la celebración.

—¡Isabel! ¡Vamos, no te quedes ahí parada! —la llamó su hermano Lorenzo.

En la plaza de la iglesia todos iban y venían tan deprisa como les era posible, pero un hombre se había quedado paralizado, mirando a la familia impertérrito mientras el agua le resbalaba sobre la túnica. Isabel le mantuvo la mirada tanto como pudo, apartándose los mechones de cabello oscuro que se le pegaban al rostro. Había algo hipnótico en su mirada, algo que le despertaba una curiosidad desconocida por ella hasta aquel momento.

—¡Isabel! ¿Qué haces ahí parada? —la reprendió su padre.

La plaza ya se había vaciado de feligreses, solo quedaban el extraño clérigo, como un borrón oscuro en un cuadro, y la joven Isabel. De pronto, el hombre desvió la mirada hacia el cielo, donde desde hacía unas semanas se podía contemplar un cometa que surcaba el firmamento. Isabel, sin saber muy bien por qué, imitó su gesto. El cometa dejaba tras de sí una estela plateada y cientos de rayos ígneos; era un espectáculo sobrecogedor. Había oído a su padre comentar con unos amigos suyos que aquello era un mal augurio, pero ella no lo creía.

—*Xa vou* —contestó en gallego.

Cuando bajó la mirada, no había ni rastro de aquel hombre.

Su padre la alcanzó y la envolvió en su capa.

—Estás helada. Vamos a casa. Le hemos pedido a Jacinta que prepare tu comida favorita.

La niña sonrió, como si el cometa y el extraño sacerdote ya no tuvieran ninguna importancia.

La comida transcurrió con la alegría habitual en el hogar de los Barreto. Los diez críos formaban una algarabía difícil de contener, y los sirvientes se veían superados por los constantes juegos y travesuras de Isabel y sus hermanos.

Lorenzo, un año mayor que ella, era su principal aliado, mientras Petronila, Leonor y el primogénito, Jerónimo, solían poner un contrapunto de cordura a las locuras de los otros. Nuño y Mariana, con la recién nacida llamada como su madre en brazos, los miraban a todos con regocijo y participaban de su alborozo.

Dieron buena cuenta del buey especiado que a Isabel le hacía brillar los ojos y, después, todos correteeron por el salón, metiéndose entre las piernas de los mayordomos que recogían la mesa y de las sirvientas que pretendían, en vano, mantener la casa limpia.

—¡Lorenzo! —gritó Isabel desde el arco que daba paso al pórtico de la entrada—. ¡Ven! ¡Ven! Vamos a soltar a las gallinas.

—¡Niños! —protestó Nuño desde la silla que presidía la mesa, apurando una copa de licor de café—. ¡Dejad a los animales tranquilos!

Pero poco les importó. Lorenzo salió de inmediato en busca de su hermana, seguido por Luis y Diego, uno y tres años menores que Isabel respectivamente.

La lluvia había cesado, pero el jardín seguía embarrado. La acequia había estado a punto de desbordarse, mientras que del tejado del hórreo caían enormes goterones sobre un charco que salpicaba la tierra de los alrededores.

Los Barreto eran una de las principales familias de Pontevedra. El abuelo Francisco, padre de Nuño, había nacido en Faro. Durante varios años había gobernado algunas islas de las Indias portuguesas, pero hacía ya cuatro años que había perdido la vida al ser enviado por el rey a África para conquistar el reino de Monomotapa, del que se decía que era rico en oro.

Nuño se dedicaba sobre todo al comercio de esclavos, aunque el prestigio de su padre como navegante le había dado acceso a la Cofradía de los Mareantes de Pontevedra, y solía participar económicamente en la exportación de pescado a Portugal, además de tener en propiedad algunas pequeñas embarcaciones de pesca.

—¿A que no eres capaz de subir al hórreo? —retó Isabel, mirando desafiante a Lorenzo.

—¡No le hagas caso! —gritó Leonor desde la entrada a la casona—. Te harás daño.

Lorenzo observó el charco que había frente al hórreo, aún alimentado por el agua que se escurría desde el tejado. Podía subir sin dificultad, lo había hecho innumerables veces pese a la altura, pero aquella laguna que se extendía a los pies de la construcción auguraba una buena reprimenda de su padre por mancharse hasta las rodillas.

Isabel, con los brazos en jarras, aguardaba el veredicto de su hermano.

—La próxima vez propón un reto más difícil, hermanita.

Saltó hasta la mitad del charco, salpicando en todas direcciones y arruinando con ello el vestido de Isabel, que tuvo que apartarse el barro del rostro con las manos. Lorenzo se impulsó entonces hasta la estrecha superficie del hórreo, quedó pegado a la pared y se sujetó con las palmas de las manos.

—¡Puaj! ¡Qué asco! —A pesar de que el barro se le había metido en los ojos, la boca y los oídos, Isabel parecía divertida.

—Apártate o te volveré a manchar —aconsejó Lorenzo antes de saltar de nuevo sobre el charco.

Cuando regresaron a la casa, su madre ya los esperaba con los brazos cruzados bajo el pecho y el ceño fruncido.

—¿Acaso os hemos educado en la desobediencia? Vamos, entrad y cambiaos de ropa de inmediato.

Leonor les lanzó una mirada triunfal, pero a Lorenzo y a Isabel, seguidos por Luis y Diego, poco les importaba.

—Esperaba más de ti, Isabel —sentenció Nuño al verlos pasar cubiertos de barro por entero.

Aquellas palabras les dolieron a los dos hermanos por igual. A Isabel, porque sentía que había decepcionado a su padre. Ya se consideraba mayor, no una niña que aún perdiese el tiempo en juegos estúpidos, y era consciente de que su padre tenía muchas esperanzas puestas en ella. Por su parte, Lorenzo pensaba que aquella decepción debería haberla causado él, que era más grande que su hermana. En ocasiones pensaba que era invisible para su padre; incluso que todos los hermanos, menos Isabel, lo eran.

Un sirviente anunció a don Nuño la llegada de un visitante cuando los dos críos se dirigían a sus habitaciones acompañados de Jacinta. Isabel pudo oír su nombre mientras subía la escalera, apremiada por la sirvienta: fray Benito Arias Montano.

La joven se dejó lavar y vestir por la doncella. Movía los brazos, las piernas y el cuello como un autómata, concentrando su mente en lo que había acontecido aquel día. Durante la misa, como en tantas otras ocasiones, se había aburrido sobremanera. Años atrás, cuando comenzaba a estudiar latín, permanecía atenta durante toda la liturgia, tratando de entender lo que decía el sacerdote, pero aquello ya no suponía desafío alguno para ella.

Solía entretenerse observando el templo, discerniendo cómo había sido construido y haciendo recuento de columnas, pilares, ventanales, vidrieras, cirios o cualquier otro elemento del interior de la iglesia. Algunos domingos podía asegurar que faltaba una vela en el altar o que se habían repuesto los cirios distribuidos por el ábside.

Ahora contaba ya diez años y aquellos juegos no la divertían. Pasaba la misa entera explorando su mundo interior, soñando con las aventuras que ella imaginaba que estaban detrás de los textos religiosos que le hacían leer sus maestros. Sin lugar a dudas, si alguien pudiera concederle un solo deseo, pediría tener una vida llena de aventuras.

Pontevedra le gustaba. Su familia le gustaba. Incluso la casona que habitaban, de las más grandes de la ciudad, le gustaba. Pero todo se le quedaba pequeño a la joven Isabel, con alma exploradora y espíritu ambicioso. Ya por aquel entonces le apasionaban todas las historias provenientes del Nuevo Mundo. Los viajes de Colón, las conquistas de Pizarro y Cortés, sus relaciones con los nativos de aquellas lejanas tierras y sus distintas historias y creencias.

Era muy poco lo que le llegaba a ella, ya que sus padres trataban de aplacar su ímpetu descubridor y su curiosidad innata como podían. Pero, nieta de un explorador e hija de un conquistador, la información que se manejaba en la casa de los Barreto sobre las distintas culturas que componían la Tierra distaba mucho de la que se podía encontrar en cualquier hogar de Castilla.

¿Qué querría aquel sacerdote? —se preguntó Isabel—. *¿Por qué me miraba de ese modo?*

Si bien la misa había sido tan aburrida como cualquier otro domingo, lo que había acontecido a la salida no formaba parte de la rutina semanal de la ciudad. Aquel hombre era un forastero, estaba claro. Isabel podía reconocer el rostro de los casi dos mil habitantes de Pontevedra gracias a su portentosa memoria, capaz de retener imágenes durante muchos años. Además, no se le escapaban las hechuras y comportamientos habituales de sus conciudadanos y, desde luego, el clérigo que le había mantenido la mirada antes de observar el cometa en la plaza de la basílica no era pontevedrés.

Tampoco era de extrañar. El puerto de la ciudad gallega era uno de los más importantes de toda Europa, y por allí pasaban cientos de viajeros cada día. Pero, incluso a estos, Isabel los reconocía por su actitud y su forma de caminar.

El cometa era otro asunto que la fascinaba. Su padre lo observaba con preocupación cada atardecer. Después permanecía en el pórtico de la casona sin apartar la mirada de la puerta de entrada a la finca, rascándose el mentón como si quisiera sacarle brillo. Él no lo sabía, pero su hija Isabel contemplaba aquella ceremonia con una curiosidad desbordada.

Otro día más de espera infructuosa, parecía decir su rostro cuando se daba la vuelta y entraba en casa.

¿Qué está esperando padre?, se preguntaba entonces la joven.

Cuando la doncella terminó de vestirla y peinarla, bajó corriendo al salón, donde esperaba encontrar a su padre reunido con aquel fraile de extraño nombre.

¿Será por fin lo que esperaba? ¿Habrá venido por el cometa? ¿Será el mismo hombre de la iglesia?

Las preguntas se le amontonaban en la cabeza mientras bajaba las escaleras. Descendió los últimos tres peldaños de un salto, aprovechando la caída para arrodillarse y escurrirse hasta quedar escondida tras una gran vasija de porcelana que descansaba a la entrada del salón. Las voces de los dos hombres le llegaban altas y claras desde allí, así que se pegó a la pared y escuchó.

—... todo eso se propaga con suma facilidad, mi querido Nuño. Uno puede llegar a pensar que las ideas tienen un origen y después...

—Isabel... Isa —la llamaba en voz baja su hermano Lorenzo, también acicalado con la ropa de los domingos. Le hacía señas con la mano para que saliera con él al jardín de nuevo.

Ella negó con la cabeza y volvió a pegarse a la pared para escuchar. Lorenzo la observó decepcionado, pero ella no pudo verlo. En cualquier caso, no se dio por vencido. De rodillas para no hacer ruido, se arrastró hasta su hermana y la agarró del brazo.

—Diego y Leonor se han inventado un juego para adivinar palabras conociendo solo la inicial. Ven, seguro que te gustará.

—Déjame, Lorenzo, quiero saber sobre qué habla papá con ese hombre.

—¡No seas muermo! —le susurró, tirando una vez más de ella.

—¡He dicho que no! —gritó, presa de una repentina desesperación.

Lorenzo se asustó y se echó hacia atrás. La expresión de Isabel estaba cargada de furia, con los ojos enrojecidos e hinchados y los labios apretados hasta formar una sola línea recta. Sin dejar de mirarla, regresó hasta la puerta y se esfumó.

Isabel era una niña inteligente a quien no le faltaba la necesaria dosis de dulzura y alegría que toda dama castellana debía poseer, pero también podía entregarse a la ira con facilidad, incluso con sus seres más queridos... Sobre todo, con ellos.

—Sé muy bien cómo funcionan las ideas, fray Benito, no hace falta que me hagáis una exposición pormenorizada. También sé que habéis venido para algo concreto, os esperaba desde que el cometa apareció en el cielo. Contadme lo que queráis contarme, por favor, no os perdáis en fatuos rodeos.

El sacerdote carraspeó, mientras Isabel dibujaba en su rostro una sonrisa triunfal. *Exacto, lo esperaba a él. Pero ¿quién será?*

—No habéis cambiado nada. —Isabel no pudo verlo, pero el fraile sonrió complacido—. Y eso me congratula.

—Id al grano, os lo imploro. Hoy es el cumpleaños de mi hija Isabel, desearía poder pasarlo con ella.

—Diez años, ¿verdad? El tiempo es codicioso, se nos escapa entre las manos —continuó sin dejarle responder—, pretende ir de un lado a otro, siempre sin detenerse. Cuando llega nuestro tiempo nos vemos imbuidos de esa codicia y querríamos acapararlo para nosotros mismos para siempre, pero el tiempo pasa inexorable y, cuando se marcha, lo deja todo podrido.

Isabel pudo escuchar un suspiro cansado de su padre.

—Mi tiempo, como bien sabéis vos, ya pasó. Acabé harto de conquistas, de guerras, de matanzas. Ahora solo aspiro a vivir con mis hijos y mi esposa plácidamente y esperar que llegue la hora definitiva.

Hubo un silencio y la niña llegó a pensar que aquellas palabras habían puesto fin a la reunión. Lamentó que la doncella hubiera tardado tanto tiempo en lavarla y vestirla. Más tarde lo pagaría caro. Pero se equivocaba. Aquello no había hecho más que empezar.

—Rara vez sucede —comenzó explicando Benito Arias Montano—, pero en ocasiones el tiempo de un hombre vuelve. Tengo informaciones interesantes para...

—Nada de lo que podáis decirme me interesa —lo interrumpió—, ya os he explicado cuáles son mis únicas aspiraciones.

—Me hago cargo de vuestros deseos, pero no me refería a vos, sino a vuestro padre.

Aquello debió causar una gran impresión a Nuño, pues Isabel pudo escucharle masticar el silencio.

¿Qué tendrá que ver el abuelo Francisco en todo esto?

—Sé que sois consciente de que mi padre murió hace cuatro años.

—Lo soy, por supuesto. Por extraño que parezca, a vuestro padre, sin duda un hombre excepcional en el amplio sentido de la palabra, el tiempo le fue esquivo. Le llega una vez ya agotado. —Hizo una pausa—. Supongo que estáis al tanto del viaje que hizo don Álvaro de Mendaña por los mares del Sur hace ahora diez años.

—A grandes rasgos. No quise informarme de los pormenores.

—Se embarcó con Pedro Sarmiento de Gamboa y otros hombres de igual valía hacia poniente, en busca de la Tierra Incógnita.

—Pero no la halló.

—No, no lo hizo. Sin embargo, descubrió, quizá por azar, como el ilustre Cristóbal Colón, unas islas a las que llamó Salomón.

Isabel percibió que su padre sonreía; conocía muy bien cómo se retrepaba en su silla cuando lo hacía, y el crujido de la madera al moverse se lo confirmó.

—Es enfermedad común de todos los descubridores creer que han encontrado alguna tierra mítica e ignota.

Ahora quien rio fue el fraile, y lo hizo a grandes carcajadas.

—Lo es, no cabe duda. Pero en este caso las informaciones son más que interesantes.

—Además, ¿no estaba ese Pedro Sarmiento condenado por la Inquisición por prácticas astrológicas?

—Veo que estáis más informado de lo que pretendéis hacerme creer, querido Nuño.

—Es *vox populi*.

—Poco importa eso, ambos sabemos que la Inquisición procesa prácticas científicas como si fueran heréticas con la misma facilidad que un soldado carga su arcabuz. Lo que de verdad importa es que el hallazgo de don Álvaro de Mendaña ha causado gran impresión a Su Majestad, de natural interesado por todo lo que acontezca relacionado con lo que está por descubrir.

—Y venís a mi casa, durante el cumpleaños de mi hija, para decirme que el gran sueño de mi padre se ha hecho realidad, ¿no es así?

—No exactamente —admitió—, pero se acerca bastante a la verdad.

En ese momento entró Jacinta con una bandeja en la que cargaba vino y dos copas. Miró a la niña haciendo un gesto que se podría interpretar como: «Siempre igual, Isabel. Siempre igual».

Nuño y el sacerdote agradecieron el vino a la doncella y continuaron con su conversación.

—Sé que vos conocisteis a mi padre y que lo tenéis por un héroe, pero dejadme contaros una cosa sobre él: no fue un gran hombre, ni siquiera un gran padre. Dejó que su sueño por descubrir el mítico puerto de Ofir consumiera su vida. Ni mis hermanos, ni mi madre, ni yo mismo pudimos gozar de su compañía, taciturna y desinteresada las escasas veces en las que estaba en casa, por otra parte. Ahora tengo la impresión de que pretendéis que recaiga sobre mí el peso de un sueño carente de juicio, y que haga con mi familia lo que hizo mi padre con la suya.

—Ya sabéis que soy aficionado a las fábulas —explicó el sacerdote tras un silencio en el que, probablemente, aprovechó para beber vino—. Mido a los hombres por el tamaño de sus sueños, no por el de sus logros, y el sueño de vuestro padre era de un cariz descomunal. No es solo mi opinión, es también la del rey.

—Bien, os agradecería que fuerais al grano de una vez. ¿Qué queréis? O, mejor dicho: ¿qué quiere el rey de mí?

—Hace unos meses, don Álvaro de Mendaña estuvo en la corte y logró firmar unas capitulaciones con Su Majestad, dándole licencia para embarcarse en una nueva expedición hacia aquellas islas, pero no una como las que se han hecho hasta ahora, sino más importante. Su intención es establecer colonias en las islas del mar del Sur y ponerlas al servicio de la corona.

—Eso lo entiendo —admitió—. Más allá de fabulaciones e historias bíblicas, esas islas pueden tener un importante valor estratégico, pero sigo sin comprender cuál es mi labor en todo esto.

—Durante todo este siglo, los leales súbditos del rey han ido cartografiando el océano que se extiende más allá del Nuevo Mundo y llega hasta las Indias Orientales. Es un vasto mar en el que apenas se divisa tierra, con vientos y corrientes que aún no conocemos bien y rutas por descubrir. Quien domine la navegación de ese océano, dominará rutas comerciales de suma importancia; es una carrera que comenzó hace décadas y que los ingleses y los holandeses pretenden ganarnos.

—Veo por dónde vais: nadie puede conocer los secretos descubiertos por ese aventurero de Mendaña, ¿no es así?

—Así es.

—Como bien habéis dicho antes, mi tiempo ya pasó. Soy mayor, fray Benito, mis días de batallas y de conquistas quedaron atrás. No voy a atentar contra Mendaña, si es lo que me estáis pidiendo, y aunque en el pasado me habría embarcado con él sin dudarlo, ya no soy ese hombre. ¿Qué puede querer el rey de mí?

Benito Arias Montano se tomó su tiempo para ordenar sus ideas. Mientras tanto, Isabel no dejaba de imaginar aquellas islas que, según acababa de saber, eran el sueño de su abuelo, a quien apenas recordaba.

—Las capitulaciones que ha firmado el rey invitan a Mendaña a colonizar las islas Salomón, pero ha de hacerlo por su propia cuenta, pues la corona anda escasa de monedas. Las campañas militares en Europa consumen la plata de México y del Perú tan pronto como llegan a Sevilla. Lo que os estoy pidiendo...

—Si es dinero para formar la expedición, creo que estáis mal informado. Soy un hombre afortunado, pero mis riquezas son limitadas. Yo no podría...

—No podéis, pero dentro de un tiempo sí seréis capaz de financiar esa expedición —lo interrumpió el sacerdote con voz más grave y profunda que la empleada anteriormente. O eso le pareció a Isabel.

Nuño chasqueó la lengua, no entendía a qué se refería.

—¿Podré? Pontevedra es ahora un puerto importante, pero no lo seguirá siendo durante mucho tiempo. En todas las reuniones de la Cofradía de Mareantes se habla ya de un claro descenso en los ingresos.

—Olvidaos de Pontevedra, querido Nuño. Olvidaos de los reinos de Castilla, de Portugal, de León y de Aragón. El futuro está en el Nuevo Mundo. Vuestro futuro, para ser más exactos.

De nuevo se hizo el silencio. Isabel no cabía en sí de gozo, pensando, imaginándose a sí misma en el Nuevo Mundo. Nunca sus sueños habían estado tan cerca de cumplirse.

—Isabel, ¿qué haces ahí?

Esta vez quien la había sorprendido era su madre, mucho más implacable que Jacinta.

—Yo...

—No estarás escuchando a tu padre, ¿verdad?

La sonrisa pícara de la niña fue una respuesta mucho más explícita que cualquier palabra.

—¿Quién es ese hombre? —le preguntó a su madre.

—No lo sé, pero los tratos que tenga con tu padre no son de nuestra incumbencia. Tienes que aprender cuál es tu sitio y aceptarlo. Eres solo una niña, por el amor de Dios, y dentro de unos años, si el Señor lo tiene a bien, serás una mujer y te casarás con un buen hombre acreedor de tu dignidad. Y puedo asegurarte que no le gustará que espíes sus conversaciones a escondidas.

Enfurecida, Isabel se levantó y se marchó a su habitación en el piso superior.

A veces odiaba a su madre. Era exactamente el tipo de mujer en la que no quería convertirse nunca. Sumisa, conformada, poco instruida... De cualquier modo, ni siquiera la riña de su madre era capaz de reducir ni un ápice el entusiasmo que le había causado la noticia de que la familia se trasladaría al Nuevo Mundo.

Al cabo de unos minutos oyó que su padre la llamaba. Bajó saltando los escalones de dos en dos y encontró al sacerdote junto a Nuño.

—Decidme, padre.

—Este es fray Benito Arias Montano, un viejo amigo del abuelo.

Estuvo a punto de decir que ya lo sabía, pero logró callarse esa información a tiempo.

—Es un placer, fray Benito. —Hizo una reverencia.

—Hoy es tu cumpleaños, ¿verdad?

—Sí, el décimo.

El clérigo lo celebró. No le cabía duda de que era el mismo

hombre que había visto en la plaza de la basílica, pero tenía la impresión de que ahora parecía más humano.

—¿El décimo? Ya no eres una niña. Toma, te he traído un regalo.

Sacó del bolsillo de su túnica un objeto de madera que Isabel no pudo reconocer hasta que lo tuvo en la mano. Era un galeón español labrado sobre un único trozo de madera, con su alcázar, sus mástiles y su veladura. Era pequeño, pero a ella le pareció algo magnífico, extraordinario, que anunciaba todas las aventuras que se proponía vivir.

—Muchas gracias, fray Benito. —Le dedicó una nueva reverencia, mucho más exagerada que la anterior.

El sacerdote se despidió de toda la familia con alegría y les deseó terminar bien aquel día de celebración. Cuando se marchó, Isabel sintió un gran vacío en la casona, aunque aquello no mitigaba en absoluto la alegría que la embargaba.

La noche cayó como un telón y regresó la lluvia afilada mientras algunos lejanos relámpagos rasgaban el cielo iluminado por el cometa que, incansable, permanecía en el firmamento dejando una estela de oropel. Nuño reunió a la familia frente a la chimenea para informarles de algo importante. Normalmente era Isabel quien dirigía la barahúnda de los hermanos, pero aquella noche pidió silencio para escuchar a su padre.

—¿Es por el hombre que os ha visitado esta tarde? —preguntó Jerónimo, el primogénito.

Isabel lo petrificó con la mirada; no quería esperar un segundo más la noticia que sabía que iba a anunciar su padre. Más allá de donde se encontraba su hermano estaba su madre, apoyada contra la pared. A juzgar por su rostro, ella no estaba al tanto de lo que iba a decir su esposo, pero se temía lo peor.

—Sí, hijo. Ese hombre es uno de los más importantes del reino. Un asesor del rey Felipe, quizá al que más escucha de todos ellos. Además, fue amigo de vuestro abuelo.

—Lo sabía —lo interrumpió Mariana—. Sabía que ese cometa no traería nada bueno a esta familia.

Se esforzó cuanto pudo por contenerlas, pero al cabo de unos segundos las lágrimas comenzaron a brotar de sus ojos.

Isabel la odiaba en ocasiones, sí, pero en otras muchas admiraba a su madre. Aquella no era la reacción de una mujer que acatase las órdenes de su marido sin más, era una mujer que luchaba por su familia. Podía no estar de acuerdo con ella en casi nada, pero la fuerza que la empujaba siempre a defender a los suyos era algo que se le quedaría grabado a Isabel para siempre.

Nuño bajó la mirada al suelo. A su espalda, la leña crepitaba en la chimenea mientras las llamas fantasmeaban convirtiéndose en humo.

—El rey tiene un encargo para mí. Debo ir al Perú, en América.

—¡De ningún modo! —espetó Mariana, que sabía lo que vendría a continuación.

Mientras tanto, los niños celebraban a su modo la noticia. No todos compartían el alma aventurera de Isabel, pero desde luego la idea de viajar al otro lado del mundo les seducía tanto como a ella.

—Mariana, no tengo elección.

Sin embargo, Isabel permanecía impertérrita.

¿Ha dicho «debo»?

—Ni el rey ni ese maldito Arias Montano separarán a esta familia.

En efecto, Isabel no estaba equivocada. Se levantó y se marchó de inmediato a su cuarto, ante la mirada inerme de su padre.

Nuño terminó de explicar sus planes a la familia. Mariana no lo aceptó, se opuso con vehemencia y amenazó con escribir a Felipe II, pero nada de eso serviría. La decisión estaba tomada.

La joven Isabel lloraba en su cama, hundiendo la cabeza en los almohadones. Lo que había pensado que era un magnífico regalo de cumpleaños, el mejor que cabría esperar, se había convertido en una auténtica pesadilla.

Sintió que algo se le clavaba en el vientre. Rebuscó entre sus ropas hasta encontrar el barco de madera que le había regalado el fraile y lo lanzó contra la pared.

—Isabel... —escuchó al otro lado de la puerta. Era su padre.

—¡Márchate! ¡No quiero verte!

La puerta se entreabrió, dejando ver a través del umbral la luz trémula que expedía una vela enclavada en un candelabro que colgaba de la pared del pasillo.

—Isa, hija mía, ¿por qué te pones así? Esperaría esta reacción de cualquiera de tus hermanos, pero nunca de ti.

A pesar de que la acusación podía ser dura para una niña de diez años, el tono de su voz era tierno y comprensivo.

—¡Vete al Perú y déjame a mí aquí si es lo que quieres, pero no esperes que lo acepte, no esperes que te diga adiós!

Seguía llorando con la cabeza escondida entre los almohadones. Su padre caminó por la habitación, observó por la ventana y, después, se sentó en la cama junto a su hija.

—No es lo que yo quiero hacer, Isa. Pero es una orden del rey, no puedo negarme.

—¿Y por qué no me llevas contigo? Yo... yo... —sollozaba, y eso le impedía hablar— podría ayudarte. Soy buena contando... y leyendo.

Nuño no pudo evitar sonreír. Le acarició el pelo azabache, que se desparramaba desordenado invadiendo sus hombros y su espalda.

—Lo sé, hija mía. Nadie mejor que tú podría ayudarme en la difícil empresa que me propone el rey, pero ahora mismo no puedo llevarte. Ni a ti ni a tus hermanas. Os quedaréis aquí hasta que la pequeña Mariana sea lo bastante mayor como para viajar; entonces nos reuniremos todos en Lima.

Isabel dejó de llorar y levantó la cabeza poco a poco. Se frotó los ojos, apartando las lágrimas que aún se deslizaban por sus mejillas.

—¿Iré al Nuevo Mundo?

—¡Sí! ¡Por supuesto! ¿Crees que me iría si pensara que no os iba a volver a ver nunca más? No será mucho tiempo, solo unos años...

—¡Unos años! —Volvió a echarse a llorar.

—Cariño, aún eres muy joven, tienes tiempo para...

—¡Ya no soy una niña! —gritó.

—Lo sé, lo sé. —Trató de calmarla—. Voy a contarte una cosa, pero no se lo digas a tus hermanos ni a tu madre. Es un secreto que debe quedar entre nosotros. —Los sollozos se fueron relajando, pero Isabel había vuelto a hundir el rostro en las almohadas—. El abuelo Francisco tenía un sueño. No era, como piensa el hombre que me ha visitado esta tarde, descubrir el puerto desde el que el rey Salomón recibía oro, perlas y animales exóticos. Tu abuelo solo deseaba viajar por el mundo, contemplar todo lo extraordinario que está más allá de lo que rodea a los hombres normales. Y lo consiguió. Bien sabes que yo ya he estado en el Nuevo Mundo, que luché en batallas y serví a hombres valientes. Lo que el rey me ha ordenado está lejos de las aventuras que ya viví o que soñó el abuelo. Y es cierto que supone separar a la familia durante un tiempo, pero debes ver el lado bueno de todo esto. Tus hermanos y tú tendréis la oportunidad de contemplar aquellas maravillas que perseguía mi padre. Viajaréis a tierra de aventureros, de conquistadores, y vosotros mismos podréis formar parte de esas empresas. —La niña había dejado de llorar, pero no le concedería a su padre mayor tregua—. Lo que el rey me ha pedido que haga en Lima nos hará muy ricos. Cuando tú llegues, dentro de unos años, pertenecerás a la alta sociedad de la Ciudad de los Reyes; no te faltarán pretendientes de entre los hombres más valerosos, y podrás tomar tus propias decisiones, vivir tu vida como mejor te parezca.

Nuño llegó a creer que su hija se había quedado dormida, pero cuando le puso en la mano el galeón de madera que había lanzado contra la pared, Isabel lo apretó con fuerza.

Aquella fue toda la despedida que tuvieron Isabel y su padre, a quien no volvería a ver hasta algunos años después, ya en Lima. Al día siguiente, Nuño Rodríguez Barreto embarcó en una nao en el puerto de Pontevedra con dirección a Sanlúcar de Barrameda, desde donde partiría con destino al Nuevo Mundo.

Cuando Isabel despertó, su padre ya no estaba. Ni tampoco Lorenzo, ni Diego, ni Luis, ni Jerónimo. Ni siquiera el joven Antonio. Todos se habían marchado a vivir aventuras. Pero Isabel no lloró más. Pasarían muchos años hasta que aquellos ojos de un verde oscuro volvieran a derramar lágrimas.

Su madre la abrazó nada más verla.

—¿Recuerdas lo que te dije ayer? —La niña asintió con la cabeza. Mariana de Castro se acuclilló junto a ella para que sus cabezas quedaran a la misma altura. Llevaba la determinación esculpida en el rostro—. Pues óyeme bien, Isabel Barreto: olvídalo. Nunca dejes que las decisiones de los demás dirijan tu vida, nunca caigas en la necesidad de depender de hombre alguno. Eres la persona más inteligente que he conocido, y solo tienes diez años. Cuando seas una mujer, toma tus propias decisiones y confía siempre en ti misma, pues nadie hará nada por ti ni atenderá realmente a lo que deseas. —Isabel, asustada al ver a su madre como nunca antes la había visto, asintió de nuevo en silencio—. Mañana partirás hacia Madrid. Ese Benito Arias Montano lo ha organizado todo para que seas una cortesana al servicio de doña Teresa de Castro, la esposa de don

García Hurtado de Mendoza. Cuando tu hermana Mariana crezca, viajaremos al encuentro de tu padre y tus hermanos al Perú.

—¿A Madrid? —preguntó asombrada.

Aquello sí que era una sorpresa, pero aún no había decidido si buena o mala.

—Sí, hija, a Madrid. Dicen que Teresa de Castro es joven y hermosa, y que es una buena mujer, algo raro en estos tiempos, más aún en la villa y corte.

—Pero...

—No hay peros que valgan, Isabel. Aprende todo lo que puedas, haz amistad con mujeres poderosas y, sobre todo, no te dejes embaucar por nadie. Esta familia no permanecerá separada mucho tiempo, no vas a Madrid para servir toda la vida a esa mujer, solo necesitas aprender las costumbres cortesanas. Un futuro prometedor nos espera a todos en el Nuevo Mundo, pero sobre todo a ti, hija mía. No naciste para servir a nadie. —De nuevo se acuclilló y, con mirada grave, la tomó de los brazos—. Tú eres la mejor de todos nosotros, Isabel. Sé que sabrás lo que tienes que hacer.

Mariana se levantó y, con un gesto más suave, le revolvió el pelo a su hija.

A Madrid... Puede que no sea la aventura que deseaba, pero quizá sea la aventura que necesito.

En el horizonte se desdibujaban las nubes espesas que habían empapado la ciudad el día anterior. Isabel salió al jardín de la casa y paseó alrededor de la acequia, como solía hacer cuando necesitaba pensar.

Al cabo de unos minutos levantó la mirada al cielo, claro y azulado. El cometa persistía en su camino incesante hacia el oeste, mostrándole cuál sería el sendero hacia su destino.

3

De las desventuras del adelantado
Álvaro de Mendaña en Panamá

Panamá, 29 de enero de 1577

—¿Qué demonios es eso? —preguntó un desconsiderado empleado de la Real Audiencia.

Gabriel Loarte, su presidente, había enviado a sus hombres para inspeccionar las pertenencias que portaban Álvaro de Mendaña y los marineros y colonos que habían llegado de la península.

El viaje había sido largo y pesado, interrumpido por constantes temporales que desviaban y frenaban las naves. Mendaña esperaba que el necesario paso por Panamá fuera poco menos que un trámite, pero se estaba convirtiendo en un infierno peor que el padecido en altamar durante las últimas semanas.

—¿Acaso no lo veis? Es un baúl —contestó Álvaro, molesto por tener que resaltar lo evidente y olvidando su habitual talante morigerado.

—No os hagáis el gracioso conmigo, ya sé qué es un baúl, pero no está en el inventario. ¿Alguien oculta algo?

Mendaña se quedó pensativo. La bodega de un barco era ya de por sí un lugar incómodo donde hedía a brea, humedad y cosas peores, y la inspección de los enviados de la Audiencia se estaba alargando más de cuatro horas. Una vez cargado todo a bordo, habían tenido que sacar uno a uno cada baúl, arcón y cajón para que los volvieran a contar.

Y ahora, parece que por fin han encontrado lo que buscaban.

—¿Cómo queréis que lo sepa? Llevo más de cien hombres conmigo, algunos con sus mujeres e hijos; ellos mismos cargaron sus pertenencias. Como comprenderéis, no puedo hacerme cargo de lo que traen unos y otros.

—Ya, pero el inventario...

—El inventario lo realizó la Casa de Contratación por instrucción del Consejo de Indias, como todo lo que sale de Sevilla con dirección al Nuevo Mundo. ¿Me vais a responsabilizar a mí del error de un contable de Sevilla? —preguntó, muy enfadado.

—Yo ni culpo ni dejo de culpar a nadie —explicó el hombre, como si estuviera hablando con un niño pequeño—, solo constato los hechos, señor Mendaña. Están inventariados ciento treinta y dos baúles, todos ellos descritos, y he contado ciento treinta y tres. Ese de ahí no se corresponde con ninguna descripción, por lo que se considera un acto de tráfico ilegal al no estar sometido a la inspección del Consejo de Indias —sentenció finalmente—. Abridlo —ordenó a dos trabajadores que estaban esperando su aprobación con sendas palancas metálicas en la mano.

—¡Por el amor de Dios! ¿Qué creéis que vais a encontrar, además de ropas viejas y alpargatas sucias?

En efecto. El baúl que no había sido señalado en el inventario en Sevilla solo escondía algunos jubones sucios, alpargatas, blusas y calzas. Uno de los empleados levantó un donfrón ajado y descolorido y lo extendió en el aire, haciéndole saber al inspector de la Real Audiencia que allí no había nada extraño. Su compañero lo miró y asintió: todo estaba en orden. El inspector enarcó una ceja, sosteniendo el inventario en una mano y la pluma en la otra. Se tomó unos segundos para pensar, tras los cuales escribió algo en la hoja que tenía frente a sí.

—Señor Mendaña, debéis identificar al propietario de ese baúl de forma inmediata.

—¿Y cómo voy a saber yo de quién es? Tendrá inscritas las iniciales de su dueño, cotejadlas con el inventario vos mismo. Necesito tomar el aire...

Álvaro salió de la bodega a cubierta, donde el piloto, los marineros y los hombres que había traído de la península lo observaron con nerviosismo. Lo habían acompañado con la promesa de lanzarse de inmediato a la búsqueda y colonización de las islas Salomón. Él abrió los brazos, ¿qué más podía hacer?

Hacía tan solo unos meses que había logrado firmar la segunda parte de las capitulaciones con el rey Felipe II, en las que se le reconocía como adelantado y gobernador de las islas Salomón, que él mismo descubrió diez años atrás. Por suerte, su tío, otrora presidente de la Real Audiencia de Lima, principal valedor de su primera expedición a los mares del Sur, le había dejado en herencia unos cuantos miles de ducados, que había gastado por completo en pagar la fianza que le exigía el rey y en organizar una nueva expedición, partiendo desde Sevilla.

Las capitulaciones lo eximían de responder al mando y a la orden de ninguna otra persona del reino, ya fuese juez o funcionario de cualquier tipo, que no fuera el propio monarca, pero el presidente de la Audiencia panameña tenía cuentas pendientes con su familia. Y trataba de cobrárselas a toda costa.

Tanto Gabriel Loarte como Francisco Álvarez de Toledo, virrey del Perú en aquel momento, habían tenido fuertes disputas con Lope García de Castro, el tío de Álvaro de Mendaña, y, ahora que estaban en posiciones de poder, acatarían las órdenes de Su Majestad, pero no moverían un dedo para facilitar la expedición, como demostraba aquella inspección.

Los peores presagios del adelantado se cumplieron. Gabriel Loarte dio orden de encarcelar al propietario del baúl y a Álvaro de Mendaña como responsable de todo lo que se transportase en su nave. Myn, el liberto que ya acompañara a Mendaña en el primer viaje a las Salomón, trató de defender a su señor por la fuerza, por lo que también fue encarcelado.

Los metieron en un calabozo con la peor chusma de la ciudad. Ni siquiera atendieron a su posición y mezclaron al adelantado con esclavos nativos y negros, asesinos, ladrones y traidores.

En una misma celda se hacinaban quince personas, muchas de las cuales llevaban meses, incluso años, allí recluidas. El adelantado no tardó en descubrir que el baño era un lujo que no frecuentaban los presos, pues al olor del orín y las heces, distribuidas por las esquinas, había que añadir el sudor y la mugre de los presentes, lo que convertía el calabozo en una letrina infecta y repugnante.

—Lo lamento, señor —se excusó entre lágrimas Francisco López, un mercader arruinado de Sevilla que se había unido junto a su familia a la expedición. Era el propietario del baúl.

—No lo lamentes, no tienes la culpa. Si no hubiera sido el baúl, habría sido cualquier otra cosa. El presidente se la tiene jurada a mi familia desde que mi tío lo acusó de terribles malversaciones. Además, es un esbirro del virrey, está bajo su protección y a su servicio. No teníamos mucho que oponer.

—Pero vos solo respondéis ante el rey, ¿verdad?

—Así es, querido amigo. Pero poco importa la palabra del rey en estas tierras, por lo que parece.

Mendaña se acercó a los barrotes y los agarró con las manos, como si pudiera doblarlos solo con su ímpetu y escapar de allí. La realidad fue menos benigna. Solo logró mancharse de óxido las palmas de las manos. Las sacudió, y se desprendió una suave polvareda cobriza que quedó suspendida en el aire entre una miríada de reflejos.

La celda era un lugar inmundo. Una pocilga, en el mejor de los casos, en la que jamás debería haberse encerrado a un ser humano. La luz se filtraba entre las pequeñas columnas que formaban los barrotes de un ventanuco pegado al techo, dispersando sus rayos en tan solo una décima parte del espacio y abriendo un haz de partículas luminiscentes de las que huían los presos, quizá temerosos de que aquel único signo del exterior pudiera abrasarlos. El resto del espacio quedaba en penumbra. Había varias celdas como aquella, dispuestas a ambos lados de un pasillo estrecho de aspecto tan pestilente como el resto de aquella cárcel.

—Yo os conozco —le dijo un hombre desde la celda de enfrente.

Lo miró con ojos profundos, ya acostumbrados a la oscuridad pese a llevar solo unos minutos encerrado. No lo reconoció, pero tampoco le resultó extraño. El hombre que le hablaba tenía el pelo estropajoso y la barba raída, como si se le hubiera solidificado en un solo elemento y ahora se estuviera desprendiendo a trozos. Vestía un jubón que, desde luego, había vivido mejores épocas muchos años atrás; el pecho descubierto mostraba marcas de tortura ya cicatrizadas. Las calzas estaban rotas a la mitad de cada muslo, hechas jirones por alguna pelea o por el simple desgaste.

—¿Quién sois? —preguntó con curiosidad.

El preso sonrió, mostrando una boca casi desdentada.

—Hace algunos años me habríais tratado de forma distinguida, pero ya no soy ese hombre, no tenéis por qué mostrarme respeto.

—No respeto a las personas por su condición, sino por el simple hecho de ser humanos.

—Es de agradecer, pero decidme, don Álvaro, ¿veis algún rastro de humanidad en esta cárcel?

El preso miró a su alrededor, abriendo los brazos. El adelantado no encontró forma de oponerse a aquel argumento.

—Si no queréis decirme quién sois, decidme entonces de qué me conocéis.

Volvió a dedicarle aquella expresión tétrica, una sonrisa cínica que mostraba una cárcel sin barreras.

—Yo estaba allí cuando os embarcasteis hace... ¿Cuánto ha pasado ya? ¿Quince, veinte años?

—Diez.

Hizo un sonido extraño al dejar salir el aire entre sus labios.

—El tiempo pasa muy despacio aquí. Diez años... —comentó reflexivo, como si hablase consigo mismo o con el hombre que en el pasado había entrado en aquella celda.

—¿Estabais en El Callao cuando partimos hacia las islas Salomón?

—Sí, allí estaba... —Sus ojos brillaron en la oscuridad de su celda. Agarró dos barrotes, imitando el gesto que el adelantado había hecho minutos antes, y asomó su escuálida cabeza entre ellos, quedando parcialmente iluminado por la luz que entraba a través del ventanuco de la celda de Mendaña—. Era una cálida mañana de noviembre. El sol se alzaba magnánimo y las aguas del mar estaban tranquilas. Vuestro tío, porque era vuestro tío, ¿verdad? —Mendaña asintió—. Vuestro tío dio un discurso magnífico, y vos desfilasteis con el pendón de Castilla mientras algunos soldados levantaban los estandartes de la marina y los Habsburgo. Todo el mundo sonreía. Aunque, si os soy sincero, todo el mundo sonríe en mis recuerdos.

El preso pareció perderse en aquella memoria que, al parecer, había sido su refugio durante los largos años de encierro. A Mendaña le gustaba la forma en la que el hombre arrastraba las palabras, en un hablar melódico y calmado, propio del que tiene mucho tiempo libre.

—Las naves esperaban en la bahía, castillos flotantes tan esplendorosos como un palacio, con sus alas de tela desplegándose como elegantes cigüeñas. Los soldados hacían sonar sus tambores, y los pajes, sus flautines —completó Álvaro, dejándose llevar por la nostalgia.

—Sí... Así lo recuerdo. Vos no erais más que un muchacho. He de deciros, si me lo permitís, que nadie confiaba demasiado en que tuvierais éxito, pero os acompañaban hombres de valía. Ese cosmógrafo, ¿cómo se llamaba?

—Pedro Sarmiento de Gamboa —deslizó Mendaña sin mucho entusiasmo.

—Pedro Sarmiento —repitió con lentitud, arrastrando las sílabas de su nombre—, un hombre notable. Muchos lo conocíamos por haber escrito una historia sobre los incas, ¿la habéis leído?

—Por desgracia.

El preso volvió a reír, esta vez a carcajadas, y por un momento al adelantado le pareció que iba a perder los pocos dientes que le quedaban.

—Un texto interesante, quizá demasiado imaginativo, creo yo. Tuvo problemas con la Inquisición, ¿me equivoco? —Mendaña asintió—. No, claro que no me equivoco. ¿Qué fue lo que pasó?

Álvaro de Mendaña era un aventurero, un ave rapaz de pronto enjaulada. Frecuentaba la compañía de hombres de alta posición, ¡venía de firmar unas capitulaciones con el rey! Pero no desaprovechaba la ocasión de rememorar aquel viaje que le marcó de por vida.

—Pedro Sarmiento de Gamboa había viajado por las antiguas tierras del imperio inca, informándose sobre su pasado y sus costumbres. Allí tuvo noticias de una vieja historia: Tupac Inca Yupanqui, conquistador de grandes extensiones del imperio, se encontraba al norte, en las islas Puná, cuando tuvo conocimiento de que más al oeste, perdidas en los mares del Sur, había unas islas ricas en oro. Dicen que embarcó a veinte mil hombres en balsas y recorrió el océano hasta dar con aquellas islas, y regresó con un buen cargamento de oro y otras riquezas.

—Ah, sí, esa vieja historia...

—Sarmiento, que conocía la posición de las estrellas y había navegado con hombres mejores que él, quiso lanzarse a la búsqueda de esas islas, pero por aquel entonces ya había sido juzgado por la Inquisición en Puebla y pesaba sobre él otra acusación del tribunal de Lima. De ningún modo podría comandar la expedición, por lo que mi tío me designó a mí como general.

—Una suerte...

—La suerte es esquiva para quien la persigue, mucho más para quien desiste.

—Según parece, vos también habéis tenido problemas con la justicia.

Ahora fue Mendaña el que sonrió. Para entonces, la conversación ya tenía la atención de casi todos los presos, que escuchaban con excelsa curiosidad cada palabra que intercambiaban aquellos dos hombres.

—No solo Sarmiento conocía aquella leyenda, y no solo él pretendía dar con las islas Salomón.

—Pedro Aedo..., ¿verdad? —musitó el preso.

El adelantado se quedó estupefacto. ¿Cómo podía saber aquel hombre todo eso?

—Pedro Aedo —repitió Mendaña. Su memoria viajó a un tiempo que le parecía tan lejano como la creación del hombre—. Nunca creí la acusación que pesaba sobre él, pero pretendía financiarse gracias a Maldonado; él sí fue hallado culpable de conspirar contra mi tío.

—La suerte le fue esquiva a Pedro Aedo, ¿no es así?

—Supongo que es una forma de verlo. Se juntó con quien no debía, pero ¿cómo culparme a mí? Cuando todo eso sucedió, tenía poco más de veinte años. Apenas sabía dónde estaba el Perú, como para saber nada de las islas de los mares del Sur.

—Igualmente fuisteis condenado a vuestra vuelta del viaje.

—¿Cómo sabéis todo eso?

El hombre se echó a reír, y las carcajadas no tardaron en convertirse en toses. A Mendaña le pareció un anciano, aunque probablemente no sería mayor que él.

—Ya os lo he dicho, yo estuve allí.

—Muchas personas nos vieron embarcar, pero pocas sabían realmente quiénes éramos ninguno de nosotros, y me atrevo a decir que no más de diez habrían leído el libro de Sarmiento.

—Poco importa quién sea yo o cómo sepa todas estas cosas, ¿no creéis? Ahora estamos ambos en una celda, compartiendo este olor nauseabundo y sombras lóbregas como las que proporciona un cadalso. La suerte os está siendo esquiva, no la tentéis más de lo necesario.

—Dejadlo, señor, no es más que un viejo estúpido —interrumpió Myn.

En ese momento llegaron tres carceleros. Repartieron algunas escudillas llenas de algún alimento podrido y agusanado y se marcharon. Varios presos se lanzaron a por los platos y comieron con las manos, entre ellos el anciano que había estado conversando con Mendaña.

Cuando terminó, regresó a los barrotes.

—Estabais a punto de contarme lo que sucedió en vuestro viaje por los mares del Sur.

—Y vos estabais a punto de decirme quién sois.

—¡Cuéntalo ya! —se oyó desde una celda del fondo.

—¡Queremos saber qué pasó!

Rápidamente, aquel rumor se extendió como una enfermedad infecciosa, e incluso los compañeros de celda del adelantado le pidieron que explicara lo que el otro preso le pedía.

Mendaña suspiró, miró al suelo y se dejó llevar una vez más por los recuerdos.

—El viento es favorable en el viaje hacia el oeste, pero éramos conscientes de que la vuelta sería terriblemente dificultosa, por eso era muy importante definir la derrota que queríamos seguir. En ese momento, aún en El Callao, comenzaron las disputas.

—Esto se pone interesante —comentó alguien.

—Cuando uno se propone buscar tierras ignotas, ¿cómo define el rumbo? Nadie sabe bien lo que hay en los mares del Sur, pero algunos imaginamos que existe otro continente que sirve de contrapeso con las tierras del hemisferio norte. Las noticias de los incas sobre las islas en mitad del océano enseguida se pusieron en conexión con algunas fábulas de Marco Polo, y también con el mítico puerto de Ofir, desde donde el rey Salomón recibía oro, especias y animales extraños cada tres años, tiempo que tardaban las naves en hacer el recorrido hasta Jerusalén. También, según las escrituras, uno de los magos que adoraron a Jesús niño partió de allí. ¿Acaso alguno de los presentes, con esta información y la capacidad de emprender tamaña empresa, se habría quedado en casa?

Hubo murmullos, unos de aprobación, otros de duda.

—No se me puede juzgar por intentarlo —continuó el adelantado—. Estaba en el lugar propicio en el instante justo. Y, además, era la persona adecuada. Pero mis conocimientos de navegación en aquellos tiempos eran limitados. Pedro Sarmiento es un hombre arisco que cree que lo sabe todo. No hay duda de que conoce muchas cosas, pero no es menos cierto que la mayoría, simplemente, son producto de su imaginación. Habla solo, murmura en otros idiomas... ¡La Inquisición lo iba a juzgar por hechicería! Yo era un joven ávido de aventuras, pero no un loco, o al menos no tan loco como para poner en juego la vida de ciento cincuenta hombres solo por los envites imaginarios de un hechicero.

—Entonces ¿os opusisteis a Sarmiento? —preguntó el anciano desdentado.

Mendaña se tomó unos segundos para contestar.

—Sí. El piloto mayor era un tal Hernán Gallego, veterano navegante que conocía bien su negocio. No tardé en descubrir que, además de conocer bien los vientos y el comportamiento de los mares, al igual que Sarmiento, tenía sus propios objetivos en la expedición. Sarmiento era nuestro cosmógrafo, pero también era el capitán de la nao Los Tres Reyes. Él fue quien estableció la derrota, pero a los pocos días, y sin consultárselo a nadie, Hernán Gallego cambió el rumbo. Fuimos perdiendo altura, acercándonos a la línea ecuatorial, en contra de las teorías de Sarmiento, que creía... que cree que el continente desconocido y las islas de los mares del Sur están en línea con el estrecho de Magallanes.

—¿Y no es así? —preguntó uno de los presos que estaban en su celda.

Mendaña lo miró y abrió los brazos en un gesto vulnerable.

—¿Cómo podríamos saberlo? Nadie tenía certeza alguna, pero yo decidí apoyar al piloto, Hernán Gallego. Si no hallábamos nada, encontrarnos tan al sur nos dificultaría el regreso por la ruta de levante que siguen las naves de las Filipinas a Acapulco. Así que preferí no bajar más de diez grados al sur.

—¿Y os dio resultado? —preguntó otro.

—Al principio, no. El horizonte no dejaba de ser el océano. Seguíamos el camino del sol desde el mediodía, siempre hacia el oeste, perdidos en medio de la nada, sin un rumbo seguro, sin una carta que seguir. Casi dos meses después de iniciado el viaje, Hernán Gallego y yo sucumbimos definitivamente a las peticiones de Sarmiento, que no dejaba pasar una sola hora del día sin llenarla con sus quejas.

—¿Hubo algún motín? —quiso saber el anciano.

—No, pero a punto estuvo de haberlo. Muchos seguían a Sarmiento. Es normal, cuando pasan las semanas y nadie avista tierra. Yo no quería que aquel viaje terminase con los tripulantes asesinándose entre ellos, así que convencí a Gallego de probar suerte con otro rumbo. Pero Sarmiento nos dijo que ya era tarde, que habíamos dejado la tierra atrás por el sur y no habría forma de regresar. Dicho así suena lógico, pero no podéis imaginar, amigo mío, el odio que desprendía su mirada. Por fortuna para todos, se equivocaba.

Mendaña hizo una pausa y un preso le ofreció una escudilla con agua fétida. Álvaro la miró con aprensión, pero llevaba horas sin beber nada y tanto hablar le estaba secando la garganta. Dio un trago, que acompañó con arcadas y toses. Algunos rieron, pero no sin cierta admiración, pues, para entonces, todos los presos estaban deseosos de conocer el resto de la historia.

—Una mañana, un grumete cantó tierra y la felicidad estalló en cubierta. Los marineros y los soldados abandonaron sus quehaceres, sus descansos y sus apuestas y admiraron en el horizonte una isla de vegetación extensa. Ni siquiera eso aplacó la ira de Pedro Sarmiento de Gamboa, quien seguía convencido de que no habíamos llegado a nuestro destino.

—¿Las islas que hallasteis no eran las que buscabais? —inquirió el anciano.

—Fuimos a descubrir unas islas perdidas en los mares del Sur y eso fue lo que encontramos, pero Sarmiento insistía en buscar ese continente que se une a Chile en el estrecho de Magallanes y negaba la importancia de las islas que habíamos encontrado. Allí permanecimos más de seis meses, y no hubo un solo día en el que no tuviera que escuchar sus interminables y desesperantes lamentos.

—¿Había oro? —preguntó un preso.

—¿Oro? Nuestro oro fue encontrar ríos de agua dulce, frutas, gallinas y cerdos.

—Pero, si eran las islas del rey Salomón, debería haber oro, ¿no es así? —indagó el preso desdentado.

—Hallamos decenas de islas, aunque no pudimos explorarlas todas. En una de ellas, que llamamos Guadalcanal, discurría un río del que sacamos algunas pepitas. Sin duda alguna era un botín escaso, pero prometía la existencia de una mina remontando dicho río. Sin embargo, no nos fue posible establecer una colonia. Nuestra misión era descubridora, conquistadora si se quiere, pero no teníamos ni los recursos ni las personas suficientes para establecer una colonia.

—¿Había oro o no? —insistió uno de los presos.

—Lo había, sí. Y lo hay. Por eso pretendo regresar allí.

Los prisioneros murmuraron, muchos de ellos admirados por aquel magnífico descubrimiento. Ahora sabían de primera mano que las islas Salomón existían, y que en ellas había oro. La noticia se extendió por las celdas como las olas que bañan la playa hasta que el anciano interrumpió los murmullos.

—Pero salisteis de allí y regresasteis.

—No podíamos quedarnos. Los nativos eran numerosos y hostiles. Trataban de impedir nuestro abastecimiento, nos atacaban día y noche con flechas envenenadas y piedras. Decidí que había llegado la hora de regresar al Perú para rearmarnos y volver a las islas con intención de asentar una colonia. Aquello, huelga decirlo, tampoco le gustó a Pedro Sarmiento.

Regresaron las murmuraciones, casi todas en apoyo del adelantado.

—Y aquí estáis, buscando la estela de esa suerte que en el pasado os sonrió —celebró el anciano.

—Os he contado la historia, creo justo que ahora me digáis quién sois vos.

—¿Tanta importancia tiene?

—No suelo olvidar con facilidad a las personas que pasan por mi vida, no quisiera que este encuentro azaroso se saldara con una duda más que llevarme a la tumba.

—No os lamentéis por ello, señor Mendaña. Quizá deba pediros disculpas, pues he jugado un poco con vuestros recuerdos, removiendo tal vez algunos asuntos que están mejor en el olvido que en la mente. Yo os conocí a vos aquel día de noviembre que partisteis hacia... ¿Cómo llamabais a las islas antes de descubrirlas?

—La tierra de mi hipótesis —confirmó.

—Así es, a aquellas tierras ignotas y legendarias. Como os decía, os conocí aquel día. Os di la mano y os deseé suerte en vuestra empresa, pero vos no supisteis nunca mi nombre. Era uno más de la muchedumbre curiosa que se acercó a El Callao a despedir a los aventureros, uno más entre el gentío que os aclamó como a un nuevo Cristóbal Colón. Mi nombre, como veis, no pasará a la historia ni tiene importancia alguna.

Soltó los barrotes y se perdió entre las sombras de su celda. Mendaña hizo lo propio, desconfiando de aquellas palabras y pretendiendo recordar dónde había visto esos ojos antes.

No volvió a hablar con el anciano. De hecho, no volvió a verlo ni cuando la luz penetraba con mayor intensidad por el ventanuco de su celda. Durante los cuatro días que permaneció encerrado en aquel pozo inmundo de Panamá, los presos le ofrecieron sus escudillas y agua, lo trataron con admiración y, lo que le sorprendió aún más, con un agradecimiento cargado de humanidad.

Al cuarto día lo liberaron, aunque Myn, el liberto, tuvo que permanecer allí algunas semanas más, mientras el adelantado era aún preso de la burocracia, enclaustrado en la Casa del Cabildo hasta que su situación se aclaró.

Mendaña pagó el tributo aduanero de aquel baúl que no había sido reflejado en el inventario. Logró sacar de la cárcel a Myn y al mercader sevillano, que nunca recuperó sus pertenencias. Su mujer y sus hijos lo recibieron con los brazos abiertos, pero eran de los pocos colonos que habían permanecido en Panamá; muchos de los que se habían presentado voluntarios para la expedición en la península no aguardaron a la liberación del adelantado y tomaron sus propios caminos, por lo que embarcó rumbo a Lima con la necesidad de reunir de nuevo viajeros para la aventura que se proponía llevar a cabo.

Envió una carta al rey desde Panamá, informando de los hechos acontecidos y previendo sucesos similares a su llegada al Perú, donde Francisco Álvarez de Toledo era virrey. No se equivocaba.

Cuando al fin avistó las playas pedregosas de El Callao, Álvaro de Mendaña sintió que su espíritu rejuvenecía y que los pesares sufridos durante los últimos años menguaban como el sol al ponerse en el horizonte. Aspiró con fuerza el aire peruano, llenando sus pulmones con el aroma del mercado que podía percibir desde la cubierta de la nave.

De los cien hombres y mujeres que embarcaron en Sevilla solo llegaron a Lima sesenta, y aún muchos se dispersaron al tomar tierra. El adelantado no había quedado muy contento con la tripulación de su primer viaje, por lo que intentó convencer a marineros aún sin demasiados vicios y hombres de bien que viesen en su empresa una oportunidad única de negocio.

El virrey se mostró favorable a su expedición, aunque tardó en recibirlo mucho más de lo esperado. La Real Cédula que portaba Mendaña no era el acceso a una posibilidad, sino que traía órdenes explícitas del rey de ponerse en marcha en la conquista definitiva y la colonización de las Salomón, a lo que ni siquiera el virrey podía oponerse.

Superado ese escollo, Álvaro envió a Myn al puerto para tantear a los hombres mientras él mismo fue buscando financieros que quisieran participar en su aventura. Aquello, sin embargo, supuso un nuevo fracaso en su idea de regresar a la «tierra de su hipótesis». La guerra de Chile estaba consumiendo no solo al virreinato, sino también a muchos emprendedores que se habían instalado en las Indias para enriquecerse y que ahora se veían inmersos en la financiación de la administración y desprovistos de sus negocios por la guerra.

En Chile, además, había aparecido un nuevo enemigo: el pirata Francis Drake. La reina Isabel de Inglaterra le había otorgado patente de corso, pero no dejaba de ser un pirata auspiciado por la corona. Drake era un navegante joven, valeroso y tenaz. Dobló el estrecho de Magallanes con el firme propósito de esquilmar los puertos españoles de la costa americana, y así, no muchos meses después de la llegada del adelantado a Lima, saqueó Valparaíso y otros puertos chilenos.

Álvaro de Mendaña había logrado reunir una nueva tripulación con muchos esfuerzos y sacrificios. Su encomienda de indios en Guanaco apenas le permitía gastar un peso más, pero poco le importaba, sentía muy cerca el cumplimiento de su sueño.

Sin embargo, el virrey Toledo tenía otros planes para aquellos hombres. Continuando con su política de obedecer las órdenes del rey, pero no facilitar su cumplimiento, exigió al adelantado que pusiera todos sus recursos al servicio del virreinato y enviara a sus hombres y sus barcos a Chile.

Drake remontó los mares del Sur pirateando aquí y allá. Cuando llegó a El Callao, causó grandes estragos al abordar una nave española. Francisco de Toledo, poco dado a grandes empresas de defensa hasta ese momento, organizó una flotilla al mando del ilustre Pedro Sarmiento de Gamboa, su protegido y principal asesor en asuntos que tuvieran que ver con la marina. Álvaro de Mendaña se embarcó capitaneando una de las naves, pero Drake ya había abandonado la zona y fue imposible darle caza.

A su regreso a Lima, el adelantado se encontró con una grave acusación: Sarmiento y Toledo afirmaban que no había puesto empeño en la persecución del pirata y que había dado orden de dar la vuelta a su nave, impidiendo así la captura del corsario y permitiendo con ello que continuara con su pillaje en territorios pertenecientes al rey.

Aquello supuso que Mendaña pasara tres meses más en prisión. Cuando salió, los hombres que no habían partido hacia Chile en espera de participar en la expedición de las islas Salomón habían terminado por dispersarse por completo, lo que lo obligó a empezar de cero.

Pero don Álvaro estaba arruinado una vez más. Ya no tenía naves, ni marineros, ni colonos. Escribió una misiva al monarca, quejándose del trato recibido por Francisco de Toledo e informando de que se había quedado sin tripulación. Expresó su preocupación por las mujeres que se habían prestado voluntarias con la esperanza de un casamiento durante la expedición y de encontrar una nueva vida en los territorios por colonizar. Lamentaba que pudieran darse a una vida pecaminosa o, acaso, regresar a ella.

El tiempo pasó muy despacio para el adelantado, que se encontraba atado de pies y manos ante la situación. Participó de la vida social de Lima para intentar olvidarse de sus sueños. La Ciudad de los Reyes crecía a un ritmo salvaje, creándose nuevos barrios al otro lado del río Rímac, donde se instalaban los funcionarios del virreinato y familias decentes venidas de la península con el ánimo de hacer fortuna.

Una nueva acusación surgió cuando el virreinato de Toledo se agotaba. Su inquina hacia Mendaña por sus problemas con Lope García de Castro no conocía límites, y denunció a don Álvaro por dar protección en su hacienda a maleantes, subversivos y traidores.

Cuando el adelantado salió de prisión ya no quedaba nada de sus sueños. Ni naves, ni colonos, ni marineros, ni inversores, ni dinero. Las relaciones que se había esforzado por establecer con importantes prohombres se desvanecieron por completo.

Sin embargo, dos buenas noticias se dibujaron en el horizonte. Por un lado, se había anunciado el relevo de Francisco de Toledo, quien, llamado por el rey, regresaba a Castilla. Por otro, cuando pudo revisar la documentación de su acusación, descubrió que un desconocido de origen gallego lo había defendido ante la Real Audiencia. Su nombre era Nuño Rodríguez Barreto.

Mendaña, sin nada que perder, arruinado, debilitado y señalado por muchos como cómplice de ladrones y traidores, decidió entonces dirigirse al hogar de aquel Nuño Rodríguez Barreto. No sabía quién era ni por qué lo había defendido con tal ahínco hasta convertir una grave acusación en una causa inconclusa. De entre las pocas cosas que pensaba que le quedaban por hacer en su vida, una de ellas era ser agradecido con su nuevo e inesperado benefactor.

Entonces todavía no sabía que aquel hombre le otorgaría la llave que abriría el cofre de sus sueños.

4

De cómo Isabel Barreto descubrió el amor

El Escorial (Madrid), 13 de septiembre de 1584

Felipe II había ordenado la construcción del monasterio de El Escorial para conmemorar la victoria en la batalla de San Quintín contra las tropas francesas en Italia. Su intención era levantar un centro eclesiástico e intelectual donde promover un pensamiento afín a sus ideas políticas y religiosas, fuertemente enlazadas.

Aquel 13 de septiembre de 1584 se daban por finalizadas las obras, para lo cual el rey invitó a algunos de los hombres más poderosos de la corte a contemplar el resultado final de su magno proyecto.

Allí se desplazó el Marqués de Cañete, don García Hurtado de Mendoza, veterano de las guerras en Chile, antiguo gobernador de aquella región americana y, durante los últimos años, miembro destacado de la Guardia Real. El marqués era un hombre admirado por propios y extraños; se le tenía por el vencedor de la Guerra de Arauco y se le honraba por las misiones diplomáticas que llevaba a cabo como representante del rey en Milán; además, su carácter afable y bonachón y su propensión a contar historias del Nuevo Mundo a la menor ocasión le habían abierto las puertas de la corte.

Junto a él viajó su esposa, doña Teresa de Castro y Cueva, reconocida por todos porque aunaba a su excelsa belleza una determinación poco frecuente en las mujeres de su clase. No se mordía la lengua, y era muy capaz de reñir en público a su marido o de expresar su malestar por la compañía de algún aristócrata que no fuera de su agrado con una simple mirada. Ninguna corte europea estaba acostumbrada a mujeres de su talla, aunque probablemente tampoco permitían que se expresasen con la libertad de la que hacía uso la marquesa.

Muy dada a la pompa y a la ceremonia, solía ir acompañada por innumerables doncellas procedentes de grandes casas alejadas de la Villa de Madrid. Todas ellas vestían hermosos ropajes y eran distinguidas a la legua por el resto de la aristocracia en aquellos eventos en los que el rey reunía a la corte. Entre ellas destacaba una joven gallega a la que tenía en muy alta estima, conocida por todos como Isabel de Castro.

La doncella, que apenas contaba diecisiete años, se había convertido en su secretaria personal y gestionaba todos los asuntos que no tenían que ver con su marido, y aun a veces algunos del propio marqués. Era una muchacha muy capaz, que hablaba y escribía con soltura en latín. Tan beata como rebelde, muchos asumían el carácter de su señora en ella misma, pues tampoco tenía por costumbre callarse sus propias ideas, y solía definir de forma tan afilada como acertada a cada conde, marqués y duque que se acercaba a la marquesa.

Las doncellas de doña Teresa se movían a su alrededor como una bandada de cisnes, si es que los cisnes podían vestir alegres y brillantes verdugados de mangas brocadas y unidas por puntas. Así se presentó Isabel de Castro, que había adoptado el apellido de su madre al no estar aún casada y por afinidad con el de su señora, con sus manguillas brocadas, puños de encaje y lechuguillas que le cubrían hasta las orejas.

La familia de Castro al completo, incluidos los miembros a su servicio, contrastaban con el resto de la corte al preferir los colores claros en su vestimenta, cuando la moda contrarreformista impuesta por el monarca exigía el negro o los tonos oscuros como símbolo de recato y obediencia. Pero nadie se lo reprochaba. García Hurtado de Mendoza había pasado muchos años en las Indias, donde todo era muy diferente, y las prendas de colores eran frecuentes tanto en los nativos como en los colonizadores.

Isabel se sabía con suficiente libertad como para alejarse de los fastos y las liturgias que se derivaban de una reunión como aquella, por lo que decidió explorar el monasterio mientras su señora y los demás aristócratas disfrutaban de interminables saludos y conversaciones pueriles.

Los años no habían apagado la luz de su curiosidad; al contrario, llegar a la corte había prendido en su ser una llama que hasta entonces cavilaba entre extinguirse o expandirse. El mundo era mucho más grande de lo que imaginaba mientras vivía en Pontevedra. Admirar el mar desde la lejanía solo alimentaba sus anhelos de aventura, pero en la biblioteca del marqués descubrió que aquellos deseos eran diminutos en comparación con lo que podía ofrecerle el mundo.

Aprendió a leer cartas de navegación y estudió el uso de instrumentos náuticos como el cuadrante o el sextante. Investigó sobre las conquistas del Nuevo Mundo y aprendió los nombres y hazañas de los Cortés o los Pizarro, así como las aventuras de otros hombres que, como su abuelo, se habían dedicado a la navegación. Magallanes, Elcano, Legazpi, Urdaneta... Eran nombres que frecuentaban tanto sus lecturas como sus sueños.

La vida en la corte era muy diferente. Mientras el marqués pasaba más tiempo viajando que en su hogar, ella acompañaba a doña Teresa al palacio, a la iglesia o a reuniones con las esposas de los colaboradores de su marido. Isabel callaba y escuchaba, aprendía lo que podría servirle en el futuro y odiaba ideas y comportamientos que no consideraba decorosos.

Tras aquellas reuniones, la marquesa, por la noche, le pedía que la acompañara a su alcoba. Después de leer algún pasaje de las sagradas escrituras le preguntaba su opinión sobre lo que había visto. E Isabel le explicaba todo lo que pensaba acerca de aquellos señores y aquellas señoras que habían departido con Teresa de Castro. Ella solía sonreír, aprobando sus opiniones.

Desde luego, la marquesa no era ajena al gran potencial de su doncella, y procuraba desarrollarlo al máximo. Le había dado acceso total a la biblioteca de García Hurtado de Mendoza y había movido hilos para que pudiera investigar en los archivos del alcázar.

Sin embargo, nada era comparable a lo que se exponía ahora ante los ojos de Isabel. Vagando por el monasterio había dado con la biblioteca, en la que se almacenaban magníficos volúmenes en estanterías interminables, así como todo tipo de objetos. Reconoció algunos, pero otros le causaron tal impresión que procuró grabarlos en su memoria, tan fiable como cualquier otro archivo.

Dio varios pasos con lentitud, acariciando un globo terráqueo y buscando con la mirada la ubicación del Perú, donde su padre aguardaba la llegada de Isabel, sus hermanas y su madre. Se acercó a una de las librerías de madera que crecían desde el suelo hasta el techo y comprobó los títulos de algunos libros. En su mayoría eran legajos de documentos o manuscritos, y le fascinó pensar la cantidad de secretos y aventuras que allí habría almacenados.

—¡No toquéis eso! —gritó alguien desde el otro lado de la sala.

Isabel se sintió torpe por haberse dejado descubrir. Imaginaba que todos los monjes y trabajadores del monasterio estarían junto a la basílica, con el rey. Se equivocaba.

—Lo lamento —dijo mirando al suelo y cruzando las manos sobre su vientre, por encima del abultamiento que formaba el armatoste que daba vuelo a su falda.

—¿Qué hacéis aquí, niña? Este no es lugar para... —Isabel no había levantado la mirada aún. Esperaba una retahíla de reproches y después salir corriendo por donde había llegado—. ¿Isabel? ¡No me lo puedo creer! —celebraba el monje—. ¿En verdad sois vos?

Al fin miró a los ojos a quien le hablaba. Le resultó familiar, pero no logró reconocerlo en un primer momento.

—Mi señor, os pido disculpas, no pretendía... Esperad un momento. —Su memoria no le fallaría tampoco en esta ocasión—. Vos sois... ¡Vos sois fray Benito!

—Así es, querida.

El sacerdote le estrechó las manos allá donde las tenía, sobre su vientre. Era un hombre mayor, mucho mayor que el fraile que habitaba en su memoria. La tonsura de hacía siete años, cuando visitó a su padre en Pontevedra el día de su aniversario, había dado paso a una calvicie total. Era bajito, enjuto y grueso, pero su mirada brillante no había cambiado.

—¡Qué alegría volver a veros, fray Benito! No sé si en su momento os agradecí como debía vuestro regalo; al fin y al cabo, no dejaba de ser una niña estúpida. He de confesaros que guardo el galeón de madera desde entonces como uno de mis mayores tesoros.

—Vos ya no erais una niña, ¿lo recordáis? Y dudo mucho que pudierais pasar por estúpida aun proponiéndooslo.

Isabel dejó caer sus párpados y sonrió, como le había enseñado su señora.

—Agradezco vuestras palabras y vuestra consideración sobre mí, fray Benito.

—¡No tenéis nada que agradecerme! Al contrario, soy yo quien celebra vuestra visita y, si me lo permitís, diré que no creo que nuestro encuentro sea fruto del azar. —Su mirada cambió. La alegría dio paso a un sentimiento que Isabel aún no era capaz de definir, una mezcla abstracta de regocijo y determinación—. Acompañadme, Isabel. A buen seguro que doña Teresa sabrá perdonar que le robe a una de sus doncellas más ilustres durante un rato.

El monje le ofreció su brazo e Isabel se agarró a él. En ese momento podía recordar con claridad hialina el día de la visita de fray Benito, como si hubiese sucedido tan solo unas horas atrás; le hacía rememorar la última vez que había visto a su padre, y odiarse a sí misma por su comportamiento infantil. No despedirse de él como era debido era algo que la mortificaba, aunque no había día que no albergase la esperanza de recibir una misiva de su madre informándola de que era el momento de embarcarse hacia el Perú y reencontrarse con toda la familia.

—Es realmente una biblioteca fantástica —comentó admirada, llevando sus centelleantes ojos verdes de un lado a otro para retener imágenes en su memoria como un pintor.

—Tengo entendido que sois muy aficionada a los libros.

—Así es, fray Benito. Dice mi madre que aprendí a leer antes que a hablar y, desde entonces, no dejo pasar ocasión de devorar todo lo que cae en mis manos. La biblioteca del marqués comienza a quedarse pequeña.

—Es bueno ser curiosa, y no es de extrañar que vos lo seáis, pues tanto vuestro padre como vuestro abuelo han sido grandes hombres, exploradores y conquistadores.

—Vos conocisteis a mi abuelo, ¿verdad? —Ella ya lo sabía. Y él sabía que ella lo sabía, así que ni siquiera esperó su respuesta—. Murió cuando yo contaba solo seis años, apenas tengo algún vago recuerdo de su presencia. ¿Podríais contarme algo del abuelo Francisco?

—Ay, niña, lo que me pedís es que me remonte a tiempos tan lejanos que ya los enterré en mi memoria, pero negarles información a unos oídos curiosos es como privar de la misa al condenado. ¿Qué queréis saber?

Isabel se mordió el labio inferior, como solía hacer cuando pensaba en algo sobre lo que ya había reflexionado previamente.

—Mi padre siempre fue reacio a hablar del abuelo. Supongo que hubo algún problema entre ellos del que nunca ha querido comentar nada, de modo que es poco lo que sé.

—Nada conozco de problemas entre ambos, Isabel. Siento no poder ayudarte en eso.

Pasaron al lado de una vitrina donde se almacenaban dientes de animales marinos, huesos gigantescos de algún ser ancestral y huevos tan grandes que cualquier mente poco iluminada pensaría que eran de dragón.

—Lo entiendo. Sus problemas suyos son, fray Benito. Solo quería exponeros que cualquier cosa que me contéis será una nueva noticia sobre él.

—Sospecho que queréis llegar a algún sitio, Isabel. Aquí, entre estos muros —dijo, y movió el brazo que tenía libre de forma descriptiva—, estamos seguros. Hablad con libertad.

Isabel provocó un silencio teatral. Siempre había querido saber sobre su abuelo, pero aún más cuando escuchó a aquel hombre que ahora tenía prendido del brazo hablar con su padre acerca de las míticas islas del rey Salomón.

—No sois un buen adversario para la dialéctica, fray Benito. —Se dedicaron una sonrisa cortés mutuamente—. De acuerdo. He de confesaros una cosa: cuando visitasteis a mi padre en Pontevedra no tuvisteis una reunión tan privada como hubieseis deseado. —Isabel amplió su sonrisa—. Entendedlo, en esa casa había diez críos, y tal vez alguno de ellos aguardase tras la puerta, pegando el oído a la pared, oculta tras una vasija y escuchando.

—¿Oculta? —preguntó con suspicacia.

—Puede que no fuera un niño sino una niña.

—Una niña curiosa.

—O, simplemente, una niña que quería tener a su padre presente en el día de su cumpleaños.

—*Touché*.

—¡Oh! ¿Habláis francés? ¿Qué significa?

—Disculpad, querida niña. Quiero decir que en eso no os puedo quitar la razón. Tampoco os reprocharé que escucharais nuestra conversación, es más, me alegro de ello. ¿Hubo algo de lo que hablamos que despertara vuestra imaginación?

—En verdad lo hubo.

—Y sobre eso queréis preguntarme, ¿no es así? —Llegaron al

escritorio que Benito Arias Montano tenía en la biblioteca, repleto de documentos con el sello real. El sacerdote se sentó en el sillón e hizo un gesto invitando a Isabel a ocupar una de las sillas que estaban al otro lado de la mesa—. Decidme, ¿qué queréis saber?

—Le dijisteis a mi padre que el abuelo soñaba con encontrar el mítico puerto de Ofir, desde donde el rey Salomón recibía espléndidas y exóticas riquezas cada tres años.

—¿Dije yo eso? —se sorprendió, mirándola con especial suspicacia.

—Sin duda fue lo que quisisteis decir, aunque para una niña de diez años sonase algo estrafalario y fantasioso.

—Pero no para una mujer de...

—Diecisiete.

—Oh, vaya. ¿Tanto tiempo ha pasado?

—El tiempo corre, fray Benito. Eso también se lo dijisteis a mi padre.

El clérigo rio a carcajadas.

—Vuestra reputación es bien merecida. En cuanto a la dialéctica... Preferiría no enfrentarme a vos en un juicio. Cuidaos bien de no popularizar vuestras habilidades o la Santa Inquisición tendrá que plantearse aceptar mujeres en sus tribunales.

—Dios me libre. —Se persignó.

—Sin embargo, no me equivoco, ¿verdad?

—¿En qué, fray Benito?

—Lo que a una niña de diez años le pareció fantasioso, a una mujer de diecisiete le parece una aventura por vivir.

—No os equivocáis. Dudo mucho que lo hagáis con frecuencia.

Aquello hizo renacer las carcajadas del fraile.

—Con más de la que desearía. Errar, como dudar, no solo es inevitable, sino que es también necesario.

—Bien, parece que hemos llegado a un acuerdo.

—¿Un acuerdo? —El sacerdote se sintió descolocado ante aquella afirmación.

—Sí, eso he dicho. Vos me contáis lo que haya que contar sobre mi abuelo y esas islas, y yo mantengo nuestro pequeño secreto acerca de vuestras dudas y errores —bromeó. Después tamborileó con los dedos sobre la mesa, junto a un documento escrito en latín que poco o nada podía asemejarse con las creencias cristianas.

—Cuando me desperté esta mañana, lo último que imaginé fue

que hoy sería chantajeado por una joven. El mundo, sin duda, es un lugar increíble.

—No es chantaje, fray Benito. Vuestros asuntos solo os conciernen a vos, y es mejor que así sea. Es, como he dicho, un acuerdo —lo dijo con tal simpatía y dulzura que el clérigo se echó a reír.

—Os conozco, Isabel. Aunque no lo creáis, os conozco desde que os vi aquella mañana a la salida de la Basílica de Santa María, en Pontevedra. No sé cómo habéis podido leer ese documento, en latín antiguo, al revés y parcialmente tapado. Y con esa letra manuscrita que yo he tardado días en descifrar. Sé que no me chantajeáis, pero que si no os contase nada de vuestro abuelo saldríais de aquí con el firme propósito de averiguar cuanto sea posible acerca de estos asuntos que, como bien habéis dicho, solo me conciernen a mí.

—¿La *Familia Charitatis*?

Arias Montano permaneció en silencio. Intentó que su rostro reflejara cierta seriedad, incluso solemnidad, pero le resultó imposible.

—Nada me impide hablar de vuestro abuelo.

—Resulta curioso, entonces, que esquivéis la conversación durante tanto tiempo.

Ahora quien tamborileó con los dedos sobre la mesa fue el fraile.

—Sospecho que no escuchasteis toda la conversación que mantuve con vuestro padre; de ser así, sabríais que me pidió expresamente que no hablara nunca con vos sobre estos asuntos.

Isabel se quedó muy sorprendida. *¿Por qué? Yo no era más que una niña de diez años, aquello me habría resultado un cuento, una fábula.*

—¿Cómo era? ¿*Touché*?

—Aprendéis rápido, querida niña.

—¿Por qué no querría mi padre que me hablarais del puerto de Ofir y del abuelo Francisco?

—Él no se equivocaba, Isabel. Veía en vuestros ojos el mismo brillo que vio en los de su padre. Un brillo que es más que curiosidad. Reconozco que tampoco lo entendí en su momento, pero hoy lo veo con la misma claridad que él.

—Mis ojos siempre brillan cuando estoy cerca de lo que busco.

El silencio que siguió a aquellas palabras fue denso y profundo como una noche de luna nueva en mitad del océano.

—Vuestro abuelo persiguió una obsesión toda su vida, y las obsesiones son malas consejeras. Lo que no encontró en un sitio, lo buscó en otro, y así se pasó la vida, hasta que la perdió sin cumplir su sueño ni disfrutar de esas pequeñas cosas que hacen felices a los hombres. Vuestro padre no quería... no quiere eso para vos, querida niña. Por eso me pidió que no os dijera nada sobre por qué debía partir con tanto apremio hacia el Nuevo Mundo.

Isabel se retrepó en la silla, intentando aparentar que aquellas palabras no eran dardos que hicieran diana en su corazón.

—Yo no soy mi abuelo.

—No lo sois. No puedo asegurar que vuestro padre lo sepa, pero yo estoy seguro. Vuestra determinación es mayor que la suya, no me cabe la menor duda. Pero vos sois más inteligente y, sospecho, más práctica. No pondríais en peligro la vida de cientos de hombres por vuestro sueño. ¿Me equivoco?

Isabel estaba a punto de echarse a llorar, pero no lo hizo. No lo haría hasta mucho después. Lo que aquel hombre le decía sin nombrarlo explícitamente era mucho más grave de lo que había pensado. Para ella, el asunto de su abuelo y el puerto de Ofir era poco más que un juego, un enigma a resolver. Pero había secretos que era mejor que no se desvelasen nunca.

—¿Insinuáis que mi abuelo...? —No se atrevió a decirlo.

—No os equivoquéis, vuestro abuelo fue un hombre magnífico. Las decisiones que tomó no siempre fueron las más acertadas, pero eso no mitiga su heroísmo, su valor y su capacidad de ver más allá de lo que la realidad nos muestra, algo casi irreconocible en hombre alguno de nuestro tiempo.

—Si era un hombre tan notable, ¿por qué mi padre me lo ha ocultado todo este tiempo?

—No quiere que acabéis como él. Como todo padre, desea para vos una vida plena, feliz y libre de preocupaciones. La vida de vuestro abuelo careció de las tres cosas, aunque a cambio gozó de la oportunidad de perseguir sus sueños. Muy pocos pueden decir que murieron fieles a sus ideas.

—Entiendo —fue todo lo que dijo. No se atrevió a preguntar más; la posible verdad le daba miedo.

Bajó la mirada hacia sus pies, pero ya no había nada de la ceremonia aprendida con la marquesa, solo naturalidad; al fin y al cabo, Isabel era aún una muchacha de diecisiete años.

—No creo que me equivoque al afirmar que habréis leído mucho sobre vuestro abuelo, Isabel. La biblioteca de don García Hurtado de Mendoza es magnífica. Os ruego que os quedéis con las aventuras narradas en esos documentos. Ninguna falta a la verdad por exceso.

—Lo haré, fray Benito.

En ese momento comenzaron los cánticos en el patio y el sacerdote se levantó con rapidez. Isabel, compungida, miraba hacia el suelo sin ver apenas nada.

—Vamos, querida. No queremos que esa caterva de cortesanos chismosos nos eche de menos, ¿verdad?

Isabel le sonrió. Su mirada brillaba más aún, con sus verdosos iris y una película en forma de pétalos de oro que circundaba sus pupilas. Se agarró de su brazo y lo acompañó a través de la biblioteca.

—Fray Benito —le dijo, deteniéndose de pronto—. Nunca pensasteis que en verdad pretendía chantajearos, ¿no? —Tenía la culpabilidad grabada en su rostro.

Él le sonrió con delicadeza.

—Ni por un solo instante, querida niña.

Isabel bajó junto al clérigo hasta el patio que había frente a la fachada de la basílica, que aún no estaba concluida. Allí se reunió de nuevo con su señora y se despidió de Benito Arias Montano con una reverencia. Teresa de Castro sabía muy bien que Isabel no estaba hecha para seguir órdenes, por lo que se ahorró reproches y amonestaciones y ni siquiera se molestó en preguntarle dónde había estado.

El patio estaba atestado de nobles y monjes jerónimos, y el rey departía con unos y con otros animadamente. El monarca parecía haber dejado de lado, aunque fuera durante un día, las enormes preocupaciones que le impedían conciliar el sueño por las noches, y celebraba la culminación de su construcción más ambiciosa, un edificio magnífico erigido en un corto espacio de tiempo y que representaba las creencias regias y adustas características de su reinado.

El monasterio de El Escorial no era solo el hogar de los monjes, sino que estaba pensado como sepulcro de la dinastía de los Habsburgo, colegio y centro intelectual y religioso. También existían otras connotaciones que no figuraban en los pliegos de constitución y en la orden de construcción y que el rey tan solo compartía con sus asesores más directos, como Benito Arias Montano.

Cuando Isabel saludó con la pertinente reverencia a la marquesa, la mayoría de los presentes admiraban varias reliquias de santos expuestas en una vitrina. Felipe II había enviado a espías y soldados por toda Europa para adquirir las reliquias de las que se querían deshacer los protestantes. Sabía que el oro pesaba más que sus creencias, y que antes que destruirlas se las venderían al enemigo a cambio de una buena bolsa de monedas. El resultado fue excelente, aunque a buen seguro muchas de las partes de cuerpos incorruptos de santos, huesos y cráneos serían falsos, a pesar de las «auténticas» que certificaban su originalidad.

Poco le importaban a Teresa de Castro aquellas reliquias, pero su atención se desvió de ellas cuando creyó descubrir cierta preocupación en el rostro de Isabel. Se retiró un poco del gentío que se afanaba por ver las reliquias más de cerca y llevó a su doncella al pórtico de la basílica.

—¿Estáis bien?

—Sí, mi señora —contestó la joven sin levantar la mirada.

—No tenéis por qué disimular, Isabel. Si algo os inquieta, haced el favor de compartirlo conmigo de inmediato.

—Son... Son asuntos del pasado, que a veces regresan como el viento de una tempestad.

La miró como si fuera su hija y le puso una mano en el hombro, un gesto de cariño poco habitual en la marquesa.

—Ese monje con el que habéis venido, ¿lo conocéis?

—Es un viejo amigo de mi familia.

—¿Os ha hecho algo? —urgió a preguntar cuando creyó comprender lo que intranquilizaba a Isabel.

—No, mi señora. No debéis preocuparos por eso —contestó la doncella levantando al fin la mirada y tratando de sonreír.

—Es normal que el pasado nos aflija en determinados momentos, Isabel. Cualquier cosa que haya podido contaros ese hombre pertenece a otro tiempo. No debe haceros daño.

—Tenéis razón, mi señora. El pasado, pasado está.

—Así es. —Doña Teresa no había retirado la mano de su hombro. Apretó los dedos con suavidad y le acarició el brazo hasta el codo antes de soltarla—. Venid conmigo, quiero presentaros a alguien.

Regresaron al tumulto que se había formado frente al relicario y la marquesa llamó a un joven apuesto. Su pelo rubio y despeinado le daba un aspecto pasional y despreocupado. Tenía la piel clara y los ojos azules y profundos como un mar agitado.

—Isabel, este es Fernando de Castro, un primo lejano que ha aprovechado su estancia en Madrid para visitar el monasterio. Y ver si era capaz de engañar a alguna joven de la aristocracia. —Aquella última frase la dijo tapándose la boca con la mano en dirección a la doncella, aunque obviamente el joven pudo escucharla.

Fernando de Castro les dedicó una sonrisa contradictoria, tan cínica como sincera. Tomó la mano de Isabel sin pensarlo, se inclinó hasta casi tocar el suelo con la rodilla derecha y le estampó un beso interminable en el dorso de la mano.

—Mi señora, es un placer conoceros.

Isabel lo miró con los ojos entornados. No tenía ánimo para zalamerías ni le gustaba que le robaran la mano de aquel modo tan poco considerado.

—El placer es todo vuestro —musitó.

La marquesa tuvo que disimular una sonrisa. Fernando le soltó la mano, pero no se dio por vencido.

—He oído hablar mucho de vos, mi señora. Vuestra reputación es conocida en toda la corte, y a mi prima le entusiasma ganar al resto de condesas, marquesas e incluso abadesas en su competición por ver quién tiene la yegua más capaz.

Si Isabel hubiera estado sonriendo, como era común en ella, sus labios habrían dibujado una línea recta y tensa. Pero no era así. Mantenía el mismo gesto serio y preocupado desde su reunión con fray Benito.

—Si esa reputación de la que habláis está tan extendida, bien sabréis que las yeguas de la marquesa no solo son las mejores, sino que además desprecian a los sementales caprichosos y poco capaces.

—Isabel, por favor —la reprendió doña Teresa, a punto de lanzar una enorme y sonora carcajada—

—No la riñáis, prima. Es agradable ver a una yegua cocear a quien pretende montarla. Otras muchas son tan mansas que resultan aburridas incluso antes de domarlas.

—Obviando el hecho de que Isabel es más mujer que cualquiera que hayas conocido, e incluso más hombre que tú mismo, te aviso de que es también indomable, y no se atiene a roncerías cortesanas ni a palabras vacías —espetó la marquesa en defensa de su doncella.

El joven Fernando de Castro, cuatro o cinco años mayor que Isabel, rio con estrépito.

—Mis disculpas, señora. —Volvió a tomarle la mano y repitió la reverencia, aunque esta vez Isabel la retiró antes de que se la besase, dedicándole una mirada a medio camino entre el desprecio y el interés.

—Y vos, ¿qué hacéis cuando no pretendéis domar yeguas ajenas, don Fernando? —inquirió la joven.

—Estudio navegación en la Casa de la Contratación, en Sevilla —respondió animado.

—Don Fernando admira a los grandes descubridores y aspira a ser un nuevo Colón u otro Legazpi.

Isabel enarcó las cejas.

—Si me lo permitís, prima, preferiría ser un nuevo Álvaro de Mendaña. Lanzó sus naves contra los mares del Sur con la misma edad que tengo yo ahora. Su destino era incierto, sus recursos escasos; así y todo, holló tierras que jamás antes habían sido pisadas por hombre europeo alguno, hallando las islas míticas del rey Salomón.

—¿Estáis interesado en el Nuevo Mundo? —Isabel querría no haber hecho esa pregunta, pero las palabras salieron de sus labios como las misivas de un náufrago.

—No solo en el Nuevo Mundo, sino en los nuevos mundos que aún están por descubrir. La Tierra es tan ancha como larga, y poco conocemos de lo que está más allá de nuestro entendimiento. Estoy seguro de que nos aguardan muchas sorpresas, tanto al sur como al norte del mundo conocido.

—El padre de Isabel aguarda en el Perú a que sus hermanas sean lo bastante mayores como para cruzar el océano. Quizá la yegua y el potrillo tengan más en común de lo que aparentaban en un principio.

Los dos jóvenes sonrieron.

—¿Qué cargo ocupa vuestro padre, si no es indiscreción?

—Me acabáis de comparar con una yegua, ¿qué tipo de indiscreción consideráis que es preguntarme por mi familia? —Fernando de Castro se limitó a expresar la mejor de sus sonrisas—. Se dedica al comercio. Brea, algodón, lana, pólvora... Cualquier cosa que pueda manufacturarse y venderse.

—Entiendo —comentó, llevándose la mano al mentón, como si estuviera pensando en algo concreto.

—¿Qué es lo que entendéis?

—Vuestro padre es uno de esos comerciantes ricos del barrio de Santa Ana, ¿me equivoco?

—Mi padre ya era un comerciante rico cuando vivíamos en Pontevedra. Si está en el Perú es por deseo expreso de Su Majestad.

—¿Y vos viajareis pronto al Perú?

Isabel miró a doña Teresa, como si necesitase su permiso para hablar.

—Mi vida es plena y feliz aquí, en Madrid. Pero mi sitio está con mi familia, sea en el Perú o en cualquiera de esos nuevos mundos que os proponéis descubrir, don Fernando.

—Sin duda sois indomable —bromeó.

—¿Acaso estáis tratando de domarme?

—Temo vuestras coces.

—Mal hace el hombre que teme más a los golpes que a las palabras.

Esta vez, la marquesa no se molestó en disimular la risa.

—No solo sois indomable; sois por demás deliciosa, doña Isabel.

Aquello la descolocó. La oratoria era una de sus muchas asignaturas sobresalientes, pero era demasiado joven y la habían protegido tanto en la vida que no había tenido que enfrentarse hasta entonces con ese tipo de requiebros tan poco elegantes y tan directos.

—Además de deliciosa está a mi cargo, Fernando —terció la marquesa—. Ten mucho cuidado con lo que dices.

Poco después se anunció el banquete, donde los nobles degustaron todo tipo de manjares dispuestos para la ocasión. El plato principal era carne de caza, tan frecuente en aquellos lares. Pero, sobre todo, se sirvió vino del Quejigal, que despertó alabanzas y levantó espíritus.

Cuando comenzaron los discursos, ya muchos invitados estaban poseídos por el aliento de Dioniso, momento que aprovechó Isabel para excusarse y dar un paseo. Esta vez decidió no entrar en el monasterio, sino que lo circundó por los jardines del sur, que los frailes ya utilizaban para sus meditaciones y rezos. Se distribuían en hermosos parterres de arbustos laberínticos desde donde se admiraba una porción de terreno tan extenso como raquítico y pedregoso.

Isabel caminó hasta que el rumor del banquete se perdió en el vacío. El viento agitaba su espesa melena de reflejos azabaches. Sus ojos, de natural verde oliva, se aclaraban con la luz de un sol que anunciaba el crepúsculo del verano, en una miríada de brillos opalescentes. Apoyó sus manos delicadamente sobre la balaustrada que formaba un mirador y se dejó llevar por la nostalgia.

Añoraba a su familia, por supuesto. A su padre, su querido padre del que no había podido despedirse. También a Lorenzo. De él tampoco se había despedido y, como con su padre, con él sus últimas palabras habían sido de desprecio.

Pero también añoraba a los demás: a Jerónimo y sus miradas audaces y reprendedoras; a Luis y a Diego, que la seguían allá donde fuese, admirándola, siempre cómplices de sus travesuras; a la pequeña Mariana y sus ojos despiertos nada más nacer; a Leonor y su dulzura; a Petronila y su beato comportamiento; a Beatriz, siempre junto a su madre, aprendiendo a ser una mujer antes que una niña; y a Antonio, serio y testarudo.

Descubrió entonces, aunque jamás lo habría pensado, que a quien más echaba de menos era a su madre. Tenía la sensación de apenas conocerla, de haber convivido con un autómata que ocultaba su verdadero ser. Tantas veces la había odiado por ser quien era, y justo se reveló durante sus últimos días en Pontevedra como una mujer fuerte e inteligente que ponía a su familia por delante de todo y de todos.

Añoraba su presencia y su cariño, pero también muchas conversaciones que se habían perdido la una y la otra. Tanto por aprender de ella, tanto tiempo postergando la necesaria idea de admirar a su madre. Recordaba aquella conversación en la que, con ojos llorosos ante la noticia de que la familia se separaba, la empujaba a ir a Madrid y aprender todo lo necesario para no necesitar nada ni a nadie.

Ahora comprendía que su madre no pretendía con ello que hiciese su vida y de su capa un sayo; más bien al contrario, quería que se formase para cuando la familia volviera a reunirse. Ante la adversidad, todos debían ser útiles, cada uno a su manera.

—¿Os molesta si os acompaño?

Isabel se ahogó en un suspiro de sorpresa. La voz que había sonado a su espalda la había sorprendido perdida en sus recuerdos y en aquella soledad sacra que se respiraba en ese extremo del monasterio.

—Don Fernando... Me habéis asustado —dijo, con las mejillas sonrojadas.

—No era mi intención, doña Isabel. Os ofrezco mis disculpas, además de mi compañía.

Esta vez no hizo ademán de robarle la mano ni de hacer una reverencia. Por primera vez tenía la sensación de verlo como era realmente, no como se esforzaba en demostrar.

—El monasterio es de los frailes y del rey. No soy yo quién para deciros dónde podéis estar.

—Os equivocáis, mi señora. Puede que el monasterio pertenezca al rey, pero yo os estoy pidiendo vuestra compañía, más que ofrecer la mía. Y vos solo pertenecéis a vos misma, eso lo he tenido claro desde el primer instante en que os he visto.

—¿Continuáis con vuestras fruslerías?

—Si consideráis mi corazón un capricho de poco valor, sí, os entrego también mis fruslerías.

Isabel sonrió. Después volvió a mirar el paisaje, frotándose las manos sobre la barandilla.

—Poco valoráis vuestro corazón para entregarlo con tal facilidad, don Fernando.

—¿Facilidad? No creo que ofrezcáis ninguna, mi señora. Por el contrario, presumo que os protegéis bajo una coraza.

—Así es. Una coraza que me evita pretensiones mal disimuladas por parte de quien, como vos, busca la diversión del día en una joven doncella.

—Volvéis a equivocaros. Puede que sea así en otras ocasiones, pero no con vos. Vos sois una flor en medio de un desierto, una especie única e inigualable.

—Dejadlo ya, don Fernando. Puede que vuestras dádivas cautiven a otras nobles de alta cuna, pero yo tengo mis propios planes.

Continuaba sin mirarlo. Fernando se acercó a ella e imitó su gesto, cruzando las manos sobre la balaustrada y admirando el vacío.

—Yo también tengo los míos, doña Isabel. Como os ha dicho mi prima, me propongo lanzarme al Nuevo Mundo en busca de aventuras. Sé que esa vida no es afín a matrimonios ni enlaces, pero el rey preferiría que no viajase a las Indias si no estoy casado.

—¿Me ofrecéis matrimonio tan solo unas horas después de conocerme porque el rey no os quiere soltero en las Indias? Sus razones tendrá...

—No me he explicado bien, mi señora. No os propongo matrimonio por exigencia del rey; si es necesario, partiré yo solo al Nuevo Mundo. Pero he visto el brillo de vuestros ojos al hablar de descubrimientos y aventuras. Reconozco ese ímpetu, ese deseo, esos sueños en vos porque son los mismos que anidan en mí. Quiero emprender un viaje sin destino, una odisea que me lleve a recorrer tierras que hasta ahora solo pertenecen al lenguaje de las leyendas. Y no se me ocurre nadie mejor para acompañarme que vos, mi señora.

Isabel suspiró.

—Vos creéis ver vuestro futuro en las estrellas, un camino tan incierto como el que describen las olas en una tormenta, y pretendéis arrastrarme a mí por pura diversión y capricho.

Sabía que estaba siendo dura, pero lo que él le proponía, sencillamente, no podía ser.

—Seguir un camino guiado por las estrellas... ¿De verdad podéis decirme que no os suena fantástico?

—Por supuesto que no me suena fantástico.

—No, doña Isabel. Así no. —La tomó del brazo y la hizo girar para enfrentarse a su mirada—. Decídmelo ahora que puedo ver vuestros ojos. Imaginad por un instante que no sabéis lo que será de vos mañana, ni el mes que viene, ni al año próximo. Vuestro futuro es el instante siguiente, el suspiro que vendrá en un momento. Vuestro camino, un cúmulo de inquietantes aventuras; vuestro hogar tiene techos tan altos que llegan hasta el firmamento, las paredes son de viento y vuestro jergón nada más que la tierra, suave, húmeda, verdadera. Decidme que no soñáis con algo así y me despediré de vos inmediatamente.

No pudo evitar dejarse transportar por sus palabras. ¿Era posible que aquel muchacho zalamero e impetuoso la conociera incluso mejor que ella misma? ¿Era cierto el brillo que veía en sus ojos? Si de algo estaba segura Isabel era de la posibilidad de lo que otros consideraban imposible.

Quiso decirle que no se equivocaba. Quiso quitarse el verdugado, tan incómodo como abultado, y salir corriendo con el joven que acababa de conocer y que tantas promesas le hacía. Parecía sincero. Parecía haber encontrado lo que durante mucho tiempo había buscado...

—¿Quién os creéis que sois, Fernando de Castro? —Se soltó el brazo con violencia—. ¿Interrumpís mis oraciones para hacerme propuestas estúpidas e indecentes? —gritaba mucho más de lo que le habría gustado.

—¿Oraciones? Yo...

Isabel pudo ver cómo su entusiasmo se derrumbaba. Se retorcía y consumía como una hoja de papel prendida. Fernando fue alejándose, dando pasos hacia atrás. Ella quiso decirle que bromeaba, que por supuesto que se iría con él, pero en cambio continuó lanzándole improperios uno tras otro, como dardos venenosos directos a la yugular.

Finalmente, el muchacho clavó la mirada en el suelo y se detuvo. Después sonrió. Había comprendido que aquella escena melodramática que Isabel estaba montando no era porque no desease ir con él, sino porque no podía.

—Os deseo mucha suerte, Isabel de Castro. Tal vez volvamos a encontrarnos.

Se dio la vuelta y se marchó con paso decidido.

Isabel se quedó junto la balaustrada.

Vuelve... Vuelve aquí ahora mismo. Pídemelo otra vez y no seré capaz de decir que no.

Pero Fernando de Castro continuaba avanzando por el pasillo empedrado que daba al monasterio, fuera del jardín.

Isabel tardó unos minutos en recomponerse. *¿Qué es lo que ha pasado?* No dejaba de preguntarse por qué había rechazado una oportunidad como aquella de ver cumplidos sus sueños. No le cabía duda de que su encuentro no había sido casual. *A buen seguro que la marquesa lo tenía todo planeado...* Era obvio que su señora vería con buenos ojos aquel enlace, a pesar de ser Fernando un hombre de un rango más elevado que ella. El joven le otorgaría posición, un importante apellido para sus hijos, riqueza y aventuras. Por descontado, era apuesto y brioso, además de divertido, aunque algo burlón. Le había parecido astuto y locuaz, pero...

Volvió a contemplar el paisaje. No eran unas vistas precisamente hermosas, pero le daba igual; lo que ella veía eran sus recuerdos. De nuevo regresó a su mente la imagen de su madre, y entonces comprendió por qué había rechazado a Fernando de Castro: ella no podía seguir un camino escrito en las estrellas; su futuro ya estaba proyectado, y pasaba por reunir a la familia de nuevo. Su futuro era el Perú.

Pasaron la noche en El Escorial, ya que el camino de regreso hasta Madrid era demasiado largo. Isabel dormía con el resto de las doncellas, con las que solía jugar para distraerse y divertirse. Después de todo, no eran más que unas niñas. Pero aquella noche no le apetecía participar en diversión alguna, necesitaba asimilar todo lo que había sucedido aquella jornada.

Un mayordomo le informó de que su señora la reclamaba y acudió a su cámara, donde varias sirvientas la acomodaban en una lujosa cama con dosel. Con un gesto, la marquesa hizo salir a las sirvientas y se quedó a solas con su doncella.

—¿Qué ha sucedido con mi primo, Isabel?

Nunca la había visto así, con esa mirada pertinaz e inquisitiva.

—Supongo que ya lo sabéis, mi señora.

—Sé lo que él ha querido que sepa, pero sospecho que no me ha contado toda la verdad.

—Por favor, señora, no me hagáis rememorarlo. Bastante duro está siendo para mí. Decidme, si gustáis, qué os ha contado él y yo os diré si falta algo en su historia.

Dudó durante unos segundos. Conocía bien a la muchacha, sabía que era muy difícil que dijera algo que no quisiera contar.

—A estas alturas, supongo que es una obviedad que esperaba que mi primo te propusiera matrimonio y que tú aceptaras. Llevo tiempo hablándole de ti y él parecía entusiasmado con el asunto. Quiere partir hacia el Nuevo Mundo en cuanto termine sus estudios, pero el rey teme que un joven como él no emparente bien en las Indias y desea que viaje ya casado con una mujer de su altura.

Isabel asintió.

—Agradezco vuestra merced, pero mi apellido no puede compararse con el vuestro.

—¡Eso da igual! —gritó enfurecida. Isabel tembló por primera vez en su vida—. No esperaba que sucediera esto, solo puedo pedirte disculpas por el comportamiento de mi primo. No ha sido leal a la reputación de mi familia. No sé ni cómo se atreve a lucir su apellido...

—No lo culpéis a él, mi señora, os lo suplico.

—¿Y a quién debo culpar entonces? Esperaba que te propusiera matrimonio con el recato y la educación que es debido, no que tratara de seducirte torpemente y... Y que se propasara. Debo decirte que estaba muy avergonzado y me ha implorado que te exprese sus disculpas. —Isabel levantó la mirada. No comprendía nada. ¿Qué se proponía? ¿Qué le había contado a su prima? —. No es necesario decir que me encargaré de que no vuelvas a verlo, aunque dadas las circunstancias eso no me supondrá un problema.

—¿Circunstancias, mi señora? ¿Qué circunstancias?

Teresa de Castro miró a su doncella con ternura. Abrió un pequeño cofre que descansaba sobre la mesilla junto a la cama, donde guardaba sus joyas, y extrajo de él una carta doblada con el lacre roto.

—Esto llegó hace dos semanas. Lamento no habértelo mostrado antes. Deseaba con fervor que una mujer como tú pasara a formar parte de mi familia. Eres sin duda una joven extraordinaria y te espera un gran futuro allá donde tú quieras establecerte. Te pido disculpas por el teatrillo de hoy, no quería darte esta carta sin antes intentarlo. Pero ese estúpido de Fernando...

Isabel tomó la carta entre sus manos y la leyó tan deprisa como devoraría un dulce de leche. Era de su madre. El gran momento había llegado, partirían al siguiente mes rumbo al Perú para reencontrarse con su padre y sus hermanos.

La emoción la embargó y, nuevamente, estuvo a punto de echarse a llorar. También quiso gritar y dar saltos de alegría, pero de pronto lo comprendió todo.

—Mi señora, esto significa que...

Quizá Isabel fuera demasiado dura como para llorar, pero la marquesa no.

—Ven aquí, niña mía —la reclamó. Isabel se acercó a la cama y abrazó a su señora—. Sabíamos que este momento llegaría, pero me duele mucho separarme de ti. No eras más que una cría cuando llegaste a mi casa y... y te he querido como a una hija —sollozó.

—La vida es complicada, mi señora, y los caminos oscuros y los destinos desconocidos. Os voy a echar de menos cada día, aunque espero que en el futuro volvamos a vernos.

—Yo también lo espero, querida. —Se enjugó las lágrimas—. Mañana partirás hacia Sevilla, donde te reunirás con tu madre y tus hermanas. Albergaba la esperanza de que ese zoquete... Bueno, ya da igual. Está todo preparado, y quizá sea mejor así. ¿Dónde vas a estar mejor que con tu familia? —Volvió a llorar e Isabel la abrazó más fuerte.

—Vos sois también mi familia. Nunca os olvidaré, ni a vos ni todo lo que me habéis enseñado.

Permanecieron abrazadas durante un tiempo considerable, más allá incluso del decoro.

—Vete, Isabel. Esto ya es demasiado duro para mí.

La joven caminó hasta la puerta, donde se detuvo y, poniendo una mano en el marco, se dio la vuelta.

—Os quiero, doña Teresa de Castro.

—Yo también a ti, Isabel Barreto.

Le gustó escuchar su verdadero nombre, con el apellido de su padre. La marquesa era un mar de lágrimas, aunque también sonreía.

—Y por favor, no seáis dura con don Fernando. Ha sido muy torpe, no cabe duda, pero no tengo la sensación de que se haya propasado en ningún momento.

Se despidieron sin más palabras.

Se pasó todo el camino desde la alcoba de la marquesa hasta la habitación de las doncellas acariciando el papel rugoso en el que su madre había escrito la buena noticia.

¡Por fin voy a volver a ver a mi familia!

Y así, absolutamente feliz, se acostó aquella noche.

Su último pensamiento antes de dormirse fue para Fernando de Castro. Había entendido lo sucedido al ver la reacción de la marquesa. El muchacho sabía que su prima deseaba el enlace y que no se tomaría bien que Isabel lo rechazase, así que se había inventado una historia que le hacía merecedor de la respuesta negativa solo para protegerla a ella.

—Fernando de Castro... —musitó antes de entregarse a los brazos de Morfeo.

5

De los sentimientos más profundos

Sevilla, 16 de octubre de 1584

Diario de Isabel Barreto

Hace días que llegué a Sevilla y no he tenido ni un solo minuto para escribir todo lo que me ha pasado desde que leí la carta de mi madre. Doña Teresa se comportó conmigo no como una amiga, sino como un familiar cercano y querido; creo que nunca seré capaz de agradecerle todo lo que ha hecho por mí. A ella le debo, en parte, la mujer en la que me he convertido.

Se acerca la fecha de mi décimo séptimo cumpleaños; ojalá pudiera estar en el Perú para celebrarlo con mi padre y mis hermanos, aunque ya sé que no será así, pues mi madre aún tardará una semana en llegar a Sevilla, donde nos embarcaremos en la primera nao que viaje al Nuevo Mundo.

Doña Teresa lo tenía todo organizado para mi viaje, aunque esperaba en vano que contrajera matrimonio con su primo. Así, los marqueses de Tarifa me han acogido como si fuera la hija de doña Teresa, concediéndome la merced de una de las mejores alcobas de su palacio, la que llaman «Casa de Pilatos». Es una familia refinada y alegre que me trata con cortesía. No tienen nada de la frialdad de la corte de Madrid, ni de la distancia tan habitual en Galicia. Aquí son todos muy cercanos, unos bromistas empedernidos y muy trabajadores.

El marqués está casado con Juana Cortés de Zúñiga. Cuando la conocí, ¡no podía creerlo! ¡Es hija de Hernán Cortés!

Ella es parca en palabras y no le gusta hablar de su padre, que la tuvo ya siendo mayor, en su segundo matrimonio. Aun así, algunas noches se toma tres o cuatro vasos de un vino blanco muy dulce que hacen en estas tierras y se le suelta la lengua. Yo me quedo sentada junto a ella, embobada con sus historias, hipnotizada por su forma de narrar las aventuras del Nuevo Mundo que le contó su padre. No veo el momento de embarcarme y conocer aquel paraíso, aquellas gentes tan diferentes a nosotros, pero que también son hijos de Dios.

Sevilla es la ciudad más grande que podría imaginar la mente humana. Aquí hay personas procedentes de todas las partes del ancho mundo, aunque sobresalen los negros, esclavos o libertos. Nunca había visto un negro, para mí fue una sorpresa muy grande saber que los marqueses tienen algunos a su servicio.

Son grandes, muy altos y de espaldas anchas. Sin duda son fuertes, puede que en sus países de origen fueran guerreros, aunque aquí se muestran sumisos y obedientes. No sé si hablan bien nuestra lengua, pues apenas dicen palabra alguna más allá de «sí, señor» o «sí, señora».

Además de grandes, son hermosos. Su piel oscura les confiere un aspecto exótico, único, y hace que sus ojos parezcan más grandes y blancos. Sus cabellos son aún más negros, y tanto mujeres como hombres lo tienen firme y ondulado, como fibras de esparto desordenadas.

Deseo entablar conversación con alguno de ellos, que me cuenten cómo llegaron hasta Sevilla y cómo era el hogar donde nacieron, pero dudo mucho que a los marqueses les pareciera bien y no quiero importunarlos ni parecer desagradecida con el exquisito trato que me profesan.

Sé que padre ha ganado mucho dinero con el comercio de esclavos, y ahora entiendo por qué nunca quiso tener a ninguno de ellos en casa. A pesar de su obediencia, puedo ver en sus miradas una tristeza antológica, que va más allá de la pérdida o el hartazgo. Puede que cuando vivía en Pontevedra no comprendiera muy bien lo que es ser esclavo, pero ahora que lo veo de cerca, ruego a Dios porque mi padre haya abandonado este negocio.

Soy consciente de que nuestro mundo es difícil, y que Dios reclama para su rebaño a todas las almas que pueblan sus tierras, pero ¿es justo sacar a estas personas de sus casas, separarlas de sus familias y llevarlas a países para ellos extraños para que trabajen a cambio de un jergón piojoso y las sobras de la comida? Me pregunto si este comportamiento es muy cristiano, aunque parezco ser la única que lo hace, pues todo el mundo da por hecho que son poco más que mulas de carga.

No quiero ser hipócrita. Mi familia ha vivido en parte gracias a esos trabajos tan onerosos como inhumanos. No se me ocurriría expresar estas ideas en voz alta, y aún menos en casa de los marqueses; por eso lo escribo en estas páginas que son mi desahogo, mi paño de lágrimas.

También hay indianos que han comprado palacios de nobles empobrecidos. Nativos de las Indias al servicio de la aristocracia, gitanos que viven en el arrabal o el barrio de Triana, italianos, traficantes de reliquias e incluso algunos próceres huidos de tierras protestantes por seguir la verdadera fe.

Sevilla es el mundo. Su puerto es magnífico, y quizá un caso único, o al menos de lo que yo he ido conociendo e informándome. A pesar de estar a unos cien kilómetros del mar, es el puerto principal del comercio con las Indias. Todos los años llegan toneladas de oro, plata y otras mercancías procedentes del Nuevo Mundo. ¡A un puerto de río! Padre partió de Sanlúcar hacia el Perú, ojalá hubiera venido a Sevilla. A su lado, el puerto de Pontevedra no es más que un embarcadero.

He dejado para el final el verdadero motivo de escribir estas líneas. Ahora me doy cuenta de que no ha sido la falta de tiempo la que me ha impedido regresar a mi diario; si he ido postergando la necesidad de volcar mis inquietudes más profundas, ha sido por miedo. Sí, el miedo me ha movido durante las últimas semanas, desde aquel día de septiembre en El Escorial.

¿Miedo a qué? ¿Acaso sucedió algo que no debió suceder? Las dudas me abruman, me siento al pairo, sin control de mi ser ni de mis sentimientos.

Ya con diez años, cuando mi madre me envió a Madrid, sabía que la principal labor de una doncella era encontrar un marido cuanto antes y de la mejor familia posible. Durante el tiempo que estuve con la marquesa vi desfilar a muchas compañeras, incluso más jóvenes de lo que yo soy ahora, extasiadas ante la idea de un matrimonio. Algunas de ellas se marcharon con hombres mayores por simple y mutua conveniencia. Otras, se fueron hartas de estar al servicio de doña Teresa, y tan solo una o dos realmente obnubiladas por el hombre que les proponía matrimonio.

Yo siempre me sentí indiferente al encanto masculino, sabía que estaba allí de manera temporal, que mi destino era partir hacia el Perú junto a mis padres y hermanos, por eso nunca entendí al resto de doncellas ni participé de su competencia.

Cierto es que el tiempo fue pasando... ¡Casi siete años! La espera ha sido muy dura, por momentos olvidé que mi futuro estaba escrito. Además, la compañía de la marquesa siempre fue asombrosamente cálida. No era inmune a las miradas de envidia de mis compañeras, y puedo afirmar que no echaré de menos a ninguna de ellas ni los juegos superfluos con los que matábamos el tiempo.

Y, de pronto, todo cambió. Cada vez que lo pienso siento un nudo en la garganta que casi me impide respirar, comienzo a sudar y a temblar. Tengo una extraña y contradictoria sensación. Estoy segura de haber obrado bien, pero también temo haber echado a perder una vida plena y feliz, un sueño cumplido. No sé lo que me espera en el Perú, más allá de mi familia. No sé qué será de mí ni dónde acabaré, solo sé que el primo de la marquesa me ofrecía lo que yo siempre he anhelado.

¡Ay...! Fernando de Castro. Escribo su nombre y el nudo de mi garganta se aprieta más, los sudores se recrudecen y siento un temblor en las piernas que me hace casi desvanecer. ¡Me comparó con una yegua! Y aun así persiste un recuerdo delicioso en mi memoria de sus ojos, de su voz, de sus palabras. Nunca había considerado a un hombre hermoso, y él lo era... lo es hasta límites más allá de la razón. ¿Es esto lo que llaman amor? ¿Es amor el júbilo inesperado e incontrolable? ¿Es, acaso, posible descubrir el amor tras solo unos minutos de conversación?

Hay días en los que me resulta casi imposible no saltar de mi cama y correr hasta la Casa de la Contratación, preguntar por don Fernando y pedirle que me lleve adonde él quiera. Las aventuras que me prometió son meras veleidades en comparación con el enorme sentimiento que crece en mí desde nuestro encuentro, que me condena y mustia mis emociones. ¿Es esto el amor? ¿Es el amor el deseo de entrega absoluta? ¿El derrumbe de la empalizada que todos construimos a nuestro alrededor para protegernos? ¿Qué queda de mi fortaleza cuando repito su nombre en mi mente? ¿Es el amor claudicar ante los sueños más profundos para perseguir un alma afín?

¡Me comparó con una yegua! Sé que me repito, pero aquel argumento tan poco considerado y nada cortés me hace reír irremediablemente. ¿Es el amor sentirse un poco estúpida? O mucho, quizá... Tuve que hacer enormes esfuerzos por aparentar ser un baluarte de entereza cuando en realidad me sentía inerme. Si se hubiera dado la vuelta... Si hubiese insistido una sola vez más, creo que la marquesa se habría salido con la suya. Lo que más remuerde mi conciencia es pensar que tal vez de ese modo yo también me habría salido con la mía.

Y después, tras un comportamiento en apariencia caprichoso y fruslero, le dijo a doña Teresa que lo había rechazado por haberse intentado propasar conmigo. ¿Es ese el comportamiento de un joven ávido de aventuras carnales o el proceder caballeroso de quien acepta la derrota y admira al vencedor? Lo cierto es que no siento haber vencido a nadie ni a nada. Al contrario, hay días donde percibo un dolor recóndito e insondable que se halla dentro de mi cuerpo, pero también más allá de lo que es de recibo consentir. ¿Es el amor ese dolor?

Solo espero que mi madre llegue cuanto antes, y cuanto antes también nos embarquemos. Temo despertarme un día más loca de lo que me estoy volviendo y salir corriendo en enaguas a la Casa de Contratación en busca de don Fernando... ¿Es el amor algún tipo de locura?

6

De cómo Lima recibió a Isabel
y lo que allí pasó durante los primeros meses

Lima (Ciudad de los Reyes), 10 de abril de 1585

El río Rímac surcaba un valle en su camino hacia el mar del Sur donde confluían varios senderos incas. Traía sus aguas desde la cordillera de los Andes, a una altura de más de cinco mil metros, por lo que su caudal era ese otoño de 1585 fresco y alegre.

Los incas le dieron ese nombre, que en quechua significa «hablador», porque una cultura aún más ancestral había incorporado galerías en la ribera, desde donde un sacerdote en apariencia invisible hablaba a sus feligreses. Todos ellos consideraban al río una deidad parlante y, como tal, lo adoraban.

Pero poco o nada de todo esto sabía Francisco Pizarro cuando decidió que aquel sería el emplazamiento de la Ciudad de los Reyes, que se convertiría con el paso de los años en el epicentro de la vida castellana en América del Sur, llegando a estar tan poblada como sus homólogas mexicanas más importantes y viviendo un desarrollo enorme desde los primeros años de su colonización.

Pronto los recién llegados comenzaron a llamarla Lima, ya que los nativos pronunciaban el nombre del río de forma muy similar. Pizarro sí era consciente de que aquel valle era el punto de confluencia de muchos de los caminos incas, lo que facilitaría el transporte de los metales preciosos desde las minas que se iban descubriendo. Plata y oro discurrían por el río y los caminos en carros tirados unas veces por bestias y otras por indígenas. El puerto de El Callao, a poca distancia de la capital, sirvió como núcleo y génesis del transporte marítimo entre la costa del mar del Sur y Europa, y como punto intermedio entre Panamá y Chile.

Cuando Isabel Barreto llegó a Lima a principios de año se encontró con una metrópoli en ciernes, pero que tenía más que ver con su Pontevedra natal que con la Sevilla que acababan de abandonar. Sevilla era entonces la capital del mundo, comparable a Roma, a París y a cualquier otra gran ciudad de la vieja Europa, solo que la riqueza que trasegaba la Casa de Contratación estaba muy por encima de la que podían contemplar el resto de las urbes juntas.

Sin embargo, cuando la nao se acercaba a El Callao, Isabel se sintió plena y dichosa. Ver a su madre y a sus hermanas la había emocionado, pero era a su padre al que deseaba abrazar más que ninguna otra cosa en el mundo. Incluso había logrado dejar en un abandono temporal el recuerdo de Fernando de Castro desde que había embarcado.

Costeando, como venían, desde Panamá, al oeste quedaba la isla de San Lorenzo, y la clara luz del sol hacía brillar los tejados de Lima hacia el este. El Callao se formaba con una punta de tierra que otorgaba cierta calma a las embarcaciones en una bahía recogida donde fondeaban las naves. Pequeños bateles trasladaban personas y mercancías desde los barcos hasta una playa de guijarros oscuros, y después hacían el camino inverso igual de cargados.

Isabel se mantuvo en silencio, asombrada por la altura de los mástiles de los galeones que descansaban con su arboladura desnuda en el puerto. Eran castillos flotantes, orgullosas y elegantes naos, tan rápidas como temibles.

Al llegar al puerto encontraron una muchedumbre que esperaba a los familiares y amigos que venían de Europa, mientras otros muchos aguardaban buenas nuevas o simplemente querían cerrar negocios procedentes de Castilla, de Panamá o de Nueva España. Hasta allí llegaban naves que habían partido de Acapulco tras recoger especias y sedas que provenían de Manila, en las Filipinas, unas islas ocupadas por los súbditos del rey y cuya privilegiada posición servía de nexo comercial entre oriente y las Indias americanas.

Nunca olvidaría Isabel el rostro de su padre al verlas. No había cambiado nada, seguía siendo el mismo hombre tan jubiloso como apocado, todo lo llevaba por dentro, tanto el sufrimiento como la felicidad. Los que sí habían cambiado eran sus hermanos. Jerónimo era un hombre adusto de mirada penetrante y barba hirsuta. Lorenzo, su compañero de pillerías durante la infancia, era un apuesto joven, alto, fuerte, de ojos brillantes y azules como zafiros. Él fue el primero en abrazarla, mientras Nuño se fundía con su esposa atrapándola en sus gruesos brazos.

—Te he echado de menos, hermana.

Isabel sintió que se derrumbaba, pero logró hacerse cargo a tiempo de sus sentimientos, que estaban a flor de piel.

—Lo siento, Lorenzo. Lo siento mucho. —Fue todo lo que se le ocurrió decir.

Él la volvió a abrazar, haciéndole ver que todo estaba olvidado.

Diego y Luis acudieron a ella en cuanto Lorenzo la soltó. Más jóvenes que Isabel, la superaban con mucho en altura. Los dos juntos se abrazaron a ella, acariciando su espalda, mientras la muchacha miraba más allá, hacia la ciudad de Lima, tan cercana y soñada que creía estar viviendo un sueño. Jerónimo también se aproximó para saludarla, con la distancia con la que todo lo hacía el primogénito.

Por último, su padre se le acercó y la tomó de los hombros mientras los chicos se reunían con su madre y el resto de las hermanas.

—Isabel —farfulló con los ojos inundados en lágrimas—. Isabel —repitió antes de abrazarla.

Cuando la soltó, ella se dio cuenta de que faltaba alguien.

—¿Y Antonio?

Nuño y Mariana cruzaron sus miradas. Lorenzo y Jerónimo se acercaron a ella y le acariciaron el rostro.

—No quise decirte nada —explicó su madre—. Antonio murió hace tres años. Enfermó. Unas fuertes fiebres se lo llevaron.

Se hizo un silencio profundo. Todos lo sabían. Todos menos ella. Fue entonces cuando se dio cuenta de lo alejada de su familia que había estado en Madrid, de lo mucho que los había echado a todos de menos. Pero tampoco lloró. No era el momento de hacerlo. Aún.

Ocupó los primeros meses en Lima en conocer la ciudad en compañía de sus hermanos. Todos estaban empleados en los negocios que el rey le había concedido a Nuño Rodríguez Barreto. Comerciaba con todo lo que era posible comerciar, pero además tenía unas tierras en Cañete, concedidas por el monarca en sus años de conquista en Chile, llamadas así porque aquellas fuerzas las comandaba el marqués de Cañete, García Hurtado de Mendoza, a quien ella bien conocía.

Le resultó curiosa la coincidencia y lo mucho que su familia estaba enlazada con los Hurtado de Mendoza, pero decidió no decir nada.

La hacienda familiar era una de las casas más grandes y hermosas de la Ciudad de los Reyes, ya que su padre participaba en varias empresas mineras y de transporte que lo habían convertido en uno de los hombres más ricos de Lima.

En los jardines crecían maravillosos huertos en los que prosperaban frutas y hortalizas que ella nunca había visto, y una alberca traía el agua necesaria para irrigar los cercados y proveer a la hacienda. Los chicos montaban fabulosos caballos castellanos, de crines oscuras y robustas patas.

La casa se ubicaba en el barrio de Santa Ana, muy cerca de la iglesia del mismo nombre. Lorenzo le enseñó que tras la iglesia había una huaca, un antiguo santuario inca. Cerca de allí pasaba muchas tardes en compañía de Diego y Luis, e incluso, a veces, de Petronila y Leonor.

Así fue aquella tarde de abril. Densas nubes cubrían el cielo, dibujando figuras grisáceas que se movían hacia los Andes empujadas por la brisa del mar. El olor que provenía del océano le recordaba a Isabel su infancia en Pontevedra, aquellos aromas a salitre, a pescado fresco y marisco.

Diego y Luis lanzaban piedras al río y celebraban hacerlas rebotar tres, cuatro y hasta cinco veces antes de hundirse. Lorenzo e Isabel permanecían a una distancia prudencial, sentados sobre unas rocas, saboreando unos aguajes que el servicio había comprado en el mercado. Disfrutaban de un silencio sosegado y complaciente, cada uno de ellos inmerso en sus propios pensamientos.

Isabel se perdía en sus recuerdos sobre Fernando de Castro, quien volvía a visitarla día tras día y noche tras noche desde que se había establecido en Lima. *¿Es esta la aventura que quería vivir? ¿Es el Nuevo Mundo un lugar tan diferente?*

—Hermana, ¿qué pasó en Madrid?

—Perdona... —Estaba tan abstraída que ni siquiera lo había escuchado.

Lorenzo sonrió.

—Vamos, a mí no puedes engañarme. —Se levantó de la roca y estiró las piernas en dirección al río, dejando a Isabel a su espalda—. Han pasado muchos años, pero sigo siendo quien mejor te conoce. ¿Qué te pasó en la casa de los marqueses?

Ella sintió sus mejillas ruborizarse y, durante un instante, temió que su hermano hubiera entrado en sus pensamientos; después manoteó el aire frente a su rostro ahuyentando aquella absurda idea.

—Nada reseñable. La marquesa fue muy buena conmigo. Aprendí de ella maneras cortesanas, a conocer a las personas por la forma de hablar o de hacer una simple reverencia. Y tenías que haber visto su biblioteca, tenía...

—Tú y tus libros —la interrumpió, dándose la vuelta hacia ella—. Desde luego, no has cambiado nada. Por eso te pregunto qué pasó. Puede que tus silencios engañen a padre, pero puedes estar segura de que madre no es ajena a tus preocupaciones, solo que ella no se atreve a preguntarte.

¡Dios mío! ¡No solo Lorenzo piensa que algo me pasa!

—Si tan bien me conoces, deberías saber que nunca me callo nada.

—Eso no es así exactamente. —Lorenzo le arrebató el último aguaje y lo devoró de un bocado—. Cuando algo te preocupaba podías permanecer días enteros sin decir palabra, dándole vueltas a esa cabeza privilegiada que tienes —le dio dos suaves golpecitos con el puño apretado—, hasta encontrar la solución. Aunque creo que esta vez no la hallarás.

—¿A qué te refieres? —preguntó con curiosidad.

Lorenzo cogió una piedra del suelo y la lanzó al río. El ruido que hizo al zambullirse sorprendió a Diego y a Luis, que los miraron en la distancia.

—Ya no eres una niña. Ni cuando tenías diez años lo eras, aunque estuvieses encerrada en el cuerpo de una cría. Pero mírate ahora: eres una joven hermosa e inteligente, de buena familia. Nunca he estado en Madrid, pero sé cómo funciona la corte. Aquí, en torno al virrey se forma un grupo de aristócratas muy similar al de cualquier otro lugar.

—Sigo sin entenderte.

Por favor, no sigas, Lorenzo. No sigas. A ti no puedo engañarte.

—¿A cuántos pretendientes rechazaste? —preguntó sin más preámbulos.

—Déjalo, Lorenzo.

Isabel se levantó simulando haberse sentido ofendida por la pregunta, pero lo que en realidad la invadía era un sentimiento de vergüenza que jamás antes había sufrido.

Su hermano la retuvo agarrándola de un brazo.

—Disculpa la pregunta, hermanita. La haré de otro modo: esa persona a la que dedicas la mayor parte de tus pensamientos ¿te deshonró?

Isabel le dio una bofetada. No fue un acto premeditado, ni siquiera fue consciente de lo que estaba haciendo hasta que escuchó el sonido del impacto. También sus hermanos pequeños lo escucharon y se quedaron petrificados con sus piedras en la mano.

—¿Cómo te atreves...?

—Eres mi hermana, si alguien te ha partido el corazón... o te ha hecho algo peor, debo saberlo. Somos una familia, Isabel. Si alguien ofende a uno de nosotros, nos está ofendiendo a todos.

—¿Éramos también una familia cuando padre nos separó? Dime, Lorenzo, ¿éramos una familia cuando madre me envió a mí sola a Madrid?

—Padre no decidió nada. El rey se lo ordenó. —Aún la mantenía agarrada—. Y madre solo hizo lo que tenía que hacer, lo que ha hecho siempre: lo mejor para ti.

—Ah, si alguien me rompiera el corazón estaría atacando a toda la familia, pero si con diez años me veo separada de mis padres y mis hermanos es lo mejor para mí.

Lorenzo respiró profundamente y después soltó todo el aire, como si se estuviera reprimiendo para no decir o hacer algo.

—No has entendido nada, hermana. —La soltó.

Isabel caminó enfurecida, dando la espalda a su hermano. A las pocas zancadas pareció pensárselo mejor y se detuvo.

—Por supuesto que no entiendo nada, pero tú me lo vas a explicar. Aquí y ahora. —Su voz sonó firme y autoritaria, como la de un general.

—No tengo nada que explicarte. Solo dime si ese hombre te deshonró.

—¿Ese hombre? —Isabel regresó hasta donde estaba su hermano, a una distancia tan cercana que podía oír los golpes de su corazón contra el pecho—. ¡No sabes nada, Lorenzo! ¡No tienes la menor idea!

—Por eso te lo estoy preguntando, porque desde que has llegado llenas la casa de silencios, de miradas introspectivas y de dudas.

Quiso responderle, pero no pudo. Tenía razón. Su hermano la conocía demasiado bien como para engañarlo. Durante la travesía, el recuerdo de Fernando de Castro se había desvanecido, pero solo para ocultarse entre las sombras de su memoria. Una vez se sintió segura en su hogar y con su familia, el joven primo de la marquesa había abandonado su escondrijo para visitarla a diario.

—No me deshonró, si es eso lo que tanto te preocupa.

—¿A mí? —Se indignó Lorenzo—. Es a ti a quien debería preocuparte. La Isabel que yo conocía no se dejaría engañar por ningún cortesano, por muy apuesto que fuera.

Volvió a abofetearlo.

—Eres estúpido, hermano. ¿Crees que me he dejado engañar? ¿Que he metido en mi alcoba a todo un séquito de condes y duques mientras estaba en Madrid? ¿Piensas que soy una puta?

—No, yo... —Se dio cuenta de que se había sobrepasado al dar a entender que su hermana era capaz de dejarse seducir por cualquiera.

—¿Quieres saber lo que pasó? Bien, te lo diré. Llevaba siete años lejos de mi familia, extrañándoos a todos mientras nadie me decía nada. Ni una carta, Lorenzo. Ni una maldita carta en siete años. Mi hermano se moría en su cama, aquejado de fuertes fiebres y nadie pensó en que yo debía saberlo. Tienes razón en una cosa: no soy una niña, ni tampoco lo era cuando todos me abandonasteis.

—¿Y qué pasó?

Isabel respiraba con agitación, al borde de las lágrimas, de perder el control. Pero tampoco lloró.

—Solo pensaba en recuperaros. A ti y a todos. Os echaba de menos... ¡Solo Dios es testigo de mis noches de insomnio, de mis mañanas de hastío! Todo lo que hacía estaba encaminado a volver a veros, a recuperar la vida que me habían arrebatado. ¿Sabes qué hacía cada jueves? Te lo diré: le preguntaba a la marquesa si había llegado una carta de mi madre. Pero su respuesta era siempre la misma. Me miraba con ojos tristes, se compadecía de mí y entonces me llevaba con ella a la corte, para que siguiera mi camino, para que mis pensamientos más oscuros desaparecieran.

—Lamento mucho... —Lorenzo comenzaba a derrumbarse.

—¡Ni se te ocurra interrumpirme, Lorenzo Barreto! Tú me has preguntado. ¿Qué digo? Tú me has obligado a contarte todo esto, así que ahora me vas a escuchar. —Se tomó unos segundos para recuperar el aliento—. Aún no sabía que madre había decidido que era el momento de partir. El rey conmemoraba el fin de la construcción del monasterio que ha construido en El Escorial. La marquesa me llevó junto al resto de doncellas, y allí me presentó a su primo. No era un cualquiera, la familia de la marquesa es poderosa... Y no te atrevas a decirme nada, Lorenzo, porque si pones en duda las intenciones de doña Teresa dejaré de hablarte para siempre. —Lo que fuera a decir su hermano se lo calló—. Ella me aprecia como a una hija y quería que pasara a formar parte de su familia. Su primo me propuso matrimonio, pero yo lo rechacé. ¡Lo rechacé! —Isabel se derrumbó del todo—. Dios sabe que lo hice, Lorenzo... Dios sabe que lo rechacé y que desde ese mismo día la conciencia me remuerde con rabia, me devora las entrañas como los buitres a Ticio...

Comenzó a sollozar y su hermano la abrazó. Permanecieron así largo rato, ella reprimiendo unas lágrimas que finalmente no derramó, él tratando de apaciguar su angustia.

—¿Lo amas? —preguntó al fin Lorenzo.

Ella se separó unos centímetros de él y lo miró a los ojos, algo más calmada.

—Lo amo, Lorenzo. Pero no podía aceptar su propuesta por más que mi alma se estremeciera de felicidad solo de pensarlo. Tenía que regresar aquí, con vosotros.

—¿Y eso es lo que te angustia? ¿Te arrepientes?

Isabel bajó la mirada y se desprendió lentamente del abrazo de su hermano.

—Sí, eso es lo que me angustia, pero no sé aún si me arrepiento.

—¿Te deshonró?

Volvió a sentir una furia creciente en su interior. Frunció el ceño y sus ojos se achinaron mientras negaba con la cabeza.

Espera un momento... ¿A qué tanto interés por mi virginidad? Hay algo que me oculta...

—No lo hizo, hermano. Pero ¿por qué insistes tanto? —inquirió.

Ahora fue Lorenzo quien agachó la mirada.

—Te dije antes que no lo entendías, pero ¿cómo ibas a hacerlo? Aquel día en que el fraile nos visitó en Pontevedra se puso en marcha un mecanismo del que ninguno tenemos el control, Isabel.

—Habla de una vez, Lorenzo —exigió.

—El rey envió a padre al Perú con un propósito.

—¿Y qué tiene que ver eso conmigo?

—Tú te has convertido en parte de ese propósito. De hecho, eres la llave para que todo salga adelante.

La incredulidad se reflejó en el rostro de Isabel.

—¿Yo... la llave? Explícate.

Lorenzo suspiró.

—Ahora mismo, padre está en la hacienda reunido con un hombre. Es un aventurero, un descubridor. Yo lo conozco, Isabel, es una buena persona.

—¿Un hombre...? ¿Quién?

—Es otra marioneta más de ese mecanismo, pero él aún no lo sabe. La labor de padre era ayudarlo a llevar a cabo su cometido: colonizar las islas Salomón.

De pronto, como si la verdad se dibujase de forma mágica ante ella con una claridad pasmosa, Isabel lo entendió todo.

—Por eso tu interés por mi honra, ¿verdad, hermano? Padre quiere casarme con ese hombre por solo Dios sabe qué malditos intereses del rey. ¿Es así? —Lorenzo permaneció mudo—. ¡Dilo de una maldita vez! ¿Es así?

Solo pudo asentir.

Isabel se vio presa de la ira más terrible que jamás hubiera sentido. Cogió una piedra del suelo y la lanzó contra el río, llegando mucho más lejos que cualquiera de sus hermanos. Después los miró uno a uno, primero a Lorenzo y después a Luis y a Diego, que se estaban acercando intrigados por la discusión que mantenían sus hermanos.

—Esto no va a quedar así.

Se dio la vuelta y se marchó.

—¡No! ¡Espera! —le gritó Lorenzo, pero sabía que la determinación de su hermana era irrefrenable.

Se levantó las faldas con las manos para no arruinarlas en la enfangada ribera del Rímac y se dirigió a su casa dispuesta a acabar con aquel mecanismo del demonio que su hermano afirmaba que se había puesto en marcha hacía casi ocho años.

Atravesó las calles de Lima ante la estupefacción de los transeúntes al verla sola, sin la compañía de ninguno de sus hermanos, sus padres o el servicio. La población de la Ciudad de los Reyes había crecido a un ritmo vertiginoso desde su fundación, pero lo que más abundaban eran gentes de Dios, monjes y sacerdotes, que detenían sus andares y se persignaban al cruzarse con la muchacha.

Entró en casa dejando la puerta abierta tras de sí. Su mirada fue de un lado a otro como una exhalación hasta que su madre llegó al descansillo bajando las escaleras desde el piso superior.

—Hija, ¿te ha pasado algo? Tienes muy mala cara —se preocupó, ajena a las tribulaciones de Isabel.

—¿Dónde está padre? —demandó.

La respuesta de Mariana fue mirar hacia la biblioteca que había en la planta baja. Isabel se dirigió hacia allí de inmediato, dispuesta a gritarle a su padre todo lo que ya le había gritado a su hermano.

Abrió las puertas con similar fuerza a la de la entrada, con tan mala suerte que se le escapó el pomo de una de ellas y la estrelló contra la pared. Poco le importó.

—Isabel —exclamó su padre sorprendido.

Junto a él había un hombre ya entrado en años, aunque pervivía en él una mirada juvenil que ahora parecía entregada a la curiosidad.

—Padre —respondió ella, aún en el umbral. La puerta, que había chocado contra la pared, rebotaba lentamente y, justo en el momento que iba a hablar, la empujó con suavidad, obligándola a dar un paso más y entrar en la biblioteca definitivamente.

A su espalda, su madre y sus hermanas se asomaban para ver qué sucedía. Lorenzo, Luis y Diego no tardaron en llegar.

—Es una suerte que hayas llegado justo en este momento. Quiero presentarte a...

—Ya sé a quién quieres presentarme —lo interrumpió furiosa.

El hombre se levantó. Vestía calzas ocres a juego con la chaqueta y un jubón blanquecino cuños puños perlados sobresalían de las mangas y conducían la mirada irremediablemente hacia la gola del mismo tono que le cubría el cuello. Un sombrero reposaba sobre la mesa, junto a algunos documentos que estaba revisando con su padre.

—Mi señora —titubeó haciendo una torpe reverencia—. No sabía que me conocierais.

—No os conozco, pero sé quién sois y qué hacéis aquí.

Nuño tuvo que reprimir una carcajada.

—Isabel, don Álvaro de Mendaña ha venido para...

—¡Ya sé para qué ha venido! —estalló sin escuchar, en un primer momento, a su padre—. Espera un momento... ¿Has dicho Álvaro de Mendaña?

—Para serviros, mi señora. —Repitió la reverencia, torpeza incluida. Era evidente que se sentía cohibido ante su sola presencia.

—¿Álvaro de Mendaña? ¿El aventurero?

—El adelantado —corrigió su padre, sonriendo—. Ya que sabes para qué ha venido, será mejor que os deje... os dejemos solos. —Apiñados en el umbral de la puerta de la biblioteca estaba la familia al completo, excepto Jerónimo, que había ido a El Callao para cerrar un negocio.

Por primera vez en su vida, Isabel no supo qué decir.

¿Debo disculparme? ¿Mi padre va a casarme con Álvaro de Mendaña? ¡Dios santo! ¡Es mayor de lo que creía! ¡Por qué me mira así? ¿Lo habré avergonzado con mi comportamiento?

—Doña Isabel —dijo él cuando su padre cerraba las puertas después de salir, y ella dio gracias a todos los santos de que la sacase de sus tribulaciones—, disculpadme si mi presencia os resulta inoportuna.

—No... No debéis disculparos vos... Soy yo quien debería... ¿De verdad sois Álvaro de Mendaña?

El adelantado se miró a sí mismo, como si la pregunta le hubiera hecho dudar de su propia identidad.

—Sí —vaciló—. Al menos lo era antes de entrar en esta casa.

Le arrancó una sonrisa a la joven.

—Sentaos, os lo suplico.

Isabel ocupó la silla que había dejado libre su padre, y el adelantado esperó a que ella estuviese sentada para hacer lo propio. Echó un vistazo rápido a los documentos que había sobre la mesa.

—¿Son las capitulaciones?

—Así es, mi señora. —Cogió su sombrero y comenzó a estrujarlo con ambas manos, nervioso, inquieto.

—Había oído hablar de ellas, pero nunca las vi en el archivo del alcázar.

—No sabía que estuvierais familiarizada con este tipo de documentos.

—¿Puedo? —preguntó, acariciando el papel con los dedos.

—Por supuesto.

Álvaro de Mendaña estaba impresionado con Isabel. No se trataba de su inquietante juventud y su notable belleza, sino de su actitud. Directa, soberbia, poderosa. Isabel se tomó unos minutos, no muchos, en revisar las Capitulaciones.

—En fin, tampoco podemos decir que el rey os haya hecho un gran favor.

El adelantado frunció el ceño.

—¿A qué os referís? Es un trato muy ventajoso.

Isabel entornó los ojos.

—Sí, os entiendo. Sois adelantado, marqués, gobernador, general... Y Su Majestad os concede más títulos y honores, pero... adelantado, marqués y gobernador de unas islas que no pisáis desde hace dieciocho años. General de una expedición que, a día de hoy, no existe.

—Existirá —la interrumpió con decisión, algo que no esperaba Isabel.

—Sin duda alguna, don Álvaro —le concedió—. Sin embargo... —Dudó si continuar.

—¿Sin embargo...?

Suspiró. *Al fin y al cabo, va a ser mi marido.*

—Sin embargo, don Álvaro, no dejan de ser castillos en el aire. He visto otros documentos parecidos en el archivo real. Don Felipe, y su padre antes que él, otorga con facilidad títulos y tierras a otros nobles para que hagan el trabajo por él. No me entendáis mal, no lo critico, pero ¿cuántos de esos títulos han alcanzado validez legal? Sospecho que muy pocos.

—Entiendo... —El adelantado, abrumado por la desenvoltura con la que hablaba aquella niña de apenas dieciocho años, tardaba en procesar toda la información.

—Sé que lo entendéis, por eso imagino que desembolsasteis la cantidad de diez mil ducados en concepto de fianza, ¿no es así?

—Es correcto.

—No comprendo muy bien por qué habríais de abonar una fianza si el rey no os da barcos, ni aporta víveres, ni aparejos. Diría que ni hombres, ya que después de todo será el virrey del Perú quien deba otorgároslos, así como los arcabuces, la pólvora, las mechas...

—Sí, así es, mi señora. ¿Cómo habéis sido capaz de leer todas las páginas tan rápido?

—Estoy acostumbrada a leer, y suelo hacerlo rápido. A los archiveros del alcázar no les hacía gracia tenerme por allí mucho tiempo, debía darme prisa.

—Ya veo... Aunque me sigue sorprendiendo que hayáis asimilado todos los datos a esa velocidad.

—Tengo buena memoria. Cuando veo algo, nunca lo olvido. O casi nunca, vaya. —Sonrió de nuevo, cerrando el legajo de las capitulaciones y poniendo la palma de su mano sobre él.

—¿Consideráis que no es un buen trato?

—Lo que yo considere poco importa. Este documento tiene ocho años y estamos a muchas leguas de Madrid. Nada podemos hacer para cambiarlo.

—¿Podemos? —Cada palabra que mencionaba aquella muchacha lo obnubilaba aún más.

—Don Álvaro, yo no sabía quién erais vos cuando he entrado en la biblioteca, pero, como dije, sí sé qué hacéis aquí. Imagino que no es la primera visita que le hacéis a mi padre, como también imagino que no fue iniciativa vuestra conoceros, ¿me equivoco?

—No, no os equivocáis.

—Mi padre quiere concertar mi matrimonio con vos, y mi intuición me dice que vos estáis casi más interesado que él en que se celebre esa boda. —Mendaña estaba boquiabierto—. Solo tenéis una duda.

—¿Una duda?

—Sí, eso he dicho. No hace falta que repitáis todo lo que digo.

—Disculpadme. —En verdad se sentía culpable, aunque no sabía muy bien por qué. Sobre todo, estaba confuso.

—Os preguntáis por qué mi padre tiene interés en casarme con vos y daros, por lo que intuyo, una buena dote.

Las comisuras de los labios del adelantado se tensaron.

—Estáis en lo cierto. Vos sois una joven inteligente, estoy seguro de que vuestro padre podría encontrar un mejor partido.

—¿Creéis que hay otros hombres en Lima que pueden ofrecer más que vos?

—No os mentiré, doña Isabel, como tampoco he querido engañar a vuestro padre nunca. Mi suerte parece haberse agotado. Como bien decís, ese documento tiene ya ocho años, y la última vez que pisé las islas de las que soy marqués ya se nubla en mi memoria. He perdido la cuenta de las veces que me he arruinado y... ¡Por el amor de Dios, podría ser vuestro padre!

Isabel tamborileó con los dedos sobre las capitulaciones.

—Con respecto a eso último, quiero pensar que mi padre no busca llenar su hogar de nietecitos ni ver a su hija feliz y enamorada.

—Aun así, ¿qué provecho encuentra en tenerme como su yerno?

Isabel se tomó unos instantes para planear cómo abordar lo que tenía que decirle.

—Llevo poco tiempo en Lima, don Álvaro. Apenas la conozco. ¿Seríais tan amable de acompañarme a dar un paseo?

Los ojos de Mendaña a punto estuvieron de salirse de sus órbitas.

—No sé si eso sería correcto...

—No os preocupéis. Mis hermanos nos acompañarán. —Sonrió ampliamente—. A unos metros.

Nuño no puso impedimento y los chicos salieron junto a la pareja a caminar por las calles de Lima. Aquel descanso le sirvió al adelantado para sosegarse. La primera impresión de la que iba a ser su mujer había sido inesperada. Imaginaba a una joven tímida, temerosa de enlazarse con un hombre mucho mayor que ella, segura de no poder enamorarse de alguien como él. Tenía un discurso preparado, un discurso en el que le expondría la verdad. No buscaba amor ni tampoco lo esperaba. Le propondría una relación en la que él cuidase de su esposa, pero no se atrevería a exigirle nunca nada. Su sueño no era formar una familia ni lucir una mujer joven y bonita; él ambicionaba surcar los mares en busca de aventuras, regresar a la tierra de su hipótesis y continuar más allá hasta dar con otros territorios desconocidos. ¿Qué lugar había en esa vida para una esposa?

Pero Isabel no era la muchacha asustada que esperaba. Desde luego, no parecía tenerle miedo a él, ni a su edad, ni a la vida que podría darle. En realidad, no parecía tenerle miedo a nada.

—Doña Isabel, quiero expresaros mis disculpas —comentó cuando enfilaban una calle en dirección oeste, observando el sol caer sobre el horizonte en una miríada de reflejos sobre el océano.

—¿Ya os estáis disculpando otra vez, don Álvaro?

—Esta vez, al menos, sé por qué lo hago.

—Es bueno saber por qué se disculpa uno —bromeó.

—Creo que no estaba preparado para conoceros. Vuestro comportamiento me ha impresionado.

—Lamento si no soy lo que os esperabais.

—No... Es decir, sí, estáis en lo cierto. No sois lo que me esperaba, sois mucho más.

—Hay quien dice que es bueno esperar poco de los demás, vivir expuesto a la sorpresa suele ser grato. Aunque yo no estoy de acuerdo, debéis saber que soy una persona que espera y exige el máximo de los demás.

—Lo tendré en cuenta, mi señora.

—¿Puedo preguntaros qué esperabais?

—Sois una mujer inteligente, estoy seguro de que os hacéis cargo.

Isabel esbozó una ligera sonrisa; le agradaba que la considerara una mujer e inteligente, por demás.

—¿Una niña tímida que odiara a su padre por entregarla a los brazos de un señor mayor que ella?

—Algo así.

—Creo que nunca he sido una niña.

Juntos continuaron caminando hacia el mar.

—De cualquier modo, y dado que ambos estamos expuestos a lo que sea que espere vuestro padre de esta unión, querría explicaros algunas cosas.

—Adelante, don Álvaro.

—Yo no buscaba una esposa. Mi vida está en el mar y mi destino en las islas Salomón, como habéis podido comprobar al leer las capitulaciones. Entiendo vuestras dudas sobre ese documento. En su momento, la ilusión me cegó. Además, eran tiempos complicados para mí, había quien dudaba de la autoría de mi descubrimiento y no podía dejar pasar la oportunidad de hacerme acreedor de esos títulos. Si hubiese puesto reparos, tal vez ahora estaríais teniendo esta conversación con otra persona.

—Me agrada tenerla con vos, si os sirve de consuelo.

Aquello volvió a sorprender al adelantado. Carraspeó antes de continuar.

—Como os decía, mi vida está en el mar y en esas islas perdidas, por lo que podríamos decir que mi existencia está impregnada de sueños. Por eso, entre otras cosas, no buscaba esposa. He estado encarcelado, arruinado, acusado de infamias y a punto de regresar a Europa.

—Y entonces apareció mi padre.

—Así es. Vuestro padre me sacó de prisión y procuró que las acusaciones se esfumaran. Ayudó a recomponer mi economía e incluso me dio un techo cuando ya nadie creía en mí.

—Es un buen hombre.

—El mejor. —Mendaña observó durante unos segundos el mar—. Pero no se me escapa su interés en las islas. Os seré sincero, llegué a temer que quisiera arrebatarme mis sueños. Me maldigo a diario por haber lanzado la sombra de la traición contra vuestro padre, alguien que se ha comportado siempre como un amigo, como un hermano. Sin embargo, ¿qué tengo yo que ofrecerle?

—¿Seguís haciéndoos esa pregunta?

—Sí, continúo malgastando mis noches para encontrar la respuesta adecuada.

—A veces, la verdad resulta más evidente de lo que uno espera.

—Lo sé. He reflexionado mucho sobre ello. Cuando logré disipar mis sospechas sobre una posible traición, fue cuando vuestro padre me habló de vos. Vi con claridad entonces que su interés por las Salomón iba más allá de toda lógica, pero no quería arrebatármelas; en todo caso, compartirlas.

—¿Veis? No necesitabais pasar las noches en vela.

—Isabel. —Se detuvo y la miró directamente a los ojos—. Os juro que esas islas existen, pero no puedo asegurarle a vuestro padre que vaya a encontrarlas de nuevo. El mar del Sur es una inmensidad oceánica donde lo más sencillo es perderse y darse a la alucinación. He visto a hombres lanzarse por la borda creyendo que la nao había encallado en una playa. He conocido la enfermedad, la locura, la furia incontrolable. He visto a hombres hacer cosas que ni siquiera deberían habitar los pensamientos de un hijo de la creación. Vuestro padre me ofrece más de lo que merezco, una cifra increíble de ducados y una hija cuya valía no está a mi alcance. Es eso lo que me impide dormir cuando cae el sol. Disculpad que os lo diga de forma tan directa, pero no lo comprendo.

—Sé que no lo comprendéis. —Isabel reanudó la marcha. Sus hermanos los seguían a pocos metros—. Yo tampoco.

—Si emprendiera mi viaje y fracasase o, en el mejor de los casos, no regresase, sentiría que le he fallado, y la idea de defraudar al hombre que me lo ha dado todo en estos últimos años me consume.

—No deberíais preocuparos por defraudar a mi padre; después de todo, seré yo quien me case con vos, no él.

—Supongo que para vos sería una buena noticia que no regresase, que las aguas se tragaran mi cuerpo y pudierais buscar vuestra propia fortuna con un hombre que esté a vuestra altura.

Ahora fue Isabel quien se detuvo.

—Es obvio que no habéis entendido nada, don Álvaro. Vuestra suerte será la mía. Bien sabe mi padre que no podría retenerme, aunque quisiera. Ni él ni, por supuesto, vos.

—¿A qué os referís?

—¿No os habéis dado cuenta aún? Yo os acompañaré en vuestro viaje, don Álvaro.

El adelantado frunció el ceño.

—¿A las Salomón?

—O allá adonde vayáis. Decís que vuestra vida es el mar, vuestro destino, un sueño. No somos tan distintos, después de todo.

—¿Vos... queréis acompañarme en busca de mis islas?

Isabel sonrió de medio lado.

—Nuestras islas, don Álvaro. No os acompañaré, iremos juntos a buscar esas islas que descubristeis. Si vos sois marqués, yo seré marquesa. Si vos sois adelantado, yo seré adelantada.

—No estoy seguro de lo que estáis diciendo, vuestro padre...

—Mi padre lleva planeando esto desde hace muchos años. No sé si es iniciativa suya, pero estoy segura de que va muchos pasos por delante de nosotros. Él ha visto las capitulaciones, sabe que no es una expedición que tenga por propósito descubrir nada, sino colonizar las islas Salomón. El rey posibilita embarcar mujeres, niños y familias. ¿Creéis que podréis dejarme en tierra? ¿Habéis pensado, aunque solo sea por un instante, que mi padre puede obligarme a dejaros partir sin mí? No, don Álvaro. A vos os disculpa no conocerme aún lo suficiente, pero a él no se le escapa que mi sueño es muy similar al vuestro. De lo contrario, habría sido más fácil casaros con Petronila o con Leonor, mucho más dóciles. Yo no pretendo formar una familia y cuidar de mis hijos. He tenido nueve hermanos, ya he vivido esa etapa y no tengo intención de repetirla. Tampoco anhelo la vida cortesana, ni desposarme con un aristócrata que me lleve a los bailes palaciegos. Quiero descubrir la belleza del mundo por mí misma, quiero ver el sol ponerse en el horizonte que forma la inmensidad del océano, las estrellas brillar en noches oscuras y tambaleantes a bordo de uno de esos galeones... ¡Y muchas cosas más! No nací para vivir en un palacio, don Álvaro.

El adelantado se quedó boquiabierto.

—Entonces ¿aceptáis casaros conmigo?

—Sí, don Álvaro. Seré vuestra esposa.

Aquella muchacha lo impresionaba de verdad.

—Debo deciros que no aspiro a que me améis.

—No lo haré, don Álvaro. —Isabel respiró profundamente—. Dado que hemos empezado nuestra relación hablando con absoluta sinceridad, debéis saber que mi corazón corresponde a otro hombre, pero lo más probable es que jamás vuelva a verlo. En cualquier caso, mi determinación con nuestro compromiso es absoluta. No podré amaros, pero deseo respetaros y admiraros.

Mendaña no pudo evitar sentir una pequeña puñalada en su corazón. No esperaba esa respuesta.

—Soy consciente de mi edad, doña Isabel. Entiendo que, además de vuestro amor por ese otro hombre, tampoco queráis consumar nuestro matrimonio.

La joven no había pensado en eso. Se quedó muda por segunda vez en muy poco tiempo.

—Se hará lo que se tenga que hacer, don Álvaro.

Ya no hablaron más. Caminaron hasta las afueras de la ciudad y admiraron el océano durante un buen rato, ambos en silencio, quizá imaginando cómo sería la aventura que se proponían emprender.

Les esperaba aún un largo camino, pero aquella tarde, con el mar en el horizonte, todo lo que había entre ellos dos era esperanza.

7

De cómo el adelantado y su esposa consiguieron dos galeones y lo que pasó con ellos

Lima (Ciudad de los Reyes), 8 de julio de 1586

Hacía ya dos meses desde la boda de Álvaro de Mendaña e Isabel Barreto, celebrada con gran pompa en la iglesia de Santa Ana, muy cercana a los domicilios tanto de la familia de la novia como de la del adelantado.

No se escribió una bella crónica sobre el asunto, ni las hermanas de Isabel vistieron caros y esplendorosos vestidos, ni su padre dio un gran discurso. Todos eran conscientes de que aquella unión era más un contrato comercial que un matrimonio encaminado a formar una familia. Fundaban, eso sí, una empresa: la hija del enriquecido prohombre y el aventurero descubridor con títulos en ultramar.

Sin embargo, la pompa la pusieron los invitados. El conde de Villardompardo, que se había embarcado en Sevilla semanas antes que Isabel, su madre y sus hermanas para ocupar su puesto de virrey del Perú, asistió como invitado de honor, así como el corregidor, el arzobispo y el antiguo alcalde de Lima, depuesto por el conde.

Los antiguos amigos de Mendaña salieron de sus escondrijos, toda vez que el ínclito Francisco Álvarez de Toledo era ya historia, y auparon al adelantado deseándole con fervor que pronto partiese a cumplir sus sueños.

También asistieron socios, colaboradores y amigos de Nuño Rodríguez Barreto, un hombre querido y respetado en la incipiente corte limeña y en todos los lugares en los que mantenía negocios, como Guayaquil, Panamá o Acapulco.

A pesar de todo lo que cabría pensar de un matrimonio concertado, Isabel era feliz. Aún echaba de menos a Fernando de Castro, y le escribía poemas y cartas en su diario cuya única destinataria era ella misma. Desde el momento en que salió de El Escorial en dirección a Sevilla, supo que nunca volvería a verlo. *Así que, ¿para qué me voy a mortificar? Puedo haberle entregado mi corazón, pero aún mantengo las llaves de mi destino.*

La joven daba un paso adelante en el cumplimiento de sus sueños. Al finalizar la ceremonia, sintió que la aventura que siempre había deseado se hallaba más cerca, a solo unos meses o, como mucho, a un año. Se imaginó a sí misma en el castillo de popa, el viento revolviendo sus cabellos, la mirada fija a estribor, donde una gran isla surgiría de las aguas oscuras y salvajes del océano. Y sonreía.

Álvaro de Mendaña no era tan optimista. Había tocado tantas veces con la punta de los dedos aquel futuro que no lo creería real hasta de verdad sentir esa brisa marina en su rostro, escuchar las voces de los marineros y percibir su estómago revuelto por el hedor procedente del lastre.

Cuando terminaron los fastos, Isabel y su marido caminaron hacia el hogar del adelantado, donde la pareja se establecería hasta que pudieran poner en marcha la expedición.

—Ha sido un día hermoso —comentó él, mirando las estrellas otoñales que titilaban en el firmamento.

Aún no habían llegado a su casa, ambos paseaban por la calle, Isabel del brazo de su marido.

—Lo ha sido, Álvaro. Y a este día hermoso le seguirán otros muchos aún mejores. Queda tanto por hacer...

Él la miró. Estaba especialmente hermosa. Su belleza irradiaba incluso en el crepúsculo. El frío de la noche le había enrojecido las mejillas y la nariz, lo que le daba un aspecto especialmente juvenil. Mendaña no podía dejar de pensar que, sin haber cumplido aún los diecinueve, su esposa podría ser su hija. Sabía que muchos matrimonios se concertaban entre una niña, incluso más joven que Isabel, y un hombre aún mayor que él; pero que se hiciera con frecuencia no implicaba que a él le pareciera bien.

Entraron en la casa, mucho más humilde y vieja que la de los Barreto, pero con el encanto de los hogares antiguos en los que se ha vivido mucho. Isabel pidió al servicio que los dejaran solos y cada uno se marchó a su habitación o a su casa.

También los recién casados se dirigieron cada uno a su alcoba y mudaron sus ropajes por otros más cómodos. Después se encontraron en el salón, donde la chimenea crepitaba relampagueando sombras sobre las paredes. Isabel encendió algunos cirios mientras el adelantado echaba un leño al fuego.

—Creo que aún no te he dado las gracias.

Álvaro hablaba de cuclillas junto a las llamas. Al contraluz, Isabel no podía ver su rostro, pero creyó intuir que estaba llorando.

—No tienes por qué dármelas.

—Ya lo creo que sí. No solo me concedes tu compañía, tu apoyo constante y tu valentía, sino que, además, nuestro matrimonio nos ha dotado con una buena suma para emprender nuestro viaje.

—Cuarenta mil ducados.

—Ni uno más, ni uno menos.

Isabel se sentó frente a la mesa del comedor. Su marido se separó de la chimenea y ocupó un lugar en el lado opuesto, a unos tres metros de su joven esposa. En el lubricán del salón, tan solo iluminada por aquellas luces trémulas, la vio al fin como la mujer que era.

—Creo que mi padre no fue tan generoso con el marido de Petronila, pero su matrimonio no implicaba lo mismo que el nuestro.

—Lo sé, Isabel.

La muchacha se levantó. Vestía tan solo un camisón blanco de seda que se le ceñía al cuerpo más de lo que era costumbre. Se acercó hasta su esposo y se sentó sobre la mesa, apoyando uno de sus pies sobre el muslo del adelantado.

—Sé que nunca volvimos a hablar del asunto... —A Isabel le temblaban los labios. Su marido no recordaba haberla visto nunca tan dubitativa—. Y soy consciente de tus reparos, pero cuanto antes lo hagamos, antes lo olvidaremos.

Álvaro le acarició el pie con la suavidad y la lentitud de un cirujano. Por supuesto, no era inmune a la belleza de su esposa, pero había pospuesto tantas veces para sí mismo ese asunto que no sabía si en algún momento había llegado a alguna conclusión. Su mano subió por el tobillo hasta alcanzar la rodilla, el muslo...

Entonces levantó la cabeza en dirección a Isabel y sus miradas se cruzaron. Sus labios temblaban y mantenía los ojos entreabiertos, aunque el pelo, suelto y feroz, le cubría parcialmente la cara.

Retiró la mano de inmediato, sintiendo una culpabilidad inmensa en su alma.

—Lo siento, Isabel. No puedo.

Se levantó y se marchó a su alcoba.

El primer sentimiento que invadió a la joven recién casada fue de alivio. Durante los últimos meses había establecido una bonita relación con Mendaña. Visitaban a su padre a diario y toda la familia se reunía para escuchar sus relatos sobre el primer viaje. La tensión que se respiraba en las reuniones con Hernán Gallego y Pedro Sarmiento, el primer encuentro con los nativos, las tempestades, las islas que descubrieron...

Fue conociendo a un hombre muy distinto al que se había figurado tras su primer encuentro. Era tenaz, valeroso, divertido. Pese a los muchos golpes que la vida le había dado, seguía siendo un optimista empedernido, un soñador. Ella se acomodaba en la silla, apoyaba el codo en la mesa y la cabeza sobre su mano, y lo escuchaba durante horas. Después, el adelantado se despedía de la familia con la promesa de continuar al día siguiente.

Era imposible no apreciarlo. Era bueno, amable y caballeroso; solía llevar algún pastel para la pequeña Mariana y encandilaba a todos los hermanos con su trato cercano y su fácil discurso. Tampoco a Isabel le pasaba desapercibido que su padre lo apreciaba, que era un buen amigo, leal y agradecido. Siempre se guardaría para sí la confesión que don Álvaro le había hecho el día que se conocieron. Nuño no era un hombre dado a los accesos de ira, pero no sabía cómo reaccionaría al enterarse de que durante algún tiempo la sombra de la traición se había extendido sobre su relación. Tal vez lo entristecería, e Isabel no consideraba aquello tan importante como para compartirlo con nadie. De hecho, poniéndose en la piel de quien ahora era su marido, lo entendía perfectamente.

Pero todo esto no implicaba el nacimiento del amor, la pasión o el deseo. Aunque Álvaro fuese un hombre apuesto, además de todos los otros atributos que reconocía en él, su corazón pertenecía a Fernando. Y eso no cambiaría.

Sin embargo, Isabel era muy consciente de la realidad. Aquel matrimonio debía consumarse, o de lo contrario todos los planes de su padre, y de quien estuviese detrás de ellos, fuera el rey o cualquier otro, podrían irse a pique. Confiaba en Mendaña, pero sus años en la corte junto a la marquesa le habían enseñado que no todo el mundo era como se empeñaba en mostrarse, y que las circunstancias podían llevar al mejor de los hombres a cometer la mayor de las atrocidades.

Así que, el segundo sentimiento que invadió a Isabel ante la imposibilidad de consumar su matrimonio fue la rabia. Rabia porque ella no había pospuesto aquella idea en ningún momento, era muy consciente de lo que había que hacer y estaba dispuesta a llegar hasta el final.

No tenía ninguna experiencia. Cuando las doncellas de la marquesa comentaban sus amoríos con unos o con otros, ella se dedicaba a leer, y la relación con doña Teresa había sido tan maternal que jamás se le habría ocurrido mencionar un tema de esa índole. Se había sentido torpe al sentarse sobre la mesa, y descarada al enseñarle la pierna a su marido. Pero ¿qué podía hacer? Él no mostraba iniciativa alguna, y no podía consentir que su matrimonio fuera fallido.

La rabia dio paso a la frustración. *¿Qué le pasa? ¿Es que no le atraigo? ¿No soy lo suficientemente bonita? Pensaba que los hombres...*

Isabel se marchó aquella noche a su alcoba, sacó del pequeño cofre que la acompañaba a todas partes el barquito de madera que fray Benito le regaló en su décimo cumpleaños y lo acarició hasta quedarse dormida.

Durante semanas, Mendaña no se atrevió siquiera a mirarla.

La tarde del 8 de julio de aquel año, la rabia y la frustración de Isabel habían dado paso al hartazgo. Álvaro continuaba sin mirarla, sin dirigirle la palabra, y ella se iba convirtiendo poco a poco en una dama cortesana dedicada a su hacienda.

Mientras el adelantado iba a diario al puerto a comprar aparejos, clavos, madera, soga y otros objetos necesarios para la navegación, ella se quedaba en casa sin nada que hacer. Visitaba a su familia cada día, pero se cuidaba mucho de parecer triste o mencionar la situación que vivía.

Su padre le había comentado por la mañana de aquel día que Mendaña estaba a punto de hacerse con dos galeones, así que todas las alarmas le indicaron que la fecha de partida de la expedición se aproximaba. Debía poner fin a aquel despropósito.

Álvaro llegó a la casa cuando el sol ya se había puesto. Isabel había dado la tarde libre al servicio y ella misma había preparado la cena: carne estofada con zanahorias y patatas. Era la primera vez que guisaba y había dejado la cocina hecha un desastre; cuando su marido llegó, la encontró removiendo el puchero, con el pelo recogido en una coleta impregnada de aceite y un montón de cacerolas, cuchillos, alcuzas y cucharones tirados por el suelo.

—¡Dios mío, Isabel! ¿Estás bien? ¡Por los calvos de Cristo! ¿Qué ha pasado?

Ella lo miró y se echó a reír a carcajadas. La preocupación del adelantado se fue disipando hasta que la risa se le contagió.

Isabel se limpió las manos con el mandil.

—Mi padre me ha dicho que estabas a punto de apalabrar dos galeones, quería darte una sorpresa para celebrarlo, pero esto es mucho más difícil de lo que pensaba... —Se secó el sudor con la muñeca.

—Vaya, así que, después de todo, hay algo que doña Isabel Barreto no sabe hacer —bromeó.

—Uf, creo que hay tantas cosas que no sé hacer...

—No te lamentes. Nadie es perfecto. Y es mejor que así sea, la Inquisición tiene por costumbre condenar por brujería a las mujeres que son demasiado perfectas. Y no queremos que eso pase justo cuando acabamos de conseguir dos naves para nuestro viaje.

El cucharón de madera que aún tenía la mujer en su mano se le cayó al suelo.

—¿Estás hablando en serio? —La amplia sonrisa de su marido le hizo ver que no la engañaba—. Por fin, Álvaro...

Corrió hasta él y lo abrazó. Mendaña la estrechó entre sus brazos, sintiendo su calor y sin importarle que le estuviera echando a perder el jubón con la grasa que cubría a su esposa de arriba abajo.

Ninguno de los dos supo muy bien cómo pasó, pero el abrazo se convirtió en un apresurado beso en los labios, más similar al de un juego adolescente en torno a una botella que al de dos enamorados. Ambos se sorprendieron, sin que ninguno pudiera acusar al otro de haber sido el causante. Se miraron, extraños, ajenos a sí mismos... Complacidos. El torpe beso se transformó en algo más profundo. Sintieron el uno los labios del otro, sus lenguas entrelazándose y las manos de Mendaña dibujando cordilleras en la espalda de Isabel.

El beso se prolongó hasta convertirse en un bocado, en un deseo carnal, una necesidad imperiosa. Álvaro la agarró por el trasero y la levantó en volandas. Isabel se abrazó a él con sus piernas, tomándolo de la nuca para acercar aún más, si cabía, sus rostros.

La llevó hasta la mesa, apartó los miles de utensilios que su mujer había utilizado de un manotazo, provocando una gran escandalera que, para entonces, se perdía entre los jadeos de los esposos.

Álvaro estaba pletórico. Su sueño parecía próximo a cumplirse, y todo era gracias a Isabel. Vestida como una sirvienta, con los harapos sucios y el pelo greñudo, desordenado y mal anudado, ya no le parecía una niña, sino una mujer, la mujer que lo había hecho todo posible. Y aquella mujer se desprendía ante él, entre sus piernas, de esos pocos harapos que vestía, exhibiendo un cuerpo juvenil de piel clara y tersa y una mirada empapada en excitación.

Él también se desembarazó de su ropa. Bajó las calzas hasta los tobillos y se arrancó el jubón, llevándose consigo la gola. Agarró las núbiles piernas de su esposa, acarició sus muslos y las separó para poder acercarla a su miembro. Isabel, tumbada sobre la mesa, con los brazos alrededor de su cabeza, jugueteaba con su propio cabello enredándolo en tirabuzones mientras jadeaba con la boca entreabierta y la lengua humedeciendo sus labios. Los párpados entornados dejaban a la vista resquicios de sus ojos, cuyo verdor brillaba a la luz del fogón en el que se quemaba el estofado.

Aquella noche su matrimonio se consumó, poniendo fin a dos meses de miradas fugaces y silencios llenos de dudas y vergüenza. Isabel jamás lo reconocería, pero aquel 8 de julio, aunque ambos sabían que jamás repetirían aquel acto entregado a la sinrazón y al ardor concupiscente, dejó de sentirse, de una vez por todas, la niña que hasta entonces siempre había sido, aunque se opusiera a aquella idea con persistencia.

Al terminar, se quedaron abrazados sobre la mesa hasta que la incomodidad hizo mella en sus cuerpos. Isabel se levantó con las marcas de los tableros de la mesa en la espalda. Volvió a ponerse el camisón y el mandil y regresó al puchero.

—Creo que esta noche vamos a cenar carne quemada.

Volvieron a reír a carcajadas.

La mañana siguiente los recibió abrazados en la alcoba de Álvaro. No volvieron a hacer el amor. Se había extendido entre ellos un pacto tácito y silencioso que les impediría yacer juntos de nuevo, pues no era para eso para lo que se habían casado; sin embargo, quitarse el peso de la consumación de encima los había unido más. Ya no quedaban preocupaciones entre ellos, y la noticia de la adquisición de los galeones los ubicaba en la rampa de salida hacia su destino.

Cuando despertaron, no sabían lo duro que sería aquel 9 de julio de 1586, tanto para ellos como para toda Lima.

Pasaron la mañana en casa de los Barreto, donde Mariana les pidió que se quedaran a comer para celebrar que ya tenían naves, aparejos, cuerdas y madera, por lo que en pocos meses más de preparativos podrían ponerse en marcha. Prefirieron callarse que había «otra cosa» que celebrar además de eso, aunque una mirada cómplice entre los esposos confirmó que ambos pensaban en lo mismo.

Por la tarde, Álvaro le pidió a Nuño que los acompañase a El Callao para ver los galeones. Mariana, Leonor, Beatriz y la benjamina declinaron la invitación, pero Lorenzo y Jerónimo sí acompañaron a la pareja. Diego y Luis estaban fuera de Lima, completando su aprendizaje en finanzas en una escuela de Guayaquil, mientras que Petronila decidió regresar con su marido a su casa.

—El cielo amenaza tormenta, será mejor que vayamos antes de que empiece a llover —propuso Nuño tras terminar el habitual licor de café gallego con el que amenizaba las sobremesas.

Una reciente ley ordenada desde Madrid impedía el transporte de personas en carro, ya que era cada vez más frecuente y dificultaba la crianza de caballos fuertes y briosos, tan necesarios para la guerra. Isabel era una estupenda amazona desde su estancia en el palacio de los Hurtado de Mendoza, y hacía tiempo que no montaba, por lo que recibió la noticia con agrado.

Cuando llegaron al puerto, algunos relámpagos quebraban el cielo, plomizo, cenizo y pesado.

—Son esos de allí —señaló Mendaña.

En el horizonte se dibujaban las siluetas de dos fastuosos galeones. Con sus velas replegadas y sus mástiles erguidos y orgullosos, a Isabel le parecieron dos gigantes tan hermosos como monstruosos. La familia los contempló en la distancia, en silencio, cada uno reproduciendo sus propias ensoñaciones en la mente.

—Don Nuño, ¿estáis seguro de que no deseáis embarcaros? Jerónimo y Lorenzo serán dos buenos oficiales, pero vuestra experiencia aportaría mucho a la expedición.

Aún estaban montados en sus caballos, en lo alto de la colina que descendía hasta el puerto. Jerónimo, Lorenzo, Luis y Diego se habían sumado al viaje por petición de Nuño, que había convertido el sueño del adelantado en una empresa familiar. A Mendaña no solo le pareció bien, sino que además lo consideró oportuno. Agradecía la confianza ciega de su amigo, pues los dos eran conscientes de los peligros que afrontarían durante la travesía y posterior colonización. No les había contado todo lo sucedido durante su estancia en las islas Salomón, había pecados que era mejor no mencionarlos en voz alta, y aun así no había ahorrado en desgracias, enfermedades y batallas en sus relatos. No había muchos hombres que entregaran cinco hijos a un aventurero caído en desgracia.

Nuño sonrió sin abandonar sus ensoñaciones, quizá envueltas en recuerdos de su época de conquistador en Chile.

—No, don Álvaro. El mar ya no es para mí. Vos cuidaréis de la mitad de mi familia en el océano, pero yo tengo que hacerme cargo de la otra mitad en tierra.

—¿Por qué hay tantos soldados en el puerto? —preguntó Isabel.

—El virrey lleva dos días tratando de convencer a la marina de que no abandone El Callao. Corren rumores de que el pirata Cavendish se aproxima —explicó Mendaña.

Las miradas de todos ellos se desviaron de las naos del adelantado y confluyeron en un punto. El propio virrey salía de uno de los edificios que había junto al puerto, rodeado por su escolta, y se dirigía con paso firme hacia la colina.

De pronto, como si las entrañas de la Tierra se encolerizasen y se propusieran desencadenar el Armagedón, un estruendo pavoroso se escuchó sin que nadie supiese definir de dónde provenía. Todos vieron cómo el anciano virrey emprendía la carrera y los soldados lo dejaban atrás en la huida.

Los Barreto se quedaron paralizados en un primer momento; solo Mendaña reaccionó a tiempo.

—¡Desmontad! —gritó.

De un salto, alcanzó el suelo y arrancó a su esposa de los lomos de su caballo. Lorenzo cayó al suelo por el envite de su alazán, mientras que su padre y su hermano lograron a duras penas hacerse con las riendas y sosegar a sus monturas.

—¿Qué ocurre? —preguntó Isabel presa del pánico. Apenas se la podía oír en medio del persistente estruendo.

Los caballos rebrincaron y se marcharon al galope.

—¡Es un terremoto! —trató de hacerse escuchar Mendaña por encima del ruido.

No se equivocaba. El suelo comenzó a temblar bajo sus pies en espasmos terroríficos, formando grietas que amenazaban con llegar hasta el centro del planeta.

—Álvaro, Jerónimo, id a ayudar al virrey —ordenó Nuño con una determinación desconocida para sus hijos.

—¡Madre! —gritó Isabel al cruzar su mirada con la de su padre, que ayudaba a Lorenzo a levantarse.

El temblor se recrudeció un instante antes de cesar y, después, todo se quedó en silencio. Desde lo alto de la colina, vieron con horror cómo el agua del puerto desaparecía, dejando los barcos que estaban más cerca de la playa encallados sobre los guijarros oscuros.

—¡Corred! —chilló entonces Mendaña.

Todos salieron a la carrera mientras una descomunal ola se formaba en el interior del océano, arrastrando con ella cuantas naves fondeaban en El Callao.

Corrieron cientos de metros empujados por el pánico, pero Lorenzo estaba algo magullado y no podía dar un paso más. El grupo se detuvo un instante para recobrar el aliento. Desde allí no podían ver si la ola se aproximaba ya al puerto.

—¡Mirad! —gritó Isabel.

Un poco más adelante, tras el terremoto y el estruendo que lo había anunciado, los caballos se habían detenido junto a un cercado.

—Jerónimo, acompañadme a por los caballos. Vos quedaos aquí —dispuso Mendaña.

Al cabo de tres minutos regresaron en sus monturas y con los otros caballos atados. Entre Nuño, Jerónimo y Mendaña ayudaron a montar a Lorenzo y juntos galoparon hasta Lima.

La Ciudad de los Reyes estaba en ruinas. Las calzadas se habían levantado y lucían enormes grietas; los edificios más humildes se habían derrumbado como un castillo de naipes, pero también la torre de la catedral y el palacio del virrey estaban destruidos.

No pudieron continuar avanzando a caballo, por lo que desmontaron y siguieron a pie tan a prisa como les fue posible. Cientos de limeños se lamentaban de rodillas frente a los montones de piedras que minutos antes eran sus casas. Eran más de las siete, y varios incendios iluminaban el atardecer.

La gente lanzaba gritos desgarradores, muchos les pedían ayuda, pero los Barreto caminaban con el único objetivo de llegar a su casa.

Cuando por fin alcanzaron el barrio de Santa Ana creyeron estar ante el apocalipsis. Casi todas las casas habían quedado reducidas a polvo. Los animales que habían sobrevivido huían espantados por las calles, atropellando a los heridos y pisoteando los cadáveres de las víctimas.

Al enfilar la avenida donde la familia tenía la hacienda, vieron entre el humo a una mujer llorando y gritando. Nuño abandonó su caballo y corrió en busca de su mujer. En la distancia, los demás vieron cómo se abrazaban.

Isabel se temía lo peor, y poco después lo confirmó: Beatriz y Leonor habían fallecido, aplastadas por el derrumbe. Su madre solo había logrado salvar a la pequeña Mariana, a quien sostenía en brazos, con su rostro impertérrito, abandonada a la confusión y cubierta de polvo.

Isabel volvió a llorar aquel día, tanto tiempo después. Cogió a su hermana en brazos y le limpió el rostro con sus manos. Después la apretó contra su pecho mientras contemplaba entre lágrimas la ruina en que se había convertido su casa.

Nadie lo pensó en ese momento de desgarro y sufrimiento, pero todos sabían que era imposible que los galeones se hubieran salvado de un desastre de aquella magnitud.

El terremoto se cobró la vida de veintidós personas, entre ellas las hermanas de Isabel, mientras que el maremoto se tragó los sueños del adelantado Álvaro de Mendaña y de su esposa.

8

De cómo se continuó organizando
la expedición desde El Escorial

El Escorial (Madrid), 19 de marzo de 1589

El invierno se había recrudecido durante las últimas semanas antes de ceder el testigo a la primavera, y El Escorial amanecía a diario cubierto por un denso manto de nieve que impedía avanzar en los últimos detalles de la construcción que todavía estaban pendientes.

Aun a falta de esos pequeños detalles, el monasterio ya funcionaba como tal desde hacía tiempo, igual que el colegio y el centro de saber que era su excelsa biblioteca. Felipe II, cada vez más aquejado de dolencias físicas y espirituales, pasaba casi más tiempo allí que en la Corte, dando paseos por los alrededores, meditando sobre la piedad en los claustros y jardines y admirando las reliquias que había recopilado a lo largo y ancho de toda Europa.

Sin embargo, lo que le hacía disfrutar por encima de todas las cosas era la contemplación de las obras de arte de un pintor flamenco cuya controvertida fama comenzaba a ser muy comentada en los círculos religiosos e intelectuales: el Bosco.

Pocas obras se conocían de él, y casi todas las guardaba con celo el monarca en su monasterio. Los súbditos en misión diplomática tenían orden de adquirir, a cualquier precio, las obras que encontraran del Bosco, noticia que se había extendido más de lo adecuado y en múltiples ocasiones los diplomáticos eran estafados con copias y falsificaciones.

A Felipe II no le importaba en demasía. Contaba con la sabiduría de su bibliotecario, Benito Arias Montano, un experto en tantos asuntos y, en su mayoría, tan oscuros, que prefería mantenerlo cerca por el temor de lo que pudiera hacer si lo tuviera lejos. Él era quien analizaba los cuadros y retablos que llegaban a El Escorial. Se ponía una lente y cerraba el otro ojo antes de iniciar la inspección. Luego comenzaba a hacer pequeños y molestos ruidos con nulo significado: «hum», «ejem», «ajá»... Y otras muchas onomatopeyas tan absurdas e indescifrables como esas.

El monarca se exasperaba hasta tal punto que tomó la decisión de ser solo informado cuando llegase una obra auténtica, así se ahorraba aquel bochornoso espectáculo.

A Benito Arias Montano le ayudaba un pintor llamado Diego Sánchez Coello. Era un hombre casi tan oscuro como su mentor, aunque en él se adivinaba cierta humanidad que le era por completo desconocida al fraile. No obstante, todos respetaban y admiraban a Montano, un hombre que parecía saber todo lo que había pasado y por qué había sucedido. Y no solo eso, muchos pensaban que también sabía lo que estaba por pasar.

Diego Sánchez Coello era un artista mediocre. Su tío, Alonso, sí estaba dotado con el don de la creatividad, el perfeccionismo y la iluminación. Diego había llegado a ser pintor de cámara solo por la influencia de su tío, pero sus cuadros tendían siempre hacia un dramatismo ajeno a la realidad, como si tuviera mayor facilidad para pintar las sombras del espíritu que la luz del cuerpo. Y a nadie le gustaba ver reflejadas en un cuadro todas sus carencias morales y sus demonios.

Benito Arias Montano le había pedido al rey una reunión con su pintor cuando llegó al monasterio uno de esos cuadros que la reina aborrecía y no quería ver por el alcázar. Lo que para muchos era el reflejo del horror, para fray Benito era la iluminación del alma. Desde entonces, y de eso hacía cinco años, Diego Sánchez Coello se había trasladado a El Escorial y estaba a cargo del bibliotecario.

No había pintado un solo cuadro en ese tiempo. En cambio, había viajado por toda Europa como espía, buscando reliquias, cuadros, libros prohibidos, relacionándose con protestantes y otros herejes y llevando a cabo misiones en favor de la corona de Castilla de las que ni siquiera el rey era informado.

Aquel día de marzo regresaba de Génova, y solo Dios sabía, además de Arias Montano, qué había hecho allí. Felipe II le había tomado cierto cariño y confiaba en él, pero sabía que era mucho mejor no preguntar nada acerca de su labor, por lo que reportaba directamente al bibliotecario cualquier información.

—Es un placer verte —comentó Montano sin levantar la cabeza de los documentos que desordenaban su escritorio.

Ya había anochecido y el viento azotaba los gruesos muros del monasterio lanzando violentos e inermes copos de nieve contra ellos. Diego Sánchez Coello aún estaba embozado y cubierto de sombras, y el hielo derretido resbalaba por su capa. Tres velas estaban prendidas sobre la mesa, amenazando con sus llamas los papeles que leía con fervor el fraile.

—Lo sería si me vierais, maestro.

Tomó la pluma despacio y escribió algo ininteligible en el margen de una hoja. Después levantó al fin la mirada.

—¿Cómo ha ido todo en Génova?

—Como siempre.

—¿Eso quiere decir que todo está resuelto?

—Eso quiere decir que se ha hecho lo que se tenía que hacer.

Aún tenía la pluma en la mano y la posición de su cuerpo indicaba que iba a seguir escribiendo.

—Bien, entonces. —En efecto, volvió a escribir algo y después dejó la pluma sobre la mesa. La tinta ensució algunos papeles—. Siéntate, Diego. Debes de estar cansado.

Se quitó la capucha, lanzando esquirlas de nieve al suelo, y se sentó en la misma silla que Isabel Barreto había ocupado años atrás.

—¿Debo prepararme para viajar al Perú?

Su voz era áspera y profunda, y su aspecto era el que correspondía a una voz así. Cabello largo y oscuro, barba híspida del mismo color, aunque ya se adivinaban algunas canas. Ceñudo, de ojos sombríos y nariz afilada, parecía algo mayor de lo que era, apenas unos treinta y cinco años.

—Por el momento no, Diego.

—¿Alguna novedad?

—Su Majestad ha ordenado el cambio del virrey. Las últimas

informaciones sitúan al conde de Villardompardo en una situación complicada.

—Pero es uno de los nuestros, ¿no es así? No será esta la primera vez que se sitúe en una posición complicada; en Sevilla llegó a enfrentarse a la Inquisición.

—Esta vez es distinto. Él mismo le ha pedido al rey que lo traiga de vuelta.

Diego dejó escapar un sonido que podría interpretarse como un lamento. Acto seguido echó la espalda hacia atrás y se estiró en la silla. El viaje, el frío y la nieve le habían entumecido los músculos.

—Es una lástima, tengo entendido que estaba haciendo una gran labor.

—Magnífica, sin duda. Su presencia en el Perú ha sido muy positiva. Lo primero que hizo nada más llegar a Lima fue levantar una queja por la situación de los indios: explotados, esclavizados, asesinados, violados... Ha mejorado la hacienda peruana y optimizado el trabajo en las minas. También ha purgado la administración, aficionada a las corruptelas y al onanismo institucional, pero ya sabes qué conlleva ese tipo de actuaciones tan necesarias.

—Sí, lo he visto muchas veces y en muchos sitios.

—Los corregidores se han enfrentado a él. El arzobispo también, así como los inversores y los terratenientes, que se quejan de tener que pagar a los nativos con algo más que los restos de su comida y un viejo jergón lleno de pulgas. Yo me pregunto: ¿no son ya los indios tan cristianos como los españoles? ¿Puede un cristiano esclavizar a otro?

—Poder, puede. Es evidente.

Benito Arias Montano se levantó con dificultad.

—Vivimos tiempos difíciles, querido Diego. Nuestras almas menguan al calor de ese tipo de comportamientos. No está bien esclavizar a ningún ser humano, pero ¿a otro cristiano? Ese no es un pecado con fácil penitencia. Esos pecados solo los purgará el Altísimo.

—De cualquier modo, sabíais que esto sucedería, que el conde impondría sus ideas y muchos se le echarían encima.

El fraile también se estiró. Llevaba más de doce horas sentado frente a aquel escritorio. Después apoyó sus manos sobre la mesa, inclinándose hacia su invitado, con el rostro iluminado por la trémula luz de las velas.

—Lo sabía. Y él también. Ese anciano no es estúpido, ni mucho menos. Y, si te soy sincero, creo que todo eso le da igual. Hace dos años se celebró un auto de fe en Lima, y ni siquiera en ese ambiente tan propenso a la condena se amilanó.

—Entonces ¿cuál es el problema?

Arias Montano volvió a sentarse, hundiendo su rostro en las sombras.

—Nadie contaba con la sucesión de desastres que han acontecido en los últimos años. Aquel terremoto... —Suspiró—. Se llevó consigo demasiadas cosas. ¿Sabes que Álvaro de Mendaña había conseguido ya dos barcos y se preparaba para lanzarse al mar del Sur de forma inminente?

—Lo sabía, sí. Sus galeones aparecieron destruidos cien metros adentro de la costa. Una gran pérdida.

—El conde salvó la vida de milagro. Se encontraba en el puerto vete a saber haciendo qué y su escolta lo dejó abandonado al ver la gran ola que se les venía encima.

—Cobardes...

—Unos pusilánimes, sí. Tuvo suerte, pero la suerte sonríe a quien se la gana. Unos indios estaban cargando pienso en un carro. Lo vieron en el suelo, tras tropezar con unos cascotes, y corrieron en su ayuda. Lo cargaron en el carro y huyeron a toda prisa. Lo salvaron.

—También lo sabía, fray Benito. Vos mismo me lo contasteis.

—Luego vinieron las epidemias: viruela, sarampión, peste... Lima era una de las ciudades más pobladas de las Indias y ahora tiene menos de la mitad de la población que hace tres años. —Hizo una pausa—. La situación en Europa no ha sido mucho mejor. El conde ha sido generoso con la corona, financiando en la medida de lo posible sus guerras con Inglaterra y en Flandes mientras trataba de reconstruir la capital de su virreinato. ¿Cómo exigirle que ayudara a Mendaña?

—Si el rey tiene tanto interés en esa expedición, ¿por qué no financiarla él mismo?

—Si la financiara, el alcázar se llenaría de aventureros piojosos, hijos de alguien pidiendo el mismo trato de favor. Además, ¿con qué medios? Las guerras se llevan toda la plata y todo el oro que proceden de las Indias. Allí han sufrido terremotos, al pirata Drake, ahora al otro inglés, Cavendish, y otros muchos de menor fortuna que saquean a placer los puertos del mar del Sur. ¿Y aquí? No hace ni un año que nuestra Felicísima Armada naufragó en medio de un temporal frente a las costas inglesas. No sobra un solo barco en todo el imperio.

—Entiendo.

—Sé que lo haces, querido Diego.

—Tendremos que esperar a tiempos más propicios.

—No tenemos otra posibilidad, pero tampoco podemos esperar demasiado. Esos piratas... Corsarios, los llaman los ingleses, como si así el hecho de que asesinan y roban sea menos grave. Son intrépidos y valerosos, no cabe duda. Cualquier día se lanzarán hacia el oeste y descubrirán que en el mar del Sur hay más islas de las que creen, y que estas poseen riquezas y sus posiciones son estratégicas para la guerra y el comercio. El tiempo se agota.

—Y ese Mendaña, ¿es de fiar?

—Lo conocí cuando vino a la corte y firmó las capitulaciones con el rey. Es un buen hombre, pero sus sueños le superan.

—¿Teméis que pueda traicionarnos y buscar el apoyo de nuestros enemigos?

—No, no lo temo. —Manoteó en el aire, apartando el humo de las velas y, con él, aquella idea—. De todos modos, me he encargado de eso. Tengo un hombre de confianza en Lima, su hija se desposó con el adelantado hace unos años. Esa familia lo ha sacado del ostracismo y le ha devuelto riqueza y posición. No se atreverá a hacer nada en su contra.

—Pero todos los hombres tienen momentos de flaqueza. Quizá una noche, en una taberna del puerto, con una prostituta y borracho hable más de la cuenta.

—No lo creo, Diego. No es un hombre interesado en las mujeres, solo quiere regresar a las islas que descubrió cuando era poco más que un crío. Sus sueños son su vida.

—Eso es peligroso.

—Sin duda lo es, pero confío en él. Y aún más confío en el hombre que envié allí. Y en su hija. Querido Diego, pronto, espero que muy pronto, la conocerás. Es una mujer extraordinaria. Puedo asegurarte que con una mujer así en la alcoba nadie en su sano juicio tendría interés por visitar esas tabernas de puerto que dices.

—Espero que así sea.

—Lo será, créeme. Tú mismo lo comprobarás.

—¿Y esas islas..., las Salomón? ¿Son las que buscáis?

—No. Esas islas carecen de interés. ¿Oro? ¿Plata? ¿Perlas? Dudo mucho que haya minas tan grandes como las que aún están por explotar en América. Establecer una colonia allí, enviar mineros, una guarnición de soldados, organizar una gobernación, una hacienda y todo un sistema de administración le costaría a la corona una fortuna. Estratégicamente interesan, no digo que no. Me consta que la idea de que los ingleses establezcan una colonia al sur de las Filipinas perturba los sueños del rey, pero no es eso lo que buscamos. No es eso lo que busco.

—Creo que me he perdido, maestro. ¿Para qué queréis entonces que participe en esa expedición?

Arias Montano sonrió de forma tétrica en la oscuridad de la biblioteca.

—Juan Sebastián Elcano y Fernando de Magallanes iniciaron hace años el viaje que concluiría con la primera circunnavegación completa al mundo. Pasaron muchas penurias. De hecho, Magallanes murió en la isla de Mactán, en las Filipinas, luchando contra los nativos. Tras su muerte, encontradas las Molucas, que era el objetivo del viaje, decidieron regresar a España. Elcano marchó hacia el oeste, dando la vuelta al mundo, mientras que el capitán Gonzalo Gómez de Espinosa, cuya nave estaba maltrecha, tomó la derrota del este para regresar a Panamá. En uno de los intentos, partiendo de la isla de Tidore, se topó con un grupo de islas pequeñas. Desembarcó en una de ellas al descubrir en la costa las ruinas de una ciudad construida en piedra. Lo que sucedió allí no se transcribió en la bitácora, pero sí en el diario secreto del capitán, que debe de estar... —Trasegó los documentos que tenía sobre el escritorio hasta dar con el diario de Espinosa—. Aquí. Toma, léelo.

Sánchez Coello lo tomó entre sus manos y lo ojeó.

—¿Y todo esto por la fantasía de un marinero?

Arias Montano lo miró de forma inquisitiva.

—Años después, Alfonso de Saavedra, primo de Hernán Cortés, fue enviado por este a las Molucas desde la costa occidental de Nueva España. Otro viaje accidentado, nuevos intentos de regresar desde Tidore hasta las costas americanas, igual de infructuosos que los de Espinosa. Pero ¿dónde desembarcó? En la misma isla, que él llamó de los Pintados. Tampoco Saavedra se atrevió a transcribir en su bitácora oficial lo que allí sucedió, pero los portugueses nos entregaron sus pertenencias cuando trajeron a Europa lo que quedaba de su tripulación. —Revolvió una vez más los papeles hasta encontrar una carta manuscrita, raída y manchada—. Léelo tú mismo.

El pintor recogió el documento y lo añadió al legajo de Espinosa.

—Lo revisaré todo mañana, pero quizá podríais darme un adelanto.

—La corona lleva cerca de un siglo explorando los mares del Sur y expandiendo el imperio. Los navegantes españoles han surcado sus aguas con valentía y tesón, aunque con escasa suerte. Andrés Niño partió también desde Nueva España hacia aquella zona y nada se supo de su expedición. Loaysa, Villalobos, Urdaneta... Muchos grandes marineros han pasado por esa isla —dijo, y comenzó a entregarle pliegos de documentos—, y todos ellos hablan de lo mismo, de un gran poder, de una civilización arcana y desconocida, demasiado avanzada a tenor de las ruinas que se conservan. Hablan de peligros, de batallas, de demonios, de sucesos incomprensibles, de perros infernales, de locura... —Sánchez Coello lo miraba poniendo en duda todo aquello—. Lee esos documentos y saca tus propias conclusiones.

—Lo haré, maestro. Y aunque todo esto me parezca una fábula, una leyenda mítica y herética, me embarcaré en esa expedición y haré mi trabajo, como siempre he hecho. Independientemente de lo que ponga aquí. —Levantó las hojas que tenía entre sus manos—. Pero no sé cómo queréis que convierta una misión colonizadora de unas islas en los mares del Sur en una exploración secreta de otras islas que deben de estar a cientos de leguas.

Ya sentado, Arias Montano apoyó sus codos sobre el escritorio, asomando de nuevo su cara a la luz de los cirios.

—Crea lo que crea ese iluso de Mendaña, no podrá colonizar las Salomón. Tendrá que dejar allí una guarnición y algunos colonos, pero se verá obligado a regresar. Y no es posible, como ya han demostrado muchos navegantes, volver sobre sus pasos en esas latitudes. Tendrá que subir hasta la ruta del tornaviaje que hace la Nao de Manila entre las Filipinas y Acapulco. En ese trayecto está la isla de los Pintados, que decía Saavedra. Ponapé, en el lenguaje de los nativos.

—Ponapé... —repitió el pintor.

—Así es. Ponapé.

—No sé cómo queréis que convenza al adelantado, a su primorosa esposa, a la tripulación entera y a los soldados de desembarcar en aquella isla. La vida a bordo es muy complicada. Se pasa hambre, sed, calor, frío... Se sufren enfermedades, se padece aburrimiento y la desesperación lo invade todo. Los marineros son escépticos a la hora de retrasarse en exploraciones que consideran inútiles. Y los capitanes aún más.

—Eso déjalo de mi cuenta.

—¿En qué estáis pensando?

—Mendaña ni siquiera lo imagina, pero su expedición ya tiene un piloto mayor. Pronto te enviaré a Nueva España para que lo conozcas y siembres una semilla que brotará por sí sola en el momento adecuado.

Se hizo un silencio entre los dos.

—Veo que lo tenéis todo perfectamente planeado.

—Y desde hace mucho tiempo. Esa expedición puede ser vital para el futuro de la humanidad.

Sánchez Coello miró los papeles que aún tenía en las manos.

—No sé qué queréis que encuentre, pero lo haré. Espero que sea algo tan importante como decís, maestro.

—Créeme, lo será.

Sonreía maliciosamente, con la sabiduría de quien todo lo conoce.

—Una pregunta más, si me lo permitís.

—Adelante, mi querido Diego.

—¿No sería más fácil enviar una expedición específica para esto?

—Sería más fácil, sin duda. Pero también más peligroso.

—Explicaos, os lo ruego.

—Hay espías ingleses en el Perú, en México, en Panamá, en las Filipinas y en cada sucio rincón de este mundo. Todo lo que ordena el rey en las Indias es investigado por Inglaterra. Organizar esa expedición sería un reclamo para los espías, que enviarían a sus corsarios a seguir a nuestros barcos.

—¿Y no harán lo mismo con los de Mendaña?

—Mendaña ha estado preso, desacreditado y acusado de dar cabida en su propia casa a traidores e insurrectos. Además, al tratarse de una iniciativa privada, sufragada con sus propias riquezas, como tantas otras que hay en mar y en tierra, los ingleses la considerarán de bajo riesgo. Sus recursos, como los de todos, son limitados. Este tipo de aventuras no suelen llegar a buen puerto, por lo que la reina Isabel ni siquiera se interesará. La expedición de Mendaña, tan demorada en el tiempo, tan esperada, tan maldita, es justo lo que necesitamos para desembarcar en la isla de Ponapé. Y tú eres el hombre que Su Majestad necesita para encontrar lo que está oculto.

Sánchez Coello frunció los labios. Toda aquella historia le parecía una locura. Una civilización desconocida en una isla en mitad del océano; demonios y peligros en su interior; los espías ingleses persiguiendo las expediciones del rey; Mendaña y las islas Salomón, con sus perlas y sus minas de oro...

Pero poco importaba. Las misiones que le encargaba Benito Arias Montano no solían tener ni pies ni cabeza, a pesar de lo cual él siempre las llevaba a cabo sin plantearse siquiera las posibilidades de éxito.

Se levantó e hizo un canutillo con los documentos.

—Una pena lo del conde de Villardompardo —comentó, cerrando el inicio de la conversación.

—Sin duda, pero ya hemos puesto solución a eso también.

—¿Solución?

—El marqués de Cañete, don García Hurtado de Mendoza, partirá de inmediato hacia el Perú junto a su esposa para ocupar el puesto de virrey.

—¿Hurtado de Mendoza? Tengo entendido que es un tipo duro y autoritario, curtido en la batalla. Un hombre que cualquiera querría tener a su lado en tiempos de guerra.

—Sí, es todo eso, y también un hombre de nuestra plena confianza. Un diplomático experimentado y... —Dudó si terminar la frase—. Su mujer ejerce una importante influencia sobre la esposa del adelantado. La tuvo a su cargo durante siete años.

—¿Creéis que será capaz de dominar la situación? La Inquisición, los terratenientes y los nobles de América han alcanzado altas cotas de poder.

—Estoy seguro de ello. Hurtado de Mendoza es un héroe en las Indias. Salió vencedor de la Guerra de Arauco, comprende muy bien la idiosincrasia del Nuevo Mundo. No se dejará amedrentar por la Inquisición. En cualquiera caso, tiene más mano izquierda que el conde.

Sánchez Coello suspiró. *Sí, lo tiene todo planeado, no cabe duda.*

—Necesito descansar, fray Benito. Mañana revisaré todos estos manuscritos. Estaré preparado para el viaje cuando al fin se organice.

—Esperemos que eso sea pronto, Diego.

El pintor chasqueó la lengua dentro de la boca.

—Sí, esperemos.

Dicho esto, se marchó a la pequeña celda que los monjes jerónimos le tenían preparada.

Arias Montano lo vio perderse entre las sombras y rebuscó la hoja en la que estaba escribiendo cuando su pupilo había llegado. Leyó el encabezamiento en voz alta:

«Estimado Pedro Fernández de Quirós».

9

De cómo el adelantado y su esposa encontraron un capitán sin saberlo

Acapulco (México-Nueva España), 23 de diciembre de 1589

La divina providencia quiso que Diego Sánchez Coello llegase a Acapulco al día siguiente del arribo de la Nao de Manila, la embarcación que cada año partía de Cavite, en la bahía de Manila en las Filipinas, con destino a Nueva España. Iba cargada de especias de las Molucas, Ceilán o Java, sedas y brocados de China, alfombras y tapices de la India y porcelanas, marfiles y madreperlas de Amoy.

Su travesía solía prolongarse durante tres duros y sufridos meses, aunque en muchas ocasiones se retrasaba al tener que recorrer varias islas del archipiélago de las Filipinas para hacer aguada y abastecerse, y los terribles vientos solían impedir la salida de la nao al océano incluso durante un mes entero.

Primero el emperador Carlos y después su hijo Felipe habían empeñado una gran fortuna en encontrar una ruta de retorno de las Indias Orientales por el este. El descubrimiento de América no había sido más que la consecuencia azarosa de la búsqueda de un camino naval para llegar a China, las Molucas y la India y, desde entonces, y sobre todo desde el tratado de Zaragoza de 1529, el empeño en hallar esa ruta de tornaviaje había costado muchas vidas y miles de ducados.

Fue el cosmógrafo fray Andrés de Urdaneta, veterano navegante que había surcado los mares del Sur junto a Loaysa y Legazpi entre otros, quien descubrió el camino de vuelta desde las Filipinas hasta Nueva España, subiendo hacia el norte lo suficiente como para huir de los fuertes alisios que lo empujaban de vuelta y aprovechando corrientes hasta entonces desconocidas. A partir de ese momento, el rey Felipe logró establecer una comunicación colonial entre tres continentes a través de la ruta de Acapulco y la ruta entre Veracruz, en la costa atlántica de Nueva España, y Sevilla.

La Carrera de Indias y la comunicación Manila-Acapulco se convirtieron en vías comerciales de primer orden, logrando que productos puramente europeos llegasen a América y Asia y viceversa. Pero no solo tenía un fin comercial. En Acapulco embarcaban oficiales del reino, documentación, noticias, soldados y misioneros, lo que provocaba que las influencias culturales viajasen de un lado a otro impregnando cada lugar con la historia y las costumbres de los otros. Aunque, por supuesto, a la cabeza de todo este sistema se encontraba Castilla.

La llegada de la nao era el acontecimiento anual más importante en el virreinato de Nueva España. Acapulco ofrecía un puerto recogido y muy protegido, además de buenas aguas para el fondeo de las naves; al mismo tiempo, no se encontraba muy lejos de la capital y el camino hasta Veracruz, al otro lado del continente, era franco y sencillo. Su ubicación era ideal para servir de punto de unión entre Europa y Asia.

Cientos de personas desbordaban la ciudad durante la feria en la que se vendían los productos procedentes de Manila. Acapulco era poco más grande que un pueblo durante el resto del año, pues el clima excesivamente cálido y la ausencia de una industria complicaban mucho la estancia allí fuera de la época de feria. Sin embargo, Diego Sánchez Coello se encontró un puerto a rebosar de gentes venidas de cada rincón del imperio.

Los comerciantes subastaban los productos a voz en grito, mientras soldados y misioneros buscaban la forma de lograr una plaza en el viaje de regreso, que solía largar velas en marzo. Indígenas y negros estibaban las mercancías, y los funcionarios del virreinato recogían las nuevas procedentes de Asia y entregaban las que llegaban de Madrid. El funcionamiento del imperio español, en el que no se ponía el sol, alcanzaba su punto álgido durante esta feria.

Las casas no daban abasto para hospedar a todos los visitantes, por lo que trabajadores y marineros buscaban un jergón alquilado en tabernas, graneros y campos abiertos. El pintor poseía una cédula real que le permitía hospedarse en el hogar del gobernador. En su propia cama, si así le placía. Mas no era Diego Sánchez Coello un hombre acostumbrado a comodidades, aparte del hecho de que no viajaba por placer, sino para cumplir con su misión.

Los estibadores cantaban al son de sus movimientos, pasándose unos a otros los productos que desembarcaban. El pintor se acercó a un joven marinero que descansaba junto a varios toneles que apestaban a vino.

—¿Trabajáis en la Nao de Manila?

—¿Quién lo pregunta?

Sánchez Coello vestía como todos los hombres del rey, siguiendo una etiqueta en la que solo se permitía el color negro. Jubón interior, chaqueta y calzas ajustadas, todo ello bajo una capa que le hacía sudar profusamente. Pero eso no tenía por qué saberlo un marinero criollo. Barajó la posibilidad de mostrarle la cédula real, aunque lo más probable era que no supiera leer, así que optó por el lenguaje universal, conocido en todos los puertos del mundo. Se apartó ligeramente la capa y le mostró el cuchillo que colgaba de su cinto.

Lo más probable es que al marinero no le asustara el cuchillo. Él, como todos sus compañeros, también iba armado. No obstante, la pedrería brillante de la empuñadura le hizo saber de inmediato que hablaba con alguien importante.

—El rey —contestó, regresando la capa a su sitio.

—Ya veo... ¿Qué quiere el rey de la Nao de Manila?

—Hablar con el sobrecargo.

—Eso va a ser complicado. Desembarcamos ayer y él se encarga de las cuentas. Estará ocupado durante un mes. Podéis decirle al rey que venga entonces.

Aquella actitud desafiante no le gustó, pero estaba acostumbrado a ese tipo de respuestas.

Acariciaba la empuñadura del cuchillo, barajando la posibilidad de acercarlo a la garganta del marinero, cuando una voz a su espalda lo sorprendió.

—¡Buitrago! ¿Qué haces ahí parado? ¡Venga, a trabajar!

El marinero miró a la empuñadura de Diego y después, de forma amenazadora, a su portador.

—Cuando queráis podemos terminar esta conversación.

—Puede que no aquí, puede que no hoy. Pero no tengáis duda de que algún día la terminaremos —respondió el pintor con una sonrisa en los labios.

Diego se dio la vuelta para descubrir a otro marinero. Era de baja de estatura y parecía muy fuerte, entrado en años, con el aspecto ceñudo y la piel áspera propia de la gente de mar.

—¿Quién sois vos?

—Marcos Marín, el contramaestre de la nao, mi señor. —Tratar con personas de cierta posición y edad solía ofrecer mejores resultados, pues sabían muy bien el tipo de gente con quien hablaban—. ¿Y vos?

—Mi nombre es Diego Sánchez Coello, me envía el rey para hablar con el sobrecargo.

—¿Quirós? —se extrañó, frunciendo aún más el ceño—. Está en el almacén, dando cuenta de la mercancía a las autoridades del virreinato. ¿Queréis que le avise?

—No os molestéis, supongo que tendrá mucho trabajo. —Echó un vistazo hacia la bahía, donde decenas de bateles cargados de toneles y cajas iban y venían—. ¿Hay alguna taberna en el puerto?

El contramaestre se dio la vuelta y señaló una pequeña construcción más allá de los almacenes.

—No es el mejor sitio de Nueva España, pero os servirán vino de California, tocino y queso. Si lo que queréis es una cama será más complicado, pero podríamos encontraros sitio a bordo.

—Os lo agradezco, no es necesario. Decidle al sobrecargo que lo espero en la taberna al anochecer.

Marcos Marín miró entonces al cielo, nublado y denso. Los montes cercanos impedían una buena ventilación en Acapulco, que incluso en diciembre solía cargarse por el calor y, a veces, rompía en fecundas tormentas.

—Es posible que llueva, tal vez hoy terminemos antes. Le daré vuestro mensaje.

—Os lo agradezco.

Diego pasó por delante del contramaestre y se encaminó hacia la taberna.

—El portugués querrá saber para qué quiere hablar con él un hombre del rey.

Sánchez Coello se detuvo.

—Decidle que vengo a hablarle de Ptolomeo. Él lo entenderá —explicó sin darse la vuelta. Después, siguió su camino.

La taberna era un lugar sucio, oscuro y hediondo. La luz apenas se filtraba por un ventanuco enrejado similar al de una celda, y velas moribundas se distribuían desordenadamente por las mesas bajas de madera sin labrar. Solo un trago le bastó al pintor para comprobar que lo que llamaban vino de California era un caldo amargo con sospechosos tropezones que ni el más holgazán de los marineros de la península se atrevería a llamar vino.

En peores me he visto. Pidió una jarra y dos vasos. Pagó y se sentó en un banco corrido en el rincón más inhóspito que encontró.

Portaba desde Castilla una bolsa de cuero con algunos documentos, entre los que destacaba la carta que Benito Arias Montano había escrito para el sobrecargo portugués. El fraile estaba muy convencido de su valía. Tenía informes de su capacidad como escribano de a bordo, aunque eso le importaba bien poco, por no decir absolutamente nada. Lo que había despertado el interés del bibliotecario eran las noticias que le habían llegado sobre su solicitud de libros antiguos a El Escorial durante los meses que pasó en Madrid el año anterior: Aristóteles, Eratóstenes, Ptolomeo...

No era común que un vulgar sobrecargo se sintiera atraído por aquellos autores, por lo que solicitó informes a los espías que tenía desplegados por el Nuevo Mundo. Había dado en el clavo, como siempre. Hombre pío, pero también místico y soñador. Serio, de pocas palabras, perfeccionista y quisquilloso. Era el mejor sobrecargo que había tenido la Nao de Manila, mejorando los beneficios gracias a su honradez y exactitud de cálculos. Sin embargo, tenía formación náutica, conocía los vientos y las estrellas, manejaba el sextante y el cuadrante, así como el astrolabio y cualquier otro utensilio conocido. Inteligente, distante, frío.

Así lo describían quienes lo conocían. Algunos lo admiraban; otros simplemente afirmaban que bajo esa capa de perfección solo podía esconderse un impostor, un mentiroso compulsivo que hubiera creado su propio personaje.

Tampoco le importaba lo más mínimo a Arias Montano. Cualquier navegante que hubiera leído a Ptolomeo y Aristóteles se convertía de inmediato en un objetivo a seguir. Muchos otros, desde el mismo Colón, creían ciegamente en las teorías de Ptolomeo, aunque los marineros que hacían funcionar una nave no hubieran oído jamás hablar de él.

A Sánchez Coello le constaba que el fraile tenía otros candidatos, pero la ventaja de Quirós residía en ser un oficial menor. Una expedición como la de Mendaña, privada, pospuesta mil veces y probablemente sin futuro, demandaba un capitán poco conocido para que los ingleses perdieran definitivamente toda curiosidad.

Diego Sánchez Coello siempre cumplía con las órdenes de su maestro, aunque antes de entregarle la carta se aseguraría de que era el hombre adecuado. En ocasiones, tenía la impresión de que fray Benito pecaba de confiado. Podía ser que el tal Quirós hubiera solicitado aquellos volúmenes por simple curiosidad, o para otra persona. Podía ser que le hubieran desagradado aquellas ideas o que las diese por inválidas. Podía ser... Podían ser tantas cosas...

La taberna se fue llenando poco a poco. Una lluvia fina y pertinaz cubría el cielo como si la veladura de un galeón inmenso se meciese suspendida por el aire hasta caer sobre el puerto, empapándolo todo. Los marineros entraban derrotados por el cansancio, con la única intención de inundar sus gaznates de vino rancio, comer algo y, si sus sueldos se lo permitían, encontrar alguna compañía femenina.

Sánchez Coello pidió otra jarra poco antes de que Pedro Fernández de Quirós entrase en la taberna. Dio dos pasos y miró en derredor buscando a la persona que había preguntado por él. Ambos eran inconfundibles en aquel lugar apestado de gritos y canciones de mar.

El pintor lo observó en la distancia, aún oculto en las sombras. Era un hombre alto, de porte elegante, incluso aristocrático, aunque le constaba que no pertenecía a la nobleza. En su mirada había algo turbio que le hizo desconfiar de inmediato, una introspección rayana en la soberbia.

Decidió levantarse, sin apartar sus ojos de él y sin hacerle ningún gesto. Quirós lo descubrió en aquella esquina lóbrega, alejada de la muchedumbre ebria que comenzaba a entonar sones de mar. Se encaminó hasta él con paso firme. El pintor le ofreció la mano y él la miró escéptico antes de estrecharla.

—¿Preguntasteis por mí?

—Así es. Sentaos, por favor. ¿Queréis vino?

Aquella mirada que parecía evaluarlo todo se posó entonces en la jarra de vino y los dos vasos. Al cabo de pocos segundos se decidió a sentarse. Diego lo imitó.

—Me ha dicho el contramaestre que queríais hablar sobre Ptolomeo. Disculpad mi perplejidad, no es común escuchar ese nombre en estas latitudes.

—Me hago cargo, señor Quirós.

—¿Quién sois?

—Mi nombre es Diego Sánchez Coello, soy un asesor del rey Felipe.

—Vaya, tampoco es común que un asesor de Nuestra Majestad viaje hasta tan lejos para charlar sobre un geógrafo griego de hace catorce siglos con un sobrecargo.

El pintor le mostró media sonrisa torcida.

—No hay nada común en lo que vengo a proponeros.

—¿Proponerme? ¿El rey demanda algo de mí?

—Antes debo aclarar algunas cuestiones con vos, si os parece adecuado.

Se abrió un silencio de miradas cruzadas durante unos instantes.

—Adelante.

—Sois natural de Évora, nacido en 1565 —recitó Diego, como si estuviera leyendo uno de aquellos informes que los espías de fray Benito le habían entregado a este. *Veinticuatro años*, pensó.

—Correcto.

—Os formasteis como escribano naval en Lisboa, en la escuela de la Rua Nova.

—Así es.

—Habéis navegado como sobrecargo y doblado en varias ocasiones el Cabo de las Tormentas en barcos mercantes portugueses, llegando hasta las islas de Java, la India y Ceylán. —Quirós asintió sin decir nada—. Y durante los últimos años ejercéis de sobrecargo en la Nao de Manila.

—Traéis los deberes hechos —bromeó.

—Sois muy joven para una carrera tan importante. —Obvió el comentario del marinero—. ¿Algún familiar os ha echado una mano?

—Mi padre me ayudó a entrar en la escuela de la Rua Nova siendo aún niño, pero nadie me ha regalado nada, si es eso lo que os preguntáis.

—Debéis tener algo excepcional para alcanzar un puesto de tanta importancia sin la colaboración de un noble.

—No soy hombre de juzgarme a mí mismo. Quizá deberíais preguntarle al capitán que me contrató.

Diego lo miró con ojos profundos, tratando de escrutar si aquello era falsa modestia u honradez.

—No será necesario. Debéis saber que este encuentro que mantenemos no debería hacerse público. ¿Confiáis en el contramaestre?

—Es un buen amigo. No dirá nada. En cualquier caso, no sabe quién sois, y Ptolomeo, o *Torromeo*, como me ha dicho él, le suena más a chanza que a otra cosa.

—Es bueno saberlo. ¿Y el otro marinero?

—¿Quién?

—Un tal Buitrago.

—¿Juan de Buitrago?

—No conozco su nombre, solo el apellido. Fue a él a quien pregunté primero por vos.

—No lo tengo por un buen hombre, pero seguro que está más interesado en mujeres y vino que en lo que podamos hablar vos y yo.

—Mejor.

Pedro Quirós torció el gesto, confundido.

—¿Adónde queréis ir a parar? ¿Por qué ese interés en mi persona?

—¿Qué podéis decirme de Ptolomeo? —Estaba claro que en esa conversación las preguntas las hacía Sánchez Coello.

—No sé si puedo hablar de esto con vos. Quizá no debería hablarlo con nadie. La Inquisición persigue algunas ideas antiguas, podría verme envuelto en problemas.

—No os preocupéis por la Inquisición, esta conversación es privada. Lo que aquí hablemos solo se lo comunicaré al rey.

Se tomó un tiempo para reflexionar.

—Está bien —aceptó por fin—. ¿Qué sé de Ptolomeo? Algunas de sus teorías han sido superadas por la realidad, pero otras están aún por confirmar o desmentir.

—¿Por qué os interesa?

—No sé si estáis familiarizado con la historia naval. ¿Puedo hablar con franqueza?

—Os lo suplico.

—De acuerdo... Ptolomeo describió con admirable precisión el mundo ecúmeno. Admirable precisión para los recursos que tenía hace mil cuatrocientos años. Sin embargo, creía que América estaba más cerca de lo que en realidad está, lo que sin duda empujó a Cristóbal Colón y a Sus Majestades Católicas en su decisión de lanzarse a la mar. De haber conocido lo complicado de la ruta de las Indias por el oeste, y las largas distancias a recorrer, quizá aún no conoceríamos esta parte del mundo.

—Entiendo.

—Él, y antes que él otros eruditos como Aristóteles, Dicearco o Eratóstenes, conocían la forma y dimensiones del mundo sin necesidad de tomar una nave y surcar los océanos. Solo muchos siglos después hemos podido confirmar o reprobar sus teorías, pero aun cuando la realidad los haya desmentido, han estado tan cerca de la verdad que no deberíamos sino postrarnos ante ellos y admirar su inteligencia.

Quirós hablaba con un entusiasmo que el pintor no había imaginado en él.

—Habláis de teorías por confirmar. ¿Alguna que os interese en concreto?

El marinero por fin comprendió adónde quería llegar aquel hombre, aunque no sabía por qué.

—¿*Terra Australis Incognita*? ¿Es eso de lo que queréis hablar?

—Vos habéis navegado por las aguas que circundan África, habéis llegado a Sumatra, a Malaca, a Cattigara. Conocéis bien los mares, ¿creéis que ese continente existe?

—Por supuesto —afirmó con decisión—. Ptolomeo creía en una simetría geográfica, por lo que entendía que la *Quarta pars* desconocida, lo que hoy conocemos como América, debía tener una gran extensión de continente al sur para equilibrar el mundo. Todos los que os he nombrado ya sabían que la Tierra es esférica incluso mucho antes de que fuese lógico imaginarlo. Ptolomeo pensaba que debía haber un equilibrio de fuerzas, un contrapeso en el hemisferio sur. De ahí la idea de esa tierra ignota que aún está por descubrir.

—Sin embargo, se ha navegado por el mar del Sur con cierta frecuencia sin llegar a confirmar esa hipótesis.

—Al contrario, si me lo permitís.

—Os lo permito, por supuesto. ¿Podríais explicaros?

—No se ha navegado lo suficiente. Así y todo, conocemos las

islas de Nueva Guinea, pero la *Terra Australis Incognita* debe estar más al sur.

El pintor sirvió vino en los dos vasos. Comenzaba a caerle bien ese tipo.

—¿Conocéis a Pedro Sarmiento de Gamboa?

—No personalmente, pero sé de él. Tengo entendido que ese farsante pirata, Walter Raleigh, lo apresó cuando regresaba a Europa y se halla encarcelado en Londres

—La reina Isabel lo liberó hace unos meses, pero en París lo atraparon los hugonotes.

—Una mala noticia.

—El rey pagará su rescate, lo tiene por hombre de gran valía.

—Podéis estar seguro de que lo es. Aunque está equivocado.

—¿A qué os referís?

—Esa expedición al Estrecho de Magallanes fue un error. Él piensa que la tierra ignota se extiende desde la Tierra de Fuego hacia el oeste, pero no es así.

—¿No? ¿Cómo lo sabéis?

Pedro Quirós sonrió.

—¿Saberlo? Nadie sabe qué hay perdido en las pacíficas aguas de los mares del Sur, mi querido amigo. Todo son hipótesis. Sé que Sarmiento participó en la expedición de Álvaro de Mendaña, el adelantado de las islas Salomón —dijo con voz pomposa—, como si eso significase algo.

—¿No creéis que descubriera esas islas?

—Al contrario, estoy seguro de que halló islas que ningún europeo había hollado con anterioridad. Pero que allí se encuentre el puerto de Ofir... Eso es leña de otro árbol. De todos modos, poco importa lo que encontrase o dejase de encontrar, lo cierto es que esas islas deben de pertenecer a la tierra de la que os hablo.

—¿Otro continente?

—Exacto. La *Terra Australis Incognita* no pertenece a la *Quarta pars*, es decir, al continente americano. Es un terreno independiente. Claudio Bliano, con cierta fantasía, ya habló de él más o menos en la misma época de Ptolomeo.

Diego se echó para atrás, apoyó la espalda en la pared y esbozó una sonrisa cínica al escuchar el nombre de Bliano.

—Hombres altos, animales desconocidos, el río de la eterna juventud... Paparruchas.

Quirós imitó el gesto del pintor. La conversación se tornaba tan interesante como distendida.

—No os quito la razón, don Diego. Aunque los mitos de El Dorado y la fuente de la juventud que Ponce de León persiguió durante años en las tierras de Costa Rica han empujado a grandes navegantes, solo que eso no aparece en las bitácoras o la Inquisición tendría que aumentar su nómina hasta límites insospechados.

—¿Vos confiáis en ese tipo de mitos?

—Yo no confío sino en lo que veo. Pero para ver las cosas hay que ir hasta donde están. Si solo creyésemos que existe lo que ya conocemos, no evolucionaríamos, ni se harían todos los descubrimientos que han hecho progresar al ser humano. Son esos mitos los que incitan a las almas aventureras a adentrarse en lo desconocido.

Se extendió un silencio entre los dos hombres, que aprovecharon para llenar los vasos de vino y dar un largo trago.

—Puede que fray Benito tuviera razón, después de todo —murmuró más para sí que para el marinero.

—¿Fray Benito?

—Es posible que no haya sido del todo sincero con vos.

Un grado bajo de terror cinceló el rostro de Quirós.

—Soy consciente de que hay algo extraño en este encuentro.

—No debéis preocuparos, podéis borrar esa expresión de pánico. Como os dije, traigo una propuesta para vos que espero que aceptéis.

Sacó la carta de Arias Montano y la dejó encima de la mesa. El marinero reconoció el lacre de la biblioteca de El Escorial.

—¿Es así como os habéis enterado de mi interés por Ptolomeo? —Diego asintió. Pedro Quirós no hizo aún ademán de coger la carta—. ¿Quién sois, en realidad?

—En eso no os he mentido. Mi nombre es real y reporto al rey directamente, aunque mi maestro es Benito Arias Montano, bibliotecario de El Escorial, entre otras cosas que no se pueden mencionar en voz alta.

—¿Y en qué consiste vuestro asesoramiento? —inquirió curioso.

—Digamos que aconsejo al rey en cuestiones que tampoco se reflejan en los archivos del alcázar.

—¿Mitos? ¿Leyendas?

—Guardo el mismo celo con la Inquisición que vos.

—Respeto al Santo Tribunal, soy un hombre devoto, pero temo que mis intereses sobre la evolución de la humanidad y sobre el medio en el que vive creen dudas en los inquisidores.

—No somos tan distintos, señor Quirós.

El marinero llevó sus ojos al sobre y lo tomó entre sus manos, pero no lo abrió.

—Intuyo que aquí voy a encontrar la propuesta que tiene el rey para mí.

—No. Leed esa carta. Si después aún queréis escuchar la propuesta, yo mismo os la explicaré. Si no queréis saber más acerca del tema, podéis seguir navegando en la Nao de Manila. Este encuentro no se habrá producido ni hablaréis de mí con nadie.

—Comprendo.

Fue a abrir la carta, pero Sánchez Coello lo detuvo con un gesto.

—¿Me permitís otra pregunta antes de que leáis su contenido?

—Adelante.

—¿Por qué rechazasteis el cargo de piloto?

Quirós sonrió.

—Veo que en Madrid están más enterados de lo que acontece en mi vida que mi propia esposa.

—Hacemos bien nuestro trabajo.

—Si hubiera aceptado ese puesto me vería atado a esta maldita ruta para el resto de mi vida. Ser sobrecargo me permite tener tiempo para mis propios sueños y la posibilidad de, en el futuro, alcanzarlos. No podía comprometerme de ese modo. Aspiro a otras cosas.

El pintor se mostró complacido.

—Leedla, entonces.

Quirós rompió el lacre y leyó el mensaje que para él había escrito fray Benito. Se tomó unos minutos para releerlo otras dos veces, apurando el vaso de vino hasta el final.

—Es interesante —concluyó.

—¿Queréis escuchar la propuesta?

—Tengo la sensación de que si la escucho tendré que aceptarla.

—No tenéis por qué, nadie os obliga. Pero al rey no le gustaría que alguien ajeno a sus planes estuviera al tanto de ellos.

—Comprendo. —Estiró la espalda, levantando las manos y se sirvió otro vaso de vino—. ¿Por qué yo?

—Yo no cuestiono los porqués, señor Quirós. Os han elegido, para mí con eso basta.

—Pero vos tendréis una opinión, no creo que solo seáis un peón en un juego del que nada sabéis.

Diego echó el cuerpo hacia delante y apoyó los codos sobre la mesa.

—Creo que sois la conjunción idónea de ensoñación y cordura que necesita este proyecto. Tenéis conocimientos, ambiciones, esperanzas y relativa experiencia. Habéis entregado vuestra vida a la navegación y tenéis la formación necesaria. Pero, sobre todo, nadie os tendría en cuenta para esta propuesta. Eso es lo que os hace especial, señor Quirós.

—Vaya... No sé si es lo que esperaba escuchar.

—Todos queremos oír palabras bellas sobre nosotros mismos, pero la experiencia me dice que es mejor escuchar palabras justas.

—¿Vos qué me recomendáis?

Se tomó unos segundos para contestar.

—Tenéis un sueño, señor Quirós. Quizá esta sea la única oportunidad que tengáis en vuestra vida de cumplirlo.

—Esas sí son las palabras que quería escuchar, querido amigo. Además, me sentiría culpable si hubierais venido hasta este lugar perdido de la mano de Dios y bebido este caldo insalubre por nada. Adelante, explicadme cuál es vuestra propuesta.

Coello mostró una mirada triunfal. Se acercó todo lo que pudo a su interlocutor y comenzó a hablarle en voz muy baja.

—Os daré los pormenores más adelante, pero voy a exponeros lo más importante ahora. Ya me habéis dicho que conocéis la expedición de Mendaña y Sarmiento a las Salomón. El adelantado lleva años preparando una segunda expedición a aquellas regiones; el rey quiere que vos seáis el piloto mayor y capitán de la nave principal.

—¿A las Salomón?

Con un gesto le pidió que hablara más bajo.

—Vos conocéis ese tipo de aventuras mejor que yo. Si todo sale bien, llegaremos a las islas sanos y a salvo. Pero luego habrá que emprender el regreso al Perú, para lo cual, y disculpadme que os informe de asuntos que conocéis a la perfección, habrá que navegar hacia el norte para encontrar la ruta del tornaviaje. En esa ruta se encuentra una isla de sumo interés para Nuestra Majestad.

—¿Habéis dicho «llegaremos»?

—Así es, señor Quirós. Yo también formaré parte de la expedición.

El marinero asintió con la cabeza, asimilando la información.

—¿Qué isla es esa?

—Os daré la información cuando embarquemos. No antes.

—Comprendo... ¿Y qué gano yo con todo esto?

Diego se echó para atrás, volviendo a apoyar la espalda en la pared.

—Obviamente, el rey pagará bien vuestros trabajos, además del sueldo que os asigne Mendaña llegado el momento, pero soy consciente de que valoráis más otras cosas. Cuando estemos en las Salomón, mientras el adelantado establece una colonia, vos podréis navegar hacia el sur o hacia donde os plazca en busca de la tierra ignota.

Aquello le hizo sonreír a Quirós.

—¿Mendaña sabe algo de este asunto?

—No. Y es mejor que siga siendo así.

—Entiendo, aunque es peligroso. No sé si al adelantado le gustará la idea de que me lleve una nave hacia el sur.

—Eso dejadlo de mi cuenta. Vos solo tenéis que llevar la expedición hasta las Salomón, dedicar un tiempo prudencial a vuestras investigaciones y después llevarme hasta esa isla. Lo que yo haga allí será asunto mío. Lo que encuentre u obtenga, también. Es posible que necesite vuestra ayuda allí; si es así, no podréis negaros. Después, espero que nos llevéis a todos a Lima con vida. ¿Aceptáis la propuesta?

El marinero seguía asintiendo con una sonrisa sincera en sus labios. Ese hombre le ofrecía la posibilidad de cumplir lo que siempre había soñado.

—Sí, la acepto.

—Me alegra oírlo. —Quirós no lo vio, pero, bajo la mesa, Sánchez Coello acariciaba la empuñadura de su cuchillo. La soltó y se relajó—. Recoged vuestras cosas. Debemos partir hacia Madrid de inmediato.

—¿De inmediato?

—Sí, eso he dicho.

—Mi esposa está encinta, no sé si un viaje así le convendría... —El pintor lo observaba con dureza—. Bueno, supongo que el viaje hasta Europa es más plácido que hace unos años.

—Lo es, sin duda. Vuestra esposa... ¿Ana Chacón? —El marinero asintió de nuevo—, recibirá los mejores cuidados en la corte, no debéis preocuparos. —Se levantó y dejó unas monedas sobre la mesa como pago por el vino—. Mañana al amanecer, antes de que comiencen los trabajos de desestiba, os espero en la puerta de esta taberna. Cuanto antes lleguemos a Veracruz, antes partiremos hacia Castilla.

Quirós también se levantó y le estrechó la mano.

—Tenemos una emocionante aventura que vivir, querido amigo. Nuestros nombres se inscribirán con letras de oro en los libros de historia.

—Puede que el vuestro sí. Nadie debe saber quién soy yo. No me mencionaréis a mí ni a la isla en la que desembarque en la bitácora, diarios de a bordo o cualquier otro documento.

—Me hago cargo. Así se hará.

—Pero esa aventura que mencionáis, la viviremos —concluyó, luciendo media sonrisa en un gesto umbrío y terrible.

10

De las dudas de la espera
y la esperanza de quienes dudan

Lima (Ciudad de los Reyes), 6 de enero de 1590

Los últimos cuatro años, desde el gran terremoto que hizo temblar el suelo durante sesenta días, habían sido muy duros para todo el Perú, pero sobre todo para Lima, que había quedado reducida a escombros.

Las sucesivas epidemias de terribles y letales enfermedades habían dificultado la reconstrucción de la Ciudad de los Reyes, confinando a una población mermada y empobrecida que se esforzaba por levantar calles y casas para restaurar la normalidad.

El conde de Villardompardo se afanaba por mantener la paz, reorganizar la administración del virreinato y reconstruir la capital, a la vez que financiaba las guerras que el rey tenía en Europa. Cualquier decisión que tomaba era respondida por el arzobispo, los inquisidores, los antiguos corregidores que él había depuesto y la mayoría de las grandes familias españolas que habitaban el Perú. A eso había que añadir que la Inquisición lo había excomulgado y que sobre sus hijos pesaba una dura acusación de favorecer intereses comerciales a cambio de oro y plata.

La iglesia también tenía sus ojos puestos sobre los vástagos del virrey, pues las monedas que ganaban de forma fraudulenta las gastaban alegremente en actividades libidinosas, mientras consumían chicha como si del maná caído del cielo se tratase.

La tensión llegó a ser tal que el cambio de virrey se hizo inevitable. El conde estaba cansado de luchar contra todo y contra todos. Ni siquiera la naturaleza lo había respetado, y desde hacía unos meses sufría de temblores y altas fiebres repentinas. Él mismo solicitó al monarca su sustitución, aunque el rey Felipe ya la tenía decidida cuando le llegó la carta oficial del virrey.

La noticia de que el marqués de Cañete, don García Hurtado de Mendoza, había sido designado para ocupar el puesto del conde se extendió como la pólvora por todo el Perú. Muchos lo recordaban todavía como el gran héroe de la Guerra de Arauco, conquistador de Chile, un patriota con flema autoritaria y decidida, inclinado a los accesos de ira y violencia. Hacía muchos años que había abandonado las Indias, pero todos los meses llegaban nuevas informaciones sobre sus labores diplomáticas en Europa

Por supuesto, la noticia se celebró aún más en el hogar de los Barreto. Se había extendido el rumor de que el marqués viajaría acompañado de su esposa. ¡La primera virreina! Ninguna esposa de un virrey había residido en el Perú con anterioridad, doña Teresa de Castro sería la primera en hacerlo. Isabel no cabía en sí de gozo. Estaba casi segura de que sus caminos jamás se volverían a encontrar, pero aquel día de Epifanía la marquesa desembarcaría en El Callao.

Mendaña también se sentía excelso. El maremoto que sucedió al temblor de tierra había destruido sus recién adquiridas naves y arruinado los aparejos que desde hacía tiempo guardaba en los almacenes del puerto, así como clavos, jarcias, leña y otros objetos necesarios para la navegación. Solo la dote de su esposa y la ayuda de su suegro lo habían salvado de una nueva bancarrota.

La situación de pobreza y desolación y las epidemias habían impedido que volviera a ponerse manos a la obra para organizar su ansiada expedición, pero la llegada del nuevo virrey, tan cercano al monarca, cuya esposa era amiga de Isabel, auguraba esperanzadoras noticias.

—¡Pancha! —gritó Isabel—. ¡Pancha!

Pancha, como la conocían en Lima, era una sirvienta de origen inca que trabajaba para Isabel desde que el seísmo había derrumbado la Ciudad de los Reyes. Era tan joven como ella, apenas veintitrés años, y lo había perdido todo con el terremoto: su familia y la casa donde trabajaba. Isabel se había apiadado de ella tras verla durante toda una semana dormir entre las ruinas de la hacienda de los Zúñiga, que habían hecho las maletas y regresado a Castilla después del desastre.

—¿No tienes adónde ir? —le preguntó una mañana.

Pancha estaba famélica. No probaba bocado desde hacía días. La miró desde el suelo, el sol abrasando sus pupilas. Doña Isabel Barreto le pareció un ángel descendido de los cielos, ataviada con una preciosa basquiña beige y con el cabello perfectamente peinado. El suelo aún temblaba, pero a aquella señora que le hablaba no parecía importarle.

—No. Lo perdí todo.

—Ven —le dijo. Después se dio la vuelta y comenzó a caminar.

Pancha no comprendía bien lo que quería aquella mujer de ella. De todos modos, tenía los músculos tan entumecidos y estaba tan débil que no podía levantarse. Isabel regresó sobre sus pasos y le tendió la mano.

—Señora, no debería...

—Me importa un bledo lo que piensen los demás. Lima es la nueva Babilonia, no queda una piedra sobre otra. La naturaleza no entiende de señores y esclavos. Ven conmigo. Necesitas comer algo. Y lavarte, por todos los santos.

Pancha agarró su mano y se levantó con grandes esfuerzos. Fue aquel día en el que realmente creyó que el Dios de los cristianos era el único verdadero. Siempre había acudido a la huaca después de misa para honrar a sus dioses y ancestros, pero a partir de aquel día rezaba en la catedral, o lo que quedaba de ella, con el mismo ímpetu y fervor que los más piadosos devotos.

Isabel no se arrepintió. Pancha tardó en recuperarse, pero cuando lo hizo se descubrió como una trabajadora incansable. Además, se había convertido en su fiel confidente. Ambas se parecían, eran joviales y alegres, reconocían a las personas tal y como eran, no como se mostraban, y eran escasas las ocasiones en las que se quedaban calladas.

—¡Ya voy, señora Chabelita!

—Date prisa, quiero estar en el puerto cuando llegue la nave de los marqueses.

Pancha estaba recogiendo la ropa que había puesto a secar después de lavarla. Álvaro reconstruyó su casa con el dinero de su suegro; don Nuño se había empeñado en gastar un poco más de la cuenta a cambio de incluir algunas nuevas comodidades en el hogar de su hija, por lo que ahora contaban con un gran patio y una fuente en la que Pancha lavaba las ropas de los adelantados, como ella los llamaba.

—¿Y su esposo? —preguntó al entrar en la casa, cargada con un gran cesto donde se apilaban sábanas, jubones y lechuguillas de color blanco.

—Salió pronto esta mañana hacia el puerto.

—¡Ay! Siempre separados, siempre separados...

Dejó el cesto sobre un arcón y se frotó las manos en palmadas para secarlas.

—Ya sabes cómo es, quiere estar el primero para agradar al marqués.

—El adelantado me recuerda a una vieja leyenda inca.

—Vámonos o nos perderemos el desembarco.

—Ya voy, ya voy... Siempre con prisas, Chabelita —se quejó.

Diez minutos después salían de la casa. Hacía mucho calor, por lo que Isabel había pedido que la llevasen en una litera, mientras su sirvienta caminaba justo a su lado.

—Creo que antes ibas a contarme una leyenda inca.

—¿Yo?

—No te hagas la loca, siempre estás contando historias de tus antepasados.

—Ay, señora Chabelita. No quisisteis escucharla entonces, no la voy a contar ahora.

Isabel sonrió. Siempre se hacía la dura antes de narrar aquellos relatos que tanto le gustaban. La veía hablar del pasado de los incas con verdadero entusiasmo. Los ojos se le aclaraban y congregaban entonces un brillo mágico, como si se transportase a tiempos arcanos.

—¿Vas a hacerle rogar a tu señora? —bromeó.

La mujer la miró de medio lado, con la boca torcida.

—Está bien, está bien. Espero que no uséis estas historias contra mí cuando la Inquisición me lleve. —Se persignó.

—Desengáñate, cuando la Inquisición te juzgue, ni yo ni todos los ángeles del cielo te salvarán.

Pancha contestó primero con una más que evidente queja en quechua, y después comenzó con la historia.

—Hace muchos, muchos años, en una región al norte de Lima, cerca del lago Guatavita, un rey se enamoró de una joven princesa de la tribu vecina. Tras muchas dificultades logró convencer a su padre de que entregase la mano de su hija, que lo correspondía en su amor ciego. Se desposaron y vivieron felices y alegres durante algunos años. Los dioses... Dios —se corrigió— los congració con una hija. Pero el tiempo es mal consejero, mi señora, y termina destruyéndolo todo.

—Lo sé, Pancha. Lo sé. —Isabel, a sus veintitrés años, sabía muy bien que el tiempo podía ser duro con los sueños y las esperanzas.

—Aquel amor se extinguió y los esposos hicieron sus vidas por separado, cada uno yendo y viniendo adonde les placía. Fue de esta forma como la esposa del rey se enamoró de un guerrero durante la celebración de la siembra; yació con él la misma noche que lo conoció. Enterado el rey, ordenó apresar al guerrero, torturarlo y extirparle el corazón.

—Por Dios, Pancha, qué sangrientos sois los incas, todas vuestras leyendas acaban con mutilaciones y asesinatos.

La sirvienta la miró con ojos penetrantes.

—Mi señora, nuestras leyendas no son nada más que cuentos. ¿Cuál es la excusa de los españoles?

—*Touché*.

—¿Qué decís?

—Nada. Es una palabra en francés que una vez me dijo un amigo. Quiere decir que no puedo quitarte la razón.

Pancha asintió victoriosa.

—Pero mi historia no ha acabado.

—¿Hay más? No sé si quiero oírlo.

—Entonces me callo, mi señora.

—¡No seas boba! Claro que quiero escuchar más...

—A la siguiente noche, el rey hizo servir el corazón del guerreo a su esposa como cena. Cuando ella comprendió que aquel corazón no era de ningún animal, sino de su amante, lanzó un grito ensordecedor que dejó a todos los presentes paralizados. Dicen que aún puede escucharse el grito en el valle de Guatavita.

—Sangre y muerte, lo que yo decía...

—Aprovechó la confusión para salir corriendo —continuó, haciendo caso omiso a la interrupción de su señora— y se lanzó al lago. Al día siguiente, el rey se dio cuenta de lo que había hecho. Aquel amor que creía extinguido seguía quemando sus entrañas, así que ordenó a sus soldados que fueran a buscar a su esposa al lago. Por supuesto, nada encontraron allí.

—Es una historia triste, sin duda. ¿Por qué piensas que se parece a la vida que llevamos mi esposo y yo?

—Dejadme terminar la historia, os lo suplico.

—Adelante, adelante.

—Gracias, señora. Como os decía, los soldados no encontraron a su esposa, pero los sacerdotes le informaron de que habitaba en un templo que se erigía bajo el agua, donde vivía una deidad en forma de serpiente que la cuidaba. Su esposa era feliz allí y no quería regresar. —Uno de los porteadores resbaló y la litera dio un bandazo. Pancha, en un acto reflejo, sostuvo la litera como pudo con sus brazos y continuó su historia como si no hubiese pasado nada—. Comprendiendo la decisión de su esposa, pidió a los sacerdotes que llevaran a su hija con su madre, así como innumerables ofrendas de oro, esmeraldas y rubíes, prometiendo que todos los años se repetirían esas ofrendas.

—¿Sabes? Creo que he leído algo acerca de esa leyenda o la he oído en algún sitio.

—Mi señora, lo que quiere decir es que los esposos deben estar siempre juntos, no como vos y el adelantado.

Pero la memoria de Isabel había echado a volar. *¿Dónde he oído yo eso?*

—¿Qué pasó con las ofrendas anuales?

Pancha la miró entornando los ojos. Conocía a su señora; cuando comenzaba a indagar, no había quien la detuviese.

—¿Qué sé yo? Son solo cuentos que se narran de madres a hijas para quitarles la idea de la infidelidad.

—¡Ya me acuerdo! —gritó con alegría Isabel—. Desde entonces, los reyes que heredaban el trono debían repetir esa ofrenda. Se cubrían el cuerpo con polvo de oro y un ungüento y embarcaban ellos solos en una canoa. En la mitad del lago lanzaban oro y diamantes y después se tiraban al agua. Cuando salían, el oro se había quedado en el lago y solo entonces la serpiente los aceptaba como soberanos de aquellas tierras, ¿no es así?

—Pfff. Mi señora, no deberíais creer esas paparruchas sobre El Dorado.

—Esas paparruchas son las que llevaron a los españoles a conquistar estas tierras.

—Asesinando a los pobladores originarios, sembrando muerte y esclavitud a su paso.

Isabel no la escuchaba, su mente repetía las aventuras de los descubridores que habían perseguido El Dorado.

—Pizarro conquistó el Perú buscando las riquezas de esa ciudad mítica. Uno de sus hombres perdió un ojo durante una batalla, y desde entonces decimos que algo cuesta un ojo de la cara cuando es muy caro. Otro aventurero —se quedó pensativa—, creo que fue Orellana, fue atacado durante su viaje por el río Grande por unas guerreras que derrotaron a sus hombres sin dificultad. Desde entonces, a ese río lo llamamos Amazonas, en recuerdo de las guerreras de la mitología griega. ¿Lo ves, Pancha? El Dorado puede no ser más que un mito, una ensoñación de los descubridores, pero a veces los sueños son capaces de mover montañas y conquistar continentes enteros.

—Un ojo de la cara —repitió con desprecio Pancha—. Yo os diré lo que es El Dorado: un cuento con el que los incas distrajeron a los españoles para que se marchasen a la selva y los dejaran en paz.

—Pero todas las leyendas tienen algo de real, Pancha.

—¿Un hombre cubierto de oro que se lanzaba al agua en mitad de un lago? Se habría ahogado.

—Ay, Pancha, no seas así. Me acabas de contar una bella historia, déjame que la disfrute.

—Mi señora, os he contado una historia terrible, una historia que me contó mi madre cuando era pequeña para que me alejase de los hombres que no son mi marido.

—Pero ¡si tú no estás casada!

—Quiera Dios entregarme la bondad de un buen marido. —Se persignó de nuevo.

—Hay maridos malos y los hay peores, Pancha. No existen los buenos maridos.

La india miró por la ventana de la litera. Ya estaban llegando al puerto.

—Un marido que me caliente la cama y no se marche al amanecer para recibir a un marqués, con eso me conformo.

El jolgorio se llevó las palabras de la sirvienta. Una muchedumbre se agolpaba en El Callao para recibir al nuevo virrey y a su esposa. Ya habían desembarcado los tripulantes de una fragata procedente de Panamá, que descargaban de los bateles arcones con las prendas y enseres de los marqueses. Mientras tanto, un galeote con la bandera blanca cruzada por dos líneas diagonales rojas de la marina española fondeaba en la bahía. Desde la cubierta, decenas de hombres saludaban a quienes esperaban en el puerto.

Isabel se reunió con su padre y sus hermanos, que se habían sumado al gentío con sus trajes de domingo y sus mejores sonrisas. Don Nuño había servido a García Hurtado de Mendoza en Chile y guardaba un grato recuerdo del hombre que había sido y, esperaba, seguía siendo.

Mendaña los descubrió en la distancia y, abriéndose paso entre la multitud, llegó hasta donde estaban su esposa y su familia. Pancha lo recibió con mirada torva.

—Querida, ¿cómo habéis tardado tanto?

—Pancha tenía trabajo.

El adelantado le dedicó una mirada de reprobación.

—Gastáis más jubones de los que tenéis, vuestro armario es como el milagro de los panes y los peces —se justificó la inca.

La recepción duró toda la mañana, ya que primero se desembarcaron las mercancías que venían de Panamá y los equipajes de los marqueses y, después, fueron ganando tierra las doncellas, cortesanos, sirvientes y marineros que acompañaban a los nuevos virreyes.

Todos fueron recibidos con vítores. Los ojos de Isabel, más sensibles en los últimos tiempos que de costumbre, se humedecieron al ver a la que ya sentía como su ciudad recobrar la vida y la alegría que ella tan solo había podido gozar durante un año.

Isabel sabía mejor que ninguno de los presentes que García Hurtado de Mendoza y su esposa eran muy amigos de la pompa, las maneras palaciegas y las celebraciones. Se habían hecho acompañar en su viaje de incontables cortesanos que venían a ennoblecer la Ciudad de los Reyes, pero también de músicos, comediantes, dramaturgos y actores.

Su intención, no le cabía la menor duda a quien había sido doncella de doña Teresa, era revivir en Lima la corte de Madrid. Años de prosperidad le esperaban a la Ciudad de los Reyes si el marqués conseguía poner en marcha sus ideas.

Música, proclamas, vivas y aplausos acompañaron a los virreyes hasta alcanzar su palanquín. Se instalaron en el palacio recién reconstruido que abandonaba el conde de Villardompardo, quien se marchaba de Lima para encontrar el reposo que le habían negado en las Indias.

Se declararon tres jornadas festivas y al día siguiente de su llegada tuvo lugar un banquete en el palacio al que invitaron a oficiales de la marina, ricos mercaderes, nobles y otros prohombres de la ciudad. Por supuesto, los Barreto y el adelantado Mendaña asistirían a tan magno evento.

—Tienes ganas de ver a la marquesa, ¿verdad? —le preguntó Álvaro a su mujer mientras ella se engalanaba con sus mejores joyas.

—Ayer solo pude verla pasar, había tanta que gente que me resultó imposible hablar con ella.

—Apenas me has contado unas pocas historias de aquella época.

Isabel se miraba en un espejo, probándose unos pendientes con zafiros incrustados. Sobre la mesilla que hacía las veces de tocador, reposaba el galeón de madera que Benito Arias Montano le regaló por su décimo cumpleaños.

—Era muy pequeña y estaba lejos de mi familia. No hay grandes cosas que contar.

—La vida en la corte puede resultar muy aburrida para una niña.

Se quitó los pendientes de los zafiros y optó por otros con pequeñas esmeraldas.

—Por suerte, la marquesa me permitía leer los libros de su biblioteca y me consiguió acceso a los archivos del alcázar. Allí es donde me enteré de la existencia de tus capitulaciones, aunque nunca las pude ver.

—Los verdes —comentó Mendaña.

—¿Qué?

—Los verdes. Hacen juego con tus ojos.

Isabel estaba nerviosa. No sabía cómo reaccionaría doña Teresa al verla. Al fin y al cabo, había rechazado a su primo para marcharse al Perú y casarse con otro hombre.

Eso no pasó exactamente así... O al menos yo no lo recuerdo de ese modo, pensó.

El matrimonio con el adelantado estaba muy lejos de ser ideal, pero para ella era perfecto. Mendaña era un hombre apacible, bienhumorado y amable. Pasaba la mayor parte del día fuera de casa, buscando inversores para su proyecto, hablando con unos y con otros, caminando hasta el puerto para oír noticias de lo que sucedía en otros territorios o reuniéndose con el virrey y algunos funcionarios. Los últimos años habían sido baldíos en recompensas, pero él nunca desesperaba, jamás perdía el optimismo.

Isabel visitaba a su familia, pasaba tiempo con su madre, en quien había encontrado una mujer admirable, fuerte y experimentada, muy lejos de lo que imaginaba de ella cuando era pequeña. Quería recuperar el tiempo perdido durante su estancia en la corte y disfrutaba escuchándola hablar de su juventud, de los muchos lugares en los que había vivido y sobre cómo se había hecho a sí misma con diez hijos y un marido que pasaba más tiempo en otro continente que en casa.

En Lima había descubierto un mundo nuevo. La biblioteca de los marqueses se le había quedado pequeña en Madrid, pero en la Ciudad de los Reyes, el virreinato y el arzobispado tenían documentos magníficos que le mostraron un universo recóndito. Poseían diarios de aventureros que se habían adentrado más allá de los Andes, estudios sobre los incas y otros pobladores del continente: su historia, sus costumbres, sus leyendas... Pasaba días enteros encerrada en sus archivos, deleitándose con narraciones extraordinarias que no hacían más que aumentar su deseo de embarcarse y surcar los mares del Sur.

Había estudiado, en la medida en la que los documentos se lo permitían, la historia de la conquista del Perú, desde Pizarro hasta el virrey Toledo, que tan malos recuerdos le traía a su marido. Jamás pensó que hallaría algo tan emocionante en Lima.

—Los verdes, entonces.

—No tienes de qué preocuparte, estás preciosa. Nadie en esa fiesta se podrá comparar contigo.

—La marquesa es muy hermosa. Y le gusta acicalarse.

—Tú eres más bonita, y no necesitas acicalarte para serlo.

Isabel se le acercó y le dio un beso en la mejilla. Después le acarició el rostro y le regaló una sonrisa.

—Eres muy amable, Álvaro. A ti también se te ve estupendo.

—Oh, vaya. Seremos la preciosa y el estupendo, la envidia de la corte limeña.

A pesar de la broma, Isabel intuyó que algo no iba bien del todo.

—¿Te sucede algo?

Mendaña suspiró.

—Llevo tiempo pensando en algo que me quita el sueño.

—Si es por la expedición, utilizaré toda mi influencia con la marquesa para partir cuanto antes.

—No, no es eso, Isabel. Es...

—Sabes que puedes contarme cualquier cosa. Ven, siéntate.

Isabel se sentó en la cama y dio una palmadita a su lado. Mendaña se sentó justo donde le había indicado su esposa.

—Siento que te estoy ahogando.

—¿Ahogando? —se sorprendió.

—Sí, exactamente así.

—¿A qué te refieres?

Suspiró de nuevo. Su rostro era el equivalente facial de un naufragio.

—Aceptaste casarte conmigo aun sabiendo que no habría amor en este matrimonio. Pero supongo que esperabas que pronto marchásemos hacia las Salomón. Y míranos, cuatro años después aquí seguimos, anclados a la impotencia, fondeados en un mar sin agua.

Isabel volvió a acariciarle el rostro.

—Todo se ha puesto en nuestra contra, ¿verdad?

—Así es. Parece que Dios no quiera que hagamos ese maldito viaje.

Era la primera vez que lo veía flaquear.

—A Dios le importa bien poco que subamos a un barco hacia lo desconocido o que esperemos la llegada de nuestro último día en Lima, en Roma o en Sevilla. Nadie dijo que fuera fácil, Álvaro, pero en esto estamos juntos. Yo no me siento asfixiada; al contrario, soy feliz de tenerte, de la vida que ambos disfrutamos. Si eso es lo que te aflige, puedes estar tranquilo.

—No es solo eso. Es que... —dudó cómo continuar— Cuando nos casamos eras una joven con ambiciones y con ganas de conocer mundo. Yo no te he podido dar más que estas cuatro paredes, que en realidad ha pagado tu padre. Ahora... —Agachó la mirada—. Ahora eres toda una mujer. Hermosa, inteligente, poderosa, nada te frena, nada te supone un reto insalvable. Nada, menos yo.

—¿De qué hablas? —Lo agarró de una mano—. Tú no eres ningún freno; al contrario, eres el motivo de mis sueños. Esas islas que descubriste son las que me empujan a levantarme cada mañana, a seguir adelante, a investigar y a tener un objetivo en mi vida. Sin ellas, creo que habría zozobrado hace tiempo. ¡Los dos lo habríamos hecho! ¿Adónde quieres ir a parar?

Mendaña se sintió algo avergonzado, no fue capaz de levantar la mirada del suelo.

—Te estás perdiendo parte de la vida por estar casada conmigo. Debe haber cientos de jóvenes deseosos de que enviudes.

—¡Acabáramos! Así que es eso... Álvaro, cuando nos casamos, los dos estuvimos de acuerdo en condenar esa parte de nuestras vidas. No buscábamos amor, solo un interés mutuo en una empresa. No me malinterpretes, yo he aprendido a amarte a mi manera, como a un familiar al que admiro. El cariño que siento por ti es tan real como el aire que respiramos, quizá invisible, pero fuerte y enérgico. Yo ya te dije que había entregado mi corazón a un hombre al que nunca más volvería a ver, y no he sentido interés por nada ni por nadie en ese sentido. Tenemos una apasionante aventura por vivir, una aventura que tú me has dado, así que no desfallezcas ni te entristezcas por mí. Soy feliz contigo, no echo nada de menos. No hay ningún otro hombre con el que quiera estar.

—Bueno... En el caso de que eso cambiase, si sintieses la necesidad de compartir cama con otro hombre... Quiero que sepas que no me sentiría defraudado, que lo entendería.

Ella sonrió.

—Álvaro, no sé si me estás pidiendo permiso para hacer tú lo que me estás proponiendo hacer a mí. Si es así, no tienes por qué hacerlo. Ambos estuvimos de acuerdo en que no habría amor ni relaciones íntimas en nuestro matrimonio, y eso no ha cambiado. Pero ni yo ni nadie te posee, solo tú eres el dueño de tus decisiones.

—¡No! ¡Por la Virgen del Carmen! No es eso lo que insinúo.

—Bien, pues resuelto este asunto, vámonos. Debemos causar buena impresión a los marqueses, no llegaremos tarde en su primera recepción.

No le había gustado demasiado esa conversación. Si no conociera a su esposo se habría sentido ofendida porque un hombre, ya fuera su marido, su padre o el mismo obispo, le diera su permiso de forma tan condescendiente para yacer con quien ella quisiera. Sin embargo, sabía cómo era Álvaro, nunca sería capaz de hacer algo que la dañara. Quiso pensar que no se trataba más que de una torpeza por su parte, con la única intención de que ella pudiera ser feliz sin que nada le faltase.

Además, tenía cosas más importantes en las que pensar y lo último que quería era enfadarse con su marido. Aquella cena debía poner el primer tablón de los barcos que ansiaban conseguir. Sería un camino pedregoso con incontables complicaciones, pero con firmeza y determinación, sin duda, lo conseguirían.

Isabel no había pensado en la necesidad de estar con un hombre en los términos que Álvaro insinuaba desde que consumaron su matrimonio. Ni siquiera se imaginaba en esa situación cuando, cada noche, dedicaba un tiempo impreciso a recordar a Fernando de Castro.

¿Por qué me habrá tenido que decir esto ahora?

La residencia de los virreyes se había transformado en un palacio a la altura de los que iluminaban cualquier corte europea. Los sirvientes iban elegantemente ataviados, incluso maquillados. Jóvenes doncellas revoloteaban con sus sayas de seda brillante, sus brocados y encajes, sus peinados en copete y las jaulillas soportando tocados tan elevados que amenazaban con enredarse en las lámparas del techo. Al contrario de lo que Isabel estaba acostumbrada a ver en la corte de Madrid, el negro parecía ser un color proscrito, y los ropajes de todos los invitados eran de colores cálidos y tonos suaves.

Mendaña saludó a algunas autoridades limeñas mientras Isabel deambulaba por el salón intentando reconocer a alguna de las doncellas o algún prohombre recién llegado de Europa, pero todos le resultaban extraños. Terminó por reunirse con su familia: su madre, sus hermanas y sus hermanos, incluso la pequeña Mariana, que se estrenaba en un evento de ese tipo, vestían de forma exquisita y sonreían a unos y otros, conscientes de su posición en la alta sociedad de la Ciudad de los Reyes.

—¿Te pasa algo, querida? —le preguntó su madre.

Isabel tenía su largo y oscuro cabello levemente ondulado. Una cofia de seda muy fina, casi transparente, le cubría el pelo desde la nuca, mientras por delante le caían dos graciosos mechones sueltos que acariciaban sus mejillas allá donde guardaban su frontera con las orejas. La saya entera le caía hasta los pies, ciñéndose en la cintura y ensanchándose en los muslos para deslizarse con soltura hasta cubrir sus botas. Había huido de los cuellos altos, tan habituales en aquella época, para lucir una gargantilla de oro con una esmeralda bien pulida que hacía juego con sus pendientes. Y con sus ojos, según el adelantado.

—Nada, madre.

—Te veo preocupada.

No dejaba de mover sus ojos con ágil presteza de un lado a otro, mientras frotaba sus manos apoyadas en el regazo.

—Tengo ganas de ver a la marquesa, eso es todo.

Pero, obviamente, no era todo. La conversación que había mantenido con su marido la había trastornado mucho más de lo que estaba dispuesta a aceptar. Si en un principio la había tomado como una torpeza impropia de un hombre de su rango, pero disculpable por su naturaleza bondadosa, ahora comenzaba a pensar que existía la posibilidad, por muy escasa que fuera, de que tuviera parte de razón.

¿Hombres? No me interesa estar con hombre alguno. No lo necesito, se repetía. Pero no se trataba de una necesidad; por supuesto que no le hacía falta un hombre para ser feliz, para sobrevivir, para sentirse completa. *Quizá Álvaro no se refiriera a eso; tal vez intentaba decirme que me estoy perdiendo algo accesorio, pero igualmente placentero. La vida no está compuesta solo de necesidades y obligaciones, debe haber algo más.*

Para Isabel, ese algo más siempre había sido su sueño, su deseo de aventura. Y se había conformado con sus libros, con historias contadas por otros, vividas por otros, disfrutadas por otros. Mendaña se sentía frustrado por no poder organizar su expedición y llevar a su esposa a la aventura, columna principal sobre la que se sostenía su matrimonio; la incapacidad de cumplir aquel sueño compartido era lo que le impedía a Isabel ser la protagonista de su propia aventura.

¿Quizá por eso me ha empujado prácticamente a que yazca con otro hombre?

Y entonces, como si el destino estuviera guardando una respuesta contundente para su pregunta, los ojos de Isabel se detuvieron en un punto concreto, uno con forma y aspecto de hombre. No era un hombre cualquiera, era el hombre exacto, el hombre apropiado. El único hombre, en realidad, con la capacidad de acelerar el corazón de Isabel. Allí estaba: elegante, fastuoso, sonriente, tan hermoso como un efebo que hubiera abandonado una leyenda de Virgilio: Fernando de Castro.

Bajaba las escaleras con aire grácil, sonriendo zalamero a doncellas, oficiales de la marina y funcionarios. Vestía calzas oscuras y medias negras, que se confundían con su calzado del mismo color. La ropilla sin mangas descubría un jubón tan blanco como una nube de verano, aunque solo se le veía un brazo, pues del hombro contrario le colgaba un fastuoso ferreruelo con el escudo familiar bordado en hilo de oro. Una discreta valona, también blanca, ocultaba su cuello y honraba su incipiente barba dándole un aspecto más varonil, como si aparentara ser mayor de lo que en realidad era.

Isabel solo veía a un ángel descender de los cielos. Un ave etérea y ligera que proviniera de algún paraíso perdido para anidar en su corazón. Un estremecimiento le recorrió el cuerpo, que sintió de pronto aterido de un frío que procedía de su propia alma. El pecho, constreñido por la saya, se le empequeñeció, y creyó que le faltaba el aire.

—¿Seguro que estás bien, hija?

—Sí. Disculpadme.

Buscó una salida. No podía seguir allí ni un solo instante. Tenía que escapar.

Por el lado contrario de donde procedía Fernando había una escalera que ascendía hacia las dependencias de los virreyes. Era más fácil huir por allí que intentar salir por la puerta, atestada de invitados que iban llegando en hordas.

—¡Isabel! —la llamó su padre al verla agarrarse el faldón de la saya para subir los escalones a toda prisa. Pero ella no miró atrás.

El piso superior tenía una balaustrada que daba al salón donde estaban los invitados. Allí encontró un pasillo tenuemente iluminado y tan solitario como una isla perdida en el océano. Caminó con decisión hasta el final del pasillo, abierto en un balcón que daba al puerto de El Callao, a unos pocos kilómetros.

Isabel salió al aire libre, apoyó las manos sobre la barandilla e intentó respirar profundamente.

¿Qué me está pasando?

El cielo estaba despejado y las estrellas refulgían esplendorosas en el firmamento. El verano estaba siendo muy benigno, y una ligera brisa acarició su rostro y lo bañó de olor a mar.

—¿Isabel? —escuchó a su espalda.

No quiso darse la vuelta. Llevaba tanto tiempo añorando aquella voz que dudaba si era real o producto de su agitada imaginación.

A la voz la siguieron unos pasos lentos, temerosos. Dubitativos. Y, por fin, una mano se apoyó con suavidad en su hombro.

Para entonces, las lágrimas desdibujaban el maquillaje en sus mejillas y hacían brillar sus ojos como aquellas lejanas estrellas naufragadas en el piélago que era el cielo.

Levantó la mano derecha y acarició los dedos que estaban sobre su hombro.

—No me puedo creer que seáis real, Fernando.

—¿No se os ocurrió pensar que acompañaría a mi prima en su viaje?

—¿Pensar? No puedo pensar cuando se trata de vos. Solo puedo recordar un pasado que no tuvimos, aquellas aventuras que me prometisteis y que yo, ingenua, joven y estúpida, rechacé.

—Erais ingenua, no puedo negarlo —ironizó—. Y, sin duda, muy joven. Pero no soy capaz de imaginar un universo en el que vos, Isabel de Castro, pudierais ser estúpida.

Isabel se dio la vuelta con inusitado nerviosismo. Fue más un espasmo que un movimiento acompasado y elegante, como le había enseñado su mentora, la prima del hombre al que amaba.

—¿Qué me hicisteis aquel día, en El Escorial? ¿Cómo embrujasteis mis sentidos de tal forma?

—Yo no hice nada, mi señora. Fuisteis vos quien atrapó mi alma con una sola mirada. Desde entonces, solo vivo para soñaros.

Las lágrimas de Isabel resbalaban más allá de su cara para deslizarse por su pecho bajo la saya. Le acarició el rostro. Estaban tan cerca que podían respirar sus alientos jadeantes. Fuera, más allá del balcón, el ruido del gentío les era por completo ajeno.

—Jamás creí posible algo así, tan exento de cordura, tan disparatado. ¿Cómo se puede amar a quien no se conoce?

—Mi señora, las almas afines no necesitan conocerse para amarse. Eso fue lo que nos pasó a nosotros.

Fernando le tomó la mano que tenía en su rostro y le besó los dedos. Isabel sollozó, acariciando sus labios. Después, como una niña cuya madre la hubiera descubierto robando unos pasteles, la retiró en un latigazo. El joven no se dio por vencido y buscó su boca con los labios, pero Isabel echó la espalda hacia atrás, más allá de la barandilla del balcón, en un intento inútil de evitar lo inevitable, pues sus labios se fundieron en un beso profundo y anhelado.

Así permanecieron muchos más segundos de lo que cualquier sacerdote habría considerado casto y puro para un matrimonio, al amparo de aquellas titilantes estrellas y de los distraídos invitados que aún entraban en el palacio.

Cuando se separaron, Isabel ya no lloraba, pero una angustia desconocida se expandía desde su pecho por todo su cuerpo. Algo en su interior, una excitación de cuya existencia no tenía noticias, la empujaba a arrancar las calzas y las medias de Fernando y a poseerlo allí mismo, en el frío suelo enlosado del pasillo. Sin embargo, otras fuerzas con similar ímpetu la llamaban al orden.

—Fernando, no debemos...

—Lo sé, lo sé...

Se retiró avergonzado, aunque sin soltarle la mano.

—Estoy casada, esto no es adecuado.

La soltó al escuchar aquella palabra. Sonrió con solo media boca, como si en verdad se alegrase, pero también maldijese el hecho de que hubiera contraído matrimonio con otro hombre.

—Nada menos que con el adelantado Álvaro de Mendaña.

—Sí... Álvaro es un hombre extraordinario.

—Lo sé. Os dije que lo admiraba cuando nos conocimos hace cinco años. Podéis imaginar que mi admiración por él no conoce límites en este momento. Me urge preguntarle cómo alcanzar lo inalcanzable —bromeó.

—Por favor, no...

—No os preocupéis, Isabel. En verdad admiro a ese hombre y jamás se me ocurriría poner en peligro vuestra integridad.

—Os lo agradezco. Aquella tarde, en El Escorial...

—No hace falta que digáis nada.

—Sí hace falta. Os comportasteis como un caballero. Me defendisteis ante vuestra prima.

—Teresa tiene un gran corazón, pero no acepta fácilmente la derrota. Sabía lo mucho que os apreciaba..., que os aprecia aún. Si le hubiera dicho que me habíais rechazado sin más, habría insistido hasta poneros entre la espada y la pared. No podía consentirlo.

—Gracias. —Asintió con sinceridad, limpiándose los surcos que habían creado las lágrimas por su rostro.

—¿Me haríais un favor? No os pido una compensación por aquello, pero necesito que me contestéis a una pregunta.

—Sí, por supuesto. Os merecéis más explicaciones de las que os di.

—¿Lo amáis?

—¿Qué? —La había sorprendido, no esperaba una pregunta como aquella.

—A Mendaña, ¿lo amáis?

Se quedó muda. *¿Cómo explicarlo? ¿Cómo hacerle entender la situación?*

—No sé cómo contestar a esa pregunta.

—Es sencillo: sí o no.

—Puede que parezca sencillo, pero no lo es.

—De acuerdo, creo que esa es respuesta suficiente.

Se dio la vuelta dispuesto a marcharse, pero Isabel reaccionó a tiempo de tomarlo de la mano y detenerlo.

—Os amo a vos —dijo, casi sin pensarlo—. No es la respuesta que me pedíais, pero es la que puedo daros. Os amo, Fernando de Castro.

Él sonrió. Apretó su mano con suavidad y se marchó.

Isabel se tomó un tiempo prudencial para reponerse y buscó en las habitaciones un espejo y un aguamanil donde limpiarse bien y disimular lo mejor posible el efecto de las lágrimas. Había pasado años sin llorar, pero desde su llegada a Lima parecía que las fuentes de sus tristezas hubieran recibido manantiales provenientes del olvido.

Cuando regresó con su familia, el adelantado ya estaba con ellos. Mayordomos y sirvientas repartían comida a los invitados, todos ellos de pie, mientras algunos músicos interpretaban alegres canciones de corte.

A los pocos minutos de volver al salón se anunció la entrada de los marqueses. La música se detuvo y fue sustituida por los vítores de los presentes mientras García Hurtado de Mendoza y su esposa bajaban por las mismas escaleras que había descendido minutos antes Fernando de Castro.

Los nuevos virreyes saludaron a todos los invitados, respetando las normas y los usos de la corte. Cuando al fin llegaron a la familia Barreto, Isabel y Teresa se miraron llenas de emoción, hasta que la marquesa abrió los brazos y la joven se lanzó hacia ellos. Hubo quien aplaudió, y otros hicieron gestos de amable ternura. Isabel volvía a llorar, aunque esta vez era de alegría.

—Os he echado tanto de menos, mi señora.

—Y yo a ti, Isabel. Por favor, preséntame a tu familia.

El marqués saludó con afecto a Isabel y a su padre, y se alegró de conocer al resto de sus hijos y a su esposa.

—Y vos debéis de ser el adelantado Álvaro de Mendaña, ¿me equivoco? —comentó Mendoza.

—Así es, mi señor, para serviros.

—Según tengo entendido, soy yo quien debe serviros. —Estalló en una sonora carcajada.

—Es un verdadero placer, don Álvaro —lo saludó la marquesa.

Mendaña se había quedado mudo.

—Estaba al tanto de las capitulaciones que firmó el rey con vos, y durante años di por fracasado el proyecto. Pero quiso el destino que al arribar a Panamá llegase a mis oídos que diversos impedimentos habían pospuesto vuestra expedición. He de avisaros de que llego a Lima con la firme convicción de cumplir todas y cada una de las disposiciones de Nuestra Majestad.

Mendaña creía estar oyendo el rumor de los ríos del paraíso.

—Os lo agradezco, mi señor. —Hizo una breve reverencia.

—Sin embargo, hay algunos asuntos para los que necesito de vuestro consejo y que urgen mucho más. Venid conmigo, os comentaré algunas cosas que tenía pensadas.

Se apartaron unos metros del grupo e Isabel los vio hablar. Aquel «sin embargo» había sido como un cañonazo lanzado contra el casco de una nave, pero la nao de Álvaro aún no se había hundido; escuchaba al marqués con verdadero interés, asintiendo a cada una de sus palabras.

Teresa de Castro saludaba a Mariana con afecto.

—No sé todavía cómo agradeceros que enviaseis a Isabel a nuestra casa, era una mujer extraordinaria aun siendo niña.

—Sois muy amable, mi señora.

—Vos también debéis ser extraordinaria para haber criado una hija así... ¡Y tantos hijos! —celebró, extendiendo su mirada al resto de la familia.

Fernando de Castro llegó en ese momento y estrechó la mano de su prima.

—Disculpad mi intromisión, estoy enterado de que don Nuño combatió con vuestro marido en Chile y querría mostrarle mis respectos.

La marquesa le presentó a toda la familia, que lo saludó con entusiasmo.

—A Isabel la conocisteis en El Escorial hace algunos años, seguro que la recordáis. —Se interpuso entre ellos para que apenas pudiera saludarla, pero las miradas de los dos enamorados se cruzaron, reavivando un fuego que jamás se extinguiría—. ¡Don Álvaro! —llamó con presteza para no alargar un momento que para ella era muy incómodo—. Tened la bondad de venir con nosotros, quiero presentaros a un hombre que os admira.

—Señor de Mendaña. —Fernando hizo una exageradísima reverencia—. Es todo un honor para mí conoceros.

—El honor es mío, podéis estar seguro.

—Soy un incansable admirador de vuestras aventuras. Aquella expedición a las Salomón pasará a la historia de las Españas como una hazaña sin parangón. ¿Querríais contarme toda la historia?

—Por supuesto, don Fernando. Será un placer. ¿Os parecería bien que nos reuniéramos en el palacio cualquier día de esta semana?

—Oh, lamento deciros que tendría que ser mañana mismo. Debo partir de inmediato.

—Mañana, entonces —acordaron.

—Fernando ha sido nombrado capitán de...

—Seguro que la familia Barreto no está interesada en mi actual posición —interrumpió Fernando—. Esta velada es para celebrar vuestra llegada, prima.

—Tienes razón.

—Decidme, don Álvaro —empezó el joven mientras se llevaba al adelantado hacia otra parte del salón para hablar con él de aquella expedición—, ¿cómo se consigue lo imposible?

Isabel ya no escuchó más. Ambos se perdieron entre la multitud.

—Isabel... Isabel —interrumpió sus pensamientos la marquesa—. Espero que tú también puedas venir mañana a palacio, debemos ponernos al día de lo que ha acontecido en estos últimos años. Además, quisiera proponerte algo, si a tus padres les parece correcto.

—Sabemos de vuestro amor por nuestra hija, doña Teresa —confirmó Mariana—, cualquier cosa que le propongáis será una bendición para toda nuestra familia.

Isabel asintió, pero su mirada estaba fija en un punto inconcreto del gentío que conversaba animadamente en el salón del palacio de virrey. Su marido había sembrado una semilla en su ser que apenas había tardado unas horas en germinar. Aún tenía el sabor del beso de Fernando en sus labios. Un sabor que ya nunca desaparecería.

11

De cómo Isabel Barreto
lo arriesgó todo por una intuición

Lima (Ciudad de los Reyes), 8 de enero de 1590

La noche pasó como aquel cometa incesante que iluminó la infancia de Isabel. No sabía muy bien por qué, pero al acostarse clavó los ojos en el techo de su dormitorio y lo vio dibujarse en el artesonado, desprendiendo una estela fulgurante que le impidió dormir. *¿Qué ha pasado?* Era muy consciente de que su primer impulso al probar los labios de Fernando no había sido salir corriendo, sino buscar una alcoba discreta en la que poseerlo hasta la extenuación. *¿Qué me está pasando?*

Durante años se había esforzado por convencerse a sí misma de que las mieles del amor no estaban hechas para ella, de que su único objetivo en la vida era convertirse en una aventurera, una conquistadora de paraísos ignotos. Embriagada por las historias de marineros inquietos y codiciosos desde que era niña, no soñaba con otra cosa que lanzarse a los mares del Sur en busca de lo desconocido. Y ahora... Ahora se encontraba en un estado de letargo mental. Sus sentimientos habían iniciado una revolución en su ser que había derrotado a la razón, dejándose llevar por la marea de emociones que se desataban cuando, inerme como un niño de seis meses, se permitía el lujo de pensar en Fernando.

Se rozó los labios con los dedos y sintió un estremecimiento por todo su cuerpo. Apretó los muslos flexionando las rodillas, palpando con sus manos las suaves sábanas de seda. La piel de sus piernas, de sus brazos, de su espalda, se erizó y no pudo evitar que un jadeo escapase de su boca. Sentía los labios hinchados, húmedos y palpitantes.

¿Qué me está pasando? Isabel solo se había abandonado al territorio de la excitación cuando consumó su matrimonio con Mendaña, mucho más emocionada por la noticia de una próxima partida que por el hecho en sí de gozar con su marido. Desde entonces, no había sentido necesidad ni interés por regresar a aquel rincón desatado de su ser... Hasta aquella noche.

Un impulso la llevó a acariciar sus muslos, y un jadeo se evaporó de nuevo de sus labios entreabiertos. *¿Qué me está pasando?* Su voluntad había sido doblegada por la excitación que le causaba el recuerdo de aquel beso. Separó un poco las piernas y descubrió que tenía las ingles y el interior de sus muslos totalmente empapados. El siguiente jadeo fue más bien un gemido, cuando sus dedos conquistaron la zona más sensible de su cuerpo. Con la otra mano agarró un almohadón y se tapó la cara. Entonces se entregó al goce de los placeres más íntimos.

Cuando terminó, su respiración era agitada y entrecortada. *¿Qué me ha pasado?*, volvió a preguntarse con una sonrisa esculpida en su rostro sudoroso.

No pudo dormir ni un minuto. Todo había sucedido demasiado rápido y de forma totalmente inesperada.

Álvaro no le había contado nada acerca de su conversación con el marqués y con Fernando, y ella no se había atrevido siquiera a preguntar. Los nuevos virreyes los habían citado a ambos en el palacio... *¿Para qué?*

Desde que llegó la noticia de que don García Hurtado de Mendoza sería virrey del Perú ella había albergado la esperanza de que los ayudase a cumplir con las capitulaciones del rey, pero el propio marqués le había dicho al adelantado que tenía otros planes más urgentes, ella misma lo había escuchado.

Por otra parte, Teresa de Castro también quería que la visitase, pero la conocía lo suficiente como para saber que no se trataba de una simple charla para ponerse al día. Por fuerza debía haber algo más.

El canto del gallo la sorprendió sumida en estos y otros muchos pensamientos, esforzándose por evitar que Fernando volviera a «tomarla» como unas horas antes. La estela del cometa se desdibujó del techo en cuanto el primer rayo de sol anunció el alba a través de la ventana.

Hacía calor. Era lo normal en pleno verano, pero Isabel comprendía que el calor que ella sentía no procedía de ningún otro sitio que no fueran sus propias entrañas. Entendió entonces que el amor no es algo que se pueda pensar, planear o buscar, sino que crece en el interior, lo invade todo como un virus maligno, crece desde el alma, las vísceras y lo más profundo. Es algo inexplicable, ininteligible. Inabarcable.

¿Qué locura es esta del amor?

Álvaro e Isabel se dirigieron hacia el palacio a una hora prudencial para permitir que los marqueses pudieran descansar tras el largo viaje y la interminable recepción del día anterior. Fueron dando un paseo, cada uno navegando por sus propios pensamientos, pero, justo antes de entrar en el palacio, Mendaña se detuvo.

—No nos va a ayudar.

—¿Cómo? —A Isabel le costaba procesar las palabras que había dicho su marido.

—Que no nos va a ayudar. Esto es una pérdida de tiempo.

—Por supuesto que nos va a ayudar. —Lo tomó de la mano y sintió una descarga eléctrica al hacerlo que la llenó de culpa—. El marqués es un hombre extraño, puede resultar inflexible en algunas ocasiones, socarrón en otras y autoritario en la mayoría de ellas, pero tiene un punto débil: su esposa.

El adelantado hizo un gesto de desaprobación.

—No quise contarte nada anoche, estabas... No sé cómo explicarlo, supongo que emocionada por volver a ver a doña Teresa. —La culpabilidad iba creciendo en el interior de Isabel, desplazando a aquel amor desatado—. El virrey me dijo que nunca se opondría a los designios de don Felipe, pero que había asuntos más urgentes que requerían de mi cooperación. He oído muchas veces esas palabras, Isabel. Demasiadas.

Ella lo miró con lástima. Era la imagen viva de la derrota. Se acercó hasta él y le acarició el rostro. Después lo besó en la mejilla.

—Entra ahí, habla con él y dile que sí a todo lo que te proponga. Don García no suele aceptar un no por respuesta, es de ese tipo de hombres que prefiere que todo se haga a su gusto.

—¿Hay otro tipo de hombres? —bromeó con desgana.

—Sí. Están todos los hombres y después estás tú, que eres único en el mundo.

Volvió a besarlo, esta vez en los labios. No supo por qué lo hizo, quizá para insuflarle la energía que parecían haberle robado, o tal vez porque sus propios labios traidores necesitaban árnica para calmarse.

—Gracias.

—Hazme caso, Álvaro. Busca tu mejor sonrisa, complácele contándole historias de tu viaje, estoy segura de que le gustará y le animará a inclinarse hacia nuestro favor. Si te propone algún trabajo, dile que sí, que será un honor servirle a él y a Su Majestad. El marqués es un hombre devoto y pío, pero sobre todo es leal a Felipe. Si está en su mano, hará cumplir cualquier orden del rey.

—Si no está en su mano, ¿en la de quién está?

Isabel sonrió.

—Todos estamos en manos de Dios, ¿no es cierto?

—Creo que Dios tiene asuntos más importantes que atender, me tiene en espera desde hace más de veinte años.

—Quizá no había llegado el momento. Ahora todo nos es propicio, Álvaro. Se acabaron las epidemias, los negocios de mi padre vuelven a florecer y la nueva virreina es mi mentora. —Lo agarró de las dos manos—. Juntos, Álvaro, juntos podremos con todo.

Consiguió que su marido sonriese y entraron en el palacio. A él lo condujeron al despacho del virrey, mientras que Isabel fue llevada al patio trasero ajardinado, donde la marquesa desayunaba en compañía de sus doncellas.

—¡Querida! —gritó al verla. Isabel se acercó hasta ella e hizo una breve reverencia—. Marchaos —ordenó a sus damas de compañía.

—¿Yo también, mi señora? —preguntó Isabel en tono jocoso cuando todas se hubieron ido.

—Tú siempre serás mi preferida, Isabel. Pero, por favor, ya eres toda una mujer, ¡incluso casada! —celebró—. No más «mi señora» ni reverencias, te lo ruego. Siéntate. ¿Quieres tomar algo?

—No, mi señ... —se corrigió a tiempo—. He desayunado en casa.

—¡Qué calor hace aquí! No sé cómo has aguantado tantos años. —Se abanicó.

—Lima es un lugar hermoso. Os acostumbraréis enseguida. Si a vos os complace, sería un placer para mí enseñaros la ciudad.

—Tiempo tendremos para ello, pero antes tengo que organizar el palacio... Bueno, la casa.

—Sé que no es como los palacios castellanos, pero tiene su encanto.

La marquesa la miró en silencio, sonriendo.

—Lo que de verdad me tiene encantada es volver a verte. Te he echado mucho de menos.

—Yo también a vos.

—¿Qué tal está tu madre? Hacía años que no la veía.

Isabel se sorprendió.

—¿Conocíais a mi madre?

—Sí, por supuesto. Tu padre combatió con mi marido. Antes de que tú nacieras estuvieron los dos en Madrid. El rey condecoró a don Nuño y yo pude charlar largo y tendido con Mariana.

—Es... es la primera noticia que tengo.

¿Cómo no me lo contaron antes ninguna de las dos?

—Ayer, en cambio, apenas tuve tiempo de hablar con ella.

—Está bien. Es feliz en Lima. La muerte de mis hermanas fue dura para todos, pero el tiempo pasa y los recuerdos se emborronan, aunque aún lloramos la pérdida.

Teresa le agarró la mano y su gesto se entristeció.

—Ayer me lo contaron, quisiera expresarte cuánto lo siento.

—Muchas gracias, doña Teresa. —Le acarició el envés de la mano.

—¿Y Álvaro de Mendaña? Nada menos que un descubridor. Siempre supe que no estabas hecha para estar atada a una casa.

—Me conocéis mejor que yo misma.

—No exageres, Isabel. —Quitó la mano e hizo un aspaviento en el aire, quitándole importancia al asunto—. Cuando me enteré, me alegré mucho por ti, aunque cuando supe de la edad del adelantado, no puedo negarte que me sorprendió.

Cierta vergüenza atenazó a Isabel.

—Ya sabéis cómo funcionan estas cosas. Mi padre tenía un acuerdo con él, y yo acepté.

—Si ese imbécil de Fernando no hubiera metido la pata...

—Nunca sabremos lo que hubiera pasado —la interrumpió—. Pero no merece la pena dejarse llevar por la nostalgia de lo que no sucedió.

—Tienes razón. —Hizo una pausa—. ¿Es un buen hombre? ¿Te trata bien?

—Es el mejor hombre con quien podría haberme encontrado. Es tierno, inteligente, amable y generoso. Se preocupa por mí tanto como lo hacíais vos, si me lo permitís.

—Me alegro por ti, Isabel. Mucho. Hay matrimonios de conveniencia que terminan convirtiéndose en un infierno.

—No es nuestro caso. Además, ambos tenemos un mismo objetivo.

Después de las palabras de cortesía, pretendía llevar la conversación hacia sus propios intereses.

—Ese viaje a las islas... ¿Cómo se llaman?

—Salomón.

—Eso es. Salomón —repitió pensativa—. ¿En verdad quieres embarcarte con docenas de bárbaros? No sabía lo que era la incomodidad hasta que cruzamos el océano.

—No hay nada que me ilusione más, doña Teresa —expresó con entusiasmo—. Vos misma habéis dicho que no estoy hecha para sostener los tejados de mi casa. Quiero conocer mundos nuevos, ir adonde nadie haya llegado antes, descubrir lo desconocido.

—Ay, niña... Tu curiosidad es más grande que las riquezas del rey Salomón, pero si es lo que deseas, espero que lleguéis a esas islas perdidas.

—Lo haremos, no tengáis duda. —Si había algo mayor que su curiosidad, era su determinación.

—¿Puedo preguntarte una cosa?

—Por supuesto.

—Tu marido lleva veintitrés años, si no me equivoco, esperando hacer este viaje. ¿Qué le ha impedido hacerlo antes?

—Álvaro firmó unas capitulaciones con Nuestra Majestad hace catorce años, pero... —se detuvo, barajando mil formas distintas de contarle aquella historia. Decidió decirle la verdad, simple y llanamente—, pero no lo ha tenido fácil. Durante años tuvo que soportar el despotismo de un virrey que odiaba a su familia. ¿Podéis creer que lo llegó a encarcelar hasta tres veces? Cada ocasión en que conseguía reunir gentes de mar, provisiones y colonos, acababa en la cárcel. Cuando salía, se encontraba arruinado y los marineros se habían dispersado.

—¿Una cuestión política, entonces?

—En aquellos tiempos, después de su primer viaje y cuando regresó de Madrid con la cédula del rey, sí. Después acontecieron más penurias: los piratas ingleses amenazaban nuestras costas, el terremoto, las epidemias... Los virreyes no tenían recursos ni encontraban el momento adecuado de cumplir con las disposiciones del rey Felipe. Todo se ha ido alargando... Hasta ahora.

—¿Hasta ahora?

—Sí, doña Teresa. Ahora vos estáis aquí, y vuestro marido es el virrey del Perú. Por fin estas tierras son honradas con la presencia de un buen hombre, alguien que de verdad puede organizar y pacificar Lima y sus alrededores. Las epidemias van quedando atrás y nuestra armada se ha repuesto, por lo que puede hacer frente a esos despreciables piratas. ¿Qué nos impide partir ahora?

Creía haber expuesto sus razonamientos de un modo claro y conciso, regalándole los oídos de forma directa, aunque sin exagerar. La marquesa la miró con curiosidad.

—Nuestra situación no es tan buena como la describes.

Aquella respuesta no era la que esperaba.

—¿Qué sucede?

—Un nuevo pirata amenaza las costas del Perú. De eso quería mi marido hablar con el adelantado. Necesita que refuerce las defensas de los puertos y le asesore para mejorar las naves de la armada. —La decepción fue desplazando al resto de emociones que habían ocupado el corazón de Isabel desde la noche anterior—. Además, García quiere auditar las cuentas del virreinato, está prácticamente en bancarrota. Mucho me temo que no podremos ayudaros.

—Doña Teresa, os lo imploro. Nosotros costearemos la expedición, solo necesitamos vuestro permiso y que nos vendáis algunas naves.

—Veo que es verdad todo lo que me contaron.

—¿Qué os contaron?

—Creo que no debería decírtelo, pero no hay secretos entre nosotras, ¿verdad?

—Así es, doña Teresa.

Carraspeó para aclarar su voz.

—Me dijeron que en Lima se comentaba que el adelantado se casó contigo porque con tu dote podía financiar su viaje.

—¿Se comentaba? —Isabel no pudo evitar reír—. Es algo que llevo oyendo desde hace cuatro años.

Teresa permaneció impertérrita.

—Sí, Isabel, digo que se comentaba porque los últimos rumores apuntan hacia otra versión que, si me lo permites, me parece más coherente.

—¿Nueva versión sobre mi vida? Lima no es una ciudad pequeña, pero los chismes corren más que las tormentas. Solo lleváis dos días en la ciudad y ya estáis más enterada que yo.

—Por lo visto, ahora se comenta que tú eres la adelantada, que Álvaro preferiría quedarse tranquilo en Lima y tener descendencia, pero que eres tú quien está totalmente decidida, obcecada diría, a emprender la aventura de las islas Salomón.

—Vaya...

—He tenido que ponerme al día de los rumores que corren por la ciudad para no sentir que soy la última en enterarme de las cosas, ya sabes que no lo soporto. Pero querría escuchar tu versión.

Isabel circundó el jardín con la mirada.

—¿Álvaro se casó conmigo por la dote? Eso es correcto. Estaba arruinado, como ya os he comentado. Mi padre quería ayudarle y me propuso casarme con él. Yo acepté y ¿sabéis una cosa? No me arrepiento. Creo que mi dote es un escaso bien para lo que ese hombre puede ofrecerme: más allá de su compañía, su cariño incondicional y su respeto, él me ofrecía las capitulaciones, la posibilidad de cumplir mi sueño. Fue un negocio redondo para ambos.

—Hablas constantemente de cariño, de ternura, de respeto... ¿Lo amas?

Aquella pregunta la desconcertó. *¡Qué manía tiene esta familia con saber si lo amo!*

Pero no le dio tiempo a contestar. Por suerte, una doncella las interrumpió anunciando la llegada de un nativo procedente de lejanas tierras que quería honrar a la nueva virreina.

Teresa de Castro se dirigió a Isabel, preguntando con la mirada si era buena idea.

—Preferiría que no nos interrumpieran, y menos aún si es un indio.

—Tal vez nos cuente algo interesante —intercedió Isabel—. Estas tierras son ricas en relatos y leyendas, muchos incas narran sus historias a la nobleza en fiestas y reuniones.

—Estoy segura de que solo quiere pedirnos algo. Habrá oído que hay un nuevo virrey y pretenderá algo de él.

—¿Queréis que me asegure de quién es?

—En tus manos lo dejo, pero si nos hace perder el tiempo te culparé a ti, querida.

—Si fuera así, os lo compensaría.

Se levantó y siguió a la doncella hasta el salón donde había tenido lugar la recepción la noche anterior. El hombre vestía una mezcla de ropas castellanas e incas. De tez morena, cabello largo y cano y nariz aguileña, tenía los ojos oscuros y brillantes. Hizo una exagerada reverencia al verla.

—Os lo agradezco, pero yo no soy la virreina.

Un hombre entró en ese momento en el salón y se dirigió a él en quechua. Era español, de avanzada edad y con el cuerpo maltrecho por indisimulados dolores en la cadera.

—Disculpadle, os ha confundido. No habla castellano.

—No os preocupéis, es una confusión lógica.

—Es el señor de Coyca Palca, un territorio que está en Huancavelica.

—¿Huancavelica? Eso está en las montañas, ¿no es así?

—No os equivocáis, señora. A mitad del camino hacia Cuzco.

—¿Y qué hace el señor de tan lejanas tierras en Lima?

—Se enteró hace meses de que el nuevo virrey vendría con su esposa, y quería solicitarle una merced.

Vaya, la marquesa tenía razón.

—¿Y cuál es esa merced que desea pedir? La virreina llegó hace dos días de Europa y apenas ha tenido tiempo de descansar.

El nativo dijo algunas palabras. Tenía la voz áspera y grave, pero denotaba humildad. Isabel no comprendió el mensaje completo, apenas conocía algunas palabras del idioma.

—Viene a implorar a la virreina que sea la madrina de su hija, a la que bautizará cristianamente.

Aquella petición la sorprendió. Nativos y españoles por igual solían pedir a los virreyes que los favoreciesen en sus disputas con otros poblados, más tierras para su ganado y cosas similares.

—¿Y la niña?

El español sonrió.

—Se espera que nazca en unas cinco semanas.

—¿Ha traído a la madre embarazada hasta aquí?

—No, no, mi señora. Su esposa está en Coyca Palca.

—A ver si lo entiendo: ¿ha recorrido cientos de kilómetros con la esperanza de que la virreina viaje hasta allí y amadrine a su hija?

—Así es, mi señora.

El indígena sonreía.

—Me temo que eso va a ser... —Isabel se fijó en el cinturón del nativo. Tenía una hebilla que brillaba de forma ostentosa. *¿Es plata eso que veo?* —. Decidme, señor...

—Sánchez, Antonio Sánchez, para serviros.

—Decidme, señor Sánchez, ¿conocéis Coyca Palca?

—Sí, mi señora. He sido misionero en la zona de Huancavelica.

Isabel se fijó entonces en que el nativo llevaba también un collar lleno de adornos plateados.

—¿Y creéis que allí habría un alojamiento de la dignidad de la virreina?

—Oh, mi señora. Coyca Palca es un pueblecito muy pequeño, aunque bello, sin duda. No encontrará allí las comodidades de un palacio, pero haremos lo posible para que se sienta a gusto si considera la posibilidad de acceder a nuestra petición.

Se tomó unos segundos para planear una estrategia. Una posibilidad se dibujaba en el horizonte. No la dejaría pasar.

—Seguidme.

Los dos hombres la acompañaron hasta el patio.

—Mi señora, Antonio Sánchez es un misionero de la región de Huancavelica, en las faldas de los Andes. Lo acompaña el señor de Coyca Palca, un pueblo pequeño de aquella zona.

—¿Y qué es lo que quieren?

—¿Cómo se llama el indígena? —le preguntó Isabel al misionero.

—Mayta Yupanqui.

—Mayta Yupanqui quiere que le hagáis la merced de amadrinar a su hija, que nacerá en unas semanas.

Teresa le dedicó una mirada de desagrado al nativo y otra de furia a Isabel.

—¿Está cerca ese lugar? —preguntó con cierta indignación.

—Lo suficiente como para llegar a tiempo —contestó Isabel.

—¿A tiempo de qué?

—A tiempo de presenciar el nacimiento, por supuesto.

—Isabel, creo que no será buena idea. Señor Sánchez, podéis

decirle a... como se llame, que agradezco su petición, pero no estoy en posición de...

—*Ari* —se apresuró a decir Isabel.

Mayta Yupanqui hizo otra reverencia y comenzó a hablar animadamente, ante la estupefacción de la marquesa.

—¿Qué le has dicho, Isabel? —exigió.

—Le he dicho que sí.

—¿Cómo te atreves? —preguntó con la ira desgranando cada una de las sílabas.

—Os agradece que aceptéis ser la madrina de su hija, para él será todo un honor. Cuando estéis preparada, él mismo os guiará hasta Coyca Palca —comentó el misionero.

—Podéis retiraros, señor Sánchez. Decidle a Mayta Yupanqui que para la virreina será también un honor.

Le pidió con la mirada que se apresuraran a marcharse, antes de que Teresa entrase en cólera.

—Pero ¡¿cuándo te volviste tan desvergonzada?! ¿Cómo osas hablar en mi nombre de esta forma?

—Calmaos, doña Teresa, os lo suplico.

La marquesa había comenzado a gritar presa de una gran ira, insultando al indígena, al misionero y a la misma Isabel.

—Doña Teresa, ¿cuándo os he fallado yo?

—¿A qué te refieres? —Aún tenía la respiración agitada, fruto del enfado.

—¿No os habéis fijado en la hebilla de su cinturón? ¿Ni en los detalles de su collar?

—¿Qué estás diciendo?

—Vos aún no conocéis el Perú, pero estas tierras están llenas de secretos por descubrir...

—Tú y tus secretos por descubrir. Haz lo que quieras con tu vida, Isabel, pero no me metas en tus aventuras estúpidas.

Decidió obviar aquel comentario.

—Hay una leyenda inca que habla de una ciudad de plata y oro, un lugar donde las calzadas se construyen con esos materiales. Una ciudad brillante y hermosa.

—¿Una leyenda? ¿Me vas a obligar a recorrer el continente por una leyenda?

Isabel solo podía mirarla y sonreír. Estaba segura de lo que había visto, aunque se dejaba llevar por una intuición.

—Hagamos una cosa, doña Teresa. Dejad que yo organice el viaje. Vayamos allí las dos juntas y comprobemos con nuestros propios ojos que no me equivoco.

—¿Qué ganas tú con todo esto?

—Si estoy en lo cierto, habremos descubierto una de las mayores fuentes de riqueza del Perú. El virrey podrá vanagloriarse del descubrimiento y cargar galeones de oro y plata en dirección a Sevilla. A cambio, solo quiero que nos favorezcáis a mi marido y a mí en nuestra expedición.

—¿Y si te equivocas?

Desvió la mirada hacia un lado y torció el gesto. No había barajado la posibilidad de errar. Volvió a mirar a la marquesa, con decisión.

—Si me equivoco, le diré a Álvaro que se olvide de las islas. Él servirá al virrey en todo lo que necesite y yo volveré a ser vuestra doncella.

El enfado aún no se le había pasado a Teresa de Castro. Su gesto serio, torvo y disgustado permanecía tanto en su rostro con en el aire que las separaba.

—De acuerdo. Si cuando lleguemos allí no hay más que llamas y cabras, os olvidaréis de vuestro viaje y tú pasarás a mi servicio.

Esbozó una sonrisa maliciosa.

12

De la fundación de una ciudad

Castrovirreyna (Coyca Palca, Huancavelica),
15 de febrero de 1590

La comitiva se aproximaba al poblado de Coyca Palca, dirigida por
su señor, Mayta Yupanqui, y el misionero Antonio Sánchez. Isabel
montaba su orgullosa yegua como una verdadera amazona. A su
lado, Teresa de Castro, la miraba con una mezcla de desdén y odio
exacerbado, censurando cada uno de los pensamientos que a la joven se le ocurría mencionar en voz alta.

Habían acampado a unos cuatro mil metros de altura la noche
anterior. Hacía frío y viento. La cordillera de los Andes se recortaba afilada en el horizonte, mucho más cercano de lo que jamás la
habían visto, con sus hermosas y amenazantes cimas nevadas. El
paisaje era realmente espectacular, lo que no evitaba las continuas
quejas de la marquesa.

No los acompañaban solo aquellos dos hombres: tres capella-
nes, un sacerdote, medio centenar de soldados, un representante de
la Real Audiencia de Lima y algunos miembros de la baja nobleza,
junto con sus esposas, se habían sumado a la expedición a regañadientes.

A nadie le había gustado la idea de aquel viaje. Y, menos que a
la mayoría, al virrey García Hurtado de Mendoza, pero le costaba
mucho oponerse a una decisión de su esposa, incluso cuando ni
siquiera ella estaba convencida de lo que iba a hacer. Sin embargo,

el botín prometido era importante: Álvaro de Mendaña se olvidaría de su viaje y se dedicaría por entero a los trabajos exigidos por el marqués, mientras que Isabel Barreto se convertiría en la dama de compañía que siempre había soñado la virreina.

En realidad, pasase lo que pasase, ganarían, pues si la divina providencia actuase en beneficio de los adelantados, el descubrimiento de nuevas minas de plata y oro sería celebrado en la corte de Madrid.

En orden descendente en cuanto a las personas que creían que aquel viaje era una locura, cerca de la cúspide se encontraba, sin lugar a duda, Álvaro de Mendaña.

—Estás loca, Isabel. ¡Loca! —le dijo cuando llegaron a casa y le explicó su plan.

—Tenías razón. No nos habrían ayudado —repuso con firmeza.

—No es eso lo que me ha dicho el virrey.

—¿No? ¿Acaso te ha dado los barcos que necesitamos? ¿Soldados? ¿Arcabuces? ¿Pólvora?

—No, no me lo ha dado. Pero me ha prometido que hará todo lo posible por cumplir con las órdenes del rey en cuanto...

—¿¡En cuanto qué!? No hay en cuanto nada, Álvaro. Hoy querrá que hagas esto, mañana lo otro y pasado mañana lo de más allá. No hay dinero en el Perú, el rey Felipe sigue en guerra con Inglaterra y, por si fuera poco, los piratas ya se han aprendido la ruta del estrecho de Magallanes. ¿Crees que eso se resolverá algún día? ¡Por el amor de Dios, Álvaro, tienes...! —No se atrevió a concluir la frase.

—¿Qué tengo, Isabel? ¡Dilo! No te quedes callada ahora, nunca lo has hecho.

La discusión iba subiendo de tono poco a poco.

—Tienes casi cincuenta años.

—Ese es el problema, ¿verdad? Por eso nunca te has planteado siquiera enamorarte de mí.

El rostro de Isabel demudó.

—¿Qué demonios estás diciendo?

—Sabes muy bien lo que estoy diciendo, no te hagas la tonta. —Álvaro de Mendaña entró en la cocina. El servicio salió espantado—. Cuando nos casamos ya sabías que soy mucho mayor que tú, pero nunca te habías atrevido a mencionarlo en voz alta.

—No soy estúpida, Álvaro. Sé muy bien la edad que tienes, como lo sabía hace cuatro años. Pero ¿eso qué tiene que ver?

—Eres tú quien ha sacado el tema de la edad.

—¿Quieres emprender ese viaje con sesenta años? ¿Con setenta?

—Lo emprenderé cuando haga falta. O lo habría hecho, porque ahora resulta que mi mujer sí es estúpida y ha puesto en peligro un proyecto que lleva en marcha desde que ella nació.

La ira fue haciéndole recuperar el color a Isabel.

—¡¿Cómo te atreves?! —Lo golpeó en un hombro, con la mano abierta—. ¿Cómo puedes ser tan miserable de echarme eso en cara?

—¡Eres tú quien está echando cosas en cara!

Isabel intentó volver a golpearlo, pero él la agarró por una muñeca con fuerza.

—¿Yo te estoy echando cosas en cara? Ahora parece que recordarte tu edad es un pecado. ¿Y a qué viene eso de que no me he planteado nunca enamorarme de ti? Por supuesto que no lo he hecho. Te lo dije cuando nos conocimos, te lo dije cuando nos casamos y te lo repetiré las veces que haga falta. Pero no se te ocurra culparme a mí de que no puedas hacer tu estúpido viaje, porque si no fuera por mí y por mi familia seguirías siendo un penoso muerto de hambre.

Ambos se miraron con la respiración acelerada. Álvaro soltó su muñeca con violencia, haciéndola retroceder medio metro. Acto seguido dio un manotazo a los cacharros de cocina que había sobre la mesa y se marchó dando un portazo tras de sí.

Después de eso, Isabel pasó toda la semana organizando el viaje a Coyca Palca. Debían partir sin demora para que Mayta Yupanqui llegase al nacimiento de su hija. De todos modos, su apuesta era a todo o nada, y no quería dejar pasar un solo instante de más antes de saber qué sería de su futuro.

Álvaro no le dirigió la palabra durante toda aquella semana, pero el día de su partida, cuando Isabel se vestía antes de salir de casa, llamó a la puerta de su dormitorio.

—Isabel, yo... Lo siento. Tienes razón. En todo.

Miraba al suelo. No se atrevía a cruzarse con sus ojos.

—¿En qué tengo razón exactamente? —preguntó, intentando cerrar el pequeño arcón que llevaría para el viaje.

—El marqués me dijo que me ayudaría... Aunque primero tendría que hacer un trabajo para él.

—Ah, ¿sí? —Isabel empujaba con todas sus fuerzas, pero el arcón estaba demasiado lleno—. ¿Y qué trabajo es ese?

—Reforzar los puertos del Perú hasta Panamá, en previsión de que sean atacados por los corsarios ingleses.

—Piratas, Álvaro. Son piratas.

Se sentó encima, intentando con su peso que la tapa al fin se cerrase. Mendaña cruzó el umbral de la puerta y la ayudó a cerrarla.

—También tenías razón en que sin ti y sin tu padre yo no sería nadie, como mucho un recuerdo en la memoria de algunos viejos.

Sus miradas se encontraron.

—Yo... Yo no quería decir eso. Fui injusta contigo.

—No, no, Isabel. Si alguien fue injusto con el otro, ese fui yo. Sin duda. Sé que todo lo que haces... Todo lo que has hecho desde que nos conocimos ha sido para que podamos emprender nuestra aventura. Y yo te lo he pagado de este modo...

Isabel le acarició una mejilla con ternura.

—Sé que crees que ir a Coyca Palca y poner en juego nuestro futuro es una locura. Todos lo piensan. Pero a veces la locura es la única solución.

—¿Estás segura de lo que vas a encontrar allí?

—¿Segura? No puedo estar segura, pero me fío de lo que vi y de mi intuición. He leído todo lo que se ha escrito sobre los incas, sobre sus ciudades y sus riquezas. Creo que... Algo me dice...

—Confío en ti, Isabel. —Su sonrisa mostraba el más puro arrepentimiento y le devolvió la caricia—. Ve a Coyca Palca y regresa con nuestros barcos y nuestros soldados.

Isabel lo besó en los labios y ambos se abrazaron.

Aquel beso fue hermoso, aunque poco tenía que ver con el que le había robado Fernando de Castro hacía una semana.

Los sirvientes se llevaron el arcón e Isabel montó en su caballo. De eso hacía ya un mes. Un mes lleno de penurias, heladas nocturnas y miradas inquisitivas.

—Mayta Yupanqui dice que debemos dejar aquí los caballos. El resto del camino hay que hacerlo a pie —dijo el misionero.

El terreno era escarpado y rocoso, y el sendero que seguían, transitado por los antiguos incas y otros pobladores de la zona desde hacía centurias, se elevaba demasiado como para continuar a caballo.

Los soldados montaron algunas literas y los nobles de mayor renombre subieron a ellas.

—Tú vienes conmigo —ordenó la marquesa al ver que Isabel se proponía seguir a pie.

Subieron las dos a un palanquín y cerraron los gruesos cortinajes para protegerse del frío. Durante dos horas no se dirigieron la palabra. A Isabel nunca le había resultado tan incómoda la presencia de otra persona. Podía leer sus pensamientos, interpretar su respiración, traducir el brillo crepitante de sus ojos.

Al cabo de esas dos horas, los porteadores se detuvieron y fuera escucharon algunas voces de júbilo que hablaban en quechua. Isabel fue a descorrer la cortina, pero Teresa se lo impidió.

—De lo que haya ahí fuera depende el resto de tu vida. ¿Estás nerviosa?

—¡Claro que estoy nerviosa! Deseo fervientemente ver todas las riquezas de este pueblo.

—Abre las cortinas entonces.

Isabel obedeció. El sol se introdujo en la litera con violencia, deslumbrando a las dos mujeres, que tuvieron que entrecerrar sus ojos para poder ver algo. Varios indígenas abrazaban a Mayta Yupanqui con alegría. El poblado era pequeño, con sencillas y austeras casas de piedra y tejados de ramas. Los soldados se distribuyeron en torno al palanquín de la virreina.

Cuando se acostumbraron a la luz, Isabel salió de la litera y le ofreció la mano a doña Teresa de Castro. La marquesa salió también y puso una mano en su frente, a modo de visera, para contemplar todo el poblado.

—Así que hemos recorrido más de trescientos kilómetros para visitar un pueblucho de casas feas —comentó, victoriosa. Pero Isabel no podía parar de sonreír—. ¿Qué te causa tanta risa?

—Mi señora, mirad el suelo.

Teresa dirigió la mirada al terreno que pisaba y, después, sus ojos, extremadamente abiertos a causa de la sorpresa, la llevaron hasta el humilde hogar del señor de Coyca Palca. Todo el camino se había construido a base de enormes baldosas de plata, tan fulgurantes como el sol del mediodía, tan hermosas como un amanecer en el océano. Tenían un tamaño nunca visto, y su grosor y pureza las hacían por completo únicas.

La marquesa se echó a reír. No era una risa de felicidad, aunque indudablemente estaba feliz. Eran carcajadas nerviosas y desacompasadas, propias de alguien que ve algo en lo que nunca ha creído.

—¡Por San Judas Tadeo! ¿Es plata lo que pisamos?

Algunos soldados y nobles se agacharon a tocar con sus propias manos lo que sus ojos no podían creer.

—Doña Teresa, creo que he encontrado la solución a nuestros problemas. Los del virreinato y los de mi marido.

A pesar de que Isabel no podía dejar de sonreír de felicidad, lo que invadía todo su cuerpo era alivio. Si aquellos indígenas habían construido un camino de plata, por fuerza debía haber alguna mina cercana que poder explotar. Aunque solo con lo que había en el suelo el rey Felipe podría financiar sus guerras durante más años de los que Dios le daría sobre la Tierra.

El misionero se acercó a las dos mujeres, con gesto excelso de alegría.

—Mis señoras, venid, os lo ruego. La niña ya ha nacido.

Les pidió con la mano que lo siguieran.

—¿Cómo sabía que era una niña? —preguntó, extrañada, la marquesa.

—Mama Quilla, mi señora. Ella se lo ha dicho —contestó el misionero.

Teresa interrogó a Isabel con la mirada.

—La luna, mi señora. La misma que con sus lágrimas inundó el imperio inca de minas de plata.

Siguieron al misionero hasta la casa de Mayta Yupanqui.

El interior era más o menos como anunciaba el exterior, solo que había pequeñas figuras de plata en el alféizar de la ventana que daba a las montañas. Aquel era todo el lujo que se permitían.

La esposa de Mayta Yupanqui estaba tumbada en un jergón de paja con una hermosa niña de ojos oscuros y curiosos. Cuando Isabel y Teresa entraron, acompañadas por el misionero y dos soldados, la luz que se filtraba por la puerta la deslumbró y se tapó la cara con sus pequeñas manos.

La marquesa lo observaba todo con cierto reparo, como si no se sintiese a gusto del todo. Isabel, por su parte, se acuclilló junto a la madre y le dedicó unas carantoñas a la recién nacida, que enseguida contestó con una sonrisa y jugando y enredando sus dedos rechonchos en el pelo azabache de la española.

—Tal vez deberías ser tú la madrina —bromeó la virreina.

Isabel la miró desde su posición agachada.

—Venid, mi señora. Esta niña ha iluminado nuestra senda. Su nacimiento debería ser el símbolo de unión entre nuestro pueblo conquistador y los pobladores de estas tierras. Esos ojos nos han traído riquezas.

Teresa, con ciertas dudas, se acercó hasta la madre y se agachó para acariciar el rostro del bebé. La niña se agarró a uno de sus dedos con sorprendente agilidad, y aquel gesto derribó todas las barreras que la marquesa se había obligado a levantar ante aquella situación.

—¿Cómo se va a llamar? —preguntó Teresa de Castro al misionero.

—Asiri... Asiri Teresa, mi señora.

La virreina inquirió con la mirada a Isabel.

—Asiri significa «sonriente».

—No creo que al sacerdote le resulte convincente.

En ese instante un hombre entró en la casa gritando en quechua. De inmediato, los soldados lo redujeron; uno lo agarró de las manos y el otro aprisionó su cuello con el arcabuz contra una de las paredes. El misionero, que estaba junto a la madre y las dos mujeres, se levantó ceñudo.

—¿Qué dice? —preguntó doña Teresa.

—Algo está pasando fuera —contestó Isabel ante el mutismo del hombre.

Al salir se encontraron una violenta escena. Un indígena estaba de rodillas sobre el camino de plata, con las manos cruzadas en la nuca, mientras uno de los soldados que habían acompañado a la virreina desde Lima lo apuntaba con el arcabuz.

—¿Dónde están las minas, sucio indio?

Niños, mujeres y ancianos salían de sus casas ante los gritos de los incas que presenciaban aquella atrocidad.

Isabel no podía creer que un día tan hermoso, tan maravilloso como aquel, se viera ensuciado de aquel modo. En pocas y firmes zancadas se acercó al soldado y apartó su arcabuz del indígena.

—¿Qué creéis que estáis haciendo?

—Quitaos de en medio si no queréis que os salpique —contestó antes de volver a apuntar al nativo, que lloraba implorando piedad en su idioma.

—¿Quién sois vos para amenazar a este hombre? ¿Qué ha podido hacerle a un soldado español para que lo humille de este modo?

El soldado la miró con desprecio absoluto.

—Es un indio, mi señora. No merece ningún respeto y la humillación es su condición. Soy benevolente, le entrego su vida a cambio de que nos diga de dónde sacan tanta plata.

—¿Y con qué derecho preguntáis vos nada? ¿Plata? La plata es del rey, no habéis venido aquí en una jornada de guerra ni os espera botín alguno. Os ordeno que bajéis el arcabuz.

Al ver que el soldado no obedecía se acercó a él con intención de volver a apartar el arcabuz, pero el hombre la empujó lanzándola al suelo.

—¿Quién sois vos? Decidme vuestro nombre inmediatamente —ordenó la virreina, que hasta ese momento se había mantenido al margen. Doña Teresa caminó hasta donde estaba Isabel y la ayudó a levantarse, ante la estupefacción de todos. El soldado titubeó, confuso.

—Juan de Buitrago.

—Así que no sois García Hurtado de Mendoza, ¿me equivoco?

—Bien sabéis que no lo soy.

—¿Y por qué un hombre, que no es el virrey del Perú, se interesa por las minas de plata de esta región? ¿Acaso pretendéis robarle al rey lo que es suyo? —El soldado la miraba sin dejar de apuntar al indígena—. Soltad al arma. Estáis arrestado.

—¿Arrestado? —Se rio con sorna—. No tenéis autoridad para eso.

Teresa se acercó a él tanto que pudo sentir el olor del desayuno de Juan de Buitrago, lo que le resultó asqueroso. Aun así, mantuvo su posición. Lo miró con la furia de los grandes de España, con aquella superioridad que solo quienes habían gozado las mieles de la corte sabían sentir y extender sobre los demás. Agarró el arcabuz y se lo arrebató de las manos, tirándolo después al suelo.

—Soldado Juan de Buitrago, quedáis arrestado por desobediencia al rey.

—¿El rey? No veo a ningún rey.

—Mi esposo es el representante del rey en estas tierras y, en su ausencia, yo soy quien dicta las órdenes y las leyes. ¿Veis al virrey en alguna parte? —La marquesa circundó con la mirada a los presentes de forma teatral—. Si persistís en vuestra insubordinación os acusaré de traición y no veréis un nuevo amanecer.

Se midieron con la mirada. Él, desafiante. Ella, poderosa.

—Alférez —añadió él al cabo de unos interminables segundos.

—¿Qué? —La virreina no esperaba aquello.

—Alférez Juan de Buitrago. —Dio un paso corto para acercarse un poco más a ella, tanto que sentía su aliento en la cara.

—Alejaos de la virreina de inmediato.

Isabel había cogido el arcabuz del alférez y lo apuntaba directamente a la cabeza. El soldado la miró con una sonrisa de medio lado. Después, dio dos pasos hacia atrás y levantó las manos sin borrar aquella expresión terrible.

—Apresadlo —ordenó la marquesa.

Los soldados eran al principio reticentes al mandato de su señora, pero visto lo acontecido, a los pocos segundos dos de ellos tomaron por la fuerza a Juan de Buitrago y le ataron las manos a la espalda.

—Y amordazadlo. No quiero escuchar su voz de nuevo —espetó Isabel.

Los soldados miraron a la virreina, que asintió con la cabeza, y lo amordazaron.

Se había hecho un silencio en el poblado, tan tenso que parecía una tormenta a punto de explotar.

—Y, ahora, vamos a celebrar un bautizo. Desde este momento, estas tierras quedan bajo mi completa protección. Todo lo que hay en ellas me pertenece, tanto las riquezas como las almas de los nativos. Cualquier violación de esa protección será penada con la muerte —explicó doña Teresa a los presentes.

La niña fue bautizada con el nombre de Teresa María, aunque los indígenas la llamaban Asiri cuando el sacerdote no los escuchaba. Mayta Yupanqui agradeció a la virreina su merced. Al anochecer, reunió a todo el poblado y, juntos, rezaron el credo en perfecto castellano.

Al día siguiente, el señor de Coyca Palca le entregó a doña Teresa de Castro las baldosas de plata con las que había construido el camino como símbolo de agradecimiento, y juró que las almas de toda aquella región serían cristianas, así como las de sus descendientes.

La virreina, con el misionero como traductor, le informó de que pronto vendrían más hombres desde Lima, construirían una iglesia para que no tuvieran que rezar a la intemperie y le pedirían más plata. Él señaló las montañas y aseguró que allí encontrarían toda la que quisieran.

Cuando partieron de vuelta a casa, Teresa de Castro se sentía orgullosa por haber contribuido a enriquecer aún más a la corona. Era consciente de que tanto su marido como el rey celebrarían aquel descubrimiento. Era preciso establecer una vía de comunicación desde Coyca Palca hasta Lima; en pocos meses, aquel camino sería transitado por cientos de españoles.

—¿Y bien, doña Teresa? —preguntó Isabel cuando ya se encontraron ambas en la litera, de regreso a sus caballos.

—¿Y bien qué, Isabel?

—Teníamos un acuerdo, y creo que he superado con creces lo que os ofrecí.

La marquesa observaba el paisaje desde la litera, con el cortinaje apartado.

—No había oro —deslizó sin mirarla.

—¿Qué queréis decir? —Isabel sintió un pinchazo en la espalda, como si le hubieran clavado un puñal.

—Lo que has oído. Me prometiste oro y plata, pero solo hemos encontrado plata.

—Hay más plata en ese poblado que en Potosí o en Zacatecas. Solo las baldosas que nos llevamos supondrán la mitad del presupuesto anual del virreinato. No podéis decirme que...

—¿No puedo decirte qué, Isabel? —la interrumpió con agresividad—. Me has traído hasta solo Dios sabe dónde. Me has obligado a morir de frío noche tras noche, y lo que nos queda hasta llegar a Lima... He tenido que arrestar a un buen soldado y enfrentarme a la mesnada del rey. Y no, Isabel, no había oro.

La muchacha se sintió pequeña, una cría. La niña que nunca había sido. También percibió una rabia creciente en su interior, preguntándose si aquella nimiedad supondría el final de todo.

—Doña Teresa, os lo imploro, no nos dejéis sin nuestro viaje. Sería el final de mi esposo, ¡el final de mi vida!

La marquesa desvió la mirada del paisaje escarpado y posó sus ojos sobre Isabel. La escrutó durante unos minutos. Quería a esa mujer, le profesaba un cariño similar al que se le tiene a una hija. Pero no terminaba de comprender por qué quería emprender aquel absurdo viaje lleno de peligros hacia unas islas que nadie había visto desde hacía más de veinte años.

—No había oro, Isabel —repitió para desesperación de la joven, que terminó por agachar la mirada—. Pero hay plata, eso es evidente. Es la mitad de lo que me prometiste.

Isabel levantó sus ojos de inmediato, con una luz nueva que iluminaba su semblante.

—La mitad de una promesa merece la mitad de una recompensa. Os lo suplico, doña Teresa, dejad que al menos el adelantado se embarque hacia los confines del mar del Sur. —Estaba a punto de llorar, rogando con las lágrimas que inundaban sus bellos ojos verdes como gotas de rocío sobre azucenas.

Barajó aquella posibilidad durante unos segundos.

—No, Isabel. No te haría eso. Jamás me lo perdonarías y, lo que es peor, creo que jamás me perdonaría a mí misma privarte de tus sueños.

—¿Qué queréis decir?

—La mitad de una promesa merece la mitad de una recompensa. Podréis partir a ese estúpido viaje, pero también tendréis que cumplir con lo que me habías prometido. —Isabel no terminaba de comprender cómo podría hacer ambas cosas—. Con la plata de Coyca Palca financiaré los sueldos de los soldados, los arcabuces, la pólvora y las mechas, pero vos tendréis que pagar su manutención durante la expedición.

—Por supuesto —se apresuró a aceptar.

—Aún no he terminado. —La fulminó con la mirada como un relámpago que cayese sobre un mástil—. Ni el virrey puede entregar un galeón de la armada a su gusto, mucho menos su esposa. Te quedarás a mi servicio hasta que encontremos la fórmula de hacerlo, y tu esposo servirá al virreinato a conveniencia de don García. —Isabel se sintió decepcionada. Aquello era lo que Álvaro le había contado que siempre le decían los virreyes. «Ahora no, pero en un futuro...»—. No me mires así, como si fueras un corderito a punto de ser sacrificado. Juro por mi honor que haré todo lo posible para que las condiciones oportunas se den lo antes posible. Como prueba de mi buena fe, le pediré al virrey que anuncie el viaje del adelantado a las islas Salomón, para que nadie más pueda solicitar ese derecho, apoyando sin fisuras las disposiciones del rey en las capitulaciones que firmó con tu marido.

—Os lo agradezco, doña Teresa —expresó con total humildad.

—Alegra esa cara, Isabel. Hasta que podáis marcharos serás mi primera dama de compañía. Vivirás de nuevo en la corte, aunque esto no sea exactamente como Madrid. Iremos al teatro, asistiremos a fiestas y visitaremos las principales ciudades del Perú. Me ocuparé de que todo el mundo sepa quién eres y qué te propones hacer. Pronto, en todas las Indias se sabrá que el adelantado Álvaro de Mendaña y su esposa van a regresar a las islas de las que son marqueses; echarnos atrás sería una mancha en nuestro honor.

Isabel le tomó las manos. Las lágrimas vencieron cualquier oposición y resbalaron por sus mejillas, perdiéndose más allá de su rostro.

—Tenéis todo mi agradecimiento, doña Teresa. Os serviré con gusto, como ya hice en su día.

La noticia del descubrimiento de las minas de plata en Coyca Palca fue recibida con extrema alegría por el marqués. El 27 de mayo del año siguiente, el virrey García Hurtado de Mendoza fundó con orgullo la ciudad de Castrovirreyna, en honor a su esposa, que había hecho posible el enriquecimiento del Perú con aquella hazaña. Mayta Yupanqui pasó a ser el gobernador de Castrovirreyna y facilitó el establecimiento de los mineros, proporcionando mano de obra nativa para los trabajos más duros.

Como agradecimiento, doña Teresa le otorgó a Isabel una encomienda de indios en el poblado, que les proporcionaría durante años una buena suma de ducados con los que seguir financiando su proyecto.

Aquel viaje hacia lo desconocido, aquella apuesta a todo o nada de Isabel, fue la primera piedra en la construcción de la expedición que definitivamente los llevaría a ella y a su esposo a cumplir su sueño.

El alférez Juan de Buitrago fue encarcelado a su llegada a Lima. Se le degradó y acusó de insubordinación. Isabel pensó que jamás volvería a ver a aquel hombre, tan violento como desagradable.

Una vez más, se equivocaba.

13

De la persecución y captura del pirata Richard Hawkins

Lima (Ciudad de los Reyes), 17 de mayo de 1594

Isabel despertó al escuchar unos terribles golpes en el portalón de madera que se abría a la calle. Los estruendos causados por quien estuviera llamando eran tan enormes que temió fueran el resultado de un nuevo seísmo que llegara para llevarse todo lo que habían reconstruido.

—Mi señora Chabelita —Pancha había abierto la puerta de su alcoba sin llamar, como solía hacer casi siempre—, hay un negro muy grande en la puerta. Dice que tiene que ver al adelantado cuanto antes.

—¿Un negro? —Frunció el ceño.

Un negro llamando a la puerta de esa forma. Solo puede ser Myn, pensó Isabel cuando logró espantar la somnolencia que aún la asediaba a aquella hora de la mañana.

—Abre la puerta, por Dios, Pancha, o terminará echándola abajo. —La sirvienta asintió—. Y hazle pasar a la cocina. Iré en un instante.

—¿Doy aviso al señor?

—No hace falta. Álvaro salió antes del amanecer para ir a ver a mi padre. Yo atenderé a Myn.

—¿A quién?

—¡A ti qué te importa, desvergonzada!

Le lanzó uno de los zapatos que utilizaba para andar por casa, pero Pancha lo esquivó con agilidad.

—Como tenga tan grande lo que yo me sé como esos brazos...

—¡Lárgate! Tengo que vestirme.

Al cabo de unos minutos, Isabel encontró a Myn dando vueltas por la cocina.

—¡Cuánto tiempo! —celebró la mujer. El liberto aceptó el abrazo; era como si una niña se colgase de su cuello.

—Yo también me alegro de veros, mi señora, pero me urge encontrar a don Álvaro.

—¿Qué te sucede? Te veo muy nervioso. ¿No quieres desayunar?

Isabel no era consciente del asunto que tenía aquel hombre entre manos. Se sirvió un vaso de leche y le ofreció otro a Myn, quien lo rechazó con un gesto del mentón.

—Mi señora... Doña Isabel, os ruego que me disculpéis, pero debo ver al adelantado. De inmediato.

—Y lo verás, Myn, pero antes tienes que decirme qué demonios te tiene tan agitado.

—Un corsario se dirige a Lima, mi señora. Ese al que llaman Ricardo Aquines.

Isabel estaba bebiendo en ese mismo instante, pero el vaso se le resbaló de las manos.

¡Otra vez no! Te lo ruego, Dios mío. Otra vez no.

Se vistió con ropa de calle de inmediato y caminaron hasta la casa de los Barreto. Al llegar, Nuño y Álvaro, acompañados de los hijos del primero, ya estaban al tanto de la noticia. A los pocos minutos toda la ciudad estaba enterada, y muchos vecinos corrían de un lado a otro tratando de poner a salvo sus pertenencias.

Myn y Mendaña no se veían desde hacía dos años, cuando el liberto lo había visitado en Lima. Llevaba un tiempo esperando la llamada de su señor para ponerse en marcha y partir hacia las Salomón, pero al no recibirla decidió viajar desde Nueva España, donde se dedicaba a la extracción de azogue, hasta la Ciudad de los Reyes. La visita duró cerca de tres meses, que permaneció hospedado en la casa de los Barreto. Isabel lo recibió con cariño y enseguida trabaron amistad.

Se abrazaron en silencio. Myn sabía muy bien lo que podía significar que un nuevo pirata atacara Lima para el proyecto de su señor. Se hacía cargo de su preocupación.

—¿Cómo te has enterado? —le preguntó Nuño.

—Llegué esta mañana a El Callao desde Guayaquil con un cargamento de mechas y pólvora para almacenarlos. En el puerto no se habla de otra cosa.

—Nos han dicho que el capitán Juan Martínez de Leiva llegó de madrugada con una fragata desde Valparaíso, donde el corsario había apresado varias naos de abastecimiento. Parece ser que sus hombres pasaron varios días rapiñando todo lo que encontraron en el puerto y jactándose de que su siguiente destino sería Lima. ¿Sabes algo más, Myn? —quiso saber el adelantado.

—No, mi señor. En cuanto he oído la noticia me he apresurado a buscaros.

En ese momento una doncella llamó a la puerta de la biblioteca, donde todos estaban reunidos.

—Mi señor, han venido a visitaros en nombre de don Beltrán de Castro, el cuñado del virrey. Os necesitan a vos y al adelantado en el palacio.

Mendaña y su suegro se apresuraron a contestar al requerimiento, mientras Isabel, sus hermanos y Myn se quedaron en la hacienda familiar.

El capitán Martínez de Leiva había dado aviso de las correrías de Richard Hawkins, al que los españoles llamaban Ricardo Aquines. El inglés había doblado el estrecho de Magallanes hacía unos meses, perdiendo en la travesía los barcos que acompañaban a la nave capitana. Costeando Chile había arramplado con todo lo que había encontrado a su paso hasta llegar a Valparaíso, donde había fondeado y saqueado la ciudad. Allí se había hecho con un botín importante: cuatro naves cargadas de bastimentos y veinte mil pesos de oro, pero debía considerarlo insuficiente, por lo que pretendía llegar hasta Acapulco y hacerse con las naves que procedían de Manila, haciendo uso del pillaje y sus malas artes en todos los puertos que encontrase de camino.

Cuando el capitán llegó al palacio aún no había amanecido, pero el virrey se encontraba despierto por culpa de uno de sus cada vez más frecuentes ataques de gota. A pesar de su indisposición, se levantó y mandó llamar al arzobispo de México, el visitador de la Real Audiencia de Lima, varios oidores de la misma, el fiscal y tantos oficiales reales como había en la Ciudad de los Reyes. El adelantado y Nuño Rodríguez Barreto asistieron a la reunión, en la que el marqués convenció a los presentes de la necesidad de salir al encuentro del corsario en lugar de esperar un ataque que podría encontrarlos desprevenidos en alguno de sus flancos.

García Hurtado de Mendoza era un hombre de acción, un guerrero que había conquistado Chile. No se amedrentaría ante la llegada de un pirata, por mucha fama que lo acompañase.

Durante toda la jornada se trabajó con ahínco para sacar adelante cuantas disposiciones legales fueran necesarias, y ordenó a los capitanes Pulgar, Manrique y Plaza levantar cien hombres cada uno y regresar a El Callao en tres días.

Dos horas después de la medianoche, el adelantado y don Nuño acompañaron al virrey en su carroza hasta el puerto. Una custodia de soldados montados a caballo y portando antorchas les abrieron camino. Nada más llegar, se apresuró a organizar los abastecimientos necesarios para las naves que debían salir al encuentro de Hawkins y envió tres pataches para avisar a Nueva España, Panamá y la costa del sur de Lima de la próxima llegada del pirata.

Álvaro de Mendaña había pasado los últimos cuatro años aprestando cada uno de los puertos del litoral del mar del Sur, desde el estrecho de Magallanes hasta la Baja California. Había fortificado las defensas y reconstruido algunos puertos para hacerlos más protegidos de lo que eran de forma natural. Por otra parte, también se había encargado de aligerar las naves de la armada para que fueran más rápidas. A él no le cabía duda de que estaban más que preparados para un hecho como aquel, algo que sabían que, tarde o temprano, sucedería.

El virrey, por su parte, había puesto toda su confianza en aquel hombre por insistencia de su esposa. Ambos sabían que la nueva situación pondría a prueba la valía de Mendaña.

Las naves capitana y almiranta, así como el galeón San Juan, se llenaron de munición y víveres durante la madrugada. Cuando estuvieron preparados, los soldados que había en el puerto los ocuparon, por si fuera necesario defenderlos.

Dos días después llegaron los capitanes que el virrey había enviado con sus hombres, así como Beltrán de Castro, que se había quedado en Lima organizando a los oficiales y proveyendo a los *Chasquís*, indígenas que conocían los caminos tierra adentro, de cartas para prevenir a las poblaciones que no tenían fácil acceso a la costa.

Durante ocho días se pertrechó a los navíos y a los hombres que debían tripularlos. No faltaron voluntarios, además de los soldados, tanto entre los nobles como entre las gentes de Lima y las poblaciones cercanas, tal era el odio que profesaban a los bandidos que se atrevían a esquilmar los puertos de Su Majestad.

Mosquetes, arcabuces, picas, rodelas, botijas de pólvora, bolsas de mechas, balas de bronce, navajas, espadas y cadenas fueron pasando de unos a otros para embarcarlos.

El octavo día, el marqués, ignorando los dolores provocados por la gota, regresó a El Callao y subió a un esquife para visitar las naves. Le llenó de orgullo comprobar que todo estaba ya en orden y que sus hombres solo esperaban un viento propicio para abandonar aquel peligroso puerto de guijarros.

Los bajeles celebraron la presencia de su benefactor disparando piezas por sus cañones y cubriendo El Callao con enormes columnas de humo. Se lanzaron vivas y se entonaron cánticos acompañados de clarines, tambores y trompetas, mientras los gallardetes y las banderas bailaban al son de un viento que comenzaba a despertar al presenciar el entusiasmo de aquellos valerosos hombres.

A medianoche, el viento fue propicio y las naos comandadas por don Beltrán de Castro largaron velas. Navegaron en conserva hasta engolfarse, los aparejos orgullosos y los estandartes reales en danza.

Al día siguiente, un pescador recién llegado a Lima pidió audiencia con el virrey para informarle de que Aquines había llegado a Arica con tres naves y le había robado su barco cargado de pescado. El marqués ordenó a Mendaña cargar con artillería y hombres una galizabra que había sido construida en El Callao, un bergantín y un galeón. Había en el puerto más de treinta pataches y navíos vacíos que debían proteger. También se envió un patache para avisar a don Beltrán de que el corsario no iba tan desprotegido como se le había visto en Valparaíso; probablemente, su nave almiranta y algún otro bajel de los que se habían perdido en el estrecho de Magallanes se habían reencontrado con su capitán.

El 3 de junio, a la una de la madrugada, el batel encontró a la armada y dio aviso de lo enterado gracias al pescador. Para entonces, vecinos de Lima, veteranos de guerra y jóvenes imberbes se habían sumado a la leva, llenando la galizabra, el bergantín y el galeón Santa Ana en El Callao, y trasladando allí toda la artillería que quedaba para guarnición de la Ciudad de los Reyes.

Don Beltrán surcaba el mar del Sur con lentitud, preso de los suaves vientos de aquel pacífico océano que apenas le permitían avanzar. Las gentes de Chile que avistaban al corsario enseguida informaban a los corregidores de sus poblaciones, todos alerta por el peligro que se les avecinaba. El sábado 8 de junio, un chinchorro llegó a remo hasta la nao principal e informó al capitán de que Aquines había sido visto junto a una lancha surta cerca del puerto de Chincha.

Al amanecer del domingo, don Beltrán avistó las naves del pirata. El inglés viró a barlovento para emprender la huida, pero los galeones españoles estaban aprestados para darles caza y, empujados por el goce de haber dado por fin con el enemigo, navegaron en pos de la Dainty, nao que comandaba el capitán Richard Hawkins.

Sin embargo, la jornada no fue propicia para la armada peruana; el viento se revolvió y trajo consigo una gran tempestad que zarandeó las velas, haciendo zozobrar las embarcaciones. El mastelero de gavia de la capitana se quebró e hizo saltar los obenques de proa.

Don Beltrán contempló desde cubierta al galeón San Juan perseguir a Aquines, pero un gran golpe de viento, seguido de otros aún más fuertes, lo desaparejó. La almiranta y un patache no le dieron tregua al inglés, quien, temeroso de que la tormenta lo hiciera desgaritar, lanzó por la borda jarcias, cables, los cofres con los ducados de oro que había hurtado y algunos bastimentos. Atravesaron la tempestad de forma admirable, inasequibles a las tremendas olas que de vez en cuando anegaban la cubierta.

Llegada la noche, la Dainty se perdió en las tinieblas.

Durante la jornada siguiente, la armada se reunió cerca de la costa, en una calma inusitada y con ausencia total de viento. Los capitanes resolvieron regresar a El Callao, pues la capitana y el San Juan habían sufrido onerosos daños, y el resto de las naos tampoco habían resultado ilesas.

El virrey visitó El Callao nada más recibir noticia del regreso de la flota acompañado por Álvaro de Mendaña, quien se había convertido en uno de sus asesores más afinados junto a su suegro, amigo del marqués Hurtado de Mendoza y veterano de penosas guerras.

—Capitán de Castro, póngame al día.

—Mi señor, el fugitivo puso rumbo al norte en el crepúsculo y nos fue imposible seguirlo, dadas las condiciones de nuestras naves tras la tempestad. Contaba con cuatro velas, una que a buen seguro vino con él desde Inglaterra, la del pescador que os dio aviso de su posición y otra también de manos españolas. La del pescador la incendió junto a la costa y esta última que os comento se fue a pique. Huye con su nao y una lancha.

El marqués se acarició el mentón, pensativo.

—Vuestra nave no está en disposición de navegar, ¿me equivoco?

—Estáis en lo cierto, mi señor.

—¡Por las barbas de Herodes, maldita sea!

El adelantado le hizo un gesto al virrey, pidiéndole permiso para hablar. Este asintió de mala gana.

—Mi señor, la almiranta solo necesita algunas rápidas reparaciones que ya se han puesto en marcha, podríamos utilizarla como capitana y desamarrar la galizabra como almiranta. Es una nave de gran talante y rápida como ninguna. Esta misma noche, don Beltrán podría continuar la persecución del fugitivo.

El marqués observó a su cuñado para pedirle su opinión.

—Desde luego, la galizabra nos sería de gran ayuda. La almiranta es tan buena nave como la capitana, rápida y robusta, de vela alegre y casco duro. La nao inglesa también sufrió daños durante la tempestad, y solo una lancha la custodia. Creo que es una opción muy acertada.

—De acuerdo. Descansad, don Beltrán. Debéis estar exhausto.

—El capitán agradeció la orden y se retiró. El adelantado iba a hacer lo propio cuando García Hurtado de Mendoza lo detuvo—. Quiero que vayáis con mi cuñado.

—¿Yo, mi señor?

—Así es. Vos conocéis la costa mejor que ninguno de los hombres de la armada, sabéis dónde puede ocultarse ese bribón. Navegad con don Beltrán y traedme el pellejo del inglés, vivo o muerto, tanto me da.

Al anochecer, Álvaro de Mendaña se embarcó con don Beltrán de Castro en la nao almiranta, con la compañía de la galizabra y una lancha con la que poder costear. Les llegaron noticias de que el corsario navegaba rumbo norte sin haber podido atacar puerto alguno, aunque se había hecho con una pequeña embarcación, propiedad del adelantado, que traía a Lima carbón, miel y azúcar de los valles. El abordaje tuvo lugar en Guanchaco, a pocas leguas de Lima, por lo que el pirata no había llegado demasiado lejos.

El marinero que había informado sobre el abordaje a la nave del adelantado se acercó en un batel a la almiranta, en compañía de un tal Alfonso Pérez Bueno, a quien había hecho rehén Aquines en Valparaíso y acababa de liberar.

—Hablad, don Alfonso —ordenó el capitán.

—El corsario es un hombre de calidad, sin duda alguna, pero navega con la nao herida. El mastelero mayor cruje como los montes durante un terremoto y los aparejos están podridos y en pésimo estado.

—¿Por qué os liberó?

—Creo que sospechó que no le estaba siendo de buena ayuda. Cuando secuestró mi nave me pidió que lo llevara a puertos desprotegidos, pero lo conduje directo a El Callao, donde sin duda nuestra armada habría reducido su pequeña flota a escombros a la deriva.

—¿Y no os ajustició?

—Ya veis que no, mi señor.

Don Beltrán lo miró de soslayo, mientras atisbaba el horizonte sin ver más que un mar sosegado.

Continuaron la persecución durante varias jornadas. Los soldados y los marineros cantaban incansables, deseosos de entrar en batalla y acabar con su enemigo. El adelantado, en compañía de Alfonso Pérez Bueno, fue reconociendo todas las caletas de la costa, adonde enviaban la lancha en busca del inglés o de noticias sobre su avistamiento.

En Puerto Viejo les informaron de que el pirata les llevaba cuatro días de ventaja, por lo que largaron velas enseguida sin cejar en su empeño.

Días después, al alcanzar la bahía de San Mateo, ya pasado Guayaquil, a las cuatro de la tarde, un vigía avistó las naves de Aquines. Enseguida se engolfaron para no ser vistos y trazar un plan de ataque. No se les escaparía.

Don Beltrán reunió a los capitanes, a su piloto, Miguel Ángel Felipón, y al almirante Lorenzo de Heredia.

—Enviaremos la lancha a inspeccionar antes del anochecer,

para que el corsario la vea. Deben de estar necesitados de abastecimientos y agua, no desaprovecharán la ocasión de atacar cualquier nave que encuentren. A buen seguro enviarán la nao pequeña. Vos, almirante, la seguiréis con la galizabra, si ese Aquines es tan buen hombre de mar como dicen, no abandonará a sus compañeros y los apoyará con la Dainty. Entonces serán nuestros.

La lancha sirvió de cebo. El pirata envió la suya a reconocer y esperó anclado las noticias, mientras don Beltrán observaba los movimientos de sus naves. Cuando la lancha inglesa se puso a tiro, la galizabra lanzó varios cañonazos, momento que aprovechó la capitana para largar velas en dirección a la Dainty.

Richard Hawkins levantó anclas e hizo sonar un clarín que los españoles escucharon desde cubierta con estupor. Tanto se acercaron que oyeron al capitán inglés gritar «¡Amainad, por la Reina!», a la vez que recibía al enemigo con una rociada.

Don Beltrán ofreció babor y contestó con sus cañones. Los estruendos llenaban la tarde, emergiendo imponentes pilares de humo a cada disparo. Los hombres gritaban, comunicando las órdenes de su capitán; la batalla había comenzado y no había tiempo que perder. Dio orden de amurar, haciendo virar la nave, momento que aprovechó para lanzar dos cañonazos desde la popa.

Aquines tuvo que amedrentarse ante tamaño ataque, puesto que trató de alejarse, pero la galizabra apareció entre el humo largando otros seis cañonazos que echaron el palo de mesana de la Dainty al mar.

Don Diego de Ávila, alférez real, agitaba el estandarte en el castillo de popa. Los capitanes Pedro Álvarez del Pulgar y Miguel García de la Plaza asistían con sus banderas a sus hombres, alineados a babor y estribor, siguiendo lo que sus oficiales ordenaban. Mientras tanto, don Beltrán departía con Miguel Ángel Felipón y el capitán Pedro Merino de Manrique.

La galizabra pasó entre las dos naves y por un momento quedó proa con proa con la Dainty. La capitana se vio obligada a maniobrar para dar espacio a su almirante, que pretendía abordar el navío inglés, pero el capitán corsario era sin duda habilidoso y desvió su nao de tal forma que la galizabra pasó de largo y los castillos de popa de su barco y la capitana se quedaron a tan solo unos metros de distancia. Él mismo, con la ayuda de un lazo, atrapó el estandarte real español con el objetivo de llevárselo.

El alférez real disparó un arcabuzazo que hirió a Aquines en el cuello. Después, Pedro Merino de Manrique disparó su mosquete acertándole en un brazo, lo que le hizo deponer su intención de hacerse con el estandarte.

Desde la popa lanzaron cuatro cañonazos a la galizabra que derribaron su mástil mayor. Después, el pirata puso viento en popa y huyó hacia el norte, momento que don Beltrán aprovechó para revisar los daños que habían sufrido sus naves y contar las bajas.

Las naos españolas siguieron en persecución de las inglesas, regalándose ambos cañonazos de cuando en cuando. Una bala de la Dainty atravesó la toldilla de popa de la capitana, quebrando las astas de las banderas de borda a borda, aunque no hirió a nadie. Otras balas causaron estragos y mataron a soldados, marineros y esclavos. Los disparos españoles surtían similar efecto en la nave de Aquines, quien hábilmente lograba escapar.

La galizabra levantó unas bandolas en sustitución del palo mayor y los carpinteros y calafates de a bordo fueron reparando los navíos sin dar tregua a la persecución.·

A los dos días volvieron a dar caza al enemigo. Fue la galizabra, más pequeña y rápida, quien llegó primero, lanzando piezas de artillería sin descanso. Don Beltrán aprovechó que el inglés trataba de repeler el ataque de su almiranta para ponerse de borda a borda, y los arponeros se dispusieron a atrapar a la Dainty para abordarla, pero un nuevo e inesperado movimiento del corsario sorprendió a los españoles. La galizabra volvió a cruzarse en el camino de la capitana, impidiendo a los arponeros hacer su trabajo, y con varios cañonazos destruyeron el bauprés de don Beltrán.

Durante horas se cruzaron disparos a cierta distancia, saliendo peor parada la galizabra, que perdió una quincena de hombres, incluido su valeroso piloto.

Por la noche, don Beltrán se acercó a la nave almiranta para reponer a los soldados perdidos. Propuso tratar de abordar a los ingleses en plena noche. El almirante informó de que habían prendido fuego a una frazada llena de pólvora que la Dainty tenía en cubierta para incendiar a los hombres que la abordasen, por lo que la nave debía estar en muy mal estado.

La galizabra no falló a su general. De madrugada, dio caza a la nave inglesa y algunos hombres la abordaron, luchando con los soldados que quedaban en cubierta a espadazos. Juan Bautista

Montañés, un criado del virrey, alcanzó el castillo de popa y arrancó el estandarte de la reina de Inglaterra de su asta. Regresaron a la almiranta sin recibir daño alguno, asestando un golpe moral a sus enemigos que sería, a la postre, definitivo.

La mañana siguiente amaneció sin cuartel. La capitana, repuesta de sus daños, volvía a cañonear a su enemigo con brío. Los que habían abordado la Dainty afirmaron que la cubierta presentaba una gruesa capa de serrín para que los hombres no patinaran con la sangre de los heridos y muertos en combate.

Don Beltrán acercó la capitana con la intención de barloar, pero Aquines respondió con su artillería más pesada, causando grandes estragos en la nao española. Disparaban para desaparejar la embarcación y poder darse a la fuga. Fue un milagro que el trinquete no cayese, pero varias velas fueron agujereadas y se llevaron por delante a golpe de plomo una cantidad incontable de jarcias.

La galizabra también trató de abordar, pero Aquines se defendía como pez en el agua. Una pieza echó abajo las bandolas que hacían de palo mayor, y la capitana se vio obligada a socorrer a su almiranta, dejando una vez más huir a su presa. Era viernes 1 de julio; llevaban un mes entero batallando en el mar.

Don Beltrán consideró que la galizabra no estaba en condiciones de navegar en una persecución así, por lo que acordó con el almirante que el piloto y los hombres que se habían traspasado desde la capitana regresasen a la nao. Intentarían acabar con el inglés con una sola nave.

Álvaro de Mendaña se quedó en la almiranta junto con algunos carpinteros y calafates, y juraron por su honor que harían las reparaciones pertinentes y seguirían a su capitana hasta la muerte.

Al día siguiente, don Beltrán alcanzó de nuevo a Richard Hawkins y lo atacó con toda la rabia posible. Las balas destripaban la obra muerta de la Dainty, hacían saltar por los aires jarcias, cables y obenques. La sometió a tal fuego que a punto estuvo de abordarlo, pero el anochecer se alió con los ingleses, que escaparon un día más.

Por la noche, el general reunió a sus hombres y les hizo ver que no podían dilatar más en el tiempo el abordaje.

—Es preciso barloar cuanto antes. Debemos disparar a sus aparejos, embestirlos y abordarlos. Los capitanes entrarán con sus hombres en la Dainty con objeto de cortar jarcias y cables, de tal modo que ya no puedan volver a huir —les dijo.

Mendaña, por su parte, hizo recoger la vela que había caído al mar y levantaron un mastelero de repuesto, otro más, como palo mayor. Los arreglos fueron tan precisos que al amanecer habían alcanzado a la capitana, de quien recibieron órdenes para embestir y abordar de inmediato al enemigo.

Don Beltrán se acercó a Hawkins cuanto pudo, descargando toda su artillería: cañones, mosquetes y arcabuces. Por el lado contrario, la galizabra hizo lo propio, mientras Aquines lanzaba piezas a diestro y siniestro, causando grandes daños.

La capitana embistió a la Dainty y volvió a descargar. Esta vez no hubo respuesta, por lo que don Beltrán arrimó su nave con los arponeros dispuestos a enlazar las bordas. Sin embargo, justo antes de que pudieran hacerlo, los ingleses izaron la bandera blanca.

Se les dio orden desde la galizabra de amainar y lanzar el batel al agua, pero no hubo respuesta, por lo que don Beltrán supuso que se trataba de algún tipo de engaño. Una nueva embestida española y su consecuente rociada los convencieron de que, si no habían cumplido aquella orden, era porque no tenían hombres para llevarla a cabo.

Los capitanes Pulgar y Plaza fueron los primeros en pisar cubierta enemiga, y rindieron al general inglés en el castillo de popa. Tras más de un mes de combate, don Beltrán de Castro había logrado vencer a su enemigo, el afamado corsario Richard Hawkins.

Los soldados españoles cortaron los mástiles y desaparejaron la nave. Muchos pensaron que se iría a pique, pues los daños eran extensos. No obstante, el navío era extraordinario, y el capitán Felipón se llevó al adelantado, carpinteros y calafates para repararla.

El general interrogó al corsario, quien había demostrado ser un hombre hábil e inteligente en el mar. Enseguida comprendió que trataba con una persona única, muy diferente a todos los demás, y decidió respetar su vida y la de sus hombres. Le aseguró un salvoconducto hasta Lima, donde sería juzgado por el virrey.

Como las naves estaban en tan mal estado, don Beltrán dio orden de dirigirse a Panamá, donde podrían repararlas. Allí pasaron dos semanas, enviando noticia a don García Hurtado de Mendoza de que el pirata había sido apresado y lo trasladarían a la Ciudad de los Reyes.

De regreso hacia el Perú, con la Dainty a remolque, encontraron en Puerto Viejo la lancha inglesa; la tomaron con todos sus bastimentos, que los soldados hicieron suyos. Luego la remolcaron también rumbo a Lima, donde llegaron en la madrugada del 14 de septiembre, tres meses y medio después de haber salido de El Callao.

El virrey, a pesar de ser noche cerrada, permitió que los limeños celebraran la victoria sin mayor espera, y los vecinos de la ciudad salieron con sus antorchas a recibir a sus héroes y a los rendidos enemigos. Se celebró una misa en la iglesia de San Agustín, en agradecimiento por el triunfo.

Al día siguiente, se sacó a los presos en procesión por las calles de la ciudad para que todos los presentes vieran las caras de los corsarios. Don Beltrán intercedió ante el virrey por la vida de los piratas, asegurándole que le había dado su palabra a Aquines de que sus vidas serían respetadas. El marqués aceptó con desgana y dispuso enviarlos a Sevilla, donde el rey decidiría qué hacer con ellos. Sin embargo, aquella misma tarde la Inquisición resolvió apresarlos por herejía.

Todos los combatientes fueron recibidos como auténticos héroes, entre ellos el adelantado Álvaro de Mendaña, quien no solo había participado en la persecución del corsario, sino que además a él se debían las mejoras en las naves y las fortificaciones de las ciudades costeras.

Días después, cuando ya el jolgorio se había relajado, el virrey solicitó a Mendaña que lo visitase.

—Me habéis servido bien, don Álvaro. ¿Qué digo bien? ¡Magníficamente! Mi cuñado asegura que, de no ser por vuestros trabajos en los galeones de la armada, jamás habría dado caza a ese inmundo pirata.

—Solo he cumplido con mi deber, mi señor —atajó con humildad.

—Supongo que estáis al tanto de que mi esposa le hizo una promesa a la vuestra. —Mendaña asintió—. Creo que ha llegado el momento de cumplirla.

—No tenéis nada que cumplir conmigo, mi señor. Vuestro sincero agradecimiento es suficiente pago para...

—Ya, ya, ya —lo interrumpió—. No necesito más almohadillas para mi sillón, don Álvaro. Os agradezco vuestras modestas palabras, pero vos y yo somos hombres de honor, y lo dicho, dicho está.

—Tenéis razón, mi señor. Pero soy consciente de que nada podéis hacer con los galeones de la armada, ya que pertenecen a su majestad don Felipe. Me hago cargo.

—Eso es un hecho irrefutable. Yo no puedo venderos uno de los barcos de la armada. —Por un momento, Mendaña había albergado la esperanza de que existiera alguna posibilidad, pero aquellas últimas palabras lo terminaron por desanimar—. Sin embargo... Don Beltrán afirma también que la nave inglesa, con las reparaciones pertinentes, sería una gran incorporación para nuestra flota. Podría sustituir un galeón que últimamente usamos para los envíos de plata a Panamá, el San Jerónimo, supongo que lo conocéis.

—Así es, mi señor. Una nao magnífica.

—Supongo que, si os hicierais cargo del coste de las reparaciones de la Dainty, yo podría entregaros el San Jerónimo.

Una amplia sonrisa se dibujó en el rostro de Mendaña.

—Eso sería magnífico, mi señor.

—Además, tengo entendido que el arzobispo de México va a sacar a subasta un galeón que, casualmente, está aquí, en El Callao. Santa Isabel, creo que se llama. ¿Creéis en las coincidencias, don Álvaro? —No le dejó contestar—. Yo creo que es una clara señal que esa nave se llame como vuestra esposa.

—Sin duda, es una señal maravillosa —celebró.

—¿Creéis que con esas dos naves podríamos cumplir con las capitulaciones del rey?

—Así es. Además, hay dos inversores que sumarían una fragata y una galeota, solo están esperando a completar nuestra flota con una capitana y una almiranta. Esas dos naves que me comentáis serían justo lo que necesito para emprender mi expedición.

Era la viva imagen de la felicidad.

El virrey se le acercó, dando cortos y dificultosos pasos a causa de su gota, y le ofreció su mano.

—Entonces, adelantado Álvaro de Mendaña, por fin regresaréis a las islas Salomón.

Mendaña salió del palacio con la única idea de buscar a su esposa y darle la magnífica noticia.

Ambos iniciarían su anhelada aventura.

14

En el que se da noticia de los preparativos para la expedición a las islas Salomón

Lima (Ciudad de los Reyes), 14 de febrero de 1595

Isabel Barreto observaba desde la colina que ascendía de El Callao que sus dos galeones se mecían en la nana del mar con las suaves olas que entraban en el puerto. Tanto el San Jerónimo como el Santa Isabel eran dos barcos imponentes. Podían cargar cada uno alrededor de trescientas toneladas, y sus mástiles se alzaban orgullosos hacia el cielo, haciendo ondear el estandarte real en sus cúspides.

Aún quedaban trabajos por hacer. A pesar de que eran unos galeones excepcionales, habían conocido tiempos mejores. Necesitaban profundas reparaciones, por lo que carpinteros, marineros y calafates se pasaban el día entero tratando de mejorar sus condiciones.

A Álvaro le preocupaba especialmente la nao Santa Isabel, ya que el lastre apestaba a podrido, mucho más de lo habitual, y algunas zonas de la obra muerta parecían consumidas. Pero ya no les quedaba más dinero. Habían vendido su casa, hipotecado la encomienda que Isabel tenía en Castrovirreyna y las tierras que don García le había otorgado al adelantado en Tiahuanaco. Todos sus bienes habían sido empeñados, incluso las joyas familiares de Isabel. Ya no les quedaba nada... Excepto aquellos dos barcos.

No podían permitirse siquiera el lujo de tener dudas; todo lo que tenían, todo lo que habían tenido, estaba ahora en aquellos dos castillos flotantes. Los trabajos de reparación habían sido pagados, y los contratistas que debían surtir de todos los abastecimientos en el momento oportuno habían cobrado por adelantado.

El virrey serviría los soldados, y la corona se haría cargo de sus sueldos y víveres. También había otorgado el rey algunos cañones de bronce, mechas, pólvora y arcabuces. Sin embargo, su mayor contribución no había sido para ayudar a Mendaña, sino para aligerar Lima de algunos desalmados. El mismo rey le insinuó al marqués que aquella expedición era una ocasión inmejorable de embarcar a maleantes y hombres violentos, veteranos de guerra en su mayoría, que no encontraban acomodo en aquellos días de paz y placidez cortesana en la Ciudad de los Reyes. Frecuentaban las tabernas del puerto buscando trabajo, pero la mayor parte del día, y de la noche, la consumían en peleas y destrozos.

Así que el virrey, siguiendo el consejo de Su Majestad, decidió que el apartado militar de la flota del adelantado la formasen aquellos canallas que no tenían dónde caerse muertos.

No era mejor quien los dirigía. Álvaro conocía al maese de campo designado para la misión: Pedro Merino de Manrique. Sesentón de aire quijotesco, pelo ralo y canoso, barbilla afilada y despoblada de escasos e hirsutos pelos, como los bigotes de un gato senil. A pesar de su avanzada edad, no perdía la ocasión de desenvainar por cualquier afrenta, como que atendiesen a algún marinero antes que a él en las tabernas.

Manrique contaba con la dispensa del virrey y la admiración de don Felipe, pues había combatido en Flandes e Italia dejando un buen recuerdo de sangre y venganza. Su ánimo pendenciero se alimentaba de un ego más grande que el mismo océano y un apellido que, sin lugar a duda, le quedaba grande.

El maese de campo era el único que parecía obviar la pregunta de qué podía estar haciendo en Lima un hombre de su prestigio y carrera militar, pues a su edad y con sus supuestos méritos debería estar comandando la guardia real, y no enrolándose en una aventura de futuro incierto como aquella.

Mendaña lo había conocido durante la persecución del pirata Hawkins, cuando navegó en la nao capitana. Sanguinario e insurrecto, apático en la batalla, inquieto en la mar; eso le había parecido. Sabía que daría problemas.

No obstante, su designación le quitaba un peso de encima. Los hombres de guerra corrían por cuenta del virrey, lo que le solucionaba la mitad del problema. La otra mitad era la que le suponía interminables dolores de cabeza. Con el permiso del rey y, en su nombre, de don García Hurtado de Mendoza, había publicado el anuncio de su próxima partida animando a marineros y colonos a embarcarse camino de las Salomón. En un principio nadie había mostrado interés alguno por su expedición, por lo que tuvo que reservar parte del presupuesto para pagar sueldos a familias para que se uniesen al viaje.

Más tarde, cuando los dos galeones ya se hallaban surtos en El Callao, se presentaron algunos voluntarios ansiosos de fortuna que sufragarían su viaje bajo la promesa de que se les concediesen tierras en aquellas islas perdidas que, según todos comenzaban a asegurar, estaban llenas de riquezas.

Con la ayuda de Isabel, que había enviado emisarios a los pueblos peruanos del interior, el tema de los colonos acababa de aclararse, pero aún tenían pendientes los dos asuntos de mayor calado: los marineros y el abastecimiento.

A pesar de que los contratistas ya habían cobrado sus honorarios, no dejaban de poner problemas por todo, y Mendaña temía que no les enviasen más que alimentos podridos y objetos defectuosos.

—Te veo preocupado, Álvaro.

El adelantado estaba junto a su esposa, admirando sus deseados barcos.

—Hay aún mucho por hacer. Y nos falta lo más importante.

—¿Has hablado ya con el capitán Alvarado?

—Ese bribón quería ser el gobernador de las islas. Y no es el que más ha pedido. Con él, ya he hablado con todos los capitanes de Lima.

Lo tomó de la mano y apretó con fuerza, insuflándole optimismo.

—Seguro que lo arreglarás. Siempre lo haces. —Sonrió.

—Además...

Se quedó pensativo.

—¿Qué sucede? ¿Hay algo que no me hayas contado?

—Se ha extendido el rumor de que en las islas Salomón hay oro y perlas por doquier. Algunos de los voluntarios ya andan haciendo cábalas, comprando por adelantado, con pagarés que seguramente no valdrán ni el papel en el que están escritos.

—Ese será su problema.

—No, Isabel. Será el nuestro. Allí... allí hay oro, yo mismo lo he visto, pero las cosas no serán tan fáciles como algunos presuponen.

—¿Tienes miedo de que piensen que los has engañado?

—Haga lo que haga, diga lo que diga, pensarán que los he engañado si los nativos no nos esperan con bandejas llenas de joyas.

—¿Les has hecho firmar el contrato?

—Sí, pero esa gente no entiende nada. Por más que insistí en que la expedición tiene por objetivo formar una colonia y cristianizar aquellas tierras en nombre de nuestro rey, ellos solo piensan en el oro. Ayer mismo, en la taberna del puerto, uno de los colonos se jugaba a las cartas las tierras que aún no hemos colonizado ni le han sido otorgadas, ¿puedes creerlo?

Isabel podía creerlo. Eso, y mucho más. Ella misma había visto a otros colonos intentar comprar tierras con pagarés del mismo porte, a jóvenes seducir a doncellas con el solo mérito de asegurar ser ricos por ir a las Salomón. Pero a ella no le preocupaba tanto como a su marido. Todos ellos habían firmado que se unían a la expedición como colonos. Recibirían solo las tierras que el gobernador, es decir, el adelantado, les otorgase, y se verían obligados a la hacienda que se estableciese en las islas y a entregar al rey lo estipulado en las Capitulaciones. No iban allí para enriquecerse, iban para colonizar y cristianizar aquellas lejanas tierras.

Cuando llegaron a la casa de los Barreto, la joven Mariana esperaba a su hermana en la puerta. Mariana ya tenía casi dieciséis años, aunque aparentaba alguno más. Era la viva imagen de su madre, el mismo rostro, el mismo cabello, aunque de menor estatura. Sin embargo, no se parecía a ella en la forma de ser. De hecho, no se parecía a nadie de la familia. Mariana era taciturna e introspectiva. Siempre callaba lo que pensaba y lo que sentía, y lo miraba todo y a todos como si los estuviera enjuiciando. Sus ojos eran aviesos y de un profundo azul. Isabel nunca sabía qué estaba pasando por la cabeza de su hermana.

—Isabel —la saludó—. Padre espera a tu esposo con un hombre.

—¿Y qué quiere? ¿Quién es?

—No lo sé y no lo sé. —La miró como si aquellas preguntas fuesen estúpidas—. Pero tiene aspecto de marinero. —Hizo un gesto con la mano, como si ese tema ya no le interesase—. ¿Puedo hablar un momento contigo?

Mendaña suspiró. Él tampoco entendía a aquella muchacha.

—Entraré a ver quién es ese hombre.

Isabel lo despidió acariciándole el hombro derecho.

—¿Qué quieres, Mariana?

—Ven, acompáñame.

La llevó hasta el río, donde Isabel jugaba con sus hermanos cuando era una recién llegada a Lima.

—¿Por qué me has traído aquí?

—Sentémonos.

Se sentaron justo donde había estado con Lorenzo años atrás, el día que conoció al que sería su esposo.

—Mariana, tengo muchas cosas en qué pensar; por favor, ve al grano.

—Está bien, no te haré perder más el tiempo. Tú y yo nunca hemos tenido una relación... de hermanas.

—¿A qué te refieres? —se ofendió Isabel.

—Cuando yo nací, tú te fuiste a Madrid. Al poco de llegar, te casaste y te marchaste a casa de tu marido. También Petronila se marchó, y Beatriz y Leonor murieron... Así que casi se puede decir que yo no tengo hermanos.

—¡Pero Mariana! ¿Cómo dices eso? —Comenzaba a preocuparse, nunca había escuchado a su hermana hablar así.

—Es cierto. Siempre he tenido la sensación de no pertenecer a la familia. ¡Hasta me llaman de Castro en vez de Barreto!

—Yo también tuve el apellido de madre hasta que me casé.

—Ya sabes a lo que me refiero...

—¡No lo sé! ¡Por el amor de Dios, Mariana! No puedes traerme aquí y decirme que no tienes hermanos... ¿Qué hay de Jerónimo? ¿Y de Luis, Lorenzo y Diego? Ellos viven contigo.

—Pero es como si no lo hiciesen. Demasiado mayores para jugar conmigo cuando era una cría. Demasiado lejanos para hacerme caso ahora que ya no lo soy.

Justo en ese momento, Isabel lo comprendió. La había llevado allí porque sabía que era donde iban a jugar cuando aún no se había casado. Mariana solo quería ser una más de la familia. Tanto pensar que no la comprendía y, simplemente, no se había esforzado nunca por hacerlo.

—Yo... Lo siento, Mariana. Creo... creo que tienes razón —titubeó, avergonzada de reconocerlo.

—Y ahora os marcháis todos. Jerónimo se va a Nueva España, padre le ha conseguido allí un puesto en la corte del virrey. Y los demás...

Y ahora comprendía qué era lo que quería su hermana.

—Mariana, tú... ¿tú quieres venir a las islas Salomón? ¿Es eso lo que me estás diciendo?

—Sí, Isabel. ¿Qué futuro me espera aquí? Pronto padre me casará y me tendré que marchar de casa. ¿Crees que quiero una vida como la de Petronila?

—Petronila es feliz con su marido.

Mariana se echó a llorar.

—Yo... yo no quiero eso. No quiero esa vida.

—¿Y qué es lo que quieres entonces?

—Quiero tu vida, Isabel. Quiero viajar y conocer el mundo.

—¿Mi vida? —Soltó una carcajada—. No sabes lo que dices.

—Claro que no, y seguro que tú tampoco lo sabías cuando te casaste. Todo lo que estás viviendo es... es... ¡Apasionante!

—Pero también son muchas preocupaciones. Ahora mismo no tengo nada, Mariana. ¡Hasta he tenido que volver a vivir con nuestros padres!

—¡Cómo que no tienes nada! Tienes un futuro, un destino con el que encontrarte. Un proyecto. Yo no tengo nada de eso, como mucho, un futuro aburrido con algún hombre aburrido.

—¿Y crees que la solución es venir conmigo a este viaje? Te contaré una cosa, Mariana. La mayor parte de las expediciones a los mares del Sur acaban en tragedia. La mayoría de los que se embarcan mueren durante la travesía, y los que no lo hacen, se enfrentan a lo desconocido, a tribus guerreras, a enfermedades, al hambre... ¿Es eso lo que quieres?

Mariana sollozaba. Agachó la cabeza, mirando al suelo pedregoso de la ribera del Rímac.

—No, no es eso, Isabel. Yo lo que quiero es estar contigo, estar con mis hermanos.

Se echó a llorar con más intensidad. Isabel la abrazó, acurrucándola en su regazo.

—Está bien, Mariana. Hablaré con padre a ver qué podemos hacer...

Álvaro fue conducido por una de las sirvientas a la biblioteca, donde su suegro departía animadamente con un hombre joven, más o menos de la misma edad de su mujer. Mariana no se equivocaba, tenía el porte de los hombres de mar: la piel curtida, mirada acuosa, el cabello largo y desordenado... Aunque vestía con pulcritud y elegancia.

—Álvaro, quiero presentarte a tu piloto mayor.

La noticia lo dejó petrificado. Le estrechó la mano sin poder creer lo que acababa de escuchar.

—¿Quién sois vos? —se atrevió a preguntar.

—Pedro Fernández de Quirós, mi señor.

Enarcó una ceja.

—No me suena vuestro nombre.

—Sentaos, sentaos —invitó el anfitrión—. Os dejaré un rato a solas para que charléis.

Los dos hombres se sentaron. Quirós tenía la mirada afilada y no sonreía ni por cortesía, pero había cierta calidad en sus formas y en su voz.

—He pasado años trabajando en la Nao de Manila, por eso quizá mi nombre no es muy conocido en Lima.

—¿Cómo piloto mayor?

—No, en realidad como sobrecargo.

—¿Escribano?

—Sí, bueno, es otra forma de decirlo.

—Disculpadme, señor Quirós, no pretendía parecer tan impetuoso.

—No os disculpéis, por favor. Es normal que queráis saber con quién tratáis.

—No me malinterpretéis, tengo total confianza en mi suegro, si él os considera piloto mayor, no hay objeción alguna por mi parte.

—Me formé primero en Lisboa y después en la Casa de la Contratación, en Sevilla, con los mejores maestros. He pasado toda mi vida en el mar. Mi condición de portugués me ayudó a enrolarme en naves de mercancías que recorrían el Índico, y después pasé a hacer la ruta entre Manila y Acapulco. Durante los últimos años he sido piloto de una nave gaditana con la que he recorrido el Mediterráneo.

—Bien, veo que habéis estado más en altamar que en tierra.

—Ojalá fuera así, no me siento cómodo sin el baileteo del océano —bromeó.

—¿Y cómo habéis sabido de mi expedición?

—Mi esposa se llama Ana Chacón, es de Madrid, por lo que me encontraba en la ciudad durante vuestra persecución de ese pirata, Richard Hawkins. Las noticias llegaron hace escasos meses, pero puedo prometeros que fascinaron a toda la corte. El rey me había invitado para conocer algunos pormenores de la ruta de Manila, aunque no departí con él. Por casualidad, uno de los funcionaros reales comentaba vuestra hazaña en la bahía de San Mateo y, al surgir vuestro nombre, el bibliotecario de El Escorial, que había viajado al alcázar para entregar unos documentos a Su Majestad, me comentó lo que os proponíais. Ese mismo día emprendí viaje hasta Sevilla y me embarqué para Lima.

—Entiendo... Lo habéis dejado todo para enrolaros en esta expedición.

—Así es. —Si Quirós hubiera sido un hombre afable, habría sonreído. No lo hizo.

—No cabe duda de que tenéis experiencia y formación.

—Y, si me lo permitís, tengo lo más importante, según me ha explicado vuestro suegro: una tripulación.

Aquellas palabras fueron como ambrosía para los sentidos del adelantado, que trató de disimular la alegría.

—Está bien, señor Quirós. De todos modos, antes de llegar a un acuerdo me gustaría saber si estáis al tanto de lo que se propone mi expedición. Últimamente he presenciado algunos malentendidos...

—Lo cierto es que sé poco más, aparte de que os proponéis regresar a las islas Salomón. Si fuerais tan amable de explicarme vuestro propósito de forma pormenorizada, os lo agradecería.

Quirós escuchó a Mendaña con atención, mientras este le explicaba lo que tantas veces había contado a otros hombres durante los últimos meses. Cuando terminó, el marinero lo miró con sus ojos profundos.

—Decís que el propósito es la colonización, entonces. Eso no supone un problema para mí, estoy más que de acuerdo. Pero sí habría un problema derivado.

—¿A qué os referís?

—No navego con mujeres —espetó con determinación.

—¿Cómo que...?

—Me consta que sois un hombre de mar, don Álvaro —lo interrumpió—. Sabréis entonces las dificultades de una travesía así. Las mujeres, y que Dios me perdone, resultan molestas cuando hay dificultades. La navegación, y más aún si se trata de rutas ignotas, exige concentración y trabajo duro; las mujeres distraen a la tripulación y retrasan el trabajo con sus quejas. Por eso nunca navego con mujeres.

Mendaña se quedó estupefacto, sin dar crédito a lo que escuchaba.

—Supongo que os haréis cargo de que la naturaleza es tozuda. Resultaría harto complicado fundar una colonia sin mujeres.

—No me habéis entendido bien, señor Mendaña. Me habéis explicado que contáis con dos galeones, una fragata y una galeota. Podéis llevar cuantas mujeres consideréis oportuno, pero no en la nave que yo capitanee.

El adelantado lo miró con suspicacia. Aquel hombre era sin lugar a duda inteligente, y sus referencias eran inmejorables. No había puesto problemas por la paga, ni la suya ni la de sus hombres. Sin embargo, aquellas ideas algo excéntricas le auguraban problemas a bordo, a lo que había que añadir que en la capitana iría también el maese de campo, dos personalidades condenadas a enfrentarse.

Reflexionó en silencio sobre estos asuntos y concluyó que lo mejor sería buscar otro piloto. *Pero ¿qué otro piloto? No me queda ya nadie con quien hablar en todo el Perú.*

—Señor Quirós. Si estáis aquí no es solo porque oyerais hablar de mi expedición. Nadie deja todo lo que tiene por algo como esto, más aún sin la seguridad de que, durante vuestra travesía desde Castilla, yo no encontrase una tripulación y me lanzase a la mar. Vos, no sé cómo, ni quiero saberlo, erais consciente de que sois mi única oportunidad. —Quirós asintió—. Por eso os ruego que reconsideréis vuestra postura. No pondré el pie en cubierta si no es compañía de mi esposa, la verdadera valedora de todo este proyecto. Ella no me lo perdonaría, pero lo que es aún más grave: yo mismo tampoco. No se trata tanto de faltar a mi palabra o de traicionarla; simplemente, no quiero hacer esto sin ella. Puedo organizarlo todo para que

Isabel y sus doncellas sean las únicas mujeres que embarquen en la capitana, pero si eso os supone un problema, lamento mucho haberos hecho perder el tiempo.

El marinero sopesó aquellas palabras. Tenían sabor a ultimátum. Pero no era solo eso, había algo más. ¿Lealtad? ¿Honor? ¿Amor?

En realidad, él tampoco tenía mucho más que pensar. No solo le pesaba el hecho de que aquel hombre era el pasaporte para cumplir con lo que tanto tiempo había deseado; echarse atrás le supondría serios problemas con el espía del rey que le había propuesto el proyecto hacía años, en Acapulco. Y nadie querría tener problemas con ese hombre.

Pasados unos segundos, se levantó y le ofreció la mano.

—Entonces, tenemos un acuerdo.

Mendaña se levantó también, alegre y sonriente.

—Lo tenemos, señor Quirós... Capitán Quirós —se corrigió a sí mismo.

Casi veinte años atrás, cuando el adelantado salió del alcázar real tras firmar las capitulaciones definitivas con el rey Felipe II y abonar los diez mil ducados de fianza, pensó que el hecho de que la corona no financiase el viaje sería tan solo una complicación económica. Entonces no podía saber que le traería otros muchos quebraderos de cabeza.

Fue Isabel quien lo organizó todo. Él se sintió desbordado desde el mismo momento en el que pagó las reparaciones de la Dainty y obtuvo a cambio el acordado galeón San Jerónimo.

Mendaña se había sentido cerca de cumplir su sueño cuando partió desde España con una nave, voluntarios y soldados, hacía alrededor de quince años. Su encarcelamiento en Panamá había dado al traste con aquel intento, pero, sobre todo, le había impedido contemplar la magnitud total de la organización de su expedición.

Los gastos que él había imaginado eran solo una parte ínfima del total. Al final, la compra de los galeones fue lo más sencillo y lo más barato. Durante años había almacenado cables, cordajes, aparejos, tableros, herramientas... Apenas le sirvieron. Lo que no estaba podrido u oxidado, era a todas luces insuficiente.

Una noche llegó a casa de los Barreto al borde del llanto. Isabel se encontraba en la biblioteca, revisando con el ceño fruncido los documentos de alistamiento. Aparte de algunas familias de colonos que ella misma había convencido para sumarse al viaje, todo el que pretendía embarcar tenía antecedentes terribles: violaciones, herejía, asesinatos, peleas constantes, duelos...

Al ver entrar a su marido con el rostro compungido, cerró el legajo de documentos y se levantó para saludarlo.

—Estás pálido, Álvaro. ¿Qué te sucede?

Portaba una bolsa de esparto repleta de papeles que esparció sobre la mesa sin ningún orden.

—Esto... Esto me pasa, Isabel. No puedo... Jamás pensé que...

La mujer observó la documentación mientras abrazaba a Mendaña. Reconocía cada uno de los papeles incluso bajo la suave y temblorosa luz de las velas.

—Vamos a afrontar la mayor empresa que haya visto el Perú jamás, es normal que todo sea un caos, Álvaro —susurró con cariño. Él se echó a llorar.

—Cuando conseguí los barcos pensé que ya había logrado lo más difícil, pero entonces se hizo necesaria la tripulación. Hace dos semanas que firmé el contrato con Quirós, estaba feliz, ya tenía lo segundo más difícil, y ahora...

Isabel permaneció en silencio unos instantes. Tenía una mala noticia que darle y todavía no sabía cómo hacerlo. Una noticia que podía ser trágica para ellos. Decidió que lo mejor sería soltarlo sin más, los preámbulos no harían más que empeorar las cosas.

—Don García ha pedido su regreso a Madrid.

—¿Qué? —explotó él.

—La gota lo consume. Este clima no le favorece y se ha cansado de las Indias. Su sucesor está en Nueva España, es cuestión de tiempo que...

—¡Por el amor de Dios! ¿Es que esto nunca se va a acabar?

Doña Teresa le había comentado la noticia aquella misma tarde, instándola a organizar el viaje y partir cuanto antes. La llegada de un nuevo virrey probablemente implicaría la imposibilidad de emprender la aventura.

Isabel observó de nuevo los documentos. Después sus ojos se posaron en su esposo, derrotado, derrumbado sobre la silla que ella misma había ocupado hasta hacía unos segundos. Se arrodilló junto a él y le levantó la cabeza acariciando sus mejillas.

—Álvaro, yo me encargaré de todo.

—¿Qué estás diciendo? ¿Tú sabes todo lo que nos queda aún por hacer?

—Sí. Yo lo sé, Álvaro. Y tú también lo sabes, pero ¿quién más lo sabe?

Los ojos vidriosos del adelantado se dirigieron a los de su mujer en un gesto de incomprensión.

—Insinúas que...

—No insinúo nada. Mañana irás al puerto y comenzarás a inspeccionar las naves en compañía del capitán.

—Eso solo se hace un par de semanas antes de embarcar, Isabel, no puedo...

—¡Por supuesto que puedes! Eres el general Álvaro de Mendaña, adelantado de las islas Salomón, marqués de aquellas tierras cuando fundemos las ciudades que el rey te impuso. De hecho, nadie más puede hacerlo. —Hablaba con calma, pese a la magnificencia de sus palabras—. Mañana, en el puerto, inspeccionaréis los barcos y comenzaréis a cargar las mercancías.

—¿Las mercancías? Se pudrirán en las bodegas antes de que partamos.

—No lo harán, porque iniciaremos nuestro viaje en tres semanas.

Ahora miraba a su esposa como si estuviese loca.

—¿Tres semanas? ¿Has estado bebiendo chicha?

Isabel miró de reojo los documentos sobre la mesa. Le parecieron más numerosos y desordenados que la última vez que los había visto, hacía dos minutos.

—No te preocupes por eso. Yo me encargaré de todo. Tú ve al puerto y ejerce de general. Enviaré a Elvira mañana por la mañana para que se anuncie la fecha de nuestra expedición a las autoridades y daré orden a los alistados de que estén en El Callao el 8 de abril.

Mendaña ya no lloraba, pero mantenía el gesto estupefacto.

—¿Cómo vas a...?

—Eso es problema mío, Álvaro.

—Pero...

—Esta conversación se ha terminado. —Se levantó y comenzó a ordenar los documentos—. Ve a descansar, mañana debes tener un aspecto espléndido.

El adelantado iba a decir algo más, pero solo pudo abrir la boca, sin emitir sonido alguno.

Al día siguiente, Lima se convirtió en una fiesta. Nadie esperaba aquella celeridad, sobre todo al tratarse de un viaje que se había ido postergando durante veintisiete años, los mismos que tenía Isabel en aquel momento.

Quirós y Mendaña revisaron los galeones San Jerónimo y Santa Isabel. Todo fueron excelsas palabras de aprobación, aunque ambas naos estaban aún en precario estado, desaparejadas y con necesidad de serias reparaciones.

Por la noche, Álvaro encontró a su mujer en el mismo sitio donde la había dejado el día anterior, con la misma ropa y el mismo ceño fruncido, revisando documento tras documento, haciendo anotaciones, elaborando nuevos contratos...

—¿Me has traído un informe del estado de las naves? —le preguntó sin levantar la mirada del papel sobre el que estaba escribiendo.

—Sí. Aquí está, firmado por el capitán Quirós, el maestro de la armada de El Callao y por mí mismo. —Lo dejó sobre la mesa.

—Ve a descansar, Álvaro. Aún me queda trabajo por hacer y tú tienes que volver al puerto.

—¿Otra vez?

—Debes estar allí todos y cada uno de los días hasta el 8 de abril.

—¿Para qué?

—A partir de mañana el virrey comenzará a enviar los cañones, las piezas de artillería, la pólvora y las mechas. A las once en punto estará allí el coronel de Manrique, nuestro maese de campo, para supervisar el armamento.

—¿Manrique? ¿A las once de la mañana? Ese bribón no se despierta tan pronto desde que se destetó.

—Si no está a las once en punto, envíame un correo de inmediato. Ya está redactada la orden para su encarcelamiento si falta a la orden del virrey.

Mendaña, agotado, sonrió de medio lado.

—Ojalá no se despierte.

—Ojalá... —comentó Isabel sin mirarlo.

Isabel pasó los siguientes tres días sin levantarse de la silla. Jóvenes mensajeros entraban y salían de la casa a cada instante. Ella permanecía en la biblioteca, sin moverse. Ni de día, ni de noche.

Las naves del adelantado comenzaron a conocerse como las arcas de don Álvaro, ya que a todas horas cargaban abastecimientos, ganado, armas, pertrechos de marineros y soldados y material náutico. Mendaña asistía a tal procesión con su mejor sonrisa, como si todo lo que aconteciese fuese a causa de su buen entendimiento.

Los días que siguieron a esos tres fueron de mayor agitación aún si cabe. Llegaban los colonos, los voluntarios y los marineros. Los soldados estaban acuartelados en las dependencias que la armada tenía en El Callao, durmiendo durante el día en los almacenes y pasando las noches en las tabernas, en busca de pelea o compañía femenina, cuando no las dos cosas.

La noche del 4 al 5 de abril, cuando Álvaro llegó a casa de los Barreto, no halló a su esposa en la biblioteca. Confundido, subió a su alcoba y la encontró durmiendo. En la mesilla, junto a la cama, había una nota: «Descansa, mañana iremos juntos a El Callao y anunciaremos desde la cubierta de la San Jerónimo el inicio de nuestro viaje. Ya está todo organizado».

La miró emocionado. Su esposa había pasado semanas sin apenas dormir, trabajando sin descanso, con un ánimo que jamás había visto en persona alguna. No sabía cómo lo había hecho, pero a diario llegaban carrozas cargadas de mercancías, esclavos porteadores, tripulantes y colonos.

Se tumbó a su lado y la abrazó. Si alguien era el general, el adelantado o el marqués, sin duda era Isabel.

El 5 de abril, el matrimonio se desplazó al puerto de El Callao. El sol se reflejaba sobre los oscuros guijarros de la playa, y una muchedumbre se había dado cita al mediodía para contemplar con sus propios ojos tamaña odisea. Las arcas del adelantado estaban casi preparadas para emprender su hazaña, que llevaría a cerca de cuatrocientas personas a vislumbrar lo desconocido.

Cuando Isabel Barreto subió a la cubierta de la San Jerónimo sintió que su corazón se desbocaba. Sus ojos se humedecieron al acariciar los obenques de proa, los mástiles, las regalas y las batayolas. La Santa Isabel estaba a tan solo unos metros, tan magnífica como la capitana, un castillo flotante inmenso e imponente. Las amuras de proa lucían fastuosas, dando la sensación de que surcarían los mares del Sur sin oposición alguna. Sus ojos atravesaron el armazón de madera y pudo ver las cuadernas en su interior, el puntal, los baos, el trancanil y la varenga.

—Es una nave preciosa —comentó el capitán Quirós, observando la Santa Isabel.

—Las dos lo son —contestó el adelantado.

Los hombres del capitán trabajaban con fruición, yendo y viniendo por la cubierta al son de cantares de mar. Mendaña y su esposa subieron con Quirós al castillo de popa, desde donde se podía admirar El Callao y Lima a su espalda. En ese momento llegaron los bateles con las tinajas de barro cargadas de agua.

—¿Tinajas? —preguntó Quirós.

Álvaro miró a su esposa, extrañado. El agua solía almacenarse en barriles, aquello era totalmente inusual y peligroso.

—Fue imposible traer más madera y conseguir hierro para los barriles. La única forma de guardar la aguada fue en tinajas. La protección de mimbre se le ocurrió a Pancha, dice que su familia guardaba así el agua en su casa cuando era pequeña.

Ninguno de los dos hombres dijo nada, pero ambos pensaron que aquella no era una buena idea. La bodega de un galeón no era el lugar más seguro del mundo, precisamente; el vaivén de las olas hacía que los objetos que allí se almacenaban se movieran en un trasiego que no impedían las cuerdas y aparejos con los que se ataban. Por no decir que una tempestad podría dejarlos sin una sola gota de agua potable.

Ni Quirós ni Mendaña eran conscientes de las grandes dificultades que había encontrado Isabel en aquel asunto. Llegó a ofrecer mucho más dinero del que valían los barriles a un carpintero de Guayaquil, pero ni este podía hacerse cargo de tantos barriles en tan poco tiempo. La única solución que existía era aquella.

—Mi señor, el comandante de la armada os requiere en tierra —informó un paje.

—Decidle que voy de inmediato —contestó el adelantado desde la sobrecubierta.

—Te esperaré aquí, Álvaro. Desde que he subido a la nao tengo una extraña sensación, algo que me empuja a quedarme aquí para siempre.

Mendaña le dedicó una amplia sonrisa.

—Naciste para esto, Isabel. Volveré de inmediato.

Permaneció incontables minutos junto al capitán, las gaviotas graznando sobre la arboladura, las drizas tensadas por el cordaje, la brisa del mar acariciando su rostro. Cerró los ojos y se dejó mecer por la marea, viajando en un sueño vívido a extrañas e ignotas tierras. El agua sacudía la playa en el puerto, emitiendo un sonido que le pareció tan hermoso como las alboradas de Pontevedra, su Pontevedra. Se sintió una niña de nuevo, quizá la niña que nunca había sido, sin preocupaciones, con la felicidad de estar cumpliendo su destino.

Un grito la sacó de su ensoñación. No era el graznido de una gaviota, sino algo similar al chillido nervioso de un águila o el gorjeo de un buitre moribundo, si los buitres pudieran gorjear.

Un hombre adusto, de aspecto desaliñado y voz tan firme como chillona, había interrumpido sus pensamientos. Isabel no lo conocía, pero su reputación lo precedía: era Pedro Merino de Manrique, el maestro de campo de la expedición, coronel de los soldados que se embarcarían en la aventura.

Se dio cuenta de que Quirós, aún a su lado, se erguía incómodo.

—¡Holgazán! ¡Aparta esos aparejos de mi vista! ¿No ves que el coronel ha tomado mando en cubierta? —gritaba a un hombre de mar. Isabel averiguaría más tarde que se trataba de Marcos Marín, el contramaestre, persona de confianza del capitán.

—Qué firmeza... —comentó Isabel hacia Quirós—. Espero que mostréis tal determinación en los asuntos que en verdad os competen, señor de Manrique —espetó hacia el interesado desde lo alto del alcázar—. Vuestras palabras obligan poco e indignan mucho, haced el favor de tratar a la tripulación con el respeto debido.

El coronel, junto a tres de sus hombres, puso la mano a modo de visera para que no le deslumbrase el sol y poder ver quién le hablaba.

—Nada menos que una mujer dando órdenes a un veterano de Flandes. Poned cuidado en vuestras palabras, señora...

—Barreto. Aunque vos podéis llamarme Isabel de Mendaña.

El rostro le demudó, pero no se amedrentó.

—Barreto, Mendaña... Tanto me da. Mientras yo esté en cubierta, toda mujer, hombre, niño o marinero zarrapastroso está bajo mi mando.

Isabel comenzaba a enfurecerse e iba a contestar a aquel bribón de tres al cuarto, pero Quirós se le anticipó.

—No hay más mando en esta expedición que el del adelantado, mi señor de Manrique, y mientras él no esté embarcado, soy yo el capitán. Absteneos de dar órdenes a mis hombres, y aún más tratándose de temas tan leves.

Los tres soldados que acompañaban al coronel llevaron las manos a las empuñaduras de sus espadas, mientras el contramaestre arrastraba los aparejos lejos de su camino.

—Vos sois el capitán Quirós, ¿me equivoco? Otro portuguesito con aires de grandeza... Sabed que también vuestra merced está bajo mi mando. Si durante el viaje os ordenara estrellar el barco contra unas peñas, habríais de obedecerme.

—Podéis lanzar vuestras patrañas en las tabernas del puerto, donde tengo entendido que vuestro mando es bien conocido. En cuanto a la nao, solo atiendo a las órdenes del adelantado; trataré de hacer cuanto haya que hacer con el mayor atino.

Las espadas de los soldados conocieron la luz del sol, emitiendo un agudo aullido al abandonar sus vainas. Para entonces, todos los marineros habían abandonado sus trabajos y observaban la escena con estupor, dudando si era necesario actuar o preferible alejarse de la trifulca.

—Ordenad a vuestros hombres que guarden las espadas, señor de Manrique —gritó Isabel—. No han venido aquí a hacer bandos ni a enfrentarse con otros cristianos. Celebro, sin embargo, su prontitud a la hora de defender a su señor; espero que tengan claro quién es aquí el general, encomendado de su muy católica majestad el rey Felipe, única autoridad en esta nave y en tantas otras como se sumen a la expedición.

El coronel sonrió con cinismo.

—Envainad, chicos. Vamos a descubrir en qué pocilga nos han colocado estas gentes de buen saber.

Los soldados guardaron sus espadas y siguieron al maese de campo hacia el interior del alcázar.

—Esto no quedará así —murmuró Isabel, más para sí misma que para el capitán.

Pero hubo de quedar así. Álvaro regresó con el peso de varias toneladas de preocupaciones. En efecto, la ausencia de financiación de la corona conllevaba daños que no había previsto. Isabel había tenido que aumentar el peso de los inversores para hacer frente a los incontables y desorbitados gastos que habían surgido en las últimas semanas, por lo que todos ellos querían tener voz y voto en las decisiones. Legalmente, poco importaba que uno u otro hubiera invertido mayor o menor suma; las capitulaciones hacían a Mendaña general de la expedición y cualquier decisión que tomase durante el viaje debía ser obedecida como si la hubiera tomado el monarca, pero en Lima, como en cualquier otra parte del mundo, el dinero pesaba más que la ley.

Pedro Merino de Manrique había sufragado sus gastos y los de sus hombres, además de participar económicamente de los gastos comunes. Si a eso le sumaban que el virrey había puesto como condición indispensable quitárselo de en medio y alejarlo del Perú, a Isabel le cuadraban las cuentas: era imposible echarlo. Sin duda, su actitud despótica y pendenciera auguraba no pocos problemas a bordo, pero sin esos problemas, simplemente no habría viaje.

El adelantado habló aquella noche con el capitán Quirós después de que su esposa le informara de lo que había pasado y tratara de convencerlo para expulsar al maese de campo. Le explicó al navegante la imposibilidad de aquello como se lo había explicado a Isabel. Quirós aceptó las explicaciones de su almirante y general, aunque torció el gesto ante la incapacidad de Mendaña para hacerse con un hombre así.

Por suerte para todos, tras ocupar su estancia, el coronel regresó a tierra junto a sus hombres para dar buena cuenta de todo el vino que quedaba en las reservas de las tabernas del puerto.

Isabel y Álvaro pasaron los días despidiéndose de la que había sido su ciudad. El capitán Lope de Vega, con el galeón Santa Isabel, fue enviado a los valles de Santa, Trujillo y Saña para recoger a más hombres y abastecimientos.

El viernes 9 de abril de 1595, el galeón San Jerónimo, la fragata Santa Catalina y la galeota San Felipe zaparían del puerto de El Callao.

15

En que se da cuenta de la despedida en El Callao y los primeros problemas antes de llegar a Cherrepe

Puerto de El Callao (Lima), 9 de abril de 1595

Las tres naos lucían esplendorosas en las tranquilas aguas del puerto, con sus mástiles erguidos esperando largar velas y zarpar áncoras. El resplandor hialino del sol, aumentado por su reflejo al refractar contra el agua, impedía contemplar desde la playa el mal estado de la fragata y la galeota, cuyas obras muertas se hallaban podridas. En la distancia, la muchedumbre que se había dado cita en el puerto para despedir a los aventureros solo podía admirar tres barcos majestuosos.

A poca distancia de allí, en la iglesia de Santo Domingo de Lima, tenía lugar aquella mañana de viernes una misa excepcional para celebrar la esperada partida del adelantado Álvaro de Mendaña, a quien acompañaban su esposa, varios oficiales y todos aquellos tripulantes que no tuvieran que hacer trabajos imprescindibles en las cubiertas de las naves. Todos escuchaban la palabra de Dios con la mente ya en altamar, rozando con las yemas de los dedos un sueño postergado durante más de un cuarto de siglo.

Casi todos los vecinos de Lima esperaban expectantes el inicio de la ansiada hazaña de don Álvaro. La iglesia estaba atestada y, al salir, se encontraron con una multitud exacerbada que se había reunido para despedirlos. Los sacerdotes iniciaron la procesión hasta el puerto repitiendo salmos que trataban de ganarse el favor del Señor. Tras ellos caminaban el adelantado y su esposa, con solemne rictus y la mirada fija en el horizonte.

Las doncellas de doña Teresa, también presentes en la procesión, murmuraban que jamás habían visto así a Isabel, despojada de sus elegantes y vistosas vestimentas, ataviada con ropajes de paño. Muchos pensaron que se trataba de una impostura de humildad ante la petición de ayuda celestial en su singladura, pero la realidad era que había tenido que vender hasta sus más ricas ropas, y las escasas indumentarias de gala que le quedaban las había embarcado en arcones y se hallaban en su dormitorio en la San Jerónimo.

Tras los esposos, los adelantados, como ya los llamaban todos en la Ciudad de los Reyes, marchaban los oficiales de las tres naves, tanto navales como militares. Lorenzo Barreto portaba con orgullo uno de los tres estandartes reales ante la mirada atenta de sus padres y de su hermana Petronila. Jerónimo, el primogénito, no había podido regresar a tiempo de Nueva España para despedir a la familia.

Por último, marineros, soldados rasos y colonos, junto con la sirvienta de doña Isabel. Pancha sonreía a diestra y siniestra, despidiéndose a su manera de una ciudad que le había dado todo, pero también se lo había quitado todo. Cuando supo que al fin sus señores emprenderían el viaje, no se lo pensó dos veces. Pese a que Isabel le explicó los peligros a los que se enfrentarían durante las duras jornadas que tenían por delante, ella solo quería abandonar Lima y acompañar a su salvadora, que la había recogido de las ruinas, sumida en la inanición y la desesperación.

Myn, el liberto que ya fuera a las Salomón con Mendaña en su primer viaje, también iba a la cola de la procesión, así como otras damas que acompañarían a la adelantada, entre las que destacaban su hermana Mariana de Castro, la joven y hermosa Elvira Delcano, y Belita de Jerez, una mestiza amiga de Mariana.

Al llegar a El Callao, los sacerdotes guardaron silencio. Juan de la Espinosa, el vicario de la San Jerónimo, y Antonio de Serpa, su capellán, se dieron la vuelta y asintieron en dirección a don Álvaro de Mendaña; él hizo lo propio, consintiendo a la banda iniciar su jolgorio, con pífanos y tambores, que animaron aquel día caluroso de mediados de abril.

Los soldados de la armada formaban firmes en el puerto, y varias salvas y fuegos de artificio lanzados desde los almacenes de la aduana acompañaron a la música. Tras eso, el virrey lanzó un desaliñado y breve discurso en el que deseaba al general vientos favorables y llevar la honra de España y de Cristo a aquellas desconocidas regiones australes. El dolor causado por la gota le impidió extenderse, lo que agradecieron tanto los expedicionarios como el resto de los presentes.

Los oficiales embarcaron en los bateles mientras los adelantados se despedían de su familia y amigos. Hubo dos personas, por encima de todas las demás, que celebraron aquella despedida tanto como la lamentaron. Teresa de Castro veía marchar a algo más que una doncella o una dama de compañía: se despedía de una hija a la que había amado, con la que había reñido y que, en el saldo final de sus amores y batallas, dejaría un hondo pesar de ausencia. La abrazó, saltándose todo protocolo, y la besó entre lágrimas.

Quien sí veía partir a una hija, de hecho, a varios de sus vástagos, era Nuño Rodríguez Barreto. Él, hombre de armas y de mar a partes iguales, celebraba que sus hijos emprendieran aquella aventura, pero lamentaba no poder sumarse a un último viaje. La edad, una vida llena de acción y una cadera desgastada que le producía una incómoda cojera, le impedían embarcar en la San Jerónimo.

A su lado, su esposa se limpiaba las lágrimas con un pañuelo, mirando con orgullo a sus hijos, pero temiendo al mismo tiempo que les pasara algo en el transcurso de la expedición. Por más veces que hubiera visto a su marido marchar a la batalla o al océano, no se acostumbraba a aquel tipo de despedidas.

Petronila también se abrazó a sus hermanos. No podía creer que los traviesos niños a los que reprendía a todas horas se hubieran convertido en intrépidos tripulantes de aquella Argo que se dirigía hacia peligros desconocidos.

Finalizadas las despedidas, los Barreto subieron a un batel que los trasladó hasta la San Jerónimo. En cubierta esperaban los oficiales con sus trajes de gala. El estandarte real ya había sido ubicado en el castillo de popa, ondeando soberbio al ligero viento. Los hombres de mayor graduación portaban sus pendones, y múltiples banderolas danzaban en las batayolas.

El general Mendaña, almirante, adelantado y gobernador, fue

recibido con tambores y saludado con el respeto que merecía por todos los presentes. Él ordenó descansar a sus hombres que, a la voz del contramaestre, comenzaron con los trabajos.

Una chalupa los remolcó hasta una posición que hiciera favorable la navegación, levando anclas y largando velas.

Isabel y sus doncellas entraron en sus dependencias dentro del alcázar, mientras el general y sus cuñados subían al puente de mando, donde esperaban el capitán Quirós, que manejaba la caña del timón ante la despedida del pueblo limeño, el contramaestre y otro hombre que don Álvaro no reconoció.

—¡General en cubierta! —gritó el contramaestre, voz que repitieron los marineros de popa a proa.

—Hay poco viento —comentó Quirós—. No sé si hoy podremos zarpar.

—¿Veis a toda esa gente? —preguntó Mendaña señalando al puerto, donde cientos de personas saludaban con sus pañuelos—. Debemos salir de aquí como sea. Luego podemos quedar al pairo esperando vientos propicios. —El capitán asintió—. ¿Quién sois vos? —le preguntó entonces, sin disimular su extrañeza, al hombre desconocido—. No recuerdo haberos visto antes.

—Mi señor, mi nombre es Diego Sánchez Coello —hizo una reverencia—, para serviros.

—¿Y qué hacéis aquí? ¿Acaso os alistasteis?

Diego miró a Quirós, que maniobraba con dificultad para no estrellar el casco con algunos de los guijarros del puerto.

—Mi general, Diego Sánchez Coello es un asesor de su majestad el rey Felipe. —Mientras el capitán hablaba, el pintor sacaba del interior de su chaqueta una carta con el lacre real—. Hace unos días se presentó en el puerto con una cédula firmada por el monarca. La corona quiere que forme parte de la expedición.

Mendaña lo miró de reojo y rompió el lacre con sus manos. No le gustaban aquellas interferencias y, menos aún, los cambios de última hora. Leyó la carta y se la devolvió a Sánchez Coello.

—Bienvenido entonces —lo saludó con displicencia—. Señor Marín, lance las salvas.

El contramaestre dio orden a sus muchachos, que hicieron rugir sus falconetes. La San Felipe y la Santa Catalina se unieron a las salutaciones, respondidas por todas las naos de la armada, que se habían alineado para franquear el paso de las naves del adelantado.

El puerto se llenó de humo, y desde la aduana se lanzaron fuegos de artificio.

Saliendo de El Callao, poco a poco el rumor del gentío se fue perdiendo y los aromas del mar del Sur llenaron la cubierta. Las velas se alzaron con poderío, aunque el viento era a todas luces insuficiente.

El adelantado bajó a las estancias de su esposa. La encontró rezando en compañía de su hermana y sus doncellas ante una figura en madera de la Virgen de la Soledad.

—¿Y esto? —preguntó Mendaña.

—Sé que el capitán es muy devoto de la Virgen de la Soledad, así que convencí a las clarisas de que nos la prestaran para el viaje bajo la promesa de devolverla a nuestra vuelta.

—¿Nuestra vuelta? —Álvaro enarcó una ceja.

—Sea cuando sea... Y más nos vale que sea tarde, nada queda para nosotros en Lima —añadió Isabel—. Y nuestras encomiendas de Tiahuanaco y Castrovirreyna están hipotecadas hasta solo Dios sabe cuándo.

El adelantado sonrió.

—El mar es nuestra patria ahora.

—Al menos es nuestro hogar.

Se dedicaron una sonrisa cómplice el uno al otro.

—¿Puedo hablar contigo en privado?

—Sí, por supuesto. —Con una mirada, ordenó al resto de las mujeres que abandonaran la habitación—. ¿Qué pasa, Álvaro?

Mendaña se sentó en la cama de Isabel y le pidió con un gesto que se acercara a él. Tenía el rostro torcido, y su esposa sabía bien que solo ponía aquella cara cuando estaba preocupado por algo.

—Sabes que el capitán no quería mujeres en su barco, ¿verdad?

—Sí, tú mismo me lo dijiste. En realidad, ni el capitán ni ninguno de los marineros, pero pensé que eso ya estaba solucionado.

—Y lo está... Pero solo a medias.

—¿Qué quieres decir?

—Te contaré una historia. —Carraspeó para aclararse la voz y trató inútilmente de desvanecer su gesto contrito—. Hace ya algunos años, cuando los avatares del destino impidieron que pusiera en marcha esta expedición, escribí al rey para quejarme del trato que me dispensaba el virrey Francisco Álvarez de Toledo. En aquella carta le explicaba que algunas de las mujeres que se habían enrolado corrían el riesgo de darse a una vida disipada si el viaje continuaba aplazándose. Algunas de ellas ya habían probado aquellas hieles, y a mí me preocupaba que sus almas se emponzoñaran si no lográbamos zapar.

Isabel le arrulló una mano con ternura.

—Siempre tuviste un alma pura, aunque no alcanzo a comprender qué similitud puede haber con nuestra situación.

—La hay, Isabel. La hay.

—¿Qué me intentas decir?

—En esta nao hay más de cien hombres y unas pocas mujeres, todas ellas solteras, menos tú, claro está. Ahora todo es entusiasmo, buenas palabras y miradas de soslayo, pero según pasen las jornadas y el mar sea todo lo que vean y huelan esos hombres, el entusiasmo no será suficiente para mantenerlos alejados de tu hermana y tus doncellas.

Isabel retiró la mano con espanto. De todas las cosas en las que había pensado acerca del viaje, aquella se le había escapado por completo.

—Les diré que se queden aquí, que no pisen la cubierta más que para lo indispensable.

—Podría ser una solución, pero la vida en el mar es harto complicada. Ellas tienen que salir a cubierta y ver la luz del sol de vez en cuando, no pueden permanecer encerradas en esta habitación, que en pocas semanas será una bodega inmunda.

—¿Qué podemos hacer, entonces?

Mendaña suspiró.

—Belita es mestiza y Pancha de origen inca, no tienen más peligro del que estén dispuestas a correr por sí mismas. Pero Mariana y Elvira... Su deshonra podría ser una mancha muy grande para la expedición... Y para ellas mismas, por supuesto.

—¡Por todos los santos, Álvaro! ¿Adónde quieres ir a parar?

—Debes casarlas.

—¿Casarlas? ¿A mi hermana Mariana? ¡No tiene aún dieciséis años! Y Elvira es una Delcano, es su padre quien debe casarla, yo... Yo no puedo asumir esa responsabilidad.

—Isabel, Elvira está bajo tu cargo. Su padre te la entregó bajo la promesa de riquezas y posición. Ahora tú ejerces como su tutora, y se casará con quien tú creas conveniente sin poder oponerse ni opinar.

—¿Y mi hermana? Solo imaginar que tenga que entregarla a alguno de esos bribones que el virrey nos ha embarcado me pone de los nervios...

Permanecieron en silencio durante unos segundos.

—Vamos camino de Cherrepe, donde nos reuniremos con el capitán Lope de Vega y la Santa Isabel. Más tarde partiremos a Paita para hacer aguada y recoger algunos bastimentos.

—Ya lo sé, Álvaro. ¿Olvidas quién lo organizó? —Se indignó, más por el tema de su hermana que por el hecho de que le estuviera explicando algo que ella misma había programado.

—En Paita no desembarcaremos, así que nuestra opción es Cherrepe. Allí debes casar a Mariana y a Elvira.

—¿Por qué tanta premura?

—Una vez en alta mar, los hombres creen estar solo bajo el mando de los cielos. Se vuelven salvajes, se corrompen. A pesar de todo, son capaces de respetar algunas cosas, al menos hasta cierto punto. Si todo va más o menos como tiene que ir, respetarán a las mujeres casadas.

Isabel no podía creer lo que escuchaba. Se sentía horrorizada. *¿Por qué no me lo había dicho antes? Peor aún, ¿por qué no lo pensé yo antes?*

—¿Y qué pasa con Pancha y Belita? ¿Es que ahora no nos importa su honor?

—Pancha sabe cuidarse ella sola. Además, no admitirá casarse con cualquiera, y menos por una causa así. Belita... A ella no puedes obligarla, solo está bajo tu servicio. La contrataste, no te la entregó su padre.

Mendaña se levantó. Sabía el daño que le infligía con aquellas palabras a su esposa y no quería extenderlo más de la cuenta. Se dio la vuelta, dispuesto a marcharse.

—¡Álvaro! —lo llamó Isabel cuando alcanzaba la puerta—. No puedes dejarme sola en esto. Yo conozco los antecedentes de todos esos hombres, pero no he tratado con ellos, no sé cómo son en realidad. Debes aconsejarme, no puedo entregar a mi hermana a cualquiera. ¿No hay al menos uno de los oficiales que aún conserve cierta dignidad?

—Por desgracia, los oficiales de la San Jerónimo o son tus hermanos, o están casados o son demasiado estúpidos. Lo siento, Isabel. Ya te dije que no era buena idea que viniera tu hermana.

Ella se quedó pensativa.

—En Cherrepe desembarcaremos todos, ¿no es así?

—Los marineros se quedarán en la nave, pero el resto podremos desembarcar, sí.

—De acuerdo, eso me da más opciones... —farfulló para sí, desviando la mirada.

—Por cierto, olvidaba comentártelo. Hay un hombre enviado por el rey en el puente de mando. ¿Tú sabías algo?

—¿Un hombre? ¿Quién?

—Ya veo que no estás al tanto tampoco. Dice llamarse Diego Sánchez Coello y ser asesor de don Felipe.

—Es la primera noticia. —Se levantó de súbito—. Quiero conocerlo.

—Espera, espera. —La detuvo en la puerta tomándola de los hombros—. Sé lo que estás pensando, pero no podemos fiarnos de ese hombre, no sabemos exactamente qué hace aquí.

—No podemos fiarnos de nadie, Álvaro. El mar es nuestro hogar. Nuestro, tuyo y mío. Por lo que a mí respecta, todos los demás quieren entrar en nuestra casa y robarnos lo que es nuestro. Ahora, si no te importa, tengo que hablar con ese... como se llame.

Isabel subió con decisión a la toldilla, donde Quirós había dejado el timón a un marinero y departía con aquel hombre desconocido.

—Buenos días, capitán Quirós. —El portugués saludó sin hablar—. Me ha informado el general de que tenemos un nuevo tripulante del que no he sido informada. —No miraba a Diego Sánchez Coello—. Quisiera conocerlo.

—No busquéis más, mi señora —intercedió el pintor—. Diego Sánchez Coello, para serviros. —Hizo la acostumbrada reverencia.

Isabel lo midió con la mirada, sintiendo que él hacía lo mismo.

—Así que os envía el rey, ¿no es así?

—Su Majestad tiene mucho interés en el éxito de esta expedición, mi señora.

—Si tuviera tanto interés no habría obligado a mi esposo a firmar esas capitulaciones tan onerosas.

—Tengo entendido que nadie obligó a vuestro esposo.

—Es fácil otorgar títulos a quien nada tiene cuando todo lo promete.

—Estoy de acuerdo con vos, mi señora. Sin embargo, no estoy

aquí para responder por el rey, solo para observar e informar. El único con capacidad para hablar en boca de Su Majestad es el general.

Isabel no supo qué contestar. Era cierto, no podía exigir a aquel hombre más que a cualquier otro, ni merecía ser objeto de reproches dirigidos al rey.

—¿Asesoráis a don Felipe?

—Así es.

—¿En qué temas?

—En los que él me consulte.

Es un hueso duro de roer, un cortesano acostumbrado a los secretos y a no hablar más de la cuenta. Hay pocos que sepan tener el pico cerrado, pero este es uno de ellos, sin duda.

—¿Sabéis algo de navegación?

Diego Sánchez Coello miró hacia el puerto, cuyo paisaje se deshacía en la lejanía por la humedad y la luz del sol, como un espejismo.

—Lo suficiente como para saber que con este viento no llegaremos muy lejos.

—Es decir, más o menos lo mismo que un grumete.

—No creo que tanto. Cuando me he embarcado, mi única responsabilidad ha sido no marearme demasiado.

—Entonces ¿cuál es vuestro oficio?

—Soy pintor, mi señora.

—¿Envía Su Majestad a un pintor para informarle de asuntos de navegación?

—Como os he dicho, no puedo responder por el rey, solo acato sus órdenes.

Quirós presenciaba aquella conversación con perplejidad, preguntándose cómo aquella mujer podía tener las agallas de hablarle así a un enviado de la corona.

—Quizá podáis ser de alguna ayuda, además de levantar acta de lo que aquí suceda.

—Si puedo serviros...

—Venid conmigo.

Isabel llevó al pintor a su estancia, acompañada de sus hermanos y sus doncellas, y le mostró la talla de la Virgen de la Soledad.

—Es una imagen magnífica —admiró.

—Lo es, señor Sánchez Coello, aunque el tiempo la ha tratado mal y las clarisas nada saben del arte de la pintura y la escultura. Como veis, hay algunas partes desgastadas, ¿podríais pintarlas?

Diego la miró sorprendido. Conocía a las personas. Gran parte de su trabajo era saber con quién trataba, y no le cabía duda de que lo hacía con una mujer excepcional.

—No tengo aquí mis herramientas, sería difícil...

—Parecéis un hombre de recursos, don Diego. A buen seguro que algo podréis hacer —lo interrumpió.

El pintor miró la talla, pensativo, llevándose una mano al mentón.

—Los carpinteros de a bordo tendrán pintura, es posible que...

—No se hable más, señor Sánchez Coello. Podéis llevaros la escultura a la sala de cartografía, allí tendréis más espacio —volvió a interrumpirlo.

Lo miró fijamente, dándole a entender que aquella conversación había terminado.

El pintor cogió la talla y se la llevó.

—¿Qué crees que estás haciendo? —le preguntó Lorenzo cuando el consejero real ya no podía escucharlos.

—Estoy poniendo a prueba a ese hombre.

—¿Para qué? ¿Cuál es tu intención?

—Conozco los nombres, apellidos e historias de cada uno de los hombres y las mujeres de esta expedición, excepto los de él. Tengo que saber con quién tratamos, quién se ha metido en nuestra casa sin avisar y con qué intenciones.

Como bien había predicho Diego Sánchez Coello, con aquel viento no llegaron muy lejos. Las naves pasaron la noche a poca distancia de la costa, viendo las cercanas luces de los hogares de Lima, varados en la calma del mar del Sur.

No solo el pintor había tenido razón en sus predicciones. El adelantado también. Aquella misma noche, mientras Belita salía a cubierta a hacer sus necesidades, un soldado que hacía guardia se abalanzó sobre ella. Por suerte, Diego Barreto había salido a vomitar, pues el zarandeo de las olas en la quietud del océano le había dado náuseas. Al escuchar los gritos de la doncella se acercó a ver qué sucedía. Junto al trinquete, el soldado sometía a Belita amenazándola con un cuchillo. Diego había dejado la espada en su dormitorio, así que tuvo que desarmar al agresor de una patada. Este se revolvió y lucharon sobre la cubierta mientras Belita se apresuraba a dar noticia de lo sucedido.

Cuando un grumete se acercó con una lámpara y el soldado reconoció a Diego Barreto, se alejó arrastrándose hasta la borda. Quiso tirarse al mar, pero Luis y Lorenzo, que habían acudido a cubierta tras escuchar el revuelo, lo apresaron justo a tiempo.

—¡No huyas, bellaco!

Todos los oficiales terminaron despertando; Belita y Diego explicaron lo sucedido y el general tuvo que enjuiciar los hechos. Los Barreto demandaron que el soldado fuera ahorcado por intento de violación, mientras que el capitán pidió que lo embarcaran de vuelta a El Callao y el coronel Pedro Merino de Manrique trató de quitar hierro al asunto.

Mendaña fue consciente de que aquel incidente significaba mucho más de lo que parecía a simple vista. Acababan de formarse tres claros bandos: el de Quirós y los hombres de mar; Manrique y los soldados, y, por último, los hermanos Barreto. Decidiese lo que decidiese, todos pensarían que tomaba parte por un bando, así que se sintió perdido.

Los Barreto no se enfrentarían a él, al menos no de momento. Pedro Merino de Manrique no le gustaba, pero entendía su postura; defendía a uno de sus hombres y trataba de reflejar que todo había quedado en un intento por la gracia del valeroso Diego. En el rostro taciturno de Quirós podía ver la contradicción: no le gustaban los soldados, pero menos aún le gustaba navegar con mujeres por razones como la que ahora tenían entre manos.

En cualquier caso, su opinión era la más sosegada. Dejaría claro que acciones como esas no se podían repetir. Permitir al soldado permanecer en la nao sin castigo sentaría un penoso precedente, y colgar por el cuello a uno de sus hombres podría sembrar la desconfianza.

¡Por Dios! ¡No hemos pasado ni una noche a bordo!

—Señor Marín —llamó al contramaestre.

—Sí, mi señor.

—¿Seríais tan amable de echar a este desperdicio a un batel y llevarlo a la costa?

—A sus órdenes.

Marcos Marín eligió a tres marineros y se llevaron al agresor.

—Ya sabéis, muchachos: no toquéis lo que no es vuestro o acabaréis en el batel —comentó Merino de Manrique con socarronería.

Al día siguiente, el adelantado se encontró con el contramaestre, los marineros y el soldado en cubierta.

—General, por toda la costa hay hombres armados que nos han impedido el desembarco. No quieren que devolvamos a Lima los excrementos de los que se han deshecho. Con esas mismas palabras me lo han dicho.

Mendaña maldijo algo ininteligible.

—Encerradlo en la bodega atado de pies y manos.

La mañana llegó con una brisa renovada que empujó las velas sin brío. La galeota se desplazó para dejar paso libre a un barco que llegaba a El Callao y aprovechó para costear, abordando algunas naos y tomando su capitán Felipe Corzo lo que de ellas consideró oportuno. Así llegaron hasta el puerto de Santa, donde fondeaba un galeón que llevaba mercancías y esclavos desde Panamá hasta Lima. Felipe Corzo ordenó sustraer su batel y cargarlo en la San Felipe.

Cuando llegó la San Jerónimo y el general fue informado, acusó de corsario al capitán Corzo y trató de devolver el batel, pero el capitán de la nao se opuso exigiendo el pago de su coste. El vicario, Juan de la Espinosa, visto lo acontecido, excomulgó a Felipe Corzo y garantizó que él mismo pagaría el coste del batel.

El adelantado no salía de su asombro. Tan solo llevaban tres jornadas embarcados y los problemas se sucedían uno tras otro. Aprovechó aquella parada en Santa para deshacerse del soldado que había intentado violar a Belita y decidió largar velas hacia Cherrepe cuanto antes.

Isabel, por su cuenta, se había mantenido al margen de todo lo sucedido, dándole vueltas y vueltas al asunto que más le preocupaba: casar a su hermana y a Elvira. Lo que le había pasado a Belita había confirmado las sospechas de su marido, y ahora podía ver con absoluta claridad los peligros a los que se enfrentaban Mariana y sus doncellas. Consideró necesario el casamiento, tanto de su hermana y Elvira como del resto de las mujeres solteras que viajasen en las otras naos.

Pero ¿quién demonios es merecedor de la inocencia de mi hermana?

16

De cómo se rompen los corazones y se entregan las almas

Puerto de Cherrepe (Santiago de Miraflores, Perú),
17 de abril de 1595

Avistaron Cherrepe una mañana soleada. El galeón Santa Isabel se hallaba fondeado en las tranquilas aguas del puerto, con sus velas replegadas y sus aires de castillo abandonado y ruinoso.

Isabel había pasado los días anteriores encerrada en su habitación, pensando en quiénes serían los afortunados que tomarían por esposas a Mariana de Castro y a Elvira Delcano. El resto de las mujeres solteras, distribuidas por los diferentes barcos, también habrían de casarse lo antes posible para evitar situaciones comprometidas, que quizá ocurrieran de igual modo. En cualquier caso, prefería evitar matrimonios por deshonra concertando casamientos interesados, como había sido el suyo.

De los males, el menor, pensó.

Diego Sánchez Coello había demostrado ser un pintor eficaz. Con los escasos recursos artísticos que se podían encontrar en una nao había restaurado la talla de la Virgen de la Soledad de tal modo que parecía recién sacada del estudio de su creador. Aquello le sirvió para demostrar a la desconfiada adelantada que no mentía en cuanto a su oficio y, sobre todo, para granjearse la gratitud del capitán y sus hombres.

Isabel llegó a pensar en él como en un candidato a esposar a Elvira, incluso a su propia hermana. Era apuesto, no demasiado mayor, aunque tampoco en él se apreciaba la concupiscencia de la juventud. Pero sentía algo oscuro en su presencia, algo que permanecía oculto... Y que era mejor que continuase así.

Nada más ver el puerto recortarse sobre el paisaje desde la terracilla de popa, a la que podía acceder directamente desde su habitación, comprendió que fuese quien fuese el esposo de su hermana, debía necesariamente viajar en alguna de las otras naves. Antes de desembarcar, indagó sobre los tripulantes que no conocía en persona. De entre los oficiales no había uno solo de verdadero mérito, y lo más que había averiguado eran andanzas pendencieras y una retahíla de amantes abandonadas en los puertos de todo el mar del Sur.

Era un asunto que urgía y que la tenía sumida en un insomnio permanente. Las doncellas comentaban por lo bajo las preocupaciones de su señora, e incluso llegó a oídos de su hermana que procuraba desposarla.

—Me han contado lo que pretendes, Isabel. Mi respuesta es un claro y rotundo no —le espetó antes de desembarcar, cuando las dos se quedaron solas en el dormitorio.

—Mariana, no sé qué te habrán contado, pero la situación no es tan clara y rotunda como tú te piensas —respondió, repitiendo sus palabras.

—Padre tendría algo que decir, ¿no crees?

—¡No me vengas con esas! Yo fui quien discutió con padre para que pudieras venir, di la cara por ti para que a ti no te la partieran. Además, padre no está aquí, así que estás bajo mi responsabilidad.

—¡Tú no eres la mayor! ¡Lorenzo será quien decida!

—¿Es eso lo que quieres? —El tono de la pregunta le hizo ver a la joven Mariana que aquella batalla estaba perdida.

—Preguntémosle —exigió, abrazándose a aquel cabo como si hubiera caído al agua en altamar.

—No tengo la menor duda de que estará de acuerdo conmigo, pero de todos modos has de saber una cosa: en esta expedición no hay más mando que el de Álvaro y, en su ausencia, el mío. Nada de lo que diga Lorenzo podrá hacerme cambiar de opinión ni evitar que te desposes.

Mariana estaba a punto de echarse a llorar, como aquella tarde en la ribera del río Rímac.

—Ahora entiendo por qué todos piensan que tu marido es una marioneta en tus manos. Crees que puedes decidir quién despierta y quién duerme, cuándo es de día y cuándo de noche, ¿verdad?

—No des pábulo a los comentarios malintencionados, Mariana. Aquí estamos solos, por muy rodeados que nos encontremos. Nosotros somos la autoridad, y toda esa cuadrilla de botarates uniformados y los valientes y depravados marineros quieren ponerse en nuestro lugar. Tienes que elegir en qué bando quieres estar, hermana. Con nosotros o contra nosotros, no hay más.

Las dos jóvenes hablaron con Lorenzo. Cuando Isabel le explicó las razones de su decisión, el mayor de los hermanos presentes no tuvo duda de que era lo correcto, y se comprometió a investigar a los oficiales de las otras embarcaciones por si hubiera alguno con el rango y la decencia suficientes.

Pero pronto las preocupaciones de Isabel aumentaron. Nada más pisar tierra encontró al adelantado discutiendo con el capitán Lope de Vega y con el coronel de Manrique. Cuando ella se acercó, los otros dos hombres le dieron la espalda a su marido y se marcharon. Mendaña estaba realmente afligido, a punto de estallar. Quizá la tripulación no había visto nunca al adelantado perder los papeles, pero su esposa estaba segura de que no les gustaría verse en una situación así. Álvaro era tierno y cariñoso, de naturaleza tranquila y bondadosa; tan solo quería que el viaje fuera sosegado y que reinasen los lazos fraternales entre todos. Era evidente que aquello era poco menos que una utopía. Si todo continuaba así, llegaría el momento en el que la ternura y la bonhomía darían paso a la furia y a la ira.

—¿Qué ha sucedido?

—Nada, Isabel. Déjalo estar. Tenemos muchas cosas que hacer.

No se atrevía a mirarla a los ojos.

—Está bien —aceptó, para no aumentar su enfado—, pero al menos dime si el capitán Lope de Vega ha logrado reunir a los colonos que le habíamos pedido y si ha traído los abastecimientos de los valles.

—Sí, por eso no debemos preocuparnos. Por la tarde me dará los documentos de alistamiento y los contratos.

—De acuerdo. —Lo cogió de la mano con ternura—. Ahora vamos a visitar a las autoridades, seguro que están deseando conocer al adelantado de las islas Salomón. —Logró robarle una sonrisa a su esposo.

El corregidor de Santiago de Miraflores recibió a Mendaña y a sus oficiales orgulloso de que su puerto fuera una parada en aquel viaje que ya corría de boca en boca por cada ciudad y pueblo de las Indias. Todo fueron palabras de halago y zalamería, pero ni permitió hacer aguada ni contribuyó de forma alguna a la expedición.

A última hora, todos regresaron a bordo. Isabel volvió a salir a la terracita de su dormitorio, en la popa, para admirar el puerto mientras esperaba noticias de su hermano. Le sorprendió ver en la bahía un galeón imponente, de aspecto tan asombroso como los suyos, aunque algo mejor cuidado.

En la sala de cartografía, Álvaro de Mendaña departía con el capitán y el pintor Diego Sánchez Coello cuando Lope de Vega y Pedro Merino de Manrique llamaron a la puerta. Pretendían continuar con la discusión que habían tenido en el puerto, por lo que Sánchez Coello se excusó con el pretexto de regresar a cubierta.

—Don Diego, hacedme el favor de quedaros —le pidió Mendaña—. Al fin y al cabo, vos sois los oídos de Nuestra Majestad.

Él asintió y se quedó junto a la puerta, apartado.

—General —comenzó Lope de Vega—, hemos hablado con los hombres y todos están de acuerdo con nosotros. La Santa Isabel está en pésimo estado. El lastre emite una peste inaudita, la obra muerta está podrida, así como los aparejos. No llegaremos ni a Paita en ese estado.

Quirós frunció el ceño. Él mismo había inspeccionado el galeón. Desde luego, no era el mejor lugar donde sufrir una tempestad, pero estaba muy lejos de ser la balsa ruinosa que describía su capitán.

—Os lo he dicho antes y os lo repito ahora, capitán: la Santa Isabel es apta para la navegación y, en cualquier caso, nada podemos hacer ahora por mejorarla. Si vos no os creéis capaz de manejarla, buscaré otro capitán, pero decidlo cuanto antes.

Sabía que con sus palabras lo hería en su orgullo, aunque también era consciente de la imposibilidad de aquello. Lope de Vega había sido su último recurso y se había convertido en inversor de la expedición sufragando los costes de reparación del galeón; si lo despedía, tendría que devolverle ese dinero, y no tenía ni para comprar un solo clavo.

—Yo no he dicho que no me vea capacitado, pero ponemos en

juego la vida de muchos hombres, mi general. Debéis considerar la posibilidad que os comenté antes.

—¿Pretendéis que actuemos como corsarios? Ya tuve ese problema con el capitán Corzo en Santa y no se repetirá en modo alguno.

—Mi general —interrumpió el coronel—, mis hombres están preocupados. Desean alcanzar las tierras que habéis prometido y defender el buen nombre del rey, pero temen zozobrar en el océano y que sus compromisos den al traste.

—No metáis al rey en todo esto. Aquí tenemos a uno de sus asesores, ¿qué pensáis vos, don Diego? ¿Creéis que don Felipe admitiría un acto de piratería en su nombre? ¿Consideráis oportuno que sustraigamos un galeón ajeno como si fuéramos unos vulgares ingleses?

Sánchez Coello tosió un par de veces antes de hablar.

—Mi señor, aquí sois vos el rey y solo vos podéis hablar en su nombre. —Lope de Vega y Merino de Manrique llevaron su mirada del pintor al adelantado, triunfantes y orgullosos—. Sin embargo..., no creo que Su Majestad pudiera comprender un acto tan vil cuando lleva años combatiendo la piratería. Vos tenéis la capacidad legal para haceros con cualquier navío privado de bandera española, siempre y cuando se haga para el buen fin de vuestro acuerdo con la corona. No obstante, si la Santa Isabel puede navegar, no creo oportuno extrañar otra nave.

Aquel argumento fue definitivo. Mendaña fue ahora quien miró triunfante a sus subordinados. Quirós también sintió un acceso de alegría al ver a aquellos dos pusilánimes derrotados.

—Y ahora, si me lo permitís, necesito descansar. Ha sido una jornada muy larga y nos esperan días duros.

Manrique y Lope de Vega salieron de la sala de cartografía.

—Mi señor, yo también necesito descansar. Con vuestro permiso. —Mendaña asintió con la cabeza en dirección a Diego, quien siguió a los otros dos hombres a cubierta.

Hacía una noche agradable. Todo estaba en aparente quietud, las estrellas brillaban en el firmamento y el puerto permanecía apagado.

—Disculpad, mis señores —interrumpió el pintor a los otros dos cuando Lope de Vega iba a subir al batel para regresar a su galeón. Le respondieron con una mirada de desprecio—. ¿Os importaría dedicarme unos minutos? En privado, si os complace.

Se observaron en la oscuridad. ¿Qué tenían que perder?

Lo acompañaron hasta la proa, junto al bauprés, y el coronel mandó al guardia retirarse.

—¿Qué es lo que queréis?

—Disculpad que haya echado por tierra vuestras objeciones, pero os puedo asegurar que el rey habría convenido mis argumentos.

—El rey no va a navegar en ese tronco pútrido y mal cortado.

—Eso es cierto, capitán. Ni yo, como asesor, se lo aconsejaría. Disculpad mi ignorancia en asuntos de navegación, pero ¿tan mal está la nave?

—Peor —contestó Lope de Vega.

—Comprendo... —El pintor la miró mecerse tranquila en las aguas del puerto—. Su Majestad está muy interesado en que tengamos éxito en nuestra expedición y, aunque, como he explicado antes, no aprobaría un acto de piratería, sí estaría de acuerdo en sustituir una de nuestras embarcaciones, siempre y cuando estuviera ruinosa, por otra que pudiera servir mejor a nuestra causa.

Los dos hombres se miraron sin comprender bien del todo.

—¿Qué insinuáis?

Diego miró de nuevo a la Santa Isabel.

—Para un profano como yo, el galeón es espléndido. No comprendo cómo alguien puede afirmar con rotundidad que esa nao no podría llegar hasta el fin del mundo si fuera necesario. Pero yo no soy un hombre de mar. Todo cambiaría si la viera hacer aguas, semi hundida o algo peor. En ese caso, ni yo, ni el rey ni, por supuesto, el adelantado, podrían oponerse a una sustitución honorable. Siempre hablando de forma hipotética, claro.

—No os sigo —comentó el coronel, pero Lope de Vega le dio un golpe con el codo.

—Lo lamento, pero esta conversación ha concluido. Debo ir a descansar.

Sánchez Coello se marchó, dejando al coronel y al capitán entre el trinquete y el bauprés, reflexionando sobre la conversación.

La mañana sorprendió a Isabel en la terraza, dormida en una silla. Había pasado allí toda la noche, dándole vueltas y más vueltas al matrimonio de su hermana. Ahora podía sentir lo mismo que una madre o un padre; ningún hombre sobre la tierra, y mucho menos aún sobre las cubiertas de aquellos barcos, le parecía digno de su hermana.

Unos gritos procedentes del puerto la habían sacado de sus sueños. Algunos hombres discutían a voces junto a unas mercancías. Pudo distinguir, en la lejanía, al coronel de Manrique y al capitán de la Santa Isabel.

¡Qué demonios pasa!

Se apresuró a despertar a su esposo y este al capitán Quirós. Ambos subieron al batel y ganaron el puerto a golpe de remo con varios marineros.

Cuando llegaron, a Manrique y Lope de Vega se les habían sumado varios soldados, que trataban de amedrentar a un sacerdote. Uno de los soldados lo empujó y el religioso se habría caído de no ser por la intervención del capitán Quirós.

—¿A qué se deben estos gritos? —preguntó Mendaña, enfurecido.

—¿Vos sois el adelantado? —quiso saber el clérigo, preso de una ira impropia de su condición.

—El mismo. ¿Quién sois vos?

—¿Veis esa embarcación? —Señaló al galeón que había en el puerto, del que iban y venían bateles cargados. Mendaña la miró y asintió—. Soy el propietario de la mitad de su género, azúcar y harina, en su mayoría. Vuestros hombres han usurpado el puente de mando y han izado sus pendones. Descargan mis mercancías para cargar las suyas, condenándome a la ruina. —Se persignó con lágrimas de rabia desprendiéndose de sus ojos.

El adelantado suspiró de hartazgo.

—Pensé que ayer había quedado todo muy claro, capitán.

—Ayer fue ayer y esta mañana, esta mañana, mi señor. La Santa Isabel hace aguas. Hemos encontrado siete agujeros en la bodega por los que se filtra el agua, inundando todos nuestros bastimentos. Menos mal que nos hemos apresurado a descargarla; de no ser así, lo habríamos perdido todo.

—¿Siete agujeros que ayer no estaban? —inquirió Quirós, sorprendido.

—Ayer fue ayer y hoy... —contestó Lope de Vega, abriendo sus brazos.

—Será mejor que lo veáis con vuestros propios ojos, general —expuso Pedro Merino de Manrique.

Subieron a un batel que los transportó de inmediato a la Santa Isabel. En efecto, había siete agujeros en el casco por los que entraba agua a mansalva. No se le escapó que aquellos barrenos no se habían generado por obra y gracia del Espíritu Santo, pero ¿qué podía hacer? Poner en duda sin pruebas lo que afirmaban dos de sus oficiales no era una buena idea, y no podía permitirse perder uno de los galeones antes de haber siquiera abandonado el Perú.

—Coronel de Manrique, tome la nao del sacerdote en nombre del rey Felipe.

—De acuerdo.

Presto a marcharse, había iniciado el camino a cubierta cuando Mendaña lo agarró de un brazo con furia.

—Enviad a los carpinteros a que inspeccionen la nao y evalúen su estado. Prometed al sacerdote que yo mismo le pagaré la diferencia y el dinero que pueda perder del transporte de las mercancías cuando regrese de las Salomón.

—Eso no le servirá de mucho —apuntó Quirós.

Mendaña lo asfixió con la mirada durante un instante; luego comprendió que tenía razón.

—Mis barcos serán la garantía de pago.

El sacerdote entró en cólera al conocer la decisión del adelantado y maldijo la nave que perdía y toda la expedición, rogando a Dios que la nueva Santa Isabel nunca llegase a buen puerto.

Durante varios días, los carpinteros trataron de cerrar los barrenos para que al menos el sacerdote pudiera alcanzar Lima con sus productos y las pérdidas fueran mínimas. También llevó su tiempo descargar las dos naves e intercambiar los pasajeros y abastecimientos.

La nueva Santa Isabel era un galeón fuerte y bien armado, aunque no era tan buen barco como el anterior, pese a que estaba en mejor estado. Álvaro de Mendaña era consciente de que salía perdiendo con el intercambio, pero nada más podía hacer, no existía ninguna otra solución.

Cuando le explicó a Isabel lo sucedido, ella apenas dijo nada. Continuaba náufraga de sus dudas, sin poder decidir qué hacer con Mariana.

La idea de permanecer más tiempo en Cherrepe le daba opción a dilatar la decisión, pero también aumentaba el peligro de que las mujeres solteras de los otros barcos, a quienes no podía controlar, fuesen deshonradas.

Ordenó a los capitanes que buscasen esposo para aquellas mujeres, y las bodas se fueron sucediendo día tras día, oficiadas por los sacerdotes de a bordo. Una tarde, Elvira le pidió unos minutos para conversar.

—Mi señora, quisiera hablar con vos, si me lo permitís.

—Vayamos afuera, estaremos más tranquilas.

Isabel había hecho de la terracilla de popa su espacio de reflexión y oración, y pasaba más horas allí que en ninguna otra parte de la San Jerónimo.

—Mariana me contó lo que os proponéis, mi señora —comentó con humildad—. Lo que le pasó a Belita nos podría pasar a cualquiera de nosotras, me hago cargo.

—Celebro que tú te lo tomes mejor que ella.

—No la culpéis, aún es joven.

—No la culpo, pero tú también eres joven y pareces comprender la situación mucho mejor.

—En cualquier caso, he venido a pediros permiso para casarme.

Isabel frunció el ceño.

—¿Con quién?

—Hay un soldado... Alférez —se corrigió— que me ha propuesto matrimonio.

Elvira agachó la mirada hasta llevarla a su regazo.

—¿Te ha propuesto matrimonio? ¿De quién se trata?

—Juan de Buitrago.

Isabel ya no podía fruncir más el ceño. Conocía muy bien a ese canalla que había escapado de la cárcel gracias a que el virrey quería echar a toda la chusma de Lima con la excusa de la expedición.

—¿Estás segura?

—¿De si me lo ha propuesto? Sí, mi señora —explicó, nerviosa.

—No, ya imagino que sabrás bien si te ha pedido que te cases con él o no. Te pregunto si estás segura de querer aceptar su proposición. Sé que no es un hombre fácil, estoy segura de que puedes aspirar a algo mejor. —Recordaba perfectamente su comportamiento en Coyca Palca el día que encontraron el tesoro escondido de Castrovirreyna.

—Bueno, yo...

Isabel se levantó de súbito, comprendiendo por fin lo sucedido.

—Elvira, dime ahora mismo lo que ha pasado. Si te ha puesto un solo dedo encima haré que le den latigazos hasta que sus vértebras sean visibles y puedan alimentarse de sus vísceras todos los cuervos del Perú.

Su doncella se echó a llorar.

—¡No! ¡No, mi señora! —imploró—. No me ha... —El llanto arreció.

—Ese maldito cagalindes... Lo mataré, Elvira. Te juro que lo mataré con mis propias manos.

—¡No, mi señora! —Elvira se arrodilló, llorando a lágrima tendida—. Os lo suplico, no hagáis nada. Me tomará por esposa, me lo ha prometido. Me casaré con él y olvidaré todo esto, por favor, por favor...

Isabel le acarició los cabellos rubios. Elvira era joven, pero de buena familia, inteligente e indudablemente bella. ¿Qué haría el resto de su vida con un holgazán como aquel? Por otra parte, si la habían mancillado y Elvira estaba encinta... No quería ni pensarlo. Sabía que la mejor opción era la que ella le pedía, le suplicaba entre jadeos. No era algo tan infrecuente que una mujer mancillada tuviera que desposarse con su violador. Pero que no fuera algo infrecuente no evitaba que a Isabel le hirviese la sangre.

—¿Es lo que quieres?

—¡Sí! ¡Sí, mi señora! ¡Os lo suplico!

—De acuerdo. Tienes mi bendición, en nombre de tu padre.

—Gracias, gracias... —Elvira se levantó y la abrazó.

—Solo pongo una condición.

—Decidme, señora. Lo que sea...

—No te volverá a tocar hasta que nos instalemos en la colonia o regresemos al Perú. Seguirás durmiendo en mis estancias y no podrá ni tomarte de la mano. ¿De acuerdo?

—Sí, sí, mi señora. Lo que vos digáis. Él lo entenderá.

Isabel la acompañó hasta la puerta de la habitación. Al abrirla, Lorenzo esperaba fuera, con los nudillos en alto para llamar. Elvira pasó por su lado sin siquiera mirarlo, la cara enrojecida e inundada de lágrimas.

—¿Qué le pasa? —preguntó Lorenzo.

—Nada, hermano. Problemas y más problemas. —Levantó las manos por encima de la cabeza en un aspaviento muy explícito—. Pasa, no te quedes ahí.

Lorenzo entró, cerró la puerta y siguió a su hermana hasta la terraza.

—He estado pensando sobre el matrimonio de Mariana.

—Ah, ¿sí? —comentó con ironía—. Yo he pasado el tiempo mirando al cielo...

—Vale, vale, no lo pagues conmigo. Ya sé que tú también estás preocupada por ese asunto.

—Habría que inventar una palabra más fuerte que «preocupada», se queda muy corta.

—Te entiendo, Isabel. Relájate un poco.

—No me pidas que me relaje, si tú supieras todo... —Respiró hondo, comprendiendo que su hermano tenía razón—. Disculpa, Lorenzo. No sé qué me está pasando. A cada hora surgen nuevos inconvenientes. No hemos dejado atrás la costa y ya parece que la expedición vaya a fracasar.

Ambos se sentaron en las mismas sillas de la terracilla que habían ocupado Isabel y Elvira hasta hacía unos segundos.

—No fracasará, ya lo verás. Nada que tú organices podría fracasar.

—No andes con fruslerías, Lorenzo. No conmigo. A ver, ¿qué has estado pensando?

—He reflexionado sobre lo que me dijiste, eso de que era mejor que el esposo de Mariana viajase en otro barco. Creo, además, que tendría que ser alguien imprescindible en su nave. Cualquier oficial podría pedir el traslado.

—Hablaría con Álvaro para que no se lo concediese.

—No es tan fácil.

—¿No?

—Claro que no. Si fuera un oficial militar le pediría el traslado al coronel, y este lo aceptaría, aunque solo fuera para verte rabiar. Ese tipo de cosas no se comentan con un general.

—¿Y si fuera un oficial de la marina?

—Sería distinto, pero por la cadena de mando. Finalmente tendrían que pedir permiso a Quirós, mucho más afecto a nuestra situación. Pero olvídalo, eso no es posible. Todos los oficiales de marina están ya casados.

—¡Maldita sea! —se lamentó en un primer momento—. Tenía la esperanza de que alguno hubiera enviudado después de firmar nuestro contrato.

—No te lamentes aún. Creo que he dado con nuestro hombre.

Isabel lo miró de medio lado, desconfiada.

—¿Quién?

—El capitán Lope de Vega.

—No.

—¿Así? ¿Sin más?

—Por Dios, Lorenzo, tiene... ¿cuántos? ¿Cincuenta años? —exageró.

—Treinta y dos.

—He visto su historial, lo conocen en todos los burdeles del Perú y Nueva España.

—Como a tantos y tantos hombres. No te engañes, Isabel. Álvaro es un santurrón, pero los demás no son... No somos así.

—Descuida, si no fueses su hermano tampoco te consideraría a ti.

—Qué mala eres cuando te enfadas. —Sonrió.

—También lo soy cuando no estoy enfadada, puedes preguntar a la tripulación, por lo visto soy la adelantada, la que maneja los hilos que mueven al «General Marioneta».

—Algo he oído sobre eso.

—La verdad es que me da igual.

—De eso estoy seguro. Y haces bien. Los hombres tienen poco que hacer, así que hablan y hablan sin parar. Hoy opinan que el mar es azul, mañana... A saber lo que dirán.

Isabel apoyó los brazos y la cabeza sobre la barandilla, que quedaba prácticamente a la altura de su rostro, y tamborileó con los dedos sobre la madera.

—Así que el capitán Lope de Vega.

—Piénsalo, Isabel. Álvaro es el almirante de la expedición, pero debe nombrar un almirante de la armada. Él capitanea la Santa Isabel y es un importante inversor. Tiene nombre y porte, una posición digna y... Y, sobre todo, no podrá abandonar su puesto para trasladarse a la San Jerónimo. Mariana podría seguir con nosotros en la nao capitana. Eso nos daría tiempo.

—¿Tiempo para qué?

—¡Qué sé yo! La vida en el mar es dura. Hay enfermedades, motines, tempestades... Puede que un mal viento se lo lleve y nos quitemos un problema de encima.

Isabel empezaba a ver con mejores ojos la idea de su hermano.

—¿Qué más candidatos tenemos?

Lorenzo abrió los brazos.

—El anciano vicario y el capellán son las siguientes opciones —bromeó.

Barajó la posibilidad durante unos segundos. Era cierto que Lope de Vega seguiría siendo capitán de la Santa Isabel y Mariana permanecería bajo su protección. Imaginó a Lope de Vega cayendo por la borda en una tempestad y le pareció una idea inmejorable.

—¿Él aceptaría?

—Lo que tienes que preguntarte es si rechazaría ser el almirante.

No, claro que no. Nadie en su sano juicio rechazaría desposar a una joven hermosa y de buena familia como Mariana de Castro, y mucho menos pondría objeción a ser nombrado almirante de la flota de Álvaro, quien pasaría a ser su cuñado. Además, todos temen a ese hombre, nadie se atreverá a poner un dedo encima de su mujer.

—Sea, pues.

—Estupendo.

Lorenzo se levantó.

—Espera un momento. Esta vez te toca a ti dar las malas noticias y a mí las buenas. Yo hablaré con el capitán, tú con Mariana.

La celebración se borró del rostro de Lorenzo.

—Está bien —aceptó a regañadientes.

—Además, estoy cansada de pelear con ella. Aceptará mejor la decisión si viene directamente de ti, «el mayor de los Barreto» —repitió las palabras de su hermana.

Resuelto aquel tema, Isabel tuvo que atender los muchos otros que había ido postergando. La sustracción del galeón del sacerdote era una mancha en el historial de la expedición, y no precisamente la primera. Pero en su fuero interno, y sintiéndose ajena a los asuntos náuticos, celebró que, si la Santa Isabel estaba en mal estado, fuera sustituida por una nave mejor.

Aquella noche, los oficiales habían sido invitados por el corregidor, Bartolomé de Villavicencio, a un banquete. El agasajo pretendía empujar a la expedición hacia el mar, pues tanto los soldados como los marineros, ociosos mientras se trasegaban los abastecimientos de una nave a la otra, causaban grandes trastornos en el puerto. Además, el adelantado había dado orden de hacer aguada y sus hombres consumían a diario las reservas de Santiago de Miraflores sin el permiso del corregidor, que nada podía hacer ante órdenes en nombre del rey.

La cena tuvo aroma a despedida, y así lo entendió Álvaro de Mendaña, que comentó con Quirós la necesidad de partir cuanto antes. El capitán se opuso, pues muchas de las tinajas que debían contener agua estaban aún vacías, pero el general lo tranquilizó asegurándole que terminarían la aguada en Paita.

Un mercader de Santiago se ofreció a entregar todas las existencias que tenía de harina si le permitían a él y a su familia embarcarse en aquella aventura. El adelantado aceptó y comunicó al capitán Lope de Vega que podría llenar su bodega de harina.

Isabel observó al que iba a ser su cuñado durante toda la noche. Aquel hombre no la convencía. Era apuesto, de buen porte, pero con un aire rebelde. Osado y malhablado, sus ojos se perdían en los movimientos de cadera de las doncellas del corregidor. Sin embargo, en un momento de la noche lo vio discutir con el coronel Pedro Merino de Manrique sobre la actitud de uno de los sargentos. La discusión llegó a tanto que el maestro de campo echó mano a la empuñadura de su espada, ante lo que no se acobardó el capitán. Los soldados se llevaron a su coronel, quien, en estado ebrio y fuera de sus cabales, gritaba todo tipo de improperios.

Aquella escena terminó por convencer a Isabel. De ningún modo, en otra situación, entregaría a su hermana a un hombre así, pero debía pensar en la expedición. Poner de su lado al capitán de la Santa Isabel, que tantos problemas había dado ya, era una buena estrategia, amén de sumar otro opositor en la previsible guerra contra el maese de campo.

Solo debía decidir cuándo sería la boda.

Tras la velada, los capitanes se reunieron con Mendaña en la sala de cartografía. Isabel los escuchó comentar que el viento era demasiado suave para zarpar, por lo que aún se quedarían allí unos días más, para consternación del corregidor.

Después, el adelantado pidió al capitán Quirós que dibujase cinco cartas náuticas, una para él y otra para cada uno de los capitanes. Álvaro de Mendaña era tan celoso de sus secretos que solo les dio instrucciones de la posición de la costa del Perú, desde el puerto de Arica hasta el de Paita, y dos puntos norte y sur a mil quinientas leguas hacia poniente, excediendo en cincuenta leguas la latitud donde debían encontrar las Salomón.

Con aquellas cartas se guiarían los capitanes si sus naves se perdían en alguna tempestad, ya que el plan era navegar en conserva hasta el fin de la expedición, siguiendo el pendón de la San Jerónimo por el día y sus fanales por la noche.

Dos días después, Isabel escuchó en cubierta a dos marineros que conversaban acerca del tiempo. Uno de ellos estaba seguro de que a la siguiente jornada el viento se levantaría y el adelantado no perdería la ocasión de zarpar.

Es el momento.

Pidió un batel y dos hombres para que la llevasen a la Santa Isabel, donde ordenó al contramaestre que avisara al capitán. La recibió en la sala de cartografía, mucho más austera que la del capitán Quirós.

—Mi señora, es un placer recibiros. ¿Qué habéis perdido en mi nao?

—Capitán, vengo a haceros una propuesta.

Lope de Vega se retrepó en su silla, donde estaba sentado con escasa elegancia.

—¿Qué se os ofrece? —preguntó con aire socarrón y algo libidinoso.

—No, don Lope, no tenéis tanta suerte, aunque no puedo negar que la divina providencia ha derramado sobre vos mucha más fortuna de la que seguramente merecéis.

—No es la primera vez que escucho algo similar.

—Lo celebro, espero que no lo toméis como un cumplido.

—Nada más lejos de mi intención.

—Bien, seré directa. No quiero perder con vos más tiempo del debido.

—Es una lástima.

Isabel obvió la osadía.

—Vengo a proponeros que desposéis a mi hermana Mariana. —El capitán sonrió con cinismo y fue a decir alguna otra estupidez, pero Isabel levantó la mano exigiéndole silencio—. No le pondréis un dedo encima. Ella seguirá viajando conmigo en la San Jerónimo y, solo si llegamos a las Salomón y fundamos una colonia, podréis consumar el matrimonio.

Lope de Vega exageró el silencio hasta responder al fin:

—¿Y qué gano yo con todo esto?

—Insolente...

—Eso también me lo han llamado antes.

—No me cabe duda.

—Comprendedme. Me ofrecéis una esposa que no deseo y a la que, además, no puedo siquiera tocar. ¿Cómo esperáis que acepte?

Isabel carraspeó y se movió en la silla tratando de encontrar una posición más cómoda. Le fue imposible.

—Seréis mi cuñado y, por lo tanto, el cuñado del adelantado. Cuando fundemos las colonias...

—Disculpadme, mi señora. Sé que vos manejáis ciertos informes sobre todos los participantes en este viaje, así que estoy seguro de que sabéis que no soy estúpido. Puede que hayáis engañado a muchos hombres, mujeres y familias completas con esos condicionales sobre si se fundan colonias, se llega a islas y demás. No son más que ilusiones. No cargaré con el peso de una esposa que aún no se ha destetado a cambio de castillos en el aire.

Isabel tragó saliva, aunque le costó.

—Os nombraremos almirante de la flota.

Lope de Vega sonrió y se echó hacia delante, apoyando los codos sobre la mesa y cruzando las manos.

—Eso era todo lo que quería escuchar, cuando queréis, sabéis hablar el mismo idioma que yo —celebró.

Isabel se levantó, presta a alejarse de la desagradable compañía de aquel hombre.

—La boda tendrá que celebrarse esta noche.

—¿Y mi despedida de soltero?

—Podréis celebrarla después, dudo mucho que os importe.

El capitán rompió a reír a carcajadas.

—Está bien, está bien. Pero lo quiero por escrito.

—Hablaré con mi esposo. Os llegará su orden firmada antes que vuestra esposa.

Se dio la vuelta y caminó hasta la puerta.

—Sin duda, tenían razón quienes afirmaban que sois una mujer excepcional. Ahora que me ofrecéis a vuestra hermana se me ocurre hasta dónde podríamos haber llegado vos y yo.

Isabel se quedó paralizada, con la mano en el pomo, de espaldas al capitán.

—No os ofrezco a mi hermana. Es más, sois quizá el último hombre a quien la entregaría.

—Soy consciente de ello, lo que me induce a pensar que estáis desesperada. No os preocupéis, me hago cargo de vuestra situación. Una joven bonita, soltera, rodeada de hombres rudos... También entiendo vuestras prisas. Seguro que habéis escuchado que mañana hará viento y a buen seguro zarparemos. De cualquier otro modo, sería complicado alejar a un hombre de su esposa, pero esta noche sí podréis llevárosla con vos a la capitana y, entonces, quién sabe lo que pasará de aquí a que desembarquemos de nuevo.

—Podríais enfermar. O tal vez una tempestad acabe con vos.

Lope de Vega rio a carcajadas de nuevo.

—Vos misma habéis afirmado que la divina providencia es demasiado generosa conmigo. ¿En serio pensáis que algo así es posible?

Isabel se giró y clavó sus profundos ojos en los del capitán, como si fuesen las garras de un cóndor que tratara de cegarlo.

—También podrían asesinaros, capitán. Eso no le compete a la providencia. Alguien podría pagar a otro alguien para que acabara con vuestra vida. Apuesto a que en la cubierta de este barco encuentro al menos diez hombres que os rajarían el cuello mientras dormís a cambio de ser nombrados almirante de la flota.

—Vos no haríais eso —deslizó, ahora algo dubitativo.

Isabel sonrió de medio lado, consciente de haber dañado su línea de flotación con aquella amenaza.

—Solo tenéis que ponerme a prueba, capitán. Hacedlo, os lo ruego.

Dicho eso, volvió a girarse, abrió la puerta y se marchó.

Las manos le temblaban mientras volvía a la San Jerónimo. Ahora tenía que convencer a su esposo de que nombrase almirante a Lope de Vega, y rogar a los santos porque Lorenzo hubiera persuadido a Mariana de que aquel matrimonio era lo mejor para ella.

17

De cómo la expedición abandonó Paita y sobre los sentimientos de Isabel Barreto

Puerto de Paita (Perú), 16 de junio de 1595

Diario de Isabel Barreto

Hoy, 16 de junio del año de nuestro señor de 1595, trescientas setenta y ocho personas hemos zarpado del puerto de Paita, al norte del Perú, hacia poniente. Nuestra flota consta de la nao capitana, San Jerónimo, de trescientas toneladas, donde viajan los oficiales, el general, su esposa (yo misma), sus cuñados y algunos soldados además de la gente de mar; la nao almiranta, Santa Isabel, galeón de similar aspecto capitaneado por el almirante Lope de Vega, que porta algunos soldados y oficiales militares, colonos y bestias en sus bodegas; la galeota San Felipe, cuyo capitán y propietario es Felipe Corzo, con sus cuarenta toneladas de carga, donde principalmente viajan colonos; y la fragata Santa Catalina, propiedad del capitán Alonso de Leyva, también con cuarenta toneladas de almacenaje y similar pasaje que la galeota.

Y doy gracias a Dios, a la Virgen de la Soledad y a Santo Domingo, que en su iglesia nos acogió cuando hace más de dos meses zarpamos áncoras en El Callao, de que esto haya sido posible, porque en estas semanas en las que apenas nos hemos alejado un par de leguas de la costa no han dejado de sucederse los conflictos.

Creo que todos los tripulantes de la expedición somos conscientes de que el eje sobre el que encallan todos y cada uno de estos conflictos es Pedro Merino de Manrique, el coronel y maestro de campo impuesto por el virrey García Hurtado de Mendoza. Si no fuera porque ha sido gracias a él, al virrey, que pudimos dejar atrás la Ciudad de los Reyes, odiaría al marqués con toda mi alma.

¿De dónde ha salido este anciano borracho? ¿A qué viene desnudar su espada cada vez que alguien se dirige a él? Es imposible, totalmente imposible, enfrentarse a tantas personas en tan escaso tiempo. No habíamos levado anclas de El Callao, ni la ciudad de Lima nos había despedido, y ya había encontrado la forma de enfrentarse al capitán de la San Jerónimo, a su contramaestre y a mí misma. Desde entonces, nada ha ido a mejor.

En la travesía hasta Cherrepe logró incomodar a todos y cada uno de los hombres de mar de la nave capitana, además de poner en entredicho la autoridad del general y cruzar miradas sarnosas con sus cuñados, mis hermanos. En el puerto de Santiago de Miraflores riñó con su principal aliado, el capitán entonces, ahora almirante, Lope de Vega, por no sé qué fricciones con uno de los sargentos y su esposa. El sargento fue desembarcado en Paita, así que hemos tenido que añadir un nuevo tripulante que ha pagado una buena suma por ese título.

Menos mal que el corregidor de Santiago se cansó de nosotros y, con muy buenas formas, nos invitó a abandonar su puerto; de lo contrario, habría acabado con todas las reservas de vino de la ciudad y no habría dejado marinero sin marcar con su bastón ni doncella sin mancillar. Tengo claro que es un ser despreciable.

Allí, en Cherrepe, embarcó un pequeño can de pelo blanco y enredado que ladra desde el amanecer hasta que vuelve a salir el sol de nuevo. Si no fuera porque gracias a sus ladridos nos ahorramos escuchar a su amo, alguien lo habría lanzado por la borda hace días.

En Paita no nos ha ido mucho mejor. El general impidió desembarcar a todo aquel que no fuera imprescindible en tierra para hacer la aguada. En Cherrepe, además del sargento, se quedaron algunos soldados y marineros, encarcelados por pendencias o muertos en disputas leves. Más de uno amaneció flotando en el puerto. Ese es el tipo de gente con quien nos toca vivir ahora.

Yo misma aconsejé a Álvaro que diera la orden de permanecer embarcados a todos los tripulantes mientras los marineros hacían la aguada. Las mil ochocientas botijas de agua que ya tenía apalabradas con un mercader del puerto llegaron tarde, lo que nos ha obligado a retrasar aún más nuestra partida. Dos meses llevamos en las naos, dos meses que podríamos haber invertido en buscar las tierras que perseguimos. Además de las mil ochocientas botijas de agua hemos tenido que hipotecar las naves otra vez, Dios nos perdone, para comprar más abastecimientos, pues en estas semanas se ha consumido mucho más de lo que era necesario.

La orden de no desembarcar ha traído funestas consecuencias, pues si todas las trifulcas acontecidas desde la salida de Lima no parecían ya bastantes, fondeados en el puerto se han acrecentado los enfrentamientos.

No puedo negar mi parte de culpa, ni la de mi hermano Lorenzo. Debí prever que nos retrasaríamos... ¿Acaso no lo hemos hecho a cada paso que hemos dado? Y también debí prever que no se puede tener a cientos de hombres encerrados en un barco a escasos metros del puerto.

En general, respetaron la orden, pero los bateles comenzaron a tomar agua a la tercera noche, y los hombres se movían entre las naos de nuestra flota con la tranquilidad de quien va a misa. No puedo negar que el capitán Quirós tenía sus razones para no querer navegar con mujeres. Marineros y soldados ociosos, más mujeres núbiles sin nada que hacer, dan como resultado algo que espero que el Señor no haya visto, o la ira que sufrieron Babilonia, Sodoma y Gomorra caerá sobre nosotros antes de llegar a las Salomón.

Ahora entiendo que tal vez el capitán Quirós no nos desprecia tanto como se esfuerza en aparentar; simplemente sabía que los hombres no serían capaces de reprimir sus instintos más básicos. ¿Es eso culpa nuestra? Por supuesto que no, pero nuestra sola presencia, como mujeres, enerva los sentidos de los marineros y los soldados.

Tengo muy claro que, si no fuésemos nosotras, encontrarían alguna otra razón por la que darse estocadas y traicionarse. El aburrimiento es el padre de muchas desdichas, más aún cuando el puerto está tan cercano y hay una orden impuesta.

Es en este punto donde entran en juego mi hermano Lorenzo y ese malnacido de Pedro Merino, maldito el día en el que vino al mundo. Lorenzo es fuerte, guapo y joven. Desde el primer día, todas las mujeres de nuestra expedición lo miran con deseo. ¿Tiene él la culpa? No, por supuesto que no, pero no lo defenderé aquí, en estas páginas que son mi intimidad, mi alma escrita. Además de fuerte, guapo y joven, hace tiempo que se entregó a la concupiscencia. Le gusta ir de flor en flor, como un abejorro de brillantes y sensuales alas. Él fue el primero en cambiar de nao, en buscar lo que aquí, en la capitana, no podía encontrar.

Yo intenté impedir que este tipo de cosas sucedieran casando a todas las mujeres solteras, para sorpresa del capitán Quirós, que ha visto el desfile de novias con un asombro inaudito. Y, al final, ha sido peor el remedio que la enfermedad, porque a hombres toscos como mi hermano, y aún mucho más a los marineros y a los soldados, el sagrado sacramento del matrimonio parecen importarles menos que el guano de las aves sobre la cubierta.

Fue adonde no debía e hizo lo que no está bien. Sedujo a la esposa de un oficial, lo que ha conllevado una disputa que a punto ha estado de hacer fracasar el viaje incluso antes de comenzarlo. Pedro Merino, enterado de la infidelidad, quiso defender a su soldado. Sería algo de admirar si obviásemos el hecho de que esas infidelidades se han repetido, incluso entre sus propios hombres, sin que él le diese importancia. Pero no deja pasar la ocasión de oponerse a Álvaro, de sitiar su autoridad. Sospecho que su odio no es tanto contra mi esposo como contra mí; puede que me esté volviendo loca, pero el caso es que presiento que todo lo que hace tiene por objeto molestarme.

Así que Lorenzo le dio la posibilidad de hacerlo, cargándolo de razones. Sin embargo, su inclinación por desenvainar la espada le ha jugado más de una mala pasada, excediéndose en sus responsabilidades y, por qué no decirlo, de sus capacidades. En estos dos meses he aprendido que cuando un hombre desnuda su estoque debe estar seguro de que sabrá utilizarlo... En toda la amplitud de su significado.

El enfrentamiento tuvo lugar en la San Jerónimo, en cuanto el coronel recibió noticia de lo acontecido. Ebrio como estaba (como suele estar a partir de las diez de la mañana), golpeó con su bastón al contramaestre. El capitán salió en su defensa y Merino de Manrique, lejos de disculparse por haberlo confundido con Lorenzo, desenvainó su espada y lanzó una carga con la mala fortuna de que hirió a un soldado.

Álvaro se siente superado por la situación. Sabe que desde el primer día hay dos bandos enfrentados, el de los hombres de mar y el de los hombres de armas. Nosotros estamos en medio. Los dos son imprescindibles para la buena fortuna de nuestra empresa, pero parecemos ser los únicos que lo piensan, pues tanto Quirós como Merino confían en poder completar la expedición con éxito sin la otra parte. Ambos se equivocan, pero más, mucho más, el coronel.

Mi esposo entró en una especie de colapso al observar lo sucedido, así que tuve que interceder yo. Ya estoy avisada. Me lo dijo mi padre antes de partir de Lima, que él me conoce bien, y también mi hermana Petronila. ¡Ay, Petronila! Si tú estuvieras aquí y vieras todo lo que está pasando. Me reñirías. Todo esto tú lo sabías. Tú, que jamás has puesto el pie en un barco más que por obligación, tú que jamás te atreviste a soñar... Y, sin embargo, te echo tanto de menos, serías tan necesaria en un lugar como este, tan desprovisto de pacificación.

Pero yo no soy tú, ni tampoco mi marido. Cuando veo una injusticia de este tipo me siento incapaz de pensar en las consecuencias de mis actos. Inmediatamente ordené apresar al coronel. ¿Quién soy yo para dar esa orden? Me llaman la adelantada, pero no por respeto, sino porque piensan que me atribuyo muchos más poderes de los que tengo. Sé que es por mi condición de mujer, pero lo es mucho más porque no aceptan que una mujer les dé órdenes.

Quirós estaba de mi parte. ¡Vaya sorpresa! Si hay alguien que odia más que yo a Merino de Manrique, es él. Pedro Fernández de Quirós es un hombre extraño. Mira de lado, con ojos entrecerrados y aire gazmuño, viendo mitad realidad mitad ensoñación. Todo lo juzga bajo su perspectiva, no es capaz de ponerse en el lugar de otro... Escribo estas palabras y parece que me esté describiendo a mí misma, pero no es así. Yo soy vehemente, pasional, no me persuade la calma. Él es lo contrario, siempre varado en sus pensamientos y sus juicios, incluso en una tempestad. Frío, calculador, mide sus palabras. Nos diferencia algo que nos define: él, a pesar de dedicar largas lagunas de tiempo a la reflexión, está seguro de sí mismo, todo lo que hace parece haber sido ensayado hasta la extenuación; yo, por el contrario, dudo de todo, y todo lo que hago es por primera vez. Es curioso que siendo tan distintos converjamos en muchas opiniones, aunque cada uno tengamos nuestras propias razones.

Ningún hombre me hizo caso. Eso lo esperaba. Todos permanecieron en silencio, quietos, observando al adelantado, que no era capaz de decir palabra. Al final fue el coronel quien habló, y lo hizo para presentar su dimisión y marcharse a tierra. Nadie se lo impidió. Pude ver en los rostros de los hombres, sus propios muchachos, como él los llama, un gesto de alivio. Sé cómo son los soldados, darían su vida por él, pero en ese momento todos agradecieron que la disputa finalizase sin más sangre que la sufrida por el soldado y el contramaestre.

Merino de Manrique envió un batel a las pocas horas para recoger a su perro y sus ropas. Álvaro habló conmigo, con el capitán y con Lorenzo. Los tres estábamos de acuerdo en que el coronel debía ser castigado o quedarse en tierra, pero mi esposo nos explicó que eso no era posible. Paita era uno de los principales puertos del Perú, y allí había buena parte de la armada surta en el puerto. No nos dejarían zarpar sin un maestro de campo, y al ser Pedro Merino designado por el virrey, nadie tenía potestad para sustituirlo.

Castigarlo tampoco era una opción, él no lo aceptaría. Preferiría ver el mundo entero arder que aceptar su culpa y pedir disculpas. Por lo tanto, solo había una cosa que hacer: ir al puerto y pedirle, con buenas palabras, que regresara a bordo.

Lorenzo se mostró favorable. Creo que se sentía culpable por haber estado en el eje de la disputa. Quirós pidió que lo licenciase si el maestro de campo regresaba a la capitana. No quería volver a verlo. Nadie como yo entiende sus razones, pero ¿se puede tener una actitud más pueril?

Álvaro y el capitán tuvieron un duro enfrentamiento en la sala de cartografía. Estaban los dos solos, pero sus voces se escuchaban en todo el puerto. Algunos marineros pensaron que llegarían a las manos, pero yo sabía que mi marido no sería capaz; respetaba a Quirós, solo quería hacerle entender qué era lo mejor para poder sacar adelante su proyecto.

Sea como fuere, logró convencerlo o, al menos, que aceptase la restitución del maestro de campo.

Aquí, en mi diario, donde nadie me escucha, puedo decir abiertamente lo que me parece: Pedro Fernández de Quirós no es quien dice ser ni está aquí por las razones que aduce. No tengo pruebas, ni siquiera indicios. Pero tengo mi intuición. Hay algo oscuro en él, algún secreto que, además, tiene que ver con nuestro viaje. Cuento los días para que llegue el momento de una traición. Espero equivocarme.

Y algo tiene que ver ese personaje ladino y artero que dice ser pintor: Diego Sánchez Coello. Quise ponerlo a prueba, y vive Dios que demostró su maña con la pintura, pero es otro que no es quién dice ser ni está aquí por lo que dice estar. Sin embargo, en su independencia, creo que es más sincero que Quirós. A buen seguro que tiene sus propios intereses en este proyecto, pero tengo la firme creencia de que llegado el momento estará de nuestra parte. Espero no equivocarme en esto.

Al menos Pedro Merino va de cara. No oculta su estupidez y saca a relucir su incapacidad a la menor ocasión. No dudo de su experiencia, sus condecoraciones son bien conocidas hasta por las ratas de la bodega, ya que las corea a voces a diario. Y no distingue entre unos y otros; tan pronto se enfrenta a un sargento, como al capitán o al vicario. ¿Puede creerse que un maestro de campo amenazara a un hombre de Dios? Es más, a un anciano hombre de Dios. Juan de la Espinosa también tiene sus galones. Podría decirse, exagerando un poco, que ha evangelizado más islas de los mares del Sur de las que se conocen. Poco le importa a ese bandido de Manrique. Puede que, en Castilla, el duque de Alba lo tuviera bajo su protección, pero aquí no es más de lo que es, que es bien poco.

En fin, hoy, viernes 16 de junio, hemos largado velas y nos alejamos lentamente del puerto de Paita en dirección a las islas Salomón.

Buen viaje nos dé Dios.

He intentado no hacerlo, pero soy incapaz. Llevo años reprimiendo el impulso de escribirte, limpiando mis lágrimas en lugar de poner en palabras lo que siento. Hoy te echo de menos aún más si cabe, Fernando. No dejo de preguntarme si podría estar viviendo una aventura como esta contigo. Y cómo sería. Me hace sentir culpable, por eso quizá no me he atrevido a escribirlo hasta ahora. Álvaro no lo merece, yo misma tampoco. Y mucho menos tú.

No quise saber cuál era tu destino. Le pedí a doña Teresa que jamás me dijera qué nave ibas a capitanear y así no poder ceder al impulso de salir en tu busca y abandonarlo todo. El sino no ha querido que nos unamos en esta vida; espero que podamos hacerlo en alguna otra... Tengo fe en que así se hará, pero eso no lo hace menos doloroso.

Te escribo estas palabras que nunca leerás, o quizá me las escriba a mí misma, a esa otra Isabel que pudo vivir una vida diferente de haber tomado una decisión distinta aquel día en El Escorial. Se me hace tan lejano, Fernando... Es curioso lo caprichoso que puede llegar a ser el destino. Tú me hablaste de quien ahora es mi marido con una admiración que despertó mi interés, aun cuando ya sabía de él por los documentos que leí en el archivo del alcázar; cuando llegué a Lima, allí estaba Álvaro, ofreciéndome una aventura, igual que hiciste tú, pero mucho más tangible y cercana. Esa cercanía se ha extendido diez años en el tiempo... ¿No habría esperado yo diez años a que tú me llevases al fin del mundo? Diez años no son nada... Diez años habría esperado, y otros muchos más tendré que esperar para que podamos reencontrarnos.

Es triste, lo sé. Hay noches que no duermo porque al acostarme y cerrar los ojos mi mente se distrae y deja de pensar en los miles de asuntos que me apremian en la actualidad. Es entonces cuando me reprocha mi estupidez, cuando me pregunta qué hago subida a un barco que no me va a llevar hasta ti. No puedo pensar, Fernando. No puedo más que entregarme a esta marea de aguas espumosas y dejarme llevar adonde ella considere.

Además de triste, también es injusto. Lo es para todos. Álvaro sabe que nunca lo amaré, pero está seguro de mi cariño y respeto, porque son tan reales como este papel en el que escribo. Es un hombre admirable... ¿Qué te voy a decir a ti, que fuiste quien me enseñó a admirarlo? Merecía la ayuda de mi padre, aunque fuera a través de mí, de mis hermanos, de mi hermana... Esto no lo sabes, pero mi joven hermana Mariana se ha casado con el almirante Lope de Vega. Creo que ha sido la decisión más difícil de mi vida, más difícil incluso que rechazarte a ti en su momento. Lo de El Escorial ha tenido sus consecuencias, pero solo yo las he sufrido. Casar a mi hermana con ese hombre... ¿La he condenado? Me da vergüenza escribir esto, pero ojalá no llegue con vida a las islas Salomón. Imaginar a mi hermana pequeña en manos de ese horrible ser me produce náuseas y un dolor indescriptible.

¿Sabes qué es lo peor de todo? Después de enfurecerse conmigo por decirle que debía casarse, aceptó al capitán sin miramientos. Si estuvieras aquí, podrías verla caminar orgullosa por la cubierta, como una mujer casada, cuando hace unas semanas debía esconderse entre mis faldas para no ser atacada.

Creo que disfruta con todo esto. Disfruta haciéndome daño. Y no es la única. Pero de ella no lo esperaba. Supongo que madurará con el tiempo y algún día me agradecerá lo que hice por ella... Siempre y cuando logre deshacerme de ese boquituerto y barba de cabra almirante Lope de Vega.

Antes me reprochaba que la quisiera casar. Ahora, una vez casada, que le impida estar con su marido. Ella no lo entiende, Fernando, no ve lo que yo veo. Tuve la suerte de poder celebrar la boda la noche antes de zarpar de Cherrepe y llevármela corriendo a la nave capitana. Tuvieron que intervenir Luis, Diego y Lorenzo, porque ella solo quería quedarse en la Santa Isabel y gozar de las mieles del matrimonio, según sus propias palabras. ¿Qué le haría ese hombre? Prefiero no imaginarlo. Ella es una doncella inocente e ingenua; él un hombre de mar, acostumbrado a los puertos y las tabernas. De verdad, Fernando, no quiero imaginarlo... No quiero imaginar qué será de ella si llegamos a las Salomón y se instala con él. Creo que jamás podría perdonarme que le sucediera algo a Mariana.

En Paita he tenido que pedirle a Myn que la vigilara. Temía que tomara un batel y se fuera a la Santa Isabel. Te preguntarás si no me asustaba la idea de que el capitán pudiera hacer lo mismo, y cómo habría impedido que un hombre estuviera con su esposa. No tengo respuesta para lo segundo, pero es porque apenas he pensado en ello. Me consta que Lope de Vega yace cada noche con la esposa de uno de los sargentos que viajan en la almiranta. Eso le ha costado más de un disgusto con el coronel, pero poco le importa. Lorenzo hace lo mismo, busca aquí y allá. Solo su apellido le ha salvado de que algún colono y más de un soldado le rebane el cuello. ¿Sabes qué te digo? Lo tendría merecido.

Le ofrecí desposar a Elvira Delcano, una joven doncella de buena familia, bella y educada. Es tímida, sí, y tengo la impresión de que algo retraída, pero no le falta intelecto. Me dijo que no le gustaba, aunque yo sabía que la había cortejado. ¿Es mi hermano Lorenzo esa clase de hombre? ¿Se dedica a deshonrar mujeres en cuanto tiene ocasión y luego huye del compromiso?

Su negativa a mi propuesta tuvo una consecuencia inmediata: un infeliz alférez la violó. Sí, la violó, por muchos eufemismos que queramos utilizar, eso fue lo que hizo. Agarró a esa pobre muchacha, la amordazó, le levantó el vestido y... ¿Para qué escribirlo? ¿Para qué extender aún más mi dolor? ¿Qué ha sido del suyo?

Me conoces, Fernando. No por el tiempo que hemos pasado juntos, más bien escaso, pero creo que ya aquel día en El Escorial supiste comprender mi forma de pensar. Mi primer impulso fue ahorcarlo. ¡Vive Dios que lo habría hecho con mis propias manos! ¡Que aún deseo hacerlo! Solo las súplicas de Elvira impidieron que ese gaznápiro, Juan de Buitrago se llama, colgase por el cuello del palo mayor hasta morir, ante la atenta mirada de todos. ¿Es esa la forma de demostrar autoridad? No lo sé, Fernando. A veces creo que no sé nada.

Debe dar gracias a Dios de que un rayo del cielo le iluminase la conciencia y aceptase casarse con ella. Eso lo salvó. Eso, y que ella me rogó entre lágrimas que no lo matara. ¿Qué mundo es este en el que vivimos, donde una mujer debe implorar piedad por la vida de su violador? Yo te lo diré: un mundo abandonado a su suerte, como lo está nuestra flota ahora que surcamos aguas desconocidas, como lo estamos todos nosotros en nuestras vidas.

Lamento darte estas malas noticias... O lamentaría dártelas si esto fuera en verdad una carta.

Mi hermano no sabe nada del asunto. Nadie lo sabe. Elvira me pidió que no lo contara, que tan solo aceptara el compromiso. Pero Lorenzo lo sospecha, no es un lerdo. Sabe que jamás casaría a mi doncella con ese monstruo, y pocas razones más hay que la violación. Desde su boda la mira de otra forma, con cierto cariño que jamás le había reconocido. También lo mira a él de otro modo: es odio lo que veo en sus ojos cuando se cruza con Juan de Buitrago.

Esto ha empezado mal, Fernando. Por más esfuerzos, sacrificios y horas de trabajo que le he dedicado, ha comenzado mal. Y lo que mal empieza...

No me atrevo a terminar la frase. Ya salimos hacia las Salomón. Debemos pintarnos una sonrisa en la cara y entregarnos al entusiasmo mientras nos dure. Buen viaje nos dé Dios, murmuró el capitán entre dientes cuando al fin se izaron las velas en los masteleros. Buen viaje nos dé Dios, rezo a diario frente a la imagen de la Virgen de las Soledad.

No puedo escribir más, Fernando. Estoy agotada. Tengo tantas cosas que contarte... Lo haré la próxima vez que nos veamos, sea en esta vida o en otra. Por el momento, tendrás que conformarte con saber que mi corazón es tuyo por entero, y que te quiero con toda la fuerza que pueda querer el alma humana.

18

En que se da noticia de cómo se descubrieron las islas Marquesas y sobre el intento de asesinato que hubo a bordo de la San Jerónimo

Isla de la Magdalena (islas Marquesas), 21 de julio de 1595

Paita quedó atrás y pronto las naos de la expedición de don Álvaro de Mendaña se sumieron en las calmadas aguas del mar del Sur, empujadas por los vientos del Perú, cuyo ímpetu seguía la derrota del sur y el sursuroeste.

Aquella primera singladura hasta avistar tierra duró poco más de un mes. Paita despidió a la flota del adelantado con música, fuegos de artificio y una celebración similar a la de Lima. La armada fondeada en el puerto lanzó salvas de cortesía, y se hicieron sonar clarines y tambores mientras el viento azotaba el estandarte que las naves habían enclavado en sus toldillas de popa, así como las banderas y pendones que decoraban las bordas.

Poco más de un mes después, el 21 de julio, se pesó el sol al mediodía, entendiendo que se hallaban a diez grados y cincuenta minutos al sur del ecuador. El ánimo de los hombres era aún fuerte, y la euforia los invadió cuando, a las cinco de la tarde, un grumete apostado en la cofa de mesana avistó tierra. Era el día de Santa María Magdalena, por lo que Mendaña le otorgaría más tarde aquel nombre a la isla recién descubierta.

Muchos pensaron que ya habían llegado a las islas Salomón y lo celebraron en las cubiertas de los barcos al son de las salomas, haciendo los preparativos para el desembarco.

Los adelantados tomaron cubierta mientras el contramaestre anunciaba su presencia. Querían admirar la isla, una montaña, en realidad, que surgía de las aguas del mar del Sur. Distinguieron varias lomas, unas pedregosas y otras arboladas.

—No sé qué isla es esta, pero seguro que no es de las Salomón. Estamos a solo mil leguas de Lima —murmuró don Álvaro a su mujer.

—Sea la isla que sea, es nuestro primer descubrimiento.

Aquel lugar no estaba en ninguna carta de navegación conocida, ni siquiera en la que Pedro Sarmiento de Gamboa había dibujado tras el primer viaje del adelantado. Sin embargo, ni Mendaña ni Quirós comentaron nada. Dejaron a los marineros, colonos y soldados celebrar aquel avistamiento y dispusieron todo para, al día siguiente, alcanzar tierra.

El general dio orden al vicario de rezar el *Te Deum*, y la tripulación al completo se arrodilló en la cubierta, cantando las alabanzas al Señor y agradeciendo la buenaventura que los había llevado hasta allí sanos y salvos.

La noche cayó antes de que pudieran llegar a la isla, al norte de su posición, por lo que dejaron las naves al pairo para no chocar con algún posible arrecife invisible en la oscuridad.

Isabel se acostó con una amplia sonrisa en los labios, pensando en todo lo que había pasado desde que abandonaran Paita. Si los meses anteriores a la partida definitiva habían sido horribles, llenos de enfrentamientos y preocupaciones, el mar pareció calmar los ánimos de todos.

Los marineros se sentían mucho más sosegados con el vaivén de altamar que con el mecimiento del fondeo en puerto, y los soldados pasaban los días y las noches jugando alegremente a los naipes, los dados o cazando ratas en la bodega. Quizá ella, la adelantada, fue la primera sorprendida. Tuvo que esperar a la cuarta jornada seguida sin contratiempos para en verdad creer lo que veía.

A la tranquilidad que le aportó la ausencia de reyertas se sumó que, una vez las naves se habían lanzado al océano, ella poco o nada tenía que hacer. Se habían acabado las luchas con contratistas, corregidores e inversores. Se habían terminado los alistamientos, las sustituciones y la provisión de abastecimientos. Allí, en medio del mar del Sur, solo podía esperar a que los acontecimientos se fueran desarrollando, pues ya nada estaba en su mano o bajo su responsabilidad.

En cualquier otra situación, aquella pérdida de control le habría pasado factura, pero estaba tan cansada, tan agotada, que dedicó el tiempo a dormir. Tampoco la vida a bordo era tan cómoda como para disfrutar de cada una de las horas que componían la travesía. Más bien al contrario, compartir la nao con un centenar de canallas, tener como letrina el mar y comprobar cómo día tras día los víveres se pudrían y enmohecían era una experiencia que Isabel no deseaba ni a su peor enemigo. Pero, al fin y al cabo, aquel era su sueño. Su hermana y las doncellas, conscientes de lo mucho que había arriesgado la adelantada en aquella empresa, no se atrevían a manifestarle las constantes molestias que sufrían, pero entre ellas cuchicheaban, cruzaban miradas y se tapaban la nariz al cruzarse con marineros y soldados.

Tanto su esposo como el capitán le habían aconsejado no permanecer en cubierta durante el día, pues era evidente para todos que los marineros y soldados se relamían con su belleza, y lo mismo ocurría con su hermana y las doncellas, por lo que solía aprovechar el sol para dormir, leer o rezar. Llegada la noche, compartía la cena con los oficiales y los sacerdotes, donde se sucedían animadas conversaciones sobre la vida de cada uno de los presentes.

Fue así como conoció el pasado del vicario, un aventurero que había entregado su vida a la conversión de almas, actuando como misionero en muchas islas del mar del Sur, así como en poblaciones incas al sur de Lima y en la cordillera de los Andes.

También ahondó en las vivencias del capitán Quirós y averiguó que al partir de Madrid había dejado a su esposa encinta, esperando un segundo vástago. Lorenzo divertía a todos contando sus correrías por Lima, y Mendaña solía hablarles del primer viaje que había hecho a las Salomón, con apenas veinticinco años y casi ninguna experiencia de navegación.

Incluso el coronel Pedro Merino de Manrique se animaba con cierta frecuencia a contar algunas batallas en las que había participado, aunque en la mayoría de las ocasiones estropeaba sus interesantes historias con adulaciones innecesarias, palabras perdidas a la ebriedad de su paladar o injustificables y procaces insinuaciones.

Pero, quizá, quien más sorprendió a Isabel fue Diego Sánchez

Coello, quien se sumó a aquellas veladas a los diez días de viaje, cuando Quirós informó al general de que el asesor del rey estaba demasiado solo y ajeno a lo que sucedía en la singladura.

El pintor callaba más de lo que decía, pero había tenido una vida plagada de aventuras, viajando por toda Europa para conseguir cuadros y reliquias para el rey. A Isabel le demudó el rostro al averiguar que Sánchez Coello había estado en El Escorial el día que ella conoció a Fernando de Castro. Él mismo había participado en la decoración del monasterio, no como pintor, sino contratando artistas italianos y comprando pinturas en Flandes.

Don Diego trabó amistad con el capitán enseguida, lo que le hizo sospechar a la adelantada que tal vez se hubieran conocido antes de su llegada a Lima. Pese a que lo miraba con mejor ánimo, seguía sin confiar plenamente en él, aunque había decidido no preocuparse por aquel tema, pues los secretos del rey, secretos eran.

También el adelantado comenzó a verlo con buenos ojos, disfrutando de su conversación parca y taciturna, pero enarbolada de interesantes y desconocidos hechos. Solo el coronel lo trataba con displicencia, algo que al pintor parecía importarle bien poco, si no directamente nada.

Isabel solía culminar aquellas cenas tocando el laúd y entonando bellas canciones de su Pontevedra natal, muchas de ellas en la lengua de aquellas tierras, con una voz melodiosa que a buen seguro se extendía por toda la nao.

Fueron jornadas felices. Quizá las últimas que conocería aquella expedición.

Solo hubo un acontecimiento, tres semanas después de dejar Paita, que perturbó a Isabel. No fue un hecho baladí, pero al no repetirse ni poder lanzar sospechas sobre quienes ya eran sospechosos de por sí, tuvo que dejarlo pasar, manteniendo sin embargo alerta todos sus sentidos.

Fue una de aquellas noches, aunque a la cena solo asistieron ella, su hermano Lorenzo, el capitán y Diego Sánchez Coello. El mar estaba algo picado y el resto de los habituales se sentían indispuestos a causa del movimiento de la nao. Lorenzo tampoco estaba en mejores condiciones, pero Isabel le había pedido que asistiera porque Quirós no veía con buenos ojos cenar con la esposa del adelantado y otro hombre a solas.

Cenaron un guiso de oreja de cerdo con zanahoria sobre una

cama de hojas de laurel y ciruelas pasas que el cocinero había preparado con esmero antes de asomarse a la borda y vomitar todo el almuerzo. Isabel quiso ahondar más sobre las vidas de los comensales, quienes, en la intimidad y la cercanía de la velada, se abrieron más de lo que acostumbraban.

Lorenzo se excusó tras el primer bocado y siguió los pasos del cocinero, aunque tuvo que esperar hasta encontrar un hueco por el que asomarse al mar. El capitán Quirós se sintió incómodo durante un buen rato, pero dado que el vino corría y Sánchez Coello hablaba de la ciudad de Milán como si de la corte celestial se tratase, poco a poco se fue relajando.

Fue al servirse los postres cuando tuvo lugar el hecho que, desde entonces, uniría a aquellas tres personas de un modo muy particular. El cocinero no estaba ya para más trabajos, y sus acostumbrados pinches peleaban por mantener sus estómagos a buen recaudo en la bodega, así que fueron dos marineros y un soldado los que se ocuparon de servir como mayordomos. La investigación posterior que llevaron a cabo la adelantada, el capitán y el pintor no arrojó mucha luz sobre el asunto; aquella noche nadie ocupaba su puesto acostumbrado y muchos fueron los que pasaron por la cocina. Gaspar Iturbe, el sobrecargo, se sentía tan indispuesto que no fue capaz de reseñar en su cuaderno quiénes estaban en sus posiciones.

Un mozo, Jaume Bonet, a quien habían tomado especial cariño Álvaro de Mendaña y su esposa, sirvió tarta de bizcocho de almendras, tres pedazos que repartió en los respectivos platos de los comensales. En aquel momento, Pedro Quirós narraba sus andanzas en la Nao de Manila, lo complicado del tornaviaje y las tempestades que solían acudir puntuales a los mares del Japón, por lo que, cuando atacaron las tartas, solo estaban ellos tres; el mozo y los mayordomos ya habían sido despedidos al no ser necesario su servicio.

Doña Isabel fue la primera en mostrar su intención de paladear aquel manjar, pero, cuando estaba a punto de introducir un pedazo de bizcocho en su boca, Diego Sánchez Coello se lo apartó de un golpe, lanzándolo contra la pared de la cabina donde cenaban. El asombro se apoderó tanto de la adelantada como del capitán, que dejó su tarta en el plato antes de comerla.

—Disculpadme, mi señora —se excusó el asesor del rey mientras inspeccionaba su propio pedazo de tarta.

Fue entonces cuando los otros dos comprendieron lo que pasaba. El pintor les pidió silencio llevándose un dedo a la boca. Desmenuzaron sus bizcochos, y de todos los trozos extrajeron un polvo blanquecino parecido al azúcar, pero algo más denso y brillante.

Sánchez Coello se levantó y dio unos sigilosos pasos hasta la puerta. La abrió de sopetón, pero no había nadie al otro lado.

—¿Qué creéis que es esto? —Isabel lo olió, pero no percibió aroma alguno.

—*Cantarella*.

—¿*Cantarella*? —repitió el capitán.

—Es un veneno. Letal. Muy utilizado en Italia. Se cree que lo inventaron los Borgia para acabar con sus enemigos durante los banquetes y las celebraciones. No huele a nada, no sabe a nada, pero estas pequeñas dosis habrían acabado con nosotros en cuestión de horas.

—¡Oh, Dios mío! ¿Creéis que la tripulación ha tomado este veneno y por eso no para de vomitar?

—No, a buen seguro que no, mi señora. Las náuseas están causadas por la mar picada, el capitán estará de acuerdo. —Quirós asintió—. La *cantarella* produce otros síntomas; quien la haya puesto aquí tenía por objetivo a uno de nosotros tres.

Se hizo un silencio entre ellos, tenso y oscuro.

—¿Cómo podéis saberlo? —preguntó el capitán—. Quizá lo hayan echado en todo el bizcocho.

—Eso es fácil de comprobar, solo tenemos que ir a la cocina.

Isabel hizo ademán de levantarse, pero el pintor le pidió calma con un ligero gesto que hizo con la mano derecha.

—Si el bizcocho entero está envenenado, tenemos que poner en alerta a la tripulación; sería un desastre de proporciones incalculables.

—Calmaos, mi señora. Mirad bien este polvo. —Lo removió sobre su plato con el tenedor—. No está cocinado. El bizcocho lo ha hecho el cocinero, no hay más que ver su textura y esponjosidad. Nadie de a bordo sería capaz de hacerlo como él. Hubiera sido una buena estrategia, habría muchos muertos y podría aducirse que alguna enfermedad nos ha atacado, pero no ha sido así. Lo han echado después de hornearlo.

—Si alguien quería envenenarnos, podría haberlo hecho cualquier otro día —repuso la adelantada.

—Podría, pero habría matado a mucha más gente. A vuestro esposo, a los sacerdotes, al coronel...

—¿Insinuáis que ellos son los sospechosos?

—No, mi señora. No lo creo. ¿Qué podrían tener en nuestra contra cualquiera de ellos? Excepción hecha, claro está, del señor de Manrique. Pero, seamos honestos, ¿lo creéis capaz de algo tan sutil? Si quisiera matarnos nos dispararía con un cañón.

—Entonces, alguien quiere acabar con uno de nosotros tres —concluyó el capitán.

—Eso me temo, señor Quirós. Alguien ha aprovechado la ocasión. Podemos descartar que vuestro hermano fuera un objetivo —dijo, dirigiéndose a Isabel—, el veneno no está siquiera caliente, y Lorenzo hace ya largo rato que se marchó. Sea quien sea el promotor de este intento de asesinato ha encontrado una ocasión que no podía dejar de aprovechar.

—Pero ¿quién podría querer matarnos? Es decir, llevamos varias semanas en paz y tranquilidad. Todo el mundo parece contento y entusiasmado con el viaje. Si hubiese sido en Paita o en Cherrepe...

—Mi señora, no os faltan enemigos entre la tripulación. Y al general tampoco, pero podemos descartar que haya sido fruto de la improvisación. La *cantarella* se obtiene vertiendo arsénico sobre las vísceras de un cerdo y dejándola macerar durante algo más de un mes. Esto es algo planeado con mucha antelación, puede que incluso antes de que saliéramos de Lima.

Isabel desvió la mirada hacia el suelo, donde estaba el pedazo de bizcocho que el pintor le había arrebatado de la boca.

—¿Y vos, don Diego?

—¿Yo? —se sorprendió por la pregunta, como si fuera una acusación.

—Sí, vos. ¿Tenéis enemigos entre la tripulación?

Sánchez Coello no había tenido demasiado tiempo para reflexionar. Desde un primer momento había entendido que alguien quería asesinar al capitán o a la adelantada. Probablemente a esta última, dada la reputación que se había granjeado entre los hombres de mar y de armas por igual. Pero quizá la mujer tuviera razón. ¿Por qué querrían matarla? Al fin y al cabo, no era más que la mujer del adelantado, y los odios de los que era objeto no podían alcanzar tal intensidad. ¿El capitán? ¿Quizá algún oficial que quisiera quedarse con su puesto? Todos sabían lo desconfiado que era Mendaña; si su piloto moría durante la travesía, lo más probable era que él mismo ocupase su posición con tal de no compartir sus cartas de navegación con nadie más.

—Yo tengo enemigos en todas partes, mi señora. No podemos descartar nada.

—Será mejor que recojamos esto —indicó Quirós, levantándose para empujar con el tenedor el trozo de bizcocho sobre su plato.

—Mi señora —comenzó el pintor—, es preferible que no comentéis nada de este asunto con vuestro esposo.

—El adelantado debe saberlo. Si hay un asesino en la nave, es necesario que esté al tanto.

—No os puedo quitar ni un ápice de razón, pero nada ganaremos extendiendo la información. Vuestro marido se preocupará y querrá llegar hasta el final del asunto, como es lógico. Necesitará pruebas, indicios, algo a lo que agarrarse antes de poder acusar a alguien. Sin embargo, no tenemos más que estos polvos que, mientras nadie se atreva a probarlos, no dejan de ser polvos de azúcar en una tarta de almendras.

Isabel comprendió lo que quería decirle.

—Y cuando hay un delito, pero no pruebas que apunten a un culpable, las acusaciones pueden lanzarse sin temor a las consecuencias. ¿Es eso lo que queréis decir?

—Justo eso. Más de uno aprovechará la ocasión para levantar falsas sospechas sobre sus enemigos, y no queremos que por la cubierta se extienda la desconfianza, y más ahora que todo parece ir bien.

—De acuerdo, don Diego.

Isabel y el asesor del rey miraron al capitán, que estaba blanco por el miedo.

—De... de acuerdo —tartamudeó.

—Mantengamos los ojos y los oídos bien abiertos. Por lo que sabemos, cualquiera puede haber echado estos polvos en el bizcocho.

Por si acaso, Isabel fue aquella misma noche a la cocina y cortó varios trozos de la tarta. En efecto, no había ni rastro de los polvos.

Desde entonces, y hasta aquel día de julio en el que se avistó la isla Magdalena, la normalidad había gobernado todos y cada uno de los momentos; nadie había hecho o dicho nada sospechoso. Los tres tomaron la costumbre de comer siempre lo mismo que el coronel, de quien menos se fiaban, y esperar a que él diese el primer bocado, pero el maestro de campo, pasados los días de mar picado, había vuelto a devorar las viandas como un cerdo en una cochiquera, sin mirar siquiera lo que comía.

La adelantada logró escapar de aquellos recuerdos refugiándose en su cabina, donde se sentía segura. Escuchaba las respiraciones cercanas de su hermana Mariana y de Elvira, que huía a la menor ocasión de su marido para refugiarse entre las faldas protectoras de su señora. Fuera, en la cubierta, los marineros y los soldados de guardia comentaban algo acerca de la isla que se levantaba como un volcán a escasas leguas. Isabel no entendía lo que decían, así que sus ojos se cerraron hasta quedarse dormida.

Con el alba, la tripulación comenzó a trabajar con fruición. El adelantado dio orden de acercarse a la isla y el capitán tomó rumbo norte hasta alcanzar el sur de la tierra descubierta. Grandes acantilados se mostraron ante ellos, como colosos pétreos y ruinosos, comidos por una vegetación abundante.

Una fina y persistente lluvia mitigaba el calor de la mañana, bañando la cubierta de la San Jerónimo como si el cielo se hubiera partido en dos. Los marineros que no tenían turno de trabajo habían salido de la bodega, y toda la tripulación esperaba con ansia el momento de tomar tierra. El contramaestre iba repitiendo las órdenes de Pedro Fernández de Quirós, que se manejaba con maestría en aquellos espacios peligrosos, donde cualquier piedra bajo el agua podía arruinar el casco de la nao.

De la parte sudeste de la isla bajaba un picacho hasta el mar, donde se formaba un espacio que podía servir como puerto. De pronto, de aquella zona salieron alrededor de setenta canoas en dirección a la flota española. Las pequeñas embarcaciones eran todas distintas, hechas cada una con un tronco de madera y contrapesos de caña a babor y estribor que llegaban hasta el agua para evitar que el viento las volcase. En cada canoa iban de tres a diez hombres, en función de su eslora, que bogaban con ímpetu sus canaletes.

Otros muchos nativos nadaban entre las pequeñas embarcaciones, y no tardaron en llegar hasta la San Jerónimo. Todos se sorprendieron por el color de la piel de los indígenas, tan blanca como la de los españoles, y muchos de ellos eran rubios.

Eran fuertes y altos, de espaldas anchas. No llevaban vestimenta alguna, pero sus cuerpos estaban tatuados, muchos de la cabeza a los pies, con un tinte azulado que les daba una corporeidad espectral. Gritaban palabras que ni el adelantado, ni Myn, ni los marineros que ya habían viajado en la primera expedición eran capaces de reconocer.

—¡*Atalut*! ¡*Analut*! —decían algunos a grandes gritos, señalando la cercana playa donde pretendía desembarcar el adelantado.

Al escuchar las voces, Isabel, su hermana y las doncellas salieron a la cubierta. Se quedaron estupefactas al contemplar no solo la belleza de la isla, sino a aquellos hombres incivilizados, desnudos, de cabellos largos, algunos trenzados y otros sueltos. Sus cuerpos estaban muy musculados, y la mayoría exhibía sus miembros sin pudor alguno. Lorenzo quiso tapar los ojos a su hermana pequeña, pero Mariana estaba extasiada ante lo que a su mirada se mostraba.

La lluvia pertinaz no debilitaba para nada lo hermoso de aquel paraíso arbolado y pedregoso a partes iguales. La isla era poco más que un gigantesco saliente del océano del que colgara un follaje excelso.

Mendaña estaba feliz. Solo el liberto y contados marineros habían presenciado en su vida una escena similar.

—¡Ayudadlos a subir! —ordenó el adelantado, embriagado por la felicidad del momento.

Algunos marineros auparon a un joven hasta la cubierta, mientras sus compañeros lanzaban plátanos, cañas con agua y trozos de pastel envueltos en hojas desde las canoas. Álvaro lo vistió con un jubón que le tapaba hasta la mitad de los muslos y le dio el sombrero de un marinero. El indígena reía a carcajadas, mostrando su alegría con frases cortas e ininteligibles. Miraba a los soldados, pertrechados con sus arcabuces, sus morriones, sus calzas y sus botas. Les acariciaba las barbas y tocaba sus ropajes.

Cuando descubrió a las mujeres las señaló con gran chanza. Se habían puesto su mejor vestimenta para ocasión tan especial, y a aquel hombre, que probablemente siempre había vivido desnudo, debían de parecerle de otra especie diferente.

Los marineros y los soldados, tan sorprendidos de lo que veían como lo estaba el indígena, ayudaron a otros muchos hombres a subir a la cubierta, llenándose en pocos minutos de los pobladores de aquella isla. Todo los sorprendía, todo les alegraba.

—Muchachos, abríos las camisas, bajad vuestras medias, que vean que somos tan humanos como ellos —ordenó Mendaña.

Así era. Los nativos creían que aquellas vestimentas eran pieles, pero al ver los pechos y las piernas descubiertas de marineros y soldados recrudecieron sus carcajadas. Les dieron jubones, sombreros y algunas otras pequeñeces, lo que los ponía aún más contentos mientras gritaban y danzaban.

Tocaban los mástiles, los clavos, el suelo y toda la obra muerta. Miraban las velas y las cuerdas, y se admiraban de todo cuanto acontecía, llamando a sus compañeros, que trepaban por el casco para sumarse a la fiesta.

En algún momento, todo se descontroló. Los nativos entraron en la bodega y, con pequeñas navajas de caña, cortaban piezas de tocino de la cocina. Algunos tomaron los camarotes de los oficiales y salieron con sus ropas puestas por encima. Uno quiso subir a la cofa de mesana, pero un marinero se lo impidió agarrándolo del hombro y lanzándolo contra el suelo.

—Señor de Manrique, lanzad un verso —ordenó Mendaña cuando vio que todo se estaba desmandando.

El cañón disparó al horizonte, y solo su sonido hizo huir a los nativos, que se lanzaron al agua embargados por el pánico. En pocos segundos la tranquilidad regresó a la San Jerónimo, pero no tardaron en escucharse unos gritos procedentes de la bodega.

El coronel bajó de inmediato, con la espada desenvainada. Allí encontró a un indígena aferrado a una de las mesas de guarnición, mientras el cocinero y un marinero trataban de soltarlo tirando de él. Pedro Merino descargó su espada, cortándole tres dedos de la mano. El nativo levantó el brazo y admiró la sangre que le resbalaba hasta el codo y caía a borbotones sobre el suelo. Acto seguido salió corriendo y se lanzó al agua.

Sus compañeros lo aferraron y lo ayudaron a subir a una de las canoas, donde les mostró a todos su herida. Al ver aquello, un anciano de larga barba comenzó a dar grandes voces, mientras el resto de los indios sacaban lanzas y hondas de las canoas. Algunas piedras cayeron sobre la cubierta sin apenas fuerza, pero una de ellas rebotó contra la regala de estribor y fue a parar a la cara de un soldado, rompiéndole la nariz.

—¡Apuntad! —gritó entonces el coronel.

Los soldados apuntaron a las canoas con sus arcabuces y, a la orden del maestro de campo, intentaron disparar, pero la lluvia había humedecido la pólvora y muchos no pudieron descargar. Sin embargo, el sonido de los arcabuces que sí dispararon los asustó, y la mayoría se lanzó al agua para protegerse.

Pedro Merino tomó un arcabuz y apuntó al anciano que parecía dar las órdenes. El estruendo se debió escuchar en toda la isla, y aún más los lamentos de los indios al verlo caer muerto sobre la canoa. Ocho nativos murieron mientras los demás remaban en dirección a la playa. Solo dos de ellos se quedaron en las inmediaciones de la San Jerónimo y, con el gesto contraído, ataron un cabo del bauprés de la capitana a su canoa. El maestro de campo se acercó a la proa para disparar, pero el adelantado lo detuvo.

—Dejadlo ya, coronel. Solo pretenden remolcarnos. ¿No veis que no son más que unos pobres ingenuos que ven por primera vez hombres civilizados?

Uno de los marineros cortó el cabo con un cuchillo y los indios bogaron hasta la playa junto con los demás. Allí se habían reunido no solo los que habían ido hasta la flota con canoas y a nado, sino otros muchos que habían bajado de las quebradas.

—Mi señor —llamó el capitán a Mendaña—, se avistan otras islas más al norte. Creo que, después de lo sucedido, sería conveniente explorarlas y buscar puerto en ellas.

Justo en ese momento, una de las canoas tomó rumbo a la capitana. La tripulaban tres indígenas que portaban un ramo verde y algo blanco que nadie supo definir. En cualquier caso, era un símbolo de paz.

—Capitán, largue velas rumbo noroeste —murmuró el adelantado sin apartar la vista de la canoa.

Al ver que el gran barco se movía, los indígenas lanzaron algunos cocos que llevaban en la canoa a la cubierta.

Como había indicado el capitán, hacia el norte de la Santa Magdalena había otras tres islas. A la primera, en la que no desembarcaron, la llamaron isla de San Pedro. Era pequeña, escarpada y con una arboleda profusa. Desde las naos no pudieron comprobar si estaba poblada. No muy lejos, hacia el oeste, había otras dos islas más grandes. A la primera la llamaron isla Dominica, pero al no encontrar una zona donde fondear, navegaron hasta la última que se podía ver, llegando a ella ya en el crepúsculo del día.

Don Álvaro de Mendaña la llamó isla de Santa Cristina, y al conjunto de aquellas cuatro tierras recién descubiertas, islas Marquesas de Mendoza, en honor del valedor de la expedición, quien había hecho posible el viaje.

19

De cómo los españoles conquistaron la isla de Santa Cristina y lo que allí pasó los primeros días

Isla de Santa Cristina (islas Marquesas), 22 de julio de 1595

El alba sorprendió a don Álvaro de Mendaña en la toldilla de popa, admirando las siluetas de las cuatro islas que se recortaban sobre el crepúsculo previo al amanecer. Ya hacía calor, aunque el sol aún se levantaba perezoso.

Los marineros de guardia también admiraban el paisaje en un silencio hermoso tan solo interrumpido por los cantos de las aves que habitaban en la espesura de Santa Cristina y Dominica, las dos islas más cercanas. Isabel despertó pronto aquella mañana y decidió salir a contemplar su primer gran descubrimiento.

Las islas Marquesas no constaban en carta de navegación alguna, y la actitud de los pobladores de isla Magdalena les confirmó a todos que esas gentes jamás habían visto a un europeo. Sin embargo, la piel clara de los nativos, sus ojos azulados y sus cabellos trigueños eran algo que no esperaban. Mendaña, en sus historias sobre las islas Salomón, aseguraba que los indios de aquellas tierras tenían la piel oscura; no tanto como los esclavos que traían de África, pero sí algo más que los incas.

—Por fin puedo comprenderte —le susurró a su marido cuando se reunió con él en la cubierta superior y le rodeó la cintura con un brazo.

—¿A qué te refieres? —preguntó, saliendo de su ensimismamiento.

—A esa energía que recorre tus venas cuando llegas a un lugar ignoto, donde los habitantes apenas saben nada del mundo exterior y ni siquiera conocen al único Dios verdadero. Es... La verdad es que no sé muy bien cómo explicarlo... Una emoción desconocida, un sentimiento tan nuevo y original que a buen seguro crea adicción.

—Sí, es como admirar alguno de los misterios del Señor, como transportarse en el tiempo a un pasado remoto.

—Estoy feliz, Álvaro.

—Yo también.

Aunque había algo en su mirada perdida, en su voz quebrada, que le hizo dudar.

—¿Estás seguro?

—Sí, sí. Por supuesto que estoy feliz. Pero... Estas no son las islas Salomón. Son hermosas, qué duda cabe. Pero las Salomón son otra cosa.

—Te veo preocupado, ¿sucede algo?

Se tomó unos segundos para contestar, observando el infinito mar salteado de aquellas pequeñas cuatro islas.

—Estas islas no deberían estar aquí. O, mejor dicho: nosotros no deberíamos estar en estas islas. Temo que nos hayamos desviado, que las cartas de Pedro Sarmiento estén equivocadas.

Isabel frunció el ceño.

—Aún no hemos hecho más que comenzar nuestra aventura, Álvaro. Si estas no son las Salomón, continuaremos nuestro camino cuanto antes.

—Debemos encontrar un puerto, mi señor —los interrumpió el capitán Quirós, que acababa de subir al puente de mando.

Isabel y Álvaro, sin soltarse el uno del otro, se giraron para ver al portugués silueteado sobre la oscuridad del amanecer.

—Encontraremos un puerto, capitán. Desembarcaremos y tomaremos las islas en nombre de Su Majestad.

—Debemos hacer aguada y conseguir leña. Además, las naves necesitan algunas reparaciones. Demos gracias a Dios y a la Virgen de la Soledad, que nos acompaña, de que no haya arrecifes en torno a estas tierras. Eso facilitará el fondeo y las reparaciones.

—Tenéis razón, capitán Quirós. No obstante, apremiad a vuestros hombres en cuanto nos hallemos surtos. No quiero perder mucho tiempo aquí.

Quirós asintió en silencio.

Los marineros no tardaron en despertar, e iniciaron sus trabajos con entusiasmo renovado, toda vez que veían próxima la hora de desembarcar. El ánimo general estaba sobreexcitado, pues casi ninguno imaginaba que aquellas islas no fueran las Salomón. El hecho de que el adelantado no pudiera comunicarse con los indios les había hecho dudar, pero aquellas perturbaciones se fueron disipando enseguida.

—No recordará bien el idioma, han pasado más de veinticinco años.

—Puede que estos indios hablen algún otro dialecto...

Se decían unos a otros.

Los colonos y los soldados también veían con buenos ojos aquellos peñascos enramados surgidos de las profundidades del océano. Soñaban con ríos áureos, playas repletas de perlas y tierras fértiles en las que poder echar raíces.

Las naves comenzaron a circundar Santa Cristina y Dominica, que no distaban más de una legua la una de la otra. De una playa al poniente de Dominica partieron algunas canoas muy similares a las de la Magdalena. Eran entre cuarenta y cincuenta, y rodearon a la flotilla en escasos minutos, bogando sus tripulantes con esfuerzo y dando voces mientras señalaban hacia la playa.

Mendaña dio orden de ignorarlos y continuar con la búsqueda de un puerto donde fondear. Dado que la formación de las islas era irregular y los pasos parecían estrechos, además de que las zonas que las rodeaban tenían fondo de ratones, el general envió a la fragata, cuyo capitán, Alonso de Leyva, pudo maniobrar con facilidad en busca de alguna ensenada protegida del viento donde echar el ancla.

Circundó la Dominica, calculando un boj de unas quince leguas y afirmando que se veían muchos nativos en la isla que los saludaban con ramas de cocotero y les hacían señas para desembarcar, pero no encontró bahía ni espacio seguro donde fondear.

La noche venció al sol y decidieron esperar al día siguiente.

—Coronel, mañana partiréis con veinte hombres en el batel en busca de un puerto en la isla de Santa Cristina —comentó el general durante la cena.

Les habían servido cordero con finas hierbas y una salsa de calabaza que olía de maravilla, pese a lo cual, Quirós, Sánchez Coello e Isabel Barreto cenaron con precaución, examinando cada bocado antes de introducírselo en la boca.

Sus investigaciones no habían alcanzado ninguna conclusión. Nadie parecía estar tan en contra de ninguno de ellos como para querer asesinarlos, aunque eran conscientes de que cualquier hombre podía cargar de razones su alma para matar a otro si el juicio se le nublaba.

—Así se hará, general. ¿Deseáis que desembarquemos?

—Llevad algunas tinajas, nos hará falta agua —solicitó el capitán, pero el maestro de campo ni siquiera se dignó a mirarlo, haciendo como que no lo había escuchado.

Mendaña masticaba un trozo de cordero mientras sostenía entre sus manos un hueso que se proponía roer hasta el tuétano de lo sabroso que estaba. Lo tiró encima del plato, harto de aquella situación.

—Solo si es necesario, señor de Manrique. Vuestra misión es encontrar un fondeadero donde poder reparar las naos y hacer acopio de agua, leña, fruta y cualquier otro alimento que haya en esta isla.

—¿Qué actitud debo tomar ante los indios? Cada vez que nos acercamos a una isla salen decenas de barcas a recibirnos.

—La seguridad es lo primero, maese Manrique, pero sed proporcional con vuestra fuerza. En la mayoría de las ocasiones los nativos no quieren sino agasajarnos con plátanos, cocos o ese pastel que envuelven en hojas. No ataquéis si no sois atacado y, en ese caso, con soltar una descarga al aire será más que suficiente para dispersar a los indígenas.

Pedro Merino de Manrique escupió un hueso sin borrar su frecuente y beoda sonrisa embriagada de sarcasmo.

—Así se hará —repitió.

Isabel dejó el trapo que usaba a modo de servilleta sobre la mesa y se levantó.

—He perdido el apetito. Si me disculpáis...

Se marchó mientras el resto de los comensales se levantaba en signo de respeto, a excepción del coronel, que siguió masticando el cordero y mirando a la mujer como un zampalimosnas miraría un trozo de pescado fresco.

Por la mañana, todos salieron a cubierta a despedir al maestro de campo, quien, acompañado por veinte valerosos soldados, tomó el batel para buscar un puerto seguro.

Ya antes de acercarse a la playa que se avistaba desde la San Jerónimo, cincuenta canoas se materializaron como por encanto, rumbo al batel de Pedro Merino. En su mayoría iban hombres, de piel más oscura que los que habitaban Santa Magdalena, aunque también había mujeres y niños. No llevaban armas, o al menos no las mostraban, y hacían aspavientos amistosos señalando la playa, como habían hecho los nativos de la Dominica.

De pronto, se escuchó la detonación de un arcabuz y un humo blanquecino y espeso se elevó desde el batel. A ese arcabuzazo le siguieron otros tantos, y los nativos comenzaron a remar de regreso a la playa. Los que aún seguían con vida, ya que una docena habían caído al agua exánimes.

—¡Pardiez! ¿Es necesaria esta matanza? —se preguntó en alto la adelantada.

Los hombres murmuraron, los marineros desaprobaban aquella actitud; por el contrario, los soldados que se encontraban a bordo defendieron a sus compañeros. Hubo alguna disputa, empujones y blasfemias hasta que el ruido de los arcabuces rompió la quietud de la mañana por segunda vez.

Un soldado apuntaba desde el batel a un hombre que se había echado al mar con su hijo sobre las espaldas.

—¡No! —gritó el capitán Quirós.

Pero su voz se quebró con el ruido sordo del disparo, mientras el agua se llenaba de sangre y el niño y su padre se hundían arrastrados por la marea.

—¡Por las barbas de Moisés! —bramó el asesor del rey.

El batel siguió su curso. Las voces del coronel ordenando recargar a sus muchachos se escuchaban desde la cubierta de la San Jerónimo, así como los gritos de celebración de los soldados. Hubo algunos disparos más en dirección a la playa, donde abatieron a enemigos desarmados, desvestidos, inocentes y generosos, que dejaban los plátanos y cocos que habían llevado como ofrenda a sus desconocidos visitantes.

Pedro Merino llevó la embarcación hasta más allá de donde se podía ver desde la nao capitana, doblando un espigón que quedaba al sudoeste de la isla. Como todos los presentes estaban concentrados en lo que sucedía con su equipo de exploración, no se dieron cuenta de que una canoa se había acercado hasta ellos y cuatro nativos trepaban por el casco para asaltar la borda.

La sorpresa inundó la cubierta, y uno de los indios agarró el perro que el coronel había embarcado en Cherrepe. Otro dio un grito cuando los marineros lo sorprendieron y, temerosos del poder de las armas españolas, se lanzaron al agua empujados por un pánico atroz, llevándose consigo al can.

—Lo que nos faltaba —se quejó Isabel—, cuando se entere el maese querrá exterminar a toda la población de la isla.

—No le hacen falta motivos a quien no atiende a razones —comentó Diego Sánchez Coello, viendo a los indígenas nadar hacia la playa.

El coronel regresó al atardecer sin haber hallado puerto alguno. Subió junto a sus soldados a cubierta ayudado por los marineros, que engancharon el batel al cabestrante del palo mayor y lo elevaron con esfuerzo.

—¿Qué diantres ha sucedido, coronel?

—Esos diablos portaban hondas y lanzas en sus canoas, vos mismo dijisteis que nuestra seguridad era lo primero.

Estaban todos empapados y agotados. La lluvia llenó el ambiente, incansable, fina e incapaz de limpiar los pecados que se acababan de cometer. Mendaña no supo qué responder. Estaba furioso, pero no era su intención montar una escena sobre la cubierta a la vista de todos.

—¿Quién disparó al niño? —preguntó entonces Isabel.

—Yo —reconoció un soldado, Toribio de Bedeterra, triunfante. Al ver el gesto de los adelantados y el capitán, agachó la mirada—. El diablo ha de llevarse a quien llama —se excusó.

—¿Por qué no disparasteis por encima? Hubiera sido más que suficiente para espantar a quien ya estaba espantado. No hemos venido a asesinar niños, soldado.

Toribio de Bedeterra miró a su alférez, Juan de Buitrago, y luego al coronel.

—Los arcabuceros no disparamos si no es para herir. Nuestro acierto en nuestro trabajo.

—Cuando entréis en el infierno lo haréis como buen puntero, de eso no me cabe duda —le reprochó Quirós.

Pedro Merino se le acercó hasta una distancia en la que no cabría una hoja de papel, acariciando la empuñadura de su espada, como hacía en tantas otras ocasiones. De la vaina escurría sangre que se mezclaba con el agua caída del cielo sobre la cubierta.

—Cuidaos mucho de hablar así a mis hombres, capitán, o vuestro cadáver servirá de alimento a los peces mucho antes de lo que creéis.

Isabel también se acercó a ellos, quedando a la espalda del maestro de campo.

—Señor de Manrique —lo llamó con firmeza, mordiéndose el labio inferior para no decir todo lo que en ese momento deseaba decir—, vos y vuestros hombres estaréis cansados. Limpiad vuestras espadas e id a cenar y dormir. Mañana, con el alba, debéis regresar al batel y encontrar un puerto seguro.

Los dos hombres seguían midiéndose con la mirada, en un silencio tenso que se extendía por toda la cubierta. Pasados unos segundos sin que ninguno de los dos se moviese, el coronel sonrió.

—Sí, mi señora —respondió con desdén—. ¿Dónde está mi perrita?

Cuando sus hombres le contaron lo sucedido entró en cólera, pero al menos se olvidó del capitán, con quien mantenía una afrenta que auguraba un abundante río de sangre.

Aquella noche quiso el destino que una vez más cenaran solos el capitán, el pintor y la adelantada. Mendaña y sus cuñados se reunieron con el coronel en su camarote, en parte para sosegarlo y en parte para trazar el plan del día siguiente. Los sacerdotes pasaron la noche a la intemperie, rogando por las almas de los nativos, que aún no conocían la palabra de Dios.

Comieron en silencio, cada uno sumido en sus propios pensamientos, hasta que Diego Sánchez Coello habló durante el postre. Habían analizado cada bocado y comido escasamente.

—¿Alguna novedad digna de contar?

—El odio del coronel es causa suficiente para haber querido matarme. Odia a la gente de mar, a mí especialmente —explicó el capitán Quirós, tan atribulado por el evidente enfrentamiento que había pasado por alto el hecho de que Isabel Barreto estuviera sola con dos hombres—. Cree que la expedición tendría éxito si él mismo guiase los barcos.

Isabel y Diego lo miraron sin decir nada durante algunos segundos.

—Es obvio que cuando esto termine no os invitará a cenar con su familia —bromeó Isabel—, pero coincido con don Diego, creo que os ensartaría con la espada antes que envenenaros.

Quirós se acarició instintivamente el vientre.

—Y vos, mi señora, ¿habéis visto algo desconcertante en alguno de los hombres?

—Ya sabéis que salgo poco de mi dormitorio, pero tengo a mis doncellas ojo avizor por si sucediera algo. Pancha es quien está al tanto de todos los chismes, sé que se dicen muchas cosas sobre mí, pero ninguna en ese sentido.

—¿Qué hay del marido de vuestra doncella, Elvira?

Isabel puso los ojos en blanco.

—Ese rezonglón... Debe de gozar de la gran suerte de tener algún padrino en Castilla, pues el mismo virrey lo había encarcelado por su insolencia contra mí y contra su esposa el día que visitamos Castrovirreyna. Me opuse con vehemencia a que embarcase cuando me enteré de que lo habían restituido en su rango y formaba parte de la cuadrilla del coronel, pero no hubo forma; debía venir sí o sí, según órdenes de Sevilla. —Suspiró—. Ya había considerado su candidatura, desde luego que ese hombre sería capaz de cualquier cosa y parece un maestro en las malas artes.

—Navegué con él durante algún tiempo en la Nao de Manila. Era un compañero insoportable, artero y sucio. No me extrañaría que...

Pero Sánchez Coello no escuchaba al capitán, se había quedado mirando a Isabel con inquietud.

—¿Decís que estaba encarcelado y lo restituyeron a su puesto para embarcarse?

—Así es. En Castrovirreyna quiso iniciar una matanza, pero la marquesa y yo nos enfrentamos a él. Regresó a Lima con un cargo de insubordinación y otro de traición. No quise seguir su carrera, pero me consta que pasó años en una celda militar.

—¿La orden de embarque vino de Sevilla? —insistió.

—Sí y no, don Diego.

—Explicaos, os lo suplico.

—Llegó una carta de la Casa de Contratación imponiendo algunos nombres para nuestra expedición. En su mayoría eran pajes, jóvenes hidalgos sin fortuna ni empleo que querían sumarse a esta aventura. Vos lo sabéis bien, capitán Quirós, os informé de ello cuando me enviasteis el alistamiento de vuestra tripulación. —El portugués asintió—. El único que no encajaba en aquella lista era Juan de Buitrago. Reconozco que cuando leí su nombre no supe ubicarlo, pero en cuanto hice algunas pesquisas recordé que había sido aquel soldado insolente de Castrovirreyna. También debéis saber que el rey quería que el marqués García Hurtado de Mendoza se deshiciera de los truhanes que habitaban las cárceles de Lima.

Sánchez Coello se acarició la barba en un gesto de reflexión.

—Debo deciros algo, mi señora —hablaba en susurros, entornando los ojos—, pero os pido toda la discreción que sé que sois capaz de tener. A vos también, capitán Quirós. Esta amarga situación nos ha puesto a los tres en una posición incómoda, pero debemos ser cautelosos.

—¿Vais a contarme al fin qué hacéis en este barco? —preguntó Isabel, enarcando una ceja.

—No podría aunque quisiera, mi señora. Sé que sois una mujer inteligente y que el motivo que os he expuesto, la observación en nombre del rey, no os convence. No esperaba menos de vos, si me lo permitís. —Isabel asintió con una sonrisa algo cínica—. Lo que sí os puedo decir es que el motivo de mi presencia aquí, sea cual sea, podría conducir a un intento de asesinato. Sinceramente, no encuentro razones suficientes para que nadie os quiera matar a vos o al capitán, sobre todo porque la *cantarella* tuvo que fabricarse antes de embarcarnos en Paita, quizá incluso antes de salir de El Callao. El rey tiene enemigos en todas las partes del mundo, pero los más peligrosos son los que están bajo el peso de su corona.

—¿Españoles? —se sorprendió Quirós.

—Así es. Ni ingleses, ni holandeses, ni italianos, ni germanos. Quienes más daño pueden provocarle son los propios españoles. Lo que yo he venido a hacer a esta expedición puede tener una importancia decisiva en la lucha abierta que hay ahora mismo por el dominio del mar del Sur, y no faltan traidores que bajo el estandarte del rey sirven a la reina de Inglaterra o a intereses de otros opositores de Nuestra Majestad.

—¿Tiene esto algo que ver con Juan de Buitrago? —preguntó la adelantada.

El pintor se echó para atrás hasta apoyarse en el respaldo de la silla.

—No lo sé, mi señora. En realidad, estamos como al principio, no tenemos indicios de nada. Solo os he explicado esto porque ahora nosotros tres formamos un grupo dentro de la tripulación. Mis asuntos son mucho más importantes que vuestra expedición, que la colonización de las Salomón y el descubrimiento de la *Terra Incognita*. —Hizo una pausa—. Debemos continuar alerta.

A la mañana siguiente, el adelantado envió al coronel con sus veinte hombres a buscar puerto, pero al no fiarse demasiado de él, solicitó que la Santa Isabel también enviase a su batel con algunos marineros en busca de un fondeadero seguro en las inmediaciones de Santa Cristina.

Pedro Merino de Manrique tenía un objetivo por encima de todas las órdenes del general: encontrar a su perrita. Así, doblando el espigón tras el que se perdieron durante la jornada anterior, navegó hasta dar con una pequeña bahía con playa arenosa en la que desembarcaron. Al momento, los soldados cargaron sus arcabuces. Se adentraron en la jungla, buscando sin descanso algún poblado. Seguía lloviendo, esas gotas finas que apenas parecían nada pero que al cabo de unos minutos se convertían en una cortina espesa.

No tardaron en hallar una aldea. El coronel disparó al aire para llamar la atención de los nativos, que se acercaron hasta donde estaba la mesnada. Merino de Manrique trazó una raya en el suelo con su cuchillo, dando a entender que a partir de esa línea los habitantes del poblado no podrían cruzar. Después, por medio de gestos, preguntó por su can sin obtener respuesta.

Los nativos sentían una curiosidad inmensa por todo lo que veían y pronto quedó demostrado que eran pacíficos, por lo que unos y otros traspasaron la línea del suelo. Con la misma sorpresa que los que habían encontrado en isla Magdalena, tocaban los morriones, las barbas y los jubones de los soldados españoles. Algunos de ellos, los menos violentos, bajaron sus calzas y abrieron sus jubones, demostrando a los indios que eran tan humanos como ellos.

Les pidieron agua enseñándoles sus cantimploras, a lo que los pobladores respondieron invitándolos a entrar en el poblado y llevándoles agua en cañas. De algunas casas salieron bellas mujeres, impúdicamente desnudas a ojos cristianos, pero muy cercanas y cariñosas. Les regalaron cocos, plátanos y otros frutos que los descubridores no conocían.

La comunicación por señas era muy torpe, pero aun así los soldados lograron pedirles que llenaran sus tinajas de agua. Los indígenas discutieron entre ellos con agresivos aspavientos y terminaron por señalar a los españoles el camino que debían seguir para encontrar agua fresca. Aquello, obviamente, no le gustó al coronel.

—¿Dónde está mi perra? —gritó con furia.

Volvió a disparar al aire, ante lo cual cuatro indígenas tomaron las tinajas y salieron corriendo, quizá en busca de agua.

—¡Nos roban las tinajas! —aulló Juan de Buitrago.

—¡Fuego! —respondió Merino de Manrique.

Los cuatro nativos fueron tiroteados y abatidos, lo que espantó al resto de sus vecinos. Después, la barbarie se desató en la isla.

Fue una triste jornada para el nombre de la corona española, pues sus súbditos provocaron una matanza de nativos inocentes y desarmados, tomaron a las mujeres del poblado y todo cuanto encontraron. Sin embargo, el coronel no quedó satisfecho, ya que no había ni rastro de su perrita.

—Volvamos al batel, mis muchachos —indicó cuando todos habían saciado su sed de venganza y lujuria.

Salieron a la mar e hicieron señas a la San Jerónimo de que aquella playa era segura. Al capitán Quirós no se lo pareció, pero el adelantado estaba furioso por la cantidad de disparos que se habían escuchado, así como por las quejas crecientes de marineros y soldados, y solo quería desembarcar para pedir explicaciones al coronel.

Había poco viento. Aquella había sido la tónica habitual durante toda la travesía, pero en situaciones como aquella, teniendo que maniobrar en un espacio reducido, un poco de aire era más que necesario.

A pesar de todo, el capitán metió la nao en la ensenada con maestría; no obstante, cuando ya se acercaban a un lugar próximo a la playa, un grumete avistó una roca que apenas asomaba por encima del agua. Su grito reactivó a todos los marineros, quienes, siguiendo las órdenes del capitán, transmitidas a través del contramaestre, comenzaron a danzar sobre la cubierta, tirando de cuerdas, moviendo velas, rotando vergas y haciendo todo lo posible para que la nave no encallara.

Gracias al capitán, y a la voluntad de Dios, a quien todos se encomendaron, la San Jerónimo logró salir de la ensenada.

—Ese estólido de Pedro Merino casi nos mata a todos —murmuró el portugués—. Y quería realizar la expedición sin hombres de mar... No duraría ni diez leguas.

El batel de la Santa Isabel apareció en el horizonte a los pocos minutos, cuando la situación en la nao capitana, embarcado ya el coronel, prometía convertirse en una guerra. Los hombres del almirante habían encontrado una bahía recogida y tranquila, sin rocas.

Al anochecer, la flota del adelantado Álvaro de Mendaña fondeó en aquella bahía, que llamarían de la Madre de Dios. Como aquella zona de la isla no se había explorado, decidieron esperar a la siguiente jornada para desembarcar.

Los ánimos estaban tan tensos que cada uno cenó en sus dependencias, de modo que ni el capitán ni el coronel pudieron enfrentarse una vez más, ni el adelantado tuvo que pacificar otro conato de guerra.

Nadie logró conciliar el sueño aquella noche, pero el sol al fin salió por el este, señalando el camino del que procedía la expedición, y don Álvaro de Mendaña, su esposa y hermanos, los sacerdotes y los oficiales, se dispusieron a pisar tierra por primera vez en mucho tiempo.

Isabel estaba nerviosa. Se había puesto sus mejores galas; de hecho, las únicas que le quedaban, pues sus ricos ropajes se habían convertido en clavos y cordajes para las embarcaciones, cuando no en harina y aceite para su pañol. Ansiaba ese momento desde hacía mucho, hollar ella misma una isla ignota, descubrir a pobladores incivilizados, tan distintos a todo lo que había conocido o leído en su vida.

Tomaron la playa portando el estandarte del rey, que lucía orgulloso Lorenzo Barreto. En una breve y solemne ceremonia, el adelantado tomó esa isla y las otras tres cercanas en nombre del rey Felipe II. Después, el vicario bendijo aquellas tierras y dijo misa, la primera desde que salieran de Paita, pues no había celebrado ninguna a bordo.

Luego, la comitiva rodeada de soldados comandados por el coronel se adentró en la jungla. No habían recorrido un kilómetro cuando llegaron a un claro en medio de aquella concentrada selva, en el inicio de un valle que se expandía entre dos quebradas, donde los nativos habían levantado un tranquilo poblado.

Aquello alegró al adelantado, que enseguida trató de comunicarse con los indígenas, pero su lengua le era por completo desconocida. En cualquier caso, sabía cómo hacerse entender por señas.

Les enseñó algunos objetos, y los nativos quedaron impresionados con los penachos de los sombreros, las pequeñas tijeras que Mendaña había traído en cientos o miles y todos los objetos metálicos.

Los españoles sembraron maíz y les mostraron a los indígenas en qué se convertían con el tiempo aquellas semillas. Todo lo que hacía don Álvaro, todo lo que les enseñaba, los mantenía boquiabiertos.

Los pobladores de Santa Cristina eran personas afables y pacíficas. Agasajaron a los españoles con todo tipo de viandas y agua; las mujeres se acercaron a los soldados y los invitaron a pasar a sus hogares. Isabel lo miraba todo tan sorprendida como ellos, tan feliz como aquellas ingenuas gentes, que los contemplaban como dioses bajados del cielo, no siendo aún conscientes de lo que los esperaba.

Isabel vio en un extremo del poblado una empalizada que le llamó la atención, pero algunas niñas estaban jugando con su tocado de bisutería y se distrajo, centrándose de nuevo en los nativos.

Llegada la tarde, el adelantado decidió regresar a la San Jerónimo con su mujer y los oficiales de marina, dejando al coronel en tierra para construir un acuartelamiento. Mendaña estaba feliz, entusiasmado con su nuevo descubrimiento, aunque también estaba seguro de que aún no habían llegado a las Salomón y debían marcharse de allí en cuanto repusieran bastimentos y reparasen las naos.

Mientras los marineros se esforzaban en ayudar a carpinteros y calafates, algunos colonos bajaron también a tierra para ver con sus propios ojos el lugar donde tal vez se establecerían, ya que desconocían los planes del general. Los colonos se instalaron en el cuartel del coronel e iniciaron las exploraciones junto a los soldados en busca de recursos básicos para la subsistencia.

Y oro, sobre todo, buscaban oro.

Mendaña visitaba a diario la isla y se comunicaba con los indígenas como buenamente podía. Ellos lo agasajaban con todo tipo de regalos, en su mayoría frutas y algunas figuras que tallaban en madera. Algunos habían aprendido a declamar las oraciones que bien el vicario, bien el capellán, repetían en tierra varias veces al día. Incluso se persignaban y decían «Jesús María».

Ignoraba don Álvaro que aquella aparente pacificación se había construido en base a las matanzas que el maestro de campo organizaba por las noches. Algunos de los hombres bajo su mando entraban en los poblados aledaños y arramplaban con todo lo que podían. No atacaban las casas que estaban junto al cuartel, pero sabían que los indios estaban informados de lo que sucedía, del poder de los arcabuces y el ansia de sangre de algunos de los militares. Así, a la mañana siguiente se acercaban a los españoles para surtirlos de agua, comida y mujeres.

Pero las noches... Aquellas noches eran de guerra. Indígenas llegados de otros poblados cercaban el cuartel apedreándolo y lanzando algunas flechas, que raramente herían a algún soldado. El maese de campo había dado orden de no disparar los arcabuces a no ser que fuera necesario para que no oyesen los disparos desde la flota fondeada en la bahía de la Madre de Dios. A golpe de espada y estoque, mataban a cuantos nativos encontraban.

La noticia terminó llegando al general quien, furioso, quiso ir de inmediato a tierra a pedir explicaciones al coronel. Su esposa logró calmarlo, asegurándole que lo mejor era marcharse de aquellas islas sin perder más tiempo ni recursos. Mendaña sabía que las naves aún necesitaban mayores reparaciones, y que la aguada se dilataría mucho en el tiempo, pero no podía estar más de acuerdo con Isabel.

Era el 3 de agosto de 1595 cuando los adelantados, en compañía de los hermanos Barreto, el capitán Quirós y el pintor Diego Sánchez Coello, tomaron el batel para visitar el cuartel español y el poblado indígena. Álvaro de Mendaña ya había decidido levar anclas en cuanto tuviese ocasión, pero no lo haría sin despedirse personalmente de su hallazgo.

SEGUNDA PARTE

Las islas Salomón

20

De cómo se descubrió la isla de Santa Cruz y lo que allí pasó antes de conquistarla

Isla de Santa Cruz, 9 de septiembre de 1595

Diario de Isabel Barreto

Han pasado dos meses desde la última vez que te escribí, Fernando. He postergado el momento de regresar a mi diario por miedo a dedicarte a ti todas las palabras. Durante años he reprimido la necesidad de hablarle a tu espíritu, ese espectro que me visita cada noche y cada noche me embriaga con su amor y deseo. La última vez que tomé la pluma y el tintero abandonábamos Paita. Quise reseñar mis inquietudes de las últimas semanas, los pesares que sobre mí caían... Pero terminé traicionando mi fidelidad conmigo misma y con el adelantado.

Aquellos días estaban llenos de sombras, pero desde entonces, desde que nuestra flota se lanzó a la conquista de tierras desconocidas, la cordialidad, el entusiasmo y el buen ánimo fueron las notas habituales... Hasta que llegamos a tierra. No puedo contarte lo que sucedió en las islas que mi esposo llamó «Marquesas», en parte me avergüenza y en parte solo quiero olvidarlo cuanto antes. Baste decir, Fernando, que nuestro viaje de descubrimiento terminó en un genocidio gratuito. Sirvan los hechos para juicios postreros, que quien mata por el solo placer de matar debe arder en los círculos más terroríficos del infierno.

Pero no es mi intención, amado mío, contarte aquí nuestras jornadas una tras otra. Si me he dejado vencer por el ansia de nuestro reencuentro, vacío de almas y de cuerpos, es porque he visto la muerte demasiado de cerca en estos últimos días. No quisiera abandonar este mundo sin decirte otra vez que te amo, que te apropiaste de mi corazón y de mi cordura aquel lejano día de El Escorial en que no éramos tan felices como queríamos ni tan infelices como luego fuimos.

No puedo evitar rememorar ese día y pensar qué habría sido de nuestras vidas si hubiese aceptado tu proposición, adónde nos habrían llevado nuestras aventuras, qué familia habríamos sido capaces de formar... Deleites vacuos de una mente desesperada que deshonra a su vida y a quien se la ha dado.

Pero, por si la divina providencia tiene a bien hacerte llegar mi diario, aunque sea entre los restos de nuestro más que posible naufragio, comenzaré por los sucesos hermosos, que también han acontecido.

Fernando, hemos encontrado las islas Salomón. Si las vieras... ¡Ay! Las lágrimas invaden mis ojos y forman lagunas bajo mis párpados. Si las vieras... Son tan hermosas como el paraíso terrenal. Las aguas a su alrededor brillan como si miles de luceros habitasen las profundidades, tiñendo la marea de añil y turquesa, y los arrecifes forman maravillosas alfombras llenas de vida cuando baja la marea.

Nos encontramos frente a una isla grande, más que las que vimos en las Marquesas. No es tan alta, sin embargo, pero está muy arbolada. Las playas son de arena fina, o al menos las que hemos visto desde la nao, pues aún no hemos hallado puerto donde fondear e iniciar nuestro desembarco.

Álvaro afirma que esta isla pertenece a las Salomón. Está más lejos de lo que las cartas de navegación que hizo Pedro Sarmiento de Gamboa indicaban, pero, a estas alturas, ya nadie se fía del cosmógrafo de la primera expedición. En realidad, llegados a este punto, ya nadie se fía de nada ni de nadie.

La ha llamado isla de Santa Cruz, pues esta no la había descubierto en su primer viaje. Hace dos días, tras pasar una tempestad horrible, la mañana nos trajo la visión de la isla. No sé describir lo que sentí al salir a cubierta y admirar lo que tantas veces había soñado. Espero que alguna vez tengas la ocasión de gozar de una emoción similar, de ver tus sueños convertidos en realidad... Lo deseo con toda mi alma, Fernando.

Pero desde entonces las malas noticias se han sucedido. Aquella misma mañana, Dios nos otorgó la tierra de la hipótesis de mi marido, pero nos arrebató un trozo de nuestro cuerpo, una parte de nuestra flota: el galeón Santa Isabel ha desaparecido. El capitán Quirós no confía demasiado en que lo encontremos, pues sospecha que el almirante Lope de Vega se ha dado a la fuga. Creo... creo que en parte es culpa mía. El día anterior a la tempestad le negué agua y leña, más como castigo por su escasa previsión y su absoluto descontrol de los recursos que con la intención de matarlos de sed. Pero no negaré que esto último fue lo que pareció. En cualquier caso, y tú lo sabes tan bien como yo, si es cierto que ha huido lo ha hecho contraviniendo las órdenes del adelantado y, por lo tanto, del rey. Sería deserción y traición.

No lamentaré la desaparición del almirante, un hombre despreciable como pocos hay sobre este extraño mundo. Quien sí lo llora es mi hermana. A lágrima tendida, sin descanso. Lleva dos días con una letanía ensordecedora que reduce el ya de por sí escaso entusiasmo de la tripulación. Por suerte para todos, mi hermana aún es incapaz de vencer al sueño, y las pocas horas en las que permanece dormida son las únicas de tranquilidad de las que gozamos los demás... O lo serían, si no hubiese otros muchos peligros a los que hacer frente.

Porque créeme, amor mío, cuando te digo que, en dos días, hasta tres veces he creído estar rendida a la muerte.

El día de nuestro descubrimiento, la felicidad que nos causó a todos avistar tierra estuvo a punto de salirnos muy cara. Al acercarnos a la isla de Santa Cruz, tanto nuestra nave capitana como la galeota, pues Álvaro había enviado a la fragata de Alonso de Leyva a bojear un volcán que no distaba ni diez leguas, por si encontraba a la Santa Isabel al abrigo de aquel cerro, todos los que estábamos en cubierta nos entregamos a los designios de Dios por indicación del adelantado y el vicario. Habíamos llegado a nuestro destino, pero la Santa Isabel, maldita en Cherrepe por aquel sacerdote de desastroso recuerdo, había desaparecido, y no sabíamos a qué otros peligros nos enfrentaríamos. Pronto lo averiguaríamos.

Tras encomendar nuestras almas al Señor, por si aquello saliera mal, nos pusimos a buscar un puerto, pero cerca de la costa, de un riachuelo que descendía entre la jungla, surgió una flotilla de canoas comandada por una barca más grande que hasta tenía una vela. Puedes imaginar nuestra sorpresa al ver aquel pequeño batel, un signo de civilización mucho mayor que los que vimos en las Marquesas.

Aquello, unido a que los nativos de Santa Cruz tienen la piel oscura, como los recordaba Álvaro, sirvió para convencernos a todos de que al fin habíamos llegado a las Salomón. Por desgracia, la vela de su barca no era el único signo de civilización, también sus armas son más poderosas que las de los indios de la Magdalena o Santa Cristina.

Las canoas, cincuenta o sesenta, nos rodearon. Un anciano cano y delgado comenzó a hablar en un idioma desconocido para Álvaro, que intentó comunicarse fútilmente con él a través de las palabras que aprendió hace veintisiete años. El anciano no dejaba de gritar y hacer aspavientos, y los demás indios, todos ellos hombres, se agitaban en las canoas. Al cabo de unos minutos tomaron los arcos que portaban en sus embarcaciones y cargaron flechas apuntándonos, aunque dudaron en un primer momento si disparar.

Huelga decir que Pedro Merino de Manrique se relamía ante una nueva oportunidad de masacrar almas descarriadas, como las llama cuando no está lo bastante borracho. Los arcabuceros apuntaban a los nativos, que parecían mucho menos amistosos que los que habíamos conocido con anterioridad. De pronto, el anciano dio orden de ataque, o eso supusimos, y los indígenas descargaron sus flechas sobre nuestros barcos, hiriendo las velas, los palos y el casco, poco más. Álvaro dio orden de ataque y los arcabuceros dispararon, sembrando el mar de cadáveres.

No me gusta que nuestra expedición se haya convertido en una comitiva militar, y aún menos me gusta ese Pedro Merino, pero entiendo la orden de Álvaro de arcabucearlos. No era una flotilla de bienvenida que trajera cocos y plátanos, como sucedió en Santa Cristina, aquella era la armada de los nativos de Santa Cruz.

Tenían pintada la cara de tres colores, carmín, azul y amarillo; cubrían sus miembros con telas blondas, más oscuras que el tono de su piel, y llevaban los brazos enredados en ramas de bejuco. Las flechas tenían punta de hueso labrado, afilado como un cuchillo toledano, y Diego Sánchez Coello (más adelante te explicaré), concluyó que estaban envenenadas con algunas hierbas tras analizar las que habían caído en cubierta.

Por suerte, no mataron ni hirieron a nadie. Pero la suerte no siempre va a estar de nuestro lado.

Si bien es cierto que estos indígenas son más fieros que los que pudimos conocer en las Marquesas, temen el sonido de los arcabuces de igual modo, y mueren de la misma forma cuando son acañoneados.

Lanzaron también piedras con hondas y algunas lanzas de madera con punta arponada. Agitaban macanas de palo desde las canoas como si fueran espadas, creyendo que de ese modo nos amedrentarían. Este pueblo es guerrero, Fernando, no nos cabe duda a ninguno, y podrían habernos hecho mucho daño de habernos emboscado o atacado al albur de la noche.

Arcabuceados, emprendieron la huida bogando sus canoas con presteza. Pedro Merino se lanzó en su persecución con cuatro soldados, disparando tan rápido como eran capaces de recargar y abatiendo a cuantos enemigos pudieron. Los que alcanzaron la playa con vida corrieron despavoridos hacia el interior de la jungla.

Sigo creyendo que poco pueden hacer estos indios contra tres naves de la marina española, organizadas, armadas y con hombres acostumbrados a la sangre. Sin embargo, temo lo que puedan hacernos en tierra, en esa selva espesa que ellos a buen seguro conocen a la perfección.

El coronel reembarcó y nos pusimos en marcha, en busca de un puerto donde atracar. A media tarde la fragata nos alcanzó. Seguía sin noticias de la nao almiranta, lo que surtió un profundo dolor en la tripulación y, sobre todo, en mi marido, que se siente tan responsable de su desaparición como yo.

Muchos soldados y marineros lamentan esa pérdida, pues tenían amigos y conocidos allí. El soldado Tomás de Ampuero perdía a su esposa, que viajaba con el almirante Lope de Vega, pero no fue capaz de llorar. Jamás he visto tanta rabia en un rostro, Fernando, una rabia que anulaba todo signo de humanidad. Sé que él, como tantos otros, me culpan especialmente a mí, y aún por encima a Álvaro, como general que se deja manipular por su esposa.

El silencio se extendió esa tarde por las tres naves, hasta dar con una pequeña bahía al abrigo del viento sudeste. Echamos el ancla para descansar, con la esperanza de encontrar al día siguiente, es decir, ayer mismo, un lugar óptimo. Desde las naos veíamos la playa llena de indígenas que cantaban sones de guerra, agitaban sus armas y nos amenazaban por señas.

Cuando el sol se puso se internaron en la selva, pero aquella melodía infernal que entonaban con sus guturales voces no cesó ni un instante.

Y aquí fue donde volví a ver la muerte bien de cerca. Con la subida de la marea, nuestra ancla desbarró y la capitana garró por la bahía. La oscuridad impedía ver los arrecifes y las rocas, lo que nos ponía en una situación de peligro alarmante.

Se necesitaron muchos y duros trabajos, pero los soldados no quisieron salir de la bodega ni aun cuando Álvaro los llamó a voces para cumplir con los designios del rey y nuestro Señor. Eso también es traición, Fernando. Y se entiende aún menos cuando estaban en juego sus propias vidas, pero esos zoquetes prefieren morir y culpar a los hombres de mar que trabajar junto a ellos, codo con codo, y salvar sus vidas.

Créeme cuando te digo que Pedro Fernández de Quirós tiene muchos defectos. No es un hombre ideal, es desconfiado, oscuro y taciturno. No lo he visto sonreír desde que lo conozco y siempre parece tener segundas intenciones en todo lo que hace. Pero es un verdadero capitán, nuestro piloto mayor, hábil y eficaz. En plena oscuridad, yendo marcha atrás y con el ancla perdida, logró sacarnos de la bahía.

Ayer, Álvaro fue a la galeota del capitán Felipe Corzo para buscar puerto y pasó todo el día circundando la isla en su busca. Halló uno pequeño e inservible al noroeste del volcán donde creímos perder a la almiranta. Cuando la noche se nos echó encima, regresamos a la bahía y nos quedamos en una punta al abrigo de los vientos y la marea.

Pedro Merino de Manrique saltó a tierra en el batel con algunos de sus muchachos armados, pues la necesidad de leña comienza a ser preocupante. Conozco bien sus artes, a buen seguro que poco le importaba la leña y solo buscaba el poblado de los indios que nos habían atacado para conquistarlo a sangre y fuego. No dudo de que siempre haya sido así, pero desde que le robaron su perrita en las Marquesas está sediento de venganza contra todo y contra todos.

Hallaron el poblado... O, al menos, un poblado, pues nos es imposible distinguir unos indios de otros. Lo cercaron, pero los nativos contestaron con sus afiladas flechas, enfrentándose incluso cuerpo a cuerpo con esas macanas de madera pesada. Su ímpetu, según narran los soldados, es incomparable, tanto que nuestros hombres tuvieron que refugiarse en una casa del poblado y lanzar arcabuzazos a diestra y siniestra. Álvaro, al escuchar los disparos, ordenó lanzar algunos versos desde la San Jerónimo que, al parecer, sirvieron para asustar a los indígenas y que el coronel pudiera regresar a la nave con sus hombres.

Pasamos la noche sin detenernos, bojeando la isla y escuchando aquellos cánticos hediondos que no anuncian más que muerte.

Esta mañana, Álvaro ha encontrado una bahía con quince brazas de fondo de lama; la playa nos queda cerca y se observa un poblado en las inmediaciones, junto a un riachuelo que nos anuncia agua fresca. Por la tarde se han acercado algunos nativos en canoas, pero no llevaban el rostro pintado ni las ramas de bejuco en los brazos. Si portaban armas, no las han mostrado, y sus palabras parecían tranquilas y de afecto.

Nos han traído ramas de arbustos florales y algunos cocos. Los soldados, esta vez sí, han desperezado sus pertrechos y han salido a cubierta con sus arcabuces cargados, pero Álvaro, al ver el carácter amistoso de estos hombres, los ha recibido con amistad y ha pedido que suban a algunos de ellos a la cubierta.

Todos traían flores rojas en el cabello y alrededor de la nariz. Ahora que los he visto de cerca, sí puedo corroborar que son muy diferentes a los que conocimos en Santa Cruz, su piel más oscura, sus ojos más rasgados y sus cabellos también negros, aunque muchos los tiñen de rubio con barros y hierbas que se les quedan pegados formando mechones.

Entre los que han tomado la cubierta había uno mayor que los otros, con plumas de ave en la cabeza a modo de tocado. Por medio de señas ha querido saber quién era nuestra «cabeza», y Álvaro ha dejado a toda la tripulación boquiabierta por la facilidad con la que se ha comunicado con él.

El nativo ha dicho que se llamaba Malope, y ha intercambiado su nombre con el de mi marido, por lo que ahora el adelantado es Malope y el cacique de los indios (*Jauriqui*, dice él), es Mendaña.

Es este Malope un hombre particular, amistoso y afable. Los indígenas lo respetan, diría que lo veneran; les ha ordenado traernos agua y comida y nos ha invitado a visitar su poblado, sobre todo cuando Álvaro le ha dado una camisa y los soldados le han entregado algunas de las cosas que hemos traído para intercambiar con los nativos: espejos, tijeras, cascabeles, cuentas de vidrio, naipes, pedacitos de tafetán y algodón... Es admirable la ingenuidad con la que miran todo obsequio, por pequeño que sea, como si fuese una mina de oro. Hay lugares donde la riqueza no se mide en lingotes.

Cuando los soldados les indicaron cómo funcionaban las tijeras comenzaron a dar saltos de júbilo, como si alguien les hubiera descubierto el fuego o la rueda. Se cortaron las uñas y el cabello en la misma cubierta, abrazándose y danzando de pura felicidad.

Como los que nos encontramos en Santa Cristina (algún día espero poder contarte la historia completa), se extrañaban por los ropajes de los soldados, pero nuestros hombres, ya conocedores de aquella curiosidad, se abrieron los jubones y bajaron las calzas.

Malope se ha marchado hace dos horas, prometiendo volver cuando salga el sol de nuevo... Y esperemos que así sea, Fernando, que vuelva a salir el sol para todos nosotros.

Es ya medianoche, te escribo desde mi dormitorio, donde he encontrado cierta calma y alivio que me eran tan necesarios. Poco después de que el cacique abandonara la capitana, el volcán ha rugido como si las fraguas del infierno hubieran explotado, haciendo saltar toneladas de fuego y lava en todas direcciones. Ha sido tal su fuerza que la San Jerónimo, con sus trescientas toneladas, anclada en puerto y bajo la protección de la bahía, se ha agitado como en la peor de las tempestades.

Miro a través de la terraza de mi dormitorio y veo el volcán escupiendo fuego como un dragón de siete cabezas. Ha iluminado la oscuridad, vertiendo un vómito de humo que debe estar llegando a las superficies cóncavas

del cielo. Temo por mi vida, Fernando, temo por mi vida y por la de todos...
Pero es un espectáculo tan bello, tan hermoso, tan abrumador, que ojalá
puedas ver algo similar alguna vez en tu vida, al amparo de la protección de
la distancia.

Aún las aguas están agitadas y se siente la isla temblar. Espero, de verdad, Fernando, que haya un mañana para todos nosotros, un mañana en el
que pueda volver a escribirte y contarte lo que está sucediendo en esta
extraña aventura.

Siento emociones muy encontradas; al miedo a una muerte próxima se
une una excitación que jamás había recorrido mis venas, un frenesí que
me hace estar alerta, pero también me permite disfrutar de todo lo nuevo
que sucede a nuestro alrededor. Sé que hemos tenido grandes pérdidas, que
las vidas de la tripulación de la Santa Isabel, pese a las sospechas de fuga
del capitán, pesarán siempre sobre mi conciencia, pero no puedo dejar de
admirar desde la terraza las maravillas con las que este extraño mundo
aún es capaz de sorprendernos.

No quisiera acabar esta carta, porque no es más que eso, una carta que
jamás sabré si te alcanzará, sin contarte otro hecho extraordinario que ha
acontecido durante el viaje. Antes te comenté que Diego Sánchez Coello, el
peculiar asesor del rey Felipe que se embarcó en El Callao con nosotros,
analizó las flechas de los nativos y dedujo que estaban impregnadas con
algún veneno. Me salvó la vida, Fernando. Si él sobrevive a esta travesía, de
lo que no me cabe duda, porque es hombre de recursos, y yo perezco, deberás agradecerle que lo hiciera.

Fue hace ya algunas semanas, mientras cenábamos el capitán, él y yo
(también te contaré, si tengo ocasión, por qué tan extraña y escasa compañía). Iba a tragar un trozo de tarta cuando me la arrebató casi de los labios.
Estaba envenenada. No sabemos a quién de los tres querían matar, pero al
presunto asesino no le importaba llevársenos por delante a los tres. Desde
entonces estamos alerta, aunque no lo hemos hablado con nadie por temor
a poner sobre aviso al culpable y no poder identificarlo.

Sean cuales sean las razones que tenga, no se habrán disipado, por lo
que volverá a intentarlo. Sánchez Coello sospecha que es a él a quien quieren matar, aunque yo no lo tengo aún claro. El odio creciente hacia mi esposo y, sobre todo, hacia mí, puede llevar al menos pensado a cometer un acto
de tal atrocidad.

Sánchez Coello es un hombre extraño. Hace poco nos informó a mí y al
capitán de que su labor en la expedición no es la mera observación, como se
empeña en aclarar a todo aquel que cuestiona su falta de apoyo cuando le

conviene. No quiere revelar cuál es su misión, aunque afirma que es más importante que la colonización de las Salomón. Pues bien, ya hemos llegado a nuestro destino. Espero poder contarte dentro de poco lo que ha venido a hacer, si es que alguna vez lo cuenta.

Si es cierto que estoy alerta por si intentan asesinarnos de nuevo, también lo es que miro siempre con un ojo a lo que hago y con otro a lo que él hace. No puedo fiarme de él... No puedo fiarme de nadie.

Y aquí lo dejo, mi amado Fernando. Contemplo aún la extraordinaria fuerza de la naturaleza que creó Dios. El volcán, que Malope llamó Tinakula, como si fuera alguna deidad de la isla, escupe su aliento ígneo con una fuerza inaudita. No dejo de pensar en el sacerdote que maldijo la Santa Isabel cuando se la robamos como si fuéramos piratas ingleses en Cherrepe. ¿Podría esa maldición extenderse a toda la expedición? No lo sé, Fernando, pero la visión de esa montaña vomitando lava me hace creer que hay fuerzas en este mundo que desconocemos, más aún cuando atravesamos hace muchas leguas los límites del mundo que alumbró nuestro Señor.

Aquí parece que son otras fuerzas las que actúan; el mismo cacique de los indígenas es venerado como si fuera la personificación de un dios.

Quiera nuestro Señor protegernos, y quiera que al coronel no lo invadan los demonios de nuevo y asesine a Malope como ha asesinado a tantos otros desde que partimos de El Callao. Siento algo dentro de mí que me señala a ese hombre como el que decidirá nuestro destino. Bastante mal fario llevamos encima, bastantes peligros afrontamos como para sumar un enemigo más.

Me despido aquí, mi querido Fernando, quién sabe si para siempre, a 9 de septiembre de 1595, admirando el fuego saltar por el aire y consumirse en las aguas del océano, como arde mi amor por ti en mis sueños nocturnos y se desvanece al chocar con la realidad de las alboradas.

21

En que se narran los problemas que los españoles encontraron para conquistar Santa Cruz

Isla de Santa Cruz, 13 de septiembre de 1595

Álvaro de Mendaña comenzó a sentirse indispuesto cuatro días después de recibir en la nave capitana a los indios de Santa Cruz. Isabel le daba friegas en la cabeza con toallas mojadas con agua del mar para enfriarle y calmar su dolor. La migraña que lo había atacado anulaba sus sentidos durante horas cada día, y la fiebre y los escalofríos que lo aquejaban lo mantenían postrado en la cama desde que el cacique nativo abandonaba la nave hasta el siguiente amanecer, pues cada jornada, puntualmente, lo visitaba en la San Jerónimo en cuanto salía el sol.

El adelantado le cogió mucho cariño a Malope, o Mendaña, como él se hacía llamar. No había despertado aún cuando escuchaba desde su dormitorio al nativo llamarlo a voces: «¡Malope!». Como si un sentido desconocido lo atendiera, el indígena no se fiaba de nadie más que no fuera don Álvaro, pues los marineros le hacían gestos para que subiera a cubierta y él esperaba a que el general lo saludara, con su jubón arrugado y su sombrero coronado por un penacho carmesí. Suponía un gran esfuerzo para Mendaña, en el estado en el que se encontraba, reunirse con su homólogo autóctono, pero era lo que había soñado durante más de un cuarto de siglo, y una enfermedad pasajera no le impediría cumplir con su deber.

Lo recibía afablemente, le mostraba el interior de la nao, le enseñaba las armas, los alimentos, los aparejos, la imagen de la Virgen de la Soledad, los instrumentos de navegación... Nadie entendía una sola palabra de lo que decía Malope, pero todos leían en su rostro que parecía estar contemplando una imagen del futuro, algo impensable, ignoto y misterioso.

Isabel asistía en la distancia a esas reuniones, observando perpleja la facilidad con la que su esposo se comunicaba con aquel anciano de faz amable y formas elegantes y educadas. Ella también contemplaba una imagen de lo desconocido, vislumbrando lo que a todas luces era impensable. La mayoría de la tripulación, a excepción de Diego Sánchez Coello, tenía puestas todas sus expectativas en encontrar oro y perlas, ignorando lo grandioso que había en el encuentro de aquellas dos civilizaciones y lo mucho que se podía aprender de aquellos indígenas que vivían de una forma ten diferente.

La adelantada salía a cubierta y escuchaba las palabras de Malope sin quitar nunca un ojo del volcán, que aún escupía humo y hacía temblar la isla de vez en cuando, aunque, por suerte para todos, había dejado de vomitar aquel fuego espeso y oscuro.

Había observado que Malope llevaba un collar de hilo grueso en el que había engarzado algunos de los objetos que Mendaña le regaló el primer día: un naipe, un trozo de tafetán y un cascabel que resonaba al hacer aspavientos de sorpresa y curiosidad cada vez que descubría algo nuevo. Pero, además, también llevaba perlas brillantes en su cuello, algo que no le habría pasado desapercibido a casi nadie.

Cuando llegaba la hora de la comida, Malope siempre cerraba los ojos e inspiraba como si los dioses hubieran derramado ambrosía sobre nuestras naves. Era su forma de pedir permiso para quedarse a comer, algo que Álvaro había aprendido a conceder sin apenas esfuerzo. Era fácil entenderse con quien quería ser entendido.

El cacique probó la carne en salazón, el tocino y la cecina, así como los bizcochos de almendras y los guisos de calabaza que el cocinero elaboraba con gran maestría.

Malope no viajaba solo hasta la San Jerónimo; lo acompañaban decenas de indios en sus canoas que solían transportar cocos y plátanos con que corresponder a las dádivas de los conquistadores.

Después de comer, el cacique se despedía con gestos de agradecimiento hacia el adelantado y los marineros. Era entonces cuando el general se venía abajo. Le costaba mantener los ojos abiertos, comenzaba a sudar profusamente y le temblaban las piernas y los brazos. Isabel y su hermano Lorenzo lo ayudaban a regresar a su cama, donde se debatía entre estertores y convulsiones.

Se sentía terriblemente cansado. Ni las curas físicas de Juan Leal, un enfermero con conocimientos de cirugía, ni las espirituales del vicario, ni siquiera las espirituosas de Sánchez Coello, lo calmaban.

—¿Creéis que lo han podido envenenar? —le preguntó Isabel al pintor una noche sobre la cubierta.

Desde la isla les llegaba el sonido de los cánticos y de algún instrumento similar a un tambor; se veían fuegos distribuidos entre la jungla, como si los distintos poblados de Santa Cruz celebrasen la llegada de los españoles... O se preparasen para una inminente batalla.

—No lo creo —murmuró sin apartar la vista de los fuegos que se atisbaban en Santa Cruz—, y si es así, no ha sido con *cantarella*. Ya estaría muerto. Creo que, en este caso, sus síntomas responden a algún tipo de enfermedad tropical. Hay otros miembros de la tripulación que muestran fiebres parecidas y dolores de cabeza.

—Vos sois un hombre de mundo, ¿habéis visto algo similar? ¿Creéis que es grave?

Sánchez Coello murmuró algo ininteligible, después miró a la mujer y trató de buscar alguna expresión que pudiera tranquilizarla. No la encontró.

—He visto calenturas similares, sí. Pero las causas bien podrían ser muy distintas. Debéis comprender que estamos en tierras desconocidas para los europeos, aquí hay enfermedades que nuestros cuerpos no conocen, y a buen seguro que nosotros traemos enfermedades que apenas nos causan mal pero que podrían exterminar a los indígenas. Ya pasó con la conquista de las Indias de América, mi señora.

En efecto, aquello no la tranquilizó demasiado.

De pronto, comprendió lo delicada que era su situación; por muchos poderes que tratara de atribuirse, por mucho que hubiera sacrificado ella en aquella expedición, no dejaba de ser la mujer del general, la adelantada. Con el odio del maestro de campo ganado a pulso, la desconfianza evidente del capitán Quirós y las miradas ladinas de marineros y soldados, ¿qué sería de ella si a Álvaro le sucediese algo? Le quedarían sus hermanos, sí, pero Lorenzo, que había seducido a esposas de unos y otros y ostentaba su título de capitán militar sin condecoración alguna, no duraría ni dos oraciones sin el apoyo de su cuñado. Diego y Luis ni siquiera eran oficiales de alto rango.

El asesor del rey intentó dedicarle otro gesto de consideración con el mismo resultado. Era obvio que aquel hombre estaba esculpido con el cincel de la fortaleza, no con el de la empatía.

A la mañana siguiente, Malope acudió puntual a su cita, vociferando su propio nombre, con el que llamaba a Mendaña. El adelantado hizo el esfuerzo habitual para reunirse con el cacique, y hasta el mediodía todo discurrió de la manera habitual, entre mohines de sorpresa y agradecimiento por parte de ambos.

Pedro Merino de Manrique, por orden del general, salía con el batel a diario en busca de agua y algún lugar donde poder establecer un campamento, pero los soldados, y él mismo, se sentían hastiados ante tanta paz y comenzaban a impacientarse.

Un grumete cantaba las medias horas haciendo sonar una campana y girando un reloj de arena, dando gracias a Dios cada treinta minutos por concederles el don del bienestar. Cuando el sol se puso en lo más alto, el capitán Quirós caminó hasta la proa con sus instrumentos, como hacía a diario aunque llevasen surtos varias jornadas y no se hubiesen movido más por el empuje de las olas.

El aburrimiento reinaba en cubierta. Uno de los soldados aprovechó para limpiar su arcabuz, con tan mala suerte que se le disparó astillando parte de la obra muerta de estribor. Malope se levantó de un salto, mostrando una extraña agilidad para alguien de su edad, y comenzó a gritar y levantar los brazos. Los indígenas que aguardaban en las canoas se agitaron, comentando entre ellos algo que nadie podía comprender.

Tomaron algunos arcos y lanzas que portaban en la cubierta de sus barcas, pero no apuntaron a la San Jerónimo ni a ningún otro sitio. El cacique, asustado, se lanzó al agua y embarcó en una canoa. Todos regresaron a la playa, donde se reunieron con otros indígenas que habían ido a ver qué sucedía.

Isabel sintió que algo se pudría en su alma al ver al cacique huir de la San Jerónimo; algo le decía que aquel hombre tendría una incidencia definitiva sobre las vidas de todos los expedicionarios. Sin embargo, enseguida su atención se trasladó a su marido, quien no había sido capaz de retener a su nuevo amigo y se hallaba caído sobre el combés sin fuerzas para caminar. Ella fue la primera en verlo y se acercó corriendo, levantando su cabeza con delicadeza.

—¡Por los Santos Apóstoles, estás hirviendo! —Los marineros se arremolinaban en torno a los dos, sin decir nada—. ¡Señor Marín! ¡Señor Marín! —llamó al contramaestre, que bajó a la carrera del puente de mando—. Ayudadme a llevarlo a su habitación.

Marcos Marín señaló a dos marineros para que tomaran en volandas al adelantado. Se miraron entre ellos, sabiendo que no podían rechazar una orden, pero temerosos de que lo que fuera que atacara al general pudiera contagiarse.

Mendaña pasó la tarde inconsciente, aunque Isabel le pidió al contramaestre que comunicara a la tripulación que se encontraba en perfecto estado para que no se extendiese el nerviosismo.

En tierra, los indígenas vaciaron las casas del poblado de Malope y se trasladaron a un cerro que ascendía a la parte más alta de la isla. Por la noche se encendieron de nuevo los fuegos y regresaron los cánticos, que ya no parecían tan amistosos y animados como en las anteriores veladas.

La noche dio paso al día, y de la galeota capitaneada por Felipe Corzo salió un batel con algunos marineros y soldados para hacer aguada en un riachuelo cercano al puerto. Los marineros llenaban las tinajas al ritmo de una vieja canción asturiana, mirando de reojo al interior de la jungla por si los nativos anduvieran cerca.

No los vieron llegar, pero sus precauciones eran acertadas. Con la piel pintada de un tinte verdeazulado, se habían escondido entre los arbustos y los árboles bajos. Antes de que pudieran terminar de llenar sus tinajas, tres marineros fueron asaetados. Los demás huyeron arrastrando las vasijas hasta el batel, donde los soldados apuntaban con sus arcabuces a la espesura. Algunos gritos anunciaron el ataque inminente, y varios indígenas cayeron abatidos ante el poder de la pólvora española. Los demás corrieron hacia el cerro.

Los soldados, embriagados por el olor de la sangre, se adentraron en la selva hasta dar con un poblado vacío. Prendieron fuego a las casas y se llevaron algunos puercos que, ajenos a la batalla, deambulaban en una especie de corral. En la playa incendiaron las canoas de los indios y regresaron a la galeota.

Los disparos despertaron al adelantado, que desde el desafortunado incidente del día anterior con Malope había permanecido inconsciente. Informado de lo ocurrido, ordenó a su cuñado, el capitán Lorenzo Barreto, que fuese con la fragata de Alonso de Leyva a rodear la isla por si había noticias de la almiranta. Después recibió al maese de campo en su propio dormitorio, junto a Isabel, que no se despegaba de él ni un centímetro.

—Señor de Manrique —lo saludó con voz quebrada.

—Mi general, ¿cómo os encontráis?

—Bien, bien... La fiebre remite, y ese maldito dolor de cabeza creo que se desvanece como un terrón de azúcar en un mar picado.

—Celebro escucharlo, mi señor.

Con la ayuda de su esposa, se acomodó en la cama, incorporándose un poco.

—He sido informado de lo sucedido en tierra esta mañana con los hombres de la galeota.

—Esos indios donilleros... Disculpad mi vocabulario, mi señora.

—Me hago cargo, coronel —contestó ella con dureza.

—Quiero que toméis cuarenta hombres y vayáis esta noche a la isla. Tengo entendido que los nativos se refugian al amparo de la espesura en un cerro...

—¿Estáis seguro, mi señor? —Le preguntaba a Mendaña, pero miraba a Isabel.

—No le pidáis permiso a ella, la orden es mía. —Hizo una mueca de dolor—. Además, ha sido idea suya —terminó por conceder.

—Señor de Manrique —habló entonces Isabel—, sabéis que no me gusta la guerra y que, como mi marido, respeto a los indígenas. Pero es evidente que no son tan pacíficos como los de las islas Marquesas. Es necesario un escarmiento.

—Querréis decir una masacre.

—No, coronel, quiero decir un escarmiento. Que vean el poder de nuestras armas, la valentía del soldado español y la bravura de nuestras huestes. No os pedimos un genocidio, solo que espantéis a esos salvajes. Unas cuantas muertes ahora puede que salven muchas vidas después.

Se sintió sucia al pronunciar aquellas palabras, pero las sentía ciertas. No podía permitir que la autoridad de su esposo, ahora postrado en una cama, se viera violada por los ataques de los habitantes de Santa Cruz. Si soldados y marineros veían a sus compañeros abatidos cada vez que fueran a por agua o alimentos y ellos no hacían nada, perderían la fe en su mando.

—Sé por experiencia que estas cosas acaban mal, mi señora. Vos nunca habéis entrado en batalla. Si sorprendemos a los indios en plena noche, tendremos que matarlos. Serán ellos o nosotros.

—Si vuestra intención es hacerme elegir entre soldados del Perú e indios de esta isla perdida, podéis estar seguro de mi elección. Id y haced lo que tengáis que hacer.

—Sí, mi señora. —Hizo una breve reverencia, sonriendo victorioso—. General. —Le dedicó a él también una reverencia.

Isabel sabía que todo en la vida tenía un precio, y lo que acababa de pagar en ese mismo momento a cambio de que nadie dudase de la buena voluntad de su marido excedía con creces cualquier gasto anterior invertido en aquella aventura, incluso los que la habían llevado a vender su casa y sus joyas.

La mirada triunfal de Pedro Merino le provocó náuseas. *¿Cómo ha podido salir todo tan mal como para que ahora estemos en manos de este bellaco de la cáscara más amarga?*

Pero no había alternativa. Habían llegado a las islas Salomón en una situación precaria, con la lealtad de soldados y marineros en entredicho, con amenazas de motín, un volcán en erupción, la pérdida de la Santa Isabel y las matanzas de nativos en Santa Cristina. No podían permitirse un traspié más.

Siguiendo las órdenes del general, Pedro Merino de Manrique se puso en marcha pasada la medianoche, cuando las aguas de la bahía estaban más calmadas y la oscuridad los protegía.

Se introdujeron en la jungla con algunos pequeños candiles, las armas cargadas y las espadas afiladas. Todos iban en silencio, sabiendo muy bien cuál era su misión, deseosos incluso de cumplir con ella. Tomás de Ampuero, Toribio de Bedeterra y el alférez Juan de Buitrago abrían la comitiva, sorteando el denso ramaje de la selva.

A la mitad del cerro escucharon algunas voces y apagaron sus lámparas. Pocos metros más adelante había un pequeño poblado con algunas casas similares a las que ya habían visto junto a la playa. Algunos nativos hablaban en el interior de una de aquellas construcciones.

Por medio de señas, el coronel les indicó que rodearan en silencio el poblado y prendieran fuego a las casas. Así lo hicieron. A los pocos minutos, el fuego hacía arder los tejados de ramas y las estructuras de caña, y siete indios salían con sus arcos y macanas en las manos, mirando a todas partes.

—¡A por ellos, mis muchachos! ¡Por Santiago! —gritó Pedro Merino.

Los arcabuces rasgaron la noche con fuertes fogonazos. Dos indígenas cayeron muertos de inmediato, pero los otros cinco cargaron sus arcos y dispararon una, dos y hasta tres veces. Pronto la batalla fue cuerpo a cuerpo, descargando los españoles sus espadas sobre los palos de los pobladores de Santa Cruz, una lucha desigual a todas luces.

Cuatro más murieron en cuestión de segundos. El que quedaba trató de huir a la carrera, pero un disparo certero de Toribio de Bedeterra por la espalda lo abatió.

De vuelta a la playa, los soldados incendiaron otro poblado vacío que encontraron, y el fuego consumió también algunas otras canoas que los indígenas habían dejado junto a la arena. Isabel y el adelantado Mendaña pudieron ver los fuegos desde las terrazas de sus dormitorios. Ella pensó que debería sentir satisfacción, pues se había hecho lo que debía hacerse, pero no dejaba de percibir una culpabilidad creciente en su interior.

El coronel embarcó cuando el sol ya nacía, y dio cuenta al general en su habitación de lo acontecido antes de marcharse a descansar.

Por la tarde, de nuevo se escucharon los gritos del cacique nativo llamando al adelantado por el nombre que habían intercambiado. Álvaro e Isabel salieron de sus habitaciones y vieron al hombre en la playa, haciendo aspavientos. Se golpeaba el pecho y gritaba: «¡Mendaña! ¡Mendaña! ¡Amigo!». Después comenzó a hacer señas hacia el otro lado de la bahía, apuntando con su arco descargado.

Los españoles lo observaban todo desde las cubiertas de la galeota y la capitana, preguntándose qué le sucedía al cacique.

—¿Qué creéis que quiere decirnos? —preguntó el capitán Quirós.

—Mi general —intercedió el coronel—, si lo ordenáis, puedo tomar el batel y algunos hombres y...

Isabel lo prendió con la mirada.

—Creo que nos está diciendo que quienes nos atacaron son también enemigos suyos, de algún asentamiento de aquella parte de la bahía. —Señaló hacia el mismo lugar al que apuntaba Malope con su arco—. Sospecho que nos propone atacarlos conjuntamente.

—Paparruchas, mi señor —interrumpió Merino de Manrique—. Ese indio es tan culpable de las muertes de nuestros hombres como todos los demás. Bien haríamos en matarlos a todos y tomar la isla en nombre del rey.

—Su Majestad nos envió para evangelizar sus almas, no para condenarlas al infierno —se quejó el vicario, persignándose.

Mendaña, que aquel día se sentía algo mejor de sus dolencias, le hizo gestos a Malope para que viniera a la San Jerónimo, pero él continuó con su verborrea ininteligible, apuntando con su arco a otra playa cercana. Cuando se cansó, regresó al interior de la jungla.

Fue el 21 de septiembre, una jornada después del encuentro con Malope desde la isla, cuando regresó el capitán Lorenzo Barreto con la fragata. Tomó un batel para reportar al adelantado las nuevas noticias. Mendaña parecía recuperarse de la enfermedad. La fiebre bajaba y el dolor de cabeza ya le permitía pensar.

—Mi señor —saludó el hermano de Isabel.

—Capitán Barreto, ¿alguna noticia de la almiranta?

Lorenzo agachó la mirada.

—Lamentablemente no, mi general. Hemos bojeado la isla de Santa Cruz y el volcán, pero no hay ni rastro de ella. Si hubiera naufragado habríamos hallado restos en alguna playa, pero no ha sido así. El capitán Corzo opina que se desvió en la tempestad.

—Quiera Dios que así sea —contestó Isabel.

—Sin embargo, hemos descubierto algunas islas más al norte de esta. Son más pequeñas, así que decidimos rodearlas. Tampoco allí encontramos nada.

Mendaña, sentado en una silla en la sala de cartografía, también bajó la mirada.

—Esperemos que hayan llegado a algún puerto, puede que a la isla de San Cristóbal. Cuando reparemos las embarcaciones exploraremos más al norte aún, por si diéramos con ellos.

Quirós, también presente en la reunión, carraspeó desaprobando la idea, sabedor de que las naos necesitaban reparaciones demasiado profundas como para que aquello pudiera acontecer en un corto espacio de tiempo.

—De vuelta a esta posición hemos encontrado un puerto más

amable en esta misma bahía, a media legua. El capitán Corzo opina que allí podremos fondear con mayor seguridad; además, hay un peñasco, un islote cubierto de hierba que parece fértil y poco poblado.

Mendaña miró a Quirós.

—¿Qué opináis?

—No será difícil que sea mejor que este puerto.

—Está bien. Dad orden de levar anclas, nos trasladaremos a ese puerto de manera inmediata.

Felipe Corzo tenía razón. El nuevo puerto estaba mucho más abrigado y el fondo cumplía más de quince brazas. Las naves anclaron sin problemas, teniendo cerca aquel islote que pronto pasarían a llamar «el Huerto de Mendaña», pues era rico en frutas y hortalizas.

Sin embargo, con el cambio de posición quedaron mucho más cerca de la playa que había señalado Malope como el hogar de sus enemigos comunes. Y no le faltaba razón. Al anochecer salieron decenas de indígenas de la selva y, en la playa, comenzaron a dar voces y hacer gestos. Gritaban «amigo» repetidas veces a modo de burla y simulaban perseguirse y revolverse en el suelo.

El coronel estaba inquieto sobre la cubierta, esperando la orden de lanzarse al agua y arcabucear a aquellos nativos, pero el adelantado decidió dejarlo pasar.

—Ya se ha hecho demasiado daño, no son más que chiquillos jugando a ser hombres.

Algunos soldados se quedaron en la cubierta durante toda la noche, haciendo guardia con sus armas cargadas. También permaneció despierto el coronel, pero cuando ya el sol nacía, decidió irse a descansar.

Pocos minutos después, la playa se llenaba de indígenas. Diego Sánchez Coello dijo que habría al menos quinientos, todos ellos con los rostros pintados y bien armados. Comenzaron a lanzar piedras y flechas, pero no alcanzaban las naves. Frustrados por su incapacidad para siquiera molestar a la flota española, algunos se metieron en el agua hasta la cintura, otros nadaron y algunos incluso se hicieron con las boyas de las naos, llevándoselas a la playa.

—¡Estoy harto de estas memeces! —gritó el adelantado, que observaba junto a la tripulación lo que acontecía—. ¿Dónde está el coronel?

—Ha ido a descansar, mi general —contestó Tomás de Ampuero.

—¡Maldita sea! —murmuró entre dientes—. Capitán Barreto, embarcad quince hombres en el batel y dispersad la playa.

—Sí, mi señor.

—Pero no desembarquéis.

Cuando el batel se disponía a iniciar su travesía, el coronel de Manrique salía de su cabina. Se unió a los oficiales y sus soldados le pusieron al tanto de lo que pasaba.

—No debisteis enviar al capitán Barreto, no tiene experiencia —le dijo al adelantado.

Isabel se mordía la lengua.

—Es hombre de recursos, sabe lo que hace —replicó Mendaña sin mirar al maestro de campo.

Lorenzo había elegido a cinco arcabuceros y diez rodeleros que con sus escudos protegían a los remeros. Aun así, las flechas de punta de hueso se incrustaban en el casco de la nave y las rodelas, incluso atravesándolas. Dos remeros fueron asaetados, llenando la cubierta de sangre.

Los indígenas querían acercarse al batel echándose al agua desprotegidos, sin temor a lo que pudiera sucederles.

—¡Disparad! —ordenó Lorenzo cuando se acercaron lo suficiente.

Varias nubes de humo procedentes de las mechas precedieron a las detonaciones. Los soldados disparaban sus arcabuces con puntería certera, matando a varios enemigos. Los nativos se asustaron con el ruido de las armas, pero aún más con el efecto que causaban. Atemorizados, quisieron nadar hacia la playa, pero muchos otros cayeron.

La nave se acercó a tierra y los disparos se sucedieron. Los indios arrastraban a los heridos y a los muertos hacia el interior de la jungla, momento que aprovechó Lorenzo para desembarcar y seguir tras su presa.

—¡No! —gritó Mendaña, que había dado orden de lo contrario.

—¡Ese estúpido pone en peligro a mis hombres! —espetó el coronel.

—Ese estúpido ha dispersado la playa sin ninguna baja —explicó Isabel, que no podía aguantarse más. Al instante se arrepintió.

—A vuestro hermano le queda grande el rango de capitán, y de ser otro que no fuera él, se le formaría un consejo de guerra por desobedecer a su general.

Isabel lo miró con odio. Lo peor de todo era que no podía quitarle la razón. O quizá lo peor de todo fuera que no podía mantenerse callada ante tal afirmación.

—Si desobedecer órdenes en el fragor de la batalla concluyese en un consejo de guerra, vos estaríais sometido a juicio de forma continuada, señor de Manrique. Y ahora, tomad el batel de la galeota e id a proteger a vuestros hombres, desde el soldado raso hasta el capitán, que se baten el cobre por nuestra honra y nuestro rey mientras vos descansáis.

Todos se quedaron en silencio, expectantes. Muchos habían sido los enfrentamientos que habían tenido desde el inicio del viaje, pero aquella orden lanzada por una mujer sin el menor decoro suponía cruzar una línea muy peligrosa.

Pedro Merino le sostuvo la mirada a Isabel Barreto, que ardía de furia y rabia.

—Ya habéis oído a mi esposa, coronel. Id de inmediato a tierra.

El maestro de campo lo miró entonces a él.

—Si voy a tierra por orden de una mujer no esperéis que me vuelva a embarcar.

—No os embarquéis si no es de vuestro gusto, tanta paz llevéis como descanso dejáis. Pero como no cumpláis con esta orden de inmediato os encarcelaré en el lastre —gritó Isabel.

Merino de Manrique la miró, pasó junto a ella y escupió en el suelo al hacerlo.

Los marineros pidieron por señas el batel de la galeota y el coronel fue a la playa en compañía de veinte hombres, que de inmediato se adentraron en la jungla.

Cuando anocheció, aún no se habían escuchado disparos. A medianoche, el batel de la San Jerónimo regresó con el capitán Lorenzo y sus hombres.

—¿Qué ha sucedido? —le preguntó el general nada más subir a la nave.

—Seguimos a los indios hasta un poblado. Allí se dispersaron, huyendo hacia lo alto de la quebrada.

—¿Y en el poblado no había nadie? —quiso saber Mendaña.

—Estaba vacío. El coronel ha dicho que esta noche se quedaría allí por si los indios regresan. Nosotros hemos explorado la zona de la isla que da a esta playa, pero no hemos encontrado ni un alma.

—Bien hecho, capitán.

—Capitán Barreto —lo llamó su hermana cuando Lorenzo se disponía a entrar en al alcázar de popa para descansar en su dormitorio.

—¿Sí, Isabel?

—Teníais orden de no desembarcar. ¿Por qué lo hicisteis?

Lorenzo no comprendía bien lo que sucedía.

—¿Qué quieres decir?

—Primero de todo, habladme con el mismo respeto con el que lo hacen los demás. Segundo, explicadnos, si podéis, por qué desembarcasteis cuando el general os ordenó expresamente que tan solo dispersaseis la playa.

—De verdad, Isabel, necesito descansar, ha sido un día muy...

Su hermana se interpuso entre él y la puerta que daba a la sala de cartografía y lo abofeteó delante de toda la tripulación.

—Ahora mismo no soy vuestra hermana, soy la adelantada, como muchos me llaman, y os estoy exigiendo una explicación ante una muestra clara de insumisión.

Lorenzo se llevó la mano a la mejilla donde le había golpeado Isabel, más herido en su orgullo que físicamente.

—Los indios huían hacia el interior de la isla, cargando con los muertos y los heridos. Eran una presa fácil. Cada indio muerto es un indio menos que puede matar a uno de los nuestros. ¿Te vale esa explicación?

—¡Por supuesto que no me vale esa explicación! El coronel de Manrique ha propuesto formular un consejo de guerra contra vos por insubordinación y, en este caso y sin que sirva de precedente, estoy de acuerdo con él.

—Isabel, yo...

—Id a descansar, capitán Barreto —intercedió el adelantado—. Mañana hablaremos de todo esto con más calma. Y vosotros, muchachos, seguro que tenéis algo que hacer. Id a dormir los que no estéis de guardia y a trabajar los que aún tengáis que hacerlo.

Los hombres se dispersaron por la cubierta, algunos buscando sus pertrechos para echarse a dormir, otros para cubrir sus puestos de guardia, murmurando todos ellos, lamentando que una mujer se tomase aquellas licencias y diera órdenes como si los demás estuvieran obligados a obedecerla. Lorenzo también se marchó, dando un portazo, y el capitán Quirós subió a la toldilla junto a Sánchez Coello.

—Bonita forma de desacreditar a tu hermano, Isabel —le dijo Álvaro cuando ya nadie podía oírlo.

—Él mismo se ha desacreditado no cumpliendo tus órdenes, y yo lo hice enfrentándome a Pedro Merino para defenderlo —aún hablaba poseída por sus propios nervios

—Entiendo lo que has hecho; ahora todos saben que defiendes a los tuyos, pero que tratas a todos por igual sin importarte si son familia o no. Has obrado bien.

—No sé si he obrado bien o mal, Álvaro. No podemos dejar que ese coronel borracho haga lo que le venga en gana. Y tampoco que Lorenzo se tome la justicia por su mano. Deberías hacer algo, más allá de querer complacer a todos y no hacerlo con ninguno. Ni siquiera conmigo.

Isabel se dio la vuelta y entró en el alcázar dando un portazo, como había hecho su hermano.

22

En que se da cuenta de algunas rebeliones, traiciones y secretos

Bahía Graciosa (isla de Santa Cruz), 1 de octubre de 1595

—Don Diego, ¿tenéis un momento para que conversemos? —preguntó el capitán Quirós al asesor del rey.

Sánchez Coello miró a un lado y después al otro. Los soldados y los marineros abandonaban la iglesia que se había construido en el interior de la empalizada que hacía las veces de fuerte, cada uno sumido en sus propios pensamientos, mirándose entre ellos con abundante desconfianza.

—Acompañadme. —Lo tomó del brazo y lo llevó fuera del cuartel, remontando durante unos minutos el cerro por el que discurría el manantial de aguas copiosas que alimentaba al destacamento español en la isla.

Cuando el coronel de Manrique, furioso por verse obligado a seguir las órdenes de la adelantada, a quien consideraba una necia caprichosa e histérica, decidió quedarse en tierra y no regresar a la nao capitana, determinó que era preciso construir una empalizada junto al manantial donde los marineros hacían aguada.

Era poco más que un riachuelo con un caudal fresco y limpio, lo que, según él pensó, sería muy conveniente.

Lo cierto fue que a nadie agradó la ubicación del fuerte, ni siquiera a sus hombres. Santa Cruz estaba muy poblada, cada pocos metros dentro de la jungla se levantaba una aldea de unas veinte casas; los hogares los construían en torno a un mástil y sobre un basamento de piedra. Eran amplios y altos, tanto que tenían dos sobrados a los que alcanzaban por medio de escalas.

En el centro del pueblo de Malope había una casa más grande con tejado a dos aguas en la que habitaban los jóvenes que aún no se habían desposado, y otro edificio con paredes de madera decoradas con torpes relieves humanos que Diego Sánchez Coello había analizado con admiración.

Los soldados creían que debía existir alguna razón para que los nativos no hubieran construido un poblado junto a aquel manantial, y esa razón, que desconocían, les bastaba para colegir que ellos tampoco deberían levantar un fuerte en esa zona. El adelantado saltó a tierra al día siguiente, con una pierna hinchada y andar renqueante, y tuvo algunas palabras con el coronel, pues no estaba de acuerdo con la disposición de la empalizada en la zona baja de un cerro, lo que haría muy difícil su defensa. Pero los hombres del maese de campo talaban árboles y levantaban casas, ya no se podía cambiar la ubicación del cuartel.

Desde entonces, la situación se había enrarecido aún más. Algunos colonos abandonaron las naves y se unieron a los soldados en la construcción de casas donde se suponía que iba a estar su nuevo hogar, pero lo hicieron con desgana, temerosos en realidad de que los indios atacaran las naves sin la defensa del coronel y sus muchachos.

Todos se quejaban de que aquellas tierras, donde los indígenas cultivaban bledos colorados, verdolagas y calabazas, y donde la albahaca crecía salvaje y se criaban cerdos y gallinas en abundancia, eran un erial imposible de trabajar. Por quejarse, incluso decían que las cristalinas aguas del manantial estaban sucias.

Todas esas noticias le llegaban a diario al adelantado, que se había quedado junto a su esposa y los hombres de mar en la San Jerónimo, a la espera de que se erigiera una casa a la altura de su dignidad. Renegaba con la cabeza al escuchar semejantes sandeces, consciente de que se trataba de un intento de sabotaje instigado por los hombres de armas, con Pedro Merino de Manrique a la cabeza.

Ya algo repuesto de su enfermedad, aunque con dolores en las piernas que le dificultaban el paso, tomaba el batel cada mañana para visitar a los colonos y a los soldados, insuflarles ánimos y dar algunas órdenes que, por lo común, eran desobedecidas.

Lo acompañaban siempre sus cuñados y algunos militares fieles a los Barreto, todos ellos residentes en el cuartel, donde trataban de poner razón a los bulos que corrían de un lado a otro como el agua sobre la cubierta de un barco en plena tempestad.

También solía ir con él el vicario, Juan de la Espinosa, y su capellán. Más tarde visitaban la aldea de Malope, con quien el general había reanudado su amistad.

Los soldados no eran conscientes, o no querían serlo, pero si todos los días varios indios iban hasta el fuerte y les llevaban algunos cerdos, gallinas, cocos y plátanos, en una ofrenda amistosa de paz y concordia, era única y exclusivamente porque el cacique Malope se lo ordenaba, en agradecimiento por la compañía de Mendaña.

Don Álvaro estaba haciendo lo que había ido a hacer allí, y los sacerdotes, leales al rey y al Señor, lo acompañaban para también cumplir con su misión. Se había erigido una iglesia en el interior del cuartel, además de algunas cruces extramuros. Allí, en las puertas de la empalizada, el vicario enseñó a orar a algunos indios curiosos y les regaló una de aquellas cruces, que habían llevado en orgullosa procesión hasta su poblado.

Mientras tanto, el coronel hostigaba el ánimo de sus hombres poniendo en boca de Isabel Barreto palabras que no había dicho: «Hoy la marrana ha dicho que ojalá se pudran en este descampado los hombres de armas», dijo una mañana. «La zorra gallega se contonea por cubierta con solo un camisón para azuzar el ímpetu de los marineros, mientras nosotros languidecemos para defenderla y nos dejamos la piel y la sangre en la guerra», comentó una tarde. Y así a diario, exacerbando el odio de los hombres de armas, que cada vez tenían más claro quién era su verdadero enemigo.

—¿Habéis visto el papel que están firmando los soldados? —le preguntó Sánchez Coello al capitán cuando ya estuvieron lo bastante lejos del campamento como para que no los oyesen.

Quirós hizo un gesto de incomprensión. Él había ido allí a hablar de otro asunto.

—¿Qué papel?

—Pedro Merino los embauca con mentiras burdas, les dice que el general tiene planeado abandonarlos a su suerte en esta isla y regresar al Perú, y que vos mismo estáis de acuerdo.

El portugués frunció el ceño.

—¡Menuda estupidez! ¿Esos tarugos no saben que es imposible volver por donde hemos venido? Los vientos del Perú nos serían contrarios.

—Poco le importa la verdad a quien solo quiere creer mentiras.

—Habéis hablado de un papel, ¿a qué os referíais?

—Algunos soldados han dejado por escrito las demandas para el general y se pasan el papel de unos a otros, en secreto, para firmarlo.

—Sí, en verdad son estúpidos. ¿No saben que eso se considera motín y traición?

—Lo saben —contestó con gesto serio—. Por eso, antes de firmar hacen saber a sus nuevos secuaces que llegado el momento de un enfrentamiento deberán ponerse de parte del coronel.

A Quirós le demudó el rostro.

—Esto es muy grave, don Diego. Deberíamos...

—Ya lo he hecho. Ayer hablé con doña Isabel, y me consta que se lo ha hecho saber a su esposo. De igual modo, todos los caminos conducen a una sola solución: la sangre.

—Esta mañana, el adelantado me ha ordenado desmontar las velas de todas las naves y llevar los aparejos al puesto de guardia, en el campamento.

Sánchez Coello torció el gesto en una media sonrisa.

—Sería una buena idea para calmar las dudas de los soldados, si no estuvieran ya resueltos a levantarse en armas.

El capitán miró más allá de su compañero, perdiendo sus ojos en algún punto impreciso entre la arboleda.

—Esto es grave... Muy grave.

—¿De qué queríais hablarme?

—Creo que ya carece de importancia, dadas las circunstancias.

—Es sobre nuestro acuerdo, ¿verdad?

Quirós suspiró cansado.

—Dudo mucho que pueda obtener lo que vine a buscar, don Diego. Estas no son las islas que el adelantado visitó hace veintisiete años, de eso estoy seguro. Y sospecho que él también.

—¿Creéis que nos hallamos lejos?

—No lo sé. Las cartas de Pedro Sarmiento de Gamboa no valen más que un cuaderno pintarrajeado por un niño de seis años. Por lo que a mí respecta, estamos perdidos en algún lugar del poniente de los mares del Sur, quizá cerca de las Nuevas Hébridas, tal vez no muy lejos de las Salomón. En cualquier caso, las naves están en un estado paupérrimo, necesitan importantes reparaciones que no podemos hacer aquí. Los marineros han encontrado majagua con la que hacer cables, y hurtan todas las cuerdas que los nativos dejan al olvido, pero no podremos sustituir nuestros aparejos, y ni con todos los jubones de la tripulación tejeríamos unas velas provechosas.

—Lamento escucharlo, capitán Quirós.

—Sé que lo lamentáis. Y más lo lamento yo. Este viaje ha sido un fracaso.

—Puede que para vos lo haya sido, yo aún tengo una misión que cumplir —afirmó con determinación.

Pedro Fernández de Quirós lo miró en silencio, taciturno.

—No puedo aseguraros que sea posible el desembarco en esa isla que buscáis. Si tenemos la suerte de salvar la vida en la batalla que se avecina, y el adelantado da su brazo a torcer para abandonar esta isla, es posible que las naos no aguanten un viaje tan largo como el que nos espera.

—Estoy seguro de que lo lograremos, amigo mío.

Pasó por delante de él, dispuesto a marcharse, cuando Quirós le puso la mano sobre el hombro para detenerlo.

—¿Qué ha sido eso?

El portugués había escuchado un ruido a unos metros. Diego Sánchez Coello se llevó el dedo índice a los labios, pidiéndole silencio. Después avanzó con sigilo, procurando no pisar ramas secas ni hojarasca, hasta encontrar un pequeño claro donde un soldado se encontraba agachado sobre los restos de un cerdo.

Cantarella, dijo para sí mismo. Se mantuvo oculto tras el tronco de un cocotero observando al soldado, a quien no podía reconocer por estar acuclillado de espaldas a él. Vertía algo sobre las vísceras del animal, mirando cada pocos segundos a su derecha, donde quedaba el campamento.

Cuando hubo terminado, recogió su arcabuz, se levantó y caminó cerro abajo.

—Juan de Buitrago —murmuró entonces el pintor.

Don Diego regresó adonde había dejado al capitán dando largas zancadas.

—¿Qué era ese ruido? ¿Nos han descubierto?

—No, mi querido amigo. Nosotros hemos descubierto a un asesino.

Aquel mismo día, primero de octubre, el adelantado había ido al campamento a oír misa tras ordenar al capitán recoger las velas y los aparejos. Sentía un fuerte dolor en las piernas, pero aún era mayor el pesar que le causaba en el corazón la noticia que le había trasladado su esposa la noche anterior.

Lo recibieron sus cuñados en la playa para acompañarlo al cuartel, pero antes de llegar a la linde de la selva, aún sobre la arena, se encontró con Tomás de Ampuero y Toribio de Bedeterra, con sus espadas en la mano. No pudo reprimirse, ahogado en su propia ira.

—¿Sois vos los cabecillas de ese bando infame que contra mí recorre la empalizada?

Tomás de Ampuero lo miró con cinismo.

—Tomad, general. —Le entregó el papel—. Estas son nuestras demandas. Si os han dicho otra cosa esos pajaritos que cada jornada vuelan del campamento a la capitana, tenedlos por mentirosos.

Mendaña arrugó el papel y se lo lanzó a la cara.

—¡Gaznápiros, ganapanes y bellacos de mala nación! —bramó—. ¿Es que no sabéis que cuando firman más de tres soldados un bando de este tipo, sin contar con su superior, están cometiendo traición?

—No traicionamos a nadie —interpuso Toribio de Bedeterra—. El rey no nos envió para malgastar pólvora en esta isla abandonada de la mano de Dios. Él mismo nos llevaría a tierra si aquí estuviera.

Lorenzo Barreto echó mano a la empuñadura de su espada, y sus hermanos imitaron el gesto. El adelantado estaba desencajado, pero supo templar su furia.

—No es tiempo, muchachos. No es tiempo. —Respiró profundamente—. Aún.

Después de la misa, mientras el capitán Quirós y Diego Sánchez Coello salían de la empalizada por el lado que daba al manantial, Mendaña buscó al maestro de campo.

—Vuestra Señoría nos honra con su visita —lo recibió muy amablemente Pedro Merino, que ya había sido avisado por sus hombres de lo acontecido.

—Ahorraos el ornamento de vuestras palabras, coronel. Sé lo que está pasando aquí y no lo pienso consentir.

—Yo también estoy enterado —simuló estar molesto con sus

soldados—, debéis saber que ya he puesto a los muchachos a investigar lo sucedido.

—¿Investigar? Es un bando firmado por quienes lo apoyan, no hay nada que investigar. Bajo vuestro mando se está organizando un motín contra el general... ¡Contra el rey!

—No es con mi mando con el que están descontentos mis hombres. Ni con el vuestro.

De nuevo Lorenzo acarició la empuñadura de su espada, a lo que varios soldados respondieron desenvainando. Aquella voluntaria omisión de quién era el objetivo de aquel papel evidenciaba que la rebelión que se estaba organizando tenía por objeto culpabilizar a su hermana.

—No importa el contento o el descontento de los soldados ni de los colonos. ¡Y lo digo bien alto para que todos lo escuchéis! —gritó, circundando el campamento con la mirada—. Hemos venido aquí por orden del rey, para conquistar estas tierras en su nombre y convertir a la fe verdadera a sus habitantes. ¿Acaso os falta comida o agua? ¿Hay algo en esta isla que no esperaseis encontrar cuando os embarcasteis?

Nadie contestó. Los colonos bajaron la mirada, avergonzados, mientras los soldados continuaban con las espadas en la mano.

—Vuestra Señoría tiene razón, mi general. Nadie debe oponerse a las órdenes del rey. Tenéis mi promesa de que llegaré al fondo del asunto.

—Vuestras promesas valen menos que el estiércol con el que se abonan los sembrados, maese de Manrique. Habláis con zalamería mientras os secundan este atajo de bellacos con las armas desnudas frente a su general. ¿Es con insubordinación y traición como hacéis cumplir las órdenes de Nuestra Majestad?

—¿Qué está pasando aquí? —gritó alguien a lo lejos.

En ese momento entraban en la empalizada el capitán Quirós y Diego Sánchez Coello. Por un instante, todas las miradas se posaron en ellos.

—Don Diego, será mejor que no os metáis en asuntos que no son los vuestros.

—Mis asuntos son los del rey, coronel. Y, por su orden irrevocable, los del adelantado, que actúa en su soberano nombre mientras nos hallemos fuera del Perú. Desenvainar una espada en presencia del general es hacerlo en presencia de Su Majestad.

—¿Y eso quién lo dice? —espetó Pedro Merino—. Vos no sois nadie, ni nadie os ha dado vela en este entierro.

Diego Sánchez Coello sacó su espada de la vaina con lentitud, haciendo resonar el filo contra el material de la funda.

—Lo digo yo, en nombre del rey.

—No sois quién para hablar en su nombre. Vos mismo afirmasteis ser un mero observador. Desarmadlo —ordenó a sus hombres.

Fueron Toribio de Bedeterra y Tomás de Ampuero los primeros en acercarse al pintor y descargar sus espadas sin intención alguna de herirlo, sino de matarlo, pero Sánchez Coello esquivó con destreza la primera embestida y paró en seco la segunda con su espada. Con un rápido y hábil movimiento desarmó al soldado Ampuero y acercó el filo del acero a su cuello.

El capitán Quirós se había quedado inmovilizado, sorprendido por lo que sus ojos contemplaban. Mendaña y sus cuñados asistían a la refriega con similar estupefacción.

—No sois dignos de luchar bajo el estandarte real. —El pintor escupió al suelo, junto al soldado a quien oprimía la garganta con su espada.

—Veo que manejáis la espada mejor que el pincel —bromeó el coronel.

—¡Ya está bien, maese de Manrique! —gritó el general—. Poned fin al motín y ocupaos de cumplir vuestras órdenes.

Con un gesto de agradecimiento, pidió a Sánchez Coello que liberase a Tomás de Ampuero. Obedeció sin titubear.

—Esto no quedará así —dijo el coronel mientras el adelantado se marchaba del campamento en compañía de sus cuñados, el capitán y don Diego.

—Habéis actuado con valentía. Tenéis mi agradecimiento —le dijo cuando subían al batel para regresar a la nao.

—No tenéis nada que agradecer, mi señor. Pero el coronel tiene razón, esto no va a quedar así.

—Lo sé. Lleva tiempo poniendo a todos en mi contra. No vamos a encontrar una solución limpia a este asunto.

—No solo es eso —añadió Lorenzo Barreto—. Trata de forzar una guerra con los indios. Hace días que se muestran pacíficos, que traen al campamento todo lo que tienen, y aun así ha asesinado a dos de ellos.

—¿Asesinado? —inquirió Quirós.

—Es asesinar cuando se mata a quien nada ha hecho —contestó el capitán Barreto con ojos sombríos—. Ayer mismo, uno de los soldados arcabuceó en el pecho a un indígena que nos había traído plátanos. Sin provocación, sin ningún tipo de explicación. Disparó, se dio la vuelta y se marchó entre los aplausos y los vítores de sus compañeros.

—¿Quién lo hizo?

—Juan de Buitrago, general.

—Y al otro nativo, ¿quién lo mató?

—Él mismo, en compañía de Ampuero, Bedeterra y otro más, no pude identificarlo. Estaban de guardia en la puerta de la empalizada cuando dos indígenas se acercaron recitando una oración que el vicario les había enseñado. Querían mostrarnos que aprendían la verdadera fe, pero eso no fue del agrado de los soldados. Lo llamaron y él vino muy alegre, pensando que había hecho algo bueno. Sin mediar palabra lo acuchillaron hasta sacarle las tripas.

—¡Macandones hideputas! —murmuró Mendaña.

—Los provocan para que nos ataquen y así tener una excusa para marcharse —concluyó Sánchez Coello.

—Y aún hay más —continuó Lorenzo—. Llevan a algunos indios al bosque y les enseñan a disparar los mosquetes y los arcabuces, fallando en la mayoría de los disparos.

—Así les muestran que nuestras armas no son infalibles —explicó Luis Barreto.

—También los han dejado pasar al cuartel y han podido ver los escasos efectivos que tenemos —sentenció Lorenzo.

—Ese borrico de Manrique no solo incumple mis órdenes, sino que pone en peligro las vidas de mis hombres.

Isabel los esperaba cuando llegaron a cubierta, preocupada por los gritos que habían llegado desde el campamento. Mendaña la puso al tanto de lo acontecido en la sala de cartografía, junto a sus acompañantes.

—Álvaro, hay otra cosa que debes saber. Y vos también, capitán Quirós.

—¿Yo? Mi señora, por mi parte y la de todos los hombres de mar no hay duda alguna: respetamos al general y le somos leales.

—Soy consciente, capitán, por eso debéis escuchar lo que voy a decir. Me ha informado el vicario de que los soldados murmuran que pronto abandonarán la isla para volver al Perú.

—¿Y qué marineros los guiarán? —se indignó el portugués.

—Eso es lo que más debería preocuparnos, capitán. Creen que ellos mismos pueden hacer navegar las naos; cuentan con asesinar a los oficiales y obligar a punta de arcabuz a los marineros a llevar las naves a Lima.

Se hizo un silencio tan tenso que apenas quedaba oxígeno que respirar.

—¿Qué opina el vicario? —preguntó al cabo de unos segundos Diego Sánchez Coello.

—Él, gustoso, se quedaría aquí el tiempo que hiciera falta. Tiene alma de misionero y sabe que los nativos de Santa Cruz lo escuchan y lo comprenden. Respetan los signos de Dios y rezan con fervor, mirando al cielo y persignándose. Para él esta isla es un paraíso, pero no se quedará si es a fuerza de traición, ni se marchará por miedo a los hombres de armas.

—Al menos tenemos a Dios de nuestra parte —trató de bromear el adelantado para distender un poco el ambiente.

—¿Cómo debemos actuar? —preguntó Lorenzo.

Mendaña hizo un gesto de hastío, como si aquella pregunta le molestase. ¿Qué sabía él? Todo estaba desgaritando, como si una tormenta interminable los hubiera hecho zozobrar en medio del océano y las naves se hallasen trastornadas y a punto de irse a pique.

Ante el silencio del general, Isabel tomó la palabra.

—Hermano, ¿crees que estaréis en peligro si regresáis al campamento?

Lorenzo apenas le hablaba a su hermana desde que lo avergonzó delante de toda la tripulación cuando cometió el error de tomar una iniciativa propia ante una orden del general.

—No más que estos últimos días.

—Os necesitamos allí. Esperemos que no se atrevan a atacaros de momento y, con vuestra presencia en el cuartel, no podrán levantarse abiertamente. Id allí e intentad ganaros el apoyo de los colonos y de algunos soldados, es imposible que todos estén de parte del coronel. Si veis que las cosas se ponen feas, venid de inmediato a la capitana o buscad refugio en la aldea de Malope.

Lorenzo asintió.

—¿Estás segura, querida? —preguntó Mendaña, girando el cuello para mirarla a su espalda. Don Álvaro era el único que estaba sentado; sus dolores le impedían permanecer de pie durante mucho tiempo.

—No pondría en juego la vida de mis hermanos si no lo estuviera. Necesitamos ganar tiempo.

—¿Ganar tiempo? —se sorprendió su esposo.

—Ellos tienen las armas, nada ganamos con un enfrentamiento abierto, y menos en este momento. Debemos actuar con el mismo subterfugio que el maestro de campo, crear dudas en sus filas, ganar adeptos. Cuando llegue el momento, no podremos enfrentarnos a todos ellos.

—¿Cuando llegue el momento de qué? —preguntó Quirós. Nadie le respondió—. Debemos intentar que las aguas vuelvan a su cauce, mi señora. Hemos venido aquí todos juntos y nos quedaremos o nos marcharemos todos juntos.

—Esa es la primera opción, capitán Quirós. Pero debemos prepararnos para la segunda. Vos habéis tratado, por decirlo de algún modo, con ese mulo de Manrique. Desde que subió a bordo tiene el único objetivo de acabar con vos y conmigo. Algo me dice que no se detendrá hasta... —Enmudeció por temor a decirlo en voz alta—. Hasta que lo detengamos nosotros.

—¿Y cómo debemos actuar mientras tanto? —quiso saber Mendaña.

—Con normalidad. Mañana debes regresar al campamento, como cada día. Visitar a Malope. Ya te has ganado su confianza, hazle saber que no estás de acuerdo con el asesinato de esos dos indígenas, que es cosa del coronel y que vas a castigarlo. Tal vez necesitemos la ayuda de los nativos.

—No hay forma de tratar con normalidad a ese hombre, Isabel.

—Lo sé, Álvaro. Intenta no enfrentarte a él. Aún tenéis que tratar el tema de la disposición de la colonia, ¿verdad?

Mendaña exhaló aire de forma sonora.

—Sí, pero si tiene idea de marcharse, ¿qué más le da? De todos modos, ha elegido el peor sitio posible, un lugar abierto y desprotegido, lejos del río y de la playa. —De pronto se detuvo, entornó los ojos y dio un golpe sobre la mesa—. ¡Maldita sea! Eso también lo hizo para incomodar a todo el mundo y forzar nuestra marcha.

—Poco nos importa ahora mismo. Ve mañana al campamento y trata ese tema como si hoy no hubiera pasado nada.

—Está bien, está bien. —Mendaña se levantó con esfuerzo,

ayudado por sus cuñados—. Ahora necesito descansar. Estos dolores me están matando.

Diego y Luis dejaron al marido de su hermana en la cama y se reunieron con Lorenzo. Los Barreto se despidieron, conscientes de que, si algo salía mal, tal vez fuera la última vez que se vieran. Un abrazo selló la paz entre Isabel y su hermano mayor y los tres se embarcaron en el batel.

Quirós salió a la cubierta renegando con la cabeza; Isabel se disponía a reunirse con su hermana y sus doncellas cuando Diego Sánchez Coello la detuvo.

—Mi señora, quisiera hablar con vos un momento.

—No os he agradecido lo que habéis hecho en el campamento. Sin duda sois un hombre valeroso y leal. El rey sabe rodearse de los mejores.

—También soy honrado y sincero, por eso he de deciros que no he actuado solo en defensa de vuestro esposo.

Isabel enarcó una ceja.

—¿Qué queréis decir?

—Sentaos, hacedme el favor. —El pintor separó una silla de la mesa, invitando a la adelantada. Después se sentó él también, rodeado de mapas y cartas de navegación—. Tengo orden de no interceder por nadie en esta expedición. Orden del rey, me refiero.

—No os tengo por alguien que desobedezca a Su Majestad.

—Tenéis buen ojo. No soy ese tipo de hombre.

—Entonces ¿por qué habéis actuado de ese modo?

Sánchez Coello se retrepó en la silla para después echarse de nuevo hacia delante y apoyar los brazos en la mesa, cruzando las manos.

—Tengo otras órdenes más urgentes. Os pido, porque confío en vos, que no le digáis nada a vuestro esposo.

—No sé si podré mantener esa promesa.

—Lo haréis. Nada gana él con saber esto que os voy a contar. Y nada pierde ignorándolo.

—Hablad.

—En algún momento las naos tendrán que regresar a Lima, eso es algo que vos, vuestro marido y el rey sabíais antes de poner en marcha la expedición. —Isabel asintió—. Cuando eso suceda, debo desembarcar en una isla concreta del mar del Sur, cerca de Guam; solo a mí y a Nuestra Majestad nos incumbe para qué. Ese es el acuerdo al que llegué con Pedro Fernández de Quirós hace cinco años, cuando...

—Esperad un momento —lo interrumpió con firmeza—. ¿El capitán está al tanto de todo esto? —De pronto se dio cuenta de lo que le había dicho—. ¿Hace cinco años? Eso es imposible, hace un año ni siquiera sabíamos quién sería el capitán de la expedición.

—Vos no. Ni vuestro marido, no tenéis que preocuparos. Pero el rey sí.

—¿Qué tiene que ver el rey en todo esto? —Isabel comenzaba a enfurecerse. Sabía que había muchos intereses detrás de la expedición, pero no imaginaba que llegase a tanto.

—Hay en juego cosas más importantes que la colonización de las Salomón, mi señora. Su Majestad necesita algo que hay en esa isla para vencer a sus enemigos en Europa. Algo poderoso.

—¿Algo poderoso? No sé si me estáis tomando el pelo. Tampoco os tenía por amigo de supercherías.

—Y no lo soy. Pero cumplo órdenes.

—Ya veo, órdenes secretas que nadie, excepto vos, es capaz de comprender.

—Y es mejor así, mi señora.

—No me cabe la menor duda.

—Lo que os quiero decir es que el apoyo del virrey, su mismo nombramiento para el puesto, las facilidades para hipotecar las encomiendas, la enajenación del galeón San Jerónimo y otras muchas cosas más no han sido producto del azar.

—¡Ya lo creo que no! Llevo años organizando esta expedición...

—Lo sé, mi señora —la interrumpió—. Pero más años lleva organizándose mi misión, en completo secreto, por hombres cuyos nombres es mejor que no mencionemos.

De pronto Isabel lo comprendió todo.

—Benito Arias Montano. —Sonrió con suspicacia mientras decía su nombre, llegando a su mente, como llevados por la marea, todos los recuerdos que tenía de aquel sacerdote.

Sánchez Coello se mostró sorprendido, regalándole a Isabel un mohín que no conocía, ni imaginaba, en él.

—¿Cómo podéis...?

—Mirad. —Isabel revolvió sus faldas hasta encontrar un bolsillo. Extrajo de él un pequeño galeón tallado en madera que dejó sobre la mesa—. Benito Arias Montano visitó a mi padre el día de mi décimo cumpleaños y me regaló esto.

El pintor tomó entre sus manos la figurita y la observó con detenimiento. Sonrió, quizá por primera vez en su vida.

—Ese fraile manipulador...

—Vos lo tallasteis, ¿verdad?

—Así es. Antes incluso de conocerlo. Era aún un chiquillo. No recuerdo cómo llegó a sus manos.

—¡Dios mío! —Isabel acababa de comprender otra cosa—. ¡Mi padre!

Se escucharon voces fuera, sobre la cubierta. Don Diego le pidió discreción.

—Sí. Vuestro padre... —Dudó cómo continuar—. Es complicado de explicar.

—Pues hacedlo si no queréis tragaros ese barquito de madera ahora mismo.

—Vuestro padre, el marqués de Cañete, Benito Arias Montano... Supongo que yo mismo también, todos pertenecemos a una hermandad que vela por el mantenimiento de secretos que alberga el mundo y que no deben ser desvelados.

—¿Mi padre? No puedo creeros, él es un hombre devoto.

—Todos lo somos. —Pareció ofenderse—. No os hablo de una secta herética, sino de una hermandad cristiana. El rey es el hombre más pío que conozco, actuamos bajo su supervisión y sus órdenes.

—Entonces... Estáis diciendo que mi padre me ha enviado para asegurarse de que vuestra misión se cumpla. ¿Es eso? Organizó todo esto cuando yo no era más que una cría —continuó, incrédula—, ¿y ha puesto todo su empeño, su dinero, incluso su familia, para cumplir con la estúpida orden de una estúpida hermandad?

—Sí, mi señora. Supongo que es un resumen bastante certero.

—Mi padre no nos pondría en peligro. Ni a mí, ni a mis hermanos.

—Este viaje no debería conllevar más peligro que el de la propia navegación. Vuestro padre sabía que no podía dejar algo tan importante en manos de alguien que no fuerais vos. Además, me consta que esto que estáis haciendo ha sido siempre vuestro sueño.

Isabel no podía creer lo que escuchaba. Se echó hacia atrás, apoyándose sobre el respaldo y desviando la mirada mientras cruzaba sus brazos sobre su regazo. Sabía que su padre había ido a Lima por orden del rey, que Benito Arias Montano estaba metido en aquellos planes y que su matrimonio con Álvaro de Mendaña no había sido fruto de la casualidad. Pero de ahí a lo que estaba escuchando, había un camino de muchas leguas por transitar. *Sí, mil quinientas al oeste de Lima, por el mar del Sur, por lo visto.*

—Debemos tener cuidado con lo que soñamos, corremos el peligro de que se haga realidad.

—No podría estar más de acuerdo.

—Dios mío... —Suspiró con cierta decepción—. Todo esto no ha sido más que un juego. No somos más que títeres en... en vuestras manos.

—Lamento que os hayáis tenido que enterar, mi señora. Y mucho más lamento que haya tenido que ser así, pero las circunstancias me obligan a revelaros mi misión. Solo puedo confiar en vos. Vuestro padre me dijo que, si algo salía mal, vos seríais la única capaz de encontrar una solución.

—¿Conocéis a mi padre? Esperad, no quiero saberlo. Pero decidme, ¿qué es lo que ha salido mal exactamente?

—Supongo que todo —contestó el pintor, ajeno al sarcasmo.

—Sí, de eso me había dado cuenta.

Hubo unos segundos de silencio, una tregua que ambos necesitaban.

—Necesito vuestra ayuda.

Isabel pensó mucho qué respuesta darle. Estaba anonadada: su padre, fray Benito, el marqués... Todos habían jugado con su vida, convirtiéndola en una pieza más de una partida de ajedrez secreta y, quizá, ignominiosa.

—¿Qué puedo hacer por vos? —preguntó, separando los brazos que había cruzado un rato antes.

—He averiguado quién quiere matarme.

—¿Estáis seguro de que querían asesinaros a vos?

—No me cabe duda. Antes de la refriega, encontré al alférez Juan de Buitrago vertiendo rejalgar sobre vísceras de un puerco en las inmediaciones del campamento.

—*Cantarella...*

—Exacto. Cuando se lo he contado al capitán, me ha dicho que conoce a Buitrago de cuando trabajaba como sobrecargo en la Nao de Manila, creo que de eso ya nos había informado, pero apenas le di importancia en su momento, o no supe cómo encajarlo en un relato que, al parecer, ya se había escrito. No era más que un marinero holgazán, pero Quirós es un hombre avispado y, además, llevaba las cuentas y la bitácora de la nave. Algo le pareció sospechoso en él y lo investigó. Supo por un mercader que tiene barcos en Mindanao que Juan de Buitrago hacía tratos con los ingleses. No me cabe duda de que es un espía.

—¿Un espía?

—Sí, al servicio de la reina de Inglaterra.

—¿Y cómo...?

—Es sencillo —la interrumpió, previendo lo que le iba a preguntar—. Juan de Buitrago se enroló en la Nao de Manila unos meses antes de que yo llegase a Acapulco. Supongo que trataba de conocer la ruta del tornaviaje para hacérsela saber a los corsarios ingleses. Fue con él con quien primero me topé al buscar a Quirós para ofrecerle nuestro trato. No sé si me reconoció, o quizá más tarde averiguó lo que le había propuesto al portugués. Poco después apareció en Lima, incluso acompañó a la virreina y a su doncella en un viaje en busca de oro y plata —rememoró, aunque Isabel era más que consciente—. Por último, lo tenemos en esta expedición, a pesar de que debía estar encarcelado. Los juegos de espías son más sencillos de lo que parecen, cuando uno suma dos más dos el resultado siempre es cuatro.

—Un espía... —repitió Isabel.

—Supongo que no sabe lo que busco, solo que es importante. Por eso ha intentado matarme. Si supiera lo que he venido a hacer, esperaría a que lo obtuviera, me lo robaría y me mataría.

—¿Y qué es eso que buscáis?

Sánchez Coello respiró profundamente, miró a un lado y después a otro, asegurándose de que no hubiera nadie.

—Os lo contaré a su debido tiempo.

Isabel volvió a enarcar una ceja.

—Está bien, lo cierto es que no sé si quiero saberlo. Lo que sí quiero saber es qué le ofrecisteis al capitán Quirós a cambio de que os llevase a esa isla.

El pintor se dio cuenta de que aquello no podía ocultárselo. No sería justo.

—Le preguntaré si os lo puedo contar y, si me da su aprobación, lo haré.

—Demasiadas respuestas para un solo día, ¿no es así?

—Demasiadas respuestas para una vida, mi señora. Jamás le había revelado mi identidad ni mi misión a nadie.

—Pero las circunstancias...

—Eso es, mi señora. Las circunstancias lo exigen.

—Está bien, señor... espía. ¿Qué puedo hacer por vos?

Sánchez Coello se echó un poco más hacia delante y entornó los ojos. Por fin había llegado adonde quería.

—Debéis ayudarme a matar a Juan de Buitrago —susurró entre las luces trémulas de las velas.

23

De cómo los soldados cometieron algunos hechos despreciables

Bahía Graciosa (isla de Santa Cruz), 3 de octubre de 1595

Como Isabel había planeado, Álvaro de Mendaña salió a la mañana siguiente de la capitana para oír misa y visitar al maestro de campo, fiel a la rutina habitual. Ordenó que llamasen a Myn, el liberto que le había acompañado en la primera expedición y que se había embarcado sucesivamente en la galeota y la fragata en todas las exploraciones que hacían de los alrededores, buscando a la nao almiranta y al resto de las islas Salomón.

El adelantado se sentía triste y angustiado. Los dolores y las fiebres arreciaban de nuevo, impidiéndole moverse con facilidad, por lo que pretendía rodearse de cuantos más hombres de fiar fuera posible.

El vicario y Diego Sánchez Coello lo acompañaron, mientras que el capitán Quirós, la adelantada, su hermana y Pancha se quedaron en el barco para no dar mayores motivos de agitación a los insurrectos con su sola presencia.

Elvira Delcano, la doncella española de Isabel, le pidió a su señora que le permitiera ir a tierra para oír misa y confesarse. Durante las últimas semanas apenas salía del dormitorio por temor a encontrarse con su esposo incluso en cubierta, donde estaría protegida. Isabel la oía llorar a menudo junto a Mariana, que aún lamentaba la pérdida del capitán Lope de Vega, abandonada toda esperanza de que la Santa Isabel se hallase surta en alguno de los puertos de las islas. La esposa del general, temiendo que la enfermedad que le estaba pudriendo el alma se extendiese por falta de consuelo espiritual, le dio permiso para desembarcar.

—Señor de Manrique, informadme —solicitó Mendaña terminada la oración.

Algunos indios se habían acercado a la empalizada, sabedores de que a aquellas horas de la mañana los españoles rezaban. Se unieron a la plegaria, repitiendo las palabras que escuchaban, sin entender qué decían, pero con una devoción mayor que la de muchos de los cristianos. También llevaron algunas frutas, aquel pastel que guardaban en hojas con forma de corazón y algo de buhío, una pócima desinfectante que consumían para el mal de estómago.

Hechas las ofrendas, volvían a su poblado, mientras que los soldados y los colonos regresaban poco a poco a sus quehaceres.

—Mi general, hemos comenzado la construcción de nuestra colonia. —Señaló una loma del cerro en la que habían talado algunos árboles. Gruesos tocones salpicaban el terreno, empinado y desabrigado.

—Persistís en vuestras creencias como si conocieseis el misterio de la Trinidad.

—No atiendo a misterios, solo a practicidades. Ese lugar está cerca de nuestro destacamento, del río y de la playa. No hay espacio mejor en toda la isla.

—Los nativos llevan siglos habitando Santa Cruz, y de los muchos poblados que han levantado a lo largo del tiempo, ninguno parece haber tenido ese emplazamiento. Sé que los tenéis por estúpidos, como a todo aquel que no sois vos mismo, pero considerad la posibilidad de que no sea el lugar adecuado.

Pedro Merino se detuvo y lo miró con aquella sonrisa cínica y despiadada que gustaba regalar a cualquiera que se dirigiera a él sin darle la razón.

—Vos sois general, adelantado y marqués. Levantaremos el pueblo donde digáis, pero no seré yo quien informe a los colonos y a los soldados de que su trabajo ha sido baldío.

—Vos les ordenasteis talar aquellos árboles sin mi consentimiento. —Lo miró con desdén—. Queréis ahora que sea yo quien sume una piedra más sobre sus espaldas para ponerlos aún más en mi contra.

—Para eso os bastáis vos mismo, mi general. Y no desdeñéis la ayuda de vuestra insoportable esposa.

Le habría gustado ejecutarlo allí mismo. Además de no negar que su única intención era continuar aquella escalada de tensión, se atrevía a insultar a su esposa sin ningún tipo de rubor.

Finalmente, continuó andando. El coronel lo siguió.

—Obviaré ese comentario por el bien de la expedición. Pero podéis estar seguro de que jamás lo olvidaré.

—Así lo espero, general.

—Sin embargo, sois vos quien está a cargo de la construcción del poblado, así que también seréis vos quien busque un mejor emplazamiento y les diga a los trabajadores que lo que han hecho ha sido inútil.

—¿Por qué os importa tanto la situación de la colonia? Vos vivís en la capitana, solo venís aquí a dar órdenes, recoger vuestro botín y oír misa.

Decidió ignorar también aquella nueva provocación.

—Todos estos hombres, incluido vos, están a mi servicio y bajo mi responsabilidad. Construir el poblado en un lugar empinado, visible desde la distancia, próximo a una aldea de indígenas y por completo desprotegido solo conducirá a nuevos enfrentamientos con los habitantes de la isla. Quizá vos disfrutéis viendo vuestras manos impregnadas de sangre ajena. Yo no.

El coronel fue a decir algo más, pero ya estaban en la puerta del cuartel. Mendaña le hizo un gesto despectivo con la mano, mostrándole que la conversación había terminado, y continuó caminando hacia la jungla en compañía de sus cuñados y de Myn.

Diego Sánchez Coello, por su parte, había ido al campamento para seguir los pasos de Juan de Buitrago. No le quitó el ojo de encima en ningún momento, pero el alférez no parecía mostrar el más mínimo interés en él. Siguió la misa sin atisbo alguno de devoción, comentando y riendo con sus inseparables compañeros, aquellos con quienes el pintor se había tenido que enfrentar para defender al adelantado.

Tras la misa, muchos soldados salieron del cuartel para ocupar puestos de guardia, buscar provisiones o hacer sus necesidades. Decidió seguir a su presa.

Cuando el adelantado despedía al maestro de campo en las puertas de la empalizada y se dirigía hacia el poblado de Malope, la doncella de Isabel Barreto, Elvira Delcano, dudó un instante si seguir a su señor o regresar a la playa, donde los marineros esperaban en el batel. Oculto tras un árbol, Sánchez Coello la vio finalmente seguir el camino de la playa. A pocos metros, Juan de Buitrago se cercioraba del movimiento de su esposa y comentaba algo con Ampuero y Bedeterra, a lo que estos contestaban con sonrisas sibilinas.

Los soldados siguieron a la muchacha, y el asesor del rey a los soldados. Antes de llegar a la playa, cayeron sobre ella como lobos hambrientos.

—Querida, ¿adónde crees que vas? —le preguntó Juan de Buitrago.

Los otros dos la rodeaban, impidiéndole la huida. Ella comenzó a dar pasos nerviosos hacia un lado y hacia otro, topándose siempre con su marido o alguno de sus secuaces, que cada vez estaban más cerca.

—¡Dejadme! —gritó.

Entonces Tomás de Ampuero la agarró por la espalda, tapándole la boca.

—Hay un poblado en esa dirección —informó Toribio de Bedeterra—. Hace dos días matamos a todos los habitantes, nadie nos molestará.

—Cariño, te debo aún la noche de bodas. Vas a disfrutar como ninguna mujer lo ha hecho.

La llevaron a rastras entre los árboles. Elvira pateaba intentando zafarse, pero sus esfuerzos no eran suficientes contra tres soldados experimentados.

Sánchez Coello barajó la posibilidad de buscar al adelantado e informarle, pero quizá no le diese tiempo, y lo más probable era que aquello condujera a un enfrentamiento del que no podrían salir victoriosos. Así que los siguió ocultándose entre la espesura.

El poblado no estaba lejos. Era pequeño, apenas cinco casas de tejados de palmas, cuatro de ellas incendiadas. Había cadáveres en el suelo y restos de sangre.

Metieron a la muchacha en la casa que aún estaba en pie. Sus paredes de madera lucían flechas clavadas, lo que hacía evidente que allí se habían refugiado los soldados para arcabucear a sus enemigos.

El pintor se acercó cuanto pudo con la intención de sorprenderlos, pero Tomás de Ampuero salió a la puerta para vigilar y Sánchez Coello tuvo que parapetarse tras el muro de la construcción, bajo una ventana.

—Vamos, ramera, pon algo de tu parte —le decía Juan de Buitrago—. Tú te empeñaste en que nos casásemos y desde entonces me has estado evitando. La primera vez te gustó, esta no la olvidarás.

Bedeterra reía a carcajadas y también se escuchaban los gritos ahogados de Elvira. Deslizando la espalda por la pared exterior, el pintor se levantó para observar lo que sucedía. Habían tendido a la doncella sobre un jergón de paja. Toribio de Bedeterra aprisionaba los brazos de la muchacha con las rodillas y le tapaba la boca con una de sus manos. Con la otra le rasgaba el jubón, desnudando sus senos. Juan de Buitrago peleaba con las piernas de su esposa, que no dejaba de patalear. Con una mano la agarró por los tobillos; con la otra levantó sus faldas y bajó sus medias. Elvira logró soltar la pierna derecha y le propinó una patada en la cara, haciéndole retroceder un metro.

—¡Mezquina hideputa! —Maldijo tras unos segundos de silencio durante los cuales había tratado de comprender lo acontecido.

Se limpió con la mano la sangre que le brotaba de la nariz, se acercó hasta ella y le dio un puñetazo en el estómago. La doncella dejó de patalear.

—Se está ahogando, Juan.

El alférez la miraba con una mezcla de lascivia y odio.

—Suéltala, no se atreverá a gritar. ¿Verdad que no lo harás, coño flojo? Si lo haces, te pegaré hasta deformar ese rostro de niña malcriada que tienes. Nadie te reconocerá cuando regresemos a Lima, ni siquiera tu propio padre.

Bedeterra apartó su mano y Elvira comenzó a toser. Juan de Buitrago no quería esperar más y se echó sobre ella. En un nuevo intento por escapar, la chica lo separó de su cuerpo impulsándolo con las piernas. El alférez estaba preparado para ese ataque, así que apenas pudo moverlo unos centímetros. La abofeteó. No una ni dos veces. Más de diez, hasta que finalmente Elvira comprendió que resistirse solo la conduciría a recibir una paliza, además de ser violada.

—Veo que por fin te comportas como una buena esposa. —El alférez se arrimó a su rostro hinchado y ensangrentado tanto que pudo saborear su sangre—. Dile a la jinetera de la adelantada que esto es lo que le espera a ella cuando matemos a su esposo y a sus hermanos. La obligaremos a yacer con todo el cuartel, por la fuerza, puede que incluso dejemos participar a los indios, a los niños y a las mujeres. Va a rezar por morir, va a suplicarnos que acabemos con su vida... Pero no lo haremos. La dejaremos vivir lo suficiente para ver cómo hacemos lo mismo con su hermanita y cómo torturamos a sus hermanos. Acabaremos con esa podrida casta de sambenitados, linaje de brujas requemadas por la entrepierna.

Juan de Buitrago se había quitado los calzones y se agarraba el miembro para penetrar violentamente a su esposa. Sánchez Coello se echó la mano al cinto, donde solía llevar su pistolete, pero el adelantado le había pedido que lo dejase en la capitana para no provocar a los soldados.

¡Pardiez!

En el interior, el alférez Juan de Buitrago había comenzado a violar a su esposa, que permanecía inerte, con la mirada perdida hacia la puerta, anhelando estar en otro sitio, lejos de allí.

Tengo que hacer algo... Pero ¿qué?

Miró a su alrededor, buscando alguna cosa que le pudiera servir para llamar la atención de los soldados. Tomó una piedra del tamaño de un puño y la lanzó contra la pared de otra de las casas, en el lado opuesto de la aldea.

—¿Qué ha sido eso? —preguntó Bedeterra.

Sánchez Coello escuchó los pasos de Tomás de Ampuero y se escondió en la parte trasera de la casa.

—Ve fuera y vigila que no haya nadie, de esto puedo encargarme yo solo. Luego será vuestro turno —ordenó Buitrago.

Los dos soldados caminaron por el poblado hasta la zona donde se había escuchado el ruido, momento que aprovechó el pintor para meterse en la casa por la ventana. El alférez, demasiado ocupado en su monstruosa tarea, ni siquiera lo escuchó. Elvira sí lo vio entrar. Para ella no era más que una sombra, un espíritu que tal vez solo quisiera unirse a la violación. Lo miró con ojos muertos, desvanecida en un plano paralelo de la realidad que la alejaba de lo que estaba ocurriendo.

El pintor sacó el cuchillo del cinto de Juan de Buitrago, tirado en el suelo sin cuidado alguno. Se acercó por la espalda del agresor y se lo puso en la garganta. Fue entonces cuando el cuerpo de Elvira cobró vida de nuevo, abrió los ojos hasta casi expulsarlos de sus cuencas y empujó a su esposo. Sánchez Coello lo levantó sin apartarle el cuchillo del cuello mientras la doncella se incorporaba presa del pánico. Buitrago buscó su arcabuz con la mirada, apoyado en la pared.

—Ni se te ocurra moverte o todo habrá acabado para ti. —Apretó el acero un poco más, haciéndole un pequeño corte en la garganta—. Vístete, Elvira.

Ella se tapó como pudo. La camisa estaba rota y el manteo por completo desastrado.

—No tienes nada que hacer. ¡Te mataremos! ¡A ti y a esos hideputa de los Barreto!

—Puede que lo hagáis, pero no será hoy. Ahora, vamos a salir de aquí los tres juntos, muy despacio. Y les vas a decir a tus hombres que dejen aquí las armas y vuelvan al campamento. Todo con mucha tranquilidad. Podría sobresaltarme y separar tu cabeza de los hombros, y no queremos eso, ¿verdad?

Cuando Sánchez Coello y Juan de Buitrago salieron de la casa, Bedeterra y Ampuero volvían de su infructuosa exploración. Apuntaron con sus arcabuces al pintor. Elvira se había quedado dentro, terminando de vestirse.

—¡Suéltalo! —exigió Toribio.

Al ver que el alférez no les ordenaba a sus hombres lo convenido, Sánchez Coello tuvo que tomar la iniciativa.

—¡Tirad las armas o lo mato!

—Si lo matas, ¿qué podrás hacer contra dos soldados?

En ese momento cruzó el umbral de la puerta Elvira Delcano con el arcabuz de Buitrago en ristre, apuntando a los esbirros de su marido.

—Será fácil enfrentarme a dos soldados muertos.

Bedeterra y Ampuero se miraron y asintieron. Después, dejaron en el suelo sus arcabuces y sus espadas.

—También los cuchillos.

Los sacaron de sus cintos y los tiraron.

—Esto no va a quedar así —dijo Tomás de Ampuero.

—¡Largo! —gritó el pintor.

Los dos soldados se dieron la vuelta y se perdieron entre el follaje.

—¿Y ahora qué vas a hacer? ¿Vas a matar a un alférez del ejército del rey?

—No eres más que un perro sarnoso, el rey me condecoraría por arrebatarte la vida.

—Esta sucia piojosa es mi esposa; nadie, ni siquiera ese santurrón del vicario, puede echarme en cara que quiera fornicar con ella a mi antojo.

Elvira se puso delante de él y le apuntó con el arcabuz. Le temblaba el mentón y las lágrimas limpiaban la sangre de su rostro. Sánchez Coello no había visto tanto odio en la mirada de una persona en toda su vida.

—Déjalo, Elvira. Pagará por sus crímenes, pero no será aquí ni ahora.

Ella no escuchaba, no atendía a razones. Estaba por completo a merced de la ira.

Juan de Buitrago se echó a reír.

—¡Hazlo, mentecata! ¡No sirves para nada! ¡Ni siquiera para matar a un hombre desarmado!

—Elvira, entiendo cómo te sientes, pero no puedes matarlo...

El nerviosismo crecía entre los tres.

La doncella lo miró, sin que el odio amainase ni siquiera una brizna. Entonces apartó el arcabuz, se acercó aún más a su esposo y le lanzó un culatazo en la cara que lo dejó inconsciente. Cayó como un fardo a los pies del asesor del rey. Elvira le escupió y tiró el arcabuz al suelo. Luego se marchó de allí con paso firme.

Por la tarde, el consejo del general se reunió en la nao capitana. Pedro Fernández de Quirós ordenó a sus hombres limpiar bien la cubierta y reparar el casco, mientras que él mismo, el adelantado, su esposa y el asesor del rey conversaban en la sala de cartografía, planeando cuáles serían sus siguientes pasos.

Se sentaron en silencio en torno a la mesa llena de mapas y cartas de navegación, cada uno de ellos sumido en sus propios pensamientos, como otras tantas veces. A Isabel le hervía la sangre por lo que había sucedido con su doncella. Cuando la vio subir a la capitana con la camisa desgarrada y la cara hinchada por los golpes, le dio un vuelco el corazón. Elvira no quiso contarle lo que había pasado, ni siquiera podía hablar. Entró en el dormitorio de su señora y se refugió en el apoyo imprescindible en el que se había convertido para ella Mariana de Castro, apoyo que la joven hermana de

Isabel solo encontraba también en la doncella Delcano. Belita y Pancha se unieron a las dos jóvenes y le limpiaron las heridas que llenaban el cuerpo de Elvira. Las otras heridas, las abiertas en su alma y en su corazón, jamás cicatrizarían.

Fue Mariana quien le contó a la adelantada lo sucedido, y solo la ausencia del batel, que estaba en la playa esperando la llegada de Mendaña, le impidió ir a la empalizada y matar con sus propias manos al alférez Juan de Buitrago.

Sánchez Coello también permanecía en silencio, con su habitual mirada umbría oculta entre las sombras temblorosas que proporcionaban las velas. Se culpaba de no haber actuado antes, de no haber podido ayudar a aquella joven. Y aquel sentimiento luchaba contra su calculadora frialdad de espía, su determinación a cumplir con su deber.

Al tener a Juan de Buitrago a su merced se había dado cuenta de que no podía matarlo sin más. Las consecuencias poco le importaban, más aún dadas las circunstancias en las que se veían envueltos, pero necesitaba saber quién era en realidad aquel hombre, qué pretendía, cómo había averiguado quién era él... Si los ingleses estaban al tanto de lo que se escondía en la isla de Ponapé, de poco le serviría matar a aquel hombre.

Mendaña también se mostraba introspectivo. Sus dolores no dejaban de aumentar, provocándole convulsiones a cada momento; apenas podía andar y sudaba profusamente tanto por el calor que hacía en la isla como por la fiebre que lo invadía.

—¿Alguien puede contarme lo que ha sucedido? —preguntó Quirós, el único que no sabía nada.

—Capitán, en la medida de lo posible, es mejor que os mantengáis al margen. Nada ganáis sabiendo lo que ha pasado —le dijo Isabel, tratando de proteger la honra de su doncella.

—Sé que quizá no sea el momento, pero me gustaría contaros una historia —comentó el adelantado, como si no hubiese escuchado a su esposa ni al capitán Quirós—. En mi primer viaje llegamos a una isla que llamé Santa Isabel. —Miró a su esposa cuando decía el nombre de la isla, como si aquello hubiera sido un augurio—. Allí conocí a su cacique, al que llamaban Bille-Banarra. Nos recibió como si fuéramos poco menos que dioses, enviándonos todo tipo de presentes. Aquellos indígenas portaban collares de perlas, oro, plata y piedras preciosas, por lo que estuvimos seguros de que si no allí, muy cerca estaría el puerto de Ofir. Los indios eran de un color similar a los de estas tierras, pero sensiblemente más bajos, tenían prognatismo y sus cráneos eran estrechos y alargados. Casi llegamos a pensar que no eran humanos normales, con aquellas cabezas tan extrañas.

—¿Adónde quieres ir a parar, Álvaro?

Mendaña hizo un gesto con la mano, pidiéndole a su esposa que le dejase terminar.

—Uno de aquellos días en los que los hombres de Bille-Banarra nos traían ofrendas, me dieron el brazo de un niño descuartizado, con su pequeña mano aún con el puño apretado. —Todos hicieron un gesto de asco—. Habían sacrificado a un crío para honrar a sus visitantes y me ofrecían su brazo como símbolo de unión, para que me lo comiese. Por supuesto, di orden de apresar a aquellos indios y les hicimos ver que aquello era uno de los más terribles pecados que se podían cometer.

—Mi señor, es sabido que algunas civilizaciones perdidas como estas son caníbales —explicó Sánchez Coello.

—Soy consciente, don Diego. En Santa Isabel, los nativos adoraban sapos y culebras, eran unas gentes muy peculiares, con una visión espiritual que a nosotros nos chocaba. La pregunta es: ¿habéis visto alguno a los indios de Santa Cruz adorar reptiles? ¿Tenéis indicios de sacrificios rituales o de canibalismo? —Todos permanecieron en silencio—. Llevo días hablando con Malope, tratando de que me explique dónde estamos exactamente. Él no sabe nada de la llegada de extraños viajeros a las islas de alrededor hace veintisiete años, lo cual no sería del todo raro, pues a pesar de que tienen canoas de vela con las que pueden llegar lejos, no frecuentan ni siquiera las islas más cercanas. Hoy le he contado lo que pasó con Bille-Banarra y su rostro se ha tornado níveo al instante. Me ha contado que existen leyendas sobre esos hombres de cráneos afilados que comen carne humana, pero asegura que esas islas están al noroeste. Aún no nos ponemos de acuerdo en definir las distancias, pero intuyo que distarán al menos doscientas leguas.

—Que no estábamos en las mismas islas que descubristeis era algo que ya sabíamos, general —comentó el capitán.

—Lo sé, pero mantenía la esperanza de que pertenecieran al mismo archipiélago. Ahora podemos estar seguros de que nos hemos equivocado. Me he equivocado —se corrigió—. Lo lamento.

—No tenéis nada que lamentar, general —repuso Quirós—. El mar del Sur es aún desconocido; cuando nos sumamos a la expedición conocíamos la ardua tarea y los peligros a los que nos enfrentaríamos.

—¿Creéis posible reparar las naves y seguir hacia el oeste?

—Lo sería si nuestra situación fuera otra.

Mendaña, frustrado, agachó la mirada.

—Ya... Me hago cargo.

—Mi señor —llamó su atención Diego Sánchez Coello—, tal vez exista aún esa posibilidad, pero antes tenemos que ocuparnos de nuestro principal problema.

—Lo sé, ese bellaco de Pedro Merino de Manrique.

—No solo él. Sus hombres lo apoyan sin fisuras. Incluso eliminando al maese de campo, tendríamos que enfrentarnos a los soldados.

—No podemos hacerlo. Son más y están armados —opinó Isabel.

Se hizo un silencio prolongado durante el cual cada uno buscó una solución.

—Los soldados son leales al coronel porque es la autoridad que conocen —explicó el pintor—, pero saben que por encima estáis vos, don Álvaro, y el rey, a quien en realidad sirven. Si actuamos con determinación y ven que procedemos en nombre de Nuestra Majestad, tendrán que decidir entre la traición o la obediencia.

—¿A qué os referís? ¿Habláis de matar al coronel? —preguntó Quirós como si aquello le pareciera un acto horrible.

—No se trata de matarlo para quitarnos un problema de encima, capitán. Se trata de ajusticiarlo en nombre del rey, para que los soldados comprendan quién es la autoridad.

—¿Proponéis combatir a un salvaje con salvajismo?

—Sí, eso es exactamente lo que propongo —afirmó, sin ganas de dar mayores explicaciones.

Quirós se llevó las manos a la cabeza, no comprendía cómo la situación había llegado tan lejos.

—Podría salir mal —mencionó Isabel entre los gestos de duda de los demás—. Podrían querer vengar a su coronel y matarnos a todos.

—Me consta que lo intentarán, pero solo por seguir a la cadena de mando. El alférez Juan de Buitrago es quien de verdad ostenta la posición de líder por debajo de Pedro Merino, y sus secuaces, los que junto a él han atacado a vuestra doncella, son los más firmes y osados. Cuando demos el golpe, tendrá que ser organizado para que ellos también sean apresados y juzgados. Todos serán acusados de traición, y el coronel ejecutado, como debe de ser. Eso lo entienden bien los soldados. Los cabecillas actúan bajo las órdenes de su superior, no se les puede ejecutar sin un juicio.

—¿Es ese vuestro plan, don Diego? ¿Matar a cuantos enemigos haya?

—Mi plan es sobrevivir y, en la medida de lo posible, terminar esta expedición con éxito, capitán. Si tenéis una idea mejor, me encantaría escucharla.

Pero lo que se escuchó fue un arcabuzazo tan cercano que solo podía proceder de la playa, y el impacto que produjo el disparo sobre la obra muerta de la capitana.

Todos salieron a cubierta para ver qué sucedía, y un nuevo disparo hizo volar el sombrero del capitán. No se veía a nadie en la playa; probablemente los soldados se ocultaban entre los árboles.

—Son ellos o nosotros, capitán Quirós —comentó el pintor, regresando al interior del alcázar.

Los acontecimientos se sucedieron a una velocidad de vértigo. Por la noche, mientras todos cenaban en silencio, Diego Barreto tomó una canoa india y bogó hasta la capitana, donde los marineros lo ayudaron a subir a bordo. Se presentó en la sala de cartografía para explicar que en el cuartel estaban resueltos a acabar con la vida del adelantado Álvaro de Mendaña y de toda su familia.

Isabel le pidió a su hermano que regresase y sacase del cuartel a Luis y a Lorenzo, así como a sus hombres, para que no pudieran tomar represalias contra ellos. Así lo hizo, y buscó refugio en el poblado de Malope, que los recibió preocupado por todo lo que estaba pasando desde que llegaron los españoles.

No había amanecido aún cuando desde tierra se escucharon disparos y gritos. Isabel, el pintor y Quirós salieron a cubierta y vieron varios fuegos en los alrededores de la empalizada. Mendaña estaba tan dolorido que no pudo abandonar la cama.

—Capitán —dijo Isabel, que estaba al borde del llanto—, puede que esos bárbaros se estén enfrentado a mis hermanos, os ruego que hagáis algo.

Quirós no sabía cómo responder a aquella súplica, no encontraba solución desde la nao.

—Disparad un cañón —resolvió Diego Sánchez Coello, que observaba desde la proa.

—¿Qué estáis diciendo?

—Capitán, disparad hacia el cuartel, hacedlo para que la bala pase por encima. No causará daños, pero calmará los ánimos. Si en verdad se están enfrentando a los Barreto, comprenderán que no están solos. Puede que en tierra seamos inferiores, pero desde la bahía nada pueden hacer frente a nuestra flota. Si está pasando otra cosa... Solo puede ser un enfrentamiento contra los nativos. Un disparo desde la nao los asustará.

Se lo pensó durante casi un minuto. Después, ordenó al condestable que disparara por encima del cuartel.

Sánchez Coello, como en tantas otras ocasiones, tenía razón. El efecto fue inmediato.

—Seguro que vuestros hermanos están bien, mi señora —le dijo el capitán a Isabel para tratar de consolarla.

En ese momento, un soldado salió a la playa con una antorcha pidiendo a gritos pólvora y mecha

Despuntaba el alba cuando Mendaña logró levantarse. Con la luz del día, envió el batel con lo que el soldado solicitaba, reclamando explicaciones de lo sucedido a los marineros. Les contaron que habían escuchado ruidos de ramas en los alrededores de la empalizada y habían mantenido un enfrentamiento contra los indígenas. Preguntados por los disparos de arcabuz de la tarde anterior, afirmaron que tiraban a unos pájaros.

El vicario saltó a tierra poco después para escuchar confesiones y decir misa. A su regreso, encontró al capitán en cubierta, donde le informó de que los soldados estaban decididos a abandonar la isla.

—¿Y cómo piensan hacerlo?

Juan de la Espinosa lo miró con ojos profundos.

—Os matarán, capitán Quirós. No es la primera vez que lo dicen. Os culpan de haberlos traído a estas tierras insanas y carentes de riquezas. Piensan que no os necesitan para manejar las naves. Ni a vos, ni a vuestros hombres, aunque comentan que quizá dejen a algunos con vida para trabajar a punta de arcabuz.

El capitán se presentó de inmediato ante Mendaña y le pidió permiso para ir al cuartel y hablar con los hombres.

—¿Y qué esperáis conseguir? —preguntó.

—Tenemos que intentar solucionar esto sin provocar una sangría.

—Ya habéis visto cómo responden esos bárbaros a los argumentos. Pensaban que nos íbamos a marchar sin ellos; les entregamos los aparejos y contestan disparando a la capitana. ¿Qué creéis que os sucederá cuando vayáis a hablarles?

Mendaña estaba en su cama, postrado por el dolor y temblando por los escalofríos.

—Mejor una muerte que docenas.

—Si así pensáis, id y haced lo que podáis. Pero tened cuidado, capitán Quirós.

—Os lo agradezco, general.

—Llevaos a don Diego. No os servirá de protección si esos felones os atacan, pero, como representante del rey, tal vez duden antes de disparar.

El capitán Quirós tomó el batel junto a algunos marineros y el pintor del rey. Nada más pisar la playa, varios soldados armados salieron a su encuentro.

—¿No tomáis las velas para regresar al Perú? —le preguntó uno con sorna.

—Las velas están en el puesto de guardia, bajo la protección del coronel —explicó con paciencia.

En su camino hasta el cuartel no recibió más que insultos y miradas violentas tanto de soldados como de colonos. Sánchez Coello iba a su lado, con la mano apoyada en la empuñadura de la espada, haciendo caso omiso de lo que los rodeaba.

Ya dentro de la empalizada, el capitán Quirós pidió a voces a todos los presentes que se acercaran. Lo hicieron de mala gana, murmurando amenazas y con las armas a mano.

—¿Adónde nos habéis traído? —gritó uno entre la multitud.

—¿Qué mísero lugar es este? —respondió otro.

—Por favor, por favor, hacedme la merced de escuchar lo que he venido a deciros.

Las murmuraciones se fueron acallando, aunque siguieron algunos gritos:

—¡No hemos venido aquí a sembrar!

—Escuchemos lo que tiene que decir antes de matarlo.

Todos se echaron a reír, aunque a Quirós se le hizo un nudo en la garganta.

Hubiera querido que el coronel estuviera presente, pero no se le veía por ninguna parte. No podía esperarlo, urgía decir lo que tenía que decir y marcharse cuanto antes.

—Estoy al tanto de los rumores que corren por el campamento, por eso he venido a deciros que son infundados.

—¡Mentiroso!

—Nadie va a enviar aviso al Perú. Las naves fondean en la bahía desnudas de sus aparejos; las velas están aquí, a cargo de los hombres de armas. ¿Cómo podríamos navegar sin velas? —Aquel argumento parecía convincente.

—¡Estas no son las islas que prometió el adelantado! —interrumpió un colono—. No nos enrolamos en la expedición para trabajar campos estériles y guerrear con salvajes. Que nos lleve a las Salomón o de vuelta al Perú.

Recibió voces de apoyo y murmullos de aprobación.

—Señores, señores, por favor, escuchadme. Además de estar las naos desaparejadas, tengo que deciros que no es posible regresar al Perú. Los mismos vientos que nos empujaron hasta aquí son los que encontraremos si pretendemos navegar hacia Lima. No es posible navegar contra el viento.

—¡La ruta de Acapulco! —gritó un soldado.

—Para tomar los vientos de la ruta entre Manila y Acapulco es necesario subir hacia el norte por rutas desconocidas durante más tiempo del que nos llevó llegar a esta isla. Las naves están en mal estado, no es seguro navegar así.

—Moriremos antes en el mar que en esta tierra, esperando a que vos y el adelantado regreséis del Perú —repuso el mismo soldado.

Quirós hizo un gesto de desesperación; en verdad era difícil tratar con gente tan ruda.

—Y a buen seguro que moriríamos en el mar. Escuchadme bien, nadie va a regresar a Lima por el momento. Además de los vientos, ¿qué abastecimientos tenemos? Decís que estas tierras son estériles. —Miró alrededor, contemplando el enorme follaje que los rodeaba—. ¿Cómo vamos a obtener todos los víveres que necesitamos? Además, eso llevaría tiempo, un tiempo que no le dais al adelantado. Aunque pudiéramos llevarnos toda la fruta que encontremos, son productos que no conocemos, ¿cuánto durarían a bordo antes de ser pasto de los gusanos? ¿Y qué me decís del agua? Incluso si diéramos con la ruta de Acapulco, el viaje sería más largo que el que ya hemos sufrido, y muchas de las tinajas que trajimos se han roto o están inservibles. ¿Queréis beber, desesperados, el agua del mar?

Sus razones eran de peso, incluso personas manipuladas y obcecadas como esas lo entenderían. Pero no se darían por vencidos tan fácilmente.

—¡El adelantado nos engañó! ¡Aquí no hay oro!

—¿Quién engaña a quién? El adelantado nos propuso lanzarnos a una aventura, recorriendo rutas ignotas para llegar a unas islas desconocidas y conquistarlas en nombre del rey y del Señor, a quien le debemos la conversión de las almas de los nativos. En cambio, a vosotros os dicen que el capitán pretende huir en naves desaparejadas, que el adelantado quiere dejaros en esta isla abandonados. Decidme, si podéis, ¿quién engaña a quién?

—Poco le importan al rey estas islas, y las almas de los salvajes no merecen entrar en el reino de Dios. Mientras tanto, nosotros nos pudrimos aquí, engañados y abandonados. Si no podemos ir a Lima, llevadnos a Manila, donde gobiernan los verdaderos cristianos.

—Antes que cristianos, en Manila hubo gentiles. ¿Pensabais que en las Salomón os estarían esperando las riquezas? Nosotros, como los conquistadores del Perú, de Nueva España o de las Filipinas, debemos trabajar para convertir nuestro descubrimiento en un hogar cristiano. Ni Sevilla, ni Roma, ni París, ni ninguna de las grandes ciudades se construyó sin esfuerzo.

—¡A Manila! —gritaron varios, sin importarles lo que el capitán les decía.

Quirós negó con la cabeza. No estaba dando resultado.

—Nos debemos a nosotros mismos, al rey, al adelantado y a Dios persistir en nuestro esfuerzo. ¿Qué creéis que os espera en Manila, aparte de una condena por desobediencia? Al rey le debemos la colonización de estas islas, razón por la que nos envió. A Dios, la conversión de estas almas que habitan en el desconocimiento de la fe verdadera. Al adelantado, que lo dejó todo en Lima, que gastó toda su hacienda en este viaje, el agradecimiento por la oportunidad que nos ha concedido. Y a nosotros mismos, cumplir con nuestra honra y nuestro deber para con el adelantado, el rey y nuestro Señor.

Soldados y colonos comentaban entre sí y, por vez primera, el capitán creyó haber sembrado las dudas entre ellos.

—¡No queremos seguir aquí! ¡Iremos a Lima o a Manila!

—Pleiteáis sin fundamento, amigos. Embarcad conmigo si queréis. Aparejaremos la capitana y nos lanzaremos al océano. Vosotros mismos podréis comprobar que es imposible.

Se armó un buen revuelo. Gritos, aspavientos, enfrentamientos... Por un instante, el capitán pensó que los estaba convenciendo, que las semillas que había logrado sembrar germinarían y todos comprenderían que no existía la posibilidad de salir de aquellas islas.

Pero todo se vino abajo cuando algunos soldados desnudaron sus espadas.

—¡No os creáis nada de lo que dice! ¡Acabemos con él y tomemos las naves!

Más gritos. Más aspavientos.

Los soldados se echaban encima de Quirós y Sánchez Coello, que no pudieron hacer nada por defenderse.

Todo estaba ya perdido.

24

De la calma que precede a la tempestad

Isla de Santa Cruz, 4 de octubre de 1595

Pedro Merino de Manrique observaba al capitán Quirós discutir con sus hombres dentro de la empalizada. Despreciaba a aquel hombre, el «apestoso portuguesito», como solía referirse a él. Le parecía un petimetre fementido, artero y oscuro. Consideraba su aparente beatitud un signo de hipocresía, cuando no directamente de debilidad. No soportaba su presencia ni su voz. Ni su hedor a pescado podrido.

No obstante, el portuguesito estaba convenciendo a los colonos, e incluso algunos de los soldados se quedaban sin argumentos que oponer a las razones que, una tras otra, desgranaba el capitán; sin embargo, el coronel lo tenía previsto, y varios de sus hombres se habían distribuido entre la muchedumbre para lanzar diatribas, exabruptos y amenazas si el asunto se ponía feo. Y si la situación se tornaba peligrosa para sus intereses, tenían orden de matarlo.

Lo escuchó durante unos pocos minutos antes de decidir que ya era más que suficiente. Entonces puso en marcha el siguiente paso de su plan: visitar al adelantado en la nao capitana. Sabía que lo encontraría postrado en su cama, que sería imposible reunirse con él sin la presencia de su esposa... Y eso, la fuente de la fuerza de Álvaro de Mendaña, su esposa, se convertiría en su debilidad. Pedro Merino sabía que el adelantado era más un político que un navegante. Escuchaba, se dejaba aconsejar, buscaba soluciones que satisficieran a todas las partes. Pero le faltaba mano dura, algo que le sobraba a su esposa. Ella sí era una líder. El maestro de campo había visto muchos y sabía reconocerlos a la legua. Ella era el verdadero peligro para sus planes.

Llegó a la playa desde donde se avistaban las tres naves fondeadas en la bahía Graciosa, dejando tras ellas el islote que llamaban el «Huerto de Mendaña». Las aguas claras del mar del Sur brillaban bajo el sol en reflejos turquesa tan hermosos como la visión de la Gloria.

—Muchachos, hoy sería un bonito día para morir —les dijo con socarronería a los marineros que esperaban junto al batel. Ellos se miraron, conscientes de que aquel hombre, que llegaba solo y desarmado, era su mayor enemigo.

—¿Es una amenaza, coronel?

—Cuando os amenace será con un cuchillo en la garganta y un arcabuz en vuestras partes. —Se echó a reír a carcajadas y le dio una fuerte palmada en la espalda al marinero que le había hablado—. Y ahora remad, muchachos. El adelantado me espera.

Pedro Merino subió a la capitana entre las miradas del resto de los tripulantes, que abandonaron sus quehaceres para acercarse a él, escupirle en el camino y chocar con su hombro a su paso. A él poco le importaba, todo estaba dentro del guion que había imaginado. Cualquier altercado que aconteciera en su visita al general beneficiaría a sus planes.

Entró en la sala de cartografía y llamó a la puerta del dormitorio del adelantado. Una pestilencia a enfermedad lo recibió al entrar; Álvaro de Mendaña descansaba en la cama de su camarote, tapado con una frazada y empapado en sudor como si habitase bajo una cascada.

—Mi general —lo saludó—. Señora. —Hizo un gesto hacia Isabel, que se acababa de levantar para abrir bien la ventana.

Una ráfaga de aire cálido entró en la habitación, con su aroma a mar y a salitre.

—El calor no favorece a su estado febril, pero los mosquitos pretenden devorarlo cuando hay luz.

—No os molestéis por mí, podéis mantener la ventana cerrada.

—No se combate a la oscuridad con más oscuridad, coronel. —Isabel le hizo un gesto con la mano, invitándolo a sentarse. El maestro de campo hizo lo propio en una silla dispuesta para los visitantes.

—¿Está despierto? ¿Puede hablar?

Isabel anduvo desde la ventana hasta el aguamanil, donde empapó un trapo de agua para ponérselo después en la frente a su esposo. Junto al aguamanil había un plato con un coco abierto y un cuchillo; el filo del acero brilló al pasar la adelantada, reclamando la atención del coronel.

—Está despierto, señor de Manrique, pero débil. ¿Qué es lo que queréis?

Mendaña convulsionó al sentir el trapo húmedo sobre sus sienes. Abrió los ojos con cautela, como si temiese despertar en mitad del infierno.

—¿Isabel? —preguntó con voz queda—. ¿Isabel?

—Tranquilo, no es necesario que hables, querido. Pero ha venido el coronel a verte.

Hasta ese momento Pedro Merino no se había dado cuenta de que era la primera vez que veía a Isabel Barreto tan relajada, hablando en susurros.

—Coronel... —Lo buscó con la mano, pero Pedro Merino no se la ofreció—. ¿Qué necesitáis?

Había borrado de su rostro aquella sonrisa terrible que solía mostrar. Observó al adelantado con cierta lástima, pues no esperaba hallarlo en tan mal estado. De nada serviría provocarlo.

—El capitán Quirós ha desembarcado para hablar con mis hombres y con los colonos, quería avisaros de que me parece algo totalmente irregular. Si deciden atacarlo, no podré defenderlo.

Mendaña hizo un gran esfuerzo por apoyar la espalda contra el cabecero de la cama. Parpadeó varias veces hasta acostumbrar los ojos a la luz que se filtraba por el ventanuco.

—Os recuerdo, coronel, que vuestros hombres son mis hombres. Yo he dado autorización al señor Fernández de Quirós para hablar con los soldados —se interrumpió e hizo una mueca de dolor—, y los colonos. Vos sois el oficial militar de más alto rango, y seréis el responsable si el capitán y piloto mayor de esta expedición pierde la vida a manos de soldados españoles.

Pedro Merino recuperó su sonrisa y se retrepó en la silla.

—Las cosas no han salido como vos imaginabais, ¿no es cierto?

Isabel tomó el trapo de la frente de su marido y le dio la vuelta antes de responder.

—Parece, más bien, que van saliendo como vos habíais planeado.

El maestro de campo frunció el ceño.

—No pongáis esa cara de sorpresa, maese de Manrique —le increpó Isabel—. Tenemos pruebas de que habéis conspirado contra el general. Hay soldados y colonos que aseguran que vos mismo promovisteis la escritura de cierto papel que muchos han firmado. Ese acto, sin notificación previa al general a través de la cadena de mando, supone un motín del que solo vos sois responsable.

—Cariño, ¿serías tan amable de empapar de nuevo el trapo? Ya está caliente.

—Por supuesto, Álvaro.

Isabel retiró el trapo de su frente, caminó hasta el aguamanil y lo hundió en el agua. Cuando regresó, el cuchillo que antes había junto al coco abierto ya no estaba.

Pedro Merino carraspeó.

—No negaré que apoyo las demandas de mis hombres y de los colonos. A estas alturas, no nos cabe duda a ninguno de que no estamos en las islas que nos prometisteis. Además, somos conscientes de que pretendéis construir una colonia en la isla y regresar a Lima, y nadie quiere quedarse. Vuestra obcecación y la de vuestra esposa nos parecen a todos contraproducentes; por eso se hizo circular ese papel.

Isabel terminó de colocar el trapo húmedo sobre la frente de su esposo. Después se giró, sin sentarse, para enfrentarse al coronel.

—Ningún colono, ningún soldado ni ningún marinero firmó un contrato para viajar a las islas Salomón. No cabe duda de que es el objetivo de esta expedición, pero nuestro viaje era incierto cuando partimos de El Callao, y lo es también ahora mismo. El rey nos ordenó iniciar un descubrimiento, fundar ciudades y establecer colonias en los mares del Sur. Eso es exactamente lo que estamos haciendo, maese de Manrique. Y os recuerdo que el general es don Álvaro de Mendaña y Neyra, no Pedro Merino de Manrique. Mi marido habla por la voz del rey, y si ordenase construir una colonia en una isla desértica y deshabitada, vos deberíais seguir sus órdenes sin cuestionarlas y velar por que todos las cumplieran.

Había conseguido decir todo aquello con un tono lineal, como en un susurro.

El coronel apoyó una mano sobre su rodilla y elevó el gesto hasta Isabel.

—Es una forma de verlo, mi señora. Otra sería que el general y su esposa se han visto atacados por un acceso de poder y pretenden matar a toda la tripulación con decisiones arbitrarias basadas en su único beneficio, obviando las órdenes de Su Majestad de colonizar las islas Salomón y establecer ciudades en lugares estratégicos.

—¿Y creéis que eso justificaría el asesinato del general?

—Mi señora, he estado en muchas batallas. La guerra no se explica en términos de justificación, solo se observan los resultados. Si la muerte del general permitiese a todos regresar con vida a sus hogares, tal vez fuese la mejor opción.

Isabel caminó con lentitud hasta la silla en la que se sentaba el coronel. Lo rodeó, acariciando su hombro derecho, algo que perturbó sobremanera al maestro de campo. Cuando estuvo a su espalda, agachó su cabeza hasta alcanzar el oído de Pedro Merino.

—No solo sois un traidor, sino que además hacéis gala de ello —le susurró, poniéndole el cuchillo en la garganta—. Habéis venido hasta el dormitorio del general en la nao capitana para amenazarlo de muerte, dejando vuestra vida en nuestras manos. —Isabel jugaba con el cuchillo, deslizándolo por la garganta del coronel—. No negaré que sois valiente, que ponéis vuestras absurdas ideas y estúpidos convencimientos por encima de vuestra vida. Podría mataros con un solo movimiento... Disfrutaría viendo cómo os desangráis como un puerco... Pero no lo haré. —Apartó el cuchillo y caminó con la misma lentitud hasta la ventana, observando la playa y las tranquilas aguas de la bahía—. Si os matásemos aquí y ahora, aunque estuviese sobradamente justificado, los soldados que hay en tierra se levantarían en armas. Y, aunque os cueste creerlo, no hay nada más lejos de nuestra intención que provocar eso.

—¿Para qué habéis venido, coronel? —preguntó entonces Mendaña con la voz rota.

Pedro Merino no apartaba la mirada de Isabel Barreto, cuya figura se silueteaba al contraluz de la ventana. La conversación no había discurrido por los cauces que él había imaginado, y no sabía qué contestar al adelantado. Decidió cambiar de estrategia.

—Quería saber cómo os encontrabais y poneros al tanto de lo que ocurre en tierra, ya que vuestra enfermedad os impide desembarcar.

—Y bien, ¿qué sucede en tierra? Si vais a repetir que el capitán Quirós está hablando con vuestros hombres, desistid, por favor. ¿Alguna noticia más? —Solo hubo silencio—. Entonces hacedme la merced de permitir mi descanso; a buen seguro que hay mucho trabajo en el campamento. Marchaos.

Pedro Merino se levantó y caminó hasta la puerta. Cuando tenía el picaporte en la mano, Isabel le habló:

—Os sugiero que abandonéis vuestras aspiraciones de poder. Jamás seréis el general de esta expedición.

El coronel rio sin girarse.

—Eso ya lo veremos, mi señora.

El camino de regreso al cuartel fue muy distinto para el maestro de campo, que no dejaba de darle vueltas a lo que había salido mal en la San Jerónimo. Esperaba muchas cosas del adelantado y de su esposa, incluso que ordenasen matarlo. Eso no le importaba. No quería morir, por supuesto, pero su muerte empujaría a los que aún dudaban de la tiranía del general y los soldados tomarían el control de la expedición. Para él eso sería una victoria, aunque su cadáver alimentase a los peces de la bahía, hasta tal punto llegaba su locura.

También había imaginado gritos y reproches continuos, amenazas que se escucharan hasta en la playa, y en cambio había obtenido susurros sibilinos, órdenes veladas... ¡Incluso le habían perdonado la vida!

Era urgente cambiar de estrategia.

Cuando llegó al campamento el revuelo era generalizado.

—¡No os creáis nada de lo que dice! ¡Acabemos con él y tomemos las naves! —escuchó.

Los soldados se abalanzaban sobre el capitán Quirós y el asesor del rey con sus espadas en lo alto, dispuestos a descargar toda su furia sobre ellos.

—¡Alto! —gritó—. ¡Deteneos, muchachos!

Todos se giraron hacia él, con expresiones contrariadas.

Sánchez Coello había desenvainado su espada en el último momento, dispuesto a vender caro su pellejo. Si moría, lo haría con el honor de un guerrero.

—Coronel, ordenad a vuestros hombres que se alejen —gritó el pintor.

—No acepto órdenes de un cobarde que necesita la ayuda de una mujer para defenderse, señor Coello. Envainad vuestra espada si no queréis recibir vuestro merecido antes de tiempo. —Durante unos segundos todos se miraron, esperando que alguien cometiese el error de atacar—. Muchachos, vengo de hablar con el general.

Está muy preocupado por nuestra situación. Lamenta que muchos de vosotros os hayáis quejado en secreto, lo que da indicios de rebelión. Ha dado su consentimiento para que dejéis por escrito cuáles son vuestras necesidades, bajo la promesa de que las atenderá personalmente lo antes posible. Mientras tanto, yo mismo castigaré al que ose contraponer los mandatos de nuestro general, que son los del rey, por mucho que os aprecie a todos vosotros y por muy de acuerdo que esté con vuestras quejas.

Los soldados bajaron las armas, desanimados.

—Gracias, coronel —le dijo el capitán Quirós cuando logró que su corazón dejase de latir como si fuera a abandonar su pecho.

—Callaos, portugués. Hablad solo cuando os lo pida. Y ahora, marchaos de mi campamento.

Quirós y Sánchez Coello obedecieron. No era el mejor momento para quejas que tendrían muy mala solución.

—¿Creéis algo de lo que ha dicho? —le preguntó el capitán al pintor cuando regresaban a la playa.

—No. Ese Pedro Merino es una serpiente, todo lo que sale de su boca es veneno.

—Yo tampoco puedo creer que el adelantado le haya dado permiso para hacer un nuevo papel de demandas.

—Temo que el coronel solo se esté preparando para dar la estocada final. Con ese documento, en apariencia bajo la supervisión del general, podrá justificar muchas cosas si nos mata a todos y logra alcanzar un puerto español. Sin él, tal vez fuese mejor que se quedase en cualquiera de estas islas, pues regresar de la expedición sin oficiales exige una profunda investigación. Sus muchachos no son tan listos ni tan leales como él piensa. He visto sus rostros durante vuestra arenga y he hablado con algunos de ellos. Estoy seguro de que, llegado el momento, muchos se pondrán de nuestra parte.

—Espero que tengáis razón, don Diego.

El pintor se detuvo y agarró del brazo a Quirós.

—Escuchadme bien, Pedro. Si tengo razón, solo existe una solución a este problema. Debemos matar al coronel y apresar a los cabecillas de esta insurrección cuanto antes. De lo contrario, nos colgarán en algún poblado nativo para dar ejemplo. —Quirós quiso quejarse, pero no le dio opción a ello—. Soy consciente de vuestras buenas intenciones, como lo soy de que no hemos recorrido medio mundo para derramar sangre española. Pero será su sangre o la nuestra. Debéis elegir de qué lado estáis. Hacedlo mientras aún respiráis.

Cuando llegaron a la San Jerónimo, encontraron a la adelantada en cubierta. Ya no era aquella joven hermosa de la alta sociedad que había partido de Lima y salía a cubierta tímidamente ataviada con algún fino vestido, sino una mujer madura y curtida por el sufrimiento que se abrazaba a sí misma para protegerse del ligero viento que se había levantado. Sus ropas eran casi las de un marinero, su pelo danzaba suelto al son del viento y no había rastro de joyas ni de objetos suntuosos. Ni siquiera la bisutería con la que en tiempos mejores había querido disimular su reciente pobreza.

Algunos marineros jugaban a los naipes en la proa, mientras otros fregaban la zona del combés y los carpinteros y calafates trabajaban en la reparación de la embarcación.

—Saludos, capitán Quirós. Señor Sánchez Coello...

—Mi señora, ¿cómo se encuentra nuestro buen general? —preguntó el portugués.

—Dolorido. La fiebre aumenta a cada hora. Todo le molesta: la luz le quema, la oscuridad le aterra; el frío le hace temblar y el calor lo derrite; tiene hambre, pero vomita lo que come... Quiere veros, a vos y a don Diego, en su habitación.

Los dos hombres se miraron, asintiendo.

—Iremos de inmediato —comentó el pintor.

Siguieron a Isabel Barreto al interior del alcázar, donde el adelantado languidecía secuestrado por la malaria.

—Mis señores... Qué placer tan grande volver a veros —los saludó.

Tras algunas palabras de ánimo y agradecimiento de unos a otros, Isabel abrió la ventana, como había hecho durante la visita del coronel.

—¿Habéis visto a mis hermanos?

—Mi señora, los Barreto se han refugiado en el poblado de Malope. No son bienvenidos en el cuartel, sus vidas corren peligro allí —contestó Pedro Fernández de Quirós.

—¿Están solos?

—Algunos hombres los acompañan, no más de cuatro, los más leales. Hay algún otro soldado en el campamento que está de nuestra parte, pero son muy pocos. Ellos nos han informado —comentó Sánchez Coello, que había tenido ocasión de hablar con esos hombres mientras el capitán discutía con el resto.

—¿Qué ha sucedido en el cuartel? —La voz de Mendaña era ya casi un susurro, como un manantial que se secase gota a gota.

—Hablé a los hombres, como os sugerí. Les expliqué que no es posible regresar a Lima y que nadie está pensando en abandonarlos. Les dejé claro que estábamos todos juntos en esto, y que oponerse a la palabra del general es traición.

Isabel miró al asesor del rey con ojos entornados.

—¿Sirvió de algo?

Don Diego tosió un par de veces para aclarar su voz. El hedor a enfermedad en aquella habitación era angustioso.

—Las explicaciones náuticas del capitán surtieron efecto, si eso es por lo que preguntáis. Hubo dudas, sobre todo entre los colonos, pero también entre algunos soldados. La única solución que encontraron fue atacarnos.

—¡Dios Santo! —se espantó la adelantada—. ¿Cómo salvasteis la vida?

—Apareció el coronel y dio orden de detenerse —explicó Quirós.

Se hizo un silencio reflexivo.

—¿Pedro Merino os salvó la vida? —preguntó Mendaña con dificultad.

—Por increíble que parezca, así fue. Llegó diciendo que la palabra del general es la del rey y que cualquiera que se opusiera a ella sería castigado —narró Quirós—. Después, conminó a los presentes a dejar por escrito sus quejas, asegurando que tanto él como vos dabais consentimiento.

—¡Por las treinta monedas de Judas! —Mendaña rompió a toser.

—Tranquilo, Álvaro... Tranquilo. —Le tocó la frente. Estaba hirviendo.

—Debo entender por vuestra reacción que el coronel se lo ha inventado, ¿no es cierto?

—¡Por supuesto que lo es! —Un nuevo arrebato de tos le impidió continuar.

—¿Y qué puede buscar con este cambio de actitud? —se preguntó el capitán.

—El maese de Manrique vino aquí con un claro objetivo: provocarnos a mi esposo y a mí. Bueno, en realidad supongo que sobre todo a mí. Cree conocerme; de hecho, cree conocernos a todos. Piensa que soy el punto débil de Álvaro, que mi presencia nos conducirá al fracaso. Se equivoca.

—¿A qué os referís con que vino a provocaros? —inquirió Sánchez Coello.

—¿Acaso no es lo que lleva semanas haciendo? El coronel no está contento con su posición en esta expedición. No soporta estar bajo el mando de una mujer, ni se aviene a considerar las órdenes navales de un portugués. Disculpadme que lo diga de ese modo, capitán, pero vos sabéis tan bien como yo que es así.

—Me hago cargo, mi señora.

—Busca una ruptura, una rebelión. Tiene a sus muchachos preparados, pero no es tan estúpido como para lanzar él la primera piedra. Su objetivo es marcharse de aquí, regresar a Lima y que cada uno haga de su capa un sayo, pero ningún puerto español admitirá el atraque de esta flota sin oficiales, sin explicaciones, sin una investigación. Si va a matarnos a todos, como ha amenazado una y otra vez, necesita tenerlo todo muy bien atado.

—Por eso necesita un nuevo papel —comprendió Sánchez Coello.

—Exacto. Es curioso que hayáis mencionado que solicitaba las quejas por escrito, no las demandas. Los colonos y los soldados no pueden demandar nada al general, pero sí pueden quejarse de su situación. Además, el anterior papel que circuló no fue firmado por todos, ya que muchos temían las posibles represalias de mi esposo. Al afirmar contundentemente que él, como coronel, y Álvaro, como general, dan permiso a ese acto, busca tener un documento oficial, o al menos oficioso, que respalde la situación.

—Y os provoca para que ataquéis y verse obligado a defenderse.

—Si nosotros atacamos, él responderá con toda su fuerza. Pero no es su único plan; hostiga a los poblados de los indígenas para impedir su colaboración, para buscar una guerra. Si se produce una batalla, encontrará una excusa para decir que nos mataron los nativos, y eso apoyará su opinión de que lo mejor es abandonar esta isla.

Quirós había escuchado con la mirada perdida, como si la verdad se revelase ante sus ojos al fin.

—Trata de buscar una coartada para asesinarnos a todos.

—En efecto, capitán. Por eso ha llegado el momento de actuar —expuso Isabel.

Sánchez Coello se levantó, acariciando la culata de su pistolete.

—¿Y cómo lo haremos, mi señora? —Estaba realmente asustado. Quirós era un hombre de mar, no de armas, y aquellas intrigas le quedaban grandes—. Vos misma habéis dicho que nos está esperando, que responderá con toda su fuerza.

—Lo tomaremos por sorpresa, capitán. Mañana debéis ir al poblado de Malope y hablar con mis hermanos. Que informen solo a sus hombres de mayor confianza, los necesitaremos a todos cuando ataquemos a Pedro Merino. Pasado mañana será el día. Hay que acabar con el coronel en nombre del rey, y reducir al alférez Buitrago y a sus cabecillas. Cuando los soldados se vean despojados de la autoridad inmediata, tendrán que decidir si atacan por su cuenta o son leales al general y al rey.

—Puede que lo parezcan, pero no son estúpidos. No del todo. Aceptarán el mando del adelantado —aseguró Sánchez Coello, que ya había propuesto con anterioridad un plan similar.

—Por si acaso, desembarcaréis con el estandarte real. El capitán Felipe Corzo os acompañará, así como algunos marineros armados.

—¿El capitán Corzo está de nuestra parte? —se extrañó el pintor.

—Ya está informado. En dos días saltará con vos a tierra para... —dudó cómo expresarlo— hacer lo que ha de hacerse.

—¿Y el capitán Leyva? —preguntó Quirós.

—Felipe Corzo es un hombre avaricioso, un mercenario. Eso quiere decir que tiene un precio. Con Alonso de Leyva no podía arriesgarme, por lo que mañana será enviado a buscar, una vez más, la Santa Isabel.

—Entonces ¿estáis resuelta a asesinar al coronel?

Isabel miró al portugués con ojos profundos y brillantes. En el crepúsculo de aquella habitación, el verde de sus iris era como un arrecife de coral.

—He podido matarlo hace solo unos minutos. Estaba sentado en el mismo sitio donde estáis vos ahora y le he puesto un cuchillo en la garganta. Pero no lo haremos así, capitán. —Hizo una pausa antes de continuar—. Estoy dispuesta a hacer justicia, señor Quirós. Pedro Merino de Manrique será ejecutado por traidor, insurrecto y rebelde. Vos mismo habéis visto cómo ha actuado. Tenemos en nuestro poder el papel que circuló hace unos días en el que los soldados se oponen a las órdenes del general. Por suerte, alguno sabía escribir y mencionó al coronel. Además, nos ha amenazado a todos nosotros, uno tras otro. Su culpabilidad está probada.

Todos sabían que aquello no era del todo cierto. Pero no hacía falta que lo fuese; al fin y al cabo, la máxima autoridad en aquel viaje era Álvaro de Mendaña. Él hablaba por la voz del rey, y si el general culpabilizaba al coronel de traición, debía ejecutarlo.

—Capitán Quirós —lo llamó Álvaro de Mendaña.

—Decidme, general.

—Nunca os quise meter en algo así. Vos y yo teníamos sueños de grandeza, de descubrimiento y exploración. Comprendo vuestras dudas, jamás pensé que llegaríamos a esto, pero no tenemos más remedio. He gastado horas y días en buscar una alternativa, una solución a estos problemas, y cada vez que pienso que las aguas pueden volver a su cauce, me encuentro con Pedro Merino y él se encarga de destruir los diques. O lo matamos nosotros, o él nos terminará matando. ¿Estamos juntos en este asunto?

Se tomó su tiempo para contestar; había aprendido a desconfiar de situaciones como aquella. Él era un lobo de mar, un hombre acostumbrado a medir los vientos, pesar el cielo y surcar el océano.

—Sí, mi general.

—Lo celebro. —Mendaña hizo una mueca horrible de dolor que pretendía ser una sonrisa—. Ahora necesito descansar. Os agradezco vuestra visita.

Por la noche, cuando el adelantado se hubo dormido, Isabel fue a la sala de cartografía, donde Sánchez Coello, Pedro Fernández de Quirós, el vicario y el capellán cenaban. Se unió a ellos en silencio y degustó un puré de calabaza y los restos de un bizcocho cocinado con la harina rancia y herrumbrosa que quedaba en el pañol común de la San Jerónimo.

Los sacerdotes se retiraron pronto a dormir y el capitán Quirós, más taciturno aún que de costumbre, se despidió antes de que el sol se pusiera del todo.

—Capitán, esperad un momento, por favor.

—¿Sí, mi señora? —Se quedó de pie, junto a la puerta.

—No he querido decirlo delante de mi marido porque él no aceptaría que corriera el riesgo.

—¿Qué queréis decir?

—Mañana desembarcaré e iré al poblado de Malope con vos.

Quirós frunció el ceño.

—Eso no será posible, mi señora. Estaréis en un peligro constante, los indios querrán honraros, el mismo Malope...

—Iré disfrazada como un marinero, no os preocupéis por eso —lo interrumpió.

—De igual modo, si algo os sucediera, el adelantado jamás me lo perdonaría —repuso.

—No hay otra forma de hacerlo, capitán. Mis hermanos jamás se fiarán de nadie que no sea yo misma para ejecutar un plan como este. Deben de estar asustados, temiendo una inminente traición. Solo obedecerán si soy yo quien les explica lo que han de hacer. Sin ellos, estaremos perdidos.

El capitán se quedó mudo y miró hacia Sánchez Coello para buscar su apoyo. El pintor simplemente asintió.

—No sé para qué me consultáis; en cualquier caso, haréis lo que os plazca. —Salió y cerró la puerta.

—No se lo ha tomado demasiado bien.

—Mi señora, bastante dolor le causa tener mujeres a bordo como para encima cargar con ellas en tierra —bromeó Sánchez Coello.

—Ah, así que ahora soy una carga.

—Fijaos en lo que estamos a punto de hacer, mi señora. Y todo por usted.

También era una broma, pero la hizo reflexionar. *¿De verdad todo esto es por mi culpa?*

—Don Diego. —Se acercó a él y lo tomó de una mano. Era áspera, dura, firme—. Por favor, decidme que hago lo correcto, que esta situación no se puede demorar más.

El hombre le apartó un mechón de pelo de la cara, escondiéndolo tras su oreja. Le pareció una mujer extraordinariamente bella. Era muy posible que en realidad no tuviera ningún rasgo especial, nada que llamase la atención, pero al mirar sus ojos veía valentía, determinación, coraje, honor. Y otras tantas cosas que no acostumbraba a ver en los ojos de los hombres.

—No existe lo correcto o lo incorrecto, mi señora. Pero puedo aseguraros que hacéis lo mejor para vos, vuestra familia y esta expedición.

Isabel apretó su mano y la besó. Después le dedicó una amplia sonrisa.

—Os lo agradezco, don Diego.

Se levantó, le acarició un hombro y caminó hacia la puerta.

—Recogeos el cabello.

—¿Cómo decís? —Casi no le había escuchado, sumida en sus pensamientos como estaba.

—Mañana, cuando os hagáis pasar por un marinero, recogeos el cabello.

—Así lo haré. Gracias otra vez, don Diego.

—Una cosa más.

—¿Sí? —Se giró de súbito, como si se hubiese asustado al escuchar su voz de nuevo.

—Hace unos días os dije que me teníais que ayudar a matar a Juan de Buitrago.

—Lo recuerdo.

—Pues bien, lo necesito vivo. Tengo que averiguar algunas cosas antes de...

—Haré todo lo que pueda, don Diego.

—Soy yo quien os lo agradece —contestó.

Isabel abrió la puerta y se marchó a su dormitorio.

Aquella noche no durmió. Mariana y Elvira se metieron en la cama con ella, abrazándola cada una desde un lado, pero los ojos de Isabel Barreto se mantuvieron abiertos hasta el amanecer.

Por la mañana, Pancha la ayudó a vestirse como un marinero. Cuando Elvira, Belita y Mariana entraron en la habitación, creyeron que la sirvienta inca estaba seduciendo a algún tripulante y no pudieron evitar echarse a reír. No era la primera vez que la encontraban en aquella actitud; Pancha era bien conocida en las tres naos por sus deseos concupiscentes... Y también por saber todo lo que sucedía en todas partes.

Solo descubrieron que aquel marinero era en realidad Isabel cuando les habló. Entonces las risas se recrudecieron.

—Hermana, siempre supe que debisteis haber nacido varón.

Isabel le lanzó una bota y todas volvieron a reír.

Subió al batel con Sánchez Coello, el capitán Quirós y algunos marineros, tres de los cuales iban armados con un arcabuz. No se dirigieron a la playa, donde algunos soldados hacían guardia, sino que tomaron la desembocadura del cercano río que moría en la bahía y lo remontaron hasta el poblado de Malope. Allí, Isabel se reencontró con sus hermanos, a los que puso al día de lo planeado y les dio las órdenes pertinentes que debían cumplir al día siguiente.

Cuando regresaban al batel llegó Malope en una de las canoas. Celebró con mucha alegría la llegada de nuevos visitantes, a quienes ofreció todo tipo de alimentos antes de invitarlos a seguirlo para ir a otros poblados.

Isabel se mostró entusiasmada, pero evitó abrir la boca para no delatar su identidad, que ni siquiera habían reconocido los otros marineros. Para ella era la primera oportunidad de explorar aquella isla que llevaba tantas semanas admirando desde la terracilla de su camarote.

El batel siguió la canoa de Malope, que los condujo de un poblado a otro. En cada uno de ellos se detenía, se subía a una piedra o a la espalda de algún indígena y hablaba a gritos. Por supuesto, los españoles no entendían nada, pero a los pocos minutos los nativos comenzaban a cargar el batel con cerdos, frutas, raíces, almendras, cañas dulces... y todo lo que encontrasen en su aldea.

Así pasaron el día entero, cargando provisiones, gozando de la hospitalidad y amistad del cacique, que no dejaba de preguntarles por Mendaña a grandes gritos, lamentando su enfermedad.

Isabel comprendió por qué su esposo admiraba a Malope, por qué había trabado una fuerte amistad con él y lo visitaba siempre que podía. Aquel hombre era respetado en toda la isla. Cuando ponía un pie en algún poblado, todos se detenían, lo escuchaban y obedecían de buen grado. El nativo hablaba mucho, mezclando algunas palabras que el adelantado le había enseñado en castellano con su lengua natal. Por medio de señas, se hacía entender sin demasiada dificultad.

Por primera vez en mucho tiempo Isabel disfrutaba de verdad de un día agradable. Encontró a los nativos amables y humildes. Les daban de todo sin pedir nada a cambio. Y la isla era magnífica. Vista de cerca, llegando a territorios que los soldados no habían sido capaces de explorar, no comprendía por qué tanto ellos como los colonos se empeñaban en afirmar que era un erial y que aquellas tierras no se podían cultivar. Si algo había en Santa Cruz era vida, una vida rebosante que todo lo llenaba. Grandes árboles, gallinas, puercos, todo tipo de aves y reptiles...

Cada pocos metros había una aldea de indígenas que se erigía entre el follaje, a la sombra de grandes árboles. Los cerros y las quebradas estaban cubiertos por bosques y arbustos, y apenas quedaba un trozo de isla desnudo de aquella vida.

Al regresar hacia la San Jerónimo con el batel lleno hasta arriba de provisiones, vio el volcán recortarse en el horizonte quemado del atardecer. El cráter chisporroteaba, amenazando con volver a escupir su fuego incandescente. Por un instante pensó que aquello no era un buen presagio, pero manoteó en el aire espantando aquella idea.

—Compañero, es hora de que remes.

Un marinero le ofrecía un remo. El hombre llevaba todo el día bogando y sudaba profusamente. Isabel tomó el canalete entre sus manos y a punto estuvo de perderlo llevado por la corriente.

—Muchacho, déjame a mí —intercedió Sánchez Coello guiñándole un ojo a Isabel y arrebatándole el remo de sus frágiles manos—. Esto me hará sentir como un chiquillo.

El sol se puso más allá del volcán, quemando con su fuego los últimos minutos del día. Ya nada volvería a ser como antes. Aquel atardecer sería el último que Isabel vería en su vida antes de cometer un asesinato.

Apartó la mirada del horizonte justo antes de que su alma también prendiera.

25

De lo que aconteció cuando el adelantado tomó tierra en Santa Cruz para poner orden

Bahía Graciosa (isla de Santa Cruz), 6 de octubre de 1595

Al alba de aquel día de primavera, el capitán Pedro Fernández de Quirós; el asesor del rey Felipe, Diego Sánchez Coello; Myn y dos marineros más esperaban en la cubierta de la San Jerónimo la llegada de su general. Álvaro de Mendaña apenas había logrado dormir aquella noche, como tantas otras en jornadas anteriores. El dolor le bajaba desde la cabeza hasta las piernas, se sentía débil y la fiebre le provocaba escalofríos. Había pasado las horas abrazado a un crucifijo, rezando a Dios por su alma y la de su esposa, pues lo que iba a llevar a cabo era un acto terrible. Por supuesto, era más consciente que nadie de la necesidad de aquella ejecución, lo que no lograba reducir el sentimiento de culpa que crecía en su interior.

A su lado, Isabel Barreto tampoco había dormido. Alternó ratos de descanso en una silla con otros en los que atendía a su esposo, aunque pasó la mayor parte del tiempo observando a través de la ventana. Los fuegos que los nativos preparaban por las noches elevaban enormes puntales de humo hacia las estrellas, que derramaban bondadosas sus brillos cristalinos y titilantes desde la distancia del paisaje espacial. La luna se quebraba entre nubes silenciosas y afiladas como cuchillos, rielando sobre las aguas del mar del Sur en la tranquila bahía Graciosa.

Isabel observaba la espesura que cubría la isla, tan sosegada en la calma de la madrugada, aunque era tan solo un trampantojo visual, pues de sus cerros bajaban cantos tribales que reverberaban en los valles y en las quebradas que formaban los manantiales y los ríos.

Se preguntó, apoyada sobre el alféizar, si aquella exploración que había llevado a cabo en compañía de Malope y el capitán era la aventura con la que siempre había soñado. También en Santa Cristina pudo desembarcar, pero fue muy distinto. Aún soñaba algunas noches con aquellas extrañas figuras de madera que simulaban ser hombres, o quizá dioses. En su inconsciencia se tornaban antiguos caciques de aquellas islas que miraban a los españoles con gestos ceñudos y agresivos, culpándolos de las matanzas que, por unas causas o por otras, siempre acontecían.

Sí, lo de hoy ha sido muy diferente. Qué bello país es este, que con nuestras armas y nuestros corazones podridos por el poder y la avaricia hemos venido a destruir, pensó.

Malope le había parecido un hombre excepcional. No le extrañaba que su esposo lo admirase. Pero no solo él; la mayor parte de los indígenas eran amables con ellos. Era evidente que temían el poder de sus arcabuces, pero eso no les impedía reír, divertirse y bromear. Eran bravos, aguerridos, fuertes.

El amanecer la encontró en aquella ventana. Los fuegos ya no eran más que un recuerdo fatuo de la noche, y el firmamento se había apagado como si su poder se hubiera consumido durante la madrugada. Tal vez no quisiera ver lo que estaba por acontecer aquel día.

Lavó a su esposo y lo ayudó a vestirse. Eligió su uniforme de general, pues era en calidad de tal que ejecutaría al traidor. Después le llevó algo de desayuno y un jarabe que el pintor Sánchez Coello había preparado. Le aseguró que le daría fuerzas para acabar la jornada, aunque probablemente después se sentiría aún más cansado de lo habitual.

Se encontraron en cubierta con el resto de los hombres, armados y portando el estandarte real. Mendaña se inclinó ante él y lo besó.

—¿Estáis preparados, amigos?

—Sí, mi general —contestó don Diego. Los demás solo pudieron asentir con la cabeza.

—Isabel, en cuanto todo esté hecho enviaré a algún muchacho para que te avise, como hemos acordado.

Ella también asintió, con los brazos cruzados a la altura del pecho. Se había prometido a sí misma que no lloraría, pero estaba a punto de incumplir su palabra. El general contaba con pocos hombres, solo esos cuatro que saldrían junto a él de la nao capitana, además de Felipe Corzo, los Barreto y unos pocos soldados leales a la familia. ¿Qué podrían hacer frente a la mesnada del coronel?

Desde la toldilla, Isabel los vio acercarse a la playa en el batel. Entonces sí se permitió llorar. No se atrevía a pensar qué sería de ella si su marido fracasaba, pues aquello significaría que tanto él como sus hermanos estarían muertos. Si veía a los soldados caminar triunfantes hacia la San Jerónimo, estaba resuelta a acabar con todo. Tenía un cuchillo, el mismo con el que había amenazado al coronel dos días antes. Mataría a su hermana y después se rajaría el cuello a sí misma.

Cuando el general y sus hombres llegaron a la playa, el capitán Felipe Corzo salió de la jungla con un enorme machete entre las manos. Tras él, fueron tomando la playa una buena cantidad de soldados y, por un instante, Isabel pensó que los había traicionado y entregado. *Han matado a mis hermanos y ahora vienen a acabar con nosotros*, imaginó, poniéndose en lo peor. Sin embargo, el capitán de la galeota parecía tan sorprendido como los otros al ver a los soldados.

La adelantada habría dado las joyas que ya no tenía por escuchar lo que decían unos y otros en aquella playa. Tuvo que conformarse con asistir de lejos al encuentro, apretando con sus manos la baranda de la toldilla como si fuesen las garras de un cóndor, hasta casi arrancar las regalas.

—¿Adónde vais a estas horas? ¿Quién está al mando? —preguntó Álvaro de Mendaña con voz firme al verlos.

Era un destacamento de treinta hombres armados, que se sorprendieron al encontrar al general tan temprano en la playa con el estandarte del rey.

—Yo estoy al mando, mi señor. Alférez Juan de Buitrago. Nos envía el maese de Manrique al poblado de Malope a por provisiones. Nos vendría bien el batel.

El adelantado miró de reojo la barcaza.

—De buena gana os lo cedería, pero solo he desembarcado para honrar el cuartel con el estandarte del rey. Ya que hemos de quedarnos en esta isla, que las enseñas de Nuestra Majestad presidan nuestras tierras.

Juan de Buitrago miró el estandarte con respeto, pero al bajar la mirada se encontró con quien lo portaba: Diego Sánchez Coello. A él le dedicó toda la insidia que guardaba en su interior.

—Hacéis bien, mi general. Los indios deben saber a quién pertenece ahora la isla.

Mendaña lo midió con la mirada. Sabía perfectamente quién era aquel hombre; de hecho, era uno de sus objetivos, pero no le pareció mal asunto que se alejase de la empalizada mientras tenía lugar la ejecución. Más tarde habría tiempo de ocuparse de él.

Los acompañaban algunos jóvenes y pajes, incluso un sobrino del coronel, de rostro taimado y ojos temblorosos, a quien toda la tripulación tenía por buen chico, devoto y fiel al rey.

—Saludad a Malope de mi parte y tratadlo con cortesía, pues gracias a él tenemos víveres. Llevarnos bien con su gente nos facilitará reponer abastecimientos. Ayer, el capitán Quirós recorrió algunos poblados con él y trajo de vuelta el batel tan cargado que apenas podía navegar. Id con Dios.

—Id en paz —contestó Juan de Buitrago antes de perderse entre los árboles en dirección contraria.

Unos metros más adelante se encontraron con los hermanos de Isabel en un pequeño claro, junto a algunos tocones talados por los colonos. Los Barreto estaban acompañados por nueve soldados, armados y muertos de miedo, dirigidos por el sargento Juan de la Roca, oficial al cargo del mayor de los hermanos de Isabel. El capitán Lorenzo Barreto saludó con alegría a su cuñado y con respeto a Pedro Fernández de Quirós y Diego Sánchez Coello.

—¿Cuál es la situación?

—Don Álvaro, hemos pasado por el cuartel y apenas hay guardia —anunció Luis Barreto—. Sospechamos que el coronel ha enviado a sus hombres a buscarnos, pues hemos visto dos grupos de treinta soldados dirigirse cada uno en una dirección. Nada imaginan de lo que se les viene encima.

—¿Hay ahora mucha gente dentro de la empalizada? —quiso saber el pintor.

—Los colonos salieron a trabajar hace una media hora. Los soldados que estuvieron de guardia en la madrugada ahora descansan, por lo que solo quedan dos centinelas en la puerta y algunas mujeres y niños —contestó Lorenzo.

—De acuerdo. Ha llegado nuestro momento.

Don Álvaro de Mendaña, adelantado de las islas Salomón, abría la procesión que atravesaba la selva en dirección a la empalizada. Lo seguían de cerca los capitanes de la capitana y la galeota, Pedro Quirós y Felipe Corzo, que afilaba su machete mientras caminaba.

Más atrás avanzaban los cuñados del general junto al liberto Myn y Diego Sánchez Coello, que portaba el estandarte entre las ramas y las copas de los árboles más bajos. Cerraban la comitiva los dos marineros de la San Jerónimo y los soldados que habían reunido los hermanos de Isabel, guardando la espalda a los demás.

Al llegar a la entrada de la empalizada, los centinelas se miraron nerviosos antes de saludar al general.

—Mi señor —dijo uno de ellos—, el coronel está almorzando, ¿queréis que anuncie vuestra visita?

—No sabía que se considerase una visita entrar en mi cuartel, soldado —contestó Mendaña—. Permaneced en vuestros puestos, no vaya a ser que los indios decidan atacar en un día tan hermoso. —Miró hacia el cielo mientras hablaba—. Capitán Barreto, ordenad a dos de vuestros hombres que ayuden en la vigilancia a los centinelas.

—Sí, mi general.

Lorenzo señaló a dos de los soldados, que permanecieron en la puerta junto a sus compañeros.

Dentro de la empalizada se habían construido algunas pequeñas cabañas para los militares y las familias de colonos. Casi todas tenían sus puertas abiertas a causa del calor, y algunas mujeres iban de un lado a otro del campamento transportando cestas llenas de frutas o de ropa para lavar. Varios soldados descansaban a la sombra de los árboles, desarmados cuando no casi desnudos.

La comitiva del general llegó hasta la cabaña de Pedro Merino de Manrique, que desayunaba sentado frente a una pequeña mesa de cañas que había hurtado en alguno de los poblados de nativos que había arrasado.

El general se detuvo frente a la puerta mientras Diego Sánchez Coello clavaba el estandarte en el suelo. Pedro Merino los observó al contraluz desde el interior de la cabaña, que quedaba en sombra. Un esclavo le servía un plato de carne y cortaba queso. Ambos se detuvieron para prestar atención a lo que había al otro lado del umbral.

El coronel, con el torso desnudo, viéndose solo y desarmado, sonrió como tantas veces lo había hecho durante ese viaje, dejando a la vista unos dientes macilentos y podridos en una mueca salvaje, cadavérica, que anunciaba su triste final.

Se levantó y ordenó al esclavo que le diera su jubón y sus armas. Caminó hasta el umbral y por fin se decidió a salir al exterior, momento en el que Álvaro de Mendaña elevó sus ojos al cielo y suspiró, quizá implorando un perdón que no llegaría.

—¡Viva el rey! ¡Muerte a los traidores! —gritó, mientras desenvainaba.

Pedro Merino quiso aprovechar el momento para descargar su espada sobre el adelantado, pero uno de los hombres de los Barreto, Juan de la Roca, lo esperaba apostado contra la pared exterior de la cabaña, junto a la puerta, y lo acuchilló antes de que pudiera hacer nada, primero por el cuello, desde atrás, sacando el acero por la boca del anciano; después en el pecho, ya por delante.

El coronel cayó de rodillas con la mirada perdida. De su boca abierta manaba sangre como si fuera una de aquellas fuentes con que los reyes decoraban los jardines de sus palacios. Apoyó la espada en el suelo y se levantó con grandes esfuerzos. Todos se echaron atrás, como si temiesen la furia de un muerto que se hubiese despertado de su infeliz sueño.

—Ay, mis señores —logró decir.

Entonces sacó fuerzas de algún rincón del infierno, donde a buen seguro ya tenía un pie, si no los dos, y levantó otra vez su espada para atacar al general. Esta vez fue Felipe Corzo quien se lo impidió, haciendo silbar el aire con su machete, que cercenó el brazo del maese de Manrique a la altura del codo. El antebrazo y la mano, cerrada en un puño asiendo la espada, salieron volando varios metros hasta caer al suelo, hendiendo la punta del acero la alfombra de pasto.

Volvió a caer de rodillas sin dejar de mirar el lugar donde debería estar su mano, como si aún pudiera verla.

—¡Ay, ay! ¡Déjenme confesarme!

Otro de los soldados de Lorenzo Barreto le clavó un puñal en el costado derecho, haciéndolo caer al suelo.

—Es demasiado tarde para confesar vuestros pecados, coronel

—le dijo el adelantado arrodillándose junto a él, que sufría los terribles estertores de la muerte—. Tened buena contrición y tal vez San Pedro sea benevolente.

—¡Jesús María! —dijo una mujer que pasaba en ese momento por allí.

Las pocas personas que quedaban en el campamento comenzaban a arremolinarse en torno al cuerpo ya exánime del coronel y el séquito del general.

—¡Amigos! —los llamó don Álvaro—. ¡Amigos! —repitió, para obtener su atención—. El maestro de campo, don Pedro Merino de Manrique, ha muerto en nombre del rey, condenado por traición, desobediencia e insumisión. Pretendía enfrentaros a mí con embustes, conspiraba para asesinarme, como él mismo me lo había hecho saber, y para secuestrar, violar y asesinar a mi mujer. Hemos sufrido mucho, demasiado, para llegar aquí. En nuestro nuevo mundo no hay lugar para sentimientos de odio, ni para la traición, ni la violación, ni el asesinato. Sé que el coronel no actuaba solo, pero es mi decisión perdonar la vida a todo aquel que haya actuado bajo sus órdenes, siempre que se arrepienta y jure de nuevo lealtad al rey y a mí, que soy su representante en estas islas.

La mayoría de los colonos que estaban en el cuartel miraron al coronel casi con alivio, y pensaron que era mejor ser perdonados que ajusticiados, por lo que asintieron en dirección al adelantado.

Algunos soldados se acercaron al general y se arrodillaron, jurándole lealtad y sumándose a su séquito, cada vez más amplio. El atambor, un jovenzuelo que portaba un jubón del ejército tres tallas más grande que la suya, se acercó al cadáver del coronel y lo desnudó. Una mujer lo descubrió y lo reprendió, creándose un momento de confusión. En ese momento, la puerta de una cabaña se abrió y de ella salió Toribio de Bedeterra con la espada en alto.

Luis Barreto, que conversaba con el capitán Quirós muy cerca de la cabaña, fue el único que lo vio; se lanzó contra él con toda su furia y lo tiró al suelo. Bedeterra lanzó una estocada aún sin levantarse, pero el joven hermano de Isabel la desvió con su puñal, que al instante hundió en su estómago. Lo habría matado de no ser por la mediación de Pedro Fernández de Quirós, que ya creía haber visto más sangre de la que era merecedor aquel día.

—¡Muerte a los traidores! —gritó uno de los soldados que había cambiado de bando.

Muchos de los presentes lo repitieron, y las voces debieron llegar hasta más allá de la empalizada, pues los colonos que estaban trabajando y los soldados que permanecían fuera comenzaron a entrar en el cuartel para unirse a los vencedores.

Algunos de los hombres que hasta hacía solo unos minutos habían sido fieles a Pedro Merino, tiraron abajo las puertas de las cabañas de sus compañeros, obligándolos a jurar lealtad al general. De una de aquellas chozas salió Tomás de Ampuero, quien trató de atacar a Lorenzo Barreto. El capitán se defendió con la cólera de un dios pagano, pero su lucha enardeció a los insurrectos, que comenzaron a combatir con sus compañeros. Todos aquellos que habían tenido rencillas durante el viaje pretendieron aprovechar ese día de ira para tomarse la justicia por su mano.

Pedro Fernández de Quirós a duras penas era capaz de poner paz, mientras que los Barreto luchaban a diestro y siniestro contra los enemigos de su cuñado. Diego Sánchez Coello había ido hasta la puerta de la empalizada por si a Juan de Buitrago se le ocurría regresar antes de tiempo y caía muerto por alguno de sus enemigos. Lo necesitaba vivo.

Al cabo de un rato quedó claro que Álvaro de Mendaña había logrado su objetivo: los que aún eran leales al maestro de campo yacían muertos o heridos. Lorenzo Barreto atravesó con su espada a Tomás de Ampuero tras una lucha a muerte que, de haber sucedido en tiempos mejores, habría sido objeto de poemas épicos.

Mendaña ordenó a Felipe Corzo tomar el batel e ir a avisar a su esposa y al vicario, pero, antes, el capitán de la galeota cortó las cabezas de Ampuero y Pedro Merino y clavó cada una en una pica.

—Ponedlas en el cuerpo de guardia —ordenó Mendaña, que parecía recuperado de sus dolencias.

Cuando Isabel llegó se encontró un desastre, aunque toda la violencia ya había pasado. Al menos de momento. Sus hermanos la pusieron al tanto de cuanto había acontecido, y preguntó por los cabecillas que secundaban al maestro de campo.

—Tomás de Ampuero atacó a vuestro hermano, mi señora —explicó Pedro Fernández de Quirós—. Luego hubo una batalla horrible, muchos quisieron vengar pequeñas afrentas surgidas durante los últimos meses. Ampuero acabó muerto, esa es su cabeza. —La señaló con lástima—. Toribio de Bedeterra fue herido por vuestro hermano Luis, pero parece que ya está bien. Será juzgado por el general.

—¿Y Juan de Buitrago?

—Está por llegar. Lo encontramos esta mañana, se dirigía al poblado de Malope en busca de víveres.

—Está bien...

Pero nada lo estaba. Aquello no era lo que ella había planeado. Había muchos más muertos de los que imaginaba, aunque también muchos vivos que se acercaban a ella o a su esposo afirmando que un muro se les había quitado de delante con la muerte del coronel, que habían ido hasta allí para morir por el rey, que morirían donde el general considerase y otras palabras proclamando su lealtad. Después de todo, resultaba que el maestro de campo era experto en atemorizar hombres y aparentar fidelidades, pues casi nadie hablaba bien de él.

Pero quien más le preocupaba era Juan de Buitrago. Su hermana Mariana había acompañado a Elvira Delcano a tierra, y ambas permanecían custodiadas por los Barreto en el cuerpo de guardia. No sabía cómo reaccionaría su doncella al ver a su esposo. Ya le había perdonado la vida una vez; no estaba segura de que pudiese hacerlo una segunda. Pero Diego Sánchez Coello lo necesitaba vivo.

Tras los desastres de la mañana, el día transcurrió con extrema lentitud. Los pocos supervivientes de entre los rebeldes fueron atados en espera de que llegasen el resto de los soldados y pudieran ser juzgados. Álvaro de Mendaña había ordenado dar sepultura a los muertos, así que prepararon algunos ataúdes y metieron en ellos sus cuerpos. El vicario, auxiliado por el capellán, dijo misa en el cuerpo de guardia y, poco a poco, todos regresaron a sus quehaceres cotidianos.

Todo cambió a media tarde. De pronto, sin previo aviso, la tierra rugió en un monstruoso estruendo y tembló como si la sacudiera la ira de Dios. No duró mucho, tan solo unos segundos; más que suficiente como para aterrorizar a todos los conquistadores.

Si aquello hubiese terminado ahí, quizá todos habrían podido volver a sus trabajos, pero dos minutos después se escuchó otro rugido profundo, como si la isla fuera a abrirse en dos y el infierno estuviera listo para invadir la tierra. Pero no hubo temblor.

Isabel había salido del cuerpo de guardia junto a sus hermanos. Observó el cielo en busca quizá de una respuesta. Se había hecho un silencio extraño, ni siquiera las innumerables aves que habitaban en Santa Cruz emitían sonido alguno, igual que los insectos.

—¡Mirad! —Luis señalaba un meteorito en el cielo que dejaba una estela de fuego.

—¿Es un cometa? —preguntó Lorenzo, haciendo visera con su mano para cubrirse del sol.

—No, no lo es —respondió Isabel—. Y... ¡Y viene hacia aquí! ¡Rápido!

Los Barreto regresaron a la carrera al cuerpo de guardia, el edificio en el centro de la empalizada donde se guardaban los víveres, las armas y las municiones.

Los colonos y los soldados que estaban fuera del cuartel comenzaron a entrar a la carrera. El general les hacía señales para que se refugiasen, mientras piedras incandescentes y bolas de fuego escupidas por el volcán caían sobre la isla.

Murmullos y rumores se extendieron enseguida por la comandancia; todos temían lo que pudiera suceder. Isabel trataba de calmar a los niños y a algunas mujeres presas de un ataque de pánico. Les ofrecía agua, pan y queso, y se acuclillaba junto a los críos para limpiarles la cara y dedicarles alguna sonrisa.

Su esposo la llamó con un gesto en la distancia.

—¿Crees que tienen razón? —le preguntó.

—¿En que Dios nos castiga por lo que ha sucedido? No, Álvaro. Eso no tiene ningún sentido. Dios no quita la razón a quien cristianamente la tiene. Además, ¿no te has fijado en que los nativos han comenzado a cantar? —Se escuchaba un sonido grave y continuo, provocado por las voces de todos los indígenas de la isla—. Tengo la sensación de que aquí son otros dioses los que deciden el destino de los hombres. Algo ha sucedido que ha enfadado a los nativos. Algo terrible, Álvaro.

La lluvia de fuego continuaría durante toda la noche, acompañada por aquel arrítmico y monótono canto de los indios. La desesperación fue dando paso a la calma poco a poco, cuando comprobaron que nadie había sufrido ningún daño y todos se fueron sintiendo más seguros.

A la hora del crepúsculo comenzó a llover. Primero fueron unas gotas, después una de aquellas cortinas de agua que lo inundaban todo.

Lorenzo abrió la puerta del cuerpo de guardia; tanta gente allí metida hacía que el calor fuera insoportable. Entonces vieron a un joven paje atravesar la frontera de la empalizada. Caminaba al borde del desmayo, arrastrando sus cortas piernas por el fango. El capitán Barreto ordenó a dos de sus hombres traerlo hasta el edificio.

—¿Qué es lo que ha sucedido? ¿Dónde están los hombres que fueron esta mañana con Juan de Buitrago al poblado de Malope? —le preguntó el adelantado.

El chico respiraba con dificultad, muerto de cansancio.

—Lo han matado, mi general —respondió de forma entrecortada—. Lo han matado.

—¡¿A quién, por las barbas de San Pedro?!

Al paje se le cerraban los ojos. Necesitaba dormir, descansar o, tal vez, simplemente morir.

—A... A Malope...

Álvaro e Isabel se miraron con el terror cincelado en sus rostros.

26

En que se explica el juicio
que hubo en Santa Cruz

Isla de Santa Cruz, 6 de octubre de 1595

Álvaro de Mendaña ordenó al sargento Juan de la Roca, suboficial de Lorenzo Barreto, que fuera con tres hombres a la San Jerónimo y trajese a Juan Leal, un hermano lego que tenía conocimientos de cirugía y hacía las veces de médico o enfermero, según la situación lo demandase.

Ya era noche cerrada cuando llegó al campamento. La lluvia había cesado y el volcán enviaba su aliento empedrado al aire cada vez de forma más espaciada. Se habían encendido hachas por todo el cuartel y, poco a poco, soldados y colonos salían de la comandancia para regresar a sus cabañas.

Dieron agua y comida al joven paje, que fue recuperando la consciencia hasta poder hablar de nuevo.

—Dinos, muchacho, ¿qué ha pasado?

Lo tenían tendido en un jergón junto a los toneles llenos de pólvora. Mendaña comenzaba a sentirse muy fatigado, pero se había prometido a sí mismo no descansar hasta que todo aquel asunto estuviese resuelto, pese a las constantes miradas de lástima de su esposa.

—Ayer... Ayer el coronel se reunió con algunos oficiales... —hablaba con esfuerzo.

—¿Quiénes? —preguntó Lorenzo Barreto.

—Tomás de Ampuero, Toribio de Bedeterra y Juan de Buitrago.

—Esos rascamulas, puercos mondongueros... —espetó Diego Sánchez Coello.

—¿Y qué pasó? —continuó el adelantado su interrogatorio.

—Resolvieron ir al poblado de Malope, donde sabían que se ocultaban los Barreto, para matarlos a ellos y al cacique...

—Pero no encontraron a mis cuñados y pensaron que con matarlo a él sería suficiente, ¿no es así?

El chico temía que dar las respuestas equivocadas pudiera hacer que lo ejecutaran. Desde su posición podía ver a Toribio de Bedeterra y tres soldados más en un cepo, y recordaba haber visto las cabezas del coronel y Tomás de Ampuero clavadas en unos palos a la entrada del cuerpo de guardia.

—Malope debía morir, eso dijo el maese de Manrique.

—¿Por qué? —bramó Mendaña.

—El coronel deseaba una guerra contra los indios. Pensaba que eso os empujaría a atender sus demandas y hacernos regresar a Lima... O al menos al principio.

—¿Qué quieres decir?

El paje torció el gesto, lamentando tener que explicar algo que podría condenarlo, pero dadas las circunstancias sabía que su única opción era ponerse del lado de los vencedores.

—Hace días que planeaba asesinaros. Matar a los Barreto era la primera parte del plan. Juan de Buitrago fue esta mañana al poblado de Malope, pero a la hora a la que soléis desembarcar para oír misa debía reunirse con Toribio de Bedeterra y Tomás de Ampuero en la playa para mataros. A vos y al capitán Quirós. —Lo miró al decir su nombre. El portugués estaba a unos metros, apoyado en una tinaja de agua, con los brazos cruzados. Se revolvió al escuchar que estaba sentenciado a muerte.

—Entonces ¿para qué matar a Malope? —quiso saber Diego Sánchez Coello.

—Manrique lo odiaba. Decía que era un hereje que enviaba a sus hombres para atacarnos. Y os despreciaba a vos, general, por hacer amistad con un hombre así. Un sucio indio, como él solía llamarlo.

Mendaña se incorporó un poco, mirando hacia la puerta del

puesto de guardia. Fuera, las llamas de las antorchas temblaban por el viento. En ese momento comenzaron los indígenas de toda la isla a entonar un canto acompañado por sonidos similares a los de un tambor.

—¿Qué pasó en la aldea de Malope?

—Ese hombre era más listo que el diablo, mi general. Sabía que éramos enemigos y parecía estar al tanto de nuestros planes. Algunos hombres nos rodearon al llegar, a pesar de que entramos en el poblado de forma amistosa. Llevaban macanas, lanzas y algunos nos apuntaban con los arcos. El sobrino del maese disparó un verso al cielo. Algunos indios se asustaron y salieron corriendo, pero otros se quedaron junto a Malope. Buitrago dio orden de disparar a los centinelas del cacique, así que los matamos a todos.

—¿Y Malope?

Se tomó unos segundos, reflexionando sobre si era buena idea contar aquello. Al final negó con la cabeza, como si así pudiera hacer huir sus dudas.

—Yo no quería, mi general, solo obedecía órdenes —se lamentó al borde del llanto.

—Habla, muchacho, que nadie te colgará por hacerlo, pero sí por callar lo que ha sucedido con nuestro benefactor.

—Juan de Buitrago nos ordenó que lo atásemos a un árbol y así lo hicimos. Él no dejaba de gritar palabras en su idioma, mirando hacia el volcán. El alférez lo golpeó con la culata del arcabuz hasta romperle la mandíbula. Cualquier hombre que haya conocido se habría desmayado, mi general, ¡lo juro por la Virgen de la Soledad! Pero Malope resistió. Incluso sin dientes y con la boca destrozada seguía gritando.

—Eso fue por la mañana. ¿Cuándo murió?

—Buitrago se ensañó, mi general —reconoció—. Hasta se olvidó de los planes que tenía para vos. Entró en una especie de trance diabólico. ¡Los demás solo cumplíamos órdenes! —repitió sollozando.

—¡¿Qué pasó?! —Lo agarró por la pechera del jubón y lo levantó del jergón unos centímetros.

—Espero que Dios me perdone... —murmuró, mientras gruesas lágrimas brotaban de sus juveniles ojos—. Sé que pudimos impedirlo, mi señor. Los otros soldados tenían miedo, podía verlo en sus miradas. Yo mismo lo tenía. —Se quedó mudo unos segundos, como si estuviera reviviendo en su mente lo sucedido—. Como el indio no se callaba, Buitrago le arrancó el calzón y lo desató. ¡Dios bendito, parecía Cristo antes de ser crucificado! Lo volvió a golpear, esta vez entre las piernas. Si vieseis las patadas... —En ese instante se dio cuenta de que Isabel Barreto estaba escuchando junto a los demás. Mariana y Elvira se habían quedado en una cabaña, acogidas por una familia de colonos—. Disculpad lo que voy a decir, mi señora, nadie debería presenciar una aberración así, pero tampoco escucharla.

—Habla o sufrirás los mismos tormentos que le hicisteis pasar al bueno de Malope —le contestó Isabel.

—Nos ordenó que lo atásemos de nuevo al árbol, de espaldas. Y allí lo dejó mientras nos tomábamos todos un descanso. Malope seguía con su letanía indescifrable, rezando, o qué se yo, en dirección al volcán. Fue por la tarde, al ver que no había rastro de sus secuaces, cuando Juan de Buitrago decidió poner fin a todo aquello, ya que tampoco teníamos noticias de los Barreto. —El llanto se recrudeció—. Iremos todos al infierno, mi señor... ¡No lo permitáis! ¡Os lo imploro!

Mendaña se había incorporado de nuevo, cansado de estar en cuclillas. Lo miró con desprecio.

—Si dices la verdad, podrás confesarte con el vicario y tus pecados serán perdonados.

Aquello pareció calmar al joven soldado.

—Fue una atrocidad, mi señor. Primero le dio más de treinta latigazos en la espalda. Las grietas que se abrieron en su piel eran ríos de sangre hirviente. Después lo... lo... lo sodomizó con un palo. Malope ya no sentía nada, no se quejaba ni gritaba. Tan solo seguía repitiendo una y otra vez las mismas palabras. Se me han quedado grabadas en el cerebro, pero me da miedo repetirlas. Fue mientras estaba... mientras estaba sodomizándolo cuando el volcán entró en erupción. Temimos que fuera por las plegarias del indio. Incluso Buitrago, que era el único que disfrutaba con todo aquello, se asustó. De inmediato cogió el arcabuz y le disparó en la nuca. Malope cayó al suelo, pero no había muerto. Seguía hablando en su extraño idioma, así el alférez cogió un hacha y le cortó la cabeza. Todos seguíamos escuchando su voz, ¡os lo juro! Era brujería, no podía ser otra cosa. Juan de Buitrago también lo escuchaba, lo sé porque continuó descargando el hacha hasta reducir la cabeza del indio a trocitos tan pequeños como un garbanzo.

—¡Dios santo...!

Todos estaban tremendamente horrorizados. Era el acto más impío y atroz que habían escuchado jamás.

—Comenzó a llover —continuó el muchacho con la mirada perdida, presenciando de nuevo lo que había sucedido, ya sin lágrimas—. No sabíamos cuánto tiempo había pasado, mi general, todo se había vuelto muy extraño. Recuerdo un silencio, un vacío. Luego el volcán, ver a Juan de Buitrago con el hacha... Todo es confuso. Cuando empezó a llover estaba anocheciendo. Un compañero murió con una flecha en el pecho, y otras muchas saetas se clavaron en las casas del poblado, en los árboles y en el suelo. Salimos corriendo, cada uno hacia donde buenamente pudo... Y así llegué hasta aquí. —Se hizo un silencio profundo en el cuerpo de guardia—. Lo siento... Lo siento mucho, mi general... Yo... Yo no quería que esto acabase así. —Lloró de nuevo, pero esta vez de un modo mucho más sosegado, como si contar lo sucedido le hubiera proporcionado cierta paz.

Todos los que rodeaban al soldado estaban lívidos, con las miradas hundidas en su propia y angustiosa soledad.

—Descansa, muchacho. Lo has hecho bien —le dijo el adelantado.

Mendaña reunió a los Barreto y al capitán mientras Sánchez Coello se llevaba con discreción a Isabel Barreto a un lugar un poco más apartado.

—Mi señora, es urgente que encuentre a Buitrago.

—¿Ahora? —se extrañó—. Es de noche, don Diego, no es seguro. Por lo que sabemos, Buitrago podría estar muerto.

—Recemos para que no sea así. Lo necesito vivo.

Se miraron durante unos segundos, Isabel con la incredulidad recorriéndole las arterias.

—Álvaro —lo llamó. El adelantado se giró, interrumpiendo la charla que mantenía en su corrillo—. Debemos encontrar al alférez Buitrago.

—Acabo de decirle a tu hermano que salga con algunos hombres a buscarlo.

—Está bien. —Miró entonces a su hermano—. Lorenzo, tráemelo vivo.

—Yo os acompañaré —interrumpió Sánchez Coello. Mendaña asintió con la mirada.

La partida de caza salió de la empalizada con antorchas, como una compañía de espectros hambrientos que buscase a un alma descarriada. A Lorenzo Barreto y al pintor del rey los acompañaban el sargento Juan de la Roca, Luis Barreto y cuatro soldados más.

Los cánticos de los indígenas se escuchaban más cercanos en la jungla, y sus escalofriantes voces helaban la sangre de los españoles. Por suerte para ellos, al llegar al río que daba a la bahía vieron unos fuegos en movimiento por el agua. Apagaron sus antorchas y se apostaron tras unos árboles para ver de quién se trataba. Por delante de ellos pasó una canoa en la que viajaban Juan de Buitrago y los cadáveres de tres soldados. El alférez remaba con la angustia y el terror pintados en sus ojos.

—¡Alto ahí! —gritó Lorenzo—. Juan de Buitrago, quedáis arrestado por orden del general.

Sánchez Coello pensó que trataría de huir, y estaba más que dispuesto a saltar al río y abordar la canoa, pero el alférez bogó hasta la orilla y se entregó de forma voluntaria, tal era el pánico que lo invadía.

No dijo una sola palabra durante el camino de regreso al cuartel, y miraba hacia los lados del camino por si entre el follaje se escondiera algún indígena. Nada más llegar, Mendaña ordenó que lo pusieran en un cepo, junto a Toribio de Bedeterra y algunos soldados que habían ido llegando mientras el capitán Lorenzo Barreto buscaba al alférez.

Amanecía cuando el adelantado inició el juicio. Los colonos y soldados que le habían jurado lealtad salieron de sus cabañas y se reunieron en la explanada que había junto al cuerpo de guardia, a la luz de las temblorosas antorchas. Los nativos no cejaban en su empeño de invocar a sus dioses, rezando, cantando, rogando en una letanía interminable.

No llovía y el volcán parecía haberse dormido, pero todos miraban desconfiados hacia la jungla, esperando quizá que alguna deidad demoniaca reclamase sangre española en venganza por el atroz asesinato de Malope.

Lorenzo se dirigió a la pequeña construcción que el vicario utilizaba como iglesia para reclamar la presencia del capellán, Antonio de Serpa. El ambiente estaba tan enrarecido que temió que lo buscasen a él, que nada había hecho, para juzgarlo o ejecutarlo.

—Capitán Barreto, ¿qué queréis de mí? —preguntó con terror, interrumpiendo su oración.

—El general os necesita. Va a comenzar el juicio y algunos deberán ajustar cuentas con Dios.

El sacerdote se persignó.

—Pensé que el adelantado había prometido el perdón a quienes le jurasen lealtad.

—No es el perdón de mi cuñado lo que necesitan esos miserables, sino el perdón de Dios, si es que el Señor puede extender su misericordia ante lo que ha pasado hoy en esta isla.

Antonio de Serpa se levantó con esfuerzo. Tenía las medias a la altura de las rodillas, rotas y ensangrentadas. Lorenzo comprendió que había estado rezando durante las últimas horas en la misma posición.

Toribio de Bedeterra iba a ser el primero en escuchar sentencia. El capitán Barreto lo había sacado del cepo y él mismo lo llevó entre unos árboles para que pudiera confesarse con el capellán en soledad. Myn lo observaba a unos metros, sin escuchar lo que decía.

—Padre... —le imploró entre lágrimas—. ¡Quieren matarme, padre!

Antonio de Serpa, ajeno a todo lo acontecido, lo miró con piedad.

—Dios así lo quiere, hijo mío. —No se le ocurría otra cosa que decirle—. Confiesa tus pecados para que puedas evitar las llamas del...

Bedeterra empujó al sacerdote antes de que pudiera terminar de hablar y, aun con las manos atadas en la espalda, se lanzó con furia contra Lorenzo Barreto. Myn le quitó la espada al capitán y le asestó un tajo en el cuello al soldado. La furia lo llevó a golpear su cuello con el acero hasta decapitarlo.

Todos se horrorizaron al ver regresar a Lorenzo, al capellán y al liberto, que llevaba la cabeza de Toribio de Bedeterra en la mano.

—No quiso confesarse —declaró Antonio de Serpa—. Atacó al capitán y ese fue su final. —Tenía los ojos llorosos, pero el miedo impedía que brotasen las lágrimas.

Aquella explicación, otorgada por un hombre de Dios, fue aceptada por todos como algo inevitable, aunque ciertamente deplorable.

Los pocos soldados que regresaron con vida de la aventura de

Juan de Buitrago en la aldea de Malope habían expresado su arrepentimiento en los mismos términos que el paje que había contado la historia de lo sucedido en primer lugar. Juraron lealtad al adelantado y fueron perdonados. Sin embargo, Jacinto Merino, sobrino del coronel, el sargento Sebastián Lejía y el alférez serían juzgados en presencia de todos.

Jacinto Merino lloró la muerte de su tío, pero también se arrepintió de haber tomado parte en algo tan horrible. Reconoció estar al tanto de la traición del coronel, haber participado en sus planes y actuar por su creencia de haber estado haciendo el bien.

Isabel Barreto, sentada junto a su esposo a pocos metros de la puerta del cuerpo de guardia, en un lugar destacado, le susurró algo al general.

—Jacinto Merino, traidor declarado, habéis reconocido ser cómplice de la tortura y asesinato del cacique indio Malope. Os declaro culpable y os condeno a la muerte por horca. —Se formó un revuelo entre los colonos y los soldados, murmurando unos y otros a favor y en contra—. A petición de mi esposa, Isabel Barreto, os perdonaré la vida si mostráis arrepentimiento por vuestros actos y juráis lealtad a la corona y a mí en su representación. ¿Juráis?

Las murmuraciones se acallaron, esperando la respuesta del soldado.

—Sí, juro —respondió entre sollozos.

Mendaña asintió en dirección a Lorenzo Barreto, que con un cuchillo libró de las ataduras al preso.

Jacinto Merino caminó entre la muchedumbre y, al pasar al lado de la estaca que sostenía la cabeza de su tío, acarició el palo y se detuvo un instante.

—¡Ay, viejo! ¿Qué nos obligaste a hacer?

Sebastián Lejía se había mantenido durante todo el viaje en un segundo plano, participando en todas las fechorías comandadas por el coronel pero sin destacar por nada en concreto. Algunos soldados le dijeron al general que obedecía más a Juan de Buitrago que a Pedro Merino, lo cual no reducía en absoluto su transgresión.

No se declaró culpable ni arrepentido, pero tampoco mostró pruebas de su inocencia. Había estado junto a Juan de Buitrago durante el asesinato de Malope, como habían confirmado el resto de los soldados, lo que lo convertía en cómplice y encubridor de asesinato. Todas las declaraciones apuntaban a que ese crimen era parte de la rebelión planeada por Pedro Merino, por lo que también era un traidor.

Pese a todo, Isabel volvió a susurrar algo al oído de su esposo cuando iba a dictar sentencia. Don Álvaro la miró con extrañeza, frunció el ceño e hizo una mueca de desagrado con los labios.

—Sebastián Lejía, los hechos prueban vuestra culpabilidad como cómplice de asesinato y traición al rey. Vuestra sentencia no puede ser otra que la muerte. Podéis agradecerle a mi esposa, a la que tanto odiaba vuestro coronel, su piedad y misericordia, pues me ha pedido que no se derrame más sangre de la que ya se ha derramado esta noche. ¿Juráis lealtad al rey y a mí en su representación?

El sargento levantó la mirada, sorprendido por la sentencia. Miró con ojos profundos a la adelantada, después se giró hacia la pica en la que estaba clavada la cabeza del maese de campo. Escupió y regresó sus ojos a Isabel.

—Sí, juro.

Juan de Buitrago fue el último en someterse a juicio. No había dicho nada desde que lo habían capturado, limitándose a mostrar su cara de horror a todo aquel que lo mirase.

—Alférez Juan de Buitrago —comenzó el adelantado—. Vos sois el verdadero culpable de todo lo que ha acontecido. Muchas personas han declarado que iniciasteis aquel papel traidor que muchos firmaron en el que se aseguraba que vuestro general, es decir, yo mismo, pretendía abandonaros en esta isla y partir en la capitana con la excusa de ir en busca de ayuda. Vos también sois culpable de iniciar una guerra contra los nativos para empujarme a tomar la errónea decisión de dar la orden de huir de Santa Cruz. La doncella de Isabel, vuestra esposa, asegura que la deshonrasteis en Cherrepe, y don Diego Sánchez Coello, asesor de Nuestra Majestad, fue testigo de una nueva violación en una aldea de esta isla. A muchas otras tropelías debemos añadir que algunos soldados aseguran que planeasteis con el coronel rebelaros contra mí, lo que supone traición. ¿Tenéis algo que objetar? —Por un momento pareció que iba a decir algo, pero simplemente temblaba de pánico—. Quien calla, otorga, por lo que considero que asumís vuestra culpabilidad. Estos hechos, por sí mismos, servirían para condenaros a muerte, pero ¿qué justicia impartiría si lo hiciera cuando he perdonado a dos de vuestros compañeros acusados de similares delitos?

—De nuevo regresaron los murmullos—. Sin embargo, de entre todas las cosas horribles que han sucedido hoy, vos habéis cometido la mayor atrocidad imaginable. Varios compañeros vuestros han declarado cómo torturasteis y asesinasteis al cacique Malope —se le quebró un poco la voz—, que nos protegió y regaló su amistad desde que llegamos aquí. No puedo perdonar semejante monstruosidad, vuestra barbarie está a la altura de la traición de Judas...

Isabel se acercó a él y repitió la misma ceremonia. El general no solo se extrañó esta vez, como en las dos anteriores, sino que en esta ocasión se quejó en público.

—¿Cómo puedo permitir que siga con vida el asesino de nuestro amigo? ¿Cómo explicarles a los indios, con quienes vamos a convivir, que nuestra justicia es tan ciega que premia al asesino?

—Mi señor, si me lo permitís —intercedió Sánchez Coello. A Mendaña no le gustó que el asesor del rey hablase, pero tampoco podía oponerse—. Ya se ha derramado suficiente sangre española en esta aciaga jornada. Nada ganamos con una muerte más.

—Comprendo vuestra reticencia, don Diego, pero ya oís esos cánticos infernales. Los indígenas se preparan para la guerra, o quién sabe si para algo peor. Debemos entregarles la cabeza de los culpables del asesinato de su venerable rey.

—Mi señor —intervino Pedro Fernández de Quirós—, ahí tenemos a los culpables. —Señaló con los ojos las picas con las cabezas de Manrique, Ampuero y Bedeterra, esta última colocada por Myn hacía unos minutos—. Llevadlas mañana al poblado de Malope y explicadles a los nativos que esos son los asesinos de su cacique.

—¿Pretendéis que perdone a este... a este bellaco chilindroso? —preguntó con incredulidad.

—No —concluyó Isabel, ante la sorpresa de todos—. Juan de Buitrago es culpable de tantos males que nos llevaría más de un mes juzgarlo por todos ellos. Pero tiene razón el señor Sánchez Coello; esta tierra que pisamos, que Dios ha tenido a bien concedernos, ya está demasiado manchada de sangre española y peruana. A partir de hoy todo será diferente. Trataremos a los nativos con la misma amistad con la que ellos nos han alimentado. Construiremos nuestra colonia, plantaremos trigo y criaremos animales. Nada ganamos con una muerte más, pero tampoco perdonaremos a esta bestia inmunda. General, esposo, te suplico que lo condenes a un cautiverio permanente. Podemos encerrarlo en la San Jerónimo, en una de las jaulas de ganado, si así lo consideras.

Colonos y soldados alabaron la piedad de la adelantada, a quien todos tenían por una déspota caprichosa hasta ese momento.

Mendaña se mordió el labio hasta hacerse una herida por la rabia que sentía. Deseaba con todas sus fuerzas ver muerto al asesino de Malope; la idea de su cabeza en otra pica, junto a las de los otros culpables, había sobrevolado su mente desde que se había enterado de lo ocurrido.

—Sea, pues.

Se levantó y entró en el cuerpo de guardia.

Juan de Buitrago fue llevado a la San Jerónimo aquella misma noche, donde lo encerraron en la celda improvisada que había propuesto Isabel Barreto. Ese sería el inicio de su final, un final espantoso del que solo él fue culpable.

27

De los sentimientos más profundos
y lo que se aprende de ellos

Isla de Santa Cruz, 18 de octubre de 1595

Diario de Isabel Barreto

Fernando... No me salen las palabras. Hace tiempo que convertí mi diario en una recopilación de cartas dirigidas a ti; la verdad, no creo que tenga ningún sentido, pero me sirve de desahogo. Escribirte es un bálsamo para mi alma, y te juro que en estos momentos lo necesito más que nunca.

Porque... No. No me salen las palabras. He pasado la tarde entera viendo la realidad como si me fuera ajena, como si no pudiera creer lo que estaba pasando. Encontré una vía de escape en mis recuerdos, en mi imaginación. He pensado muchas veces durante las últimas horas en cómo iba a escribir lo que te tengo que decir... He planeado tantas frases, tantos verbos, tantas maneras de decirlo... Y ahora no me atrevo. Es como si al hacerlo fuese a transformar en realidad lo que solo puede haber sido una pesadilla.

¿Qué estoy diciendo? ¿Acaso no he visto con mis propios ojos cómo metían el cuerpo en el ataúd? ¿Cómo mis hermanos cavaban una tumba? ¿Cómo las sogas sostenían el féretro mientras descendía a las profundidades de esta isla que ya tengo por maldita? Soy capaz de recordar el sudor resbalando por la frente de don Diego Sánchez Coello, las lágrimas de Pedro Fernández de Quirós o los gritos desgarrados de Myn.

Creo que lo diré sin más, no tiene sentido postergar algo que ya no tiene remedio: Álvaro ha muerto.

Sí, Fernando, don Álvaro de Mendaña y Neyra, adelantado y marqués de las islas Salomón, general de la expedición que ha definido mi vida desde que nací, de la que yo creía tener todo bien atado y hace no mucho descubrí que casi se puede decir que me vino impuesta. Álvaro, que además de todas esas cosas era un hombre admirable y valeroso; cariñoso, tierno y amable; generoso, decidido e inteligente... Un alma pura... Mi esposo, mi querido y amado esposo.

¿Recuerdas aquella noche en el palacio del virrey en Lima? Tú me preguntaste si lo amaba y solo supe decirte que te amaba a ti. Ahora, como los niños caprichosos y las viudas resentidas, me doy cuenta de lo mucho que lo amé. Álvaro... Álvaro no era mi alma gemela, es cierto. Pero era una persona admirable, alguien con quien cualquier mujer desearía compartir el resto de sus días. Lo amé, ¡claro que lo amé! No del mismo modo en que te amo a ti. No con pasión ni con deseo, pero sí con respeto y con cariño.

Disculpa, Fernando, he tenido que ir a lavarme la cara en el aguamanil. Nunca he tenido la lágrima fácil, y sin embargo hoy llevo todo el día sin poder parar de llorar. Quizá tuviese todas las lágrimas guardadas desde que era pequeña, no lo sé.

Lo hemos enterrado hace tan solo una hora. Estoy en la cabaña que los colonos hicieron para nosotros, con Mariana, Elvira, Belita y Pancha. No me quieren dejar sola ni un instante, por más que se lo he pedido. Por suerte, ahora están dormidas, por eso he podido sacar un rato para escribirte, para contarte todo lo que me consume y me aflige, pues es la única manera que hallo de exorcizar el sufrimiento bajo el cual me encuentro perdida.

Murió pasada la una del mediodía, después de ponerse en paz con Dios y conmigo. Si hubieses visto el ardor de su mirada, el poder de su sonrisa... Porque sonreía, Fernando. Su cuerpo estaba tan caliente como la lava del volcán que nos amenaza, le temblaban las manos, la boca, las piernas... Y me sonreía. A pesar de todo lo que le he hecho pasar, de hacerle el regalo envenenado de nuestro matrimonio, una esposa inútil que le abría las puertas a su añorada expedición, condenándolo a una vida de fracaso emocional... Porque él sí me amaba. Lo podía ver en sus ojos cada vez que me miraba, en su voz cuando me hablaba... Me amaba... No sé por qué lo hacía, pero me amaba, estoy totalmente segura.

Creo que para explicarte lo sucedido debo remontarme a los hechos que tuvieron lugar hace doce días. No te engaño si te digo que mi corazón se resentirá por todo esto; he vivido demasiadas emociones en muy poco tiempo, la mayor parte de ellas totalmente contrapuestas. Hace doce días sentí un miedo colosal que a punto estuvo de hacerme perder los nervios. Mendaña y mis hermanos fueron al cuartel para matar al coronel y restaurar la paz en nuestra expedición. Fueron horas interminables de incertidumbre, de escuchar gritos, espadas chocando, las plegarias de los nativos, los arcabuces de los soldados... Desde la bahía en la que están surtas las naves todo se escucha, aunque casi nada se ve.

Si las cosas hubieran salido mal jamás habrías sabido de mí, de lo que pasé en este viaje, lo que me hizo disfrutar y lo que me causó dolor. No me atreví en ningún instante a pensar qué sería de mí si el coronel mataba a mis hermanos y a mi esposo, no quería ser tan egoísta. Sentía pavor por lo que les pudiera suceder a ellos. Me sentía culpable porque, en el fondo de mi corazón, sé que todo esto ha sido culpa mía, por obcecarme en controlarlo todo, por imponer lo que ha de hacerse, por no callarme cuando cualquier otra mujer lo haría.

Me conoces, sabes bien que jamás renegaría de mí misma. Pero durante aquellas horas sobre la cubierta de la San Jerónimo, esperando noticias sobre lo que estaba pasando, lo hubiera cambiado todo por no estar en esa situación.

Poco importa ya. Lo hecho, hecho está. Cuando el capitán Felipe Corzo, un sinvergüenza de lengua larga y mirada procaz, subió a la cubierta me temí lo peor. Llevaba en su mano un machete enorme lleno de sangre y mostraba la sonrisa más hedionda que he visto en mi vida. «Todo está hecho», me dijo mirándome fijamente a los ojos. El corazón me dio un vuelco...

Lo cierto es que no fue felicidad lo que encontré, sino alivio. En contra de lo que algunos soldados pensaban... aún piensan, no disfruté con todo aquello. Pedro Merino merecía morir por sus fechorías, pero yo no me alegro con la muerte de ningún hombre, sea español o nativo de esta isla. Ojalá todo pudiera haberse hecho de otro modo, Fernando, pero por más vueltas que le di, no alcancé otra solución. Ni siquiera alguna peor. Era ellos o nosotros.

Algún día, si Dios me concede esa merced, te lo explicaré todo. Te basta con saber de momento —figuradamente en mi alma, en mi corazón— que hubo unos juicios y tuve que salvar la vida a Juan de Buitrago. Estoy segura de haberte hablado de él, era un hombre despreciable, un ser repugnante que solo sabía hacer el mal. Tuve que salvarlo, sí, aunque ahora ya está muerto y, aunque no lo creas, su muerte tiene que ver con la de Álvaro.

Ese escurrebraguetas de Buitrago, a falta de un calificativo mejor, y que Dios en su infinita misericordia me perdone por hablar mal de los muertos, asesinó a Malope, el cacique indio con quien Álvaro había trabado amistad. Puedo decir que tuve la suerte de conocerlo, de ver cómo actuaba. Solo lamento no conocer su idioma para entender todo lo que decía. Esto también te lo contaré con todo detalle, pues fue uno de los días más felices de mi vida, pero tendrá que ser cuando nos reunamos, sea en esta vida o en la que el Señor nos conceda en el reino de los cielos.

Malope era un hombre de gran corazón, probablemente un sabio. En la isla todos lo respetaban, incluso me atrevo a decir que lo adoraban. Nos conseguía comida, le explicaba a mi marido asuntos del pasado de estas islas, de sus dioses y sus costumbres. Por él supimos que estábamos lejos de las Salomón, Fernando, pues esta isla que hemos llamado de Santa Cruz pertenece a otro archipiélago.

Su final fue horrible, pero esto no lo escribiré ni lo diré nunca en voz alta. Ni el peor de los hombres merece un castigo como el que Juan de Buitrago le dio... ¡Y tuve que salvarle la vida!

Diego Sánchez Coello, el asesor del rey, es un espía de Nuestra Majestad. Está aquí para conseguir un ídolo pagano que hay en una isla cerca de Guam. Yo no cuestiono las decisiones del rey, me limito a obedecer, pero no quiero saber nada de ese asunto. Te diría que no creo en la brujería, pero las cosas que he visto aquí... Malope invocó al volcán la noche en que murió. Pasó todo el día, mientras Buitrago lo torturaba, gritando en dirección al islote. Justo antes de morir, el volcán comenzó a lanzar piedras incandescentes y bolas de fuego que cayeron en su mayoría sobre Santa Cruz.

Quizá esto haya sido lo más espectacular, pero no lo peor. Murió hace doce días, y desde entonces hemos perdido a más de cincuenta personas consumidas por una extraña enfermedad. Cincuenta y una, si contamos a Álvaro, aunque sus dolencias venían de más atrás.

Temo... Temo que hayamos sido víctimas de una maldición. Dos, quizá. Jamás podré olvidar al sacerdote al que hurtamos como piratas la Santa Isabel. Antes de partir maldijo la nave deseando que no llegase a puerto alguno. ¿Y dónde está la nao almiranta? Solo Dios lo sabe... O, tal vez, ni siquiera Él.

Desde la muerte de Malope muchas han sido las calamidades que nos han afectado. Al día siguiente, Álvaro quiso hacer las paces con los indios enviando la cabeza de Toribio de Bedeterra al poblado donde tuvo lugar la atrocidad perpetrada por Juan de Buitrago. Los nativos huyeron, pero mi hermano Lorenzo dejó la estaca frente a la casa del cacique, entregando así a uno de sus asesinos.

Por la tarde envió a unos cuantos soldados a una aldea cercana. Álvaro pretendía tender lazos con los indígenas, para lo cual era necesario traer al cuartel a algunos jóvenes de la isla que pudieran aprender nuestro idioma. Los indios flecharon a la comitiva, persiguiéndolos hasta las puertas de la empalizada. Lorenzo tuvo que salir con algunos hombres a defender el cuartel, recibiendo un flechazo en el muslo. Muchos murieron, y aún más resultaron heridos.

Desde entonces nos atacan a diario. Le pedí a mi marido que ordenara el desembarco de todo aquel que no fuera indispensable para la reparación y mantenimiento de las naos. Comenzamos a ser pocos, y si los nativos lo descubren tal vez entren a saco en nuestro fuerte. No sé si fue una decisión acertada. De momento los retenemos fuera, pero cada vez que enviamos un destacamento a por víveres vuelven arrastrando cadáveres y heridos.

Nosotros no nos hemos quedado de brazos cruzados. Lorenzo ha enviado algunos destacamentos a quemar aldeas y canoas, pero los habitantes de la isla cada vez temen menos a nuestros arcabuces. Ese insidioso Pedro Merino, en su afán por enfrentarnos a Malope, se esmeró en mostrarles que no siempre los disparos son certeros.

A los muertos en combates y escaramuzas debemos añadir los que han caído enfermos, que, en realidad, debo decir que han sido casi todos. Solo el capitán Quirós, Diego Sánchez Coello, algunos hombres más y yo nos hemos salvado. De momento.

Dios nos ha concedido la merced de que entre esos hombres sanos esté aún Juan Leal, un hombre tocado por la gracia del Señor que no pide ni se queja, y todo lo da. Él cuida de los enfermos incluso robándole todas las horas al sueño la mayoría de los días. Es un santo, que Dios le conceda una larga vida.

Juan de Buitrago. No me olvido de él. Por desgracia para mí, jamás podré olvidar su insidia y malevolencia. Lo tuvimos encerrado en una de las jaulas para los cerdos en la bodega de la San Jerónimo. Sánchez Coello lo interrogó durante días. Qué le pudo sonsacar no es asunto mío, y además no me importa ni quiero saberlo. Solo le pedí que no lo torturase, pues ya bastante mal hemos hecho desde que salimos de Paita. No obstante, si es cierto que una maldición nos persigue, a él fue a quien más le dañó.

Al principio pensé que don Diego faltaba a su juramento y lo estaba torturando, pero el cocinero de la capitana, único testigo, me ha confirmado que no ha sido así. Juan de Buitrago sufría alucinaciones, rechazaba la comida y aseguraba que el agua que le dábamos era salada. Se fue consumiendo en una suerte de locura que tal vez le evitase sufrir lo que sufrió. Murió hace unos días y su cuerpo fue echado al mar, como los de Pedro Merino, Tomás de Ampuero y Toribio de Bedeterra.

Sin embargo, esa maldición no entiende de hombres buenos. Ayer, el capellán, Antonio de Serpa, otro hombre santo, murió a causa de esta extraña enfermedad que campa a sus anchas por nuestras naves y nuestro cuartel. El vicario dijo palabras muy bellas en su nombre y lamentó quedarse sin el consuelo de un confesor, recayendo sobre él ahora todas nuestras desdichas.

Por la noche hubo un eclipse total de luna. Al ascender por poniente ya navegaba por ese mar cálido y extraño que es el firmamento impregnado de sangre. Era una mancha roja en el cielo, un astro que arrastraba una estela de lamento y dolor. No anunciaba nada bueno.

De madrugada, Álvaro pidió a Sánchez Coello que lo visitase para asegurarse de que el rey sabría todo lo bueno que había hecho en su nombre. Y también lo malo. Después reunió a los capitanes, al escribano y al sobrecargo para dictar su testamento. Pasaron horas en su dormitorio, él hablando con un hilo de voz, sin apenas fuerzas, pero con el mismo ánimo de siempre.

No he leído el testamento, no quiero hacer más real su muerte, aunque ahora que transcribo lo que sucedió... Sé que ha nombrado a Lorenzo capitán general de la expedición, y a mí... A mí me ha legado todos los derechos y deberes que concretó con el rey en las Capitulaciones. Eso, creo, me convierte en adelantada, gobernadora, marquesa y almiranta. Quizá estos títulos, con su pompa y todo lo que conllevan, fuesen un sueño en algún momento de mi vida pasada. Ahora solo me recuerdan que me he quedado sola... Solo me recuerdan el enorme dolor que siento en mi interior.

Firmado el testamento, llegó el momento de que el vicario entrase en su dormitorio. Yo aún esperaba fuera de la cabaña, con la compañía de mi hermana, de Elvira y de algunas mujeres más de la expedición. ¡Ay, Elvira! ¡La pobre Elvira! Ella también ha sufrido tanto...

El vicario escuchó su confesión y ordenó que le llevaran la Virgen de la Soledad y un crucifijo. Todo el mundo salió de sus cabañas y me rodeó, regalándome palabras de ánimo que, espero, algún día recordaré. Después se hizo un silencio y todos escuchamos a Álvaro rezar el *Miserere Mei* y más tarde el Credo. Fue un momento precioso, Fernando. Incluso los cánticos de los nativos se detuvieron. Mariana comenzó a seguir su oración entre murmullos, y después la fueron acompañando todos los presentes. Acabamos rezando por el alma de Álvaro con un hermanamiento que no se había visto antes durante el viaje.

Acabados los rezos salió el vicario y me dijo que mi marido me esperaba. Yo ya había empezado a llorar, y desde entonces no he encontrado consuelo.

Merece la pena que transcriba aquí parte de nuestra postrera conversación. Álvaro merece que sus palabras queden grabadas en alguna parte.

—Querida —me saludó, con su voz quebrada y débil—. Ven, ven aquí conmigo.

Me senté a su lado en la cama. ¿Puedes creerlo? Estaba en su lecho de muerte y era él quien me consolaba. Me secó las lágrimas con su mano temblorosa y me sonrió.

—Álvaro... —Rompí a llorar con más fuerza, tomando su mano entre las mías, besándosela.

—Esto no acaba aquí, Isabel. Aún te queda camino por recorrer, y yo te acompañaré desde el cielo, si el Señor me alumbra con su gracia. No te dejaré sola, ni en este viaje ni nunca.

—Álvaro... —repetí.

Quise decir algo más, pero las palabras no tenían el mismo valor que mis sentimientos.

—Quiero darte las gracias, querida mía. Nada... Nada habría sido posible sin ti. Sin tu fuerza, sin tu ánimo indesmayable, sin tu organización. Sin tu amor.

—No me des las gracias —dije entre sollozos—, soy yo quien debe estar agradecida, tú me has dado una vida maravillosa, un camino que seguir lleno de aventuras y de felicidad. Tú... Tú me lo has dado todo, Álvaro...

Me acarició una mejilla y volvió a sonreír. De pronto me pareció que rejuvenecía, que sus manos ya no temblaban, que sus canas se teñían y sus arrugas se alisaban.

—Siempre te quise, Isabel —me susurró sin atisbo de temblor en su voz—. Desde el primer día en que te vi entrar en la biblioteca de tu padre, te quise. Es imposible no hacerlo para cualquiera que te conozca. Te he amado todos estos años, en silencio, sí, pero gozando de tu compañía, de tu cariño, de tu amor mudo.

—Yo... yo...

—No digas nada, Isabel. No hace falta. Fuiste tú quien me lo dio todo, siempre, sin descanso. Nuestro matrimonio tenía por objeto embarcarnos en esta aventura. Y aquí estamos, algo que no hubiera sido posible sin ti.

Sabes bien que este era mi sueño incluso antes de conocerte, por lo que es hermoso, diría que poético, que encuentre mi final aquí.

—No digas...

Me pidió silencio con delicadeza.

—Quiero decirte una cosa: aunque no hubiéramos podido llevar a cabo nuestro sueño conjunto, habría sido el más feliz de los hombres por haberte tenido a mi lado.

Lo besé en los labios, Fernando. Espero que estas palabras no te dañen, pues no hay más que amor en ellas. No cambia nada lo que siento por ti, pero precisamente son mi inclinación hacia ti y mi respeto por Álvaro los que me empujan a contar lo que en realidad sucedió.

—Yo... Yo también te he querido... Y te quiero. Mucho, Álvaro. Muchísimo. Nadie me ha entendido como lo haces tú. Nadie me ha querido como tú lo has hecho.

Besé sus manos y lo abracé. Soy incapaz de determinar el tiempo que pasé apoyada en su pecho. Me ayudó a tumbarme a su lado, con la cabeza pegada a su corazón, escuchándolo bombear débilmente.

Ya casi amanecía cuando volvió a hablar.

—Isabel. Quiero que regreses con vida a Lima. Cuando lo hagas, busca un buen hombre y cásate.

—No... —Me había tranquilizado en ese tiempo de calma, pero escuchar la ternura de su voz y la determinación de sus palabras me hizo volver a llorar.

—Debes hacerlo, Isabel. Cásate con alguien que te llene de dicha, que te dé lo que yo nunca pude darte.

—¡Tú me lo has dado todo! —repetí.

—Te he dado unas islas en las que no podrás permanecer demasiado tiempo. —Entonces comprendí lo que quería decirme—. Sé que también estás viviendo tu sueño con este viaje, y no quiero que despiertes nunca de él. Cuando yo me vaya... Cuando yo me vaya todo lo que el rey me concedió, tierras, títulos, derechos y obligaciones, pasará a ser tuyo. Pero sabes bien cómo es este mundo. Muchos reclamarán lo que es nuestro... Lo que es tuyo, y solo podrás defenderlo si mi herencia pasa a pertenecer a tu marido por derecho. Sé que no es lo mejor, pero es lo que hay que hacer.

Creo que lo miré con un amor interminable. Incluso en esa situación velaba por mí, me cuidaba.

—Pero...

—No hay peros que valgan, Isabel. Nunca olvides quién eres, nunca. Ni lo mucho que has hecho, que has sacrificado por serlo. No cejes jamás en tu empeño, no mereces caer en una vida rutinaria y monótona. Y vigila bien tus espaldas, nuevos enemigos estarán al acecho. Puede que incluso aquí o en la nao cuando salgáis de la isla, porque, Isabel, aquí no puedes quedarte.

Lo besé en la mejilla.

—Te quiero —le dije.

—Te quiero —me contestó.

Volví a la posición en la que estaba, pegada a su pecho. Y así pasamos varias horas. Poco más allá de la una de la tarde, su corazón dejó de bombear.

—Te quiero —volví a decirle.

Estaba, al fin, con el rostro tranquilo. La enfermedad se lo había llevado, pues los meses de sufrimiento a los que todos, yo incluida, lo habíamos sometido, lo habían debilitado. Por fin descansaba. Por fin el dolor y la angustia habían desaparecido.

Esta tarde ha tenido lugar el funeral. El capitán Quirós ha cubierto el ataúd con un paño negro a la salida de la cabaña. Mis hermanos, Pedro Quirós, Sánchez Coello, Felipe Corzo, Alonso de Leyva y Juan Leal han levantado el féretro trasladándolo a hombros hasta la iglesia, en una procesión custodiada por los soldados uniformados, con sus arcabuces al revés. Juan de la Roca y el sargento Luis de Andrada los seguían portando dos banderas, y Diego de Torres, que ahora es alférez, llevaba el estandarte del rey. Dos tamborileros y un pífano cerraban la comitiva, acompañando la procesión con un himno militar que solo se entona en los funerales de los generales. Se han lanzado salvas en su honor antes de la misa, en la que el vicario ha dedicado muy hermosas palabras a Álvaro.

Después, todos los presentes me han dado el pésame... O eso me ha dicho Mariana, pues apenas soy capaz de recordarlo.

¿Sabes una cosa, Fernando? Me doy cuenta ahora, así de estúpida soy, de lo mucho que ha hecho Álvaro por mí. Y no me refiero a lo largo de los años de nuestro matrimonio, que también, sino a lo que me dijo esta mañana al amanecer. Me ha dado un motivo para vivir, para no desfallecer, para seguir adelante. Él sabía que sería muy peligroso para mí dejarme llevar por la marea en esta isla abandonada de la mano de Dios.

Comprendo ahora que él entendía que nadie más, aparte de mí, sería capaz de hacer llegar a buen puerto lo que queda de la expedición, y que no podría hacerlo sin un buen motivo, sin un objetivo que seguir. Incluso con su último hálito de vida me lo ha dado todo, Fernando. Porque ahora sé que todo esto tengo que hacerlo por él. Ahora sé que lo que tengo que hacer, se lo debo a él.

He dejado de llorar. Sé que Álvaro deseaba que terminase nuestra aventura, que siguiese adelante hasta el final.

Él sabía que yo le había entregado mi corazón a otro hombre antes de conocerlo... Creo que solo quería mi felicidad, que cumpliese definitivamente el sueño que no pude alcanzar con él.

Ahora tengo un nuevo objetivo, un destino que se abre ante mis ojos. Regresar a estas islas contigo.

28

De cómo Dios abandonó la expedición a su suerte

Isla de Santa Cruz, 31 de octubre de 1595

Nada mejoró tras la muerte de Álvaro de Mendaña. No puede afirmarse que Isabel Barreto pensase que las cosas irían a mejor, pero las desgracias se fueron acumulando.

Cada vez más conquistadores de los que habitaban en el campamento estaban convencidos de que la muerte del cacique Malope, sus plegarias hacia el volcán y los cánticos permanentes de casi todos los nativos de la isla estaban provocando una maldición que se extendía como una enfermedad pandémica por el cuartel y las naves españolas.

El vicario se veía superado por la cantidad ingente de trabajo que tenía. Tanto él como el hermano Juan Leal, Isabel, su hermana y sus doncellas, intentaban cuidar de los enfermos lo mejor que podían. Solo Juan Leal tenía conocimientos médicos, pero era un hombre silencioso, poco amigo de convencer a los demás de nada, por lo que le costaba instruir a quienes aún estaban sanos.

Isabel y Mariana salían con el alba de su cabaña para dirigirse a la barraca que la gobernadora había ordenado construir junto al cuerpo de guardia. Allí había distribuido algunas camillas como jergones de paja, donde acomodaban a los enfermos y a los que tenían síntomas por si la cuarentena podía impedir que los sanos se contagiasen.

Sin embargo, el contagio parecía ser algo más espiritual que físico, pues muchos marineros que no habían tomado tierra en ningún momento se hallaban también aquejados de dolencias similares. Se daba una situación curiosa: los que estaban en el mar querían ir al cuartel, pensando que allí se encontrarían mejor; mientras tanto, los habitantes del campamento rogaban a diario a la adelantada que les permitiera subir a bordo de las naos, imaginando que en sus bodegas y cubiertas estarían más protegidos.

Poco importaba; ambas soluciones eran igual de malas y tenían las mismas nefastas consecuencias.

El vicario Juan de la Espinosa fue uno de los que buscó un sitio en el cuartel, pasando las noches en el interior de la iglesia, que ya estaba prácticamente terminada. Cada mañana era el primero en despertar y, como un gallo que llamase al amanecer, salía de la iglesia dando voces, por si hubiera nuevos enfermos o alguien quisiera confesarse. A Isabel no le agradaban sus discursos, convencida de que minaban la escasa moral que ya de por sí se extendía por el campamento.

—¿Hay quien se quiera confesar? Poneos a bien con Dios y mirad por vuestras almas —pregonaba—, pues nos enfrentamos a un castigo del que ninguno podremos librarnos. Los indios han triunfado sobre nosotros. Se quedarán nuestras ropas y nuestras armas cuando la muerte nos lleve de este maldito lugar al que Dios nos ha traído para castigarnos por nuestros pecados, que muchos y muy graves son. ¡Confesaos! ¡Limpiad vuestras almas! Con ello aplacaremos la ira de Dios...

Durante las misas, aprovechaba para contar algún fábula conocida y familiar para todos con la que empujar a los aventureros a la confesión.

—En Lima, hace algunos años, había un fraile franciscano muy devoto y muy pío. Quiso el Señor que una mañana llegara un soldado estragado, de muy mala vida y peor talante, y se postrara de rodillas a sus pies implorando el perdón de Dios. El sacerdote levantó los ojos hacia el altar, de donde colgaba un crucifijo, y le pidió al Señor el perdón para esa alma. Del crucifijo salió la imagen de Jesucristo, que le confirmó que podía confesarlo y absolverlo, pues por almas descarriadas que suplicaban perdón había venido Él al mundo.

Sus homilías no solían tener mayor efecto que el de provocar ausencias injustificadas al día siguiente. Muchos pensaban que si su Dios piadoso los había abandonado en una tierra de herejes cuando su intención era aumentar su rebaño, de poco o nada serviría buscar su perdón

Otros comentaban por lo bajo que poco tendrían que ver los pecados con aquel castigo, pues el hecho de que Isabel Barreto y el capitán Pedro Fernández de Quirós estuvieran sanos, siendo los verdaderos culpables de todo lo acontecido, venía a confirmar que estaban bajo una maldición de los nativos.

Porque los indígenas no habían abandonado la guerra ni por un instante. A diario flechaban el campamento, hiriendo al menos a tres o cuatro personas, cuando no matando a alguna de ellas. Perseguían a los soldados que salían a por bledos, que bien caros costaban, o a los que pretendían hacer aguada.

Durante aquellas dos semanas sobrevivieron gracias a la harina que el adelantado había traído del Perú, aunque las reservas que se guardaban en el cuerpo de guardia menguaban de forma alarmante.

—Lorenzo —le dijo una noche Isabel a su hermano—, quiero que mañana envíes un destacamento al poblado de Malope para que incendien sus casas.

Habían recuperado la costumbre de reunirse a cenar el capitán Quirós, Diego Sánchez Coello y Lorenzo Barreto, además de la gobernadora. En ocasiones se unían a ellos Mariana y los otros dos hermanos, el vicario y Felipe Corzo. Pero aquella noche estaban los cuatro solos.

—¿Crees que será una buena idea?

—Que no maten a nadie. Pueden disparar algunos versos para hacerlos huir; tienen que ser conscientes de que no solo sabemos defendernos, sino que también podemos atacar.

—¿Estás preocupada, hermana?

—Lo estoy. Cada día vienen más nativos y cada día son más las flechas que nos lanzan. Entre los heridos por sus ataques y los que mueren a diario por esta extraña enfermedad, pronto no tendrán que gastar siquiera sus saetas. Cruzarán la empalizada y solo encontrarán cadáveres.

Los indios envenenaban sus flechas. Ya lo había advertido Diego Sánchez Coello cuando hicieron su primera incursión en el archipiélago a bordo de la San Jerónimo, pero en ese momento era más que evidente. Y Lorenzo Barreto lo sabía bien, pues la herida que había sufrido semanas atrás defendiendo el fuerte no hacía sino empeorar día tras día, por muchos cuidados que le dispensasen sus hermanas y Juan Leal.

—Han sido valientes desde que llegamos —comentó el pintor—, pero no ayudaron las malas artes de Pedro Merino enseñándoles que nuestros arcabuces no siempre aciertan y que, si disparan sus flechas a la cara o los pies de los soldados, son tan vulnerables como lo son ellos.

—Mis hombres me han dicho que han construido escudos para protegerse de los arcabuces. Son como nuestras rodelas, pero más gruesos —explicó Lorenzo, que hacía algunos días que no salía del cuartel porque apenas podía mover la pierna.

El plan de Isabel surtió efecto. Los soldados, dirigidos por el sargento Juan de la Roca, no dispararon más que a los árboles y al cielo, provocando la huida de los nativos hacia los cerros que subían a un monte. Después prendieron fuego a sus casas con todo lo que había dentro, elevando fuertes llamaradas que eran visibles desde el campamento español y las naves surtas en la bahía.

Durante toda la tarde se escucharon los lamentos de los indígenas de toda la isla y, a la mañana siguiente, un grupo de diez de ellos se presentó a las puertas de la empalizada sosteniendo una tela blanquecina. Lorenzo salió a recibirlos junto a Pedro Quirós y Sánchez Coello, además de seis arcabuceros. Los indios estuvieron a punto de huir al ver las armas, pero el nuevo general los llamó con toda la delicadeza que pudo y ordenó a sus hombres que bajaran los arcabuces.

Los indígenas traían ofrendas de paz: plátanos, cañas llenas de agua, cocos, algunos puercos, gallinas y raíces. Lorenzo, por señas, les preguntó por qué ya no les ayudaban a conseguir comida, si seguían siendo amigos. Precisamente esa palabra, «amigo», era la primera que habían aprendido y la que más confundidos los tenía.

—Malope amigo, amigo, *pu* —dijo uno de ellos, refiriéndose al sonido que hacían los arcabuces.

Sánchez Coello, que había observado atentamente al adelantado, pudo explicarles que el asesino de Malope era un traidor y como tal lo habían ejecutado y ofrecido su cabeza al poblado. Sin embargo, ellos quisieron saber por qué entonces habían quemado su aldea.

Aquello era, sin duda, más difícil de explicar, pero al menos de ese modo habían llamado su atención y recuperaban la posibilidad de parlamentar.

De cualquier modo, aquellos indios, fuera por temor o por amistad, recuperaron la costumbre de visitar el campamento a diario y llevar algunos alimentos. También participaban de las misas, rezando con fervor y llorando ante la imagen de la Virgen de la Soledad, que se había quedado en el cuartel tras llevarla antes de la muerte de Mendaña.

Esa misma noche volvió a reunirse el consejo que, bajo la gobernación de Isabel Barreto, tomaban las decisiones que atañían al futuro de la expedición.

—Capitán Quirós, ¿en qué estado se encuentran las naos? —preguntó la adelantada.

—¿Por qué queréis saberlo? —Se sorprendió el portugués.

Desde la muerte de Álvaro de Mendaña se había mantenido más silencioso que de costumbre. Pasaba las horas en taciturna soledad o, como mucho, en compañía de Diego Sánchez Coello.

—Partiremos en cuanto estén preparadas.

Aquella noticia no dejó indiferente a nadie. Los tres dejaron sus tenedores sobre los platos por razones muy diferentes; Quirós había rehuido aquella idea desde el principio, entendiendo que con las naves en ese estado no llegarían muy lejos; Lorenzo seguía muy enfermo y no se veía capaz de realizar una travesía como la que los esperaba hasta Lima; por último, don Diego veía cada vez más cerca la consecución de su misión con aquella novedad.

Isabel no había comentado nada sobre la última conversación mantenida con su marido y todos pensaban, muy a su pesar, que el plan de establecer una colonia en Santa Cruz seguía adelante.

—Mi señora, trataré de ser claro y conciso —dijo el capitán—: es imposible que nuestras naves lleguen hasta Lima. Nos adentraríamos en rutas desconocidas, con varios meses de navegación por delante. Sencillamente, no soportarían ese viaje.

—Hermana, además debes considerar que la mayoría de la tripulación está enferma, no hay suficientes hombres como para iniciar una empresa de ese calado. ¡Ni siquiera tenemos provisiones!

Isabel aguantaba las quejas en silencio. Aquella era una decisión heredada, pero no por ello había obviado los inconvenientes. Muy al contrario, llevaba días meditando la forma de llevarla a cabo.

—No es a Lima adonde quiero dirigirme.

—Entonces ¿adónde queréis ir? —inquirió Quirós, que cuando se trataba de asuntos navales se escondía en un defensivo parapeto de superioridad.

—A Manila.

—¿Manila? —repitió incrédulo.

—He estudiado las cartas de navegación que me legó mi marido, es el puerto español más cercano.

—Lo más cercano no es siempre lo más accesible, mi señora —repuso el portugués.

—Nadie dijo que nuestra aventura fuera fácil, capitán.

—¿Y queréis terminarla de este modo? Es decir, lo dejamos todo en Lima y nos embarcamos en esta expedición con la esperanza de recuperar nuestras inversiones y sacrificios. Hemos pasado hambre, sed, muerte y una enfermedad terrible... ¿Y ahora queréis marcharos con las arcas vacías?

—Nuestras arcas, capitán Quirós, rebosan hambre, sed, muerte y enfermedad. Dentro de poco no cabrá una calamidad más. Quedarnos es lo mismo que enterrarnos aquí. —Hizo una pausa—. Languidecemos, los tres lo sabéis. Por la mañana logramos la paz con un poblado, por la tarde han llegado nativos del norte de la isla para atacarnos. No hallamos remedio para una enfermedad que ni siquiera comprendemos. La harina se acaba y el agua fresca es casi un recuerdo. ¿Podéis explicarme qué futuro nos aguarda aquí, capitán Quirós?

La miró largamente con una mezcla de desdén y odio.

—Si se trata de una orden, mañana iré a la bahía para dictaminar a mis hombres que aparejen las naves.

—Por supuesto que es una orden, pero no podéis llevarla a cabo mañana.

—Os contradecís, mi señora.

—No, no lo hace —interrumpió Sánchez Coello con media sonrisa, o un gesto que quizá en otra persona fuese media sonrisa.

—¿Qué queréis decir?

—Las capitulaciones que la gobernadora ha heredado de su esposo, que en gloria esté, exigen la colonización de las islas y la fundación de tres ciudades. Huir de aquí sería un acto deshonroso para la corte, aunque todos estuviéramos de acuerdo en que fuera la mejor idea.

—¿Y qué importancia puede tener eso cuando están en juego las vidas de tantos hombres? —repuso Quirós con indignación.

—Toda, capitán. La tiene toda si la intención de la adelantada es regresar a terminar su aventura. ¿No es así?

Quien sí sonrió fue Isabel.

—Don Diego, siempre sabéis lo que ha de hacerse, cómo ha de hacerse y por qué ha de hacerse. ¿Estáis seguro de que solo sois un pintor? —ironizó.

—Ese es mi oficio, mi señora.

—¿Qué disponéis que haga entonces, mi señora? —preguntó el portugués cansado de aquellas miradas que se cruzaban Diego e Isabel.

—Tomad mañana algunos soldados e id a la bahía. Que la fragata se apareje y salga en busca de la Santa Isabel. Si vamos a marcharnos, haré todo lo posible para que lo hagamos todos los que quedemos.

—¿Y las otras naos?

—Aún no deben aparejarlas, nadie puede conocer nuestros planes. Pero exigid a vuestros hombres que terminen las reparaciones lo antes posible. Lorenzo, tú tienes el mando del campamento, envía a algunos colonos con los indios que nos han propuesto la paz para que recojan cuantos alimentos puedan y los almacenen en el cuerpo de guardia. Si alguien pregunta, dile que la gobernadora quiere prepararse por si tuviera que confinar al cuartel entero para detener la propagación de la enfermedad.

—¿Y qué hacemos con los indios del norte que aún presentan batalla?

—¿Hay suficientes soldados para acompañar a los colonos a por alimentos, al capitán a la bahía y para enviar algunos hombres al norte?

Lorenzo la miró dubitativo.

—¿En qué estás pensando?

—Quiero que encuentren ese poblado y secuestren a algunos nativos.

—¿Que secuestren nativos? —protestó Quirós.

—Mejor si son mujeres y niños. Que no les hagan daño, solo deben traerlos aquí —continuó, haciendo caso omiso a las objeciones del portugués.

—No os alarméis, capitán —lo tranquilizó Sánchez Coello—. Con sus mujeres e hijos en el campamento no se atreverán a atacarnos.

—Los trataremos bien, capitán Quirós. Tenéis mi palabra —le prometió Isabel.

Hubo otro silencio prolongado. El pintor volvió a comer, después lo imitó Lorenzo y por último la adelantada. Pedro Fernández de Quirós había perdido el apetito.

—Tengo una curiosidad, mi señora —comentó el pintor cuando ya habían terminado de cenar.

—Decidme, don Diego.

—¿Cómo vais a organizar nuestra partida sin que el rey pueda considerar que habéis incumplido el contrato que firmó con vuestro marido?

Isabel sonrió, se limpió la boca con un trapo y después bebió un trago de vino.

—Eso, señor Sánchez Coello, es solo asunto mío.

Al día siguiente, el último de octubre de aquel año, Isabel Barreto salió pronto por la mañana para visitar al vicario en la iglesia. Lo encontró enfermo, tendido en un jergón de ramas húmedas que, a buen seguro, no le ayudaba a encontrarse mejor.

—Mi señora —la saludó al verla entrar—, disculpad que aún no me haya levantado, yo...

—No tenéis que disculparos, padre. Bastantes pesares recaen sobre vuestra espalda desde que murió el capellán y solo vos escucháis confesión.

—Bien lo sabéis, gobernadora. Y no poder confesar mis pecados me hiere en lo más profundo de mi alma.

Isabel enarcó una ceja, circunspecta.

—Os he observado, padre. Dudo mucho que vos cometáis pecado alguno. Y aun si así fuere, nuestro Señor sabrá perdonaros.

—Ese falso perdón solo lo obtienen los protestantes, hija mía. A nosotros nos corresponde la intercesión de un sacerdote.

Juan de la Espinosa intentó levantarse, pero Isabel se lo impidió con un gesto.

—Guardaos de hacer más esfuerzos, padre. Mandaré a algunos hombres que os trasladen a la nao capitana, allí estaréis mejor.

—Os lo agradezco, mi señora. Temo que mis días sobre esta tierra están a punto de terminar.

—Todos tenemos ese temor, padre. Por eso he venido. No quisiera dar con mis huesos en esta isla sin confesarme.

Aquello le alegró el rostro a Juan de la Espinosa.

—Decidme, hija mía. ¿Qué os aflige?

—Padre, he pecado. Y creo que mucho.

—Es el mal del hombre, pero vos sois una criatura excepcional, la única capaz de mantenernos en paz y con vida.

—Temo que mis decisiones nos hayan conducido a la situación en la que nos encontramos. Ojalá tuviera la capacidad de salvar a los que aún sobrevivimos.

—Algo hemos ganado con vuestras decisiones, al menos ahora no hay cristianos matando a cristianos.

Isabel se arrodilló ante el sacerdote.

—Y, aun así, mueren cristianos.

—Nadie puede juzgaros por los errores de otros. El castigo que sufrimos no tiene que ver con vuestras decisiones, es la voluntad del Señor.

Lo estaba llevando adonde ella quería.

—Pero podría tomar decisiones mejores.

—¿Qué queréis decir?

—Desde la muerte de mi esposo soy yo quien gobierna este campamento, junto a mi hermano, y quien dirige la expedición. Está en mi mano hacer esto o lo otro, quiera Dios iluminarme con su infinita sabiduría, alumbrando el camino de lo correcto. —Levantó la mirada hacia la cruz que presidía la iglesia.

—Estoy seguro de que si alguien puede ver esa luz, sois vos.

—Pero... —se mostró dubitativa— quizá yo también necesite la intercesión de un sacerdote. Vos, padre, escucháis a todos los hombres de este campamento, sabéis mejor que yo qué es lo que piensan y lo que quieren.

El sacerdote sonrió con ternura.

—Hija mía, lo que se dice en confesión queda entre el confesor y el Señor.

—Lo sé, lo sé. No me refiero a eso, sino a que vos sois nuestro guía, en vuestra alma caben todas las nuestras, así que quizá podáis concederme algo de luz para tomar las decisiones correctas. No me malinterpretéis, bien sabéis que yo también hablo con los soldados, los colonos, las mujeres y los niños, pero creo que temen decirme lo que piensan, por si pudiera tomar alguna represalia.

Juan de la Espinosa chasqueó la lengua.

—No creo que os teman a vos, pero sí tienen miedo por todo lo que ha pasado. Se ha vertido demasiada sangre.

—Una sola gota más ya sería excesiva, por eso me preocupa seguir el camino correcto.

—Los senderos del Señor son inescrutables.

—Pero los de los hombres a veces se muestran claros y evidentes. Por ejemplo, nuestra expedición tiene dos caminos que seguir: aguantar en esta isla o partir de regreso a tierras cristianas —soltó de sopetón.

El sacerdote frunció el ceño.

—¿Barajáis la posibilidad de un regreso?

—Barajo cualquier posibilidad que lleve a buen puerto nuestro viaje, nunca mejor dicho.

—Tengo la impresión de que no habéis venido a confesaros. Si queréis algo de mí, si puedo ayudar en lo que sea, no tenéis más que pedírmelo.

Isabel se sentó sobre sus pies, encontrando una posición más cómoda.

—Sé que algunos hombres están descontentos con esta isla. Nuestros recursos se agotan, los indios nos hieren y los enfermos se mueren. Pronto no quedará nada ni nadie por quien velar. Necesito algo de vos, como nuestro guía y nuestra luz. —Hizo una pausa algo melodramática—. Necesito que preguntéis a todos los habitantes de nuestro campamento si desean salir de esta isla y viajar a un puerto cristiano.

Juan de la Espinosa tragó saliva, echado sobre un costado sobre el jergón de palmas.

—Si eso es lo que os preocupa, puedo afirmar que la mayoría desea marcharse.

—Os agradezco vuestra sinceridad, y por supuesto que me preocupa. Pero no es suficiente para mí.

—¿Qué queréis decir?

—Necesito que lo escriban.

—¿Escribir? La mayoría de ellos no saben ni hacer la o con una caña de bambú.

—Lo sé, pero para eso estáis vos.

—Ya, vuestro guía y vuestra luz, ¿no es así?

—Veo que lo entendéis —le dedicó una sonrisa.

—No sé si se atreverán a firmar un documento, sabéis mejor que nadie lo que pasó con el anterior papel que...

—Esto será diferente.

—¿Por qué iba a serlo?

—Porque vos redactaréis el contenido del documento, pidiéndome a mí, en nombre de todos, que salgamos de la isla. Decidle a todo el mundo que yo os he dado permiso para redactar esa petición, que se sumen sin miedo, pues no habrá represalias.

—No entiendo para qué necesitáis ese documento; vos sois la almiranta, y vuestro hermano el general. Podríais tomar esa decisión sin consultar con nadie y todos tendrían que obedecer.

Lo miró con dulzura.

—Padre, las decisiones impuestas sobre enfermos y heridos no son justas. Quiero hacer las cosas bien, seguir el camino correcto. Lo mejor para todos es marcharnos de aquí cuanto antes, pero solo lo haremos si todos estamos de acuerdo.

El sacerdote la observó fijamente. Lo que le pedía era algo bastante razonable, incluso bueno para todos. Pero algo le decía que había segundas intenciones en su petición.

—Está bien —aceptó—. Lo haré. Tenéis razón, es lo mejor para todos.

—Os lo agradezco, padre.

Isabel se levantó.

—*Ego te absolvo* —dijo, haciendo la señal de la cruz.

—Enviaré de inmediato a algunos hombres para que os lleven a la San Jerónimo. Pronto embarcarán todos los enfermos y podréis redactar el documento.

—Si me lo permitís, mi señora, preferiría hablar con ellos hoy mismo, aquí, en el cuartel. Mañana podéis trasladarme a la capitana, si así lo consideráis.

—Así se hará, entonces. Tenéis todo mi agradecimiento —dijo, despidiéndose.

Aquella jornada, las cosas al fin salieron como Isabel esperaba. Los soldados trajeron a algunas mujeres y niños del poblado, mientras que los hombres de su hermano iban con los indígenas a por alimentos y agua. El capitán Quirós envió a Alonso de Leyva con su fragata a buscar a la Santa Isabel y después regresó al campamento. Sin embargo, a la mañana siguiente todo se precipitó de nuevo.

El vicario había redactado un extenso documento enumerando las razones por las que debían partir de la isla y muchos ya lo habían firmado, aunque reticentes ante la posibilidad de acabar como Pedro Merino: acusados de traición y ejecutados. Por suerte para la gobernadora, pudieron más las ganas de salir de Santa Cruz que el miedo.

Algunos soldados llevaron al sacerdote a la San Jerónimo, donde se ocupó de que también los marineros lo firmaran.

Pero por la tarde, extrañada por no haber visto a su hermano Lorenzo, decidió visitarlo en su cabaña. Allí se encontraban también Luis y Diego, que trataban de calmarlo dándole una sopa especiada y un brebaje de hierbas. El dolor lo consumía. Había hecho instalar una cuerda en el techo, a la que se agarraba con grandes esfuerzos para incorporarse o darse la vuelta, pues no se hallaba cómodo en posición alguna.

—Me muero, Isabel —le dijo al verla entrar—. Siento un frío horrible en todo mi cuerpo, apenas puedo mover las piernas.

Pasó el día entre gritos desgarradores. La noche fue aún peor. Lo único bueno que pasó aquella jornada, la primera de noviembre, fue que no hubo ataques de los nativos, por lo que soldados y colonos pudieron salir de la empalizada para abastecerse.

El segundo día de aquel mes, Pedro Quirós fue a visitar a Lorenzo Barreto a su cabaña y pasó toda la mañana y la tarde haciéndole compañía. Isabel estuvo ocupada organizando las partidas de hombres que debían salir para hacer aguada y recolectar todo tipo de alimentos. El tiempo apremiaba cada vez más.

A mediodía llegaron al cuartel los indios del norte portando un trapo blanco en signo de paz. Diego Sánchez Coello negoció con ellos la entrega de las mujeres y los niños a cambio de que no atacasen más y les dieran toda la comida que pudieran.

Al atardecer, cuando la gobernadora se dirigía a ver a su hermano, el capitán Quirós salió a su encuentro para decirle que Lorenzo estaba muy grave y pedía a gritos la presencia del sacerdote para confesar sus pecados y poder morir en paz.

Isabel envió de inmediato a algunos soldados en compañía del portugués a la San Jerónimo. Juan de la Espinosa, a pesar de estar tan enfermo como el general Barreto, hizo el esfuerzo supremo de llegar hasta el campamento para escuchar sus últimas voluntades y su confesión.

Lorenzo no vio amanecer.

Se le concedió un funeral a la altura de su rango de general, muy similar al que había recibido Álvaro de Mendaña, aunque no se pudo portear su féretro porque no había suficientes hombres sanos.

La noticia de que pronto se marcharían de la isla, que ya se había extendido hasta el último rincón de las naves y del campamento, subió un poco el ánimo general de los expedicionarios, aunque ya eran tan escasos que no podrían defender el cuerpo de guardia si a una decena de nativos se les ocurriera atacarlos.

El vicario le entregó el documento acordado a Isabel antes de regresar a la nao capitana firmado por un buen número de hombres, incluido su hermano Lorenzo, que en su lecho de muerte había hecho el último servicio a la familia.

La gobernadora dio orden de trasladar a todos los enfermos a las naves, donde podrían cuidar de ellos los que aún estaban sanos, en previsión de partir en cuanto fuera posible.

Diez soldados protegieron el cuerpo de guardia hasta que fueron trasladados todos los víveres que se habían recogido, aún insuficientes para largar velas y lanzarse, de nuevo, a rutas desconocidas.

El 7 de noviembre el cuartel quedó despoblado. Todos embarcaron en las naos, dejando atrás el sueño de colonizar la isla de Santa Cruz. Por la tarde, el vicario Juan de la Espinosa expiró entre terribles dolores.

Dios los había abandonado definitivamente.

TERCERA PARTE

Viaje a lo desconocido

29

De la partida de Santa Cruz
y el inicio de un nuevo viaje

Bahía Graciosa (isla de Santa Cruz), 14 de noviembre de 1595

Si apenas nadie quería permanecer en aquella isla antes de que muriera el vicario, una vez la expedición se quedó sin guardas espirituales a casi todos les entraron las prisas por marcharse. Entre ellos a Pedro Fernández de Quirós, que negaba con la cabeza al ver el estado de la nao capitana y se mesaba las barbas cuando visitaba la galeota y la fragata. Aparejos y jarcias en estado herrumbroso, las obras muertas podridas, los cascos peligrosamente abiertos, los mástiles afectados por la humedad...

Seguía convencido de que aquellas naves no llegarían muy lejos. Después, miraba desde la cubierta de la San Jerónimo la isla de Santa Cruz, los indígenas danzando y haciendo sonar caracolas y tambores en la playa, el volcán expidiendo un humo gris y denso... No, aquel lugar no era para ellos.

Isabel Barreto, muertos su marido y su hermano, había tomado el mando único de todo lo que pudiera suceder tanto en la tierra como en el mar. En el momento en el que expiró Lorenzo, ella se había convertido en la Reina de los Mares del Sur: gobernadora, marquesa, almiranta, general, adelantada. Aunque a efectos prácticos, el único cambio que hubo fue que las órdenes las daba ella de forma directa, no a través de su hermano o de su marido, pues Isabel había sido el alma de aquel segundo viaje a las islas Salomón, financiándolo con su dote, haciéndolo posible con sus contactos y materializándolo con su organización.

La almiranta reunió a los capitanes Alonso de Leyva, Felipe Corzo y Pedro Fernández de Quirós tras lanzar el cuerpo del vicario Juan de la Espinosa por la borda, sepultándolo en el mar, como le había pedido él mismo al portugués. *Para que los indios no puedan hacer a este cuerpo muerto lo que quisieron hacerle en vida*, le dijo.

Los urgió a enviar a los hombres a hacer aguada y recoger bastimentos. Descartó regresar a Santa Cruz, pues los nativos ya celebraban su victoria en la isla. La mejor idea sería dirigirse al islote que habían llamado la Huerta de Mendaña.

Lorenzo Barreto había expresado el deseo de que su hermana heredara la posición que su cuñado le había legado, por lo que para entonces Isabel ejercía también como maestra de campo. A los hombres de armas no les gustaba la idea más de lo que les habría gustado que los comandase un puerco, pero las ganas de marcharse que todos tenían podían más que los deseos de venganza o el dolor sentido en el orgullo por tener a una mujer por encima de ellos. Así pues, ella misma organizó una partida de soldados para recoger agua y comida en el islote, nombrando caudillo a Luis de Andrada, uno de los pocos militares que estaban sanos.

Mariana, Belita y Elvira cuidaban de Diego y Luis Barreto, enfermos como lo había estado antes el adelantado y como lo estaba la mayoría de la tripulación. En cualquier caso, su participación directa en la ejecución de Pedro Merino de Manrique, además de su juventud e inexperiencia, les impedía ocupar mando castrense alguno.

Luis de Andrada tomó tierra con treinta hombres armados. Algunas canoas salieron de Santa Cruz al ver el batel español, bogando por la bahía con esfuerzo y sin dejar de entonar aquel son de guerra que ya provocaba pesadillas entre los conquistadores enfermos.

Sin embargo, se mostraron pacíficos, incluso cuando Andrada encontró en una playa cinco canoas indias de las más grandes llenas de espuertas repletas del bizcocho que se hacía en el poblado de Malope. Ordenó a algunos hombres que las llevaran a la nao capitana y se adentró en la Huerta.

Hasta ciento veinte cerdos, y casi tantas gallinas, fueron trasladados aquel día a la flotilla, para regocijo de todos los tripulantes, que veían con alegría cómo las bodegas se llenaban.

Al día siguiente fue Pedro Quirós quien, en compañía de Diego Sánchez Coello y veinte soldados, tomó el batel en dirección al islote, sobre todo en busca de agua. Desembarcaron en una playa el capitán y nueve hombres, mientras que Diego Sánchez Coello continuó en el batel bojeando la Huerta por si encontraban algún arroyo donde hacer aguada.

Enseguida, los mismos indígenas que habían observado en silencio cómo Luis de Andrada se llevaba cientos de animales comenzaron a lanzarles flechas y piedras. Los españoles se dispusieron en fila de a dos para proteger los costados con sus rodelas.

—Disparad, pero no matéis nadie. Solo espantadlos —ordenó Quirós.

Se escucharon los arcabuzazos en toda la bahía. Los nativos terminaron por salir huyendo.

El grupo del capitán necesitó casi el día entero para atravesar la jungla hasta lo alto del islote, donde halló una explanada llena de bananeros. Los soldados llenaron las cestas que portaban hasta que no cupo un solo plátano más, por lo que tuvieron que fabricar trineos con grandes hojas de árboles y lianas para transportar aún más fruta. No había ni rastro de agua potable, así que después regresaron al angosto camino que se internaba en la espesura para volver a la playa, donde Diego Sánchez Coello estaría esperando con el batel.

El silencio era denso y extraño, como si alguien hubiera exterminado a todos los insectos y cortado el pico a las aves. Un soldado, con su arcabuz en las manos, no dejaba de mirar a las copas de los árboles y, al pasar junto al capitán, que tiraba de una liana arrastrando uno de aquellos trineos improvisados atestados de plátanos, comentó en voz alta:

—Va a llover afilado.

Su presagio no tardó en cumplirse. Menos de diez minutos después las flechas volvieron a caer, así como piedras del tamaño de un melocotón e incluso algo mayores.

Las rodelas eran más que suficientes para protegerse, pero los soldados no podían levantarlas a la vez que porteaban las cestas y los trineos, por lo que el capitán Quirós dispuso que cuatro de los soldados dispararan a la espesura sin ánimo de herir a nadie, solo para hacer huir a los indios.

Funcionó a medias. Era evidente que el ruido los asustaba, pero como ninguno caía muerto, o ni siquiera herido, regresaban a los pocos minutos para volver a flecharlos y apedrearlos.

Cuando al fin llegaron a la playa ya casi era de noche.

No había ni rastro del batel.

—¡Por las branquias de Neptuno! —exclamó Quirós—. ¿Cuánta pólvora nos queda? —le preguntó a un soldado.

Este se quedó mirando a un compañero, que negó con la cabeza.

—Hemos desperdiciado demasiada munición para llegar a la playa. Nos queda la que tenemos cargada, nada más.

Pedro Quirós observó la bahía. Las naves quedaban tras un recodo del islote, ocultas por la colina que se empinaba hasta lo más alto, por lo que no podían pedir ayuda por señas. Después miró al camino por el que habían venido: solo era cuestión de tiempo que los nativos volvieran a atacarlos, y en la playa estaban demasiado expuestos.

—No podemos quedarnos aquí —les dijo—. Tendremos que buscar refugio en la arboleda, sin alejarnos mucho de la playa, por si regresara el batel.

—Capitán, tenemos dos hombres heridos. No es gran cosa, pero dudo mucho que puedan caminar largo rato.

En efecto, dos soldados estaban sentados cada uno sobre una piedra, limpiándose con el agua de la orilla las heridas de flecha que tenían en las piernas.

—Solo es un rasguño —dijo uno de ellos, levantándose.

Quirós se dio la vuelta. Atravesando la playa llegarían a una zona arbolada y, en apariencia, virgen. Tal vez allí podrían refugiarse. El sol se ponía y a cada momento su aventura se tornaba más peligrosa.

—Vosotros dos, id en vanguardia hacia aquel bosque, sin quitarle ojo a la playa. No dudéis en disparar si os veis sorprendidos: terminada la pólvora, nos defenderemos con la espada.

Los dos soldados asintieron. El resto fue atravesando el camino, saltando piedras que se metían desde la isla hasta el agua, sorteando troncos tumbados en dirección a la bahía e, incluso, metiéndose casi hasta la cintura en el mar cuando era preciso.

La playa era de afilados cascotes y estaba muy sucia, a lo que había que añadir que iban extremadamente cargados, lo que los retrasó hasta la medianoche. Para entonces todos habían asumido que el batel se habría marchado a la San Jerónimo y nadie los rescataría hasta el amanecer.

Cuando tenían la arboleda a unas pocas decenas de metros, los dos heridos se derrumbaron. El capitán acudió de inmediato a comprobar cómo se encontraban.

—Dejadnos aquí, capitán. Somos un lastre; si nos atacan, solo os retrasaremos.

—De ningún modo, soldados. Si es necesario yo mismo os llevaré a hombros.

La luna, en cuarto creciente, lanzaba sus lisonjeros rayos de luz lactosa sobre la bahía. Desde la isla de Santa Cruz les llegaban aquellos cánticos que parecían surgir del mismo infierno y que no habían cesado desde que el cacique Malope muriese a manos del malogrado Juan de Buitrago. Por el contrario, el islote continuaba en silencio.

Cuando al fin alcanzaron la arboleda, los dos soldados que habían ido en vanguardia los esperaban tras un parapeto de ramas que habían construido. Difícilmente las piedras o las flechas podrían atravesarlo, aunque se encontraba en la falda pedregosa de una loma que ascendía hasta el centro de la isla. Si en vez de atacarlos en la distancia los nativos optaban por el cuerpo a cuerpo, estarían en desventaja.

Pasaron un par de horas sin que nada aconteciese. Quirós había organizado turnos de guardia, aunque nadie podía dormir. Repartieron algunos plátanos y bebieron agua de las cantimploras hasta vaciarlas, con la esperanza de que el sol naciese en un nuevo día y sus compañeros fueran en su busca.

—¿Habéis oído eso? —preguntó un soldado.

Quirós afilaba un palo con su cuchillo, sentado con la espalda apoyada en una piedra cuya parte opuesta ya se hundía en la ensenada, tan cerca del agua estaban.

—¿Qué has oído? —le preguntó un compañero en susurros.

—Ramas crujiendo... Creo.

Todos estaban con los oídos alerta, tratando de escuchar lo que no hacía ruido, con sus arcabuces preparados, sus vainas abiertas y las espadas sedientas.

De pronto, escucharon unos gritos cercanos y cayeron algunas piedras sobre el parapeto.

—¡Disparad! —gritó Quirós.

Los soldados lanzaron su última carga y desnudaron sus espadas.

—¡Por el rey! ¡Por Santiago! —bramó uno de los hombres.

No podían verlos, pero incluso el suelo temblaba por la embestida iniciada por los nativos, que bajaban la loma a la carrera con lanzas y macanas.

Quirós comenzó a rezar y, a los pocos segundos, los diez hombres se le unieron, seguros ya de que se dejarían la vida en aquel islote. El enemigo invisible se acercaba como una marabunta.

Un disparo de arcabuz los sorprendió, interrumpiendo sus rezos. A ese disparo le siguieron otros muchos, que pasaban por encima de sus cabezas más allá de la barricada enramada. El batel los había encontrado y los soldados defendían a sus compañeros con bravura.

El silencio se quebró con aquellas detonaciones, saltando chispazos de luz en la oscuridad, provocando gritos de horror y muerte. La estampida que esperaban nunca llegó, y Quirós y sus hombres pudieron embarcar en el batel desde la playa mientras varios soldados permanecían en la cubierta, de pie, apuntando a la nada y disparando.

—Gracias a Dios que habéis venido —agradeció el capitán a Diego Sánchez Coello tomándolo por el antebrazo.

—No le deis las gracias al Señor, querido amigo. Dádselas a la adelantada. Casi tengo que atarla al mástil para que no se embarcase ella misma en el batel, armada con un verdugado y cientos de esas tijeritas que trajeron para dárselas a los indios. Ella se ha empeñado en no esperar al alba para buscaros.

Quirós sonrió.

—No la menospreciéis, es sin duda el soldado más temible de nuestra armada.

—Por eso es mejor guardarnos ese naipe para cuando sea necesario.

Isabel Barreto había escuchado los disparos desde el puente de mando de la nao capitana con una preocupación extrema figurada en su rostro. No podía permitirse perder a más hombres leales, le quedaba una larga travesía por delante y precisaría el apoyo de todo aquel que se hubiera mostrado fiel a su esposo. Además, necesitaba el agua y la fruta.

Llegó a pedirle al contramaestre que soltara las amarras y fuera con el galeón hasta aquella parte de la isla para lanzar algunos versos de advertencia y disuadir a los nativos. Marcos Marín le explicó, fútilmente, que aquello no era posible.

Cuando el batel dobló el saliente del islote y quedó a la vista de la flota, todos lo celebraron con grandes gritos. Era la primera victoria española en muchos días, por pequeña que fuera.

El capitán Quirós y sus hombres agradecieron a la gobernadora que no los hubiera dejado morir en el islote e insistiera en su rescate, pese a ser algo casi imposible en plena noche.

Los demás marineros descargaron el batel y llenaron la bodega entre cánticos en plena madrugada. Aquella pequeña victoria era el acicate que necesitaban para recuperar el ánimo, aunque tendrían que rezar para que lloviera pronto y poder llenar algunas tinajas.

Al día siguiente, 14 de noviembre, las malas noticias regresaron. Se había levantado un fuerte viento del norte que tronchaba las palmeras que crecían en las orillas de las playas de Santa Cruz y, lo que era mucho peor, había tensado dos de los tres cables que amarraban la capitana hasta romperlos.

El capitán Quirós había salido de su dormitorio al escuchar los gritos de los marineros y observaba con preocupación el último amarre que quedaba. Isabel, inquieta por la agitación que había en cubierta, también salió a ver qué pasaba.

Hacía tiempo que la adelantada había abandonado el uso de los dos o tres elegantes vestidos que no había vendido en Lima y vestía casi como uno más de los oficiales. Su largo y ondulado cabello azabache, con frecuencia suelto, y su piel nívea, eran lo único que permitía diferenciarla de los demás.

—Ese cable no aguantará mucho —murmuró el portugués.

—¿No podemos soltarlo y hacernos a la mar, capitán?

La miró con escepticismo.

—Mi señora, hay mucho viento. Si soltamos ese cable o se rompe por la tensión a la que está sometido, nos estrellaremos contra aquellas rocas. —Señaló a la zona sur de la bahía.

—Señor Marín —llamó Isabel al contramaestre—, haced venir al capitán Corzo y al capitán Leyva. Es hora de marcharnos.

Media hora después, Isabel Barreto se reunía de nuevo con los tres capitanes en la sala de cartografía de la San Jerónimo. Felipe Corzo y Alonso de Leyva también habían enviado a sus bateles a por agua y algunos abastecimientos a otras playas de la isla de Santa Cruz, lejos de la bahía, en las zonas menos pobladas, pero no habían podido llenar sus bodegas.

—Señores, os he reunido hoy aquí porque estoy resuelta a partir cuanto antes. —Los tres hombres se miraron, preguntándose quizá qué hacían tres lobos de mar como ellos siguiendo las órdenes de una mujer de veintisiete años.

—Es evidente que las circunstancias nos obligan a marcharnos —comenzó Alonso de Leyva— y, personalmente, apoyo vuestra voluntad. Sin embargo, me preocupa mucho adónde queréis ir. Este lugar era desconocido hasta que vos y vuestro esposo lo descubristeis, mi señora. No hay rutas que nos guíen a lugar alguno, y es imposible desandar lo andado.

—No podemos regresar a Lima —concretó Felipe Corzo, mostrándose de acuerdo con su homólogo.

—No es a Lima adonde iremos, sino a Manila.

—¿Manila? —Felipe Corzo torció el gesto.

—Es el puerto español más cercano —terció Quirós, el único que estaba al tanto de las intenciones de la adelantada—. Como bien decís, amigos míos, no hay forma de regresar a Lima por donde vinimos.

—Podríamos buscar la ruta del tornaviaje —comentó el capitán Leyva—, subir hacia el nornordeste hasta el mar de Japón y luego tomar la derrota sursudeste hasta Acapulco.

—Eso nos llevaría meses, capitán —replicó Isabel—. Además, llegar hasta Acapulco solo nos serviría para volver a Lima. Mi intención es otra bien distinta.

En ese punto los tres capitanes se miraron; ni siquiera Quirós sabía a qué se refería con ese cambio de planes.

—¿Qué otra intención puede haber que poner a salvo a toda la tripulación? —quiso saber Felipe Corzo.

—No podemos olvidar las razones que nos han traído hasta aquí, señores míos. Todos teníamos una obligación con mi esposo, y este con el rey. Esa obligación no se ha desvanecido; al contrario, está más vigente que nunca. Si no regresamos aquí y terminamos el trabajo que comenzamos hace unos meses, todas las muertes, todos los sufrimientos que hemos padecido y los que están por abordarnos en cuanto larguemos velas, habrán sido en vano.

Se hizo un silencio prolongado. Felipe Corzo jugaba con sus manos sobre la mesa de mapas, mientras Alonso de Leyva se acariciaba el mentón, pensativo.

Pedro Fernández de Quirós, por su cuenta, iba poco a poco encontrándole el sentido a todo lo que estaba diciendo la almiranta.

—Así que queréis ir a Manila, reparar las naves, sumar nuevos tripulantes y regresar a estas islas para establecer una colonia, ¿cierto?

—Exactamente eso es lo que me propongo, capitán Quirós. Por supuesto, si vos no queréis continuar en esta expedición, podréis buscar un nuevo destino una vez lleguemos a Manila.

—No, no, de ningún modo. Llegaremos hasta el final juntos, como comenzamos este proyecto.

—Celebro oírlo —reconoció, sonriendo cansada—. ¿Y vos, capitanes?

—¿Acaso tenemos alternativa? —preguntó Alonso de Leyva.

—En cuanto al regreso a Manila, me temo que no. Hasta que no se dé por finalizada la expedición, yo soy vuestro general. De cualquier modo, no existe esa alternativa por la que preguntáis. El mar del Sur, vos lo sabéis mucho mejor que yo, es basto a lo alto y a lo ancho, y muy poco se conoce de él. Atravesarlo hasta llegar a la mitad del camino que hace la Nao de Manila sería de un riesgo absoluto.

—No lo sería si llevásemos las bodegas bien cargadas —se quejó Felipe Corzo.

—¿Cargadas? Podéis cargarlas hasta que no quepa un gramo más de cerdo, capitán. Pero ¿de qué nos servirán todos esos alimentos cuando se pudran? No hay nada duradero en nuestras bodegas, y no tenemos sal para mantener la carne en buen estado. Hace dos días envié a Luis de Andrada al islote a por abastecimientos y trajo más de doscientas cincuenta piezas entre puercos y gallinas. Los repartiremos entre las tres naves, pero ¿cuánto nos durará?

—¿Acaso no están vivos esos cerdos y esas gallinas? —inquirió el capitán Leyva.

—No había manera de traerlos a la nave con vida, tuvo que sacrificar a todos los animales en la isla —explicó Quirós.

Era cierto. La propuesta de Isabel era la única válida. Manila era el destino que más posibilidades tenían de alcanzar con éxito. Además de la comida, su otro gran problema era el agua, por eso debían buscar el puerto más cercano; no podían fiar a las lluvias que Dios les enviase en una travesía de varios meses.

—Está bien, mi señora. De todos modos, vos mandáis —deslizó Alonso de Leyva, que echó el cuerpo hacia atrás y enderezó la espalda.

—¿Eso es todo? —preguntó Felipe Corzo, levantándose.

—No, capitán Corzo, sentaos un momento —le pidió el portugués—. Tengo algo que proponeros.

Esta vez quien se quedó sorprendida fue Isabel, que no sabía nada de aquella propuesta.

—Adelante, capitán Quirós —invitó Alonso de Leyva.

—Tiene razón la gobernadora, es mucho lo que hemos sufrido y perdido para llegar hasta aquí. Se han tomado muchas malas decisiones, y hay quien ha obrado por su cuenta sin pensar en el bien común de la expedición.

—Id al grano, por favor —interrumpió Corzo.

Quirós lo fulminó con la mirada.

—He visto cómo están la fragata y la galeota, capitanes. No es que la San Jerónimo esté en perfecto estado, pero no creo que vuestras naves puedan afrontar una travesía como la que tenemos por delante. Os propongo que unamos fuerzas en la capitana. Juntemos aquí los bastimentos y los mejores aparejos y vayamos todos juntos.

—¿Y abandonar mi nave aquí? De ningún modo, capitán Quirós —opuso con vehemencia Alonso de Leyva.

Felipe Corzo se echó a reír.

—Vos proponéis eso porque no perdéis nada, pero toda mi inversión está en la galeota. Abandonarla aquí o morir en el camino me supone el mismo futuro.

Quirós dio un puñetazo sobre la mesa. Isabel nunca lo había visto así de enfurecido.

—Capitanes, atended a las razones que impone la lógica. Es preferible que vayamos todos unidos en la nave que mejor disposición presenta. Es un riesgo enorme embarcase en la fragata y en la galeota, estaríais condenando a vuestros hombres a muerte.

—¿Condenarlos a muerte? —Ahora era Alonso de Leyva quien reía—. ¿Habéis visto el estado de vuestro palo mayor? Estará rendido antes de salir de la bahía.

—Ninguna de las tres naos está en condiciones de atravesar el mar del Sur, pero ¿qué otra opción tenemos? Como bien habéis explicado, mucho es lo que se ha perdido. Yo no estoy dispuesto a perder más —explicó el capitán Corzo.

—Mi señora, vos tenéis la última palabra. Hacedles entrar en razón, por el amor de Dios.

Isabel los miró a los tres alternativamente.

—Soy de la misma opinión que el capitán Quirós. Deberíamos sumar fuerzas, reunir en el galeón los materiales que permanezcan en mejor estado y emprender este tramo final de nuestra aventura juntos. —Los dos capitanes amagaron con decir algo haciendo violentos aspavientos, pero la almiranta los calmó moviendo su mano derecha con sosiego—. Sin embargo, yo no puedo juzgar el estado de las naves ni tampoco enajenar las inversiones de los capitanes a mi antojo. Si vos decidís que la galeota y la fragata están en disposición de navegar, así se hará.

—Que conste que no estoy de acuerdo —sentenció el capitán Quirós.

—Nos hacemos cargo —repuso Corzo, victorioso.

—Hay dos asuntos más que debemos tratar, mis señores, antes de que os marchéis.

—Decidnos, almiranta.

—Debemos decidir dónde viajarán los enfermos.

—En la San Jerónimo, por supuesto. Es la nao más amplia y que mejores recursos tiene —expuso el portugués, como si aquel argumento no aceptase oposición alguna.

—No estoy de acuerdo, deberían ir en la fragata.

—Capitán de Leyva, en la fragata tendrán que viajar en la cubierta, al desamparo del sol cuando haga sol y de la lluvia cuando llueva. Ya están demasiado débiles como para someterlos a más tormentos.

—Pondremos un toldo entre la mesana y el alcázar si es necesario.

—Bien sabéis que la navegación muchas veces no admite toldos en cubierta. Me niego a que los enfermos viajen en la fragata. Mi señora —dedicó una mirada de furia a Isabel—, en esto no os podéis inhibir.

—De acuerdo, capitán Quirós. Los enfermos se quedarán en la San Jerónimo. Además, solo contamos con una persona con conocimientos médicos, Juan Leal. No podemos dividir a los enfermos.

Alonso de Leyva contaba con llevar a los contagiados en la fragata para que la nao capitana no los pudiera dejar atrás de ningún modo, pues muchos de ellos eran las esposas, hijos y hermanos de los que viajarían en la San Jerónimo. Sin embargo, aquella sí era una decisión de la almiranta, no había forma de oponerse.

—¿Y cuál es el otro asunto? —preguntó Felipe Corzo cuando los ánimos parecían más calmados.

—No os va a gustar, capitanes. A ninguno de los tres —los advirtió—. Quiero enviar a algunos hombres a la empalizada, para que desentierren a mi marido y lo traigan a la San Jerónimo.

—¿Queréis embarcar un cadáver en mi nao? —se sorprendió Quirós.

—Capitán, no hace falta que os recuerde que esta nave es mía, ¿verdad? —contestó molesta.

De todas formas, sabía que aquello generaría una controversia complicada. ¿Por qué Mendaña sí y los demás no? ¿Exhumar un cadáver cristianamente enterrado, en tierra bendecida, para más inquietud? Y a eso había que añadir que, si viajar con mujeres a bordo daba mal fario a los hombres de mar, llevar un cadáver era para un marinero como entregar su nave a las llamas del infierno.

—Enviaré a don Diego de Vera con algunos soldados a la isla y llevaremos el cuerpo del general en la fragata —comentó Alonso de Leyva, tratando de ganar así lo que había perdido al no trasladar a los enfermos.

—Tenéis mi agradecimiento, capitán. —Isabel cruzó las manos sobre su regazo y dejó caer sus párpados mientras hablaba.

Aquello puso fin a la reunión. El capitán Quirós dibujó cuatro cartas de navegación que mostraban dónde pensaba él que estaban y adónde creía él que debían ir. Durante cuatro días esperaron a que el viento del norte amainase, rezando frente al cable que mantenía surta la San Jerónimo desde el amanecer hasta la medianoche. El cabo aguantó de milagro y, llegado el 18 de noviembre, las tres naves salieron de la bahía Graciosa.

Muchos miraron hacia la isla, lamentando las más de cincuenta vidas que se quedaban atrás y todos los horrores que habían sufrido. Hubo quien maldijo a la isla, al poblado y a los nativos. Pero cuando se dieron la vuelta y miraron hacia el horizonte, todo lo pasado quedó olvidado. Nuevas dificultades se dibujaban en su futuro más próximo.

Como habían acordado Isabel y los capitanes antes de partir, durante dos días navegaron rumbo sursuroeste hasta llegar a los once grados al sur del ecuador, donde, según la cartografía de don Álvaro de Mendaña, debía estar la isla de San Cristóbal. Isabel no quería marcharse sin hacer un último intento por encontrar a la nave almiranta, perdida la misma noche en que descubrieron Santa Cruz.

El contramaestre y otros cuatro marineros amanecieron enfermos el 20 de noviembre, aunque otros tantos se mostraron muy recuperados gracias, sobre todo, a los cuidados de Juan Leal, Mariana de Castro y Elvira Delcano. Belita de Jerez y Pancha estaban también enfermas, enclaustradas en la habitación de Isabel junto con sus hermanos.

La almiranta parecía haber recuperado la costumbre de no dormir y permanecía por la noche en la sala de cartografía o salía a la cubierta a ver las estrellas. Los peligros del viaje de ida ya quedaban atrás: en la San Jerónimo viajaban algunos soldados, unos cuantos marineros y un buen número de enfermos.

No hallaron ni rastro de la isla de San Cristóbal, ni mucho menos del galeón Santa Isabel. La gobernadora se lamentó en la toldilla, junto al capitán y el timonel.

—Por los clavos de Cristo, dónde estará esa isla del demonio... —blasfemó.

Los hombres se quejaban de que se anduviese perdiendo el tiempo en aquella búsqueda inane cuando la nao estaba casi desaparejada y les esperaba una travesía con escasez de agua y alimentos.

—Mi señora, estamos a once grados, como mandasteis.

—¿Creéis que estará cerca?

—¿San Cristóbal?

—Sí.

Quirós negó con la cabeza.

—Las cartas de Pedro Sarmiento se han mostrado inútiles desde el principio. Perdemos el tiempo buscando San Cristóbal.

Isabel suspiró.

—Está bien. Poned rumbo a Manila —aceptó, antes de marcharse al interior del alcázar.

Pedro Fernández de Quirós había estimado que las islas de Nueva Guinea estarían próximas, hacia el oeste, y pretendía evitar un camino complicado en el que tendrían que esquivar arrecifes e islotes que los retrasaría, por lo que puso rumbo noroeste empujado por vientos del sudeste.

Una semana después de seguir esa derrota, descubrieron en el mar un tronco de madera con algunas piedras de río sobre él, así como almendras como las que había en Santa Cruz y algunas pajas.

—Mirad, señora —le señaló el capitán—, esos escombros siguen la corriente del mar, nos indican que vamos por buen camino. Hemos dejado al oeste la Nueva Guinea y nos aproximamos al ecuador. Pesamos el sol al mediodía, estamos a cinco grados de altura.

—Buena señal, capitán Quirós —celebró Isabel.

Pero por la tarde se levantó un fuerte temporal. El viento del sudeste se recrudeció, empujando fuertes olas que chocaban con la corriente. Comenzó a caer un aguacero que casi impedía diferenciar el mar de la lluvia, y las naos se vieron azotadas por una tempestad que amenazaba con echarlas a pique.

Pedro Fernández de Quirós sostenía la caña del timón en el crepúsculo del día, con la almiranta y el asesor del rey, Diego Sánchez Coello, uno a cada lado, cuando distinguió en el horizonte, al oeste, una isla que se recortaba en el paisaje cuando las olas lo permitían. Fue entonces consciente de que su sueño de encontrar la *Terra Australis Incognita* se venía abajo definitivamente.

—¡Mirad! —gritó, haciéndose oír por encima del estruendo del viento y del mar—. ¡Nueva Guinea!

Isabel y Diego escrutaron el horizonte con cierta amargura. En ese momento, ninguno de los tres era consciente de que aquella era la isla de Santa Isabel, perteneciente al archipiélago de las islas Salomón.

Tan cerca y a la vez tan lejos de haber hallado el éxito en su expedición, surcaban un mar embravecido hacia rutas desconocidas mientras dejaban atrás el objeto de su deseo, enterrando así los sueños que los habían llevado hasta allí.

Diego Sánchez Coello sonrió. Había llegado su momento.

30

De los sufrimientos y padecimientos a bordo de la San Jerónimo y el descubrimiento de Ponapé

Mar del Sur (medio grado latitud sur), 10 de diciembre de 1595

Todos sabían que el viaje hasta Manila sería duro, pero no se imaginaban algo tan terrible. Conforme se alejaban de las islas Salomón y se acercaban poco a poco a la línea del ecuador, los vientos los abandonaron y ni siquiera los aguaceros, las olas o las tempestades los visitaban.

La calma lo inundaba todo, extendiendo con su manto sosegado e impertérrito el hastío sobre la tripulación de la flota española. El mar del Sur se había convertido en una laguna infinita de aguas estancadas que apenas tenían fuerza con su ir y venir para mecer un ligero batel. Las velas lucían descarnadas, languideciendo bajo el monótono y tedioso camino del sol.

Durante el día, el calor abrasaba la cubierta de la San Jerónimo, donde se amontonaban soldados ociosos, marineros aburridos por la falta de trabajo y, sobre todo, enfermos. Muchos se habían recuperado de la epidemia desatada en Santa Cruz a raíz de la muerte de Malope, pero la abstinencia, la amplitud térmica que provocaba altas temperaturas por el día y muy bajas por la noche, la falta de higiene y, muy probablemente, la desesperación, habían desatado una nueva enfermedad entre la tripulación, que comenzaba a mostrar los primeros síntomas entre marineros y soldados: el escorbuto.

La fruta y los animales que encontraron en el islote que había en la bahía Graciosa se habían agotado o estaban putrefactos. Isabel había ordenado repartir la harina que aún quedaba en la nave capitana entre la flota, por lo que se había visto obligada a racionar tanto el alimento como el agua casi desde el primer día.

Cada tarde, mientras todos rezaban la Salve en cubierta, ella daba gracias a Dios por haberla iluminado antes de emprender el viaje, adquiriendo una cantidad de harina nunca vista en una expedición naval. Aunque tras tantos meses le faltaba poco para ser insalubre, había salvado a los intrépidos españoles en Santa Cruz cuando los indígenas los atacaban día sí y día también, y ahora les servía de sustento básico para el viaje de vuelta.

Se servía un cuarto de ración diaria de un bizcocho agusanado y bastante repugnante que, sin embargo, casi todos devoraban con avidez. El agua no era mucho mejor. Aprovechaban para beberla por la mañana, cuando al menos estaba fresca, ya que por la tarde era un caldo del que, además, tenían que apartar las cucarachas.

Isabel y Mariana, y en ocasiones también Elvira, acompañaban a Juan Leal desde primera hora para ver a los enfermos, atendiendo a las indicaciones que el buen samaritano les daba sobre lo que debían hacer y cómo. Las tres mujeres hacía tiempo que habían dejado atrás sus hermosos vestidos y lucían harapos similares a los del resto de los tripulantes.

El empeño de Pedro Fernández de Quirós por llevar a los enfermos en la capitana implicaba transportar a muchas mujeres con sus hijos, algo de lo que había renegado en Lima, cuando Álvaro de Mendaña le propuso capitanear la flota. Pero ya nadie era el mismo que hacía ocho meses. Eso bien lo sabía Isabel Barreto.

La gobernadora salió de su dormitorio aquel 10 de diciembre de 1595 con un jubón maltrecho, el cabello cubierto por una cofia y la parte inferior de una basquiña remangada para estar más cómoda. La nao se mecía lentamente, como en un sueño, mientras los marineros se amontonaban en la cubierta buscando alguna sombra; la bodega era un horno. Respiró hondo y limpió un pequeño cuchillo en la falda con la fatua esperanza de que aquel nuevo día les regalase algo a lo que agarrarse para no entregarse a las tentadoras fuerzas de la locura y la sinrazón.

Pensó en lo diferente que era todo. Ya no había soldados y marineros jugándose a los naipes o a los dados riquezas y tierras aún por descubrir. Se preguntó si en algún momento habían ajustado aquellas cuentas de algún modo. Tampoco los hombres de mar se movían ágiles cuando trepaban por los obenques, ni gritaban desde la cofa o cantaban alegres salomas mientras llevaban a cabo sus trabajos. Nada de eso sucedía ante ella; más bien parecía que la cubierta se hubiera transformado en un hospital de campaña, situado en la retaguardia del campo de batalla.

Le dio por pensar en la Felicísima Armada, en cómo aquellos valientes soldados y marineros encararon la tempestad que se los llevó por delante, impidiéndoles cumplir con los muy reales y muy católicos deseos de Su Majestad. Aquellos hombres, tratados como héroes, se habían enfrentado al azote de los vientos, estrellando algunas naves contra la costa pedregosa de Inglaterra.

¿Hay algún tipo de heroísmo en la muerte?, se preguntó. *¿No son estos supervivientes, enfermos, sedientos, desesperados, capaces de comer ratas y cucarachas, los verdaderos héroes de las Españas?*

Un grupo de mujeres se amontonaba junto al palo de mesana, donde el capitán había instalado un toldo, como propusiera Alonso de Leyva en la bahía Graciosa. El calor, ya a aquellas horas de la mañana, traspasaba la protección de la tela, quemando los cuerpos enfermos de quienes trataban de ocultarse. Estaban casi todas ellas desnudas, apenas cubriendo su sexo con algún calzón desgastado por el uso para que no abrigase mucho. Eso le sirvió a la gobernadora para pensar también en el miedo que había pasado durante el viaje de ida, temiendo que los hombres se sobrepasaran con su hermana o con sus doncellas, como finalmente le sucedió a Elvira Delcano.

Manoteó en el aire para espantar aquellos pensamientos que nada bueno le traerían. *Las cosas del pasado en el pasado deben habitar, nada gano rememorando lo que fue, he de enfrentarme a lo que es.*

Juan Leal la llamaba desde la proa; estaba atendiendo a un soldado que acababa de subir al bauprés a hacer sus necesidades.

—Señora, os lo ruego. Un poco de agua para mi hijo —le pidió una mujer al pasar por el combés. Tenía los labios resecos, llagas en el rostro y la piel quemada. Su hijo, que dormía sobre su regazo, no estaba mejor.

Isabel la miró con compasión, se acuclilló a su lado y le tomó una mano temblorosa y mucho más caliente de lo que era saludable.

—No os preocupéis, en unos minutos se repartirá la ración diaria.

La mujer era Margarita López, una bilbaína que había llegado a Lima con su padre quince años atrás. Allí se había casado con un soldado, Felipe de Medinaceli, muerto durante las primeras escaramuzas en Santa Cruz.

Isabel conocía a todos y cada uno de los tripulantes, y eso le hacía más difícil su trabajo. A diario se veía tentada de abrir las tinajas de agua y repartirlas entre la tripulación. Matar a los tres cerdos que aguardaban en su dormitorio, escondidos en jaulas en la terracita de popa, o pedirle al sobrecargo, que tenía las llaves de su pañol privado, que preparara un banquete con el tocino en salazón, la cecina y la harina que allí guardaba. Pero no podía hacerlo, no si lo que pretendía era que llegaran a Manila con vida el mayor número de personas.

Cada noche se repetía la misma discusión con sus hermanos y el capitán. Los Barreto, muerto su hermano mayor, temían que soldados y marineros se amotinasen y tomaran los víveres que quedaban por la fuerza, así que eran partidarios de aumentar las raciones de agua y comida, igual que Pedro Quirós.

—No lo haremos —insistía una y otra vez Isabel.

—Muchos pensarán que vos teméis por vuestra vida más que por la suya. Provocáis el hambre y la muerte de vuestros hombres, mi señora. Nadie podrá protegeros si se rebelan —le había reprochado la noche anterior el capitán.

—Estamos medio grado por debajo del ecuador, capitán. ¿Cuándo llegaremos a Manila? No conocemos la ruta ni el tiempo es propicio. Si no hay viento, no hay navegación, bien lo sabéis, así que por el momento lo único que podemos hacer es prepararnos para una dilación máxima del viaje. Lo que comamos y bebamos ahora, puede que nos falte después.

—Entiendo vuestra postura, pero no la comparto. Los marineros están débiles, no pueden llevar a cabo sus trabajos. Además, se sienten desesperanzados. El rumor que se extiende poco a poco sobre las provisiones que guardáis los enfurece, es cuestión de tiempo que...

—Es cuestión de tiempo que la comida y el agua se acaben —lo interrumpió— ¿Qué harán entonces? ¿Comerse los unos a los otros? Las raciones actuales los mantienen con vida, y los marineros no trabajan porque no hay trabajo alguno que hacer. El oleaje es tan ínfimo que ni siquiera saltan gotas a la cubierta. No hay viento, ni una ligera brisa. Lo mejor es que descansen, que ahorren energías mientras permanecemos en la calma del ecuador. Vendrán tiempos mejores, capitán, y entonces también necesitaremos comida.

Pero no estaba segura de su decisión. Era evidente que había dos formas de gestionar el viaje: podía mantener el ánimo de los hombres alto, alimentándolos más de lo que necesitaban, evitando que se cuestionase su autoridad, pero quizá agotando los escasos recursos con los que contaban antes de llegar a su destino o, por el contrario, convertirse poco a poco en el foco de todas las iras de la tripulación, arriesgar su seguridad, pero alargar la vida de las provisiones hasta llegar al puerto de Cavite, en Manila.

Se había inclinado por la segunda opción, pero las dudas la asaltaban a diario, sobre todo cuando veía el terrible estado en el que se encontraban todos, ella incluida. Antes de salir a la cubierta, se desnudaba cada mañana ante el espejo de su dormitorio. Su cuerpo, antaño lozano, juvenil y hermoso, se había transformado en un esqueleto pellejudo; se le caía el cabello casi a mechones y los pómulos le asomaban afilados en el rostro, por no hablar de que se le esculpían las costillas y las vértebras en torso y espalda, y que sus senos se habían convertido en dos bolsas secas que caían sin remedio hacia sus costados.

Todo se arreglará, se decía entonces. Hacía pocos días que se habían quedado sin carne de cerdo y sin gallinas, pero aquella transformación había empezado a producirse al arribar a Santa Cruz.

Cuando llegó a la proa, Juan Leal le mostró las heces de un soldado. Muchos de ellos utilizaban el bauprés para hacer sus necesidades directamente sobre el agua; la vida a bordo de un galeón podía llegar a ser muy dura.

El enfermero señalaba los restos que había sobre el palo que salía longitudinalmente desde la proa.

—Es sangre. Muy líquida, pero sangre.

—¿A qué creéis que se debe? —preguntó Isabel.

—Tiene llagas en el rostro, hematomas internos en los brazos y las encías inflamadas. No es muy habitual defecar sangre, pero que esta sea tan líquida coincide con los síntomas: es escorbuto.

—¿No es un poco pronto, señor Leal? Apenas llevamos una semana con los alimentos racionados, ¿no debería tardar más en manifestarse esa enfermedad?

—No se trata de la cantidad, mi señora, sino de la ausencia de determinados alimentos por un periodo prolongado. Le he preguntado al soldado, dice que en la isla se alimentaba principalmente de carne, y a bordo no probó los plátanos ni los cocos.

Isabel chasqueó la lengua en el interior de su boca.

—¿Podemos solucionarlo de algún modo?

—Debería comer verduras y fruta, pero mucho me temo que eso es justo lo que no tenemos.

La gobernadora desvió la mirada. Era posible que en su pañol quedasen algunas raíces rescatadas de la isla de Santa Cruz. Se le pasó por la cabeza una idea fugaz.

—Está bien, señor Leal. No dejéis de informarme si veis síntomas de escorbuto en otros tripulantes.

Ya se iba a marchar cuando el enfermero le hizo un gesto con la mano. No quería levantar la voz y preocupar a los marineros que reposaban en los alrededores.

—En realidad, he detectado a otras cinco personas que, a buen seguro, padecen también el escorbuto.

Para Isabel, aquello fue como una puñalada directa a su corazón.

—Cuidadlos como podáis, señor Leal. Y, una vez más —le puso una mano en el hombro, acercándose a él—, os agradezco todo lo que estáis haciendo.

Regresó al interior del castillo de popa con la idea en su cabeza. *¡Dios mío! ¿Qué he hecho? Voy a matar a toda la tripulación... ¡Tonta, estúpida!*

Ordenó al sobrecargo que fuera a su pañol y buscase algunas raíces para dárselas al cocinero. También le pidió que tomara cuanto pan encontrase y algo de tocino: aquella noche cenarían sopa de tocino y raíces.

Después de asegurarse de que el cocinero sería discreto en cuanto a los ingredientes que echaría en la sopa y pedirle que, además, hiciera las habituales tortillas con harina y agua salada para el almuerzo, salió de nuevo a cubierta, donde se escuchaban quejidos y lamentos desde todas partes.

Subió al puente de mando para hablar con el capitán Quirós,

que desde que abandonaran la bahía Graciosa se mostraba más silencioso y taciturno de lo que ya de por sí era habitual.

—Buenos días, capitán —lo saludó. Después puso su mano a modo de visera para buscar las otras dos naves; le costó encontrar a la galeota, que estaba muy atrasada—. ¿Otra vez el capitán Corzo haciendo de las suyas?

—No es un hombre de fiar. Sabe que navegamos con el palo mayor algo rendido y no confía en que lleguemos a buen puerto.

—Poco me importa en lo que confíe y en lo que no. La orden era navegar en conserva y él se empeña en retrasarse día tras día.

—¿Y qué podemos hacer, mi señora?

—Enviaremos un batel. Yo misma remaré si hace falta.

—¿Para qué?

—Para decirle que acate las órdenes, so pena de ser acusado de traidor.

Quirós la miró en silencio. Él no ordenaría a ninguno de sus hombres que hiciera aquel esfuerzo. Si la adelantada quería remar, que lo hiciera.

En ese momento se escuchó un fuerte chasquido en la proa y alguien gritó antes de caer al agua, llevándose el bauprés consigo. El estay mayor se quebró y el mástil central a punto estuvo de venirse abajo por completo.

El capitán y la almiranta fueron a la carrera hacia la proa e interrogaron con la mirada a un marinero que buscaba en el agua a su compañero.

—¿Qué ha sucedido? —le preguntó el portugués.

—Manuel estaba cagando sobre el bauprés cuando el estay se rompió. Creo que del susto se tambaleó y al dragante se ha venido abajo, con el bauprés y con Manuel —explicó con una mezcla de lástima y nerviosismo.

—¡Hace días que ordené que el dragante se amordazara!

—Lo sé, capitán, pero andamos todos muy justos de fuerzas. Los que no están enfermos, andamos con la fatiga al hombro desde que sale el sol hasta que se pone. Y este sol de justicia no nos ayuda.

—Capitán, necesito hablar con vos. A solas —interrumpió Isabel.

Ya en la sala de cartografía, Pedro Fernández de Quirós deambulaba de un lado a otro, visiblemente frustrado, incluso bastante enfadado.

—Os lo dije, señora. Matáis de hambre a mis hombres.

—Lo sé, capitán. Por eso quería hablaros.

—De nada sirven las disculpas cuando el daño está hecho. Y no tenemos un sacerdote con quien podáis confesaros.

—¿Disculparme? —Se mostró indignada—. No sé qué creéis haber entendido, pero no tengo nada por lo que disculparme, ni siquiera debo justificar ante vos mis decisiones. —El capitán se quedó boquiabierto—. Si Dios nos lo permite, pronto cruzaremos el ecuador y los vientos regresarán. Poco a poco los marineros irán recuperando las fuerzas.

—Vos creéis que son bestias a las que podéis alimentar a vuestro antojo, pero son hombres que sufren y padecen. Ya nadie tiene fuerzas para suplir la bomba, y las velas andan todas acuchilladas. Por no decir que acabamos de perder el bauprés con la cebadera y ahora nos costará mucho más mantener el rumbo.

—Lo lamento, capitán. Lamento mucho que hayamos perdido el bauprés, pero no podéis culparme a mí de los infortunios de la navegación. En cualquier caso, y para vuestra tranquilidad, he dado orden de preparar una sopa de tocino para esta noche; poco a poco iremos recuperando a nuestros hombres. Lo que quiero de vos —continuó, haciendo caso omiso a las diatribas que había recibido, quizá con razón— es que ordenéis al sobrecargo hacer una lista de marineros enfermos y sanos. A los primeros les daremos un plato de gachas cada mañana, con mantequilla y miel y, por la tarde, agua con azúcar. Los marineros sanos verán su ración doblada para que puedan comenzar a reparar la nave, hacer funcionar la bomba las veces que sean necesarias al día y estén preparados para volver a largar las velas y viajar con el viento.

—¿Mantequilla y miel? ¡Por Dios santo, doña Isabel! ¿Qué guardáis en vuestro pañol?

—Haced el favor de llamarme por mi cargo, capitán. Lo que yo guarde en mi pañol es solo asunto mío. Quiero la lista de los enfermos y de los marineros sanos esta tarde.

Isabel obtuvo lo que había exigido y, a partir del día siguiente, comenzaron a imponerse las nuevas raciones. Sin embargo, al amanecer la galeota había desaparecido definitivamente. Así pues, la capitana y la fragata continuaron su lenta travesía hacia el noroeste por mares desconocidos, tan pacíficos como un bebé recién nacido; no tenían fuerzas ni recursos para darse la vuelta y buscar al capitán Corzo.

Tampoco la nueva estrategia de la almiranta funcionó. Muchos fingían estar enfermos, conformados con las gachas y el agua con azúcar, además de las hediondas tortillas de harina del almuerzo. Otros se quejaban de que la doble ración no era suficiente, y así los trabajos se iban postergando siempre al día siguiente, cuando se volvían a posponer las reparaciones.

Isabel le hizo saber al capitán que sus hombres rehuían el trabajo a pesar de estar mejor alimentados. Pero Quirós ya apenas la miraba y, si podía, evitaba hablar con ella.

Unos días después el estay volvió a romperse. Las jarcias y las velas estaban podridas, por lo que cada vez que se levantaba una ligera brisa la nave zozobraba. Las vergas se vinieron abajo, abiertas las trizas y rotas las ostagas que las sostenían. Los masteleros y velas de gavia, así como la verga de mesana, se desmontaron para aparejarlos y ayudar a las dos velas maestras con las que se navegaba. La obra muerta se agrietaba de tal modo que las más ligeras olas anegaban la cubierta, sin que a nadie le importase lo más mínimo.

Isabel continuaba ayudando a Juan Leal con el cuidado de los enfermos, que habían mejorado del escorbuto en líneas generales, aunque las fiebres de Santa Cruz habían regresado con mayor fuerza, por lo que casi a diario se veían obligados a rezar en torno a uno, dos o incluso tres cadáveres antes de sepultarlos en el mar. Todos le seguían pidiendo más agua y más comida, como mendigos a la puerta de una iglesia.

¿Qué pretenden?, pensaba. *Hace días creía que el capitán tenía razón y que los mataba de hambre, y ahora que están mejor alimentados siguen pidiendo más. Si por ellos fuera, comerían y beberían hasta agotar las reservas y después seguirían demandando que su almiranta los alimentase.*

Y no erraba: algunos preferían morir que trabajar.

La gobernadora le insistía a diario al capitán para que hablase con sus hombres y tratara de convencerlos. El viaje los había llevado hasta más allá del ecuador, o eso pensaban, pues ya nadie pesaba el sol con el cuadrante al mediodía, ni el grumete cantaba las medias horas ni se lanzaban sogas con nudos para calcular la velocidad. Por otra parte, tampoco quedaban sogas, ni cables, ni cuerdas en buen estado.

Fuera por hartazgo o porque la tarde anterior, mientras todos rezaban la Salve en cubierta ante la imagen de la Virgen de la Soledad, Pedro Fernández de Quirós había sufrido una revelación, lo cierto es que una mañana decidió salir de sus aposentos y por fin lanzar órdenes a sus hombres, empujándolos a que se pusieran manos a la obra.

—Olvidaos de Manila, capitán. De nada sirve persistir en esta agonía. Más nos valdría lanzarnos todos por la borda y morir una sola vez que seguir muriendo jornada tras jornada —le contestó un marinero.

—Si queréis que trabajemos, traednos el vino, el agua y el aceite que guarda la gobernadora en su pañol. Es injusto que mientras nosotros padecemos ella disfrute de banquetes diarios en su dormitorio. Si es necesario, se lo pagaremos a nuestra llegada a Manila —expuso otro.

Pedro Fernández de Quirós pudo decirles a sus hombres en ese momento que se equivocaban, que la gobernadora consumía la misma ración diaria que los demás y que incluso algunas veces la compartía con alguna mujer o algún niño enfermo. Pero prefirió callar, como también se guardó mucho de contarle a Isabel Barreto la desconfianza que seguía creciendo entre los marineros hacia ella.

—Mi señora —comenzó a explicar el capitán por la noche, en presencia de Luis y Diego Barreto, Myn, Diego Sánchez Coello y Mariana de Castro, quienes se habían reunido para tomar la sopa de tocino, como el resto de la tripulación. Elvira Delcano llevaba un par de días indispuesta y se había quedado con Belita y Pancha en el dormitorio de la gobernadora—, esta tarde los marineros me han dicho que no tienen fuerzas para mantenerse en pie, por eso los trabajos no se llevan a cabo.

—Capitán, hace más de una semana que doblé la ración de quienes pudieran trabajar, y desde entonces muchos fingen estar enfermos para comer las gachas que damos a los que sufren. Veo que sois portavoz de sus quejas, pero no de mis órdenes.

—Os agradecería que no cuestionaseis mi lealtad. Considerad que es mejor gastar que morir.

—Morir es lo que haremos, a buen seguro, si gastamos. Pero ya que vos mismo me lo pedís, podéis ordenar al sobrecargo que libere dos botijas de aceite y una tinaja de vino de mi pañol si así conseguís que los holgazanes comiencen a trabajar.

Pedro Quirós le pidió al sobrecargo que cumpliera con la petición de la gobernadora y aquella noche el vino se agotó. Varios marineros deambularon borrachos por la cubierta, hasta el punto de que uno de ellos cayó al mar y nunca más se supo de él.

Mientras esto sucedía en cubierta, Isabel y su hermana habían encontrado a Elvira Delcano tendida en la cama, sin fuerzas siquiera para gritar mientras una hemorragia en el interior de su vientre la desangraba.

—¡Ay, Chabelita! —le dijo Pancha a Isabel—. Vuestra doncella estaba embarazada y no lo sabía. O se lo callaba. Esta sangre es la sangre de su hijo.

Isabel ordenó de inmediato a Belita que buscara al sobrecargo y trajera agua de su pañol, pero que no le dijera nada a nadie de lo sucedido. Al cabo de unos minutos el capitán aporreaba la puerta de muy malos modos.

—¿Qué queréis, señor Quirós? —Había salido, cerrando la puerta tras de sí.

—¿Agua para limpiar unas prendas? ¿Es que acaso os habéis vuelto loca? Si los hombres se enteran os matarán, y ya no tendréis provisiones que proteger.

—No os incumbe para qué necesito yo el agua. Y os repito, una vez más, que no tengo que daros explicaciones de lo que hago o deshago. Ahora, si me disculpáis...

Se dio la vuelta y entreabrió la puerta.

—Os matarán, Isabel. Y yo no podré hacer nada para protegeros. Lo que hay en la nao, en una situación como esta, es de todos, por mucho que lo hayáis pagado vos con el dinero de vuestro marido.

La gobernadora cerró la puerta sin entrar.

—¿Y cómo sabéis vos si el dinero era de mi marido o era mío? A vos, capitán Quirós, que pretendéis estar al tanto de todo, parece que se os escapan muchas más cosas de las que pensáis. Y no hay nada de malo en ello, lo que es peor es que nos mantengáis varados en medio del océano y no seáis capaz de despertar a esa banda de maleantes, vagos y mequetrefes que tenéis por tripulación.

Entró en su dormitorio y cerró dando un portazo. Mandó a Belita a buscar a Juan Leal, pero la doncella encontró al enfermero muerto en la cubierta, tapado con una frazada de lana de las que la almiranta había dado a todos los que pasaban la fría noche al raso. Dios se había llevado a la última alma pura que quedaba en la San Jerónimo.

Entre Isabel, Mariana y Pancha lograron cortar la hemorragia que padecía Elvira. Le pusieron algunos trapos mojados en la frente para bajarle la temperatura, ya que la fiebre la mantenía bajo una sedación delirante.

Por la mañana llamaron a la puerta. Isabel, que no había dormido ni un minuto, la abrió unos centímetros y vio a través del quicio a Diego Sánchez Coello.

—Mi señora, tenemos que hablar.

—¿Os envía ese necio de Pedro Fernández de Quirós?

—¿Por qué habría de molestaros si no?

Isabel miró a su espalda. Elvira dormía, ya limpia, en su cama. Sabía que el pintor apreciaba a la doncella, incluso había pensado en que podría unirlos en matrimonio, pues la joven regresaría del viaje deshonrada y viuda. Un hombre del rey que pudiera darle un hogar en la corte, lejos de recuerdos dolorosos, no era mala solución. También sabía que se sentía culpable por no haber podido evitar su segunda violación, y que se preocupaba por ella.

Abrió la puerta un poco más.

—Pasad —susurró.

El hombre, que apenas había salido de su camarote desde que la San Jerónimo pusiera rumbo a Manila, estaba mucho más delgado de lo habitual, tenía los ojos viscosos y amarillentos y los párpados caídos. Echó un vistazo rápido a la habitación.

—¿Qué ha pasado aquí? Huele a... ¿Sangre?

—Supongo que el capitán os ha pedido que me hagáis entrar en razón, ¿no es cierto? Os habrá contado que ayer mi doncella solicitó agua al sobrecargo de mi pañol privado para limpiar unas prendas. —Diego asintió—. Pues bien, esto es lo que hay. —Tomó de un barreño un jubón ensangrentado.

—Es de Elvira —afirmó el pintor, tomándolo entre sus manos con preocupación—. ¿Qué diantres ha pasado?

—La vida, señor Sánchez Coello. La vida y la muerte —dijo Pancha.

—Elvira estaba embarazada. Ninguna lo sabíamos, puede que ni siquiera ella. Ese bárbaro de Juan de Buitrago la preñó —le explicó Isabel—. Hasta ayer, que sufrió un aborto.

—Dios mío... ¿Está bien? —preguntó sentándose en la cama junto a ella y buscándole el pulso.

—La limpiamos y le hemos bajado la temperatura. Ahora está

bien, pero aún delira. Esperemos que mejore. —Don Diego daba la espalda a Isabel, levantando los párpados de Elvira y mirando sus ojos—. Ya podéis decirle al capitán que habéis hablado conmigo y que haré todo lo que pueda, como él ya sabe. Os rogaría que fueseis discreto en cuanto a Elvira. Bastante ha sufrido la pobre como para que esta sea la única noticia que comentar en la nao.

—¿Puedo quedarme con ella? —preguntó el hombre al borde del llanto.

Isabel se sorprendió. No esperaba aquel detalle tan humano en un hombre como aquel. Hizo una señal a su hermana y a las doncellas.

—Lo cierto es que nos convendría descansar. Si sois tan amable de cuidarla en nuestra ausencia, os lo agradecería.

Al día siguiente, 19 de diciembre, la fragata amaneció muy retrasada, por lo que la gobernadora ordenó al capitán que amainase para esperar al capitán Alonso de Leyva. Al acercarse la nao, don Diego de Vera les explicó que el capitán había muerto y que él lo sucedía. Tenían problemas con la bomba y solicitaron algunos hombres de la San Jerónimo. Pedro Quirós aceptó a regañadientes.

No sirvió de mucho; por la tarde tuvieron que volver a esperar a la fragata, que navegaba muy fatigada. Isabel Barreto le propuso al nuevo capitán abordar con sus hombres a la San Jerónimo, pero este no aceptó, pues tras la muerte de Leyva ahora tenía un valioso tesoro que proteger.

Cuando anocheció aún estaba a la vista, pero al amanecer no había rastro de ella. Fue el capitán portugués quien decidió esperar a la fragata una vez más, pero los marineros comenzaron a impacientarse. Isabel, mientras tanto, miraba en todas direcciones, esperando encontrar sus velas por alguna parte, temerosa de perder el cadáver de su marido, que pretendía enterrar en tierra cristiana.

—Si no está detrás es porque por la noche nos ha adelantado, capitán —expuso un marinero.

Enseguida, muchos de sus compañeros y algunos soldados se sumaron con voces y gritos a su opinión.

—Bastante sufrimiento padecemos como para alargarlo innecesariamente, capitán. Larguemos velas ahora que hay un poco de viento.

Quirós miró en dirección a la almiranta, que asintió con tristeza.

De las cuatro naves que durante mucho tiempo se había esmerado Isabel por encontrar para la expedición, ya solo quedaba una de ellas, que navegaba mermada en hombres y abastecimiento por un mar desconocido.

La pérdida de la fragata pesó no solo en el corazón de la adelantada. En verdad, muchos hombres de mar habían tomado un cariño especial por Álvaro de Mendaña y lamentaban mucho su pérdida por segunda vez. Tal vez aquello les sirviera para sentirse algo en deuda con su viuda, a quien hacían objeto de todas sus quejas, normalmente a través del capitán.

Fuera por la razón que fuera, los siguientes días recuperaron cierto ánimo y se pusieron manos a la obra, remendando las velas, calafateando la cubierta y el casco y trepando por los obenques.

La tarde del 23 de diciembre un grumete gritó «¡Tierra!» desde la cofa del palo mayor y todos levantaron la mirada hacia el horizonte con la luz de la esperanza iluminando sus miradas.

Isabel salió del alcázar y se encontró con el capitán Quirós y Diego Sánchez Coello en el puente de mando. El pintor extrajo un papel doblado que guardaba en el interior de su jubón y se lo mostró a los otros dos. Era un dibujo exacto del perfil de la isla que tenían frente a sí.

—Así que, después de todo, nuestro amigo fray Benito tenía razón —murmuró Isabel.

—Siempre la tiene, mi señora.

—¿De dónde habéis sacado eso? —preguntó el capitán.

—Hace ya muchos años, Alfonso de Saavedra, primo de Hernán Cortés, pasó por delante de esta tierra, a la que llamó isla de los Pintados. Desembarcó con dos de sus hombres y pasó la noche en tierra. La tripulación afirmaba que cuando regresaron no eran los mismos. Saavedra nunca habló de lo sucedido, ni dejó por escrito en su bitácora lo que habían encontrado en el interior de la isla, pero uno de los marineros que desembarcó junto a él hizo este dibujo, que llegó años más tarde al bibliotecario de El Escorial, junto con un relato que nadie en su sano juicio creería.

—Vos no debéis estar en vuestro sano juicio para haber hecho todo este viaje por el dibujo de un marinero enloquecido.

—Hay veces, capitán, que la locura lleva a algunos hombres a realizar actos extraordinarios —le dijo. Luego dobló de nuevo el dibujo y se lo guardó.

—Entonces ¿pretendéis desembarcar en esta isla que, según parece, cambió a los únicos tres españoles que pasaron la noche en ella?

—Sí, amigo mío. Y vos me acompañaréis. Ese era nuestro trato.

—¿Y qué hay de la parte del trato en la que yo podía explorar en busca de la *Terra Australis Incognita*?

Isabel lo miró con desdén. Ya no le extrañaba nada de Pedro Fernández de Quirós, ni siquiera averiguar de aquella forma tan estúpida el secreto que habían mantenido oculto durante tanto tiempo.

—Capitán, ese no es mi problema. Tal vez la señora tenga a bien traeros de vuelta cuando regrese en busca de las Salomón... O tal vez no. Lo que es seguro es que mañana al alba vos y yo iremos a esa isla. —Comenzó a andar hacia la escala—. Ah, capitán, os ruego que no hagáis constar esta interrupción en vuestra bitácora. Mi señora, si vos lleváis algún diario de a bordo, os informo de que a Su Majestad le agradaría que no se supiera que nadie ha desembarcado aquí.

—¿Cómo se llama la isla? —preguntó Isabel.

Diego Sánchez Coello la miró con aquella mueca extraña que hacía cuando quería sonreír.

—Ponapé, mi señora.

—¿Ponapé? —repitió Quirós sin comprender. Después miró la isla de lejos, en el crepúsculo—. San Bartolomé —la nombró, siguiendo el impulso devoto con el que vestía todas sus acciones.

—Y, capitán, deteneos antes del anochecer. Todas estas islas, Ponapé en concreto, están rodeadas de arrecifes.

31

De la belleza del mal

Isla de Ponapé, 24 de diciembre de 1595

Los marineros, los soldados y los colonos que viajaban en la San Jerónimo se mantuvieron expectantes durante toda la noche. Habían presionado al capitán para que acercase la nao lo máximo posible a aquella tierra que se les antojaba un paraíso de árboles frutales. Sin embargo, Pedro Quirós impuso su capitanía para permanecer a dos leguas de distancia, avisado por el pintor del rey de que la isla estaba rodeada de arrecifes de coral, tan hermosos como peligrosos.

La luz espectral de la luna parecía comunicarse con el arrecife, llenando el borde de la isla de fantasmagóricas luces fluorescentes que amenazaban con abandonar el agua y convertirse en espíritus de colores verdosos, añiles y turquesas. Todos los que permanecieron en la cubierta disfrutaron de un espectáculo tan hermoso como tenebroso.

Muchos pensaron que se trataba de brujería; algunos aseguraban que eran las almas de los que habían muerto durante el viaje, o peor, de los tripulantes de la Santa Isabel, que querían vengarse.

El silencio se extendió tras los primeros murmullos de sorpresa. De vez en cuando, algunos peces saltaban del agua, reflejando esos rayos de luna tan místicos y peculiares. Incluso creyeron ver un gran cetáceo pasar bajo la nao, cuyo esqueleto radiaba la luz del astro.

Fuera como fuera, el sol regresó al amanecer y cercenó un espectáculo que prometía regresar a la noche siguiente. Quienes habían permanecido despiertos avistaron entonces a un indígena en una canoa, a cientos de metros, haciéndoles señas. Cuando se aproximaron, dirigidos por el capitán, vieron que los llamaba y simulaba beber de un coco. Los españoles hicieron todo tipo de señales pidiéndole que se acercara, pues la gran barrera de coral que rodeaba la isla impedía al galeón moverse con facilidad. El indio se cansó de esperar, viró y se marchó hacia la isla, doblando una restinga en dirección a lo que probablemente sería una playa donde desembarcar.

Diego Sánchez Coello no había pegado ojo en toda la noche, revisando toda la documentación que le había ido facilitando Benito Arias Montano durante años. Aquella isla, fuera de los Pintados, San Bartolomé o Ponapé, había sido un imán para la mayoría de las expediciones que durante aquel siglo habían tratado de regresar de Manila a Acapulco. Grandes marineros se habían topado con aquel archipiélago de islotes pequeños y rodeados de peligrosos arrecifes, donde era mucho más fácil encallar que salir vivo.

La corona se había esforzado por silenciar la posición de aquellas islas y borrar de las bitácoras lo poco que los marineros que habían desembarcado allí contaban. A Dios gracias, desde que Urdaneta encontrara la ruta del tornaviaje, los peligros relativos a Ponapé y a lo que en la isla se hallaba habían desaparecido.

Pedro Fernández de Quirós tampoco había dormido, pero por una razón muy diferente. Los últimos acontecimientos lo superaban, no podía negarlo. Isabel Barreto le parecía una mujer insoportable: déspota, caprichosa, autoritaria, ambiciosa... Cualquier epíteto le valía, cualquiera que pudiera atribuirse a un buen mandatario masculino. Pero ella no era un hombre, y aquello lo mortificaba. No aguantaba escuchar órdenes de una mujer, mucho menos cuando se referían a asuntos del mar, en los que solo él tenía los conocimientos y la experiencia suficientes.

Se preguntaba a menudo qué sería de todos si enfermaba y moría. Llegó hasta a desear que aquello sucediese, solo para ver, quizá desde el cielo, cómo la adelantada se tragaba su orgullo y rogaba a Dios que le devolviese a su capitán.

No obstante, aquella noche la había pasado delante de la figura de la Virgen de la Soledad, el último consuelo espiritual que quedaba en la San Jerónimo. Y no rezaba por su muerte sino que, al contrario, oraba porque lo que fuera que hubiese en la isla de Ponapé no les afectase.

Tenía una intuición sobre aquel lugar, una que le revolvía las tripas y le hacía temblar los párpados. No le gustaba. Ni la isla, ni los arrecifes, ni los colores fluorescentes, ni el pérfido indio que les había hecho señas al amanecer.

Tampoco podía olvidar que se había comprometido a llevar hasta allí al espía del rey a cambio de poder explorar el sur de las islas Salomón en busca de su propio sueño, y que aquello, como casi todo, había quedado en agua de borrajas. Pero ¿cómo negarse ahora a cumplir con su parte? Bien era cierto que Diego Sánchez Coello no tenía la culpa de nada. En realidad, se había comportado como un buen amigo, había colaborado con él, le había dado conversación y apoyo en los momentos en los que incluso su vida pendía de un hilo.

No, no podía dejar a Diego Sánchez Coello solo, como tampoco podía permitir que ninguna otra persona lo acompañase. Por su parte, la gobernadora se había desentendido del tema. Ella cumplía con el rey permitiendo que su expedición, maltrecha, abandonada, sedienta y hambrienta, se detuviese en aquella isla en busca de provisiones. Lo demás no era asunto suyo y nada quería saber. Sus hermanos, ya casi recuperados del todo, querían desembarcar con el pintor, pero ella se lo había prohibido tajantemente.

Es una mujer inteligente, pensó el capitán cuando Isabel les comunicó que estaban solos ante aquella última aventura. *Caprichosa e inaguantable, pero sin duda inteligente. Sabe que esto no ha sido una casualidad, que esta maldita isla perdida en el mar del Sur ejerce su magnetismo sobre las naves que la circundan, que las atrae con silenciosos cantos de sirenas y nada quiere saber de Ponapé. Inteligente, sí. Por muy Reina de los Mares del Sur que algunos la consideren, no ejercerá su mandato sobre esta isla. Yo tampoco lo haría.*

—Muchachos, aguantad —les dijo el portugués a sus hombres mientras los bajaban en el batel, cargado de tinajas y espuertas vacías—. Traeremos agua y toda la comida que encontremos.

Los marineros, con su mirada enferma, llagas en el cuello y los brazos, algunos harapos que los protegían del sol sin consumirlos por el asfixiante calor, hacían un último esfuerzo por sostener aquellos cabos pútridos que amenazaban con quebrarse a cada sacudida.

Ya en el agua, Sánchez Coello y Pedro Quirós bogaron en el batel hasta llegar al arrecife, que les pareció aún más extraordinario de cerca.

—Amigo, ¿creéis que podremos pasar por aquí?

Quirós había frenado la embarcación con el remo y observaba por estribor los hermosos corales que asomaban sobre las aguas espumosas cuando el oleaje mecía el mar.

—No, al menos si pretendéis regresar a la San Jerónimo.

—Eso también me lo ordenó el rey, y ya sabéis lo persuasivo que puedo ser cuando de órdenes reales se trata —ironizó Diego.

—Busquemos alguna entrada.

—El nativo que salió a saludarnos esta mañana dobló aquella restinga —dijo, señalando el escarpado saliente de la isla que atravesaba el arrecife casi hasta donde había fondeado la San Jerónimo.

Quirós observó la zona tapándose la frente con la mano para que el sol no lo deslumbrase.

—Puede que no sea un lugar seguro.

—No dudéis de ello, capitán. Si algo sabemos es que esta isla no es segura. Ahora, remad.

Las aguas que rodeaban Ponapé eran extrañamente transparentes, mucho más que todas las que se habían encontrado en las paradisiacas playas del mar del Sur. Acusaba cierta inconsistencia o falta de densidad, como si el agua estuviese mezclada con algún otro tipo de líquido que negase la refracción de la luz del sol. Eso animaba a los arrecifes a mostrarse como una barrera de belleza inexpugnable, como una invitación a caer en la trampa.

Doblada la restinga hacia la zona oriental de la isla encontraron lo que buscaban: un lugar por el que acceder a tierra, aunque no era exactamente como lo esperaban. Pedro Fernández de Quirós dejó de remar al instante y permaneció con la boca entreabierta ante lo que veía.

—Es tal y como me explicó el maestro que sería —certificó el pintor, que también se había detenido.

—Don Diego, ¿estáis seguro de que queréis entrar ahí?

—Venga, amigo, no he recorrido más de dos mil quinientas leguas para quedarme solo con las vistas del paisaje.

—Eso no es un paisaje. Es la entrada al infierno.

El indígena que los había recibido por la mañana debía haber salido de aquella bahía que ahora admiraban, un entrante del mar en la isla que, sin embargo, había sido cubierto de forma artificial por una ciudad cuyas calles eran canales.

Desde su posición, los españoles admiraban un muro ruinoso y cubierto de arbustos que recorría la parte exterior de la bahía y se hundía en las profundidades del océano. La muralla estaba caída en algunas zonas, permitiéndoles ver lo que había en el interior. Era una ciudad de piedra, levantada por medio de sillares de basalto de gran tamaño que se cruzaban entre sí. Ninguno de los dos había visto jamás nada semejante.

Las construcciones se erigían sobre el agua, formando hermosos canales entre ellas. De la piedra rezumaba un musgo espeso y legamoso, mientras que los manglares habían colonizado gran parte de la playa y de la ciudad flotante, levantando una jungla en torno a las casas principales y los edificios de mayor altura.

—Parece deshabitada —dijo el pintor cuando se encontraban justo a la entrada de la ciudad.

—Por nuestro bien, espero que así sea.

A través del agua se veían escaleras, columnas y algunas esculturas que se hundían bajo el mar. Aquello que se mostraba ante sus ojos no era más que la punta de un gigantesco iceberg.

Bogaron por el canal principal con cautela; aunque aquella ciudad flotante que invadía los manglares y la playa parecía estar vacía, el indio que por la mañana los había saludado en la distancia pertenecería a alguna tribu cercana. Podían estar acechándolos.

Desde cerca, las construcciones eran realmente asombrosas. Aquellas aguas traslúcidas permitían ver las profundidades, donde continuaba la urbe hasta perderse en la oscuridad del abismo.

—No me cabe en la cabeza cómo se pudo construir esta ciudad. No hay razón para pensar que los indios de esta isla cuenten con mayores recursos que los de las Marquesas o los de Santa Cruz. —El portugués hizo una pausa—. ¿Cómo pudieron levantar estas piedras de enorme peso? ¿Cómo distribuirlas en hileras cruzadas? Por Dios bendito, la muralla por la que hemos entrado debió tener cerca de un kilómetro de longitud, y no menos de cinco metros de espesor.

—Amigo mío, nuestro mundo esconde secretos que están aún por desvelar, y otros muchos que sería mejor que jamás viesen la luz.

—Espero, entonces, que sepáis bien lo que estamos haciendo y no vayamos a despertar por error a los jinetes del apocalipsis.

El batel se acercó a la playa en silencio. Allí la jungla lo invadía todo, formando un manglar que impedía distinguir el mar de la ciudad, ni estos de la selva. El suelo era aún de basalto y conducía hacia la espesura, donde la población continuaba desarrollándose. Entre las juntas de las losetas de piedra crecía un légamo verdoso y espeso, como si hubiera algo vivo en él.

Sánchez Coello tomó el arcabuz del fondo de la embarcación cuando llegaron a la playa. Ya se dirigía a la ciudad interior cuando Pedro Quirós lo detuvo.

—Don Diego —lo llamó—. Sé que habéis esperado largo tiempo por esto, pero por eso mismo creo que podréis esperar un poco más. Busquemos agua fresca y algunos frutales para llenar las tinajas y las espuertas. Si se nos ocurriera regresar a la nao sin nada que ofrecer a la tripulación nos tirarían por la borda.

El espía lo miró con ansia. Estaba cerca de cumplir su misión y no quería retrasos. No obstante, lo que proponía el capitán no solo era razonable, sino que además era lo correcto.

—El fango inunda el suelo quizá porque la ciudad se haya construido encima de un estuario. Debe haber agua dulce por aquí cerca.

Se colgó el arcabuz al hombro y sacó un cuchillo de quince pulgadas, afilado como los dientes del Cancerbero.

Durante algunos minutos fue cortando las ramas y los arbustos que les impedían el camino hacia el interior de la isla, desviándose de la ciudad. No tardaron en llegar a un riachuelo que se perdía bajo un suelo empedrado. El manantial bajaba de lo alto de una loma que se escondía entre árboles para ocultarse después bajo aquel artificio rocoso.

—¿Os dais cuenta? —comentó Diego Sánchez Coello impresionado—. Canalizaron de algún modo el agua fresca que baja de la montaña para distribuirla por la ciudad. Esto es una obra de ingeniería moderna.

—Mucho andáis vos sin haber caminado nada. Solo se ve un suelo de piedra y agua que se mete por debajo. En cualquier caso, no perdamos más tiempo y llenemos las tinajas que podamos.

Regresaron hasta la playa cortando aún más maleza y despejando el camino. En el batel llevaban una especie de trineo donde podían encajar hasta cinco ánforas de agua. Hicieron el camino tres veces, con sumo esfuerzo, dejando en el batel el precioso botín.

Después se adentraron en la ciudad, confiando en que en su interior o en los alrededores hubiera algún huerto.

Si lo que estaba levantado sobre el manglar era de una belleza inaudita, la ciudad del interior de Ponapé mantenía el fasto de las grandes urbes de la antigüedad. Una gran avenida rodeada de espartanas columnas y pilares, si bien derruidas, llegaba hasta un templo de techumbre cónica. Parecía un pasillo ceremonial que, probablemente, recorrían los reyes de aquella peculiar civilización para ir a orar. O quizá no...

Caminaron con sigilo, el pintor sin soltar el machete, el capitán con el pistolete de Sánchez Coello en la mano, presto a disparar a lo primero que se moviese.

Justo antes de entrar al templo, vieron a su izquierda un agujero circular en el suelo rocoso que liberaba un pozo de agua turbia. Quirós se quedó mirándolo impertérrito; el agua se movía mecida por el oleaje, pero era tan oscura como la brea con la que los marineros calafateaban las cuadernas de un galeón.

Aquella oscuridad lo atrajo primero y lo absorbió después, de tal manera que el capitán se fue acercando paso a paso, en silencio, hasta arrodillarse frente al pozo y arrimar el rostro al agua.

En ese momento, una anguila saltó del agua como un rayo de luz y se lanzó directamente al cuello del portugués, cuya consciencia se sumía en aquellas aguas tenebrosas, ajena a toda realidad.

Diego Sánchez Coello quebró el silencio de la ciudad haciendo silbar el aire con su machete, que seccionó a la anguila en dos partes antes de que pudiera hacer presa. Después empujó con la rodilla a Pedro Quirós, apartándolo del pozo. El capitán dio dos vueltas sobre sí mismo en el suelo de basalto y despertó de súbito de su sueño hipnótico.

—¿¡Qué está pasando!? ¿Dónde estoy? —espetó nervioso.

Diego Sánchez Coello no quería mirar a las aguas oscuras, aunque sentía una curiosidad extrema. A un metro de su amigo, la mitad de la anguila que conservaba la cabeza se movía de forma espasmódica.

—Debemos tener cuidado, capitán Quirós. Estamos en el infierno, aquí todo es peligroso. Si no nos andamos con ojo, no podremos salir.

—Decidme qué está pasando o no daré un paso más.

El espía lo miró con cansancio.

—Amigo mío, no podemos detenernos ahora, estamos muy cerca.

—Poco me importa que estemos cerca o no —respondió presa del pánico—, ese pozo me ha absorbido la mente. ¿Es brujería? ¿Es algo demoniaco?

—Está bien, capitán. Venid conmigo, os mostraré algo.

Le ofreció la mano para levantarlo del suelo. El portugués lo pensó largamente, pero al final aceptó.

Entraron dentro del templo, cuyo techo cónico tenía varios agujeros por los que se filtraba la luz del sol.

—¿Qué es esto? —preguntó Quirós sin dejar de mirar al techo.

—Aquí tenían lugar los sacrificios rituales. La civilización que construyó esta ciudad adoraba a las anguilas, por eso pintaron esas serpientes en la base de la cúpula. —El espía señaló una gruesa línea de pintura rojiza que recorría el perfil del cono que formaba el techo hasta la puerta por donde habían entrado; allí estaba la cabeza de la anguila.

—¿Y entregaban seres humanos a las anguilas?

—No, querido amigo. Entregaban tortugas. —Con un gesto, le pidió que mirase al suelo, donde decenas de esqueletos y caparazones de tortuga se amontonaban en una esquina.

—Repugnante —adujo, tapándose la nariz.

—Esas de ahí no llevan mucho tiempo muertas. Puede que la ciudad esté abandonada, pero la civilización que la levantó no ha desaparecido.

—¿Cómo podéis saber todas estas cosas?

Salieron por una puerta trasera del templo para acceder a un patio enorme, solo rodeado por una muralla de roca. El interior del patio estaba poblado de árboles, algunos de ellos frutales.

—El rey Felipe, y antes que él su padre, llevan todo este siglo explorando los mares del Sur. Como bien sabréis, porque me consta que estáis al tanto de que casi todas las expediciones españolas que ha habido en este océano durante los últimos ochenta años, algunas de ellas llegaron hasta aquí desde Manila o Tidore y se dieron la vuelta. Eso no quiere decir que no desembarcasen y explorasen Ponapé.

—La red de espías de nuestra muy Católica Majestad —murmuró el capitán, llenando una cesta de fruta.

—Me gustaría decir que fue así, pero... —Diego Sánchez Coello también estaba llenando una cesta con plátanos y unos extraños frutos de colores, del tamaño de una sandía, rodeados de falanges pomposas que emitían un agradable olor.

—¿Pero...?

—Supongo que aún recordáis a Juan de Buitrago —comentó con cierta ironía.

—Sí, maldita la hora...

—Él era un espía de la reina de Inglaterra. Fue complicado interrogarlo, algo debió de pasarle después de matar a Malope y huir por la isla de Santa Cruz, y aun así pude sacarle la información que necesitaba.

—¿Qué información podría tener ese bellaco de casta innoble? Vos mismo habéis dicho que era un espía al servicio de la corona inglesa, y han sido los españoles quienes han explorado el mar del Sur.

—Todo cambia, amigo. Evoluciona de forma constante. Lo que ayer fue blanco, hoy bien podría ser verde. O amarillo.

—La verdad es que no sé por qué pregunto. Quizá lo mejor sería no saber nada.

Ya regresaban hacia el batel para dejar las cestas llenas y recoger otras vacías.

—Esa sería una buena idea. Cuanto menos sepáis, mejor para vos.

—Ahora no os echéis atrás. Continuad, por favor.

—Está bien. Buitrago confesó que el pirata Thomas Cavendish llegó a esta isla hace menos de diez años y desembarcó en ella. Él fue quien me habló del asunto de las anguilas y quien describió la ciudad. Nan Madol, la llamó. Como sabéis, yo solo tenía un dibujo de la isla a una distancia de varias leguas.

—Soy consciente.

Volvían a recoger fruta de los árboles del patio que había tras el templo.

—Buitrago sabía por Cavendish que en esta isla hay algo importante, poderoso. Algo arcano y primigenio. Pero no sabía más. Parece que el pirata tuvo tiempo de convivir algunos días con los nativos, pero no se interesó por ese objeto ancestral y profundo.

—Y vos, ¿qué sabíais de ese objeto?

Sánchez Coello se detuvo y admiró la cumbre de la isla, una montaña no muy alta totalmente cubierta de selva.

—Sé que está allí arriba, en un templo al aire libre en el que los indígenas rezan al sol.

—¿Pretendéis llegar hasta allí arriba y regresar en un solo día? —protestó Quirós al contemplar la enorme distancia a la que estaba la cima.

—Eso pretendía. Si os soy sincero, no tenía muy claro qué encontraríamos. Y no contaba con hacer aguada y recoger fruta.

—Apresurémonos. No me gustaría hacer noche en la isla.

—Eso me recuerda algo que dijo Buitrago.

—¿El qué?

—Que nadie debía dormir en Nan Madol.

Pasó por delante del capitán cargando con tres cestas atestadas de fruta.

Casi toda la mañana se les fue en recoger alimentos. Después iniciaron la caminata hasta lo alto de la montaña que formaba la isla. El calor era asfixiante y una marabunta de mosquitos los perseguía con sus irregulares danzas y sus ataques suicidas.

—Antes no me habéis dicho una cosa —comentó Pedro Quirós, rompiendo un silencio prolongado.

—Preguntad lo que queráis.

—¿Qué es exactamente lo que buscamos?

—No os lo he dicho por una razón, querido amigo: aún no lo sé. La única información que tengo es que se trata de un ídolo pagano.

El capitán se detuvo.

—Esperad un momento. ¿No sabéis qué buscamos?

—Vamos, señor Quirós, no debéis preocuparos. ¿Creéis que es la primera vez que el rey me envía a una misión como esta? Siempre es lo mismo: un secretismo absoluto, un halo de misterio terrorífico, espíritus del pasado, recuerdos demoniacos... Para obtener, finalmente, una reliquia falsa, un ídolo maldito. O algo peor. He recogido tantas astillas de la Veracruz que podría construir un monasterio con ellas. Sudarios, paños... Si Longinos hubiera tenido tantas lanzas habría montado una armería. Hablando en serio, capitán: no tenéis de qué preocuparos. Llegaremos al templo y obtendremos lo que hemos venido a buscar. El mayor problema que podemos encontrar son los nativos. Y aún no hemos visto ni uno dentro de la isla.

Aquello no tranquilizó demasiado al capitán, que siguió caminando tras los pasos del pintor, mirando hacia todas partes y con una mano apoyada en el pistolete que llevaba en el cinto.

A media tarde vieron cerca de la cima una construcción en uno de los lados del camino. Era igual de asombrosa que las que había en el manglar, pero diametralmente opuesta: de piedra blanca, recubierta de mampostería hasta conferirle un sentido esférico al edificio. La puerta de madera tenía una forma curvada igual a todas las paredes.

—¿Qué diantres es eso, señor Sánchez Coello?

El pintor se había detenido frente al templo con el arcabuz en la mano.

—Os juro que si supiera qué es os lo diría. Es la primera vez que veo algo parecido. —Acarició la pared exterior con la mano.

—¿Es aquí adonde nos dirigíamos?

El espía echó un vistazo al camino, que terminaba a unos ciento cincuenta metros, culminando en otra construcción hecha con la misma piedra oscura que Nan Madol. En la distancia solo se apreciaban algunos muros y columnas sin techo.

—No lo creo. Mis informaciones hablaban de un templo al aire libre. Pero...

—Pero ¿qué? No pretenderéis entrar ahí dentro, ¿verdad?

—No puedo descartar nada, amigo mío. Puede que los indígenas hayan cambiado el objeto de sitio, que hayan construido este edificio solo para albergarlo. Tengo que entrar, pero vos podéis quedaros aquí fuera, vigilando.

El portugués agradeció la propuesta y recogió el arcabuz que le ofrecía su amigo.

—Os esperaré aquí.

Diego Sánchez Coello miró al cielo. El sol se estaba poniendo muy rápido, como si le pesase el día.

—Me daré toda la prisa que pueda. Yo tampoco querría pasar la noche en esta isla.

Nada más abrir la puerta percibió un hedor repugnante y tuvo que llevarse la mano a la boca para reprimir el vómito. Dentro estaba muy oscuro y la luz del atardecer parecía rehuir el espacio interior de aquella construcción.

Sánchez Coello sacó un pedernal y una lucerna de la faltriquera que llevaba atada al cinto y prendió el candil. Entró con sumo cuidado, dando pasos muy cortos, pues el suelo, que no alcanzaba a ver, estaba repleto de objetos que creaban un eco ensordecedor al chocar entre ellos impulsados por sus pies.

Era un lugar peculiar. La luz de la lámpara tampoco iluminaba demasiado, como si el aire fétido que se respiraba estuviera viciado.

Se agachó con cuidado para ver qué era lo que había en el suelo y, al hacerlo, se echó dos metros hacia atrás de inmediato, hasta alcanzar de nuevo la puerta. No era un templo como los demás, era un osario. Cientos de cráneos llenaban el edificio: grandes, pequeños, mellados, abiertos, con gusanos saliendo de las cuencas de los ojos y serpientes abrazándolos.

Además del vómito, tuvo que reprimir un grito desgarrado. Cuando logró tranquilizarse se dirigió hacia la pared oriental; en el muro habían pintado varias barcas que se aproximaban a una isla. En cada barca viajaban una mujer y un hombre, ellas considerablemente más grandes que sus parejas. Descubrió que toda la cúpula o, mejor dicho, la esfera, estaba decorada con aquella narración pictórica. Las barcas llegaban de todas partes hasta la isla, representada justo en el cénit. Sobre la tierra pintada había una figura extraña, un pequeño ídolo con forma de mujer. Aquello llamó su atención hasta el punto de que llegó a olvidarse incluso del hedor asfixiante que anidaba en aquel sepulcro.

¿Será eso lo que he venido a buscar?, se preguntó.

De cualquier modo, allí no había más que cráneos amontonados unos sobre otros. El suelo parecía tener una forma cóncava, hundiéndose en la tierra y completando la esfera, aunque era imposible asegurarlo, pues las calaveras lo ocupaban todo.

Al salir, encontró a Pedro Fernández de Quirós muy nervioso, con el arcabuz apuntando hacia la selva.

—¿Ha sucedido algo?

—No, don Diego. Creo... Creo que escuché algo, pero... ¿Qué habéis encontrado ahí dentro? —Señaló al edificio con el mentón, sin dejar de apuntar a la espesura.

—Nada importante, capitán.

—¿Está vacío?

—No exactamente. Pero quiera Dios que no tengáis que entrar ahí nunca. Ni vivo ni muerto. —Miró hacia la cima del monte. El sol se ponía tras el templo a cielo abierto—. Terminemos cuanto antes. Tal vez nos dé tiempo a regresar antes de la medianoche.

Recorrieron los últimos metros del camino con cautela, mirando hacia los lados del sendero, de donde, como había afirmado el portugués, procedían ruidos constantes.

El templo de lo alto de la montaña estaba en ruinas, como todo en aquella isla. Lo habían construido en basalto, igual que la ciudad del manglar, y el légamo se acumulaba entre las juntas de los sillares, cubriendo un musgo ponzoñoso y putrefacto que, si no se lo observaba de cerca, parecía estar escurriendo de forma continua.

Las columnas y los muros apuntaban al cielo, levantados sobre un pedestal también de piedra y de forma rectangular de unos cincuenta metros de largo y la mitad de ancho. En los lados cortos se erigían los muros paralelos al perímetro, mientras que los largos estaban interrumpidos por colosales columnas monolíticas de unos seis metros de alto.

—Si teníais dudas sobre cómo construyeron la ciudad, ¿se os ocurre cómo pudieron haber levantado semejantes pilares? —comentó el pintor.

—Coged lo que habéis venido a buscar y larguémonos.

Diego Sánchez Coello no sabía bien dónde buscar. El templo estaba vacío y no había un altar ni nada similar que llamase la atención. Escudriñó cada columna durante un rato sin resultado alguno, mientras Pedro Quirós no quitaba ojo al camino por el que habían llegado.

—¡Mirad, capitán! —llamó su atención el espía.

Estaba en la mitad del pedestal, donde una roca triangular cubría un agujero. Era tan grande que habría entrado el batel entero por el espacio que ocultaba, y los bordes rezumaban fango.

—¿Creéis que ahí abajo está lo que buscáis?

—Espero que no, amigo mío. Dudo mucho que podamos mover entre los dos una piedra de varias toneladas de peso.

En ese momento, el graznido de un ave los asustó. Se posó sobre el extremo meridional del templo, en lo alto del muro. Los observó con ese aire soberbio y orgulloso que tienen los pájaros, picoteó la piedra y levantó el vuelo, perdiéndose en un cielo quemado por el sol moribundo.

Sánchez Coello caminó hasta el muro y tocó la pared. Se llevó una mano al mentón, pensativo, luego se acarició las barbas y bajó de un salto del pedestal al suelo. Observó el grosor de la pared, corrió hasta el otro extremo del templo y calculó a ojo la anchura del otro muro. Acto seguido regresó hasta la pared donde se había posado el ave.

—Si no encontráis ya lo que buscáis tendremos que marcharnos.

—Dadme un momento.

Subió al pedestal y se arrastró por el suelo, buscando alguna piedra suelta. A los pocos metros halló una roca de unos veinte centímetros que estaba desprendida, la levantó y, sin previo aviso, la lanzó contra el muro, provocando un boquete en la pared.

—¿Cómo demonios lo habéis sabido? —preguntó Quirós, sorprendido.

—Sé que no creéis en estas cosas, pero ese maldito pájaro nos ha indicado dónde estaba lo que buscábamos.

—Para qué preguntaré... —farfulló, levantando los ojos hacia el cielo.

Entre los dos apartaron los sillares con las manos para agrandar el agujero. Tras esa primera pared falsa había un hueco en el que difícilmente cabrían dos personas y, detrás, la parte del muro que daba al exterior.

Sánchez Coello volvió a prender su lucerna y alumbró aquel espacio.

—¡Oh, Dios mío! —gritó el capitán.

Ante sus ojos se iluminaban unos huesos humanos y varias calaveras. Las paredes mostraban arañazos en todas direcciones.

—Esto no es un templo de adoración —dijo el espía para sí mismo, como si al fin lo comprendiese—. Es un cadalso.

—¿Qué queréis decir? —El portugués estaba embargado por el miedo.

—Es un muro de emparedamiento. Aquí encerraban a las víctimas y tapiaban de nuevo el muro. Debe de ser una muerte espantosa —añadió con frialdad.

—¿Y qué es eso? —El capitán señaló algo entre los huesos.

—Sostenedme la lámpara.

Sánchez Coello le dio el candil al portugués, se acuclilló y comenzó a apartar huesos. Entre varios cráneos había una pequeña figura de barro tan sucia como los restos humanos, por eso le había pasado desapercibida en un primer vistazo.

El pintor la cogió y la limpió con su jubón. Lo que esbozaron sus labios sí podría considerarse una sonrisa completa, quizá la primera de toda su vida.

—¿Eso es lo que buscabais?

Don Diego la puso a la luz de la lucerna. Era una pequeña escultura de arcilla, de unos treinta centímetros de alto. Representaba a una mujer desnuda con las manos unidas en su vientre. En las cuencas de sus ojos habían encajado dos piedras preciosas, posiblemente esmeraldas, que le otorgaban una mirada tan espectral como las luces nocturnas que salían del arrecife.

—Es... Es... ¡Extraordinaria! —se admiró Sánchez Coello mientras se levantaba—. Jamás he visto nada parecido...

—Está bien, está bien. Ahora que ya tenéis lo que buscabais, marchémonos.

Pero el pintor no lo escuchaba, se hallaba totalmente entregado a la figurita de barro, obnubilado por sus ojos, por su belleza, por su poder.

—Maravilloso...

—¡Diego! —gritó el capitán, agarrándolo de la manga del jubón. Pero el pintor se zafó con violencia.

Entonces todo se precipitó.

Un estruendo hizo temblar el suelo del templo, provocando un ruido que procedía de las profundidades. La piedra con forma triangular saltó por los aires y un humo espeso y blanquecino emergió como si fuera veneno.

Aquello hizo entrar en razón al espía, que guardó de inmediato la figura en su faltriquera de cuero.

—¡Corred!

Los dos hombres saltaron del pedestal y se apresuraron a llegar al camino. Pedro Quirós echó un vistazo atrás y creyó ver tres enormes perros que emergían furiosos del hueco dejado por la piedra. Se detuvo un instante y disparó con el arcabuz. Entonces los animales rugieron, sin que ninguno de ellos se viese afectado por la bala.

No eran ladridos lo que expedían, sino algo mucho más terrible, una mezcla de aullido, graznido y rugido, sonidos que se oían a la vez sin ningún sentido y que podían volverlos locos con tan solo escucharlos.

Pedro Fernández de Quirós alcanzó a su amigo enseguida, empujado por el pánico. El espía lo agarró por un hombro y lo atrajo hacia el templo esférico cuando pasaron por delante.

—Nos refugiaremos aquí —le dijo, abriendo la puerta de madera.

El capitán no quería quedarse allí más tiempo, pero las bestias desatadas que los perseguían ya habían superado la confusión creada por el humo y galopaban hacia ellos soltando un ácido viscoso por la boca. No podrían huir de ellos hasta el manglar, así que al fin decidió entrar en el edificio.

Sánchez Coello cerró la puerta y, pistolete en mano, aguardó empujándola. Los aullidos no se hicieron esperar; en menos de diez segundos, aquellos animales llegados del mundo subterráneo alcanzaron el sepulcro de los cráneos y ladraron con rabia infernal.

Uno embistió la puerta, pero el pintor ni siquiera sintió el golpe; sin embargo, el animal retrocedió lastimeramente.

—¿Qué es lo que sucede? No veo nada —comentó el capitán, que al ver el humo había soltado la lámpara y echado a correr.

—No lo sé, veo lo mismo que vos en la oscuridad.

—¿Creéis que la puerta aguantará? —preguntó con terror.

—En realidad, la puerta ni se mueve, es como si chocaran con algo invisible que rodease el templo, una especie de energía o...

—¡Un milagro! —exclamó con voz temblorosa.

—Sí, o un milagro —murmuró Sánchez Coello con escepticismo.

Durante horas, las bestias aullaron, rugieron y ladraron en el exterior. Las escucharon saltar sobre la cúpula, caminar por el techo y rasgar la piedra con sus garras, pero el resultado era siempre el mismo: terminaban cayendo al suelo y quejándose con poderosos y agudos chillidos.

Los dos hombres permanecieron en el interior del edificio asustados, sin saber qué era aquello a lo que se enfrentaban y si dejarían en algún momento de emitir esos terroríficos sonidos que hacían temblar sus almas.

—Si me hubieseis contado esto aquel día en Acapulco os habría dicho que os regalaba el descubrimiento de la *Terra Australis Incognita* —bromeó Quirós.

—Si lo hubiera sabido, habría mandado al rey a recoger su estatuilla.

—¿Qué es exactamente?

—¿Cómo saberlo, amigo mío? —Acarició el zurrón en el que guardaba la figurita—. Supongo que es la representación de alguna diosa local, pero id a saber. Lo que está claro es que esos perros son sus guardianes, y no les ha gustado que nos la lleváramos.

—¡Maldita la hora en la que me subí a la San Jerónimo!

En el interior del templo estaban a salvo, al menos de las bestias del exterior, pues el espía había visto serpientes entre los cráneos. Pasaron algunas horas más en aquella fétida oscuridad, malsana y perniciosa, ambos en silencio, tapándose los oídos a ratos, sufriendo alucinaciones y perdiendo el sentido por momentos.

—¿Creéis que esas bestias acabaron con los nativos? —quiso saber el capitán Quirós cuando ya debía de estar amaneciendo.

—Si os digo la verdad, no lo creo. Esta mañana... Ayer por la mañana vimos a un indio en una canoa. Si solo lo hubiese visto yo, admitiría que se trataba de un espejismo, pero toda la tripulación estaba delante. Nos indicaba el camino a la ciudad de Nan Madol, y durante todo el sendero hasta el templo de la cima hemos caminado sin percances. No creo que esas bestias se hayan comido a los habitantes de la isla, creo que los nativos nos han franqueado el camino para que nos llevemos esta figurita de barro y les ahorremos alguna maldición.

—¿Oís eso? —preguntó el portugués, haciendo caso omiso a la enorme blasfemia que había expelido por su boca el pintor.

—¿El qué?

—La nada, don Diego. La nada. —En efecto, los aullidos, los gemidos, los ladridos, los rugidos... Todo había cesado—. ¿Creéis que se han marchado?

—Solo hay una manera de averiguarlo —dijo Sánchez Coello levantándose del suelo.

Sacó el pistolete del cinto, se encaramó a la puerta y la abrió con sigilo. Por el creciente umbral observaron la luz del exterior, que apenas se atrevía a penetrar hacia el interior del templo.

—¿Hay algo? —susurró Quirós.

Sí había algo: lanzas clavadas en el suelo, varios cadáveres humanos y mucha sangre. Pero ni rastro de los perros.

—Capitán, parece que se han marchado. —Cerró la puerta de nuevo y se giró en la oscuridad hacia su amigo—. Escuchadme bien, puede que solo tengamos una oportunidad. Creo que los nativos los han distraído, pero en cuanto salgamos de aquí volveremos a ser su presa favorita. Tenemos que correr hacia la isla, pero entre la espesura, para mezclarnos con los olores de las plantas, los árboles y la hierba. Corred, Pedro, corred como alma perseguida por el diablo.

El espía no lo vio, pero su amigo asentía a cada palabra que escuchaba, moviendo los pies de forma nerviosa y alternativa, como si estuviera ensayando cómo correr.

Sánchez Coello abrió la puerta y los dos se lanzaron a la carrera. A los pocos minutos comenzaron a escuchar los aullidos de los perros. Parecían llamarse unos a otros por toda la jungla, seguramente persiguiendo a los indígenas.

El pintor y el marinero corrieron hasta perder el control sobre sus cuerpos, hasta que las fuerzas amenazaron con llevárselos del mundo de los vivos. Por suerte para ellos, no fue así y lograron llegar al templo de Nan Madol.

Tambaleándose, alcanzaron el manglar y encontraron el batel, que los nativos habían llenado con más frutas y algunas aves muertas. Lo empujaron hasta el agua y subieron a él, remando hasta salir a la bahía, fuera de las ruinosas murallas. Solo entonces, mientras por las quebradas descendían los quejidos de las bestias, se detuvieron y bebieron agua.

Durante algunos minutos permanecieron a la deriva, recuperando el aliento. Sánchez Coello acarició la figurita de barro dentro de la bolsa de cuero, asegurándose de que no la había perdido.

—¿Puedo verla? —preguntó el capitán.

—Será mejor que no, amigo mío. Sus ojos... No sé cómo explicarlo... Sentí que me absorbían el alma.

Quirós lo observó aún con el rostro pálido, todavía poseído por el pánico.

—Vayamos a la San Jerónimo y olvidémonos de esto cuanto antes. Ya tenéis lo que queríais, ¿no? Ahora solo tenemos que llegar a Manila con vida.

—Visto lo visto, nos queda lo fácil. —El espía quiso volver a sonreír, pero la mueca no le salió igual—. Venga, capitán, os he regalado una aventura digna de contársela a vuestros nietos —comentó, restándole importancia a los peligros que habían vivido.

—Solo que mis nietos creerían que estoy endemoniado si les contase algo similar a lo que hemos visto.

Isabel Barreto los esperaba en cubierta cuando llegaron a la capitana. Los marineros celebraron el regreso de su capitán, aunque más por las provisiones que traían consigo que por otra cosa.

—Espero que hayáis cumplido vuestra misión, don Diego —le dijo Isabel, ya en la sala de cartografía.

El pintor la miró de soslayo, casi incapaz de levantar los ojos por el cansancio. Por un instante, creyó ver en la mirada de la gobernadora el mismo brillo que había percibido en la figurita de barro. Desechó esa idea de inmediato, temiendo acercarse a los abismos de la locura.

—Mi señora, el rey sabrá agradeceros la enorme labor que habéis ayudado a llevar a cabo. Tengo lo que buscaba. Ahora, regresemos a casa.

32

De cómo el mar del Sur se convirtió en un cementerio

Isla de Guam, 3 de enero de 1596

—¡Tierra! ¡Tierra! —vociferó el marinero apostado en la cofa del trinquete—. ¡Tierra! —Se le quebró la voz al gritar.

Y no era para menos. Desde su salida de la isla de Ponapé el día de Navidad, todo habían sido pésimas noticias. La información que le había proporcionado Diego Sánchez Coello al capitán sobre aquella isla le sirvió para situarse. Por suerte para todos, Pedro Fernández de Quirós no solo era un gran piloto, sino que además era un estudioso y conocía bien los alrededores de Ponapé. Por otra parte, el mar del Sur, tan pacífico y tranquilo como una balsa de aceite, podía jugar muy malas pasadas a los navegantes.

Informó a la gobernadora en la sala de cartografía sobre cuál era la derrota que seguir, nornoroeste, en busca de las islas de los Ladrones.

—Y desde allí, ¿distan mucho las Filipinas?

—Mi señora, primero tendremos que alcanzar las islas. Mirad bien la carta, perseguimos dos motas de polvo en la inmensidad del océano.

Desviarse lo más mínimo y pasar de largo las islas de los Ladrones tendría unas consecuencias fatales para la expedición, ya que perderían la referencia para tomar rumbo a Manila y malgastarían un tiempo del que no disponían.

Las vituallas que habían conseguido Pedro Quirós y el espía del rey en Ponapé duraron apenas dos jornadas. Isabel, incapaz de organizar raciones para la tripulación al estar los alimentos sobre el batel que se acomodaba en el combés, miraba con desidia cómo marineros, colonos y soldados devoraban el pollo crudo y la fruta, y llenaban sus gargantas del agua fresca que habían traído los exploradores.

—Esto es precisamente lo que trataba de evitar, capitán —le dijo aquella misma noche en privado.

—Mi señora, hoy es Navidad. La gente lleva semanas sin probar un bocado en condiciones, y el agua sin cucarachas les parece maná llovido del cielo.

—Esto tendrá consecuencias, podéis estar seguro —espetó antes de encerrarse en su habitación.

Y las tuvo. Por la mañana, los marineros lanzaban al mar los cadáveres de tres colonos enfermos que habían comido mucho más de lo que sus desacostumbrados estómagos eran capaces de digerir. Murieron de gula.

Aquel mismo día se terminó la comida, y eso que no habían recorrido más de treinta leguas desde Ponapé. El puerto de Cavite estaba aún demasiado lejos.

Dos soldados y un marinero murieron a causa del mismo mal en los días sucesivos, lo que provocó que el capitán Quirós evitase a la gobernadora siempre que le era posible para ahorrarse sus habituales e insufribles comentarios sobre las decisiones erróneas.

La tripulación continuaba exigiendo aumentar las raciones, pero la almiranta no se movía un centímetro de su posición: tendrían lo suficiente para sobrevivir y trabajar. Ni un gramo de harina más. Ni un sorbo de agua más.

Así, la San Jerónimo se encaminó hacia las islas de los Ladrones en un ambiente viciado y envenenado, despidiendo compañeros muertos a diario, algunos con altas fiebres, otros con llagas, los más con un escorbuto que no podrían aliviar las escasas reservas que Isabel guardaba bajo llave.

Por su parte, Diego Sánchez Coello se ausentaba de las reuniones del consejo. Cada noche desde que abandonaran Santa Cruz tenían por costumbre encontrarse en la sala de cartografía el capitán, la gobernadora, sus dos hermanos y el pintor para tomar decisiones en conjunto, aunque la última palabra la tenía siempre la adelantada. Pero todo había cambiado desde el desembarco en Ponapé.

El espía se mantenía oculto en la bodega, alejado de todo y de todos. Apenas se alimentaba ni bebía agua, solía ceder sus raciones a los enfermos o a quien las necesitase. Algunos decían que le habían escuchado hablar solo o, lo que era aún peor, con alguien que no estaba allí.

De vez en cuando salía a la cubierta a hacer sus necesidades, pero había abandonado la costumbre de subir a la toldilla a hablar con el capitán o de visitar a Elvira para ver cómo se encontraba. Aquello también tuvo consecuencias. Las peores. Elvira Delcano había perdido demasiada sangre y no logró recuperarse de su aborto. Murió.

Mariana de Castro no soportó la ausencia de su amiga y confidente; aquello que había comenzado como la aventura de su vida, que la había colocado en sociedad al casarse con el almirante de la expedición, terminó en tragedia.

La hermana pequeña de la gobernadora enfermó al ver el cadáver de su amiga caer a las sosegadas aguas del mar del Sur y se encerró en el dormitorio de Isabel, junto a Pancha y Belita. Como si la tristeza fuese una enfermedad contagiosa, pronto las tres penetraron en los tiñosos salones de la melancolía, entregándose de forma voluntaria a la muerte.

—¿Para qué voy a comer si no queda nada en el mundo por lo que vivir? —les decía Mariana a sus hermanos cuando trataban de convencerla de que se alimentase.

La noche de fin de año, cuando Isabel regresó de reunirse con el capitán en la sala de cartografía, encontró a las tres mujeres abrazadas en la cama. No era extraño, solían dormir juntas mientras la gobernadora se acomodaba en el suelo sobre una frazada, pero su intuición le dijo que esta vez sucedía algo extraño.

Ni siquiera lloró. Isabel Barreto padecía las mismas carencias que el resto de la tripulación, y estaba tan deshidratada que no le quedaban lágrimas que llorar. Se abrazó al cuerpo exánime de su hermana, le dio un beso en la mejilla y durmió junto a ella.

Por la mañana, lanzaron los tres cadáveres al mar en medio de una ceremonia sin oficiante. La tripulación mostró su respeto y rezó delante de la Virgen de la Soledad, única compañera de su viaje. Le dieron el pésame a la almiranta, algo que ya se había repetido demasiadas veces durante aquella travesía.

La única buena noticia que acompañó a la expedición durante aquella larga semana fue el viento que, largo y fresco, impulsaba las maltrechas velas del galeón desafiando la estabilidad del palo mayor y del trinquete, muy rendidos por el mal estado general de la embarcación.

No quedaba apenas un cabo en toda la nao que no estuviera podrido. Los trabajos de los marineros eran frustrantes, pues cada vez que seguían las indicaciones del contramaestre, algo se rompía.

El día anterior a avistar tierra, Diego Sánchez Coello se encontraba junto al trinquete haciendo sus necesidades por la borda. Algunos marineros estaban en el suelo, descansando, luchando por continuar con vida. De pronto, el hombre se giró, les dedicó una sonrisa burlona y cayó al mar.

—¡Hombre al agua! —gritó un grumete.

Caer al océano con viento en popa era sumamente peligroso, ya que la nave no podría dar la vuelta para recoger al caído. Tampoco era posible lanzar el batel, pues no quedaban cables ni cuerdas que pudieran luego levantarlo.

—¡Hombre al agua, por estribor! —Repitieron los marineros, pero ninguno de ellos tenía fuerzas para hacer nada.

Isabel Barreto, que estaba atendiendo a las mujeres de los colonos que, enfermas, buscaban sombra junto al palo de mesana, escuchó el llamamiento y observó a estribor: Sánchez Coello braceaba sobre el oleaje, torpe y sin apenas energía. Con rapidez y resolución, la gobernadora tomó uno de los cabos que había sobre el batel, podrido y maltrecho, y se lo lanzó al pintor, que lo asió con algo de fortuna y mucho de ayuda divina.

Solo entonces los marineros se levantaron de sus puestos de descanso y ayudaron al espía a regresar a la cubierta. Boqueaba en busca de aire, pero nadie hacía nada por ayudarlo. Tampoco, en honor a la verdad, sabían qué podían hacer.

Al fin escupió el agua que se acumulaba en sus pulmones y garganta y cayó de lado, tosiendo como si le fuese a estallar el pecho. El ánimo era tan bajo que nadie celebró el salvamento, ni siquiera el propio Sánchez Coello, que tan pronto como recuperó el aliento regresó a la bodega y no se le vio más en todo el día.

Isabel Barreto estaba más débil cada jornada que pasaba. Ella también tenía que luchar con todas sus fuerzas y su voluntad contra la idea de atracar el pañol y darse un festín. Escaso, eso sí. Temía morir de hambre, como todos los que viajaban a bordo de la nao capitana, pero aún más temía que la mataran para robarle lo que quedaba de comida, por lo que se volvió más desconfiada de lo que solía ser.

Por todo ello, la noticia de que había tierra a la vista despertó cierto entusiasmo entre la tripulación.

—Son las islas de Guam y Serpana —anunció Pedro Fernández de Quirós desde la toldilla de popa.

—Eso son buenas noticias —adujo la gobernadora, que había salido de su dormitorio al escuchar al marinero.

—Lo son, mi señora, pero no desembarcaremos.

Isabel lo miró con extrañeza. El timonel, que más que sostener el timón era sostenido por él de lo débil que se encontraba, también lo miró con una mezcla de sorpresa y rabia.

—¿Son peligrosas?

—Las llaman las islas de los Ladrones, mi señora. Sus habitantes tienen muy mala fama, y bastante poco nos queda como para que encima nos lo roben.

La almiranta sopesó aquel argumento. No podía oponerse, desde luego, pero los marineros observaban el horizonte abrazados, o más bien apoyados, unos a otros. No sería fácil explicarles que dejarían pasar la ocasión de conseguir comida y agua.

—Está bien, capitán. Pero pasad lo más cerca que podáis de la costa. Ordenaré a mis hermanos que armen a algunos soldados.

—¿Qué pretendéis? —le preguntó con soberbia.

—Si estas islas tienen tan mala fama es porque son conocidas por los europeos, y si son conocidas, los nativos estarán acostumbrados a ver visitantes. Tal vez podamos intercambiar algunas cosas por alimentos.

—¿Es que no me habéis escuchado? Las llaman las islas de los Ladrones, no de los intercambios.

—Si alguno se sobrepasa, dispararemos.

El capitán obedeció y se acercó a la isla de Guam tanto como pudo. No tardaron en salir de una playa cientos de canoas de dos proas cuyos tripulantes remaban con tanta ansia que con frecuencia volcaban, aunque lograban dar la vuelta a las embarcaciones con admirable habilidad.

—*Charume, charume* —gritaban unos.

—*Herrequepe* —decían otros mientras ofrecían cocos y plátanos.

—¿Qué dicen? —preguntó la gobernadora, asomada por la borda junto a algunos marineros.

—*Herrequepe* significa «hierro», mi señora. Lo he escuchado en algunas islas que hay en la ruta del tornaviaje —explicó el contramaestre.

—¿Y lo otro?

—Creo que nos llaman amigos.

Isabel ordenó que trajeran cubiertos, cuchillos, espadas o cualquier otro objeto metálico inservible en aquellas circunstancias y comenzaron a intercambiarlos por comida. Los indígenas eran muy ruidosos y hacían interminables y violentos aspavientos mientras gritaban para obtener tijeras, dagas romas, tenedores y cucharas.

—Si alguno intenta subir, disparad —ordenó la adelantada.

Y así sucedió. Uno de los nativos pretendía trepar por el casco hasta la borda, seguramente para poder hacer los intercambios con más comodidad. Llevaba en la mano un trozo de arco de pipa con cuya corteza hervida se podía hacer una sopa que ayudaba con la digestión. Un soldado le disparó, haciéndolo caer herido al agua. Aquello asustó a sus compañeros, que remaron ahuyentados hacia la playa.

La tripulación dio buena cuenta de las escasas viandas que había obtenido antes de que la nave atravesase el paso que había entre las dos islas; enseguida instaron al capitán a que buscase un puerto donde desembarcar para continuar los intercambios y conseguir agua.

—De ningún modo —les dijo.

—Pues permitid que vayamos algunos hombres en el batel a por provisiones —solicitó el sobrecargo.

—No quedan cuerdas para levantar el batel, tendríamos que dejarlo aquí. Y eso no va a pasar.

—¿Y por qué no? —preguntó desafiante un soldado.

Isabel, cuyo cuerpo decrépito se sostenía a duras penas en pie, aguardaba junto al capitán en silencio. Le dedicó una mirada al soldado que le heló la sangre.

—Porque la entrada a las Filipinas es un fondo de ratones y de islitas; podríamos encallar en cualquier momento. No podemos prescindir del batel.

—¿Y podemos prescindir de comida y agua?

Aquello enardeció a la tripulación, que parecía contar con fuerzas renovadas gracias a la fruta que habían traído los nativos.

—¡Silencio! —gritó Isabel. La pequeña rebelión se detuvo de inmediato—. Es decisión del capitán no desembarcar. Es el único que conoce los caminos del mar por el que navegamos. Si dice que necesitaremos el batel, no hay nada que discutir. Nos conformaremos con la ración diaria de comida.

Dicho esto, entró en el alcázar y se marchó a su habitación. Hubiese querido quedarse en cubierta por si a alguien más se le ocurría poner en duda las decisiones del capitán o las suyas propias, pero no tenía fuerzas para mantenerse en pie y un dolor intenso le apretaba el pecho desde hacía días.

La San Jerónimo navegó durante otras diez jornadas, ahora hacia el oeste, con los aparejos podridos y la arboladura vencida, aprovechando el viento y sepultando cadáveres en el océano.

La salud de Isabel empeoró, y tampoco ella se dejaba ver en cubierta más de lo estrictamente necesario. El dolor del pecho le acuciaba tanto el ánimo que apenas tenía ganas de comer.

Diego y Luis la cuidaban como buenamente podían. Le daban de comer y de beber a diario, algo más de la ración que se repartía al resto de enfermos. En alguna ocasión se quejó de recibir un trato mejor que los demás, pero sus hermanos se mostraron intransigentes ante sus peticiones de no comer ni beber más de lo debido. Empezaron a engañarla con las raciones, y ella estaba tan débil que no se daba cuenta.

El 14 de enero amaneció con una espesa niebla y un fuerte viento del este. El cielo cayó como lanzado por algún encantamiento y se posó sobre el mar, impidiendo ver casi nada de lo que había por delante.

El capitán Quirós ordenó recoger algunas velas y navegó con cautela, pero a eso del mediodía alguien avistó tierra entre la neblina. El grito despertó a quienes se arrullaban contra la obra muerta de la nao buscando un lugar donde dormir, soñar... Quizá morir. Otros comenzaron a anunciar el avistamiento, pero más por el deseo que porque en realidad vieran algo. La tierra era como un espejismo, como algo que todos anhelaban encontrar y que durante largas jornadas se les negaba.

Por la tarde, el cielo se abrió un poco ante ellos, como las aguas del mar Rojo ante Moisés, y descubrieron la ansiada tierra, lo que celebraron con júbilo y griterío. Algunos bailaron sobre la cubierta, pensando que por fin habían llegado a Manila. Sin embargo, Pedro Fernández de Quirós se acariciaba la barbilla con el ceño fruncido y los ojos entrecerrados para tratar de discernir si aquello que veía ya lo había visto antes.

—¡Es Manila! —aseguró un soldado.

Todos se reunieron a su alrededor, reverdeciendo la primera celebración.

—¿Cómo lo sabes? —le preguntó el contramaestre.

—Hace años viajé de Acapulco a Manila; esa embocadura es la entrada a la bahía donde está el puerto de Cavite.

Pedro Quirós bajó de la toldilla y caminó hasta la proa, por si desde allí podía ver mejor la tierra que tenían por delante.

—Yo he trabajado en la Nao de Manila y estoy seguro de que esta no es la bahía que buscamos —informó, para frustración de todos.

No obstante, el sueño era más poderoso que la realidad y muchos se negaron a aceptar lo que a ojos del capitán era una evidencia, protestando con violencia. Se armó una pequeña trifulca en la proa, aunque sin consecuencias, pues nadie tenía fuerzas como para enzarzarse en una pelea.

—¡Es Manila! —repitió a voz en grito el soldado.

—¡Timonel, virad a babor y sacadnos de aquí! —ordenó Quirós.

Todos se echaron encima de él, impidiéndole regresar a la toldilla. De pronto, la mayoría de los hombres, aunque jamás hubieran salido de Lima, afirmaban reconocer la bahía de Manila cuando la tenían delante, y aseguraban que aquella tierra era la isla que buscaban.

—Capitán, no permitiremos que viréis hacia el mar. Tenemos hambre, sed y estamos enfermos. ¿Es que no lo veis? ¡Es Manila! —espetó, furioso, el soldado.

—No creo que hayamos llegado a nuestro destino —contestó con paciencia—. En cualquier caso, con el viento que nos empuja, si os equivocaseis sería nuestro fin, jamás podríamos dar la vuelta. Esperad a mañana, que abra el sol y pueda pesarlo. O quizá si esta noche se despeja, alguna estrella me sirva de referencia para hacer los cálculos.

—¡No esperaremos! ¡Ni a esta noche ni a mañana!

Todos se unieron a voz en grito a las proclamas del soldado. Quirós retrocedió hacia el alcázar, temiendo que estallara un motín en cualquier momento. El ánimo de la tripulación estaba muy caldeado, ya no se podía distinguir entre marineros y soldados, que tan enfrentados habían estado durante toda la expedición, e incluso los colonos, campesinos y comerciantes en su mayoría, estaban dispuestos a que corriera la sangre.

Por suerte para el capitán, en ese momento salió del alcázar la gobernadora, sostenida por sus dos hermanos. Verla tan estremecida apaciguó a los más exaltados. Había envejecido veinte años en la última semana; sus escleróticas tenían un aspecto viscoso e insano, ajenas al brillo esmeralda que siempre habían recibido de las pupilas. No quedaba nada de los pétalos dorados que abrazaban sus iris como si fueran girasoles, y unas bolsas púrpuras le hinchaban tanto los párpados que parecían a punto de estallar.

—¿Qué sucede aquí? —preguntó, sin embargo, con la misma firmeza de siempre.

—Mi señora, hemos llegado a Manila —anunció el soldado, señalando hacia la proa.

—¡Sí! Esa embocadura es la de la bahía. Cavite debe estar a menos de dos leguas —informó otro.

Todos comenzaron a hablar a la vez, reafirmándose los unos a los otros.

—¡Silencio! —bramó Isabel—. Y, ¿cuál es el problema?

—El capitán no quiere entrar en la bahía.

La gobernadora no era estúpida; sabía que, si Quirós no quería entrar en la embocadura que se iluminaba entre espesas nubes, era porque no estaba convencido.

—Mi señora. Eso no es Manila.

—¿Estáis seguro? —inquirió, también dejándose llevar por la marea de los deseos.

—Si vos creéis que lo es, poned a otro en mi lugar, pues yo no llevaré a la nao a un lugar desconocido con este viento y esta niebla.

Isabel se tomó unos segundos para reflexionar y después bajó la mirada, ciertamente derrotada.

—¿Dónde creéis que estamos?

—A unas cien leguas de Manila —contestó el capitán.

Aquello hizo que las murmuraciones se reanudaran.

—Vos sois el capitán, señor Quirós. Sacadnos de esa embocadura y recemos para que mañana el Señor abra los cielos y podamos situarnos.

A nadie le gustó aquella decisión, pero la respetaron. La adelantada regresó a su dormitorio junto a sus hermanos y el timonel viró la nao a babor.

La noche fue especialmente oscura. Había luna nueva y la niebla no se había levantado ni un milímetro, por lo que los marineros tuvieron que trabajar hasta el alba para que la San Jerónimo no se desviase ni encallase.

El día siguiente no fue mejor. La neblina era aún más espesa y la tierra que habían avistado solo hacía unas horas había desaparecido, lo que provocó las iras de los viajeros, que miraban hacia la toldilla desde la que el capitán escrutaba el horizonte sin hallar nada más que niebla.

Por la tarde se levantó el viento, que movió las nubes que acosaban a la nao, y a barlovento se descubrió tierra de nuevo. Doblando un cabo, Pedro Quirós ordenó poner boneta con la intención de costear en busca de algún puerto o bahía, mientras sostenía la sonda para comprobar el fondo.

Isabel, tan debilitada que sentía cercana la muerte, se encerró con la Virgen de la Soledad en la sala de cartografía, pidiendo ya por la salvación de su alma en tiempos tan aciagos.

Sus oraciones no sirvieron de mucho; el viento levantó una verga y la derribó, se rompieron las ostagas y la vela cayó a la cubierta. Los marineros la levantaron con esfuerzo, aunque solo para que cayera de nuevo a los pocos minutos, lo que quebró las bozas. Por si fuera poco, el anochecer llegó con fuertes y grandes olas que hostigaron la proa, ya desprotegida sin el bauprés. La jarcia del trinquete se rompió antes de la medianoche y dejó el palo a punto de troncharse. No lo hizo, quizá gracias a los rezos de la almiranta, tal vez por el buen hacer del capitán.

A la mañana siguiente seguían costeando sin que apareciese un lugar propicio para el fondeo. El capitán sostenía aquel cabo maltrecho entre las manos, pero la sonda no conocía fondo. La tierra que tenían delante estaba rodeada de arrecifes, lo que venía a confirmar que no era Manila, pero a la tripulación poco le importó. Veían tan cercana la isla que no podían dejar de pensar que el capitán, tan terco como una mula de arrastre, había dejado escapar la posibilidad de desembarco al dejar atrás aquella embocadura.

Durante todo el día las miradas de odio se cruzaron en la cubierta de la San Jerónimo, mientras Pedro Quirós continuaba impertérrito junto al timón. La desazón se instaló en el galeón, contagiándose de unos a otros, hambrientos, enfermos, rendidos.

Algunos tripulantes se reunieron con soldados y colonos en torno al combés y enviaron a avisar a Isabel Barreto. Junto a la gobernadora, rezaron por la salvación de sus almas en aquel océano envuelto en tales tinieblas que pensaron que se acercaban a las puertas del infierno. Se encomendaban al señor, convencidos ya de que morirían.

La costa que quedaba a estribor aparecía y desaparecía entre la neblina, exhibiendo siempre escarpados acantilados, orillas de arrecifes y ningún signo visible de civilización. Desde luego, no era Manila.

Isabel regresó a su dormitorio, entregada ya a las mansas aguas de la laguna Estigia, pensando que finalmente todo había sido en vano. Tantas muertes... Sus hermanos, su esposo, soldados, marineros y familias enteras que se habían enrolado en la aventura de su vida, una fantasía pueril que había costado la vida a tantas personas. Se culpó a sí misma de todo. Se culpó de tener curiosidad, inquietud y ganas de conocer el mundo; de no conformarse con la vida destinada a cualquier mujer de su posición; de investigar, de aprender, de pretender. Se culpó, en resumidas cuentas, de ser ella misma.

Todo está perdido.

Deseó poder levantarse y escribir algunas notas en su diario, despedirse del cruel mundo que todo se lo había arrebatado y dejar unas palabras para quien había sido el amor de su vida. Pero ya no le quedaban fuerzas más que para aguardar a la pálida dama.

Sin embargo, no había llegado aún la hora final para Isabel Barreto, adelantada de las islas Salomón, almiranta de la armada, general de la expedición, gobernadora y marquesa de Santa Cruz.

Al atardecer, el cielo por fin se abrió y la niebla se disipó, mostrando en el horizonte una cercana bahía a la que se dirigía la nao.

El júbilo volvió a embargarlos a todos, que pronto olvidaron las murmuraciones anteriores y los conatos de motín que habían acontecido en las últimas horas. En tan solo unos minutos, lo que tardaron las nubes en ser arrastradas por la brisa del este, todos pasaron de caminar hacia el cadalso a encontrar el sendero de la vida.

La San Jerónimo halló un canal entre los arrecifes y alcanzó la bahía, donde la recibió un barangay tripulado por tres nativos, que, haciéndoles señas, la condujeron a un lugar para fondear.

Ayudados por los marineros, los indios subieron a la cubierta, donde ya los esperaba la gobernadora. Isabel había salido de su dormitorio tras despertar de un sueño que pretendía ser eterno al escuchar las voces de los marineros y del capitán.

Al ver el estandarte real con el águila bicéfala comprendieron que aquel barco era español, y uno de los indígenas, que conocía la lengua, los saludó en castellano para regocijo de todos los presentes.

—Habláis español, ¿sois cristianos? —preguntó Isabel Barreto.

—Sí, señora. Cristianos somos.

Aquello fue aún más celebrado que la llegada a la bahía.

—¿Dónde estamos?

—Doblasteis el cabo del Espíritu Santo, señora. Esta es la bahía de los Cobos, en la isla de Samar, de las Filipinas.

—¡Hurra! ¡Hurra! —gritaron a coro los españoles.

—¿Quién gobierna en Filipinas? —inquirió el capitán.

—Luis Pérez de las Mariñas.

Al escuchar aquel nombre, Isabel se evadió por completo.

¿Dónde lo he escuchado antes? Luis Pérez de las Mariñas... Luis Pérez... ¡Luis Pérez Dasmariñas! ¡El sobrino de la marquesa Teresa de Castro!

33

En que se da cuenta de una traición

Bahía de los Cobos (isla de Samar, Filipinas), 17 de enero de 1596

Los indígenas de Samar estaban muy acostumbrados a tratar con los españoles. Muchos conocían ya su lengua, y la mayoría había adoptado las creencias cristianas, aunque lo que más y mejor hacían era negociar.

A la gobernadora le quedaban pocas cosas que vender o intercambiar, y el resto de los pasajeros contaba con muy escasos recursos. Así y todo, consiguió que los nativos trajeran gallinas, cerdos, leña, raíces, agua en canutos de bambú, cañas dulces, cocos y plátanos. La cubierta de la San Jerónimo se llenó de comida ante los ojos ávidos de marineros, colonos y soldados, mientras Isabel Barreto recolectaba lo poco que tenían los presentes y sacaba del cofre de su marido las últimas monedas que aún guardaba.

Entregaron cuentas de vidrio, algunas espadas y cuchillos, anillos y collares e incluso faroles, un sextante y un compás.

La adelantada, terminado el negocio, supuso que las nuevas reservas serían suficientes para llegar hasta su destino, pero las miradas ávidas de marineros y soldados, que sabían que ella todavía guardaba algunos víveres en su pañol, la empujaron a recordarles que era mejor comer poco muchas veces que mucho una sola vez.

—Hemos compartido un largo viaje —les dijo desde la toldilla, con las manos cruzadas sobre el regazo—, y aún nos quedan algunas leguas hasta alcanzar Manila. El rey, pues todo lo nuestro es suyo, provee estas viandas, que serían más que suficientes para continuar algunos días más de navegación. Racionadlas, os lo pido encarecidamente. Recordad la última vez que tuvimos abundancia de alimentos en la nave, los enfermos y muertos que causó la gula perniciosa.

Después bajó por la escala con lentitud y esfuerzo y entró en el alcázar. Ya no quedaban sirvientes. Sus doncellas habían muerto, los esclavos también. Mayordomos, cocineros, incluso Myn; todos habían perecido. Así que fueron Diego y Luis los encargados de llevarle comida y agua a su hermana.

Mientras los Barreto comían, Diego Sánchez Coello entró en la sala de cartografía y saludó de forma distraída.

—Don Diego —lo llamó Isabel, cuyo rostro iba recuperando un color más sano según comía—, venid, os lo suplico.

El hombre la miró de soslayo, con los ojos entrecerrados. Estaba totalmente consumido. Era, de todos los que viajaban en el galeón, a quien más le había afectado la ausencia de alimentos. Se había quedado en los huesos. No obstante, no parecía enfermo ni débil, como si alguna extraña maldición lo protegiera de los males que acosaban a los hombres.

Lo pensó durante unos instantes y al final decidió obedecer a regañadientes. Se sentó junto a los hermanos de la almiranta y comió en silencio.

—Os hemos echado de menos —comentó Isabel tras vaciar su plato. El hombre no contestó—. Desde que regresasteis de Ponapé sois otra persona. No peor, pero sí mucho más distante. Temo por vos y por vuestra alma. Podéis creer que he rezado por ella reiteradas veces, pues tengo la firme convicción de que trajisteis algo maldito de esa isla y dejasteis lo mejor de vos en ella.

El pintor levantó la mirada y la observó con ojos temblorosos, como si dentro de ese cuerpo aún estuviese Diego Sánchez Coello, pero algo o alguien le impidiese expresarse. De pronto comenzó a llorar.

—¿Podéis dejarnos a solas, hermanos? Id a vigilar que esos necios no se coman todo de una sentada.

Diego y Luis se miraron dubitativos. No había motivos para desconfiar del espía, pero tampoco querían dejar sola a su hermana con aquel hombre que llevaba semanas ausente de sí mismo.

Isabel les hizo un gesto cariñoso y comprensivo, haciéndoles ver que ningún peligro podía haber con el pintor en ese estado, pues continuaba llorando entre sollozos trémulos.

Cuando se quedaron a solas, Isabel se levantó de su silla y ocupó una que estaba junto a Sánchez Coello. Le acarició la mano que tenía sobre la mesa y le pasó el brazo por encima del hombro. El espía buscó con su cabeza el pecho de la gobernadora, donde se echó a llorar sin consuelo.

—Calmaos, amigo mío. Calmaos —le susurró con ternura—. Ya ha pasado todo. Estamos muy cerca de Manila, tenemos agua y comida. Pronto desembarcaremos y podréis regresar a Castilla, donde el rey os recibirá con los brazos abiertos. Habéis cumplido vuestra misión de forma sobresaliente, yo misma me encargaré de enviar un informe a Su Majestad para confirmar vuestra excelente labor durante toda la travesía.

Pero el pintor no hallaba consuelo alguno en aquellas palabras.

—Ella... —comenzó a decir con un hilo de voz—. Ella... Me posee.

Isabel separó la cabeza del hombre de su pecho con cuidado y lo miró a los ojos.

—¿Quién os posee?

—Ella... Ella... —comentó entre jadeos.

—Ella... ¿Es lo que trajisteis de Ponapé? —Sánchez Coello asintió—. ¿Quién es?

—No... No lo sé... Me visita en sueños... Me atormenta...

—¿Sabéis una cosa, don Diego? Solo yo tengo poder para atormentar a los pasajeros de este navío, así que mostradme lo que trajisteis de la isla y pondremos fin a esta desastrosa situación.

—No, mi señora... No... Es peligrosa.

—Creo que en todos estos meses habéis llegado a conocerme un poco. Yo también soy peligrosa —contestó esbozando una sonrisa.

El espía la miró con cierta admiración. No podía oponerse a aquel argumento, aunque temía que el sufrimiento que le causaba la figurita de barro pudiera poseerla a ella también.

Pero sabía que necesitaba ayuda. Aquel enorme peso que el rey, a través de Benito Arias Montano, había depositado sobre sus espaldas lo estaba destruyendo. Al fin y al cabo, don Nuño Rodríguez Barreto le había dicho que pidiese ayuda a su hija si tenía algún problema. Y aquello, no había lugar a dudas, era un enorme problema.

Metió la mano en la faltriquera que llevaba anudada al cinto y sacó la figura. Le había tapado los ojos con un trozo de tela, por lo que las dos esmeraldas incrustadas no eran visibles.

Isabel la tomó entre sus manos.

—Es extraordinaria —se admiró boquiabierta—. Jamás imaginé que podríamos encontrar algo semejante en una isla del mar del Sur. ¿Es antigua?

—Lo es, mi señora... De hace al menos cuatro siglos.

—¿Cómo lo sabéis?

—El barro cocido sufre variaciones a lo largo del tiempo, cambia de color, se agrieta... También depende de la temperatura y la humedad del lugar donde se encuentre. No es más que una estimación, dado su estado de conservación.

Sin darse cuenta, tratando sobre temas que atañían a su verdadero oficio, estaba hablando con la normalidad habitual. Isabel lo miraba con sus enormes ojos brillantes revividos, con sus iris verdes rodeados de los pétalos de girasol. Sonreía, como no podía ser de otra forma.

—Alejaros por un momento de esta figura, aunque solo hayan sido unos centímetros, os ha hecho regresar.

Él mismo sintió que se había liberado de algo, que el peso que constreñía su corazón se había aligerado.

—Dios santo, mi señora... ¿Qué me ha pasado?

Se miraba sus brazos huesudos, su cuerpo raquítico, y no se reconocía.

—Creo que habéis estado en otra parte, muy lejos de aquí, don Diego. También creo que estáis regresando.

Llevada por la curiosidad, la gobernadora fue a levantar la tela que tapaba la cabeza de la figurita.

—¡No! —bramó Sánchez Coello, arrebatándosela de las manos y volviéndola a guardar en su faltriquera—. Disculpadme, mi señora, pero temo que hayan sido sus ojos los que me hayan hecho todo... Todo esto —añadió, mirándose a sí mismo hasta las rodillas flexionadas bajo la mesa.

—Guardad bien ese objeto, don Diego. Y alejaos de él en cuanto podáis.

Isabel se miraba también las manos, como si algo se hubiera quedado prendido en ellas.

—¿Vos también lo sentís?

—Sí. Y no es nada bueno.

La puerta se abrió de golpe y entró Pedro Fernández de Quirós nervioso, intentando tragar saliva, pero con la garganta tan estrecha como el ojo de una aguja.

—Se lo están comiendo todo. ¡Todo!

—¿Y qué es lo que esperabais, capitán?

La miró con desprecio.

—Esto no va a terminar bien. ¡No lo hará!

—¿Dónde estamos? —preguntó Sánchez Coello, quien poco a poco iba recuperando la conciencia de sí mismo.

—En Samar, don Diego, a pocas leguas de Manila —explicó Isabel.

—¿Y qué hacemos aquí detenidos? ¿Por qué no estamos navegando hacia nuestro destino?

La gobernadora desvió la mirada al capitán, dejando que él explicase las razones.

—La nave está en un estado calamitoso, no podremos llegar.

Isabel suspiró, pero quien respondió fue el espía.

—Amigo mío, para vos, la nao siempre está en un pésimo estado. Si nos ha traído hasta aquí, digo yo que con algunas reparaciones básicas nos llevará hasta Manila. Sería una pena que fracasásemos estando tan cerca.

El capitán fue a hablar, pero Isabel se lo impidió con un gesto de la mano.

—Señor Quirós, hacedme la merced de sentaros con nosotros. Hace demasiado tiempo que en este barco no se habla de lo que hay que hacer con la responsabilidad necesaria. Agradezcamos a Dios que nuestro amigo, don Diego Sánchez Coello, haya regresado del inframundo y pueda asesorarnos sobre lo que debemos hacer.

El capitán los miró a uno y otro alternativamente. Pasados unos segundos de reflexión no le quedó más remedio que sentarse.

—¿Qué os ha pasado, don Diego? Estabais en un estado... de confusión, a falta de una palabra mejor. O de una palabra peor, en vuestro caso.

—Es difícil saberlo, capitán. Sea lo que sea, tiene que ver con lo que encontramos en Ponapé. Y, sea lo que sea, la adelantada ha ayudado a mitigar su poder sobre mí. Pero no hablemos del pasado, don Pedro. Haced el favor de ponerme al día.

El capitán miró a Isabel, como si le estuviera pidiendo permiso, pero comenzó a hablar antes de recibirlo.

—Hemos pasado duras jornadas, amigo mío, hasta llegar a esta bahía. Nos sostiene un cable estrecho y podrido que no aguantará los envites de un viento que entra y sale por la embocadura por la que llegamos. El trinquete y el palo mayor están rendidos, las jarcias rotas o pútridas. Obenques, drizas, velas, bozas, estayes, vergas... No hay dignidad alguna en la nave. Ni siquiera la obra muerta está en condiciones.

—¿Y qué podemos hacer?

Volvió a mirar a la gobernadora antes de contestar.

—Debemos desembarcar los cañones, los arcabuces, la pólvora y cualquier objeto que poseamos. Encontraremos algún lugar en la isla donde guardarlos. También deben desembarcar todos aquellos que no sean necesarios para la reparación de la nave. Cuando esté lista, nos pondremos en marcha hacia Manila.

Ahora fue el pintor quien miró a Isabel.

—Y a vos, ¿qué os parece esa propuesta?

—Ya se lo comuniqué anoche al capitán: es imposible cumplirla.

—Imagino que os referís al asunto de los cañones, ¿verdad? —inquirió don Diego.

—Los cañones son del rey y al rey he de devolverlos, así como la pólvora y los arcabuces. No tengo potestad para enterrarlos en una isla a la que no sé si regresaré alguna vez.

—Es un argumento de peso, capitán —expuso el pintor.

—Ese cable no aguantará demasiado con el peso que hay en el galeón. Deberíamos, al menos, desembarcar a la gente.

—Capitán, nadie va a desembarcar de la San Jerónimo sin mi permiso hasta que lleguemos a Manila. Le he pedido a mi hermano que escriba un bando prohibiendo la salida de la nao bajo pena de muerte.

—¡Es una locura! —protestó el portugués.

—¿Qué problema hay en que soldados o marineros desembarquen? —medió el pintor.

—Os lo explicaré, don Diego, como también se lo expliqué ayer al capitán —dijo con paciencia—. El rey firmó unas capitulaciones con mi esposo, cuyos derechos y deberes yo he heredado. A mi llegada a un puerto español debo entregar un informe al gobernador de la ciudad y al almirante de la marina. ¿Qué pasaría si los marineros o los soldados, o incluso los colonos con quienes me liga un contrato, desertasen? Como general y almiranta, debería perseguirlos y castigarlos. No puedo permitir que nadie baje del barco y desaparezca hasta llegar al puerto definitivo. Bajo mi responsabilidad están no solo los bienes materiales que hemos perdido, sino también los cientos de vidas que el mar del Sur nos ha cobrado. Bastante me pesa y duele ya esa responsabilidad como para añadir más leña a la lumbre.

La negociación, si es que en algún momento había sido tal, llegaba a un punto muerto.

—Veo que no hay solución fácil —concluyó Diego Sánchez Coello.

—La única solución sería ponernos en marcha cuanto antes. Si la nave nos trajo aquí, ¿por qué no iba a navegar unas leguas más? Si las cosas se hubiesen hecho como era menester, todos los víveres que hemos comprado hoy, y que mayoritariamente he pagado yo, se habrían guardado en la bodega y se habrían racionado. Pero eso es imposible porque el capitán ha tenido a bien dar pábulo a las peticiones de la tripulación durante todo el viaje.

—Vos sois la almiranta, solo debíais haberlo ordenado.

—Y lo habría hecho si no fuera porque habéis puesto a todos en mi contra, señor Quirós. Ahora están ahí fuera, consumiendo la leña para calentar ollas y hacer asados. Comiendo cerdo y pollo, bebiendo agua a raudales. ¿Qué quedará mañana? No quedará nada. Y queréis que desembarquen todos menos los marineros, ¿qué creéis que pasará con los soldados y los colonos cuando estén en la isla sin dinero, sin comida, sin agua. Recordad de dónde venimos y sabréis adónde vamos.

—Salid ahí fuera e impedid que coman si es vuestro deseo.

Isabel se levantó de súbito y dio una fuerte palmada sobre la mesa, lo que provocó que algunos mapas se cayeran.

—No atendéis a razones, capitán Quirós. Vos creéis que lo sabéis todo, pero no tenéis ni la menor idea de lo que ha supuesto, supone y supondrá la dirección de esta expedición —gritó, señalándolo con un dedo—. Estoy harta de vuestra superioridad moral, de vuestras ínfulas de gran navegante y vuestra condescendencia. Os rescatamos de ser el escriba de una nave de comercio, así que no os creáis Cristóbal Colón y haced caso a lo que se os ordena.

Isabel tenía mucha razón en casi todo lo que decía, aunque aquellas últimas palabras eran verdaderamente injustas. Pedro Quirós había llevado a la San Jerónimo en un pésimo estado por rutas totalmente desconocidas del mar del Sur, sin desviarse demasiado del camino que los conducía al destino que la gobernadora había elegido: Manila.

—Sabed que voy a redactar un escrito como protesta.

—Hacedlo, por supuesto. Estáis en vuestro derecho. Y no olvidéis escribir en él vuestra propuesta.

—No tengáis la menor duda de que así lo haré.

—Estupendo, capitán. Estaré esperándolo. Mientras tanto, cumplid con mis órdenes o seréis acusado de traicionar al general por medio de un motín.

—Calmaos, señora, os lo ruego —le pidió el espía—. Debemos llegar a un acuerdo.

Pero Isabel ya se marchaba a su dormitorio.

Por la tarde, Luis Barreto clavó el bando que prohibía el desembarco de cualquier miembro de la tripulación, marineros, soldados o colonos, so pena de muerte. También por la tarde, el sobrecargo le entregó a la almiranta la petición por escrito del capitán, a la que respondió que, si el cable estaba en tan mal estado y la nao corría peligro de encallar por acción del viento, era responsabilidad suya buscar un lugar seguro o partir hacia Manila, adonde se le había ordenado llegar.

Fue al día siguiente cuando llegó la segunda petición del capitán, también por escrito, insistiendo en los mismos argumentos. Isabel Barreto le pidió al sobrecargo que transcribiera su contestación, ordenando al capitán levar áncoras y poner rumbo a Manila antes de una hora.

No lo cumplió, por supuesto. Aquello era imposible, pero a Isabel le serviría para defenderse documentalmente ante una posible investigación.

Mientras tanto, todos gozaban en la cubierta de un festín en apariencia interminable, abandonando los trabajos de reparación del galeón, sin que las órdenes del capitán y la gobernadora surtieran ningún efecto. El bando que impedía el desembarco no causó drama alguno en un primer momento, pues todos estaban demasiado ocupados comiendo y solo se planteaban desembarcar si era en Manila.

Sin embargo, cuatro días después, cuando ya habían consumido hasta los huesos de los pollos, algunos sintieron la necesidad de ir hasta el puerto y visitar la reducida población para conseguir más comida. Hubo una pequeña revuelta porque los hermanos de Isabel y algunos soldados fieles, armados con espadas y arcabuces, amenazaron a un marinero que pretendía alcanzar el puerto a nado, pero la llegada del barangay de los nativos con algunos alimentos apaciguó el conato de motín.

Aquel fue el último barco que enviaron los indígenas, ya que a los españoles no les quedaba nada con lo que negociar. Mientras tanto, los trabajos de reparación de la nao se atrasaban constantemente entre protestas, disputas y amenazas. Los marineros y los soldados se unieron para pedirle al capitán por escrito que los alimentase, ya que era su oficial más directo. Lo culpaban sobre todo a él de la situación, pues ni habían llegado a Manila ni había hecho nada por ayudarlos. Algunos también pensaban que la gobernadora tenía parte de culpa, pero al menos ella mostraba intención decidida de continuar hasta su destino y había gastado todo lo que tenía en comprar víveres.

Isabel guardó aquel escrito junto con el resto de la documentación relacionada con la expedición en un cofre de tres cerraduras en su habitación, e invitó al capitán a poner remedio a los problemas que solo él estaba causando.

La relación entre Pedro Fernández de Quirós e Isabel Barreto estaba completamente rota. La adelantada recordaba las palabras de su marido en el lecho de muerte, avisándola de que nuevos enemigos llegarían, pero no esperaba que el capitán y piloto mayor de la San Jerónimo se enfrentase a ella de forma tan frontal y vehemente.

A los Barreto les llegaron noticias de que el portugués pretendía que todos desembarcasen en aquella isla para llegar él solo a Manila y atribuirse el mérito y los descubrimientos de la expedición. Su plan, según al menos comentaban, era utilizar la excusa del peso y la necesidad de reparaciones para más tarde aducir que no era posible adecentar la nave para llevar en ella más que al capitán y algunos marineros necesarios, prometiendo regresar cuanto antes de Manila con víveres suficientes y la nao reparada. Isabel desechó aquella idea por absurda y descabellada.

—No son méritos lo que obtendrá de esta aventura, sino muchas explicaciones por dar. ¿Acaso creéis que el asesinato de un coronel del ejército de Castilla quedará impune? —les había explicado la gobernadora a sus hermanos.

Si la relación entre ellos era cada día peor, la situación de los viajeros sufría una desescalada a un ritmo frenético. Solo la ración que la almiranta les daba de tortillas de harina y agua pútrida los mantenía con vida, aunque no por ello estaban contentos.

El 27 de enero tuvo lugar el suceso que hizo estallar la situación por los aires. Antonio Ortega, un soldado raso que se había enrolado en la expedición junto a su mujer y sus seis hijos pequeños, cuatro de los cuales habían muerto entre Santa Cruz y la travesía hasta Samar, decidió saltar de la nao de madrugada para ir a la ciudad a por comida para alimentar a su familia. Regresó al alba, con los bolsillos tan vacíos como los había llevado y una condena a muerte por haber desobedecido al rey.

Fue apresado por sus compañeros en cuanto tomó cubierta, mirando con lastimera culpabilidad a su esposa, que lloraba de forma desgarradora.

Isabel reunió al consejo.

—Ha pasado lo que jamás debería pasar —afirmó la adelantada con pena—. Ese hombre se ha visto empujado por la situación a incumplir una norma explícita que no admitía recurso alguno. Me consta que tanto él como su familia son víctimas del resto de los pasajeros, pues fueron los únicos que abogaron por racionar las provisiones que se adquirieron a nuestra llegada. Cinco cadáveres enterramos en el mar a causa de la gula tras la salida de Ponapé. Y cinco más hemos sepultado en esta bahía. Y ahora... Ese hombre solo quería alimentar a su familia...

Isabel estaba a punto de llorar, pero no podía hacerlo. Debía ser fuerte. Nadie dijo una sola palabra, ni siquiera el capitán Quirós. No tenían argumentos para defender a quien había actuado en contra de un bando firmado por la adelantada en representación del rey, donde ya se avisaba de la pena que recaería sobre quien lo incumpliese.

—Debemos votar —dijo Luis Barreto.

—Esperad un momento —interrumpió el asesor del rey—. Sé que lo que ha hecho ese hombre solo admite una condena, pero... ¿habéis considerado la posibilidad de perdonarle la vida?

—Por supuesto que lo he considerado, don Diego. ¿Creéis que disfruto matando a un hombre que ha sido fiel y leal a mi esposo primero y a mí después, delante de su esposa y sus hijos? No, claro que no. Ahora mismo me maldigo a mí misma por ese bando, y maldigo la responsabilidad que mi esposo me legó. Mas ¿qué puedo hacer? Si le perdono la vida, ¿qué le impedirá al resto saltar al agua e ir al puerto? O, aún peor, ¿llevarse el batel? ¿Asaltar la bodega?

Los cuatro hombres agacharon la mirada; no había nada que oponer. Además, sabían que tenía razón.

—Votemos —insistió Luis.

Fue condenado a muerte por unanimidad.

Juan de la Roca, quien fuera oficial de Lorenzo Barreto, sería el encargado de llevar a cabo la ejecución por ahorcamiento. El reo lloraba, atado junto al palo mayor, mientras el contramaestre se tomaba su tiempo para pasar los cabos por la verga.

—Apresuraos, señor Marín —le dijo con desprecio el sargento de la Roca.

—Calmaos, señor, que bastante estropeados estamos todos como para darnos prisa por matar a alguien más.

—La gobernadora lo ordena, así que obedeced sin rechistar.

—Ojalá la gobernadora ordenara darnos de comer y vos cumplierais vuestro oficio con eficacia. Mandador tengo que mandará lo que convenga —continuó, anudando el cabo y comprobando que aún se deslizase—. Estamos protegidos por sus órdenes: dispara aquí, ahorca acullá... Mucha orden y morir de hambre...

Aquellas palabras provocaron las quejas de todos los presentes, que se habían reunido para presenciar la ejecución entre los estremecedores llantos y desconsolados gritos de su mujer.

El sargento levantó al soldado y le anudó la soga al cuello. El hombre, llorando sin consuelo, no pedía clemencia, solo quería despedirse de su esposa.

Luis Barreto dio orden al atambor de hacer sonar su instrumento, como era de recibo, y el silencio se extendió por toda la cubierta, interrumpido por los sollozos de quien iba a enviudar en unos minutos.

Cuando Juan de la Roca iba a dar la orden a sus hombres de que estirasen la cuerda, el capitán Quirós se arrodilló delante de la gobernadora.

—¡Piedad, mi señora! ¡Piedad! Ese hombre ha sufrido grandes calamidades, cuatro hijos ha entregado a vuestra causa. ¡Piedad, por Dios!

A sus melodramáticos, calculados y sobreactuados gritos se le unieron los del resto de la tripulación, que también se arrodillaron. Isabel, que estaba bastante recuperada del estado que la había empujado a desear morir solo unos días atrás, los contempló desde la toldilla, todos hincando sus rodillas e implorando por la vida de un compañero. Allí había marineros y soldados que habían estado enfrentados durante meses, colonos que habían odiado a unos y buscado protección en otros y, en general, hombres de armas y de mar que detestaban verse obligados a seguir las órdenes de una mujer. Todos ellos a sus pies, de rodillas. Entregados.

—Esto es lo que pasa cuando se quebrantan los mandatos del rey y de sus representantes. Este hombre, Antonio Ortega, ha sido condenado a muerte por unanimidad por mi consejo. ¿Ahora imploráis piedad aquí, delante de muchos, capitán Quirós, cuando antes votasteis a favor de su muerte en el alcázar y en presencia de pocos?

—Mi señora, son muchos los mandatos que se quiebran, incluso los de Dios. Solo os pido que terminemos esta expedición con la paz que no tuvimos durante buena parte del viaje.

—Capitán Quirós, estoy dispuesta a perdonar la vida a Antonio Ortega a petición vuestra. —Todos lo celebraron con vítores—. ¡Silencio! —gritó con firmeza—. Tengo una condición para vos. De ningún modo podemos quedarnos aquí un solo día más, pues eso obligaría a otros buenos hombres como Antonio Ortega a incumplir un bando que es ley y que se pena con la muerte. Sacadnos de esta bahía y llevadnos a Manila.

Los gritos se recrudecieron. Todos querían salir de allí cuanto antes y llegar a Manila con vida. Algunos levantaron al preso recién perdonado y lo llevaron a hombros hasta donde estaban su mujer y los dos hijos que habían sobrevivido. La familia se abrazó para regocijo de todos y aquella jornada, que a punto estuvo de ser una de las más tristes de todo el viaje, acabó de forma feliz.

No uno, pero sí dos días después, el 29 de enero, la San Jerónimo abandonaba la bahía de los Cobos navegando fatigada por su decadente estado. Por la noche los atacó un temporal de grandes olas que a punto estuvo de hacer zozobrar de forma definitiva a la nao, aunque al final solo dio una vuelta en redondo y recuperó el rumbo. Cruzaban el estrecho de San Bernardino, donde a finales de enero eran frecuentes el mar picado y los vientos fuertes.

Con la mañana avistaron una isla en la lejanía que pensaron que podría ser Luzón; otras islas más pequeñas quedaban a estribor, y de ellas salieron varias embarcaciones que transportaban nativos y alimentos. Aquellos indígenas estaban más que acostumbrados a comerciar con las naves que partían de Manila o llegaban allí. Conocían la lengua castellana y eran cristianos, como los que habían visto en Samar.

Por desgracia, también se parecían a los de la bahía de los Cobos en sus habilidades comerciales, y no había forma de convencerles de que les fiasen la mercancía y regresaran a la nao en cuanto estuviese reparada para cobrar las deudas, con los intereses que fueran necesarios. A nadie le quedaba un real, y tuvo que ser Isabel Barreto quien entregara la poca ropa que quedaba en su baúl, el tocado de pedrería falsa que portó durante su primer descubrimiento, el anillo de compromiso que le había regalado su esposo, única joya que había conservado, y las armas del adelantado Álvaro de Mendaña. Así y todo, el botín fue muy escaso.

Atravesaron aquella cordillera de islas navegando hacia el crepúsculo, un horizonte de fuego que marcaba su improbable destino. Cuando ya había anochecido, Diego Sánchez Coello llamó a la puerta de la almiranta y pidió hablar con ella. Isabel despidió a sus hermanos y se sentó en la cama mientras el espía ocupaba la silla del escritorio donde la adelantada solía escribir su diario.

—¿En qué puedo ayudaros, don Diego?

El hombre la miraba con ojos tan profundos y oscuros que era imposible imaginar siquiera lo que pensaba. Se mantuvo en silencio unos segundos, acariciándose la barba a la altura del mentón.

—En realidad, he venido yo a ofreceros mi ayuda.

—Os lo agradezco —contestó con cariño—, lo cierto es que ya habéis hecho mucho por mí durante todo el viaje. Siempre os llevaré en mi corazón, podéis estar seguro. Sin embargo, nos aproximamos a nuestro destino, tenemos comida y algo de agua...

—No creáis que por estar cerca de Manila vuestros problemas se han acabado, mi señora —la interrumpió.

—¿Qué queréis decir?

Don Diego se acomodó; era evidente que buscaba la forma de decirle algo importante.

—No es fácil para mí... Quiero decir, sabéis a lo que me dedico: soy un espía. Eso a veces implica hacer cosas de las que no me siento muy orgulloso.

—Y me vais a contar una de ellas, ¿me equivoco?

Sánchez Coello expelió todo el aire de sus pulmones por la nariz, confirmando que así era.

—Ambos sabemos que primero en Manila, con vos presente, y después en Madrid, conmigo como testigo, habrá una investigación y se someterá a juicio todo lo que ha sucedido durante esta expedición. Las autoridades de las Filipinas y el rey querrán saber qué se ha hecho en su nombre y por qué.

—Soy consciente, don Diego.

—Lo sé. Como también sé que el capitán lo es.

Isabel frunció el ceño.

—No os sigo.

El espía suspiró.

—Vamos a ver, el capitán Quirós tenía sus propias aspiraciones en este viaje, aspiraciones que no se han cumplido. Esa investigación podría dirimir derechos sobre los descubrimientos de vuestra aventura, y esos derechos podrían permitirle al capitán Quirós regresar para terminar lo que solo había empezado.

—Comprendo.

—Pero también podrían poner en peligro mi misión. Os seré sincero: Quirós me cae bien, pero nunca me he fiado de él. Es un santurrón, un hipócrita, lo que no le impide ser también un extraordinario navegante. Daría la vuelta al mundo con él como piloto, pero no me la jugaría en una batalla, para entendernos.

—Soy de la misma opinión.

—Sé que vos, por vuestra relación y la de vuestro padre con Benito Arias Montano y la organización de este viaje, además de infinitas cuestiones legales en las que necesitaréis el apoyo de la corona, no pondríais en riesgo mi identidad ni mi situación. Pero el portugués es un hombre ambicioso y, lo que es peor, un fanático. No cejará en su empeño de demostrar su teoría sobre la *Terra Australis Incognita* y aprovechará cualquier oportunidad, aunque tenga que pasar por encima de todos nosotros.

—Id al grano, por favor. Me estáis poniendo enferma con tanta incertidumbre. ¿Qué sabéis?

—Pues bien —dijo, y se echó hacia delante y cruzó las manos sobre las rodillas—, eso me empujó a investigar un poco, así que entré en su cabina y revisé el diario de bitácora. No encontré nada de verdadero valor, poco más que información náutica, recuento de muertos y las anotaciones del sobrecargo sobre los gastos y las provisiones. Pero en su cabina había algo más.

—¿Algo más? ¿Qué?

—Pedro Fernández de Quirós tiene un diario secreto donde mezcla anotaciones sobre la posición y deriva del galeón con opiniones y consideraciones sobre lo que ha pasado, lo que está pasando y lo que quiere que pase. Planea traicionaros.

—¡Ja! —Soltó una carcajada—. ¿Y qué va a hacer? No es más que un capitán contratado por mi esposo, no existe posibilidad alguna de que pueda arrebatarme mis derechos sobre los descubrimientos.

—Yo no estaría tan seguro. En ese diario tergiversa, manipula, estira y contrae el relato de los hechos de tal modo que vos parecéis una déspota, tirana y sanguinaria, y él un héroe de la navegación, el único en la nao con la devoción necesaria para entregarse a Dios y seguir sus caminos por el mar.

Isabel se quedó boquiabierta. Nunca se había fiado del todo del capitán, pero su relación había sido buena hasta la muerte de su esposo. Era cierto que desde entonces empeoraba cada día, pero no creía que un hombre pío y en apariencia honrado como él quisiera jugar esas cartas.

—Me dijisteis que veníais a ofrecerme ayuda. ¿Qué me proponéis?

—No os negaré que soy parte interesada en lo que os voy a invitar a hacer, pero creedme cuando os digo que creo que será lo mejor para vos. Aunque os pondrá en peligro.

—Hablad ya, por favor.

—Mañana, cuando nos aproximemos a la isla que se ve desde hace horas y tal vez sea Luzón, donde está Manila, enviadme con vuestros hermanos y algún hombre más en el batel con la excusa de ir a por provisiones. Esperad durante todo el día nuestro regreso o, al menos, durante todo el tiempo que os sea posible sin levantar sospechas. Intentaremos llegar a Manila por tierra antes que la San Jerónimo con una carta que escribiréis al gobernador Dasmariñas explicándole los pormenores de la expedición. Esa primera impresión, apoyada por dos oficiales y un asesor de Su Majestad, tendrá un valor decisivo en la resolución de los hechos. Si Quirós tuviera la ocasión de hablar con el gobernador de las Filipinas antes que vos, tendríais que demostrar que no tiene razón, y eso podría ser muy difícil, más aún atendiendo al obvio hecho de que sois mujer. Disculpadme que lo diga, pero sabéis que es así.

Isabel sonrió. Aquel argumento lo había escuchado tantas veces en su vida, y tantas otras lo había superado, que le causaba risa

—Es una buena jugada. De este modo será él quien tenga que demostrar lo que ha escrito en su diario, ¿no es así?

—Exactamente así, mi señora.

—Ese zampalimosnas de Quirós... —murmuró.

—Supongo que nadie es quien dice ser.

—De eso vos sabéis mucho.

—Os dejo descansar, mi señora. Tenéis una carta que redactar y planear cómo os mantendréis a salvo cuando vuestros hermanos no se encuentren en la nave.

—Podría quedarse uno de ellos —propuso Isabel.

—Podría, no os digo que no. Pero no sabemos a qué nos enfrentaremos en la isla, y yo necesito que sea uno de vuestros hermanos quien le entregue la carta al gobernador, tendrá más peso que si es solo un oficial. Vuestro padre tiene amigos en todas las esquinas del mundo.

—Por eso mismo, con uno solo... —Se detuvo al comprender que el espía había barajado esa posibilidad, pero los desconocidos peligros a los que se enfrentarían provocaban que yendo dos hermanos hubiera más probabilidades de que al menos uno de ellos llegase con vida a Manila—. No os preocupéis por mí, sé cuidarme sola.

—De eso no me cabe duda. Que descanséis, mi señora —dijo, antes de marcharse.

Isabel se quedó sentada sobre la cama, repitiendo el nombre del gobernador de las Filipinas, a quien creía haber conocido en El Escorial el mismo día que le había entregado su corazón a Fernando de Castro. *Ay, Fernando... Ojalá pudiera contarte todo esto, ojalá te tuviera a mi lado...*

El 1 de febrero, Isabel Barreto vio la ocasión oportuna de enviar a sus hermanos y a Diego Sánchez Coello a cumplir su misión. No había querido preguntarle al pintor en qué salía él beneficiado de todo eso, pero intuía que no volvería a verlo nunca cuando, en compañía de siete soldados, abandonaba la San Jerónimo hacia unas tierras próximas.

Id con la frente alta, hermanos, y cumplid vuestra promesa de proteger a la familia hasta vuestro último aliento.

Los despidió desde la cubierta y regresó al alcázar. Era la primera vez que estaba verdaderamente sola en la nao, en su galeón. Se sintió observada por todos, sobre todo por el capitán Quirós.

34

De cómo Isabel Barreto se convirtió
en la Reina de Saba de los Mares del Sur

En las proximidades de la isla de Luzón (Filipinas),
1 de febrero de 1596

Isabel se recluyó en su dormitorio, rezando a la Virgen de la Soledad por el éxito de la misión de sus hermanos. Si, como todo apuntaba, aquella gran tierra que veían desde la nave era la isla de Luzón, podrían llegar a la ciudad de Manila por tierra, atajando con respecto al camino naval que debía seguir la San Jerónimo.

Tendrían que enfrentarse a muchos peligros de igual modo, pues aquella zona de la isla era la más salvaje y podrían encontrarse con nativos aún no cristianizados. Tampoco alcanzarían Manila antes que la nao capitana si no lograban hacerse con caballos o un carro.

Las estimaciones que habían hecho a espaldas del portugués confirmaban que por tierra la ciudad de Manila distaba quince leguas, mientras que por mar estaban a veinte; si conseguían caballos, llegarían a tiempo de avisar al gobernador Dasmariñas de la llegada de la expedición del adelantado Álvaro de Mendaña, comandada por su viuda y heredera, Isabel Barreto.

Desde que había escuchado el nombre del gobernador de las Filipinas le costaba mucho apartar de su mente el recuerdo de Fernando de Castro, ausente durante mucho tiempo por los constantes problemas que zarandeaban el galeón en su travesía hacia Manila. Solo cuando pensaba que estaba en el lecho de muerte, abandonadas las esperanzas de llegar a puerto, había pensado en él, intentando reunir la energía necesaria para escribirle una última carta en su diario.

Sin embargo, ahora que iba recuperando las fuerzas y la salud no se atrevía a escribir esa carta. Las dudas sobre cómo se iba a resolver el viaje la asaltaban de forma constante. Sabía, y el asesor del rey se lo había confirmado, que tendría que rendir cuentas en Manila y Madrid, dar muchas explicaciones sobre lo sucedido y las decisiones adoptadas. Debía ser muy específica y muy exacta al narrar lo acontecido, pues cualquier duda, por pequeña que fuera, podría ponerla en una situación delicada. Las manipulaciones del capitán y el hecho de que se había ajusticiado a un coronel del ejército del rey eran dos asuntos muy a tener en cuenta. Quizá con Mendaña vivo nadie se cuestionase la orden de ejecución, pero sabía que ella tendría que justificar cada palmo de tierra que había pisado en Santa Cruz.

Contaba con el apoyo de Sánchez Coello y, probablemente, con el de Benito Arias Montano, pero ella no podía dimensionar la verdadera influencia que tendrían sobre el rey. En realidad, aquel hombre que había abordado la San Jerónimo en Lima con una carta lacrada bien podía ser un impostor.

Pedro Fernández de Quirós, pensó, *maldita la hora en la que lo contratamos.* No cabía duda de que era un gran piloto y un magnífico navegante, pero también un hombre problemático, amante de su ombligo y obcecado en sus erróneas ideas. Si al principio de la expedición le había parecido que todo lo observaba dudando sobre la opinión que le merecían las personas y los hechos, ahora estaba segura de que el capitán no dudaba de nada, estaba convencido de que él siempre acertaba y siempre tenía la razón, por más que la realidad lo golpease de bruces con relativa frecuencia.

¿Cómo no lo vi venir? El pobre Álvaro me avisó, él sabía lo que iba a suceder... La traición del portugués la había tomado por sorpresa. No confiaba en él más de lo que lo habría hecho en un gato callejero, pero no había considerado la posibilidad de que se atreviese a cruzar todas las líneas de la ética y la lealtad, ni aun cuando sus hermanos le informaron de los rumores que corrían a bordo.

Alguien golpeó la puerta de la habitación mientras Isabel Barreto escribía el informe del día en un cuaderno.

—¿Quién llama?

—Soy Marcos Marín, el contramaestre.

—Pasad, señor Marín.

El contramaestre, un aragonés regordete y bajito, de frente despejada y ojos cristalinos, entró en la habitación con el sombrero entre las manos. Sus palabras contra la gobernadora durante el proceso del soldado Antonio Ortega le habían hecho temer su ira, pero ella apenas le había dado importancia a aquello y seguía tratándolo con el mismo respeto de siempre.

—Mi señora, el capitán os reclama.

—Ahora mismo estoy ocupada, ¿sabéis qué es lo que quiere?

—Vuestros hermanos no han regresado y ya está anocheciendo. Está preocupado.

Isabel dejó la pluma sobre la mesa, haciendo correr la tinta y emborronando el papel en el que había estado escribiendo. Después se levantó y salió en compañía del contramaestre a la cubierta. En la toldilla de popa la esperaba Pedro Quirós.

—¿Qué sucede, capitán?

—El batel se ha perdido en la costa hace horas y no ha regresado.

—¿Y qué podría hacer yo?

—¿Acaso no os preocupa que vuestros hermanos se hayan perdido o les haya pasado algo?

—Me preocupan ellos tanto como los otros soldados que he enviado.

—Quizá podríais resolverme una duda, mi señora. ¿Por qué no permitisteis que fueran marineros en el batel?

—A estas alturas del viaje, los soldados tienen casi tanta experiencia con el batel como cualquier marinero, y no sabemos qué peligros hay en esta zona de la isla... Ni siquiera estamos convencidos de saber de qué isla se trata.

—¿Sabéis lo que creo yo? —preguntó con ironía.

—Lo cierto es que no, y tampoco me importa. Pero apuesto un real a que me lo vais a decir.

—Que habéis enviado a vuestros hermanos a Manila por tierra, dejándonos sin batel cuando puede sernos tan necesario.

Isabel sonrió de medio lado.

—Si así lo creéis, apresuraos a llegar antes que ellos al puerto de Cavite —lo retó antes de darse la vuelta y regresar a su dormitorio.

El capitán, convencido de que había acertado con su predicción al ver tan poco afectada a la gobernadora por la pérdida de sus hermanos, largó velas y prosiguió su camino.

Cuando el sol los saludó por la mañana, se descubrieron ensenados entre decenas de islas e islotes. El capitán maldijo su suerte y tomó él mismo el timón, tratando de esquivar cada peligro que aparecía por la proa. Muchas pequeñas embarcaciones de indígenas cruzaban por delante y por detrás de la San Jerónimo, y, aunque los marineros los llamaban y les hacían señas para que se acercasen, todos rehuían, tal vez creyendo que era una nave inglesa.

Por la tarde, Pedro Quirós descubrió una embocadura que conducía a un canal que le permitiría escapar de aquella trampa en la que sus prisas nocturnas por llegar a Manila los habían metido. Dejó el timón a un marinero, cansado de estar durante todo el día de pie en el puente de mando. Al bajar la escala y llegar a la cubierta, el sobrecargo, Gaspar Iturbe, le dijo que la tripulación estaba furiosa por volver a pasar hambre.

—Dejadlo de mi parte. Hablaré con la gobernadora.

Lejos de hacerlo, fue a su cabina y escribió una larga petición oficial explicando que la almiranta no entregaba la ración convenida a los pasajeros y que exigían acceso a su pañol privado.

Cuando el contramaestre le entregó la petición a la adelantada fue de inmediato a ver al capitán, que estaba en la sala de cartografía revisando algunos mapas de Luzón.

—¿Qué es esto? —preguntó, agitando la petición en su mano.

El capitán estaba de espaldas a ella, haciendo cálculos con un compás y una regla.

—Deduzco por el tono de vuestra voz que es la petición oficial que os he hecho llegar hace tan solo unos minutos —contestó sin dejar de hacer lo que lo ocupaba.

—¿Por qué no se le está dando la ración a la tripulación? —exigió saber.

—Hay dos razones para eso, y ninguna os va a gustar.

Isabel se acercó hasta la mesa donde trabajaba el portugués y lanzó las cartas de navegación al suelo de un manotazo.

—Miradme a la cara cuando os dirijáis a mí, si es que tenéis valor. Decidme de inmediato por qué no se está alimentando a las personas a mi cargo.

—Es sencillo: no hay nadie en la bodega. Y tampoco hay nada.

—¿Que no hay nada? Yo misma hice los cálculos, había harina y agua para diez días más.

—Pues vuestros cálculos fueron erróneos.

—No lo fueron, capitán Quirós. Todo está anotado, cada pesaje, cada muerte, cada ración, supervisado por el señor Iturbe. No sois el único que escribe un diario de a bordo, capitán Quirós.

Aquello sorprendió al portugués, quien en un primer momento se quedó sin habla.

—El hecho es que la bodega está vacía, vos misma podéis comprobarlo.

Comenzó a recoger los mapas.

—Este es un hecho muy grave. No dudéis de que lo investigaré hasta el final.

—Hacedlo, gobernadora. Pero no os olvidéis de abrir el pañol para que todos puedan comer. Se mueren de hambre.

Isabel tiró la llave sobre la mesa con desprecio.

—Que os aproveche.

Se dio la vuelta y se marchó.

El capitán esbozó una sonrisa al recoger la llave, llamó al sobrecargo y juntos fueron al pañol de los Barreto. Algunos marineros los acompañaron, esperando encontrar tocino, cecina, carne en salazón, aceite y vino en abundancia.

Cuando abrieron la puerta y descubrieron que no había absolutamente nada, que las reservas de la adelantada estaban vacías, sus ánimos se vinieron abajo.

—Maldito seáis, Pedro Fernández de Quirós —le espetó el sobrecargo cuando se quedaron a solas, los dos con la boca abierta ante aquel espacio completamente vacío.

Ya caía el sol sobre la ensenada a la que los había conducido el canal cuando dos caracoas, bogadas por cuarenta indígenas cada una, aparecieron por estribor. Isabel Barreto estaba en cubierta, con las manos apoyadas en la regala de aquella banda, achinando los ojos para poder ver mejor. El capitán salió de la bodega y ordenó a los grumetes que hicieran señas a los nativos para que se detuviesen.

—Espero que hayáis disfrutado del festín —le dijo al portugués.

Pedro Quirós tenía el rostro tan pálido que la culpabilidad se dibujaba en su frente. Isabel estaba convencida de que él mismo había vaciado la bodega para obligarla a abrir su pañol; no sabía cómo podría demostrarlo, pero no le cabía duda alguna. Y lo que sucedió a continuación confirmó sus sospechas.

La segunda caracoa sí se detuvo. Los marineros echaron un cabo que habían rescatado de la podredumbre y ayudaron a tres indios a subir a cubierta.

—¿Habláis nuestro idioma? —le preguntó la adelantada a quien parecía dirigir la embarcación.

—Sí, mi señora.

—¿Podríais decirnos de dónde venís y adónde vais?

—Venimos de Manila, unas veinte leguas al noroeste de aquí. Nos dirigimos a Cebú. —El hombre señaló la dirección de donde provenía la San Jerónimo.

—¿Podríais explicarle a mi piloto cómo llegar a Manila?

El capitán se enfureció, pues aquella pregunta lo ponía en una situación muy complicada y atacaba a su prestigio como navegante.

—Es fácil perderse camino de Manila, hay cientos de islas que podrían desviaros. También es fácil encallar si seguís navegando de noche. Encontraréis unos bajos muy peligrosos a unas siete leguas.

—¿Podríais prestarnos un guía? —preguntó Quirós—. Es urgente que lleguemos a Cavite.

El hombre habló en su propio idioma con los otros dos que lo acompañaban. Uno de ellos asintió con la cabeza.

—Tres pesos —levantó una mano mostrando tres dedos.

El capitán miró a la gobernadora, que asintió como había hecho el indígena.

—¿Qué transportáis en vuestra embarcación?

—Mi señora, llevamos arroz.

—¿Y nos venderíais parte de vuestra mercancía? Si tuvieseis agua también os la compraríamos.

La gobernadora compró algunas cestas de arroz con dos patacones que le había dado Diego Sánchez Coello antes de marcharse y que había pensado gastar en misas por el alma del adelantado a su llegada a Manila. Lo que más le sorprendió fue que el capitán sacó otros dos patacones y compró más arroz, algo que le parecía inaudito visto su comportamiento en otras ocasiones similares.

Después, ya no le cupo duda: él se había deshecho de la harina.

Por suerte, las tinajas de agua estancada y llenas de cucarachas seguían en su sitio, ya que los nativos no llevaban más agua que la que necesitarían para llegar a Cebú.

El arroz se repartió entre toda la tripulación, aunque apenas llegó para aquella noche y la mañana siguiente, cuando por fin se alcanzó la embocadura que daba acceso a la bahía de Manila.

Justo a la entrada de la bahía había otra isla, llamada Marivelez, donde tenía su posta la aduana española. Desde allí solían enviar los centinelas una embarcación para reconocer quién llegaba al puerto y anunciárselo al gobernador, pero como no eran fechas en la que llegasen grandes barcos de otros sitios, no parecía haber nadie.

Los viajeros, cansados, hambrientos, sedientos y enfermos, miraban hacia la proa en silencio, viendo ya tan cerca el final de sus penurias... Y a la vez tan lejos, pues el viento era muy fuerte y las olas se elevaban varios metros, lo que les impedía maniobrar, en el estado en el que se encontraba el galeón, para embocar la bahía de forma segura.

Llegada la noche, todos recuperaron sus sitios en cubierta para dormir. Silenciosos, taciturnos. Desesperados.

El tiempo no mejoró al día siguiente. Las olas agitaban la nao hasta el punto de que parecía que fuera a volcar en cualquier momento. Los lamentos de marineros, soldados y colonos eran una letanía insoportable e interminable. Muchos pensaron que Dios los había castigado y no les permitía entrar en Manila; los marineros le pedían al capitán que varase la nao, puesto que estaban demasiado débiles para seguir trabajando.

El tercer día amaneció con la mar aún más picada y un viento del oeste que empujaba constantemente a la San Jerónimo contra la costa rocosa.

—¡Vamos a morir! —gritó una mujer, abrazada su hijo.

—¡Dios nos castiga!

—¡Estamos a las puertas del infierno!

Isabel lo escuchaba todo desde su dormitorio, por lo que decidió salir a ver qué estaba pasando. Primero bajó a la bodega a visitar a los enfermos, que se habían refugiado allí de las constantes salpicaduras de las olas. Después subió a la cubierta, donde el desánimo se había instalado, tendiendo paso franco a la muerte venidera.

—¡Escuchadme bien! —interrumpió los gritos lastimeros de quienes se habían rendido—. ¡Escuchadme, mis muchachos y mis muchachas! —Poco a poco fue obteniendo la atención que reclamaba. Se subió a un cajón que había junto al palo mayor, instalado allí para que no se venciese más de lo que ya estaba—. No hemos venido aquí para morir, no hemos recorrido cinco mil millas luchando contra el hambre, la enfermedad y la inquina, para rendirnos a las puertas de nuestra salvación. Allí está Manila. —Señaló la bahía con ímpetu—. Os dije que os traería a un puerto cristiano y lo he hecho. Agradezcamos a nuestro capitán su incansable trabajo, agradezcamos al Señor su infinita bondad, pero no permitamos que nuestras esperanzas se desvanezcan en este oleaje. Hemos navegado durante meses con la muerte como compañera, ¿nos dejaremos vencer por un pequeño temporal? ¿Por una mar picada? Yo os digo que no. No os he llevado por todo el mar del Sur para que muráis aquí, ¡no! ¡No permitiré que eso pase! ¡Nadie más morirá sin mi permiso! —gritaba hasta desgañitarse.

—¡Mirad! —dijo un grumete, sorprendido—. ¡Es un barangay!

Todos se agolparon a babor, pero el continuo movimiento que provocaba el oleaje les impedía ver nada. Sin embargo, Isabel Barreto estaba subida al cajón de madera, en una posición más alta.

—¡Es nuestra salvación! —bramó al ver con sus propios ojos el barangay.

Todos comenzaron a gritar, se abrazaron, se besaron. Eran poco más que náufragos, con sus ropas raídas y descoloridas, barbas y cabellos estropajosos y extremadamente largos, dientes podridos, ojos vacíos y cuerpos decrépitos. A Isabel le pareció que aquellos abrazos y aspavientos de felicidad formaban parte de la danza de la muerte, y se preguntó si no sería todo una ilusión provocada por su propio óbito.

—¡Viva la gobernadora!

—¡Viva!

—¡Viva la adelantada de las islas Salomón!

—¡Viva!

—¡Viva Isabel Barreto!

—¡Viva!

Corearon todos de forma improvisada antes de llevarla en volandas hasta el castillo de popa, desde donde el capitán Quirós lo observaba todo en silencio.

En el barangay viajaban cuatro españoles, entre ellos Alonso de Albarrán, el centinela de Marivelez.

—Mi señora —saludó a la gobernadora—, antes de nada, permitidme que os dé el pésame por la muerte del adelantado Álvaro de Mendaña en mi nombre y en el del gobernador en funciones, Luis Pérez Dasmariñas.

—Os lo agradezco —contestó, extrañada de que estuviera enterado de la muerte de su marido.

—Ha sido una gran pérdida, la noticia nos entristeció cuando nos la contaron vuestros hermanos.

Aquello le cambió la cara a Isabel.

—¿Están a salvo?

—Sí, por supuesto, mi señora. Llegaron muy desnutridos, junto a siete soldados. El gobernador ordenó que recibieran los mejores cuidados y se están recuperando en el hospital de Manila.

Isabel empezó a llorar, consciente de que toda aquella odisea llegaba a su fin del mejor modo que las circunstancias permitían.

—Decidle al gobernador que agradezco su cortesía.

—Lo haré en cuanto lo vea. Tomad —le entregó una carta doblada y lacrada—, os la envía el señor Dasmariñas. Mientras la leéis, ¿podría echar un vistazo a la bodega?

—Por supuesto, don Alonso. Sin embargo, mis hombres están hambrientos y sedientos, a buen seguro que mis hermanos les informaron de nuestra precaria situación.

—Disculpad mi torpeza. —Gritó algo a los filipinos que permanecían en el barangay, que comenzaron a subir tinajas de agua, pan, tocino y algunas frutas.

Los tripulantes de la San Jerónimo, tan desastrados que ya no podía distinguirse a simple vista entre colonos, marineros y soldados, se abrazaban a los españoles y a los indígenas, agradeciendo que les llevasen comida y agua.

Aquella noche, el temporal se alejó sin previo aviso, tal y como había llegado y, siguiendo al barangay, que llevaba fanales en proa y popa, alcanzaron la isla de Marivelez.

Pero la larga travesía de la expedición de Álvaro de Mendaña e Isabel Barreto no tendría fácil ni siquiera su desembarco. Durante los siguientes días navegaron por la bahía con el trinquete ya tronchado, lo que hacía muy difícil mantener el rumbo con el oleaje que se había vuelto a levantar.

Cada día recibían una visita distinta, mientras en el puerto buscaban acomodo al galeón. Los primeros en llegar fueron los Barreto, en compañía del alcalde mayor del puerto y un buen cargamento de pan, verduras, carne y fruta. Todos se abrazaron a Luis y a Diego, que buscaban a su hermana con insistencia. La hallaron en su dormitorio, rezando ante la imagen de la Virgen de la Soledad, de rodillas.

—¡Hermana! —la saludó Luis.

—¡Chis!

Continuó rezando al menos dos minutos más. Cuando terminó, se levantó y los abrazó. Los tres Barreto que habían sobrevivido a aquel viaje lloraban de alegría por reencontrarse, dejando atrás las muchas y muy dolorosas pérdidas que habían sufrido.

—Hermana, te echábamos de menos —le dijo Diego entre sollozos.

—Vamos, Diego, ya eres todo un hombre, que no te vea yo llorar —bromeó Isabel—. Yo también os he echado de menos, pero no he tenido problemas, aquí todo el mundo está demasiado débil.

—¿Ni siquiera con el capitán? —preguntó Luis.

—¿Os podéis creer que se deshizo de la harina para que tuviera que abrir mi pañol?

—A buen seguro que esperaba encontrar una pareja de cerdos bien cebada, una ternera y varias tinajas de vino —comentó Diego en tono jocoso.

—Algún día tendrás que contarnos por qué no terminaste con los rumores de que tenías reservas de comida en tu pañol, hermana. Con lo fácil que hubiera sido decirles que ya no quedaba nada...

—Luis, si hemos conseguido llegar aquí con vida ha sido porque ellos pensaban que aún quedaban provisiones y que, llegado el momento, se las daría o ellos mismos las tomarían. La esperanza es yesca joven y seca cuando las brasas están a punto de extinguirse. Pero no hablemos más de eso, ¿le entregasteis la carta al gobernador?

—Sí, Isabel —contestó Diego—. Seguimos tus instrucciones y las de Sánchez Coello. El gobernador Dasmariñas está deseando encontrarse contigo, creo que comprará nuestra verdad sin ningún género de duda.

—Nuestra verdad es la verdad, Diego. Nunca lo olvides. —Le acarició la mejilla con cariño—. ¿Y qué fue de Sánchez Coello?

Los dos hermanos se miraron, algo divertidos.

—Ese hombre es como una sombra, se movía con el sigilo de

los jaguares. Cuando nos llevaron al hospital, simplemente desapareció.

Isabel sonrió, complacida. *Os deseo suerte, amigo.*

Los días pasaron, pero ya nadie padeció hambre, ya que los barangayes iban y venían durante el día acarreando provisiones y llevándose a los enfermos que derivaban al hospital de forma inmediata.

Al fin, el 11 de febrero de 1596, casi tres meses después de abandonar la bahía Graciosa en la isla de Santa Cruz, el galeón San Jerónimo fondeó frente al puerto de Cavite. Las naves de la armada lanzaron salvas de bienvenida, y los artilleros de don Álvaro de Mendaña contestaron como bien pudieron, enclavando el estandarte real en la toldilla y saludando desde la cubierta a la muchedumbre que se amontonaba en la playa y el puerto.

—¡Viva la Reina de Saba de las islas Salomón! —le gritaban a coro a Isabel.

—¡Viva la Reina de Saba! ¡Viva la Reina de los Mares del Sur!

El gobernador envió sucesivamente, en los siguientes días, al comendador, al maestro de campo y a varios funcionarios reales que portaban provisiones y trataban de ayudar a los enfermos que aún quedaban en la nao.

También se acercaron algunos hombres de mar que pidieron permiso a la adelantada para subir a bordo. Concedido este permiso, se admiraban de que con la nao en aquel estado tan nefasto hubieran conseguido atravesar el mar del Sur por rutas desconocidas, sin apenas agua ni alimentos.

La hazaña que habían realizado, casi sin parangón en la historia de la humanidad, fue extendiéndose por toda Manila de tal modo que cuando el gobernador en funciones Luis Pérez Dasmariñas anunció que iría a Cavite a recibir a la Reina de Saba de los Mares del Sur, como ya todos conocían a Isabel Barreto, se desplazó al puerto la mayoría de la población.

Un esquife la recogió en la San Jerónimo y la transportó hasta la orilla, donde varios marineros la ayudaron a desembarcar. La armada volvió a lanzar salvas, y los hermanos de la gobernadora ordenaron responder desde la capitana.

Un tumulto como nunca antes se había visto por aquellas tierras se amontonaba para saludar a la almiranta, primera mujer en alcanzar ese puesto en la historia de las Españas. Lanzaban vítores, le gritaban piropos e intentaban abrazarla, mientras que los soldados del puerto hacían todo lo posible por retener a la muchedumbre.

—Mi queridísima doña Isabel Barreto, no os hacéis una ligera idea de lo mucho que me alegra vuestra presencia en Manila —la saludó Luis Pérez Dasmariñas.

Ella sabía que era familia de Teresa de Castro, pero no estaba segura de que él estuviera al tanto de que había sido su doncella, ni de que se hubiesen conocido en El Escorial, y no esperaba un recibimiento tan cercano y cariñoso. El gobernador era un hombre apuesto, de unos treinta años, que llegó acompañado por su esposa.

—Gobernador, es un placer conoceros. Debo agradeceros el trato que nos dispensáis, así como que recibierais a mis hermanos y os ocuparais de su bienestar.

Ambos tenían que gritar para hacerse oír.

—Lo de gobernador es por poco tiempo, podéis llamarme simplemente Luis. Venid conmigo —le dijo acercándose a su oído—, hay alguien que quiere veros.

Escoltados por algunos soldados se fueron alejando del puerto hacia el camino que conducía a Manila. El gobernador, su esposa e Isabel subieron a un carro tirado por caballos. A la adelantada aún se le hacía extraño pisar tierra firme y se sentía un poco mareada.

—Vos sois sobrino de doña Teresa de Castro, la marquesa de Cañete. Yo fui doncella suya en Madrid hace ya algunos años, ¿lo sabíais?

Luis Dasmariñas y su esposa se miraban divertidos.

—¿Cómo olvidarlo? Aún recuerdo lo hermosa que estabais aquel día en que se inauguraba El Escorial.

—¿Me reconocéis? —Se miró a sí misma, aún en un estado lamentable—. Era muy joven y han pasado muchos años.

—Por supuesto, doña Isabel. Erais la doncella favorita de mi tía, y nos había hablado de vos a toda la familia.

—Vaya, no lo sabía —admitió Isabel, para extraño regocijo de los otros dos—. ¿Y cómo se encuentra don Diego Sánchez Coello?

—¿Quién?

—Diego Sánchez Coello, el asesor del rey a quien envié junto a mis hermanos por tierra para que os entregara la carta. Suponía que era él quien quería verme.

—Ah, ese hombre. —Se acarició los cabellos, echándolos hacia atrás—. La verdad es que no lo sé. Desapareció y no hemos vuelto a saber de él. Mejor así; los asesores del rey suelen traer mal fario, y ese hombre parecía dispuesto a abrazarse a la locura en cualquier instante.

No sabéis lo acertado que estáis, gobernador.

El carro se detuvo al llegar al palacio de Luis Pérez Dasmariñas en Manila. Isabel estaba sentada frente al matrimonio.

—Y si no se trata de Diego Sánchez Coello, ¿quién quería verme?

—Hola, Isabel.

La voz la había sorprendido a su espalda. Se giró, apoyando el brazo en el borde del carro, y descubrió a Fernando de Castro, quien la miraba con los ojos anegados de lágrimas.

Ella también comenzó a llorar. Saltó del carro con habilidad inesperada en su estado y se abrazó a su amado, a quien había entregado su corazón. Había llegado a convencerse de que jamás lo volvería a ver y ahora estaba frente a él, después de haber pasado interminables sufrimientos.

—¿Qué haces aquí? —Le tocaba la cara, acariciando sus mejillas, sus labios, sus ojos... No podía creer que fuese real.

—Teresa, Luis y yo formamos un extraño triángulo familiar. Ya sabes cómo son las familias españolas —bromeó.

—¡Oh, Dios mío! Tú... —Todas las piezas le encajaron pronto en su cabeza—. Tú fuiste designado capitán de la Nao de Manila, por eso viniste con doña Teresa a Lima.

—Así es, Isabel.

—Bueno, nosotros os dejamos un poco de intimidad. ¡Cochero!

Los caballos comenzaron a andar y el carro se alejó, dejando a solas a la pareja de enamorados.

Isabel lo volvió a abrazar, lo besó, lo apretó contra su cuerpo.

—Tengo... Tengo tantas cosas que contarte —le susurró con los ojos vidriosos. Sus iris verdosos tenían un brillo que jamás antes habían poseído, y alrededor de sus pupilas, los amarillentos pétalos que se recortaban se habían levantado como el sol al amanecer.

—Tienes toda la vida para contármelas, Isabel. Porque no pienso dejarte escapar una vez más.

Isabel lo besó en los labios y ambos se fundieron durante largo tiempo, siendo una sola alma.

La Reina de los Mares del Sur llegaba así a su destino, al único que realmente había tenido durante toda su vida. Miró al cielo, pensando que Álvaro de Mendaña probablemente los estaría observando.

Gracias, le dijo. *Gracias por haberme querido tanto y tan bien.*

35

De cómo Isabel Barreto volvió a sentir la brisa del mar sobre su rostro

Castrovirreyna, 19 de noviembre de 1612

Diario de Isabel Barreto

Hace diecisiete años que no escribo en mi diario. Hoy, mientras mi sirvienta Suyai recogía los documentos que siempre he guardado sobre mi viaje a las islas Salomón, ha aparecido este cuaderno. Lo he leído, página tras página, palabra tras palabras. Letra a letra. ¡Ay, la juventud! ¡Cuántos sentimientos albergan estas páginas! ¡Qué historia tan apasionante y llena de aventuras!

No puedo decir que no recordase todo lo que he leído; más bien al contrario, he pasado cada día de mi vida rememorando la expedición del adelantado Álvaro de Mendaña. Sin embargo, sí anoté en mi diario algunas cosas que mi memoria había desechado. Y se lo agradezco; hay personas, acciones, conversaciones, que es mejor no recordar jamás.

Cuando Suyai me ha entregado el diario en mi cama (estoy muy enferma, apenas puedo moverme), me he preguntado por qué no seguí escribiéndolo, y me ha costado encontrar una respuesta. Pero, ahora que vuelvo a impregnar sus hojas de tinta, creo que ya la he hallado: en este diario siempre escribí sobre mis sueños, sobre mi destino. Durante el viaje con mi esposo por los mares del Sur, lo terminé convirtiendo en una vía de escape.

Hoy, con la sabiduría que dan la edad y la experiencia, y, ¿por qué no decirlo?, también el fracaso, comprendo que aquella expedición sacó lo mejor de mí, aunque también lo peor. Fue como escalar una montaña distinta cada día, sin conocer el sendero, sin poder predecir los imprevistos. Mis emociones estaban a flor de piel, y quizá aquello fue lo que me permitió sobrevivir. Y este diario que hoy, en mis postreras horas, retomo, fue un gran apoyo, sobre todo cuando comencé a escribir directamente a Fernando de Castro, el segundo gran amor de mi vida. Porque el primero fue aquella expedición, sin duda alguna.

Y dentro de la expedición, de mi primer amor, incluyo a mi primer marido, don Álvaro de Mendaña y Neyra, un señor, un caballero, un hombre de los pies a la cabeza. Me he sentido culpable leyendo el diario, rememorando que aun con mi esposo enfermo yo continuaba vertiendo mi alma en un amor que, en aquellos días, parecía imposible. No fue un engaño, ni una infidelidad, pero a veces lo he sentido como tal.

No obstante, amé a Álvaro. Lo hice de una forma totalmente distinta a como he comprendido siempre el amor; lo hice sin deseo, pero no sin pasión; lo amé sin atracción, pero sí con devoción. Lo amé por lo que era, por lo que significaba. Por tantas y tantas cosas que sería imposible enumerarlas aquí.

Cada día que ha pasado desde que murió dedico un buen rato a recordarlo, a agradecerle todo lo que hizo por mí, lo extraordinariamente bien que se comportó siempre conmigo. Siempre que rezo, lo hago también por su alma.

Pero no me he decidido a escribir de nuevo en este diario por un impulso. Siento que me muero. Es posible que no me recuperase nunca del todo de las horribles semanas que pasé a bordo de la San Jerónimo. El hambre, la sed, la enfermedad... Todo aquello que sufrimos, que nos enfrentó, que nos puso en una situación tan complicada, terminó por hermanarnos a todos... Bueno, quizá a todos menos al capitán Pedro Fernández de Quirós.

Yo sabía, antes de embarcarme en Lima, el tipo de gente que subía al galeón. Estaba al tanto de que el rey Felipe, que en gloria esté, le había pedido al virrey que se deshiciese de toda la gentuza de la ciudad subiéndola a nuestros barcos. Disfrazados de marineros, soldados y colonos, embarcaron violadores, ladrones y asesinos. No sé qué hubiera pasado de contar con un pasaje lleno de hombres y mujeres de bien, quizá todo habría sido igual o incluso peor.

Lo cierto es que el ser más despreciable de todos era Pedro Merino de Manrique, amigo del duque de Alba, veterano condecorado de Flandes e

Italia. Así que, quizá, después de todo, aquella chusma, aquellos vagabundos de los puertos y las tabernas, no fueron tan nocivos.

En Manila pude reunirme con los supervivientes. Muchos de ellos me habían odiado durante todo el viaje. Cuando partimos de El Callao pensaban que manipulaba a mi esposo con oscuros y arteros tejemanejes, que lo sometía a mis caprichos de mujer de alta alcurnia y que no era capaz de mover un dedo por nadie. Nuestra estancia en Santa Cruz me enfrentó tanto a ellos que quisieron matarme y, muerto Álvaro, me tuvieron por déspota y tirana.

Puedo decir ahora, cuando ya veo la sombra de la guadaña asomar por el umbral de la puerta de mi dormitorio, que lo fui. Lo fui, sí, pero jamás me he arrepentido ni me he confesado por ello. Lo fui, no más que cualquier otro general, cualquier otro almirante o cualquier otro gobernador. Lo fui para salvarlos a todos, y para salvarme a mí misma.

Aquel odio desapareció cuando comprendieron que yo había tenido razón. Quizá no durante todo el tiempo ni en todas mis decisiones, pero sí en lo fundamental. Todos y cada uno de los que llegaron a Cavite a bordo de la San Jerónimo me dieron las gracias por haber salvado sus vidas. Especialmente el soldado Antonio Ortega, a quien llegué a condenar a muerte.

Jamás lo he hablado con nadie, ni siquiera con mi amado Fernando durante nuestros largos años de feliz matrimonio: yo no quería matar a Antonio Ortega, deseaba que alguien implorase clemencia para perdonarle la vida, era parte de mi estrategia. Pero calculé mal, obviamente. Nadie tenía ya fuerzas para reclamar nada, ni siquiera su esposa, que lloraba con amargura, pero no decía palabra alguna. Ni el contramaestre Marcos Marín, que tan horribles palabras me dedicó aquel día.

Marcos Marín se convirtió en un buen amigo de la familia y navegó con Fernando durante algunos años, hasta que el Señor se lo llevó. Él me confirmó lo que sospechaba: Pedro Quirós tiró al lastre nuestras reservas de harina, convencido de que mi pañol estaba lleno de provisiones, que consumía a escondidas con mis hermanos. No tiró también el agua porque no pudo arrastrar las tinajas sin hacer demasiado ruido. Aquello nos habría condenado a muerte.

El contramaestre, mi esposo y muchas personas más que han escuchado la historia de mi viaje me han preguntado a menudo por qué no les dije que ya no me quedaba nada en el pañol. Aquella fue una decisión arriesgada y difícil, pero puedo afirmar con el paso del tiempo que fue acertada.

El racionamiento era totalmente necesario. Yo sabía los víveres que teníamos, calculaba las personas que iban quedando en la nao y lo que habrían de consumir. Mi mayor miedo era que nos perdiésemos en el océano, que el viento se ausentara, como pasó en el ecuador, que una tempestad nos desviara... A fin de cuentas, que el viaje se alargara más de lo previsto. Todos, o al menos la mayoría, podíamos sobrevivir con escasez, pero ninguno lo habríamos hecho con carencia.

La enfermedad que arrastramos desde Santa Cruz fue tan fuerte y destructora que me obligó a aumentar las raciones, pero con las provisiones que quedaban en la bodega no llegaríamos muy lejos. Así que fui vaciando mis reservas en las de todos.

¿Por qué se lo oculté a los demás? Seré totalmente sincera: por miedo. Si hubiesen sabido que cada día sacaba algunos litros de aceite y kilos de harina de mi pañol, habrían exigido que lo compartiese todo. ¿Cuánto habría durado? No lo suficiente como para llegar a Manila. Cada vez que tuvieron la ocasión de devorar, así lo hicieron. Aunque muriesen, no tenían límite en cuanto a comer se refería.

Por otra parte, saber que llegado el momento podrían lanzarme por la borda y comerse lo que les escondía les daba cierta esperanza, algo tan necesario en una situación desesperada.

Eso, precisamente, es algo que también muchos me preguntan. ¿Por qué no se deshicieron de mí y de mis hermanos si tan autoritaria y caprichosa era, si utilizaba el agua para lavar mis vestidos y escondía cerdos y terneros en mi habitación? ¿Cómo fue posible que una tripulación de bandidos y deshechos de Lima soportase la tiranía de una mujer a bordo?

Lo cierto es que no tengo una respuesta clara para esas preguntas. Mis hermanos y yo misma temimos que algo así pudiera suceder. Cada día que salíamos del alcázar y soldados y marineros nos miraban con aquellos rostros sucios y enfermos, creíamos que sería el último de nuestras vidas.

Reconozco con dolor, con sumo dolor, que cuando murió Mariana sentí un poco de alivio. Porque si temía por mi vida o las de Diego y Luis, temía mucho más por todo lo que le pudieran hacer a mi hermana pequeña.

Quizá sea el recuerdo que mayor tristeza me produce de ese viaje. A Mariana se le negaron tantas cosas durante su vida... Ella había nacido en una familia privilegiada, pero lo hizo tarde. No quisiera compararla con muchas otras personas que luchan cada día por no morir de hambre, que me consta que las hay en Lima, en Castilla y aquí, en Castrovirreyna, pero en su vida acomodada nunca pudo gozar de felicidad alguna. Por eso creía que el viaje era su única salida a la desesperación y la angustia. ¿Cómo no comprenderla, si yo me había preparado durante años para ese viaje por la misma razón?

La casé con aquel vanílocuo de Lope de Vega. ¡A Dios gracias jamás les permití pasar una noche juntos ni consumar su matrimonio! Maldita la hora en que los casé. Mis razones tenía, pero...

Algunos piensan que la Santa Isabel se desvió y alcanzó la isla de San Cristóbal. De ser así, allí probablemente los indígenas matarían a los hombres y permitirían a las mujeres quedarse en los distintos poblados de la isla. Ojalá hayan tenido ese destino que, no por terrible, deja de ser mejor que cualquier otro que los esperase.

Yo creo que la maldición que nos lanzó el sacerdote a quien le robamos el galeón en Cherrepe tuvo su efecto. Esa nao no debía llegar jamás a un puerto seguro.

De lo que sí estoy totalmente segura es de que no fue el volcán, ni el humo ni el oleaje los que desviaron a la Santa Isabel. Fue su capitán.

Diego de Vera, que había sustituido a Alonso de Leyva, y Felipe Corzo actuaron de forma similar, aunque en su caso es algo más comprensible. Erraron, sin embargo, al no hacer caso al capitán Quirós y dejar las naos en Santa Cruz. Quizá habríamos llegado casi todos con vida a Manila. Nunca lo sabremos.

Años después tuve noticias de que la fragata había sido encontrada encallada en un arrecife cercano a las islas de los Ladrones, con toda la arboladura erguida y las velas expandidas... Y con toda la tripulación muerta sobre cubierta, sus cuerpos putrefactos y casi momificados. Del cadáver de mi primer esposo no había rastro. Es posible que lo tiraran por la borda en cuanto nos perdieron de vista.

La galeota de Felipe Corzo, que también había dejado de seguirnos, llegó hasta la isla de Mindanao, en las Filipinas. Se cuenta que su desesperación fue tal que mataron a un perro y se lo comieron. Los nativos de la isla los encontraron en precarias circunstancias y hubo un enfrentamiento en el que murió el capitán. Los indígenas entregaron a los supervivientes a unos jesuitas que se habían establecido en el norte de la isla, y los sacerdotes comunicaron con el gobernador de las Filipinas que ocupó el puesto que Dasmariñas le guardaba, Francisco Tello de Guzmán. Fueron enviados a las Filipinas y juzgados, aunque la mayoría había perdido el juicio y no eran capaces de recordar nada de lo sucedido.

Yo preferí desentenderme de todo aquello. Ni que decir tiene que la investigación que se llevó a cabo en Manila, hasta tres veces repetida a petición de Pedro Fernández de Quirós, no dio los resultados que él esperaba y me fue total y absolutamente favorable.

Los informes que Dasmariñas envió a la corte ayudaron en el juicio que se abrió en Madrid donde, no tengo la menor duda, Diego Sánchez Coello tuvo mucho que ver en que se reconociesen todos mis derechos como here-dera directa de Álvaro de Mendaña.

Cada día que ha pasado a lo largo de mi vida, desde que desembarqué en el puerto de Cavite hasta hoy mismo, que veo tan cercana mi muerte, he añorado el viaje. Fue la aventura más increíble que podría haber vivido, la más asombrosa que se podría escuchar.

Hay noches en que sueño que estoy en la cubierta de la San Jeróni-mo, la brisa salada del mar del Sur acaricia mi rostro, los marineros cantan la saloma mientras realizan sus trabajos y el grumete revela las horas cada vez que da la vuelta al reloj de arena. Entonces Fernando me abraza por la espalda y juntos miramos hacia la proa, hacia nuestro nuevo horizonte. Soy feliz en esos sueños.

Por todo esto creo que dejé de escribir este diario. Mi alma estaba en busca de mi destino, y mi destino no era otro que Fernando de Castro, mi amado Fernando de Castro. Sencillamente, no me ha quedado motivo algu-no para seguir escribiendo, porque cuando terminó la expedición, alcancé mi destino.

Fue una sorpresa absoluta para mí encontrar a Fernando en Manila. Sabía que había sido nombrado capitán de un barco y suponía, por su posi-ción y su apellido, que sería una nao importante. Ahora me siento estúpida por no haberme dado cuenta. ¿Qué otra nao cruzaba el mar del Sur en aquellos años en una ruta periódica?

Juro que había dado por imposible nuestro amor. Sí reconozco que cuando Álvaro, en su lecho de muerte, me dijo que buscase un buen hom-bre y me casase para poder heredar de pleno derecho su legado, el rostro de Fernando de Castro pasó por mi mente. Porque yo ya había decidido cuando mi primer marido cayó enfermo que jamás me volvería a casar por conveniencia. La única manera que existía de que yo pudiera reclamar la herencia de Álvaro a través de la figura de un hombre era encontrar a Fernando de Castro y casarme con él.

Pero cuando llegué a Manila bastante tenía con haber sobrevivido y con planificar cómo encarar la investigación que sobre la expedición se haría. Y, de pronto, me encontraba con aquel Luis Pérez Dasmariñas y su desvergonzada esposa, que me miraban partiéndose de risa. No dejé de preguntarme durante todo el trayecto desde Cavite hasta su palacio en Manila qué les podía causar tanta gracia. Y allí estaba él. No como yo lo recordaba, sino más bien como lo había imaginado durante los momentos más duros del viaje, cuando buscaba en mi propia mente algo que me eva-diera del sufrimiento, de la angustia y de la depresión.

Fernando y yo estábamos hechos el uno para el otro. Y aún lo estamos. Puedo decir que me ha hecho inmensamente feliz durante todos estos años, que su compañía, su pasión, su ardor y su excelente talante han alegrado cada minuto de mi vida. Con él es imposible aburrirse, siempre con una broma en la lengua, una sonrisa en la boca.

Nos casamos en Manila en cuanto terminó el año de luto por la muerte de Álvaro. En aquellas fechas, su primo Dasmariñas ya no era el gobernador en funciones, pero había conseguido liberar a Fernando de su puesto como capitán de la nao que viajaba anualmente a Acapulco.

Gracias a mi segundo esposo pude reparar la San Jerónimo, para horror del capitán Quirós, que se había encastillado en el galeón y había rechazado desembarcar. Convertimos la capitana en una nave mercante y la llenamos de los productos textiles que mejor se vendían en Acapulco; en cuanto tuvimos ocasión, y la concesión del nuevo gobernador para marcharnos de Manila, lo hicimos.

Muchos de los viajeros que habían ido a las islas Salomón conmigo se sumaron a aquella nueva aventura. Había sobre todo viudas, marineros y algunos soldados. Todos ellos me confesaron que se habían reunido para jurarme lealtad, y que sabían que mi intención era regresar al mar del Sur y querían acompañarme, porque nadie los había cuidado tanto como yo lo hice.

Después de lo que había pasado... De aguantar los continuos ataques de Pedro Merino de Manrique, incluso amenazando con quitarme la vida; de soportar las manipulaciones del capitán Quirós; las miradas lascivas de los soldados en el primer tramo del viaje; las de odio de los marineros en el último... Lloré. Todo había merecido la pena si aquellas pocas personas reconocían que había trabajado duramente por ellos.

Quisiera cerrar mi diario y no escribir una palabra más, pero no sería justa con la realidad ni con la vida que Dios me ha concedido. La maravillosa vida, diría.

Fernando admiraba a Álvaro de Mendaña antes de conocerme a mí. Cuando le conté todo lo sucedido durante el viaje, su admiración se multiplicó hasta límites insospechados. No soy ingenua, él siempre había deseado poder gozar de una aventura así y me amaba y adoraba, por lo que quería lo mejor para mí. Pero si hizo todo lo que pudo por mantener la memoria y legado de Álvaro fue, sobre todo y ante todo, por esa admiración que le tenía.

Ambos hemos luchado durante muchos años porque la corona nos concediera barcos y hombres para regresar a las Salomón y colonizarlas como era debido. En un principio esos derechos fueron confirmados, pero enseguida todo quedó en el olvido. Los virreyes de Nueva España y el Perú no vieron apropiado el momento para financiar una expedición de ese calado, y en Madrid parecía que ya se habían olvidado de la importancia de poseer bases estratégicas en un océano que cada vez estaba más poblado de banderas holandesas e inglesas.

A veces, cuando me siento un poco pesimista, lo pienso y creo que todo aquello solo fue posible gracias a la misión de Diego Sánchez Coello. Creo que la única intención del rey Felipe II era encontrar aquella figurita de barro, aunque sospecho que ni él mismo sabía lo que su fiel espía hallaría.

Su hijo no nos ha sido tan favorable, y dicen los que lo conocen que no tiene los mismos intereses esotéricos que su padre. Sospecho que tampoco la misma visión militar, y que carece de un verdadero interés por proteger las Indias.

Diego Sánchez Coello... ¿Qué decir de él? Es un enigma para mí. Nunca pensé que quedasen personas así en el mundo, héroes de la poesía clásica o del teatro menos realista. Pese a sus engaños, sus manipulaciones y sus mentiras, creo que fue el más leal amigo que tuvimos Álvaro y yo durante nuestro viaje. Siempre le agradeceré todo lo que hizo por nosotros dos, pero sobre todo por mí.

Tuve ocasión de preguntarle a mi padre, antes de morir, por ese hombre; tan solo sonrió, como cuando escuchaba el nombre de Benito Arias Montano. Jamás sabré todo lo que se urdió a mis espaldas. Y tampoco me importa. Sé que nunca volveré a ver a Diego Sánchez Coello, puede que haya muerto ya... ¡O que viva mil vidas! Con ese hombre, todo es posible.

Ojalá hubiera estado a nuestro lado cuando luchamos contra la burocracia de la corte. Fernando y yo nos dejamos la piel para volver al mar del Sur y poseer las tierras que nos correspondían. Hemos luchado contra virreyes, funcionarios de la corte, el rey, la Casa de Contratación, el general de la armada... Todos nos dan la razón por la mañana y nos la niegan por la noche.

Yo sé la razón, aunque nunca se la he dicho a Fernando. Creo que no lo soportaría. Es la misma razón por la que no se han atrevido a negarle de forma tajante el derecho de descubrimiento a Pedro Fernández de Quirós, aunque legalmente no se sostenga de ningún modo.

Le reconozco al portugués inteligencia y persistencia. También un comportamiento sibilino y deleznable. Llegados a Acapulco, pues él pilotó la San Jerónimo hasta allí desde Manila, pidió desligarse de su compromiso con la expedición que, tanto para mí como para mi nuevo esposo y para los marineros, colonos y soldados que nos seguían, continuaba en proceso. Fuimos muy ingenuos, es cierto.

Nos quedamos varados en Acapulco durante demasiado tiempo, viéndonos obligados a liberar a nuestra tripulación. Fernando fue llamado por la armada para realizar trabajos en el mar y decidimos posponer nuestro proyecto.

Posponer... Así ha sido mi vida desde entonces. No pienso terminar mi diario contando asuntos tristes, me basta con explicar aquí que se inició una batalla legal entre nosotros y el capitán Quirós, quien llegó a acudir al Vaticano para obtener del Papa una cédula que invitase al rey de las Españas a enviar al devoto capitán a cristianizar los mares del Sur y la *Terra Australis Incognita*.

El rey lo hizo, con más desgana de la que era capaz de disimular. Nos quería tener a ambos contentos por una única razón: el temor a que una negativa definitiva de su parte nos empujase a realizar aquel viaje con otra bandera en el pabellón del barco.

He pasado años temiendo que un hombre parecido a Diego Sánchez Coello me visitase para poner fin a esa posibilidad. Hay cosas que es peligroso saber. Por suerte, o por desgracia, la muerte me encuentra postrada en mi cama.

Sé que Pedro Fernández de Quirós logró volver a lanzarse a los Mares del Sur, aunque su expedición no alcanzó ni Santa Cruz ni las islas Salomón. Llegó a otras tierras y a otras islas, donde no fue capaz tampoco de fundar una colonia. Tuvo problemas con su tripulación, con pilotos y capitanes. En fin, nada nuevo.

Lo último que sé de él es que permanece en Madrid a la espera de que el rey le permita intentar de nuevo el descubrimiento del continente perdido. Los que lo han visto recientemente aseguran que habla con entes invisibles y emborrona páginas de un cuaderno en una lengua desconocida. Su mujer y sus hijas viven lo más lejos de él que pueden... Nada me sorprende.

La última vez que lo vi partía de El Callao con barcos que debían ser míos. Fernando y yo le pudimos decir a la cara todo lo que pensábamos de él. Fue un desahogo inútil y absurdo, pero al menos merecíamos esa satisfacción. Sentí una lástima inmensa al ver las naos salir del puerto. Y envidia también, no lo niego.

A pesar de todo, si pudiera hacer el viaje que Fernando y yo merecemos, me gustaría contar con un capitán tan hábil y experimentado como Pedro Fernández de Quirós. Como persona no vale mucho, pero es el mejor marinero.

Y aquí se acaban mis días. Aquí se acaba mi diario. Mi esposo y yo nunca nos rendimos. Yo misma, que cuento los segundos que me quedan para reunirme con mis padres y mis hermanos muertos, no me he rendido. Vinimos a Castrovirreyna para aguardar nuestro momento. Aquí tenemos nuestra encomienda, una buena casa y pocos gastos. Es una vida tranquila la de este lugar, génesis de todo.

Echo de menos ver las montañas. Voy a pedirle a Suyai que avise a mi esposo para que entre los dos me ayuden a salir al jardín, pues apenas puedo moverme. Si hoy muero, quiero hacerlo viendo los Andes, rememorando aquella vez que lo aposté todo por una intuición. Aquí empezó mi viaje con Álvaro de Mendaña. Aquí termina, con Fernando de Castro. En medio queda una vida apasionante, llena de aventuras y desventuras, de amores y de odios.

Miro hacia atrás y sonrío. No me arrepiento de nada. No cambiaría nada de lo que hice, ni cambiaría tampoco mi vida por la de ninguno de los hombres y mujeres que han visto la luz en este dichoso mundo. Solo doy las gracias a todos aquellos que me han querido. Solo doy las gracias a Dios por concederme una vida de ensueño y pasión.

Ya vienen Suyai y Fernando. Voy a ver las montañas. Le pediré también a la doncella que me alcance aquel galeón de madera tallada que me regaló Benito Arias Montano por mi décimo cumpleaños. Apretarlo en mi mano me hace revivir el pasado.

Si hay brisa, creeré estar en la cubierta de la San Jerónimo mientras realizo mi último viaje hacia tierras desconocidas por los vivos.

GLOSARIO

Aguaje: Fruta que se obtiene de algunas palmeras en zonas tropicales.

Alcázar: Parte elevada de la cubierta de la embarcación que está entre el palo mayor y la popa.

Amuras: Partes delanteras y a los costados que convergen en la proa de una embarcación.

Aparejos: Conjunto de palos, vergas, velas y jarcias.

Astrolabio: Instrumento de navegación que permite determinar la altura de un astro y deducir la latitud y la hora.

Bajel: Barco, embarcación.

Bandolas: Recurso provisional para aparejar la arboladura de un barco.

Baos: Vigas superiores de las cuadernas de un barco sobre las que se apoya la cubierta.

Barloar: Colocar un barco de forma que uno de sus lados quede paralelo y a distancia de abordaje de otra nave, un muelle, etc.

Barlovento: De donde viene el viento; es decir, estar a barlovento es estar de cara al viento.

Basquiña: Prenda femenina, como un falda larga o vestido completo, que se comenzó a utilizar en el siglo XVI.

Batayola: Barandilla que corre por las bordas de un barco y donde se engarzan los candeleros.

Batel: Pequeña embarcación de remo.

Bauprés: El mástil de un barco que nace en la proa y se extiende hasta más allá del casco de forma casi horizontal.

Bejuco: Un tipo de planta trepadora.

Bergantín: Embarcación de dos palos y velas cuadradas.

Bojear: Medir la costa de una isla navegando a su alrededor.

Bomba: Utensilio que servía para vaciar la bodega y el lastre del agua que se filtraba por el casco.

Boneta: Trozo de tela que se añade a una vela para agrandarla y que reciba más viento.

Caracoa: Embarcación de remo propia de las islas Filipinas.

Casco: Armazón o estructura externa del barco.

Castillo de popa: Parte de la superestructura de un barco que se eleva sobre la cubierta principal en la zona de la popa.

Cebadera: Vela que se incorporaba al bauprés.

Chalupa: Embarcación pequeña con cubierta y dos palos.

Chicha: Bebida alcohólica de baja o media graduación propia del Perú, desde la época prehispánica, a base de la fermentación del maíz.

Chinchorro: Embarcación muy pequeña de remo.

Chirimía: Instrumento de viento similar a una antigua flauta.

Cofa: Meseta colocada horizontalmente en el cuello de un palo para fijar los obenques de gavia, facilitar la maniobra de las velas altas y, antiguamente, también para hacer fuego desde allí en los combates. Comúnmente utilizada para observar desde las zonas altas de una embarcación.

Combés: Zona de la cubierta de un barco entre el palo mayor y la proa.

Conserva (Navegar en conserva): En una flota, navegar formando un grupo o un convoy. Comenzó a hacerse durante el siglo XVI en la armada española para proteger de la piratería a las naves que transportaban oro y plata de las Indias a Sevilla.

Contramaestre: Suboficial que dirige a los hombres bajo el mando del capitán o un oficial de mayor rango que él.

Cordajes: Aparejos y cabos de una embarcación.

Cuadernas: Las costillas de madera de la estructura interior de una embarcación que la recorren de proa a popa.

Cuadrante: Instrumento propio de la navegación y la astronomía para medir ángulos. Se medía la altura sobre el horizonte de la estrella polar o del sol al mediodía para averiguar la latitud.

Derrota: Rumbo de una embarcación.

Dragante: Figura que representa una cabeza de dragón con la boca abierta, mordiendo o tragando algo.

Drizas: Cuerda o cabo con que se izan y arrían las vergas, y también el que sirve para izar los picos cangrejos, las velas de cuchillo y las banderas o gallardetes.

Ecúmene: Parte de la tierra poblada por el hombre. Puede entenderse como la parte conocida por una parte de la humanidad.

Esquife: Embarcación pequeña y sin cubierta que lleva un barco para llegar a tierra o para realizar otros servicios.

Estacha: Cabo que desde un buque se da a otro fondeado o a cualquier objeto fijo para practicar varias faenas.

Estay: Cuerda que sujeta un mástil para que no se venza hacia popa.

Estribor: Lado derecho de la embarcación según se mira a proa.

Fragata: Barco de guerra, ligero y rápido, de tres palos.

Frazada: Una manta. En ocasiones, las mantas que había en una embarcación podían utilizarse como velas o bonetas si era necesario.

Galeón: Barco de destrucción poderoso y muy lento que podía ser usado tanto para el comercio como para la guerra.

Galeota: Galera pequeña, ligera y veloz.

Galgas: Piedras lanzadas desde lo alto.

Galizabra: Embarcación de vela latina que era común en los mares de Levante, de porte de unas cien toneladas.

Garrar: Cejar o ir hacia atrás arrastrando el ancla por no haber esta hecho presa o por haberse desprendido.

Gavia: Vela que se coloca en uno de los masteleros de una nave, especialmente en el mastelero mayor.

Grumete: Muchacho que aprende el oficio de marinero ayudando a la tripulación en sus faenas.

Huaca: Sepulcro de los antiguos indios, principalmente de Bolivia y el Perú, en que se encuentran a menudo objetos de valor. Durante la colonización española, muchos indios continuaron visitando huacas para orar a sus antepasados y dioses incas a pesar de haberse convertido al cristianismo.

Jarcias: Conjunto de cabos y cables que forman parte del aparejo de un buque de vela.

Jauriqui (Jaurique): Cacique en algunas lenguas de las islas Salomón y de Santa Cruz.

Lancha: Bote grande de vela y remo propio para ayudar en las faenas de fuerza que se ejecutan en los buques y para transportar carga y pasajeros en el interior de los puertos o entre puntos cercanos de la costa.

Lastre: Arena, piedras u otros materiales con los que se llenaba la bodega inferior de la nave para equilibrar el peso. Si era una embarcación de mercancía, en ocasiones podía vaciarse para llenar el espacio con más mercancía.

Maestro (maese) de campo: Rango militar con origen en el siglo XVI parecido al de un mariscal.

Majagua: Árbol americano de la familia de las malváceas que crece hasta doce metros de altura, con tronco recto y grueso, copa bien poblada, hojas grandes, alternas y acorazonadas, flores de cinco pétalos purpúreos y fruto amarillo. Ideal para hacer cuerdas o sogas.

Mastelero: Palo o mástil menor que se pone en los navíos y demás embarcaciones de vela redonda sobre cada uno de los mayores, asegurado en la cabeza de este. También cualquier cosa relativa al mástil o este mismo.

Mesana: Mástil que está más a popa en el barco de tres palos.

Nao: Barco.

Obenque: Cada uno de los cabos gruesos que sujetan la cabeza de un palo o de un mastelero a la mesa de guarnición o a la cofa correspondiente.

Obra muerta: Parte del casco que está fuera del agua de forma permanente cuando está lleno de carga.

Ostagas: Cabo que pasa por el motón situado en la cruz de las vergas de gavia y por el de la cabeza del mastelero y sirve para izar dichas velas.

Paje: Muchacho destinado en una embarcación para su limpieza y aseo y para aprender el oficio de marinero, o para optar a plazas de grumete cuando tiene más edad.

Pañol: Cada uno de los compartimentos que se hacen en diversos lugares del barco para guardar víveres, municiones, pertrechos, herramientas, etc.

Patache: Pequeña embarcación de guerra que se destinaba en las escuadras para llevar avisos, reconocer las costas y guardar las entradas de los puertos.

Popa (Navegar a popa): Parte posterior de la embarcación. Navegar a popa, con el viento en popa, empujados por el viento desde la zona posterior, con las velas desplegadas.

Proa: Parte delantera de una embarcación.

Quarta pars: La cuarta parte del mundo o el continente desconocido. Ptolomeo creía que existía un equilibrio en el planeta, por lo que debía encontrarse un cuarto continente además de Europa, África y Asia, y que estaría en el hemisferio sur. El descubrimiento de América vino a reafirmar sus posiciones en parte, pero algunos navegantes seguían creyendo en la *Terra Australis Incognita*, un continente desconocido en la zona austral del mundo.

Regalas: Tablón que cubre todas las cabezas de las ligazones en su extremo superior y forma el borde de las embarcaciones.

Restinga: Punta o lengua de arena o piedra debajo del agua y a poca profundidad.

Saloma: Son cadencioso con que acompañan los marineros y otros operarios su faena para hacer simultáneo el esfuerzo de todos.

Sextante: Instrumento de navegación que servía para conocer la latitud midiendo la separación angular de dos puntos, generalmente el sol y el horizonte.

Sobrecargo: En el siglo XVI se lo denominaba escribano. Era el supervisor del cargamento, racionaba la comida y llevaba las cuentas internas y de la mercancía.

Sotavento: La parte opuesta a aquella de donde viene el viento con respecto a un punto o lugar determinado.

Surto (Surgir): Dar fondo, fondear, hallarse fondeado.

Toldilla: Cubierta parcial que tienen algunos buques a la altura de la borda, desde el palo mesana al coronamiento de popa.

Trancanil: Serie de maderos fuertes tendidos tope a tope y desde la proa a la popa, para ligar los baos a las cuadernas y al forro exterior.

Trinquete: Mástil que está en la zona de proa.

Trizas: Ver *Drizas*.

Varenga: Pieza curva que se coloca atravesada sobre la quilla para formar la cuaderna.

Verdugado: Vestidura que las mujeres usaban debajo de las basquiñas para ahuecarlas.

PERSONAJES

Aedo, Pedro: Fue acusado de conspirar contra Lope García de Castro junto a Maldonado. Cuando este abandonó la Audiencia de Lima, fue condenado por acusar injustamente a Pedro Aedo. Él, antes que Pedro Sarmiento, había planeado viajar a las islas de los mares del Sur en busca de riquezas.

Albarrán, Alonso de: Centinela del puesto aduanero español de Marivelez, frente a Cavite, a la entrada de la bahía de Manila.

Álvarez de Toledo, Francisco: Uno de los virreyes del Perú durante el siglo XVI, enemigo de Álvaro de Mendaña.

Ampuero, Tomás de: Uno de los soldados que participaron en la segunda expedición.

Andrada, Luis de: Sargento afín a Lorenzo Barreto.

Arias Montano, Benito: Bibliotecario de El Escorial.

Ávila, Diego de: Alférez real que participó en la captura del pirata inglés Richard Hawkins.

Barreto, Antonio: Uno de los hermanos de Isabel, de los que poco o nada se sabe.

Barreto, Beatriz: Una de las hermanas de Isabel, de las que poco o nada se sabe.

Barreto, Diego: Uno de los hermanos de Isabel que la acompañó en su viaje.

Barreto, Isabel: Ella es la novela.

Barreto, Jerónimo: Uno de los hermanos de Isabel, de los que poco o nada se sabe.

Barreto, Leonor: Una de las hermanas de Isabel, de las que poco o nada se sabe.

Barreto, Lorenzo: Uno de los hermanos de Isabel. La acompañó en su viaje.

Barreto, Luis: Uno de los hermanos de Isabel. La acompañó en su viaje.

Barreto, Petronila: Una de las hermanas de Isabel, de las que poco o nada se sabe.

Bedeterra, Toribio de: Uno de los soldados que participaron en la segunda expedición.

Belita de Jerez: Doncella mestiza de Isabel Barreto.

Bille-Banarra: Cacique indígena con quien Álvaro de Mendaña se relacionó durante su primer viaje.

Bonet, Jaume: Mozo de la San Jerónimo

Buitrago, Juan de: Alférez que participó en la segunda expedición de Álvaro de Mendaña.

Castro y Cueva, Beltrán de: Hermano de la marquesa de Cañete, doña Teresa de Castro, virreina del Perú. Fue el general de la armada que capturó al pirata Richard Hawkins.

Castro y Cueva, Teresa de: Esposa de García Hurtado de Mendoza, virreina del Perú cuando tuvo lugar el segundo viaje.

Castro, Fernando de: El segundo marido de Isabel Barreto.

Castro, Mariana de (hija): Hermana de Isabel Barreto. Fue con ella en el viaje.

Castro, Mariana de (madre): Madre de Isabel Barreto.

Delcano, Elvira: Doncella de Isabel Barreto que la acompaña en su viaje.

Drake, Francis: Pirata y corsario inglés que hostigó la costa española del Pacífico durante el siglo XVI.

Espinosa, Juan de la: Vicario de la segunda expedición.

Felipe II: Rey de España.

Felipón, Miguel Ángel: Probablemente portugués. Fue el piloto de la nave capitaneada por Beltrán de Castro cuando rindió al pirata Richard Hawkins.

Fernández de Quirós, Pedro: Capitán y piloto mayor de la San Jerónimo.

Gallego, Hernán: Piloto mayor de la primera expedición de Álvaro de Mendaña.

García de Castro, Lope de: Tío de Álvaro de Mendaña, gobernador del Perú y principal valedor de su primer viaje.

Gómez de Espinosa, Gonzalo: Marinero que participó en la expedición Magallanes-Elcano. Cuando Juan Sebastián Elcano decidió regresar a España desde las Molucas, completando así la primera navegación alrededor del planeta, él tomó el camino de oriente, regresando a América, pues su nave estaba maltrecha y necesitaba encontrar el puerto español más cercano. No alcanzó su destino, pero fue uno de los primeros navegantes que buscaron la ruta del tornaviaje. En su intento avistó las Carolinas, probablemente Ponapé.

Hawkins, Richard (Ricardo Aquines): Pirata y corsario inglés que hostigó las costas españolas del Pacífico durante el siglo XVI.

Heredia, Lorenzo de: Almirante de la flota de la armada que capturó al pirata inglés Richard Hawkins.

Hurtado de Mendoza, García: Virrey del Perú que permitió a Álvaro de Mendaña realizar su segundo viaje. Las islas Marquesas (de Mendoza) reciben su nombre en su honor.

Isabel I: Reina de Inglaterra, enemiga declarada de España.

Iturbe, Gaspar: Sobrecargo de la San Jerónimo.

Jacinta: Personaje ficticio que forma parte del servicio de la casa de la familia Barreto cuando vivían en Pontevedra.

Leal, Juan: Hermano lego, enfermero y hombre de bien.

Loarte, Gabriel: Presidente de la Real Audiencia de Panamá en 1577. Amigo del virrey del Perú, Francisco (Álvarez) de Toledo. Ambos, enemigos de Álvaro de Mendaña.

Maldonado: Fue acusado de conspirar contra Lope García de Castro junto a Pedro Aedo. Al contrario que este, fue hallado culpable.

Malope: Cacique de la isla de Santa Cruz.

Marín, Marcos: Contramaestre de la San Jerónimo.

Martínez de Leiva, Juan: Capitán de la armada. Avisó al virrey García Hurtado de Mendoza de que el pirata Richard Hawkins se acercaba a El Callao para atacarlo. Sin su prisa por dar la noticia, tal vez lo habría logrado.

Mendaña y Neyra, Álvaro de: Adelantado de las islas Salomón, marido de Isabel Barreto.

Merino de Manrique, Pedro: Maestro de campo de la segunda expedición.

Merino, Jacinto: Sobrino del maestro de campo de la expedición, Pedro Merino Manrique.

Montañés, Juan Bautista: Criado del virrey García Hurtado de

Mendoza. Participó en la captura del pirata inglés Richard Hawkins a bordo de una galizabra. Fue de los primeros en abordar la Dainty. Llegó al castillo de popa y arrancó el estandarte de la reina de Inglaterra, lo que desmotivó por completo a sus enemigos.

Myn: Un liberto que acompañó a Álvaro de Mendaña en sus dos viajes.

Niño, Andrés: Marinero que partió desde México en busca de islas orientales en el Pacífico. Nunca se supo qué fue de su expedición.

Pancha: Sirvienta peruana de origen inca que acompañó a Isabel Barreto en su viaje.

Pérez Bueno, Alfonso: Marinero secuestrado por Richard Hawkins en Valparaíso para que le sirviese de guía. Engañando a su secuestrador, aproximó las naves del inglés al puerto de El Callao, donde esperaba la armada hispano-peruana.

Plaza, Miguel García de la: Uno de los capitanes que participó en la captura del pirata inglés Richard Hawkins, bajo el mando de Beltrán de Castro

Pulgar, Pedro Álvarez del: Uno de los capitanes que participó en la captura del pirata inglés Richard Hawkins, bajo el mando de Beltrán de Castro.

Raleigh, Walter: Pirata y corsario inglés que hostigó las costas españolas del Pacífico durante el siglo XVI.

Rodríguez Barreto, Francisco: Abuelo de Isabel, nacido en Faro (Portugal). Fue gobernador de algunas islas de las Indias portuguesas. Más tarde se estableció en Pontevedra. Murió en África (1573), en la conquista de nuevos territorios.

Rodríguez Barreto, Nuño: Padre de Isabel.

Saavedra, Alfonso de: Primo de Hernán Cortés, fue enviado por este desde Nueva España (México) en busca de las Molucas. Desde Tidore trató de regresar a México, perdiéndose en la maraña de islas que luego fueron llamadas Carolinas, y teniendo que regresar a Tidore al no hallar ruta de tornaviaje. Avistó la isla de Ponapé.

Sánchez Coello, Diego: Personaje ficticio. Pintor de profesión, asesor del rey. Es un personaje que aparece en la novela de este autor *La memoria del tiempo*, donde ya el viaje de Mendaña-Barreto tiene cierta importancia.

Sánchez, Antonio: Personaje ficticio. Misionero cristiano en Huancavelica que acompaña al señor de Coyca Palca a la corte de Lima para solicitarle a la virreina que amadrine a su hija.

Sarmiento de Gamboa, Pedro: Famoso cosmógrafo español, además de escritor y otras muchas cosas. Acompañó a Álvaro de Mendaña en su primer viaje.

Serpa, Antonio de: Capellán de la San Jerónimo.

Suyai: Personaje ficticio. Sirvienta de Isabel Barreto en su lecho de muerte. En quechua significa esperanza.

Torres, Diego de: Soldado primero, luego alférez. Leal a Lorenzo Barreto.

Urdaneta, Andrés de (fray): Cosmógrafo, navegante. Fue quien, al fin, halló la ruta del tornaviaje para regresar de las Filipinas a Nueva España, encontrando al fin la forma de cruzar el Pacífico de oeste a este.

Valencia, Damián de: Marinero, veterano de la primera expedición de Álvaro de Mendaña.

Vega, Lope de: Capitán de la Santa Isabel. Almirante de la flota.

Vera, Diego de: Oficial de la fragata Santa Catalina. Sucedió a Alonso de Leyva como capitán.

Villardompardo, Conde de: Virrey del Perú en el siglo XVI.

Villavicencio, Bartolomé de: Corregidor de Santiago de Miraflores, cuyo puerto es Cherrepe. Fue la primera parada de la expedición antes de partir desde Paita hacia el oeste.

Yupanqui, Mayta: Nombre ficticio de un personaje real. Señor de Coyca Palca, en Huancavelica, visitó a la virreina Teresa de Castro a su llegada a Lima para pedirle que amadrinase a su hija. La virreina viajó a aquellas tierras, donde fue recibida con grandes riquezas. Allí se encontraron unas importantes minas de plata. Su esposo fundó la ciudad de Castrovirreyna junto a las minas en honor a doña Teresa de Castro.

Zúñiga, Juana Cortés de: Marquesa de Tarifa, hija de Hernán Cortés. Acoge a la joven Isabel en la Casa de Pilatos, en Sevilla, cuando está esperando para partir hacia el Perú con su madre y hermanas. Es un personaje real, pero su relación con Isabel Barreto pertenece a la ficción de la novela.

NOTA DEL AUTOR

Querido lector, querida lectora, ya terminada la novela es el momento de expresarte el mayor de los agradecimientos por haberte interesado en la figura de Isabel Barreto, un personaje histórico apasionante cuya existencia descubrí mientras me documentaba para una novela que publiqué hace ya algunos años, *La memoria del tiempo*, y donde aparece representada de forma muy esbozada, tanto que pensé enseguida en dedicarle una novela para resarcirla del escaso protagonismo que le había otorgado.

Como habrás podido comprobar, Isabel Barreto vivió una aventura conmovedora de la que, por desgracia, apenas tenemos conocimiento a través de los escritos de Pedro Fernández de Quirós, el piloto mayor de la nave capitana, hombre de gran valía, un héroe de la navegación, como bien se pone de manifiesto en esta novela. Pero también un enemigo acérrimo de Isabel; nunca sabremos si de forma personal y convencida o tan solo porque atacando a la Reina de los Mares del Sur tenía más posibilidades de arrebatarle los derechos de los descubrimientos de Álvaro de Mendaña.

No es sencillo construir una novela histórica a partir de un personaje tan poco —y tan mal— documentado. Sin embargo, ha sido una aventura maravillosa descubrir a la «verdadera» Isabel en los recovecos del barroco lenguaje del capitán portugués, donde salía a relucir su probablemente verdadera personalidad. Por supuesto, no podemos juzgar a personajes del pasado sin tener en cuenta el contexto histórico que habitaron, pero sí podemos comprender la intencionalidad de sus palabras y la dimensión que estas alcanzaban. Leyendo al capitán Quirós, nos queda claro que Isabel Barreto era una mujer fuerte, de una personalidad abrumadora, inteligente y decidida. Lo que para el capitán son menosprecios a una mujer del siglo XVI, como cuando la llama indómita o autoritaria, la perspectiva del tiempo nos reproduce a una mujer adelantada a su época, astuta y empoderada.

Autoritaria, déspota, indómita... No son palabras ajenas al mundo de la navegación. Ni, por supuesto, al mundo militar. De un capitán de un galeón español del siglo XVI se podía esperar que fuese autoritario, desde luego. ¿Qué decir de un general? Quirós le achaca algo que en su momento suponemos un grave insulto, pero que hoy en día nos da la clave de sus temores: una actitud «varonil». Isabel, con la muerte de su esposo primero y de su hermano Lorenzo después, heredó los títulos de estos, lo cual la situó a la cabeza de la expedición bajo cualquier punto de vista. Se convirtió en almiranta de forma automática, en adelantada, en general, en gobernadora... La heredera universal de su malogrado esposo.

El hecho de que la figura de Isabel Barreto sea excepcional, especial y sobresaliente no debe hacernos perder la perspectiva de que ya en su época había mujeres que lograban sobreponerse a una sociedad opresora. Es una lástima que muchas de estas mujeres no tengan un nombre al que agarrarnos los amantes de la historia, ya que sus vidas no han trascendido. Pero no podemos pensar que mujeres como Isabel Barreto fueron hechos aislados y únicos, sino más bien al contrario; su excepcionalidad histórica es fiel reflejo de la existencia de otras mujeres que, en su época, a mayor o menor escala, lograron sobreponerse a las estrictas normas que trataban de limitar sus capacidades.

No olvidemos que las dificultades fueron máximas incluso al regresar de su particular odisea, cuando en Manila es aclamada como la Reina de Saba de los Mares del Sur. Después de su epopeya tuvo que casarse de nuevo para que su herencia fuera validada de manera incuestionable. Ese era el mundo que habitaba nuestra Isabel.

No debemos considerar, sin embargo, como algo excepcional el hecho de que viajasen mujeres en la expedición de don Álvaro de Mendaña. Ya en el tercer viaje de Colón, aproximadamente un siglo antes, viajaban treinta mujeres. Algunos historiadores afirman que en el segundo viaje también hubo mujeres, y, con toda probabilidad, en el viaje inicial también las hubiera. A finales del siglo XVI era muy frecuente el trasvase de mujeres de Europa a América; de hecho, el treinta y seis por ciento de los viajeros registrados lo eran. Debemos tener en cuenta, además, que viajar fuera de los registros oficiales era hasta cierto punto común y, puesto que la mujer española del siglo XVI estaba supeditada siempre a una figura masculina, es fácil pensar que muchos de esos viajeros fueran en realidad viajeras que «legalmente» no podían adquirir un pasaje para el Nuevo Mundo.

Por otra parte, la expedición Mendaña-Barreto tenía por principal objetivo crear una colonia, por lo que, como se puede ver en la novela, se enrolaron multitud de familias con la idea de establecerse en las míticas islas Salomón.

Para comprender la magnitud del asunto y, sobre todo, la importancia, es aconsejable echar un vistazo al catálogo de la exposición «No fueron solos. Mujeres en la conquista y colonización de América», que realizó el Museo Naval de Madrid en 2012, o al libro *Españolas de ultramar en la historia y la literatura*, de Juan Francisco Maura, publicado por la Universidad de Valencia.

Como decía, esta expedición trataba de regresar a las islas Salomón, que había descubierto Álvaro de Mendaña cuando Isabel Barreto nacía, unos treinta años antes del segundo viaje. En la novela se nombran a un buen número de navegantes que durante el siglo XVI recorrieron el hoy llamado océano Pacífico con distintos propósitos. Podemos decir que las expediciones más oficiales tenían el objetivo de alcanzar las islas de las Especias (Molucas) y encontrar el camino de vuelta hacia América, en un constante enfrentamiento entre España y Portugal por repartirse el mundo. Las menos oficiales, como la que nos ocupa, tenían otras intenciones más encaminadas hacia los descubrimientos geográficos, la colonización, la obtención de títulos... Pero, en resumen, podemos afirmar que todos buscaban oro.

No es un terreno escaso en mitos el de la historia de la conquista y la colonización de América y del Pacífico. Las culturas indígenas de América no aceptaron de buen grado la llegada de los colonizadores y, en muchas ocasiones, jugaron con su ansia de riquezas retomando mitos que para ellos carecían de importancia o eran simplemente leyendas. El Dorado es, quizá, el más conocido de todos, pero también destacan la Fuente de la Eterna Juventud, las Siete Ciudades de Cíbola o, incluso, las Diez Tribus Perdidas de Israel. Son múltiples los comentarios impregnados de fantasías sobre riquezas sobrenaturales y cantidades ingentes de oro; proceden de misioneros cristianos, navegantes, nobles, soldados, piratas ingleses... El mito se convierte así en un impulso para la exploración y el ánimo de descubrimiento, y se suceden expediciones por tierra y mar para encontrar El Dorado y los demás mitos y leyendas.

En este contexto podemos incluir las dos expediciones de Álvaro de Mendaña. ¿Por qué buscar aquellas míticas islas desde donde el rey Salomón recibía joyas, oro y animales exóticos? No cabe duda de que a Mendaña lo empujaba su alma aventurera, su necesidad de notoriedad y otros muchos atributos, pero no es posible desdeñar que tanto él como Isabel esperaban encontrar unas islas llenas de minas de oro. Y, con ellos, todos los que se inscribieron en aquel peligroso viaje hacia tierras desconocidas por una ruta imprecisa dibujada por un enemigo de Mendaña.

Por eso, y por otras muchas cosas, el proceso de investigación para el desarrollo de esta novela ha sido laborioso, difícil y, a la vez, maravilloso. Si bien es cierto que es poco lo que se sabe de Isabel, es mucho lo que se conoce del viaje y de su contexto, por lo que es más sencillo poder figurar un personaje literario que se ajuste del mejor modo posible a la talla del personaje histórico. Espero haberlo conseguido, porque la gran epopeya de Isabel Barreto está considerada uno de los grandes logros de la historia de la navegación y creo que se merece una historia a la altura.

El sueño de Isabel Barreto y su esposo, Álvaro de Mendaña, era encontrar las islas Salomón, pero se quedaron en las de Santa Cruz, que hoy en día pertenecen al archipiélago de las Salomón, así que, de algún modo y casi sin saberlo, alcanzaron su destino y su objetivo. Celebro que así fuera, que la historia les haya concedido esa pequeña victoria después de tanto sufrimiento.

Y termino como empecé: agradeciéndote a ti, lector, y a ti, lectora, que le hayas dado una oportunidad a la historia de Isabel Barreto, que, con sus imperfecciones, demostró una valía pocas veces antes vista en la historia. Gracias.

Y quisiera agradecer también su apoyo incondicional a Pablo Álvarez, mi agente, y a Clara Rasero y Carmen Romero, sin quienes nada de esto habría sido posible. Muchas gracias por vuestra confianza y vuestro cariño; esta novela es para vosotros.

Y a todo el equipo de Ediciones B y de Penguin, que hacen magia con los libros. A cada corrector, maquetador, diseñador, ilustrador, administrativo, directivo, becario... Y a los comerciales, que llevan los libros y los defienden con cariño. Muy especialmente quiero dar las gracias a David de Alba y, en su nombre, a todo el equipo de Editabundo, la agencia que se propuso que mis novelas fueran leídas y que lo está consiguiendo, a la vez que me regalan todo su cariño. Así da gusto escribir. Y gracias también a todos los libreros que resisten y venden mundos por descubrir.

Me gustaría aprovechar este espacio para dar las gracias a muchas personas que son importantes para mí y sin cuyo apoyo nada de esto tendría el sentido que tiene. A la Comunidad de Escritores y Lectores, donde se lee, se escribe, se escucha y se aprende, incluyendo al Sindicato de Opinionistas y su labor de difusión y diversión a partes iguales. A mis amigos, todos ellos, sin excepción, por no juzgarme demasiado en mis ausencias y, además, alegrarse por lo que me hace feliz. Eso no se paga con dinero. A mi familia, mis padres, mis hermanos y mis cuñados, mis sobrinos, a Emi, porque ellos me insuflan vida cada día. Y, sobre todo, a Lizzie, que vivió cada página de esta novela incluso antes de que se escribiera, cuando solo era una idea, por confiar en mí, apoyarme, levantarme e incluso ayudarme con la investigación. Sabes que esta novela es parte de nosotros, que «Chabelita» abrió camino en nuestro viaje. Así que gracias, gracias por dármelo todo sin pedir nada a cambio.

Y gracias a ti, lector, y a ti, lectora, por leer.

JAVIER TORRAS DE UGARTE
Junio de 2022